Red And Mad

레드 앤 매드

VI

VI

Red And Mad

레드 앤 매드

권겨을 장편소설

D&C BOOKS

Contents

Chapter 9

남쪽 대륙 (2)

Chapter 9. 남쪽 대륙 (2)

이예주는 제법 나쁘지 않은 컨디션으로 눈 위를 걸었다. 이젠 제법 숲길에도 익숙해진 탓인지 꼭 산책을 하러 가는 것 같았다. 물론 그녀는 1000년 전 과거에도 산책 따윈 하지 않았다. 게을러터진 성격도 한몫했지만 그런 쓸데없는 일에 낭비할 만한 체력도 없었으니까.

"나는야 빙어가 좋아~ 나는야 연어가 좋아~ 나는야 청어가 좋아~ 흠흠흠~."

펭양은 더 이상 따라오지 말라며 차갑게 내쳐지지 않는 것이 기분 좋았는지 알 수 없는 콧노래를 마구 흥얼거렸다. 그것을 가만히 듣고 있다 보니 덩달아 기분이 들떴다.

"그렇게 생선이 좋아?"

무아지경으로 노래를 부르고 있던 펭양은 위에서 불쑥 들려오는 목소리에 화들짝 놀라 고개를 들었다. 웃음기 가득한 눈으로 자신을 내려다보고 있는 인간 여자와 눈이 마주치자 펭귄의 얼굴이 조금 붉어졌다.

"그…… 오, 오징어도 좋아해양……."

민망한 듯 펭양은 작은 목소리로 웅얼거렸다. 이예주는 역시 펭귄은 펭귄이구나, 하고 놀리려다가 관뒀다.

"더 크게 불러도 돼."

"아, 아니양, 다 불렀어양…… 그, 그런데 예주양, 강 쪽으론 또 왜 가는 거양? 그쪽은 놀기에는 좀 위험한데양……."

자주 오갔음에도 불구하고 펭양은 인간들이 자주 출몰하는 숲의 서쪽으로 가는 것을 꺼려 했다. 이예주는 그 말에 잠시 생각에 잠겼다.

눈족 여자가 줬던 검은색 칼을 되돌려준 지 벌써 3일이 지났다. 그동안 람이 곁에 철석같이 붙어 있어서 얼어붙은 강 근처까지 갈 엄두를 내지 못했다.

람은 딱히 그녀에게 그 흉기가 어디서 난 것이냐 묻지 않았다. 그것을 되돌려 놓은 후에도 왜 그랬냐는 질문조차 하지 않았다. 아무것도 묻지 않은 남자는 오늘 일이 있다며 또다시 이른 아침 훌쩍 동굴을 나가 버렸다.

그런 그가 조금 찜찜했지만 이예주로선 다행인 일이었다. 제 입으로 그 칼로 당신을 찌르고 도망가기 위해 받아 왔다고 말할 수는 없는 노릇이니까…….

"예주양?"

깊은 생각에 잠겨 있던 이예주는 팔이 흔들리는 느낌에 퍼뜩 상념에서 깨어났다.

"……그런데 오늘은 순심이가 안 보이네?"

"순심이? 어…… 그러고 보니 순심이는 오늘 혼자 놀러 갔나 봐양. 펭양이도 가끔 혼자 있고 싶을 때가 있거든양. 순심이도 오늘 그런 기분인가 봐양."

"그렇구나."

이예주는 고개를 끄덕였다. 항상 곁에 있던 커다란 존재가 없으니 괜스레 허전함이 느껴졌다.

"그나저나 비가 올 것 같네."

하늘이 꾸르릉 불길한 소리를 내며 울었다. 맑았던 지난날들과는 달리 잿빛 구름이 잔뜩 끼어 있었다. 이예주의 혼잣말에 펭양이 해맑게 답했다.

"남쪽 대륙은 비가 오지 않아, 예주양. 눈이나 진눈깨비가 오는 거양."

"얼른 갔다 와야겠다. 가자."

"그랭!"

펭양은 이예주가 왜 또 그곳으로 가는지 더 묻지 않았다. 그저 그녀의 곁을 신나게 좇을 뿐이었다. 얼마 안 가 숲속에 다시 흥얼거림이 울려 퍼졌다.

그들은 얼어붙은 광활한 강 위를 지체 없이 가로질러 반대편 숲까지 도달했다. 그러나 이예주는 육지에 올라서지 않고 여전히 강 위에 선 채 음침한 숲을 바라보았다.

"……없네."

샅샅이 훑었지만 소복이 눈이 쌓여 있는 지상 그 어디에도 칼을 꽂아 놓은 흔적이나 발자국 같은 것은 보이지 않았다. 남쪽 대륙은 밤사이 눈이 내려 지형이 바뀌는 곳이 많아 언제 가져간 건지 가늠할 수도 없었다.

어쨌든 눈족들이 이예주가 돌려준 칼을 가져간 것이다. 땅속에 깊게 박아 놓았던 칼을 지나가는 들짐승들이 물어 갈 리는 없을 테니.

"아직 있어야 했던 거양?"

"아니, 그건 아닌데……."

말끝을 흐리며 그녀는 다시 한번 제가 칼을 꽂아 두었던 곳을 살폈다. 도로 가져가라고 놓은 거였다. 나름 단호하게 제 뜻을 놈들에게 전달했으니 의도대로 잘된 일인데, 그녀는 왠지 모르게 드는 찝찝함을 쉽게 떨칠 수 없었다.

이 기분 더러움은 눈족 놈들이 쉽게 숲속을 드나드는 것에서 기인한 걸까? 아니면 악명 높은 시간족 놈들이 자신의 선택에 너무 쉽게 수긍했다는 것에서 기인한 걸까…….

쿠르르릉— 그때 불길한 이예주의 심경을 대변하듯 하늘이 또다시 커다란 소리를 내며 꿈틀거렸다.

"예주양. 이, 이제 그만 돌아가양. 웅?"

주변이 삽시간에 어두워졌다. 인간들이 자주 다니는 근방에 있는 것이 영 불안한 펭양이 채근했다. 이예주는 마지막으로 음침한 숲 너머에 눈길을 주고는 이내 미련 없이 등을 돌렸다.

무슨 꿍꿍이를 가지고 있건 칼을 돌려줬으니 이제 알 바 아니었다. 놈들이 람에게 상처를 줄 수 있는 무기를 가지고 있다는 사실을 생각하면 가슴이 싸해졌지만, 어차피 진짜로 그에게 어떤 위해를 가할 수는 없을 것이다.

아무것도 묻지 않는 걸로 보아 람도 이미 그 정도쯤은 알고 있겠지. 더 이상 자신이 할 수 있는 것은 없었다.

이예주는 말없이 부지런히 걸음을 옮겼다. 어두워진 그녀의 낯빛 때문인지 펭양도 입을 다물고 부지런히 걸었다. 그렇게 그들이 절반 정도 강 위를 건넜을 때였다.

캐앵—! 짐승이 찢어질 듯 울부짖는 소리가 생생하게 들려왔다. 이예주와 펭양은 바삐 걷던 걸음을 우뚝 멈췄다.

강한 기시감이 들었다. 펭양을 돌아보니 그녀 또한 커다랗게 홉뜬 눈으로 이예주를 올려다보고 있었다.

"이게 무슨……."

캐앵— 캥!

짐승 울음소리가 연달아 공허한 설원 위로 울려 퍼졌다. 이전처럼 강의 하류로 이어지는 폭포 아래쪽에서부터 들려오는 소리였다. 서로를 바라보던 이예주와 펭양은 너 나 할 것 없이 마구 뛰기 시작했다.

"순심이야!"

깎아지는 절벽 위에 도착했을 때, 펭양이 날카롭게 외쳤다. 이예주는 가쁜 숨을 몰아쉬며 폭포 아래쪽을 허겁지겁 내려다보았다.

밧줄이 매달린 화살에 꿰뚫린 어린 짐승이 숲 쪽으로 질질 끌려갔다. 그리고 흰 순록이 그것을 막기 위해 짐승의 꼬리를 물어 당기고 있었다. 순심이는 꼬리를 물어 당기는 것도 여의치 않자 발을 뻗어 작은 짐승의 앞을 가로막았다. 그리고 밧줄을 끊기 위해 뿔로 들이박는 등 필사적으로 끌려가는 것을 저지했다.

높은 곳에 서 있는데도 불구하고 짐승에게서 흘러나온 피가 새하얀 설원 위에 흩뿌려져 있는 것이 선명하게 보였다.

새끼 여우였다. 그때 구해 줬던 새끼 여우. 빙판도, 여우도, 순록도 모두 피투성이였다.

순심의 필사적인 저지에도 화살을 맞은 새끼 여우는 속절없이 끌려갔다. 끼잉, 낑. 숨이 꺼져 갈 듯 어린것이 헐떡였다. 푸르륵— 순록이 어쩔 줄 몰라 하며 겅중겅중 날뛰었다.

"예주양!"

이예주는 거의 몸을 내던지다시피 절벽에서 뛰어내렸다. 강물이 얼어붙은 절벽의 돌 위는 여전히 미끄럽고 위험하기 그지없었다. 하지만 한 번 해 본 덕분일까. 그녀는 제법 능숙하게 중심을 잡고 빠른 속도로 내려가기 시작했다. 사실 위험하다는 생각을 할 겨를이 없었다.

거친 돌에 긁혀 손바닥과 손끝이 금세 까졌다. 몸이 따라 주지 않는데도 급하게 발을 내린 탓에 미끄러져 절벽 아래로 떨어질 뻔한 위험이 순간순간 닥쳤다. 폭포수가 얼어붙은 날카로운 고드름에 하마터면 꼬치처럼 꿰뚫릴 뻔한 적도 여러 번이었다.

그럼에도 이예주는 폭포 아래로 내려가기 위해 몸을 아낌없이 내던졌다. 그 덕분일까. 그녀는 생각보다 엄청난 속도로 절벽을 내려와 빙판 위에 발을 얹을 수 있었다.

"헉, 허억……."

마지막 바위 위에서 뛰어내리자마자 이예주는 곧바로 빙판 한가운데를 향해 달렸다.

입 사이로 가쁜 숨이 연달아 터져 나왔다. 비단 절벽을 내려오느라 많은 체력을 썼기에 그런 것만은 아니었다. 어미 여우를 구하다가 갈라진 빙판과 함께 강물에 빠졌던 기억 때문에 본능적으로 몸이 떨려 왔다.

언제 또 빙판이 갈라질까 두려워 뛰는 걸음이 자꾸만 둔해졌다. 하지만 그녀는 순록과 새끼 여우가 있는 곳으로 달음박질치는 것을 멈추지 못했다.

간신히 강 하류의 중간 지점에 도착했을 무렵, 순록은 여우가 더 이상 끌려가지 못하도록 커다란 굽으로 밧줄을 밟고 있었다. 이예주는 제자리에서 도약하여 덮치듯 새끼 여우를 품에 안았다.

"으윽!"

바닥과 맞닿은 충격으로 인해 그녀의 입에서 짧은 신음이 터져 나왔다. 밧줄이 팽팽해지는 느낌이 새끼 여우를 통해 전해졌다. 캐앵—!

여우가 고통에 겨워 울었다.

이예주는 두 눈을 질끈 감았다. 다 큰 성체도 아니고 어린것이 과연 그 끔찍한 줄다리기를 감내할 수 있을지 알 수 없었다. 게다가 언제 또 빙판이 갈라질지 몰라 겁이 났다.

"제발. 제발, 조금만 참아."

이예주는 숨이 넘어갈 듯 헐떡이는 어린 짐승을 품에 꽉 껴안고 빌었다.

푸르륵— 순록이 빙판을 뿔로 긁으며 늘어진 밧줄을 어떻게 해서든 제 뿔에 감으려고 노력했다. 이예주는 그것을 도울 수조차 없었다. 아기를 안은 손에 힘을 푼다면, 속수무책으로 끌려갈 것만 같았다.

새끼 여우는 어미 여우보다 훨씬 작아서 온몸으로 안았는데도 품이 남아 헐거웠다. 무게도 훨씬 가벼웠기 때문에 한 번 놓치면 다시 잡을 수 없을지 모른다. 이예주는 그저 새끼 여우를 끌어안고 온몸으로 버텼다.

이럴 땐 어떻게 해야 하지. 대체 어떻게 해야 해. 왜 하필 람이 없을 때만 이런 일이 생기는 것인가. 대체 이 어린것이 무슨 잘못이 있다고, 왜!

수만 가지 생각이 교차하던 그 순간이었다. 팽팽하게 잡아당기던 힘이 일순 탁 풀렸다. 고통에 겨워 낑낑대던 새끼의 숨소리가 한결 편해졌다.

이예주는 여우를 껴안느라 숙이고 있던 고개를 들었다. 눈을 크게 뜨고 빙판 너머 숲을 노려보았다. 하지만 숲 너머는 그저 어두컴컴할 뿐, 아무리 살피고 또 살펴도 아무것도 보이지 않았다. 잠깐의 휴지休止인 것인가.

저 개새끼들의 사정이야 아무래도 좋았다. 이예주는 이 잠깐의 틈조차 감사히 여기며 허겁지겁 역으로 밧줄을 끌어당기기 시작했다. 언제 다시 새끼 여우를 끌고 가기 위해 줄을 잡아당길지 모른다. 그 전에 최대한 여유를 만들어 놔서, 더 이상 화살이 몸속을 들쑤시지 못하도록 해야 했다.

안간힘을 쓰고 절벽에서 내려온 탓인지 별거 아닌 노동에도 금방 어깨와 팔뚝이 빠질 듯 아려 왔다. 무릎에 놓인 작은 짐승의 들썩임이 점점 느려졌다.

이러다가 죽겠어.

"흐으……."

죽는다. 그 생각에 이예주의 입에서 흐느낌인지 신음인지 모를 소리가 터져 나왔다.

그녀는 누군가에게 쫓기듯 쉴 새 없이 밧줄을 잡아당겼다. 얼마나 잡아당겼는지, 얼마만큼의 시간이 흘렀는지 알 수 없었다. 한 번 밧줄을 잡아당길 때마다 언제 다시 팽팽해질지 몰라 손이 벌벌 떨렸다.

그렇게 팔이 떨어져 나가라 밧줄을 잡아당기던 이예주의 몸짓은 빙판 위로 질질 딸려 오는 밧줄의 끝과 함께 끝났다.

"끝이야……."

그녀는 제 손에 힘없이 딸려 오는 뭉툭한 밧줄 끝을 보고 멍하니 중얼거렸다. 정말로 끝이었다. 끊어질 듯 팽팽하게 잡아당기던 놈이 밧줄을 놓고 새끼 여우를 포기한 것이다.

하지만, 왜?

이예주는 여우를 잡아가려던 놈이 포기했다는 것에 기쁨을 느끼기보단 되레 이상하다는 생각이 들었다. 어미 여우 때와는 다르지 않은가.

그때는 그녀가 아무리 여우를 끌어안고 막아도 어떻게 해서든 끌고 가려 들었다. 그 인간이 포기한 것은 결국 빙판이 갈라져 이예주와 여우가 강물 속으로 빠질 때쯤이었다. 그러나 그에 비하면 지금은 마치…….

깊은 상념에 빠져 있던 이예주는 자꾸만 꼬리를 무는 생각을 물리고 황급히 여우를 내려다보았다. 지금은 태평하게 그런 생각이나 하고 있을 때가 아니었다. 화살에 관통된 어린 짐승이 죽어 가고 있었다.

"아가, 괜찮니?"

이예주는 덜덜 떨리는 손으로 제 무릎에 축 늘어져 있는 작은 몸을 들어 올렸다. 눈처럼 하얀 털을 자랑하던 여우는 온통 피투성이였다. 손바닥에 닿는 온기가 차가웠다. 죽어 가고 있는 것이다.

그녀는 더럭 겁이 났다. 울음이 터져 나올 것만 같았다.

"죽지 마. 죽으면 안 돼! 제발, 제발 람한테 갈 때까지……!"

순식간에 눈앞이 흐릿해졌다. 새끼 여우를 들고 다급하게 자리에서 일어나려던 이예주는 그 순간 눈길을 잡는 무언가에 멈칫했다.

"이, 이거……."

새끼 여우의 몸통에 박혀 있는 화살대, 무언가가 그 끝에 묶여 있었다. 믿을 수 없는 것을 본 것처럼 그녀의 얼굴이 희게 질렸다.

"알리자린?"

비명을 지르듯 그녀가 내뱉었다. 새끼 여우를 관통한 화살 끝에 알리자린의 안대가 묶여 있었다.

다른 이의 것이라고 생각할 수 없었다. 끝이 다 해진 낡은 안대는 분명 알리자린이 차던 것이 틀림없었다.

"이게 어떻게……."

이예주의 눈동자가 하염없이 흔들렸다. 대체 이것이 어떻게 여기 있는 건지, 왜 이 화살에 묶여 있는 건지. 새된 목소리로 그것을 논하려던 순간이었다.

"예주양!"

멀리서 커다랗게 그녀를 부르는 소리가 들렸다. 이예주가 화들짝 놀라 고개를 돌렸다. 어느새 위에서 내려온 펭양이 이쪽을 향해 뒤뚱뒤뚱 뛰어오고 있었다.

"위험해양! 순심이랑 같이 어서 이리로 와양!"

그제야 현실로 돌아오듯 손안의 미지근한 체온이 느껴졌다. 느릿하게 숨을 내쉬는 새끼 여우의 몸을 바라보자 정신이 번쩍 들었다.

이예주는 서둘러 몸을 일으켰다. 안대고 뭐고 한시가 급했다. 마구 널브러져 있는 화살에 이어진 밧줄 때문에 당장 펭양이 있는 곳으로 뛰어갈 수는 없었다. 그래서 한 손으로 새끼 여우를 받쳐 든 채 나머지 한 손으로 무아지경 밧줄을 끌어모을 때였다.

푸르르— 순록이 서리 같은 허연 입김을 내뿜으며 뿔로 툭툭 이예주를 쳤다. 그녀가 돌아보자 순록은 제자리에 앉았다. 새끼 여우를 태우라는 뜻인 것 같았다.

이예주는 지체 없이 순록의 너른 등판에 새끼 여우를 올려놓았다. 비록 밧줄이 순록의 뒤로 질질 늘어져 따라오겠지만, 굳이 밧줄을 그러모을 필요는 없었다. 하지만 여우를 올려놓았음에도 순록은 움직이지 않았다. 이예주는 초조한 마음에 재촉했다.

"왜 그래? 어서 가자."

순록은 움직이지 않고 그저 고개를 한 번 까딱이기만 했다. 그녀는 그제야 그 뜻을 눈치챌 수 있었다.

"나도 타라는 거야?"

푸르륵— 정답이라는 듯 순록이 한 번 더 울었다. 이렇게 무게가 모이면 빙판이 깨지지 않을까. 하지만 이것저것 따질 새가 아니었다.

이예주는 망설이다 이내 조심스럽게 커다란 짐승의 등 위로 올라탔다. 그리고 늘어져 있는 새끼 여우를 끌어안고 여유분의 밧줄을 손에 쥐었다. 그러자마자 기다렸다는 듯 순록이 자리에서 벌떡 일어났다.

빙판이 갈라지면 어떡하나 걱정했던 것이 무색하게 흰 순록은 겅중겅중 가볍게 뛰기 시작했다. 미끄러운 빙판이라 위험할 법도 한데, 널찍한 등 위는 흔들림 없이 안정적이었다.

이예주와 새끼 여우를 태운 짐승은 순식간에 육지 위에 도달했다. 빠르게 달리던 순심은 펭양을 보고 속도를 조금 늦췄다.

"난 괜찮으니까 동굴로 먼저 가양!"

하지만 펭양의 외침에 순심이는 다시 어마어마한 속도로 내달렸다.

주변 광경이 정신없이 휙휙 스쳐 지나갔다. 날카로운 바람이 드러난 피부를 따갑게 스치고 지나가자, 이예주는 새끼 여우를 꽉 안은 채 고개를 숙였다. 손바닥에 닿는 온도가 자꾸만 서늘해지는 것 같았다. 무슨 정신으로 미친 듯이 질주하는 순록 위에서 버티고 있는지 알 수 없었다.

"죽지 마. 제발 죽지 마. 죽지 마, 아가."

이예주는 그저 쉴 새 없이 빌었다. 어미도 모자라 이렇게 보낼 수는 없었다. 아직 살아갈 날들이 얼마나 창창한데. 이러려고, 이런 것을 보려고 어미 잃은 새끼를 숲에 홀로 두고 온 것이 아닌데.

순심이 덕분에 매번 한 시간이 넘게 걷던 얼음 동굴까지의 거리가 단 몇 분으로 좁혀졌다. 푸르륵—! 동굴 앞 설원에 서 있는 장신의 남자를 발견한 순록이 투레질을 하며 가까스로 멈춰 섰다.

"예주야."

남자가 순록 위에 올라탄 채 사색이 되어 달려온 이예주를 보고 놀란 듯 눈을 크게 떴다. 람을 발견하자 이예주는 바싹 날이 선 긴장이 한순간에 확 풀리는 것 같았다. 그녀는 서둘러 순록 위에서 펄쩍 뛰어내려 그에게로 뛰어갔다.

"람!"

갑작스레 안도해서 그런지 속에서 울컥하고 울음기가 치솟았다. 이예주는 정신없이 로브 안에 품고 있던 새끼 여우를 꺼냈다.

"아기가, 아기가 아파요."

인간 여자가 조심스레 건네는 핏덩이를 본 남자의 얼굴에는 별다른 표정 변화가 없었다. 하지만 한순간 시뻘건 눈동자에서 흉흉한 기세가 쏟아져 나와 남자의 분노를 충분히 짐작하게 만들었다.

놀란 기색조차 없이 묵묵히 이예주에게서 새끼 여우를 받아 든 람은 늘어진 어린것의 몸을 빠르게 훑었다.

"심장을 피했기에 죽진 않을 것이다."

그러나 죽음의 기운이 여우의 몸을 이미 절반쯤 잠식하고 있었다. 깔끔한 관통상이었지만, 피를 많이 흘리고 체온도 떨어진 상태였다. 조금만 늦었다면 이미 절명했을 것이다.

남자는 온몸을 부들부들 떨고 있는 인간 여자에게 굳이 그런 사실을 알려 주지 않았다.

"화살을 제거하고 상처를 치료해야겠군."

담담한 람의 목소리에 이예주는 한시름 내려놨다. 몸이 차가워서 오는 내내 혹시 죽었을까 봐 얼마나 겁이 났는지 모른다. 람의 힘이라면 금방 다시 괜찮아질 것이다.

"그럼 부탁할게요."

이예주는 그의 품에 새끼 여우를 맡기고는 등을 돌렸다.

순심이는 여전히 바닥에 자세를 굽히고 있었다. 지능이 높은 건지 아니면 영물인 건지 모르겠지만 아무튼 그녀가 뭘 원하는지 꿰뚫어본 듯했다. 이예주가 허겁지겁 다시 그 위에 올라타려던 그 순간이었다.

"어딜 가려는 거지?"

탁— 람이 바로 팔을 낚아채 저지했다.

"저, 저 다시 돌아가 봐야 해요."

"……."

"알리자린이 있어요! 여기, 알리자린의 안대가요. 안대가 묶여 있어요."

이예주는 아직도 여우에게 박혀 있는 화살 끝을 가리키며 정신 나간 사람처럼 횡설수설했다.

몸은 동굴 앞이지만 아직도 정신은 강 하류, 미끄러운 빙판 위에 있는 것 같았다. 늦기 전에 다시 돌아가야 한다는 강한 예감이 들었다. 그녀는 람에게 잡힌 팔을 비틀며 비명처럼 소리쳤다.

"알리자린 거예요, 틀림없어요! 알리자린이 반대편 숲에 있는 거예요!"

"알리자린이라면……."

남자가 눈살을 좁혔다. 그녀의 입을 통해 나오는 이름의 주인이 누군지 가늠하는 듯했다. 이예주는 애가 타들어 갔다. 당장 되돌아가야 하는데, 람에게 잡힌 손은 꿈쩍도 하지 않았다.

다행히도 그는 얼마 안 가 알리자린이 누군지 알아차렸다.

"그 눈족 계집을 말하는 것인가?"

"람, 저 다시 가 봐야 돼요. 알리자린이 눈족 인간들이랑 같이 있는 걸지도 몰라요. 가서 확인 좀……!"

이예주는 미친 듯이 고개를 끄덕이며 같은 말을 되풀이했다. 그러면서도 등을 돌려 어떻게 해서든 순록 위에 올려 타려 들었다.

계속 벗어나려고 허우적대는 통에 람은 결국 거칠게 그 몸을 돌려 세울 수밖에 없었다.

"예주야."

"이거 놔줘요! 저 알리자린한테 가 봐야 해요! 빨리 가서……!"

"그 눈족 계집은 죽었다. 며칠 전에 긴 유람을 떠나는 것을 나와 같이 보았지 않아."

람의 단호한 말에 그의 버둥거리던 이예주의 몸짓이 멈췄다.

"하지만……."

그녀는 목이 죄이는 것처럼 고통스러운 얼굴로 작게 중얼거렸다.

"알리자린의 안대가 맞는걸요……."

"올빼미를 보내 정찰해 보도록 하지. 새끼 여우를 치료한 후 확인하러 가도 늦지 않는다. 그러니……."

"……."

"울지 마."

팔을 억세게 부여잡고 있던 남자의 손이 불쑥 올라와 이예주의 뺨에 닿았다.

울고 있다고? 람의 말에 그녀는 한 손을 들어, 남자의 손이 닿지 않은 반대쪽 뺨을 더듬더듬 만졌다. 손이 닿는 자리마다 온통 물기로 흥건했다. 자신도 모르는 사이 엉엉 울고 있던 것이다.

맞아. 알리자린은 죽었지.

이예주는 혼란스러운 표정으로 눈을 문질렀다. 눈물을 닦아 내기 위함이었지만 손짓이 워낙 거칠어 여린 눈두덩이 금세 붉게 달아올랐다. 남자가 그 손을 부드럽게 잡아 내렸다.

“일단 들어가지. 몸이 많이 차군.”

람의 손은 무척이나 따뜻했다. 이만큼 몸이 따뜻한 남자가 아닌데. 잠시 의문이 들던 이예주는 그제야 자신이 차갑게 얼어붙은 몸으로 벌벌 떨고 있다는 사실을 깨달았다. 그녀는 동굴 쪽으로 이끄는 람에게 순순히 끌려갔다.

이예주는 그와 마주 잡지 않은 손을 들어 다시 한번 눈가를 쓸었다. 여전히 눈가가 축축했다. 갑자기 걷잡을 수 없이 피로가 몰려오는 기분이 들었다.

새끼 여우의 치료는 순조로이 진행됐다. 람은 많이 해 본 사람처럼 신중하게 화살을 뽑았고, 곧이어 특유의 검은색 힘을 내뿜어 상처를 아물게 했다.

새끼 여우는 기력이 많이 쇠한 듯 치료 내내 미동하지 않았다. 일어나서 낑낑거리며 어미를 찾으면 어쩌나 걱정하던 이예주는 차라리 여우가 눈을 감고 있어서 다행이라고 생각했다.

화살 끝에 묶여 있던 알리자린의 안대는 안주머니에 잘 챙겼다. 람이 갖다 버리라며 성화를 냈지만 그녀는 꿋꿋이 그것을 만능열쇠와 함께 소중히 보관했다.

치료가 끝난 새끼 여우는 뒤늦게 동굴로 돌아온 펭양이 제 둥지로 데리고 갔다. 동굴 뒤편의 숲에 있는 펭양의 보금자리는 정말로 동물이 지을 법한 야생적인 둥지였다. 그것을 본 이예주가 당황하여 제가 보살피겠다고 막아섰지만, 남자가 단호하게 고개를 저었다.

“제 몸도 성치 않은 것이 누굴 보살핀다고.”

"그치만 아직 아기인걸요. 펭양 둥지는 지붕도 없어서 바람이 많이 불 텐데……."

"그리 걱정할 것 없다. 아무리 어린것이라도 너보다 이 설원의 추위를 더 잘 버틸 테니."

맞는 말이었다. 아무리 모포를 둘러도 강추위가 적응되지 않는 그녀와 남쪽 대륙에서 나고 자란 동물들은 엄연히 달랐다. 그리고 어미를 잃고 홀로서기를 해야 할 새끼 여우가 자꾸 제 손을 타 봤자 좋을 것이 없었다.

머리는 그렇게 인정하지만, 그래도 어린것의 앓는 소리가 자꾸 귀에 남았다.

"그래도……."

이예주가 끝내 소심하게 반항했다. 람은 그것을 깔끔하게 묵살하며 제 손을 내밀었다.

"그보다 손."

"손?"

"그래, 손."

그녀는 마치 강아지를 훈련시키듯 제게 내밀어진 람의 손바닥을 그저 멀뚱멀뚱 쳐다보았다. 참을성이 좋지 않은 남자가 눈살을 찌푸리며 "얼른." 하고 재촉하자 그녀는 그제야 조심스럽게 한 손을 올렸다.

람이 손을 뻗어 반대편 손도 잡아끌었다. 그녀의 오므린 손가락들을 펼친 그가 눈앞에 드러난 처참한 상흔에 한숨을 내쉬었다.

"바람 잘 날이 없군."

얼어붙은 바위를 타고 절벽을 내려가느라 흉하게 까지고 파인 상처들이 한가득이었다.

남자의 말처럼 이곳에 온 후로 유독 상처가 많이 생기는 것 같았다. 뭐에 긁힌 것인지 꽤 피가 많이 나 커다란 피딱지가 진 자리도 여러 군데였다. 그것들을 보며 이예주는 시무룩하게 말했다.

"저도 그렇게 생각해요."

"이제 하도 다쳐서 아프지도 않은 모양이야. 아예 부러트려서 오지 그래."

남자는 눈썹을 꿈틀거리며 빈정거렸다. 그녀의 대답이 매우 마음에 들지 않는 것 같았다. 이예주는 눈을 흘기며 억울한 표정으로 외쳤다.

"아프지 않긴요! 얼마나 아팠는데요……."

사실 새끼 여우를 데리고 오는 동안 너무 정신이 없어서 아픈 것도 몰랐다. 여우가 치료되는 내내 차갑게 얼어붙어 있던 손이 남자의 따뜻한 온기에 닿자 그제야 느끼지 못했던 통증들이 와르르 몰려오기 시작했다.

미운 말만 골라 하던 입과는 달리, 남자는 섬세한 것을 다루듯 조심스러운 손길로 이예주의 손을 어루만지더니 곧 치료를 하기 시작했다.

그의 손에서 검은빛이 새어 나왔다. 그 빛은 이내 솜사탕 같은 반투명한 뭉치들이 되어 그녀의 상처투성이 손 위로 기어 올라왔다. 벌어진 상처 위로 검은 뭉치들이 닿는 족족 흡수되었다. 그와 동시에 상처가 아물며 새살이 돋았다.

마치 상처를 통해 그의 힘이 몸 안으로 들어오는 것 같았다. 기분 탓만은 아닌지, 실제로 이예주는 온몸에서 기묘한 기운이 샘솟는 것을 느꼈다. 몇 번을 경험해도 신기한 람의 치료 과정을 물끄러미 바라보던 그녀는 문득 고개를 들고 물었다.

"궁금한 게 하나 있어요."

"뭐가."

"눈족들이 어떻게 자꾸 숲을 침범하는 거예요?"

간접적이든 직접적이든, 벌써 숲에서 눈족들을 만난 것이 세 번째였다. 그도 모자라 펭양은 눈족이 식량을 구하기 위해 곧잘 숲에 들어온다고 그랬다. 쟈니아는 숲에 람이 있는 것을 잘 알고 있었다. 더불어 이예주와 람의 관계나 이 세계에서 가장 높은 산의 중턱에서 있었던 일들 또한.

눈족은 다리족처럼 작전을 세워 몰래 접근하는 것도 아니었다. 그래서 더더욱 이해가 안 갔다. 그들은 람의 분노가 두렵지 않은 것인가?

"이 숲에 당신이 있는 것을 뻔히 아는데 눈족들은 왜 겁도 없이 자꾸 기어 들어오는 거예요? 사냥을 하기 위해서만은 아닌 것 같아요. 아무리 눈족 인간들을 쉽게 죽일 수 없다고 해도……."

이예주는 눈살을 찌푸리고 말끝을 흐렸다. 검은 안개를 가진 눈족은 죽으면 히카톤이란 그 끔찍한 괴물로 변할지도 모른다 했던가.

그녀는 새로 깨달은 사실처럼 눈을 커다랗게 뜨고 되물었다.

"눈족 인간들이 죽으면 괴물이 되니까 숲에 들어오는 걸 그냥 내버려 두는 거예요?"

남자는 묘한 얼굴로 이예주를 바라보다 이내 고개를 저었다.

"히카톤은 먹이가 없으면 자연 도태되어 사라진다. 게다가 이곳에서 죽은 눈족이 히카톤으로 변하면 잡아먹히는 건 눈족 놈들뿐이야. 그 버러지 같은 것이 내 숲에 발을 들이는 꼴을 보고만 있지 않을 테니까."

"……."

"눈족 놈들 또한 그것을 잘 알고 있다. 그러니 매번 힘이 약한 동족들을 밖에 내버리는 거겠지. 설령 죽어 괴물로 변하는 것이 있더라도 사막에 갖다 버리면 알아서 서로를 뜯어 먹으며 개체 수를 줄일 것이다."

람의 설명에도 이예주는 고개를 갸웃거렸다. 어쨌든 눈족 인간들을 죽일 수 없는 게 아닌 것만은 확실한 듯싶다. 변한 괴물이 이 숲으로 들어오지 못하게 할 것이란 말도 알겠고. 하지만.

"힘이 약한 동족들……."

힘이 약한 동족들이란 바로 알리자린 같은 버려진 어린아이들을 말하는 것이 틀림없었다. 일족에게 버려지고 실험체로 쓰이기 위해 다리족으로 잡혀가는 아이들.

왜 눈족이 주기적으로 아이들을 버리는 거냐는 그녀의 질문에 다리족 족장은 자기들도 그것까진 알 수 없다고 했다.

알리자린은 힘이 약한 것들은 쓸모가 없기 때문에 일족에게서 추방을 당하는 것이라 했다. 그것은 납득이 가는 이유였지만 이예주는 람에게 한 번 더 물었다.

"왜 힘이 약한 아이들을 버리는 건데요?"

"궁극적으로는 우두머리의 힘을 유지하며 본인들을 위협하는 괴물이 탄생하는 것을 방지하기 위함이지. 인간들의 욕심은 끝이 없으니까."

람에게서 또 다른 답이 나왔지만 이예주는 더욱더 미궁 속으로 빠져드는 것 같았다. 그러니까 그게 뭔 소린데. 그것과 인간의 욕심은 또 뭔 상관인데?

이해가 가지 않아 그저 멍하니 그를 바라보는 그녀에게 람은 더 설명해 주지 않았다. 이예주가 더 묻기도 전에 그는 다시 눈족들이 숲에 자주 나타나는 출몰하는 이유로 화제를 돌렸다.

"네가 이곳에 오기 전에 놈들은 숲을 자주 침입하지 않았다. 내가 어쩌다 숲을 비울 때나 쥐새끼처럼 기어들어 오는 것들이 요즘 들어 대담해졌지. 네가 남쪽 대륙에 있는 게 꽤나 두려운가 본데."

"헉. 그럼 저 때문에 그렇단 소리에요?"

"정확히는 너를 가지고 있는 나 때문이지."

"가, 가지다니요……."

이예주는 얼굴을 확 붉혔다. 가, 가지다니!

"놈들은 네 능력이 정확히 무엇인지 모르니까 내가 널 어떤 식으로 이용해 먹을지 알 수 없어 전전긍긍하는 것이다. 그래서 자꾸만 기어들어 와서 너를 찔러 보는 것이지."

일순 눈앞이 아연해졌다. 이제야 놈들이 왜 그녀의 눈앞에서 그렇게 어미 여우와 새끼 여우를 죽이려 했는지 알 것 같았다. 능력을 시험해 보기 위해서였다.

이가 부득 갈렸다. 개새끼들, 따로 할 것이 없어서 생명을 가지고……. 그녀는 우울한 얼굴로 한숨처럼 중얼거렸다.

"하지만…… 당신은 인간들의 기척을 알 수 있잖아요?"

"눈족 중에는 미래를 엿보는 것들이 있다. 종종 내가 없는 것을 알아내고 숲에 침입하는 것이지. 이번에도 같은 경우겠군."

이예주의 낯빛이 한층 더 어두워졌다. 깜빡 잊고 있었다. 눈족에는 미래를 보는 인간이 있다는 걸. 비록 가까운 미래만 볼 수 있는 불완전한 능력이지만 엄마가 그러했고, 알리자린 또한 그러했다.

"놈들이 숲에 있더라도 기척을 알아차리지 못할 때도 있다. 그놈들 중에서 살아 있는 것이라고 볼 수 있는 것은 거의 없거든."

덧붙여진 그의 말은 이예주를 놀라게 만들기 충분했다. 그녀는 휘둥그레진 얼굴로 그를 돌아보았다. 그럼 눈족 인간들은 다 좀비들이란 말인가? 그녀는 더럭 겁이 나서 다급히 물었다.

"그럼 당신이 숲에 없을 때 눈족 인간들이 또 들어와서 해코지를 하면 어떡해요?"

"놈들의 간이 배 밖으로 튀어나오지 않은 이상 이곳까지 기어 들어오진 않겠지. 하지만 조심해야 해."

이예주의 눈이 지진 나듯 떨리자 남자가 짧게 한숨을 쉬며 바짝 붙어 앉았다. 그러고는 두 손으로 그녀의 얼굴을 감싸 안고 제게 시선을 고정하도록 했다.

"당분간 매우 바빠질 예정이다. 얼굴 보기 영 힘들 것 같군."

"왜, 왜요?"

이예주는 양 볼에 와 닿는 따뜻한 온기에 안심하기는커녕 들려오는 남자의 말에 더더욱 기함했다. 아니! 놈들이 언제 들어올 줄 알고!

"그러고 보니 맨날 어딜 가는 거예요! 뭐가 그렇게 바쁜데요?"

급작스럽게 치솟는 불안감에 이예주의 목소리도 덩달아 뾰족해졌다.

그동안 람의 부재에도 서운해하지 않고 의연하게 행동하려고 노력했다. 원래도 그녀를 곧잘 조롱이에게 팽개치고 나돌아 다니던 남자였으니 새삼스러울 것도 없었다.

람이 매번 동쪽 대륙과 남쪽 대륙을 오간다는 사실은 펭양에게 익히 들어 알고 있었다. 그녀가 몸소 겪어 본 결과, 대륙 간의 거리는 절대 짧지 않았다. 그렇게나 바쁜 와중에도 제게 신경을 쓰려 노력하는 남잔데, 괜히 먹히지도 않을 어리광을 부려 성가시게 만들고 싶지 않았다.

하지만 이예주는 겁쟁이라서 오늘 같은 일이 또 발생하면, 도저히 홀로 의연하게 대처해 나갈 자신이 없었다.

람이 없는 사이 또 누가 다치면, 펭양이나 순록이 인간들이 쏜 화살에 꿰뚫려 버리면, 죽어 가는 그들을 붙잡고 자신이 뭘 할 수 있단 말인가?

그녀는 또다시 저를 두고 떠나려는 남자 때문에 저도 모르게 화를 내듯 소리쳤다.

"매번 혼자만 바쁘고 있는 부산 다 떨죠! 대체 그놈의 일은 언제 끝나는 건데요!"

"글쎄. 너 때문에 부숴 놓은 것들을 복구하는 것이 꽤 오래 걸리는군."

그러나 즉각적으로 들려오는 람의 답에 잔뜩 찌푸려졌던 그녀의 표정이 한순간에 희게 질렸다. 잊고 있었던 기억 한 조각이 떠올랐다.

—당신 때문에 바다 인근에 있는 마을이 절반 가까이 사라졌어요.

남쪽 대륙을 떠날 것을 종용하며 눈족 여자가 한 말이었다. 그리고 방금 전의 람 또한 같은 말을 했다. 그녀로 인해 부숴 놓은 것들.

갑자기 온몸에 오한이 들었다. 제 볼을 부여잡은 남자가 덜덜 떨리는 몸을 눈치챌까 봐 이예주는 아랫입술을 꽉 깨물었다.

그녀는 대체 뭐 때문에, 또 어떤 식으로 동쪽 대륙이 파괴된 건지 잘 알지 못했다. 아니다, 어쩌면 자신은 이미 알고 있을지도 모른다. 그럼에도 그녀는.

"예주야."

"……."

"왜 그런 얼굴을 하는 거지?"

도망치는 나를 잡으려고 동쪽 대륙을 부순 거냐고, 끝내 람에게 그것을 물을 수 없었다.

꼭 울 것만 같은 이예주의 뺨을 다정하게 어루만지며 남자가 재차 물었다.

"내가 가는 것이 그렇게나 싫은 것인가?"

"아니요. 그런 건 아니고, 그냥……."

이예주는 횡설수설하며 람의 시선을 피했다. 문득 자신이 한심해졌다. 꼭 출근하는 아빠의 바짓가랑이를 붙잡고 심통을 부리는 아이 같았다. 하다못해 남자의 행보 하나에도 절절매는 꼴이니 이 얼마나 우스운가.

자신을 향해 비관적으로 자조할 적이었다. 그녀의 머리 위로 뜻밖의 말이 떨어졌다.

"그럼 그냥 있지."

"예?"

"네가 원하지 않으면 아무 데도 가지 않겠다."

그녀는 화들짝 놀라 다시 남자를 돌아보았다. 이 남자가 대체 무슨 소릴 하는 거야? 혹시 농담을 하는 것인가 싶어 람의 얼굴을 샅샅이 훑었지만 그녀를 내려다보는 시뻘건 눈동자는 웃음기 하나 보이지 않았다.

또 까먹고 있었다. 이 남자는 농담의 '농' 자도 모르는 남자란 걸. 이예주의 표정이 허물어졌다. 짧은 사이 머릿속으로 수많은 갈등이 오갔다.

그렇다고 하면, 남자는 그렇게 해 줄 것 같았다. 아무 데도 가지 않고 그녀의 곁에 남아 줄 것처럼 담담한 얼굴이었다.

그냥 이대로 내 곁에 있으라고 할까. 무서우니까 그냥 곁에 있어 달라고. 어디로도 가지 말아 달라고……. 목구멍까지 가지 말라는 말이 솟구쳤다. 그러나 이예주는 가까스로 그것을 참아 내고 고개를 흔들었다.

"아니, 아니에요. 아니에요……."

"……."

"그냥 어리광 좀 피운 거니까, 신경 쓰지 말아요. 가야죠. 중요한 일이잖아요."

람은 진의를 가늠하듯 말없이 그녀를 바라보기만 했다. 이예주는 얼굴 위로 꽂히는 그 시뻘건 시선을 이번에는 피하지 않았다.

한참 동안 그녀를 응시하던 남자가 이윽고 입을 열었다.

"내가 없는 동안 최대한 멀리 가지 말도록. 답답해도 가급적이면 동굴 근방에만 있어."

"알았어요."

이예주는 고개를 주억거리며 답했다. 말 잘 듣는 착한 아이 같은 모습이 기특한지 남자가 또 한 번 양 뺨을 쓰다듬었다. 그녀는 목에 힘을 풀고 그 손길 위에 고개를 완전히 내려놓았다.

"피곤해 보이는군."

람이 쏟아지는 머리칼을 부드럽게 쓸어 올려 주었다. 그의 말이 맞았다. 긴장이 풀리자 걷잡을 수 없이 몸이 무거워졌다.

"피곤해요."

남자가 힘없이 늘어지는 그녀의 얼굴을 잡아당겨 끌어안았다. 이예주는 순순히 그의 품에 안겼다. 그리고 그의 허리를 마주 끌어안았다. 고단함에 외간 남자의 품에 아기처럼 폭삭 안겨 있음에도 부끄럽다는 생각이 들지 않았다.

타닥, 타닥. 모닥불이 타올랐다. 그녀는 문득 옛날 생각이 났다. 산장에서 남자에게 붙잡힌 채 억지로 뜨거운 물을 받아먹고 꾸벅꾸벅 졸았던 때가. 그때와 같으면서도 다른 상황이다. 그땐 남자를 마주 껴안는다는 건 상상도 할 수 없었는데 어느새 그의 품을 차지하는 것이 이렇게나 자연스러워졌다.

불현듯 지금의 모든 것이 낯설게 느껴졌다. 그 기분을 떨치려 그의 가슴팍에 마구 얼굴을 비비며 이예주는 웅얼거렸다.

"졸려요."

남자가 허리를 감싸지 않은 손으로 얼굴을 비비느라 흐트러진 앞머리를 정돈해 주었다. 그를 올려다보며 흐린 눈을 껌뻑이자 그가 퍽 다정한 목소리로 말했다.

"그만 자도록 해."

"싫어요. 아침에 일어나면 또 쥐도 새도 모르게 사라져 있을 거잖아요. 그니까 좀 더 볼래."

이예주는 마구 고개를 흔들며 남자의 허리를 더 세게 껴안았다. 기껏 예쁘게 정돈해 준 머리가 순식간에 다시 흐트러졌다. 아이 같은 칭얼거림에 남자가 나지막이 한숨을 내쉬었다.

"동쪽 대륙의 일이 정리되면 질리도록 곁에 있을 텐데."

"……치."

심술궂은 소리를 내며 입술을 삐죽였지만, 이예주는 결국 남자가 가야 한다는 사실을 수긍했다. 그래, 지금은 내가 좀 참아 준다. 바쁜 남자에게 언제까지 어리광만 부릴 수는 없는 노릇이었다.

"기다리고 있을게요."

이예주는 무거운 마음을 애써 털어 내며 눈을 감았다. 남자가 다시 손을 뻗어 얼굴을 덮은 머리카락을 사근사근 쓸어 올렸다. 그 간지러운 손길에 잠이 물밀 듯이 쏟아지기 시작했다.

그녀는 람 쪽으로 얼굴을 돌리며 단단한 가슴에 코를 박았다. 남자의 품에선 여전히 아무 냄새도 나지 않았다.

하지만 이예주는 더는 그의 냄새를 좇지 않았다. 굳이 냄새를 기억하려 들지 않아도 더 이상 불안함이 느껴지지 않았기 때문이다.

람이 남쪽 대륙을 떠났다. 그가 떠난 후 이예주는 며칠간 철저히 그의 말을 지켰다.

대부분의 시간을 동굴 안에만 처박혀 지냈다. 그 외에는 씻기 위해 온천을 오가는 것뿐이었고, 어쩌다 나가는 경우에도 최대한 동굴 근방에만 있었다.

펭양이 새벽마다 물고기를 건져 오는 탓에 먹을 것은 풍족했다. 매일같이 생선만 먹어서 입을 헹궈도 비린내가 나 죽을 지경이었지만, 뿌듯해하며 생선을 게걸스럽게 뜯는 펭양을 위해 내색하지 않았다.

“하…….”

이예주는 동굴 입구에 우두커니 앉은 채 손가락을 꼽았다. 이른 아침이라 그런지 날씨가 부쩍 추웠다. 모포를 들고 오지 않아 벌써 손가락이 차갑게 굳었지만 그녀는 꿋꿋이 손가락을 접었다. 7개의 손가락이 접혔다. 람의 얼굴을 마지막으로 본 지 벌써 1주일이 되었다.

람이 없어도 숲은 똑같았다. 여전히 춥고 고요했다. 그의 말대로 동굴에만 처박혀 있으니 인기척을 느낄 일도 없었다. 눈족 인간들의 간이 배 밖으로 튀어나오지 않는 이상 동굴이 있는 숲 깊숙한 곳까지 들어올 리는 없을 것이다.

이예주는 오래간만에 맞는 평화 속에서 잘 지냈다. 일주일 내내 무료하고 지루했지만, 그렇다고 해서 뭔가 또 감당 못할 사건을 겪고 싶은 것은 절대 아니었다.

다만 가끔 람이 곁에 없다는 이유 하나만으로 지금처럼 숨이 막힐 만큼 초조할 때가 있었다. 이유는 정확히 알지 못했다. 악몽이나 예지몽 같은 기묘한 꿈을 꾸는 것도 아닌데.

때때로 이 지루하고도 안정된 평화가 폭풍 전야라는 느낌을 떨치지 못할 때가 있었다.

"간밤에 잠을 설쳐서 그런가……."

그러고 보면 꿈자리가 뒤숭숭한 것 같기도 하다며 혼잣말을 중얼거릴 적이었다.

"캉, 캉!"

동굴 입구 근처로 흰 눈덩이가 날카롭게 울며 기어 올라왔다. 눈덩이는 가까워질수록 까만 눈과 코를 가진 강아지 상이 되었다. 새끼 여우였다.

한달음에 이예주가 쭈그려 앉아 있는 곳까지 뛰어온 여우가 제 몸만 한 무언가를 물고 그녀의 주위에서 미친 듯이 날뛰었다.

강아지를 키워 본 적 있는 입장에서 보건대 여우는 강아지보다 정도가 더 심했다. 여우는 제가 들고 온 것을 봐 주지 않자 낑낑거리며 머리로 이예주의 다리를 들이박았다. 정신 사나운 그 모습에 나직이 한숨이 나왔다.

"벌써 가져왔어?"

왈왈, 그녀의 물음에 개와 비슷하지만 그보다 더 가느다란 울음소리가 연달아 울렸다. 이예주는 여우가 물어 온 제 한쪽 신발을 받아 들고 머리를 한 번 쓰다듬어 주었다. 기분이 좋은지 새끼 여우가 제자리에서 또 겅중겅중 뛰었다.

공 대신 쓴 신발 때문에 한쪽 발이 미치도록 시렸다. 이제 그만하고 동굴 안으로 들어가서 뜨끈한 모닥불이나 쬐었으면 하건만, 이놈의 새끼 여우는 아직도 체력이 남아도는 것 같았다.

"자! 또 물어 와!"

그녀는 다시 동굴 아래쪽으로 성의 없이 제 신발을 휙 던졌다. 자세를 낮추던 새끼 여우가 날아가는 털신을 따라 빠르게 도약했다.

다시 멀어져 작은 눈덩이가 되어 가는 여우의 뒤꽁무니를 바라보던 이예주는 문득 제가 사 준 신발이 넝마가 되어 가고 있는 꼴을 보면 람이 과연 뭐라고 할지 궁금해졌다.

람의 힘을 받아 치유된 새끼 여우는 생사를 오갈 뻔했던 것이 언제냐는 양 금방 회복되어 눈밭을 뛰어다녔다. 다 죽어 가는 와중에도 저를 구한 것이 이예주란 사실을 안 걸까. 여우는 멀쩡해졌음에도 불구하고 그녀의 곁에 딱 붙어 떨어지지 않았다. 날이 저물어 펭양이 제 둥지로 데려가려 들어도 이예주의 로브 자락을 물고 낑낑 늘어져 결국 잠까지 같이 자는 사이가 됐다.

어미를 잃은 아기 여우가 자신을 어미로 인식하면 어쩌나 하는 걱정이 들었지만, 이번엔 굳이 여우를 숲으로 돌려보내지 않았다. 언제 또 인간들이 나타날지 몰랐고, 람을 대신해서 껴안고 자는 여우의 뜨끈함이 없으면 안 될 만큼 익숙해져 버렸다.

신발이 꽤 멀리 날아갔는지 언덕 밑으로 내려간 여우는 한참이 지나도 올라오지 않았다.

"좀 보고 싶은데."

며칠째 해가 뜨지 않고 꾸물꾸물하기만 한 잿빛 하늘을 바라보며 이예주가 무심결에 내뱉었다. 그리고 곧바로 그 대상이 여우가 아님을 알아차리고 지레 놀라 주변을 둘러보았다.

이런 간지러운 말도 다 내뱉을 줄 알다니. 정말 중증이라니까.

"빨리 왔으면 좋겠다."

그럼에도 이예주는 새빨간 눈동자를 그리는 것을 멈추지 못했다. 이대로 안 오는 것은 아니겠지. 하루속히 남자가 돌아오길 기도하며, 그녀는 마음 한편의 불안감과 두려움을 애써 떨쳐 냈다.

깊은 잠에 빠졌음에도 불구하고 가끔 그럴 때가 있다. 이유 없이 가슴이 수런거리고 알 수 없는 기분에 눈이 번쩍 떠질 때. 이상하게도 한순간에 잠기운이 싹 가신 이예주는 자리에서 일어나 앉았다.

동굴 안은 어두웠다. 빨간 불씨들만 남긴 채 모닥불이 꺼진 걸로 보아 이른 새벽녘이 분명했다.

"왜 이렇게 일찍 일어난 거지?"

일찍 사냥을 갔다 온 펭양이 밥을 먹으라고 외치는 소리를 알람 삼아 느지막이 일어나던 자신답지 않았다.

"어?"

고개를 갸웃거리던 그녀는 문득 옆자리가 휑하니 시린 것을 깨달았다. 몸이 나은 후로 옆구리를 당연스럽게 꿰차고 자던 새끼 여우가 보이지 않았다. 그 작은 온기가 없을 뿐인데 왠지 으슬으슬 몸이 떨렸다.

이예주는 주섬주섬 벗어 두었던 로브를 주워 입었다. 람이 선물해 준 목도리로 목도 꽁꽁 싸맸다. 마찬가지로 람이 준 털신을 찾아 신으려고 두리번거렸지만 분명 자기 전에 옆에 벗어 놨던 것이 통 보이지 않았다.

한참을 찾은 후에야 밖으로 나가는 통로의 길목에 나동그라진 신발 한 짝을 찾아낼 수 있었다.

"이게 또!"

그녀의 미간에 내 천 자가 생겼다. 힘이 넘치는 새끼 여우는 이른 아침부터 곧잘 동굴 밖으로 놀러 나가곤 했다. 이예주가 신발을 공 삼아 던져 준 후부터 아침에 일어나면 털신이 한 짝씩 사라져 있었다. 몇 번 목덜미를 잡고 와 앉혀 두고 훈련을 시도했지만 망할 놈의 여우는 개와 달리 도무지 훈련이란 게 되지 않았다.

이예주는 이를 부득부득 갈며 길을 나섰다. 신발을 신은 한 발로 정중정중 뛰다시피 동굴 입구에 간신히 도달하자 신발이 질질 끌린 자국이 하얀 설원 위에 고스란히 남아 있었다.

밖은 요상할 정도로 짙고 뿌연 안개가 내려앉아 있었다.

"진눈깨비라도 내리려나……."

평소보다 훨씬 어두운 회색의 하늘을 흘끗 올려다보며 그녀는 얼른 개구쟁이를 찾아서 동굴로 데려와야겠다고 생각했다.

캬! 캐앵—! 때마침 내리막길 저편에서 낯익은 짐승 울음소리가 들렸다. 여우가 홀로 놀고 있는 듯했다. 안개 때문에 아래가 보이지 않았다.

이예주는 서둘러 아래로 내려가기 시작했다. 속도를 내다 보니 한 발로 가는 것이 여의치 않았다. 무의식적으로 벗은 발마저 눈 위를 밟자 그녀가 차가움에 진저리를 쳤다.

"으, 차거!"

그녀가 버럭 소리를 치며 고개를 들었을 때였다.

"야! 너 혼난댔……!"

끼잉, 끼잉……. 뿌연 안개가 가시고, 허공에서 달랑달랑 흔들리며 애처롭게 우는 여우가 보였다. 누군가에게 우악스럽게 꼬리를 잡힌 탓이었다. 추운 날씨와는 별개로 이예주는 딱딱하게 얼어붙었다.

하지만 왜일까. 람이 사라진 후 계속 잠자리가 뒤숭숭하고 마음이 편하지 않아서였을까. 그녀는 얼마 전에 보았던 쟈니아와 같이 어두운 회색 로브를 잔뜩 뒤집어쓴 한 무리의 사람들을 보고도 크게 놀라지 않았다.

문득 간이 배 밖으로 튀어나오지 않는 이상 동굴이 있는 곳까지 기어들어 오진 않을 것이란 람의 말이 떠올랐다.

아니에요, 람. 이 미친 인간들은 당신이 생각한 것보다 더 심하다고. 동굴 입구까지 찾아온 것으로 보아 간뿐만 아니라 오장육부가 모조리 배 밖으로 튀어나온 듯 당당하고 뻔뻔하다고.

그녀는 람에게 대꾸하고 싶은 마음에 입술을 달싹였다. 그러나 벌어진 입 사이로 새어 나온 것은 부정의 말 대신 야트막한 한숨이었다.

이예주를 발견한 새끼 여우가 그쪽으로 가기 위해 작은 다리를 허우적거렸다. 그러나 틀어잡힌 꼬리 때문에 여의치 않자 다시 한번 캥캥거리며 울었다.

그녀는 엉거주춤 쳐들고 있던 신을 신지 않은 발을 내렸다. 그리고 그쪽을 향해 남은 내리막길을 저벅저벅 걸어갔다. 방금 전 차가워서 진저리를 친 것이 무색하게 맨발에서는 아무 감각도 느껴지지 않았다.

"놔줘요."

여우를 쥐고 서 있는 인간은 그녀보다 키가 한 뼘 정도 더 큰 늙은 노인이었다. 자글자글하게 잡힌 주름이 세월의 풍파를 알려 줬다. 얼핏 보면 인자한 마을 할아버지 같은 얼굴이었으나, 새끼 여우의 꼬리를 쥔 손은 그악스럽기 그지없었다.

이예주는 자신의 말을 듣고도 미동이 없는 노인에게 한 번 더 차갑게 내뱉었다.

"놔주라고요."

"버릇없는 짐승을 두고 보는 건 좋지 않습니다. 시간이 흐르면 주인도 몰라보고 이를 드러내기 마련이지요."

노인이 그녀에게 눈이 잔뜩 묻어 있는 것을 건넸다. 새끼 여우가 가지고 놀았을 이예주의 한쪽 신발이었다. 그녀는 쭈그려 앉아 눈도 털지 않은 채 그것을 발에 끼워 넣었다. 실은 눈을 털 정신조차 없다는 게 정확했다.

다시 자리에서 일어난 그녀는 잔뜩 굳은 얼굴로 제 앞의 사람들을 훑어보았다. 그녀의 앞에 선 노인네를 제외하고는 하나같이 후드를 깊게 눌러쓴 상태라 얼굴이 잘 보이지 않았다.

보인다 하더라도 외우지 못할 것이다. 얼핏 봐도 열댓 명이 넘는 수였다. 망할 놈들. 람이 없는 것을 알고 많이도 기어 온 것이다.

눈족 인간들을 훑은 그녀가 딱딱하게 굳은 얼굴로 다시 노인에게 시선을 고정했을 때였다. 노인이 기다렸다는 듯 꼬리를 놓았다. 새끼 여우가 힘없이 눈 위에 처박혔다.

"뭐하는 거예요!"

이예주가 허겁지겁 제자리에 주저앉아 새끼 여우의 몸을 눈 위에서 들어 올렸다. 그러곤 다시 벌떡 일어나 날카롭게 소리쳤다.

"무슨 짓을 한 거예요?"

"예주 님께 처음 인사드리는군요. 저는 눈족을 이끌고 있는 족장입니다."

"무슨 짓을 한 거냐고요!"

평소와 같았으면 높은 곳에서 떨어졌어도 금방 균형을 잡고 폴짝 튀어 오를 여우였다. 그러나 작은 몸뚱이는 눈 위에 힘없이 늘어졌다. 가슴이 덜컥 내려앉았다. 일주일 전의 끔찍한 악몽이 되풀이되는 것만 같았다.

새끼 여우를 안은 채로 눈을 부릅뜨고 노려보는 이예주를 노인이 물끄러미 바라보았다. 쟈니아와 비슷한, 초점 없는 아득한 시선이었다.

한참을 말이 없던 눈족 족장이 이윽고 입을 열었다.

"그저 잠시 잠을 재운 것뿐입니다."

"잠?"

"들짐승들을 재우는 수면향이죠."

이예주는 그제야 숲을 가득 메운 뿌연 안개가 단순한 안개가 아님을 깨달았다. 제 품에 늘어진 여우뿐만 아니라 먼 나무 사이로 알 수 없는 형체들이 바닥에 늘어져 있는 것이 보였다. 필시 근처를 지나가던 작은 동물들이 틀림없었다.

눈족 족장은 지체하지 않고 곧바로 목적을 밝혔다.

"모시러 왔습니다, 구원자님. 저희와 함께 가시죠."

"……내가 왜요?"

이예주는 눈족 족장을 쏘아보는 눈을 거두지 않고 당당하게 대답했다.

"칼을 돌려준 걸로 눈족과의 이야기는 모두 끝난 것으로 알았는데요."

"글쎄요. 제가 드린 선물은 잘 받으셨다고 보고받았는데……."

허허, 노인이 인자한 얼굴로 웃었다.

"선물?"

경계를 풀지 않은 채 의문을 표하자 족장이 답했다.

"다리족의 비행선에서 우리의 동족이었던 아이를 발견했지요. 안타깝게도 자살로 이미 숨을 거둔 상태더군요. 미래를 보는 아이인 줄 알았더라면 그렇게 죽게 놔두지 않았을 것을……."

눈족 족장이 아깝다는 듯 쯧쯧, 혀를 찼다. 이예주의 얼굴에서 삽시간에 핏기가 가셨다.

알리자린에 관한 이야기였다. 그런데 자살이라니? 제가 두고 온 그 애가 자살로 죽어 버렸단 말인가? 따끈한 새끼 여우의 몸을 들고 있음에도 불구하고 손끝이 얼음장처럼 차가워지기 시작했다.

그녀는 기억했다. 알리자린은 괴물에게 잡아먹혀 죽는 자신의 미래를 보았고, 그것이 실제가 될까 봐 내내 두려움에 떨었다.

그렇다면, 그렇다면 그녀는 결국…… 자신을 보내고, 괴물에게 잡아먹히지 않기 위해 남은 총알로…….

처참한 진실에 이예주는 눈을 질끈 감았다 떴다.

"유품은 구원자님께 드리는 것이 도리일 것 같아 보냈는데, 마음엔 좀 드셨습니까?"

족장의 이어지는 물음에 이예주는 로브 안주머니에 고이 넣어 둔 알리자린의 안대를 떠올렸다. 그것을 새끼 여우를 화살로 관통시키는 끔찍하고 쓰레기 같은 방법으로 전해 준 것이다.

제정신이 아닌 놈들이었다. 그녀는 덜덜 떨리는 몸을 내색하지 않기 위해 안간힘을 썼다. 동요하는 모습을 보일 순 없었다. 그러나 오랜 세월을 살아온 늙은이의 눈에는 그저 안쓰러운 몸짓에 지나지 않았다.

"비록 그 아이는 손쓸 수 없는 곳으로 먼저 가 버렸지만, 그 아이의 동생은 구출해 내 안전하게 신전으로 데리고 와 보살피고 있답니다."

"……동생?"

"어떻습니까? 이제 다시 나눌 이야기가 생겼군요. 물론 저희의 근거지에서 말이지요."

족장의 입가에 드리워진 미소가 진해졌다. 이예주의 눈동자가 사시나무처럼 흔들렸다.

알리자린에게 하나뿐인 동생이 있다는 것을 그녀 또한 똑똑히 알고 있었다. 어떻게 모를 수가 있을까. 제 누나도 알아보지 못한 채 실험실에 갇혀 있던 것을 알리자린과 함께 보았고, 또 그를 구해 주겠다고 약속까지 했는데.

그 애를 눈족에서 데리고 있다. 이예주에겐 그 하나만으로도 스스로 눈족 놈들의 소굴로 걸어 들어갈 명분이 충분했다.

외면하고 싶어도 할 수 없었다. 이미 충분히 외면했기 때문에 알리자린이 죽었다. 자신을 알아보지 못하는 동생을 두고 유리벽을 까득까득 긁어 대던 그녀가 잊히지 않았다.

"내가……."

이예주는 목이 메어 피가 날 만큼 아랫입술을 콱 깨물었다. 지금 이 순간, 미치도록 람이 보고 싶었다. 완전히 작정하고 찾아온 놈들 앞에서는 부질없는 바람이지만.

"내가 그 말을 어떻게 믿죠?"

"……."

"막상 갔는데 알리자린의 동생이 없을 수도 있잖아요. 뭘 믿고 당신을 따라가는데요?"

제법이군. 눈족 족장은 다른 의미로 쯧, 혀를 찼다. 조금만 죄책감을 부추겨도 쉽게 구슬릴 수 있을 거라 생각했다. 멍청한 어린 계집인 줄로만 알았더니 영 머리가 없는 것은 아닌 모양이었다.

"믿지 않으셔도 상관없습니다."

속마음과는 달리 여전히 변화 없는 인자한 표정으로 눈족 족장이 말했다.

"구원자님 대신 잠이 들어 도망치지 못하는 식량을 마차에 가득 실어 가는 것도 나쁘지 않지요. 아, 인체에는 영향을 끼치지 않으니 너무 걱정하지 않으셔도 됩니다."

"뭐, 뭐라고요?"

"어떻게 하시겠습니까? 구원자님께서는 본인의 안전이 한낱 미물들의 목숨과 맞바꿀 가치가 있다고 보십니까?"

"……나쁜 새끼들."

이예주는 저도 모르는 새 짓씹듯 욕설을 뇌까렸다. 두려움은 사라진 지 오래였다. 눈족 족장을 서슬 퍼렇게 노려보는 그녀의 몸이 분노로 퍼들퍼들 떨렸다.

노인은 쟈니아와 달랐다. 그리고 지금껏 보아 온 여느 족장들과도 달랐다. 직설적이고 무례하다. 매끄러운 말로 거짓말을 듣기 좋게 포장하여 그녀를 구슬리던 다리족 족장과 달리 협박이 서슴없었다. 오랫동안 타인을 짓밟고 위에 군림했던 자의 표본이었다.

이예주는 눈동자를 굴려 주변을 쭉 둘러보았다. 방금 전보다 안개가 더 짙어져 있었다. 숲 어딘가에 쥐새끼처럼 숨은 인간들이 계속 수면 향을 피우고 있는 탓이었다.

고개를 내려 제 두 손 안의 새끼 여우를 바라보았다. 하얀 털을 보니 머릿속에 순심이와 펭양이 스쳐 지나갔다.

그 작은 펭귄은 부지런하니까 지금쯤 물고기를 잡고 있겠지. 펭귄과 꼭 함께 다니는 순심이도 이 근처엔 없을 것이다. 매일 아침밥을 먹으라며 시끄럽게 꺅꺅대던 펭양의 목소리가 안 들리는 것이 오늘만큼 다행인 적이 없었다.

그녀는 눈족 족장에게서 등을 돌리고 람이 선물해 준 목도리를 목에서 풀었다. 그리고 그것을 바닥에 내려놓은 후 그 위에 새끼 여우를 고이 내려놓았다. 부디 펭양이 여우를 빨리 발견하길 간절히 빌며.

다시 일어선 그녀는 눈족 인간들을 돌아보며 어금니를 아득 깨물었다.

"후회하게 될 거예요."

"후회는 게으른 자들이나 하는 짓이지요."

노인네가 유들유들하게 미소 지으며 즉답했다.

빌어먹을 노친네. 이른 아침부터 동굴까지 쳐들어온 노력은 가히 분노가 치밀 만큼 가상했다. 이 시간에 이곳까지 기어 올 정도면 적어도 새벽을 꼴딱 새웠을 것이다.

“가시죠. 마차가 있는 곳까지는 좀 더 걸어야 합니다. 썰매를 끄는 순록들까지 재울 수는 없어서 말이지요.”

놈이 앞서 걸었다. 잠자코 족장의 뒤를 따르자 숨소리 하나 내지 않고 서 있던 열댓 명의 다른 인간들이 우루루 이예주의 주변을 감쌌다. 도망을 방지하기 위한 철저한 움직임이었다.

그녀는 마지막으로 뒤로 돌아 람의 얼음 동굴을 바라보았다. 언제 올지도 모르는 그를 두고 제 발로 눈족들의 소굴까지 걸어 들어가야 한다는 현실이 미칠 듯이 억울하고 화가 났다. 아무 데도 가지 않기로 약속했는데.

자신이 또 도망을 갔다고 생각하면 어떡하지. 그를 배신하고 또다시 도망 길에 올랐다고. 텅 빈 동굴을 발견할 람이 어떤 생각을 할지 상상하는 것만으로도 가슴 한구석이 찢어지는 것 같았다.

이예주는 부릅뜬 눈으로 아로새길 것처럼 람과 함께 지낸 얼음 동굴을 바라보았다. 샅샅이 동굴 주변 지형을 훑던 그녀의 눈이 불현듯 커다래졌다.

동굴 뒤편에 몸을 숨긴 채, 우두커니 그녀를 바라보는 이가 있었다. 눈물이 그득 차오른 두 개의 까만 눈동자와 눈이 마주쳤다.

숲에서 살아남은 유일한 신인류가 노란 부리를 벌렸다.

‘예주양, 가지 마.’

멀어지는 인간 여자를 바라보는 까만 몸뚱이가 당장이라도 튀어나올 것처럼 들썩거렸다. 펭양이 기어코 엉엉 울며 쫓아오기 전에 이예주는 단호하게 고개를 저었다. 그리고 괜찮다는 듯 환하게 웃어 주었다.

'예주양, 제발 가지 마.'

펭양이 이예주를 향해 애원했다.

"구원자님."

펭귄의 소리 없는 절규는 한 무리의 인간들이 이예주를 데리고 숲에서 완전히 사라질 때까지 지속됐다.

이예주는 결국 제 발로 눈족 인간들이 끌고 온 마차가 있는 곳까지 걸었다. 마차가 세워져 있는 곳은 놈들이 여러 번 출몰했던 곳인, 얼어붙은 강의 하류 쪽이었다. 일전에 쟈니아가 데리고 왔을 때 보았던 썰매의 고삐에 순록 수십 마리가 묶여 있었다.

눈족 족장은 가림막이 존재하는 썰매 위로 올라섰다. 가장 커다랗고 튼튼해 보이는 그것은 바람이 통하지 않도록 사면이 두터운 천으로 싸매어져 마차와 흡사한 모양새였다. 등을 떠미는 눈족 인간들에 의해 이예주는 원치 않음에도 족장과 같은 썰매를 타고 가야 했다.

모든 눈족 인간을 태운 썰매들은 빠르게 숲을 빠져나가기 시작했다. 숲을 빠져나간 이후 대충 어느 쪽으로 향하는 건지 길이라도 봐두고 싶었지만, 컴컴한 천 때문에 밖이 보이지 않았다. 대신 엉덩이를 통해 생생한 속도감이 느껴졌다.

반항 없이 순순히 따라왔기 때문일까. 다행히도 가는 내내 눈족 족장은 알 수 없는 눈으로 그녀를 예의 주시할 뿐, 말을 걸지 않았다. 물론 말을 걸었어도 답하지 않고 무시할 요량이었지만.

어두운 썰매 내부 덕분에 이예주는 무리 없이 그 눈초리를 피한 채 그저 허리를 세우고 딱딱하게 앉아 있었다.

숲을 빠져나간 이후에도 썰매는 족히 두어 시간은 더 달린 후에야 멈췄다. 말이 두어 시간이었지, 체감상 이틀은 지난 것 같았다. 부동자세로 앉아 있느라 허리와 목이 뻐근했다.

썰매를 덮어 놓은 천을 걷으며 먼저 내려선 족장이 그녀에게 내리길 종용했다.

"이곳에서부터는 다시 걸으셔야 합니다. 성전 내부에서는 탈것이 금지돼 있거든요."

이예주는 마지못해 내린다는 표정으로 자리에서 일어났다. 천 밖으로 발을 내밀자마자 '쏴아아—' 거센 칼바람이 얼굴을 강타했다.

눈알이 시리다 못해 얼어붙는 감각에 잠시 눈을 질끈 감은 그녀는 한차례 폭풍이 지나간 후 뻑뻑해진 눈을 도로 떴다. 거대한 성문이 아가리를 쩍 벌린 채 그녀를 반기고 있었다.

고풍스러운 성문은 람이 거주하는 숲까지 몰래 들어올 만큼 기아에 굶주려 있다는 눈족들과는 어울리지 않았다. 삐쭉삐쭉 하늘로 솟은 여러 개의 첨탑, 새하얀 벽돌로 이뤄진 벽이 끝없이 이어진 채 설원 한복판을 가로막고 있었다.

어디 중세 영화에서나 볼 법한 실로 장황한 모습에 이예주는 그저 기가 막혔다. 이 너머에는 필시 쟈니아가 말한 눈족 인간들의 터전이 있겠지.

"이제 그만 가시죠. 장벽은 별로 구경할 것이 못 됩니다."

노인이 문 안으로 들어서길 재촉했다. 본능적으로 느껴지는 거부감에 이예주는 흘긋 뒤를 돌아보았다. 뒤는 그저 허허벌판, 까마득한 눈밭이었다. 숲에서 질리도록 보았던 그 흔한 침엽수조차 없었다.

"하."

이예주는 혀를 차듯 짧게 한숨을 내쉬었다. 방법은 아무것도 없었다. 체념한 그녀는 이내 고갤 돌려 성문 쪽으로 걷기 시작했다. 눈족 족장이 별말 없이 그 옆에 따라붙었다.

음침한 후드를 뒤집어쓴 눈족 인간들은 그녀가 걸음을 떼자마자 곧바로 우르르 몰려들어 둘러쌌다. 때문에 커다란 성문을 지나며, 이예주는 자신이 꼭 압송당하는 죄인 같다는 기분을 떨칠 수 없었다.

눈족 인간들의 기이한 점은 중세풍의 성문에서 끝나지 않았다. 문을 지나자마자 펼쳐진 것은 일직선으로 이어진 대로였다. 석회로 포장이라도 한 듯 울퉁불퉁한 돌길은 온통 새하얬다. 그리고 널따란 대로변 양옆에 똑같은 모양의 건물 수십 채가 일정한 간격으로 지어져 있었다. 건물의 색 또한 온통 새하얗기 그지없었다.

'눈으로 뒤덮인 건가?'

눈살을 찌푸리고 건물과 길을 자세히 살펴보던 이예주는 왠지 모르게 소름이 돋았다.

길뿐만 아니었다. 레고처럼 똑같이 지어진 사각형의 건물 벽, 지붕, 저 멀리 보이는 알 수 없는 높은 계단까지. 단체로 결벽증에 걸린 집단처럼 하나같이 티 한 점 없는 하얀색뿐이다.

"허, 무슨 북한 같네……."

주변을 두리번거리던 이예주는 헛웃음을 터뜨리며 중얼거렸다. 그녀의 혼잣말에 옆에서 조용히 걷던 눈족 족장이 멈칫 돌아보았다.

"칭찬으로 하신 말씀이겠죠?"

"아, 뭐……."

좋은 뜻으로 한 말은 아니었기에 이예주는 그저 말끝을 흐렸다. 그럼에도 알 수 없는 눈초리가 제게서 거둬지지 않았다.

노인이 다리족 족장처럼 궁금하지도 않은 정보들을 나열할까 두려워 그녀는 황급히 아무 말이나 주워 뱉었다.

"깔끔하네요."

"신을 모시는 신성한 공간인 것을요."

무슨 신을 모시는 거냐고 묻기 전에 노인이 덧붙였다.

"언제나 티 한 점 없이 가꾸고 단장해야 하지요."

티? 꼭 자신을 가리키는 눈초리에 이예주는 기분이 묘해졌다. 그러고 보니 이곳에서 새까만 색의 로브를 입은 것은 자신뿐이었다. 족장을 포함한 눈족 인간들도 어두운 회색 로브를 입었지만 워낙 하늘이 잿빛에 가까워 별 위화감이 없었다.

시간족은 검은 파편의 색인 검은색을 불길하게 여긴다고 했었나? 이예주는 조소하며 가슴을 폈다. 결벽증 환자들이 자신을 보고 부디 그 불길함을 만끽했으면 좋겠다는 생각과 함께.

그녀의 음침한 계획과는 달리 의외로 길의 끝에 도달할 때까지 족장의 일행 외엔 아무도 보이지 않았다. 그러나 그것을 이상하게 여길 새도 없었다. 대로 끝에 도달하자 이번엔 까마득한 높이의 흰색 계단이 그들의 앞을 가로막았다.

층계는 높이가 낮고 촘촘했다. 다리족 비행선의 비상계단에 비하면 훨씬 오르기 수월해 보였다. 하지만 그 끝에 뭐가 있는지도 잘 보이지 않을 만큼 높았다.

설마 여기를 오르라는 미친 소리는 하지 않겠지. 나이도 지긋한 노인네가……. 이예주는 족장의 눈치를 봤다. 하지만 노인은 벌써 두 칸 위에 올라선 채 자신을 향해 단정적으로 지껄였다.

"오르시죠."

"헉, 허억……!"

시발. 내가 왜 오기 싫었던 곳에 제 발로 기어와서 이 고생을 하고 있어야 하는 거지.

이예주는 비루먹은 체력을 쥐어 짜내 끝없이 이어진 계단을 올랐다. 중간중간 좀 쉬고 싶었지만, 주위를 둘러볼 때마다 숨넘어갈 듯 헐떡이는 것은 저 혼자뿐이었다. 심지어 노인인 눈족 족장마저 숨소리 하나 내지 않고 묵묵히 계단을 올랐다.

'대체 다 오르면 거기에 뭐가 있는데! 모신다는 여신이라도 있나?'

약한 소리 하기 싫어 중간부터는 거의 반쯤 오기로 올랐다.

"하아……."

그리고 마침내 거친 날숨을 흩뿌리며 올라선 계단의 끝에는— 신전이 있었다. 그리스 로마 신화에서나 듣고 볼 법한 웅장한 신전이.

"허."

이예주는 어이가 없어 코웃음을 쳤다. 새하얀 신전은 책에서 보았던 그리스 아테네의 아크로폴리스를 연상케 했다.

물론 그녀는 그리스는 물론이고 해외에 나가 본 적도 없었다. 현대에서도 보지 못한 고대 서양식 건축물. 다 무너져 가는 유적지가 아닌, 멀쩡한 모양새의 신전을 1000년 후가 지나서야 보다니 기가 막혔다.

현실감 없는 새하얀 건물의 모습을 멍하니 바라보고 있자니 그녀가 익히 알고 있는 신전과의 차이점이 눈에 들어왔다. 기둥 위 바로 지붕이 있어야 할 부분에 새로운 층들이 얹어져 있는 것이다.

아래 공간은 뻥뻥 뚫린 채 기둥 사이로 칼바람이 휘몰아쳤지만,

지붕 아래에 있는 층들은 주거용으로 쓰는 모양인지 사면이 벽으로 잘 막혀 있었다. 심지어 테라스도 달려 있는 모습을 보며 이예주는 어쩐지 기분이 묘해졌다.

그녀는 신이나 신을 모시는 공간 따윈 잘 알지 못했다. 그러나 이 건물을 과연 신전이라고 부를 수 있을 것인가.

"족장님, 오셨습니까. 여신의 축복이 있기를."

막 계단을 오른 그들의 앞에 족장 일행과 같은 색의 로브를 뒤집어쓴 두어 사람이 다가와 고개 숙여 인사했다. 신전의 기단基壇 위에서 있던 그들은 바람결에 안으로 들이닥치는 눈가루들을 쓸어내리고 있었던 듯 기다란 빗자루를 들고 있었다.

"여신의 축복이 있기를."

목례를 한 채 그들을 지나쳐 신전 안으로 올라서는 눈족 족장을 뒤따르며 이예주는 혼잣말처럼 중얼거렸다.

"여신이면…… 시간의 여신을 말하는 건가?"

이곳에서 여신이라 칭할 사람이 그 여자뿐이라는 것을 이제 그녀 또한 잘 알았다.

시간족은 기본적으로 신실한 신자들이었다. 그나마 현대의 문명과 가장 흡사했던 다리족 놈들 또한 틈만 나면 여신을 부르짖었다. 하지만 눈족들은…….

비행선에서 보았던 영상 속의 눈족 인간들은 여신보단 검은 파편을 더 많이 부르짖지 않았나. 이렇게 커다란 신전까지 지을 만큼 열성적인 신도들일 줄은…….

들어선 신전 안은 무섭도록 드넓고 고요했다. 그리고 추웠다. 고지대에 위치한 것도 모자라 바람이 숭숭 드나드니 당연했다. 비행선의 B구역을 연상시키는 거대한 홀Hall은 그저 어딜 둘러봐도 새하얀 석고

와 대리석으로 꾸며져 있을 뿐, 아무런 구조물도 존재하지 않았다.

들어서는 입구에서 아득히 먼 반대편 끝에는 천장까지 닿는 어마어마한 크기의 여신상이 세워져 있었다. 여신상의 양어깨 옆에 2층으로 이어지는 복도와 나선형의 계단 두 개가, 발치에는 제단으로 보이는 드넓은 상과 커다란 황금색 항아리, 그리고 그 뒤에 위치한 계단 위에 용도를 알 수 없는 황금 의자가 놓여 있었다.

거인의 성처럼 하나같이 크기가 큼직큼직했다. 멀리 있을 땐 별생각 없었는데 가까이 다가갈수록 그 웅대함이 차차 실감이 났다.

하지만 이예주는 거대한 여신상을 바라보면 볼수록 피부를 타고 드는 기괴한 위화감을 떨쳐 낼 수 없었다. 자애로운 얼굴로 눈을 감은 여신의 외양은 팔족 땅에서 봤던 검은 책 속의 여신, 비행선에 봤던 과거의 눈족 여족장, 그리고 쟈니아의 얼굴과 놀랍도록 닮아 있었다.

그러나 이예주의 위화감은 그것에서 기인한 것이 아니었다. 여신의 한 손은 손바닥을 위로 한 채 가슴 앞에 펼쳐져 있었다. 그 위 허공에 큼지막한 검은색 보석 조각이 떠 있었다.

'흑요석? 아니면 다이아몬드?'

농구공만 한 크기의 보석이 반짝반짝 빛을 내며 공중에 떠 있다는 사실은 별로 놀랍지 않았다. 그보다 더 시선을 사로잡는 것이 있었기 때문이다. 여신의 다른 손아귀에는 기다란 삼지창이 쥐어져 있었다.

사실 삼지창이라고 명칭하기에 그것의 모양새가 심히 괴상했다. 칼날 세 개가 포크처럼 나란히 있는 것이 아니라 꽃봉오리처럼 끝이 안쪽으로 휘어진 채 마주 보고 있었다.

분명 석고를 깎아 만든 것이 분명한데 창날이 섬뜩할 만큼 날카로웠다. 다른 쪽 손 위에 떠 있는 검은 파편을 금방이라도 내리찍을 것처럼.

창끝이 향해 있는 각도를 보고 이예주는 순식간에 기분이 가라앉았다. 그러나 곧 그것이 기우란 것을 알 수 있었다. 참으로 기이하게도 멀리서 볼 때 창끝은 분명히 검은 파편을 찌를 것처럼 보였다. 그러나 실제로는 묘하게 빗겨 나간 허공을 겨냥하고 있었다. 기하학적 착시였다.

이예주의 눈살이 찌푸려졌다. 노린 것인가, 아니면 다른 의미가 있는 것인가.

재단 바로 앞에 도착한 눈족 족장이 불현듯 황금색 항아리 안에 두 손을 담갔다. 놈이 그 안에서 두 손으로 뭔가를 퍼 올리며 지껄였다.

"드디어 여신의 신전에 당도하신 것을 환영합니다."

"아, 차거! 뭐 하는 거예요!"

가만히 있다가 물벼락을 맞는 것이 바로 이런 것인가. 눈족 족장이 항아리에서 퍼 올린 물에 앞머리가 흠뻑 젖었다.

이예주가 눈을 부리부리하게 뜨고 족장을 노려보자 노인이 얄밉게 샐쭉 웃으며 '세례입니다.' 하고 말했다. 그녀는 짓씹듯이 읊조렸다.

"나는 무교예요."

"신전을 방문하는 모든 사람들이 필수적으로 해야 하는 과정입니다. 몸에 달라붙어 있는 부정한 기운을 성수로 정화하는 것이지요."

세례가 이렇게 두 손으로 물을 양껏 퍼서 사람 기분 나쁠 정도로 젖게 만드는 것인가? 그녀가 찬 공기에 얼어붙기 시작하는 앞머리를 거칠게 털어 내며 이를 갈자 족장이 덧붙였다.

"예주 님껜 특별히 아낌없이 성수를 퍼부었습니다."

"후……."

이 노인네를 어쩌면 좋아. 이예주는 깊은 한숨과 함께 화를 삼켰다. 일단은 참아야 했다. 놈들은 그녀를 제 발로 여기까지 걸어오게 할 만큼 차고 넘치는 약점을 쥐고 있으니까, 일단은.

"그래요. 성수든 세례든 이미 엎질러진 거…… 됐으니까, 이제 본론으로 들어가죠."

"본론, 말입니까."

"네, 본론."

생소한 이야기를 들은 사람처럼 족장이 눈살을 찌푸렸다. 눈가에 자글자글 맺힌 주름이 접혔다.

그러거나 말거나 그녀는 단도직입적으로 말했다. 지금껏 겪어 본 바로는 이런 일일수록 빨리 진행하고 탈출을 도모하는 편이 신상에 더 이로웠다.

"알리자린 동생 어디 있어요? 그 애부터 먼저 보여 줘요."

"……."

"나한테 뭔가 원하는 것이 있으니까 기어코 여기까지 끌고 온 거잖아요. 당장 풀어 달란 소린 안 할 테니까 생사부터 확인하게 해 줘요. 그래야 거래를 생각하죠."

"거래."

명확하게 뜻을 전달했다고 생각했는데, 늙은 족장은 되레 흐릿한 눈으로 이예주를 응시했다.

지금까지 별생각 없었는데, 초점 없는 눈동자가 어쩐지 조롱이의 피를 빨아 먹던 눈족 여장로를 떠올리게 해 섬뜩했다. 다행히 노인은 금세 총기를 되찾았다.

"단단히 오해를 하고 계신 듯하군요."

족장이 숲에서 처음 조우했던 예의 그 인자한 미소를 얼굴 만면에 띠었다. 그 웃음이 지독히도 인위적이게 느껴졌다.

"당신은 처음부터 우리의 거래 대상이 될 수 없었습니다."

"뭐, 뭐요?"

"우리의 거래 대상은 오로지 검은 파편, 람. 그뿐이지요."

이예주는 어이가 없었다. 알리자린의 동생만 아니었어도 어떻게 해서든 오지 않으려고 저항했을 것이다. 그녀는 신경질적으로 소리 질렀다.

"그럼 그 남자랑 둘이 얘기할 것이지, 나를 뭣 하러 여기까지 끌고 온 건데요!"

"거래를 하려면 반드시 오가는 조건이 필요하기 마련이지요."

"하, 조건. 인질이 아니고?"

"이제라도 아셨으니 다행이군요."

이런 미친. 대수롭지 않게 들려오는 대꾸에 그녀는 튀어나올 뻔한 욕설을 속으로 삭였다.

"내가 구원자라면서요?"

낯부끄러워서 이런 말까진 안 하려 했지만 이왕 이렇게 된 거 이판사판이다. 저쪽에서 이렇게 유치하고 뻔뻔스럽게 나오는데 자신이라고 참을 필요 있나. 이예주는 그나마 가지고 있는 패로 한번 막 나가 보기로 결심했다.

"당신이 예언을 했다면서요. 내가 검은 파편으로부터 인류를 구할 구원자라고. 그런데 지금 이건 내가 여태껏 시간족에게 받았던 대우 중에 가장 재수 없고 형편없어요."

비록 속을 자세히 들여다보면 끔찍하기 짝이 없었지만 어쨌든 그녀는 지금껏 시간족을 거치는 동안 극진하게 대우받았다.

—대재앙의 마지막 순간, 검은 파편의 곁에 있는 인간 여자. 검은 파편을 소멸하여 모든 인간들을 지옥 불에서 구원하고 신이라 불리리라.

대현자라는 현 눈족 족장이 했다는 예언. 토씨 하나 빼먹지 않고 똑똑히 기억하고 있었다. 왜냐면 무려 람의 소멸에다가 자신과 관련된 이야기였으니까. 이예주는 예언을 의심할지언정 검은 파편의 곁에 있는 인간 여자가 자신을 가리킨다는 것은 부정하지 않았다.

람이 곁에 있도록 허락한 인간 여자는 자신뿐이었다. 그래서 말도 안 된다고 생각하면서도, 어느덧 저도 모르게 확신하고 있었던 것이다. 구원자는 자신이라고.

"예언은 구원자가 당신이라고 정확히 가리키지 않았습니다."

하지만 예언을 내렸다는 그 눈족 족장은 그녀의 근거 없는 확신을 가뿐히 깨트렸다.

"당신을 구원자로 만드는 것은 다리족들의 계획이었지요. 검은 파편을 파괴할 수 있는 정보를 얻기 위해서라면 그깟 예언 따위, 얼마든 이용할 수 있지 않겠습니까. 하지만 그건 다리족들만의 전략이지, 시간족 전체가 동의한 진실은 아니지요. 때문에 구원자는 당신이 될 수도, 또 다른 인간 여자가 될 수도 있습니다."

"뭐, 뭐라고요? 전략?"

이예주는 다리족 놈들의 이중성에 다시 한번 치를 떨었다. 노인네의 말은 신뢰가 조금도 가지 않았지만, 그래도 여준 놈이라면 충분히 가능성 있는 일이었다.

"다시 말하자면 당신은 아직 진짜 구원자라고 입증할 수 있는 뚜렷한 명분이 없기 때문에 구원자라고 볼 수 없습니다. 또 당신은 완전한 시간족이라고 할 수도 없기에 예언과 상관이 있다고 보기도 어렵지요. 그럼에도 우리가 예우를 다하는 것은 당신이 구원자가 아니라는 뚜렷한 명분 또한 찾지 못했기 때문입니다."

노인이 여전히 모호한 미소로 이예주의 현실을 차갑게 일깨웠다.

그러니까 지금 우리가 바로 네 목을 치지 않고 이 정도 예우해 주는 것만으로도 감사히 여겨라.

놈들의 배려가 전혀 감사하지 않아서 이예주의 얼굴은 딱딱하게 굳어 버렸다.

"그럼 이건 상관있겠네요."

"……."

"나한테 능력이 있다는 것. 다리족에게 내가 어떤 능력을 가지고 있는지 대충 들었을 거 아니에요. 내가 거래 대상이 아니면 굳이 여기 있을 필요도 없겠네."

족장의 얼굴에서 처음으로 미소가 걷혔다. 눈가의 주름이 씰룩거리다가 파르르 떨렸다. 긍정적인 반응은 당연히 아니었다. 한 방 먹인 건가.

"글쎄요…… 신성한 공간에서 딱히 귀빈을 강제할 생각은 없습니다."

분명 반가운 말인데도 하나도 달갑지 않았다.

어디로 튈지 예측할 수 없는 노인이었다. 차근차근 설명을 해 주는 것 같다가도 조금만 틈을 보이면 금세 낯을 바꾸고 윽박지른다. 다리족처럼 겉으로나마 예의를 차리는 것조차 하지 않았다.

"다만 당신이 사라지는 즉시 알리자린의 동생은 죽을 겁니다. 효수한 목은 친히 숲으로 보내 드리도록 하지요. 잠시뿐이었지만 늙은이의 말동무가 되어 준 선물로 말이지요."

"……."

"몸뚱이는 오물 처리장에 던져 놓는 걸로 하고요. 설원에 묻어 봤자 꽝꽝 얼 뿐이라 썩지 않으니 말입니다. 제 누이처럼 자연으로 돌아가는 게 그 아이에게 더 좋지 않겠습니까?"

이예주는 듣기만 해도 귀가 썩을 만큼 잔인한 말에 할 말을 잃었다. 그녀는 미소를 되찾은 눈족 족장의 얼굴을 멀거니 바라보았다. 어떻게 사람 거죽을 쓰고 저런 소리를 지껄일 수 있지?

알리자린의 동생은 고작해야 초등학생, 많아 봤자 중학생으로 보일 만큼 어린아이였다. 아무리 협박이라지만 그런 어린애를 가지고 어떻게 저런 소리를 천연덕스럽게 지껄일 수 있나.

"같은…… 동족이잖아요."

찹쌀떡이라도 걸린 것처럼 목이 콱 막혀서 이예주는 힘겹게 목소리를 쥐어짰다.

"같은 눈족이잖아."

"……."

"대체 왜 그래? 내가 왜 당신들보다 더 당신네 동족을 신경 써야 되는데!"

이예주는 정말 지긋지긋하다는 듯 진저리를 치며 외쳤다. 그녀는 시간족이라면 욕부터 나올 만큼 너무너무 싫었다. 하지만 그렇다고 해서 죄 없이 버려지는 어린 눈족 아이들까지 경시할 수는 없었다.

그런 그녀와는 모순되게도 눈족 족장은 끔찍할 만큼 담담하게 말했다. 책에 적혀 있는 규칙을 읊는 것 같았다.

"우리에겐 쓸모가 없어 버려진 아이입니다."

"……."

"당신 때문에 쓸모가 생겨서 데리고 와서 보살폈지요. 그 아이로 인해 다른 아이 몫의 식량과 약품들이 줄어들었는데도요. 어쩌면 그로 인해 죽어 버린 아이가 있을 수도 있습니다. 하지만 당신이 없으면 그 숭고한 희생도 무용지물이겠지요."

"나보고 어쩌라고!"

이예주는 버럭 비명 질렀다.

"인간 말종은 네놈들인데 나보고 어쩌라고!"

"당신이 지금 할 수 있는 것은 아무것도 없습니다. 지금은 그저 우리가 베푸는 호의를 받아들이고 람 님이 오시기를 기다리시는 수밖에요."

눈족 족장이 다시 한번 단호하게 이예주의 처지에 선을 그었다. 그녀의 얼굴이 와락 일그러졌다.

"그러니까 대사제를 통해 검은 칼을 받았을 때 남쪽 대륙을 떠나셨으면 좋았을 것을……."

할 수 있는 게 아무것도 없다는 사실이 분해 눈물까지 고인 이예주를 바라보며 노인이 쯧, 혀를 찼다.

"그만 가시죠. 머무실 방으로 안내해 드리겠습니다."

족장이 고개를 까딱이자 그녀의 주변을 둘러싸고 서 있던 눈족 인간 중 두 명이 번뜩 양팔을 잡아채어 압박했다. 계단 쪽으로 질질 끌려가다시피 걸어가며 이예주는 마지막으로 발악했다.

"이런다고 무사할 것 같아? 당신들 람 오면 싹 다 죽어!"

"잔인한 말씀을 하시는군요, 구원자님."

"미친, 너네가 더 잔인해!"

놀리는 듯한 족장의 말에 그녀는 바싹 약이 올랐다. 여신상을 기준으로 왼쪽 나선형 계단을 오르는 내내 투덜거리는 소리가 끊이질 않았다. 하지만 얼마 안 가 이예주가 위층으로 완전히 끌려가자 신전 내부는 다시 소름 끼칠 정도로 적막에 잠겼다.

숲에서부터 이예주를 둘러싼 채 이곳까지 데리고 왔던 눈족 인간들이 조용히 족장 앞에 부복한 채 고개를 숙였다. 여신의 왼쪽 어깨 옆을 흐릿하게 바라보며 족장이 중얼거렸다.

"벌써 잠에 들 시간이군……."

방금 전까지 맑았던 눈빛이 점점 탁해지기 시작했다. 초점도 빠르게 흐려졌다. 무거운 몸을 이끌고 아침부터 무리를 감행한 탓이다.

"소란스럽지 않게 제단을 잘 지키고. ……어차피 빠져나갈 구멍 따윈 없겠지만."

사제들이 고개를 숙이며 명을 받들었다. 눈족 족장은 점점 허물어지는 몸을 이끌고 여신상 뒤로 걸음을 옮겼다.

이예주는 본인을 사제라고 지칭하는 눈족 수하 두 명을 따라 나선형 계단을 올랐다. 4층이 꼭대기 층이었다. 눈족 인간들은 꼭대기 층에서도 복도 끝, 구석에 처박힌 방으로 그녀를 안내했다.

시간족 놈들은 왜 하나같이 가장 깊숙한 곳에 자신을 숨기려 드는 건지 이해가 가지 않았다. 하나 다행인 것은 여신상이 있는 1층까지 뻥 뚫린 구조라 언제든 복도의 난간 밖으로 아래를 내려다볼 수 있다는 점이다.

"들어가시지요."

하얀색 문을 열어 준 족장의 수하 두 명이 정중하게 고개를 숙였다. 이예주는 별다른 반항 없이 순순히 그 안으로 들어갔다. 소리 없이 문이 닫히고 새로운 공간에는 그녀 혼자만이 남겨졌다.

그녀는 문 근처에 서서 방 안을 쭉 둘러보았다. 테라스가 딸려 있는 방은 그다지 넓진 않았지만 깔끔했다. 화장실에 침대, 그 옆에 벽난로와 작은 탁자까지. 있을 건 다 있어 보여 의외였다. 족장 늙은이의 기세를 보면 당장이라도 지하 감옥에 처넣을 거라 생각했는데.

방 탐색을 마친 그녀는 테라스 쪽으로 주춤주춤 걸음을 옮겼다. 창 너머로 눈족들이 사는 곳이 한눈에 내려다보였다.

벽난로에 불이 켜져 있는 덕분일까. 바람이 숭숭 불던 1층과는 달리

방 안은 온기로 훈훈해서 창문을 열어 바깥으로 나갈 엄두가 나지 않았다. 그래서 이예주는 그저 우두커니 창밖을 바라보기만 했다.

높은 곳에서 보니, 눈족들의 주거지는 온통 새하얬다. 사각 건물들이 다닥다닥 붙어 있는 모습은 얼핏 보면 어디 해외 유적지를 방문한 것처럼 장관이었다.

하지만 자세히 들여다보면 일정한 크기의 건물들이 오싹하게 느껴졌다. 보통 하얀색은 순결과 평화 따위를 상징하기 마련인데, 거리에 사람 하나 나다니지 않는 이곳은 그와 별로 맞지 않았다. 게다가 눈족 인간들이 얼마나 음험한지 이미 톡톡히 겪어 온 그녀였기에 더더욱.

"무슨 정신병자 소굴도 아니고……."

눈살을 찌푸린 채 가만히 신전 아래 광경을 바라보던 이예주는 저 멀리 우뚝 선 성벽으로 시선을 돌렸다. 마을 전체를 아우르는 벽을 따라 쭈욱 눈을 돌리자 일순 눈앞이 깜깜해졌다.

"탈출로를 확보해 놔야 할 텐데."

그녀는 걱정스레 중얼거렸다. 오자마자 탈출부터 생각하는 자신이 안쓰러웠지만 별수 없었다. 가만히 있다가 또 엄한 일에 휩쓸릴 수는 없으니까.

눈족 놈들은 뭐가 두려워서 저렇게 높이 벽을 쌓고 외부와 차단하듯 마을 전체를 둘러쌌을까.

눈족들에게는 안정감을 가져다줄 벽이 그녀에겐 막막함으로 다가왔다. 그리고 또 다른 눈족에게는 비참함으로 다가오겠지. 비행선에서 보았던 알리자린과 그녀의 동생을 떠올리며 이예주는 짤막하게 한숨을 내쉬었다.

"하……."

장벽까진 어찌어찌 도달해도 벽 바깥으론 또 어떻게 나가나. 그보다 눈족 족장의 눈을 피해 신전 밖으로 나갈 방법은. 아니, 그 전에 알리자린의 동생이 어디 있는지 확인부터 하고.

자신이 사라진 것을 알면 람이 분명 지랄 발광을 할 텐데, 또 뭐라 변명을 해야 하는지…….

"아오, 씨! 몰라!"

이곳에서 할 일을 차근차근 생각해 보던 이예주는 해야 할 일이 너무 태산 같은 나머지 짜증이 울컥 치밀어 올랐다.

그녀는 생각을 포기하고 침대에 벌러덩 드러누웠다. 멍하니 아무 무늬 없는 하얀 천장을 올려다보고 있자니, 피곤이 물밀 듯 닥쳐 왔다. 이렇게 좋지 않은 컨디션으로는 될 일도 안 되기 마련이다.

"자고 일어나면 뭔가 생각이 나겠지."

이예주는 일단 자기로 결정했다. 설마 끌려온 첫날 죽이거나 하진 않겠지. 결정을 내리니 마음이 한결 가벼워졌다. 그녀는 복잡한 현실을 외면하듯 눈을 꾹 감았다.

적진 한가운데여서 그런가. 축축 늘어지는 몸과 달리 이예주는 깊은 잠에 들지 못해 괴로웠다.

자다 깨기를 반복하다 선잠에서 일어난 후에도 날은 저물지 않았다.

"대체 얼마나 일찍 끌고 온 거야. 나쁜 새끼들……."

비몽사몽한 눈으로 창밖을 바라보던 그녀는 비척비척 자리에서 일어났다. 계속 누워 있어 봤자 더 잠이 올 것 같지 않았다. 그럴 만큼 속 편한 위치도 아니었고.

"나가 볼까?"

그녀는 침대에서 완전히 일어난 채 방문을 바라보며 고민했다. 람이 올 때까지 방 안에 가만히 앉아 있을 수는 없었다.

동쪽 대륙에 있는 그가 언제 올지 알 수 없는 데다가 놈들이 알리자린 동생을 어디다 처박아 뒀는지도 알아봐야 했기 때문이다.

"그래, 일단 걔가 죽었는지 살았는지 확인부터 하는 거야."

그녀는 우선순위를 탈출보다 알리자린 동생의 생사 확인에 두기로 했다. 여기까지 반항 없이 끌려온 이유의 8할이 그것이었다.

눈족 족장의 말이 사실인지부터 빠르게 확인한 후 탈출 계획을 세워도 늦지 않을 것이다. 그 전에 람이 와서 여길 다 때려 부수면 더 좋을 테고…….

모처럼 팽팽 돌아가는 자신의 머리에 뿌듯함을 느끼며 이예주는 문고리를 잡았다. 잠겼을지 모른다는 기우와는 달리 문은 허무하리만치 쉽게 열렸다. 그녀는 망설임 없이 텅 빈 복도로 나섰다.

'뭔 놈의 신전에 이렇게 사람이 없냐.'

3층, 2층의 복도를 기웃거리며 천천히 1층에 도달할 때까지 아무도 마주치지 않았다. 누군가를 만나면 성문이 어느 시간에 열리는지부터 대뜸 물어볼 작정이었던 이예주는 텅 빈 신전에 그저 허탈했다.

이렇게 감시가 허술하면 자신이야 좋은 일이지만……. 눈족 놈들이 또 무슨 꿍꿍이를 숨겨 뒀을지 몰라 영 불안했다.

거대한 여신상 앞에 수월하게 도착한 이예주는 할 일이 없어져 그저 멀거니 주변을 바라보았다. 적막에 휩싸인 신전 안에는 묵직한 사향 냄새가 감돌았다.

"이제 뭐 하지."

밖으로 나왔긴 한데 지나다니는 사람도 없고, 감시하는 사람도 없다. 그냥 이대로 신전 밖으로 확 나가 버려?

멀찍이 숭숭 뚫려 있는 신전 입구 쪽을 바라보던 그 순간이었다. 까르르 웃는 소리가 그녀의 귓가를 희미하게 스치고 지나갔다.

"응?"

이예주는 퍼뜩 놀라 주위를 둘러보았다. 주변은 여전히 텅 비어 있었다. 기둥 사이로 들어오는 바람만이 스산하게 제단 근처를 맴돌 뿐이었다.

"바람 소린가?"

고개를 갸웃거리며 대수롭지 않은 것으로 치부하려던 그 순간, 다시 한번 까르륵, 해맑은 웃음소리가 들렸다.

"어쨰 좀 으스스한데……."

사람 하나 나다니지 않는 삭막한 곳에 웃음소리라니. 그렇게 생각하면서도 이예주는 홀린 듯이 그 소리를 따라 걸음을 옮겼다.

소리의 출처는 여신상의 뒤편이었다. 그쪽으로 폭이 널찍한 복도가 이어졌다. 그녀는 은은한 등불이 매달려 있는 복도 안으로 진입했다. 조명이 다소 어두운 데다 복도 길이가 꽤 길어 끝에 무엇이 존재하는지 잘 보이지 않았다. 하지만 가는 길에 볼거리가 많아 심심하진 않았다.

그녀는 교회의 예배당을 연상케 하는 장의자들이 정렬된 커다란 홀 여러 개와 엄청나게 긴 식탁이 존재하는 식당을 지나쳤다. 온갖 더러운 짓을 다 하면서도 신전이랍시고 신성함을 갖춘 듯한 눈족의 중앙 건물, 흥미진진한 눈으로 공간들을 관찰하다 보니 어느덧 복도 끄트머리에 도달했다.

넓은 너비의 복도답게 양 끝에 아치형의 문이 있었다. 마치 그녀가 열어 주길 기다리듯 살짝 열린 문틈이 보였다. 그 사이로 웃음소리가 아까보다 더 커다랗게 새어 나왔다.

이예주는 잠시 망설이다가 조심스레 문고리를 잡고 끌어당겼다. 따스한 온기와 함께 싱그러운 풀 내음이 안면을 훅 덮쳤다.

"여긴……."

그녀는 휘둥그레 눈을 떴다. 꽃가루 같은 하얀 먼지가 햇빛에 반사되어 반짝반짝 허공을 부유했다. 문 앞에 펼쳐진 것은 춥고 삭막했던 신전과는 전혀 다른 분위기의 유리 온실이었다. 남쪽 대륙으로 와서 단 한 번도 볼 수 없었던, 각양각색의 꽃과 푸른 식물들이 잔뜩 자란.

크지도 작지도 않은 크기의 온실 안은 저물어 가는 노을빛이 흘러 들어와 무척이나 아늑하고 포근해 보였다. 따스한 온풍이 다시 한번 주위를 맴돌았다. 그 바람에 문 앞에 축 늘어진 채 시야를 가린 커다란 나뭇잎이 살랑살랑 움직였다.

꺄르륵, 깔깔. 그 너머에서 그녀가 쫓아온 웃음소리가 맑게 울려 퍼졌다.

이예주는 나뭇잎을 손으로 헤치고 천천히 앞으로 나아갔다. 얼마 걷지 않아 그녀는 한 무리의 천사들을 마주할 수 있었다.

"여기, 여기! 손수건!"

"거기 서, 리즈!"

흰색 옷을 입은 열댓 명의 크고 작은 아이들이 온실의 풀밭 위에 둥그렇게 모여 앉아 있었다. 두어 명이 숨넘어갈 듯 깔깔 웃으며 앉아 있는 아이들 주위를 빙빙 돌았다. 놀이 중인 것 같았다.

이예주의 입에서 야트막한 한숨이 새어 나왔다. 순간 다른 세계에 온 것인가 착각이 들 만큼 평화롭기 그지없는 모습이었다. 이곳 신전까지 걸어 올라오는 동안 그녀는 족장 일행을 제외하곤 그 누구도 만나지 못했다. 그런데 어째서 이곳에 아이들이…….

"어?"

그때였다. 손수건을 들고 마구 뛰어다니던, 갈색 머리칼을 양 갈래로 묶은 여자아이가 제자리에 우뚝 멈춰 섰다. 낯선 이를 발견한 두 눈이 토끼처럼 동그랬다.

이예주는 난처함을 감출 수 없었다. 아이들을 관찰하느라 우두커니 선 몸을 미처 숨기지 못했다.

"리즈, 왜 그래?"

갑작스레 멈춰 선 여자아이 때문에 다른 아이들도 곧바로 이예주를 발견했다. 수십 쌍의 시선들이 한순간에 제게로 휙 쏠렸다.

아이들의 눈이 양 갈래 여자아이처럼 놀라움으로 커졌다가 금방 경계심에 물들었다. 그때 무리의 선두에 서 있던 양 갈래 머리가 주춤주춤 그녀에게로 다가왔다.

"언니, 누구야?"

"어? 어…… 나는……."

제게 꽂힌 수십 쌍의 눈초리에 이예주는 깊은 고뇌에 빠졌다. 뭐라고 답해야 할까. 너희들의 족장이 끌고 온 포로? 인질? 구원자?

하지만 미처 답을 찾기도 전에 아이가 배시시 웃었다.

"언니도 예배 드리러 왔구나?"

"응? ……어어, 응."

전혀 아니었지만 그녀는 어색하게 웃으며 고개를 끄덕였다. 그러자 아이가 고개를 갸웃거렸다.

"근데 언니는 왜 검은색 옷을 입고 있어? 대사제님이 여신님께 인사드릴 때 흰색 옷을 입고 있지 않으면 큰일 난다고 했는데……."

"대사제?"

족장 말고 그런 직책이 또 따로 있는 건가? 진짜 신을 모시는 양구는 눈족의 행태에 이예주는 슬쩍 미간을 구겼다.

그러나 아이가 푸른 눈을 말똥말똥 빛내며 자신을 올려다보고 있어서 금방 표정을 풀었다.

"근데 너희는 여기서 뭐 하고 있는 거야?"

"대사제님이 신전에 초대해 주셔서 축복을 받기 전에 우리끼리 놀고 있는 거야."

"축복을 내려 준다고?"

"응! 밖으로 나가도 쉽게 죽지 않는 축복인데 대사제님이 선택받은 아이들만 받는 거랬어."

처음 보는 사람이 낯설지도 않은지 여자아이는 귀엽게도 재잘거렸다. 아이의 말을 대충 흘려듣던 이예주는 멈칫했다.

그녀는 딱딱하게 굳은 얼굴로 다시 한번 온실 안의 아이들을 돌아보았다. 어느새 경계심이 누그러진 여자아이와 대화하는 그녀를 호기심 가득한 눈으로 훔쳐보던 아이들이, 눈이 마주치자 흠칫 놀라며 고개를 돌렸다.

"너네……."

왜 진작 눈치채지 못했을까. 하나같이 어린아이들만 모여 있었다. 날카로운 눈으로 이쪽을 예의 주시하고 있는 중학생 정도 돼 보이는 남자아이가 그나마 가장 나이가 많아 보였다.

이예주는 벼락같이 깨달을 수밖에 없었다. 곧 눈족에게 버려질 아이들이란 것을.

"언니, 언니! 언니도 같이 놀래? 우리 지금 재밌는 거 하고 있는데! 언니도 같이 놀자! 응?"

심각한 표정으로 아이들을 바라보던 이예주는 문득 제 손을 잡아채어 마구 흔드는 여자아이 때문에 정신을 차렸다.

“아, 아니, 난…….”

“같이 놀자아— 응? 언니도 심심해서 여기까지 온 거잖아? 저기서 같이…… 헉!”

난감한 얼굴로 손사래를 치는 행동해도 굴하지 않고 조르던 여자아이가 별안간 흠칫 몸을 떨었다. 커다랗게 홉뜬 눈으로 멍하니 이예주를 보던 아이가 곧바로 ‘파앗—!’ 손을 떨쳐 냈다.

“왜, 왜 그래?”

이예주는 뜬금없이 두려운 얼굴로 제게서 뒷걸음질 치는 여자아이 때문에 당황했다. 혹시 제가 해를 끼친 걸까 싶어 손을 펼쳐 봤다. 아무것도 들리지 않은 맨손이었다.

잠시 그 손과 이예주를 번갈아 보던 여자아이가 해쓱해진 얼굴로 속삭였다.

“언니…… 숲에서 온 사람이구나?”

“…….”

“숲에서…… 여우랑 족장님이랑…….”

아이의 중얼거림에 숨 막힐 듯 고요했던 뒤편의 무리들이 술렁이기 시작했다. ‘숲’에서 왔다는 것이 대단히 충격적인 일인 것 같았다.

아이들의 시선이 다시 경계심으로 물들기 시작했다. 그러나 이예주는 그 시선을 느끼지 못할 만큼 깊은 생각에 잠겼다.

‘얘가 그걸 어떻게 알았지?’

그녀는 족장에 의해 이곳까지 막 끌려온 참이었다. 끌려오는 도중 아이는 물론이고 사람 그림자 하나 보지 못했다. 그런데 지금 처음 본 아이가 어떻게…….

그러나 그녀는 곧바로 그 이유를 알아차렸다. 아, 눈족은 과거를 볼 수 있다고 했던가.

'그럼 이 애도 오늘 아침의 과거를 본 건가?'

여전히 겁에 질린 얼굴로 저를 올려다보고 있는 여자아이를 새삼스럽게 내려다보던 이예주는 무언가 묻기 위해 아이에게 한 걸음 다가섰다. 그때였다.

"저기, 혹시……."

"리즈!"

불현듯 남자아이 한 명이 벌떡 일어나 그들 쪽으로 달려왔다. 가장 나이가 많아 보이는 아이였다. 그 애는 이예주 앞에 서 있던 여자아이의 팔뚝을 거칠게 잡아당겨 제 뒤로 숨겼다.

"오, 오빠."

잡힌 팔뚝이 아픈지 여자아이가 작게 신음했지만, 남자아이는 요지부동이었다. 리즈보다 한 뼘이나 더 큰 키, 똑 닮은 갈색 머리칼과 푸른 눈동자가 그 둘이 친남매임을 쉬이 짐작게 했다.

"신전의 손님께 버릇없이 굴면 안 돼, 리즈."

동생을 타이르는 말투였지만 시선은 이예주를 향한 상태였다. 갑자기 등장한 낯선 이로부터 동생을 보호하듯 그녀를 보는 두 눈에 적대감이 가득했다.

가시처럼 뾰족한 시선은 언제나 그녀를 억울함의 나락 끝까지 내몰았다. 하지만 한 번 알리자린을 겪은 상태기 때문일까. 아이들의 적의 서린 눈초리에도 이예주는 별 감흥이 들지 않았다.

그녀는 어느새 무덤덤해진 얼굴로 리즈라는 아이의 오빠를 잠시 마주 보았다. 살갑게 말을 걸어 준 리즈, 리즈의 오빠, 그리고 그 뒤에 있는 열댓 명의 아이들 모두 딱했다. 곧 일족에게 버려질 아이들이었다. 어떻게 딱하지 않을 수가 있을까.

그러나 이들이 당장 오늘 밤에 버려진다 하더라도 그녀가 해 줄 수 있는 일은 아무것도 없었다. 누굴 동정한단 말인가. 제 몸도 건사하지 못한 채 람의 인질로 잡혀 있는 주제에.

이대로 몸을 돌려 나가는 것이 가장 현명했다. 하지만 그녀는 마지막으로 혹시나 하는 마음에 지나가듯 물었다.

"혹시 알리자린이라고 알아?"

"몰라요."

이런 싸가지. 채 말이 끝나기도 전에 쏜살같이 답하는 남자아이 때문에 울컥했지만 이예주는 애써 웃으며 말했다.

"그래. 그럼 나는 가 보도록 할게."

"……."

"방해해서 미안. 마저 재밌게 놀려무……."

나름 상냥한 인사를 건네며 들어왔던 문 쪽으로 몸을 돌리던 그 순간이었다. 전혀 생각지도 못한 생물체가 자석처럼 그녀의 눈길을 잡아끌었다.

그녀는 다시 휙 아이들 쪽으로 고개를 돌렸다. 정확히는 아이들 뒤편의 유리벽 너머를 향해서.

"……순심이?"

흰색 순록이 온실 밖 설원을 유유히 거닐고 있었다. 혹시 나를 데리러 온 건가? 람과 함께 나를…….

"순심아!"

이예주는 저도 모르는 사이 리즈 남매를 지나쳐 온실 끝까지 정신없이 달려갔다. 한달음에 바깥으로 가는 통로에 들어서서 유리로 되어 있는 미닫이문을 벌컥 열자, 얼굴 가죽을 찢을 듯한 칼바람이 몰아닥쳤다.

남쪽 대륙의 시린 공기에 벌벌 떨던 이예주는 어렵사리 눈 위로 발걸음을 뗐다. 사박, 눈을 밟는 소리에 얼마 떨어지지 않은 거리에 있던 순록이 쫑긋 고개를 들어 그녀를 바라보았다.

"순심아! 너 여기 어떻게……."

반가운 마음에 이예주가 저벅저벅 순록 쪽으로 걸음을 옮기던 때였다.

푸르르— 까만 눈으로 그녀를 응시하던 짐승이 별안간 몸을 돌려 달아났다. 겅중겅중 뛰어 그다지 넓지 않은 뒷마당을 빠르게 가로지른 순록은 막혀 있는 쇠창살 울타리를 뿔로 들이받았다.

끼이익— 쇠창살 사이에 균열이 생기며 순록 한 마리가 충분히 빠져나갈 수 있는 틈새가 생겼다. 울타리처럼 보였지만 창살로 이뤄진 문이었다. 그 뒤로 지긋지긋한 침엽수가 빽빽하게 자리한 숲이 이어졌다.

"수, 순심아! 어디가!"

이예주는 눈 깜짝할 새 도망친 순록을 따라 허겁지겁 뛰었다. 숲과 뒷마당을 나눈 쇠창살을 막 지나치던 찰나였다.

"가면 안 돼!"

커다란 목소리가 이예주의 발걸음을 막아섰다. 화들짝 놀라 뒤를 돌아보니, 어느새 그녀를 쫓아 나온 리즈가 온실 앞에 서서 애타게 손짓하고 있었다.

"추워. 들어가."

이예주가 걱정스러운 얼굴로 리즈에게 마주 손짓했다. 그러나 아이는 마구 고개를 휘저었다.

"언니, 거기 가면 안 돼! 거기 가면 대사제님한테 혼나!"

"괜찮아."

네놈들이 가둬 두지 않았지 않냐고 적반하장으로 따지고 들면 되지.

그렇게 중얼거리며 이예주는 서둘러 온실에서 등을 돌렸다. 이러다 순록을 완전히 놓치기 전에 빨리 쫓아가야 했다.

"언니!"

뒤에서 리즈가 다시 한번 그녀를 불렀지만 이번에는 돌아보지 않았다. 착한 것. 오빠와는 달리 심성이 곱구나.

사람이 나다니는 곳인 듯 숲길은 잘 정돈되어 있었다. 돌아올 때 길 잃을 일은 없어서 다행이었다. 이예주는 벌써 사라져 버린 순록의 발자국을 따라 다리에 더욱 박차를 가했다.

"거기는, 거기는……."

사라지는 낯선 여자의 뒷모습을 바라보며 여자아이가 울상을 하고 중얼거렸다.

"귀신 나오는 곳인데……."

"신경 쓰지 마, 리즈."

"오빠."

어느새 등 뒤로 다가온 베니가 리즈의 어깨를 돌려세웠다. 리즈는 걱정스러운 얼굴로 제 오라비를 보며 물었다.

"하지만 알리자린 언니를 알고 있는 사람인걸. 브레든이 돌아왔다는 걸 알려 줘야 하지 않을까?"

"리즈, 브레든이 돌아왔다는 건 비밀이라고 했잖아."

베니가 리즈의 어깨를 잡은 손에 힘을 주며 작은 목소리로 신신당부했다. 풀밭에 앉아 있는 아이들로부터 꽤 떨어진 상태였지만, 베니는 불안한 눈으로 연신 곁눈질했다.

"숲에서 온 사람이면 검은 파편과 관련된 사람이야. 가까이하지 마."

"구원자님?"

리즈의 눈이 반짝 빛났다. 9살 난 베니의 어린 동생은 얼마 전 신전을 방문한 다리족의 말을 엿들은 후부터 구원자란 허울 좋은 환상을 꿈꿨다. 전에 없이 들뜬 기색으로 리즈가 물었다.

"오빠, 저 언니가 구원자님일까?"

"대사제님이 구원자는 아직 나타나지 않았다고 했어."

단호하게 고개를 젓는 오빠의 모습에 리즈는 금방 풀이 죽었다. 안쓰러운 여동생의 모습에 베니가 무어라 변명하려고 입을 열었을 때였다.

"리즈, 베니! 추워. 그만 문 닫으면 안 돼?"

뒤쪽에서 아이들의 원성이 들려왔다. 정신을 차리고 보니 리즈의 입술이 추위로 인해 파르스름하게 변해 있었다. 베니는 황급히 온실 안쪽으로 리즈를 끌어당겼다.

활짝 열린 미닫이문을 닫으며 그는 검은 로브를 걸친 여자가 사라진 숲 쪽을 유심히 바라보았다. 그녀는 아무런 내색도 안 했지만, 베니는 분명 보았다. 리즈에게서 '축복'이란 소리를 듣고 저희들을 다시 돌아본 그녀의 얼굴에 일순 괴로움이 스쳐 지나갔던 것을.

내일 밤, 온실 안에 있는 아이들은 장벽 밖으로 쫓겨난다. 가슴이 두근거렸다.

"하아, 하아……."

이예주는 거친 숨을 몰아쉬며 뛰는 걸 멈췄다. 얼마 뛰지도 않았는데 목구멍이 찢어질 듯 아팠다.

"이놈의 순록이 어딜 간 거야."

도망친 순록은 꽁무니조차 보이지 않았다. 그나마 다행인 건 눈 위에 짐승의 발자국이 고스란히 찍혀 있다는 점이었다.

이예주는 잠시 고민했다. 자신을 보고 이렇게 도망치는 것을 보면 순심이가 아닐지도 모르겠단 생각이 불쑥 들었다. 하긴, 람이 돌아온 게 아닌 이상 순심이가 여기 있을 리 없는데.

"이 멍청아."

생각 없이 뛰어온 자신을 돌아보며 그녀는 우울한 얼굴로 중얼거렸다. 그냥 다시 돌아갈까. 하지만 이미 신전 뒷마당이 있는 곳에서 한참이나 멀어진 것 같았다.

"에휴, 내 팔자야……."

건물 구경이나 좀 해 볼까 했더니 왜 이렇게 매번 사서 고생을 하게 되는 걸까.

차갑게 굳은 손으로 잠시 머리를 짚고 한탄하던 이예주는 이내 선명한 순록의 발자취를 따라 저벅저벅 다시 걸었다.

인간들이 있는 곳에 순록이 잘 나다니는 걸 보니 이 길의 끝도 어딘가로 이어져 있을지 모른다. 신전 구경의 일환이라고 치지, 뭐.

긍정적으로 결론을 내린 그녀는 애써 처지는 몸에 힘을 주었다. 혹시 처음 남쪽 대륙에 왔을 때처럼 끝도 없이 계속 걸어야 하면 어쩌나, 하는 걱정도 들었다. 길이 하나라 잃어버릴 일은 없겠지만 그렇게까지 억척스럽게 순록의 뒤를 쫓을 생각은 없었다.

그러나 천만다행히도 길은 금방 끝이 났다. 얼마 걷지 않아 좁은 시야가 확 트이더니, 새로운 건물이 나타난 것이다.

"어……."

이예주는 우뚝 멈춰 섰다. 눈앞에 있는 것은 건물은 맞았지만, 건물이라고 말하기 힘들었다.

폐허. 쓰러지고 부서진 기둥과 벽돌의 잔해들이 이리저리 널브러져 있는 그것은 그저 건물이 있던 터라고 할 수 있었다. 오랜 시간 동안 칼바람과 차가운 눈에 침식되고 풍화되어 형체만 간신히 남은 그곳은 꼭 교과서에서나 볼 법한 고대 유적지 같았다.

"……신전?"

이예주는 잔해만 남은 건물의 원래 형태가 무엇인지 금방 알아보았다. 구멍이 숭숭 뚫려 있는 돌덩이에 지나지 않음에도 불구하고 정교한 조각 자국들이 아직 남아 있었다. 방금 전에 제가 있던 곳과 비슷한 양식이었다.

"신전이 왜 또 있지?"

건물이 오래돼서 부수고 앞쪽에 새 걸로 다시 지은 건가?

생소한 기분으로 신전이었던 터를 향해 걸어가던 그녀는 문득 옆쪽으로 건물이 하나 더 있는 것을 발견했다. 무너진 터에 비해 비교적 멀쩡한 형태를 유지한 탑이었다. 보호색이라도 취한 양 어두운 숲과 같은 색의 벽돌로 지어져 있어 금방 알아보지 못했다.

원래의 높이가 어느 정도였는지는 알 수 없었다. 탑 허리 위부턴 사라져 있어 완전히 멀쩡하다고 말하기도 어려웠다.

"꼭 귀신이라도 나올 것 같은데……."

이예주는 마찬가지로 곧 쓰러질 것 같은 첨탑을 보며 중얼거렸다. 무성히 우거진 나무와 눈에 가려져 있어 그 주변 분위기가 음침했다.

그녀는 뭔가를 탐사한답시고 다 쓰러져 가는 신전 터에 굳이 들어가고 싶지 않았다. 어차피 여기가 숲의 끝인 것 같기도 하고.

슬슬 하늘에 노을이 내려앉는 것을 보니 그만 돌아가서 방에 처박히는 것이 신상에 더 이로울 것이다. 그렇게 결론을 내린 이예주가 다시 돌아가기 위해 발걸음을 옮기던 차였다.

바스락— 그 순간, 뒤쪽에서 기척이 들렸다. 반사적으로 뒤를 돌아본 이예주는 깜짝 놀랐다.

"순심…… 아니, 순심이 짝퉁!"

눈 깜짝할 새 사라졌던 순록이 무너진 신전 터의 중심에 우뚝 서 있었다. 그녀는 다시 돌아가겠다는 결론도 까먹고 부랴부랴 순록이 있는 쪽으로 다가갔다.

거리가 가까워질수록 순심이와는 다르다는 것을 알아볼 수 있었다. 멀찍이서 봤을 땐 눈처럼 새하얗다고 생각했던 털은 자세히 보니 흰색이 아니라 밝은 회색이었다. 게다가 덩치도 순심이보다 뿔도 한참 작았다.

"뭐야……."

이예주는 걸음의 속도를 차차 줄였다. 순록이 또 도망갈까 걱정되었기 때문이다.

회색 순록의 뒤로 쓰러진 기둥에 가려져 미처 보지 못한 순록 두 마리가 더 있었다. 무너진 벽돌 사이를 한가로이 거닐고 있는 순록들은 평범한 갈색이었다.

"너네…… 순심이 가족이지?"

여러 마리의 순록들을 보자니 문득 잊고 있었던 펭양의 말이 떠올랐다. 펭귄들로 인해 남쪽 대륙 숲을 침입한 눈족 인간들. 그리고 쓰임새가 다양하여 가장 많이 잡혀간 순록들.

"혹시 너네도 말 알아들어?"

혹시나 해서 물어본 질문에 순록들은 이예주를 바라보며 귀를 쫑긋 세울 뿐 대답하지 않았다.

대답할 리가 없지. 동물들에게 자연스레 말을 건넨 제 모습이 불쑥 민망해져 그녀는 허탈한 웃음을 터뜨렸다.

이예주가 가까워졌음에도 불구하고 순록들은 더 이상 도망치지 않았다. 그녀는 순록에게서 눈을 뗐다. 이왕 발을 들이민 김에 대충 주변을 둘러볼 요량이었다.

고개를 휘휘 돌리자 무너진 건물 안은 바깥쪽에서 볼 때보다 훨씬 더 을씨년스러웠다. 위험한 철골들이 부서진 바위틈에서 날카롭게 튀어나와 있었다. 자칫 발이라도 잘못 디디면 끔찍한 몰골로 죽을 것이다.

으, 그녀는 눈살을 찌푸리며 다른 쪽으로 고개를 돌렸다. 그녀에게서 자신들을 해칠 의사가 느껴지지 않는 건지는 모르겠으나 순록들은 이예주가 무너진 건물 사이를 이리저리 돌아다니는 것을 방관했다.

그녀는 조금 더 용기 내어 안쪽으로 걸음을 옮겼다. 기둥들이 대부분 쓰러져 반쯤 남은 천장이 하늘을 가리고 있었다. 안쪽은 해가 들지 않아 어두컴컴했다.

이 신전의 끄트머리는 특이하게도 신의 조각상 같은 게 아닌 높다란 계단으로 이뤄져 있었다. 비록 한쪽 귀퉁이가 무너지고 층마다 돌덩이가 굴러다니는 모양새였지만 오르기엔 무리 없었다.

거기까지 가자 더 이상 구경할 것도 없었다. 다시 돌아가느냐, 위험천만해 보이는 계단을 굳이 올라 그 너머까지 확인하느냐.

하지만 결단을 내리기도 전에 몸이 먼저 움직이기 시작했다. 이예주는 죽을상을 하고 다리를 옮겼다. 음침한 폐허 안의 계단 너머 따위 구경할 게 뭐 있겠나 싶었지만, 실은 확인할 것이 있었다.

어쨌든 그녀는 탈출로를 확보해 놓아야 했다. 혼자라면 어떻게든 살아남을 수 있을지 모른다. 하지만…….

"에휴……."

이예주는 고개를 돌려 지저분한 대리석 바닥을 거니는 순록들을 흘긋 확인하고 깊은 한숨을 내쉬었다.

이미 본 걸 못 본 척할 수는 없었다. 저 세 마리보다 더 많은 순록이 있을 것이다. 어쩌면 눈족들이 썰매를 끌고 다닐 때 이용하는 순록들이 전부 순심이의 가족일지도.

람이 오면 같이 데려가 달라고 해야지. 하지만 만약을 위해 인기척이 드문 곳의 개구멍 하나쯤은 알아 두는 게 좋을 것이다.

그래서 그녀는 계단 너머를 확인하기 위해 올랐다. 흰 칠이 다 벗겨져 콘크리트가 드러난 계단은 턱이 높은 대신 층이 적었다. 그 탓에 끄트머리에 도달했을 때에는 입에서 가쁜 날숨이 새어 나왔다.

두 층을 앞두고 잠시 숨을 몰아쉬던 그녀는 힘을 쥐어짜 남은 층들을 마구 뛰어올랐다. 그리고 마침내 계단을 정복한 순간이었다.

"……헉!"

희열을 만끽하기도 전에 이예주는 거칠게 숨을 들이쉬며 뒷걸음질 쳤다.

계단 너머엔 아무것도 존재하지 않았다. 개구멍은커녕, 하다못해 건물의 잔해나 다른 곳으로 이어지는 길도, 무엇도.

"이, 이게……."

까마득한 절벽이었다. 계단을 오를 때처럼 아무 생각 없이 달려나갔다면 손쓸 틈도 없이 추락했을 것이리라. 컴컴한 구덩이가 거대한 아가리를 쩍 벌린 채 이예주를 맞이했다.

현대에 살 적에 종종 보고 들었던 싱크홀Sinkhole이란 단어가 머릿속에 스쳐 지나갔다. 지반이 밑도 끝도 없이 무너진 지형. 흘끔 아래를 내려다보자 눈앞이 아찔해졌다.

"어……."

그런데 그 와중에도 이상한 점이 하나 보였다. 끝도 보이지 않는 나락의 구덩이는 지진이나 싱크홀 같은 자연재해로 무너진 모습과 거리가 멀었다. 원형 모양과 구덩이의 벽이 판판하고 정교했다. 마치.

"……터널?"

거인들이 수직으로 파 놓은 터널처럼.

"터널. 그도 옳은 말이겠군요."

뒤에서 자신의 혼잣말에 동조하는 타인의 목소리가 불쑥 끼어들었다. 이예주는 깜짝 놀라 휙 뒤로 돌았다.

여신상과 똑 닮은 얼굴. 남쪽 대륙에서 첫 번째로 만난 눈족 인간이 하나 남은 계단을 마저 오르고 있었다.

'대체 어느새 온 거지?'

아무리 제가 고소공포증 때문에 겁에 질려 있었더라도 다가오는 소리를 듣지 못할 리 없는데. 여자가 오는 인기척을 전혀 느끼지 못했다.

이예주가 경악스러운 얼굴로 바라보는데도 여자는 태연한 얼굴로 걸어와 곁에 섰다.

"과거에 인간들은 신에게 가는 길이라며 갓로드God road라고 불렀었죠."

"……."

"다리족에서 과거를 보지 않았던가요? Core1의 진입로예요. 한때는 내핵까지 뚫렸지만 세월이 흐르면서 용암이 넘치고 퇴적물들이 쌓여 뚫어 놓은 길은 막혔어요. 그래도 깊이가 꽤 깊어 지금은 쓰레기와 오물 처리장으로 쓰고 있지요."

여자는 변함없었다. 이마까지 가려지게끔 로브의 후드를 깊게 뒤집어쓴 모양새, 다른 눈족 인간들과 똑같은 차림이었지만 옆으로 삐져나온 금발 덕분에 누군지 바로 알아차릴 수 있었다.

"오랜만에 보네요."

"그러게요. 다시 볼 줄 몰랐는데."

이예주는 차갑게 응수했다. 제게 남쪽 대륙을 떠나라 지껄였던 여자였다. 람에게서 도망갈 방법이랍시고 그에게 상처를 낼 수 있는 칼까지 쥐여 준. 좋은 목소리가 나갈 리 없었다.

여자는 상대방의 굳은 얼굴에도 개의치 않고 희미하게 웃었다.

"신전에 계시는 동안 이곳은 웬만하면 보여 드리고 싶지 않았는데. 벌써 들켜 버렸네요."

"이곳이 어딘데요?"

"신전이었지만, 용암 폭발로 인해 무너져 버렸습니다. 이제는 아무도 찾지 않는 잊힌 신전이에요."

"신전…… 내핵까지 뚫어 놓은 구덩이 옆에 신전은 왜 지었어요?"

"글쎄요. 여신께 Core1의 성공을 치성드리려고 그런 게 아니었을까 싶군요."

이예주는 눈살을 찌푸렸다. 다른 말로 바꾸자면 터만 남은 신전은 1000년 전, 내핵으로 가기 위해 땅을 팔 때 같이 지어졌단 소리였다.

신전이든 터널이든, 모두 잠들어 있는 람에게 해코지를 하기 위한 목적이었다. 기분이 더욱 가라앉았다.

"근데 왜 이곳을 저한테 보여 주고 싶지 않았는데요?"

"보잘것없으니까요. 다 무너지고 쓰러져서 흔적만 남았지요. 위대한 여신을 모셨던 장소라 말할 수 없어요."

여자의 말이 맞았다. 폭탄이라도 맞은 것처럼 건물 터는 엉망이었다. 이예주가 묵묵히 쟈니아를 바라보고만 있자 그녀가 덧붙였다.

"하지만 순록을 풀어놓고 키우기엔 알맞아요."

"……."

"순록은 영특하고 쓰임새가 많아요. 수명이 길고 생명력 또한 강한 동물이죠. 눈족은 순록을 신성한 동물이라 여겨 중요하게 관리합니다."

"훔쳐 온 순록들을요."

침묵하던 이예주가 여자의 말을 정정했다. 여기 있는 순록들은 다 순심이 가족의 후대들이 분명했다. 저들 편할 대로 쓰기 위해 숲에서 끌고 와 놓고 뭐?

"순록을 받은 건 일종의 거래였어요."

곱지 않은 눈초리에도 쟈니아는 담담하게 대꾸했다. 어리석은 펭귄들의 실수가 눈족에게 아직까지 팽배했다.

이예주는 더 이상 여자와 쓸모없는 대화 따위 하고 싶지 않았다. 친근하게 순록에 관해 대화를 나눌 만한 사이도 아니었다. 그래서 다시 계단을 내려가기 위해 몸을 돌렸는데 여자가 또 쓸데없는 말을 붙였다.

"당신을 여기서 볼 줄 예상치 못했는데…… 결국은 눈족 터전의 심장부까지 들어왔네요."

"난 칼 돌려줬어요. 당신들이 새끼 여우와 알리자린으로 협박해서 끌고 온 거지."

"하지만 어쩔 수 없었습니다. 당신을 그대로 뒀다간 동쪽 대륙처럼 서쪽 대륙마저 무너져 내렸을지도 모르니까요."

"뭐……라고요?"

여자를 향해 적대감을 남김없이 드러내던 이예주의 눈이 한순간에 휘둥그레졌다.

"서쪽 대륙, 사막과 맞닿아 있는 도시 외곽이 완전히 무너져 내렸더군요. 하루아침에 지반이 꺼져서 당분간 팔족들과의 교류는 헬기를 가지고 있는 다리족밖에 할 수 없게 되었습니다. 히카톤이 더 이상 도시로 쳐들어가진 못할 테니 어쩌면 팔족들에겐 긍정적인 일일지도 모르겠네요."

멍하니 여자의 말을 듣고 있던 이예주는 순간 벼락처럼 스쳐 지나가는 기억에 온몸이 뻣뻣해졌다. 여자가 준 검은 칼로 손목을 그었을 때.

람에게 벗어나기 위해 어디로든 '문'을 열 요량이었지만, 막상 열린 문 너머에는 팔족 땅이 있었다. 그리고 어떻게 되었던가. 동굴에 온 람에게 그 멍청한 짓을 들켰고, 별안간 그의 어깨가 터졌다. 그와 동시에 '문'이…….

"당신은 어떻게 생각하죠?"

기억의 늪에서 허우적거리던 이예주는 상념을 깨우는 목소리에 흠칫 정신 차렸다. 여자가 입가에 희미한 미소를 띤 채 그녀에게 의중을 물었다.

"그걸…… 왜 나한테 물어봐요?"

"제가 준 성물과 연관된 일인가 싶어서요."

"나는 아무것도 몰라요."

이예주는 벌벌 떨리는 속을 감추며 단호하게 말했다. 대륙이 무너진 것이 자신의 탓이라는 쟈니아의 묘한 어투 때문에 떠는 것이 아니었다. 제 능력 때문에 람이 왼팔에 이어 오른팔까지 다친 걸까 봐 더럭 겁이 났다.

이예주가 말없이 쏘아보고만 있자 여자가 뜬금없이 로브 안쪽에 손을 집어넣었다.

"당신이 돌려준 칼은 제가 소중히 지니고 있었습니다."

품 안에서 무언가를 불쑥 꺼내 든 여자는 그것을 이예주에게 내밀었다. 시커먼 색의 단도였다.

어쩌라는 건가. 여자를 멀거니 바라보자, 그녀가 짜증 나는 소리를 지껄였다.

"왜 그를 찌르지 않았죠?"

이예주는 기가 막혀 헛웃음을 지었다. 왜 안 찔렀냐고? 찌르지 못하니까 안 찔렀겠지. 울컥 치미는 말들을 삼키며 그녀는 짓씹듯 내뱉었다.

"그깟 칼로 찔러 봤자 그 남자 어떻게 못해요."

"알고 있어요. 이런 작은 칼로는 검은 파편을 어쩌지 못한다는 것을요."

"뭐?"

다 알고 있으면서 칼을 줬다고? 이런 개 같은……! 그녀는 이를 부득부득 갈며 여자를 살벌하게 노려보았다.

"당신 나한테 거짓말했죠?"

"……."

"그걸로 찌르면 꼭 람이 큰일 날 것처럼 나한테 거짓말하고 떠봤잖아. 동쪽 대륙까지 들먹이면서."

쟈니아의 말을 듣고 멍청할 만큼 순순히 칼을 받아 온 자신이 끔찍했다. 후에 찬찬히 생각해 보니 여자의 말은 완전히 말도 안 되는 것이었다.

완력이 약한 자신이 람을 찌를 수 있을 리 없다. 그를 찔렀다 하더라도 제가 어떻게 도망을 칠 수 있을까? 오히려 그 자리에서 분노한 람에게 벼락 맞고 죽지나 않으면 다행일 텐데.

"그 사람 찌르라고 왜 시켰어요? 내가 당신 말을 믿고 따를 것 같았어?"

이예주는 금방이라도 멱살을 잡을 듯 쟈니아에게 바짝 다가서며 삿대질했다.

"이제 보니 순 사기꾼 아니야? 이걸로 찌르면 람이 날 죽일 줄 알고 일부러 준 거죠?"

드세게 따지고 드는데도 여자가 설핏 웃었다. 웃어? 이예주의 기세가 흉흉해졌다. 여자가 절레절레 고개를 저었다.

"그런 게 아닙니다. 그저 당신이 어떻게 행동할지 알고 싶었어요. 찌를 것이라 생각은 안 했지만 그래도 조금은 기대를 했는데……."

쟈니아는 바짝 다가온 이예주에게서 물러나 인간들이 1000년 전에 파 놓은 까마득한 구덩이 쪽으로 다가갔다. 위태롭게 벼랑 끝에 선 그녀는 아차 할 새도 없이 구덩이 속으로 단도를 던졌다.

"뭐, 뭐 하는 거예요?"

"어차피 이 칼은 실패물이에요."

깔끔하게 칼을 구덩이에 버린 채 여자가 무표정한 얼굴로 제자리에 돌아왔다.

그렇다고 멀쩡한 칼을 버려? 별 희한한 사람을 다 보겠단 눈으로 바라보자 여자가 다시 입꼬리에 미소를 걸쳤다.

"하지만 당신은 곧 후회할 겁니다. 남쪽 대륙을 떠나지 않은 것과 당신으로 인해 일어날 모든 일들을."

"내가 가장 후회하는 건 당신들한테 속수무책으로 이곳까지 끌려온 거야."

이예주는 이를 악물고 답했다. 들끓는 눈으로 노려보자 쟈니아가 먼저 고개를 구덩이 쪽으로 돌려 시선을 피했다.

"신전에 지내는 동안 이곳은 조심하시는 것이 좋을 듯합니다. 발을 잘못 헛디뎠다간 두 번 다시 올라오지 못할 테니까요. 방금 던진 칼과 같이 말이죠. 그리고 순록은 예민한 동물이랍니다. 쉽게 스트레스를 받아요."

옛 신전의 터가 아무리 넓어 봤자 어차피 나갈 곳 없는 우리 안이었다. 스트레스는 네놈들 때문에 받겠지. 쟈니아의 가식적인 말에 이예주는 속으로 이죽거리며 입을 열었다.

"순록을 따라온 거예요. 게다가 날 피하지도 않고요."

"당신에게 흰 순록의 기척이 느껴져서 경계하지 않았을지도 모르겠네요."

여자가 이예주의 말에 동조하며 고개를 끄덕였다.

"흰 순록은 영생을 산다고 하죠. 우리는 흰 순록을 영물로 여깁니다."

흰 순록은 이곳에 와서 머리털 나고 처음 봤기 때문에 진짜 영생을 사는지 같은 건 잘 몰랐다. 영생을 산다면 그건 현실 속 동물이 아니지 않은가. 그러나 펭양이 순심이는 엄청 오래 살았기에 말을 다 알아듣는다고 했다.

"많은 시간들을 보기 때문에 눈족들은 생명에 대한 집착이 강한 편이에요. 영생은 누구나 탐을 내죠."

어디 눈족뿐인가. 팔족도 다리족도 아주 끈질기기 그지없었다. 시간족들은 죽으면 지옥에 갈 것을 알기라도 하듯 하나같이 살아남기 위해 악착같았다. 하지만 이예주는 굳이 시간족들에 대한 감상평을 입 밖으로 꺼내지 않았다.

쟈니아는 눈족 나름의 당위성을 설명했다.

"눈족들은 신체적, 실체적인 능력을 가진 다른 시간족들과는 달라 살아남기 힘들었습니다. 하지만 과거를 보는 우리들은 여신이 인간들에게 베풀었던 위대한 업적과 사랑을 영겁의 시간에 걸쳐 잊지 않고 기려 왔습니다."

"……."

"이 신앙심을 다른 시간족들은 대부분 끝까지 유지하지 못하고 죽음을 맞는 편이죠. 하지만 눈족들은 신전을 중심으로 똘똘 뭉쳐 살아남았습니다. 생존을 위해 혈족과의 결합도 만연했지요. 그래서 불완전한 아이들, 돌연변이들이 많아요."

"돌연변이?"

불현듯 비행선의 원형 통에 갇혀 있던 이가 떠올랐다. 사막 괴물처럼 양 옆구리에 인간의 상반신들을 단 눈족 장로가. 쟈니아의 말대로라면 그런 인간들이 이곳에 많이 있다는 말인가?

하지만 이어지는 말에 돌연변이에 관한 생각은 빠르게 밀려났다.

"남쪽 대륙은 척박한 땅이고, 제 몸 하나 간수하기도 힘들 때가 있습니다. 당신도 지나왔으니 알겠지만, 아이들을 키울 능력이 되지 못하는 부모들이 많지요."

"제 몸 하나 간수하기 힘들다 해도 아이들을 버리는 종족은 여기밖에 없어요."

눈족에게 버려진 아이들이 어떻게 되었던가. 알리자린과 그 애의 동생처럼 다리족에게 끌려가 죽을 때까지 유린당한다. 그럴 바에야 차라리.

"대체 왜 아이들을 버리는 거예요? 차라리 다 같이 굶어 죽어요! 아니면 성인이 되고 나서 내쫓든가!"

이예주는 이번엔 제 생각을 가감 없이 드러냈다. 온실에서 자신에게 해맑게 인사했던 리즈라는 아이가 떠올랐다. 그녀의 허리춤을 간신히 넘은 어린애였다. 다른 애들의 사정도 마찬가지였다.

격렬한 그녀의 반응에도 여자의 어투는 평이했다.

"그건 당신만의 견해일 뿐. 아이고 어른이고 그 누가 영면에 들고 싶을까요? 다들 살아남기 위해 그러는 짓인데요."

"그럼 뭉쳐서 어떻게든 방법을 찾아야 할 거 아니에요? 아무 힘도 없는 애들을 버리는 건 능사가 아니잖아요!"

"하지만 힘과 생명을 유지하기 위해선 어쩔 수 없는 일이지요. 다 같이 한데 모여 쫄쫄 굶던 때도 있었답니다. 하지만 그러면 큰 에너지를 가진 사람들이 작은 에너지를 가진 사람들을 잡아먹기 마련이었어요. 그렇다고 어린것들을 태어나는 족족 먹어 치울 수도 없는 노릇이고요. 그것은 인도에 너무 어긋나는 짓이니까……."

"뭐, 뭘 먹어 치워요?"

이예주는 방금 제가 헛것을 들은 게 아닌가 싶어 멍하니 되물었다. 쟈니아가 일순 낯을 바꿨다. 무언가를 회상하듯 이예주를 비껴간 시선이 아득한 먼 허공에 박혔다.

"한때는 그런 적도 있었지요. 모든 것을 먹어 치우는 것만이 능사라고 생각했을 때가요……."

한순간 초점이 사라진 동공이 불쾌했다. 기시감이 들었다. 본 적 있는 눈빛과 말투였다. 지하 동굴에서 본 눈족 장로의 모습과 엇비슷했다. 동태 눈깔처럼 이지도 없고, 이성도 없는…….

혐오스러운 말도 그렇지만, 아주 먼 옛날을 회상하는 듯한 모습은 이예주를 순식간에 섬뜩한 기분에 휩싸이게 했다. 다행인지 불행인지 쟈니아의 초점은 금방 돌아왔다.

"과거에 눈족 족장이 두 명일 때가 있었어요."

"방금, 애들을 먹어 치운다고 했어요?"

"과거와 미래를 보는 자로 나뉘기 때문에 두 명이었는데 그 둘의 성별이 다르면 권력의 통합을 위해 부부의 연으로 묶일 때가 많았죠."

무시하고 제 할 말만 쏟아내는 여자의 모습에 아연해져 이예주는 그만 입을 다물었다.

"하지만 살아남는 것은 중요합니다. 살아남아야 다음을 도모할 수 있지 않겠어요. 그래서 어느 죽어 가던 족장은 같은 족장이었던 아내의 시체를 먹고 살아남기도 했다고 하지요."

"……."

"눈족은 과거와 미래를 볼 수 있어요. 살아남는 것이 얼마나 중요한 건지 우리만큼 잘 아는 일족은 없을 겁니다. 우린 그렇게 살아남은 일족이에요."

"그런 역겨운 얘기를 나한테 왜 하는데요?"

"족장을 조심하세요. 그는 기회주의자니까."

이예주는 일순 여자가 어떤 족장을 말하는 건지 순간 헷갈렸다. 쟈니아는 족장의 딸이었다. 제 아비를 기회주의자라고 칭하는 패륜아였구나. 그간 고상했던 말투와 판이한 모습이 생소하게 느껴졌다.

그런 이예주를 비웃듯 여자가 마지막까지 쐐기를 박았다.

"생존을 위해 필요 없는 군식구는 자비 없이 버리는 자이지요."

굳이 말하지 않아도 충분히 경계하고 있었기 때문에 이예주는 쟈니아의 경고가 별로 와 닿지 않았다. 게다가 그녀는 비단 족장뿐만 아니라 쟈니아를 포함한 모든 눈족 인간들을 경계할 예정이었다.

하여간 이상한 놈들이야. 거대한 신전을 세울 만큼 강한 신앙심이 혈연과 살인에는 전혀 영향을 미치지 않는다니. 그녀가 현대에서 주워듣던 종교와는 전혀 달랐다. 곰곰이 쟈니아의 말을 되새길 때 여자가 이예주보다 먼저 등을 돌렸다.

"그와 별개로 순록 구경은 해도 괜찮아요. 단, 환한 낮에만요."

"……."

"깜깜한 밤에는 누군가 순록을 흉내 내 당신을 계단에 오르게 할 수도 있답니다."

작별 인사와 같은 말을 내뱉고는 여자가 총총히 계단을 내려가기 시작했다. 그 말에 반사적으로 누군가가 어둠 속에서 짐승 흉내를 내며 네 발로 엉금엉금 기어가는 상상이 떠올라 소름이 확 끼쳤다.

'미친 여자 같으니. 왜 저렇게 만날 때마다 재수 없는 소리만 지껄이는 거람.'

점점 아래로 더 멀어지는 회색 로브를 노려보다가 이예주가 소리쳤다.

"난 이곳에서 언제 나갈 수 있어요?"

여자가 잠시 걸음을 멈췄다. 그리고 흘끔 뒤를 돌아보며 답했다.

"글쎄요."

"……."

"당신이 구원자가 아닌 것이 완전히 밝혀졌을 때가 아닐까 싶네요."

'람이 오면.'이라 했던 눈족 족장과는 전혀 다른 답이었다.

이예주는 쟈니아가 계단을 내려간 뒤에도 거기 남아서 한참 동안 여자의 말을 생각했다. 기묘하게도 꽤 오래간 대화를 나눴던 것 같은데 남는 게 별로 없었다. 여자의 입을 통해 들은 눈족에 관한 정보도 이미 모두 알고 있던 것들이었다.

그런데 어쩐지 여신과 똑 닮은 여자와의 대화를 나눈 후부터 기분 나쁘고 질척한 것들이 몸에 달라붙은 기분이 들었다. 애써 그것들을 털어 내듯 고개를 저은 그녀는 아찔한 구덩이를 등지고 계단을 내려가기 시작했다.

남쪽 대륙은 해가 빨리 졌다. 어느새 어스레한 어둠이 내려앉은 무너진 공간은 옛 신전 터가 아니라 무덤 같아 보였다. 스산한 기운이 감돌자 오싹해진 이예주는 서둘러 왔던 길을 되돌아갔다.

다시 철창을 지나 온실로 들어섰을 때 아이들은 없었다. 대신 그녀를 기다리고 있었던 듯 회색 로브를 뒤집어쓴 눈족 인간 한 명이 그녀를 맞이했다.

"만찬이 시작되었습니다."

그는 그녀를 식당까지 안내했다. 자신이 뭔 사제라고 소개했던 것 같은데 흘려들어서 기억에 남지 않았다.

이예주가 온실까지 가는 길에 지나쳤던 식당에 도착했을 때는 이미 모든 준비가 끝나 있었다. 엄청나게 긴 식탁에 마주 보고 가지런히 앉아 있던 아이들이 그녀가 들어오자마자 눈을 빛냈다. 기다린 지 꽤 오래된 것 같았다.

그녀는 왜 애들과 같이 밥을 먹어야 하는 건지 짐작하기도 전에 그 눈빛에 못 이겨 식탁 가까이 다가갔다. 그러다 멈칫했다. 상석이 비어 있었다. 상석 옆에 꼴도 보기 싫은 눈족 족장이 앉아 이예주를 맞이했다.

"드디어 오셨군요. 아이들이 꽤 많이 기다렸습니다."

밥상머리 앞에서도 후드를 뒤집어쓰고 있는 모습은 절로 짜증을 자아냈다. 그냥 안 먹는다고 하고 올라갈까. 능글맞은 노인네와 같이 겸상할 만큼 제 비위가 좋은 것도 아닌데.

비어 있는 상석이 꼭 자신의 자리 같아서 기분이 이상했다. 원래 이런 자리에는 족장이 앉는 게 아닌가?

잠시간 고민하던 이예주는 문득 자신을 바라보는 초롱초롱한 눈과 마주쳤다. 온실에서 가장 먼저 제게 달려와 밝게 인사했던 리즈라는 여자아이가 족장의 맞은편에 앉아 있었다.

빨리 앉으라고 애원하는 것 같은 눈빛에 이예주는 어쩔 수 없이 착석했다. 모든 이의 시선이 제게 쏠렸다. 여간 껄끄럽지 않을 수가 없었다.

그녀가 앉자마자 기다렸다는 듯 로브를 뒤집어쓴 사제들이 음식을 가져와 날랐다. 식탁 위에 올라오는 접시들이 꽤나 호화롭고 풍성했다. 스테이크부터 시작해 많은 양의 고기가 다양한 방법으로 조리되어 있었다. 다 같이 굶어 죽는 것을 방지하기 위해 아이들을 내버린다는 풍속과는 전혀 어울리지 않았다.

"들지요."

눈족 족장의 허락이 떨어지자마자 가만히 앉아 있던 아이들이 음식에 달려들었다. 식기가 있는데도 불구하고 아이들은 하나같이 며칠은 굶은 사람처럼 손으로 마구 음식을 퍼먹었다.

물론 실제로도 굶었겠지. 이예주는 맨손으로 고기를 마구 쥐어뜯는 리즈를 물끄러미 바라보았다. 그러다가 불현듯 이 아이를 보호하던 오빠가 식당에 없다는 사실을 알아차렸다.

"입맛에 맞지 않습니까?"

숟가락조차 들지 않는 이예주를 보며 눈족 족장이 의아하다는 듯 물었다. 그녀는 리즈에게서 시선을 옮겨 왼편에 앉아 있는 족장을 바라보았다. 주름이 자글자글한 노인이 눈이 마주치자 인자하게 웃어 보였다.

"다른 사람들은 밥 안 먹어요?"

"내일이면 먼 길을 떠날 아이들만을 위한 만찬이니 다른 이들은 탐하지 않는 것이 옳지요. 그리고 여신을 모시는 자들은 고기를 먹지 않으니 걱정 놓으셔도 됩니다."

그러면서 본인은 칼과 포크를 들어 제 앞에 놓인 고기를 썰기 시작했다. 그렇다면 족장은 여신을 모시는 자가 아니란 말인가.

그녀는 예의상으로나마 포크를 들었다.

"애들이 다 먹기엔 고기가 많은 것 같은데요."

"오랜만에 순록을 잡았습니다. 매년 이맘때쯤이면 순록을 잡아 왔지요."

안 그래도 없던 입맛이 싹 달아났다. 이예주는 들었던 포크를 다시 내려놨다.

그때 사제 둘이 눈족 족장과 이예주의 옆에 은색의 포도주 잔을 하나씩 내려놓았다. 그들은 술병 대신 이상한 모양의 가죽 포대를 들고 잔에 쏟았는데 와인 향이 아닌 비릿한 냄새가 훅 풍겼다. 이제는 제법 익숙해진 냄새였다.

있는 대로 인상을 쓴 이예주에게 족장이 잔을 들어 보였다.

"순록의 신선한 피는 무한한 생명을 준다고 합니다. 드시겠습니까?"

"됐어요."

혐오 서린 눈빛이 보이지 않는 것인가. 눈족 족장은 술처럼 뻔뻔스레 순록의 피를 들이켰다.

쟈니아라는 계집이 누굴 닮아 상대방의 말이나 표정 따윌 조금도 신경 쓰지 않는지 알 것 같았다. 최소한 이예주의 비위를 맞추려 노력하던 다른 시간족과는 상이한 태도였다.

순록의 피를 모조리 마신 족장이 잔을 내려놓으며 만족스럽다는 듯 웃었다. 시뻘건 피가 더덕더덕 묻어 있는 늙은이의 잇몸이 역겨웠다.

"내일은 대사제를 대신해 이 순록 피가 희석된 물로 떠날 아이들에게 세례를 해 주셔야 합니다."

"제가 왜요?"

이예주는 노인의 뜬금없는 말에 눈을 희게 뜨며 되물었다.

“신전에 있는 순록들은 희미하게나마 흰 순록과 피가 이어져 있지요. 세례를 통해 영생을 산다는 흰 순록의 가호가 홀로 설 아이들과 함께할 것입니다.”

“그러니까 제가 왜요. 인질이라면서요? 인질이 어떻게 세례를 해요.”

“아직까지는 구원자님이 아니십니까?”

이런 미친놈을 봤나. 이예주는 기가 막혀서 헛웃음을 참을 수 없었다. 버리는 마당에 세례니 영생이니. 사람 가죽을 뒤집어쓰고 어쩜 저렇게 낯짝이 두꺼울 수 있을까.

“구원자에게는 마땅히 불안해하는 인간들을 달래 줄 의무가 있기 마련이지요.”

이예주는 답하지 않고 무시했다. 모락모락 익혀 온 고깃덩이는 식은 모양인지 더 이상 김이 나지 않았다. 아이들은 여전히 음식을 입에 쑤셔 넣기 바빠 식당 안은 전체적으로 어수선하기 그지없었다.

“구원자가 나타날 것이라는 예언은 제가 내렸습니다.”

“…….”

“미래를 봤지요.”

무시하고 식사가 끝날 때까지 시간을 죽일 생각이었던 이예주는 다시 고갤 돌려 늙은 족장을 바라보았다. 이런 능구렁이 같은 노인네가 시간족 내부에선 예언을 내리는 대현자라고 불리다니.

불손한 눈빛에도 노인은 이예주의 눈을 피하지 않았다. 그녀는 입을 열었다.

“이따위 대우를 해 놓고, 내가 검은 파편을 죽이고 당신들을 지옥불에서 구해 줄 것 같아요?”

“오. 당신께 그런 것을 바란 적은 없습니다.”

“…….”

"내가 내린 예언은 당신을 염두한 것이 아닙니다. 오히려 갑자기 나타난 당신은 방해꾼에 가깝지요."

족장은 그녀의 말에 놀란 표정을 지으며 과장된 손사래까지 저었다. 말투와 행동 모두가 거슬렸다. 꼭 자신을 물어뜯기 위해 안달이 난 것 같다는 생각이 문득 스쳤다.

"그럼 누구를 염두에 뒀는데요?"

"검은 파편을 해할 수 있는 자, 이미 동화책과 다리족을 통해서 보지 않았습니까?"

"몰라요. 누군데요."

"여신의 환생만이 가능한 일이지요."

으레 당연하다는 듯 진지한 어투의 답이 돌아왔다. 이예주는 눈족 족장의 대꾸에 어이가 없어 그냥 웃었다.

여신의 환생체라면 검은 파편을 해할 수 있는 자이긴 할 것이다. 동화책에서 여신에게 힘을 받은 눈족의 우두머리는 끝까지 검은 파편을 물어뜯으려 들었다. 과거 영상에서도 눈족 여족장이 검은 파편을 삼켰었지.

'그러고 보니…… 검은 파편을 직접적으로 건드린 것은 다 눈족 놈들이잖아?'

여준이 말했다. 눈족들은 검은 파편을 소유하는 데 엄청난 집착을 한다고. 하지만 이예주는 놈들의 말을 크게 신경 쓰지 않기로 했다. 어차피 람이 오면 끽 소리도 못하고 쓸릴 것들이기도 하고…….

또 람이 그랬다. 눈족 놈들 중에서 살아 있는 기척이 느껴지는 놈들은 거의 없다고. 일족의 수도 적고, 스스로 만든 장벽에 갇혀서 자멸하고 있는 것이 아닐까? 스스로 시간을 멈춘 땅에서 벗어날 수 없는 팔족처럼.

"그럼 그 여신의 환생은 쟈니아고요?"

생각에서 깨어난 이예주는 족장을 흘겨보며 한껏 빈정거렸다. 우습게도 그 말에 족장의 입이 꾹 닫혔다. 여신과 똑 닮은 얼굴의 쟈니아가 여신의 환생이라는 것을 인정하는 건지, 아니면 제 딸을 신격화하여 구원자로 만들려는 속셈이 있는 건지는 알 바 아니었다.

이래서 신경을 쓰지 않겠다는 거야. 눈족과의 대화는 그냥 말장난 같았다. 이미 아는 얘기를 하고 또 해 서로의 의중을 캐묻는 것 같은 말장난.

'환생은 무슨.'

뼛속까지 무신론자인 이예주는 그따위 것, 믿지 않았다.

눈족 족장이 입을 다물자 그녀는 미련 없이 고개를 반대편으로 돌렸다. 그로 인해 본의 아니게 반짝반짝한 눈동자와 마주칠 수밖에 없었다.

"정말 구원자님이에요?"

족장과의 대화를 엿들었던 건가. 우걱우걱 밥을 먹기 바쁜 다른 아이들과 달리 여자아이는 양념이 뚝뚝 흐르는 손을 멈춘 채 눈을 빛내며 이예주를 바라보고 있었다.

이예주는 크게 당황했다. 족장을 곁눈질했지만 노인은 깊은 생각에 잠긴 건지 리즈가 말을 건 것을 신경 쓰지 않는 눈치였다.

"응?"

대답을 재촉하는 목소리에 그녀는 하는 수 없이 말을 돌렸다.

"오빠는 어디 갔어?"

"베니 오빠는 배가 아파서 저녁 먹기 싫댔는데…… 근데 정말 언니가 우리를 구원해 주려고 신전에 온 거야?"

족장의 눈치를 보던 것은 비단 이예주뿐만이 아니었는지 리즈가 조심스럽게 속삭이며 처음 만났을 때처럼 말을 낮췄다. 다행히 식기 부딪히는 소리에 묻혀 잘 들리지 않았다.

이예주는 온전히 자신에게 향해 있는 리즈의 파란색 눈동자를 보며 문득 자신이 비행선에 두고 온 여자애 한 명을 떠올렸다. 그땐 몰랐지만, 이제 이 눈빛을 읽을 수 있었다. 현실에 절망하고 체념했음에도 혹시나 모를 구원을 향한 희망, 기대, 바람을 품은 눈빛.

왠지 목이 막혔다. 자신은 그 모든 것을 이뤄 줄 수가 없는데. 알리자린의 동생이 살아 있는 것을 확인하면 람과 함께 그 애만 데리고 뒤도 돌아보지 않은 채 이곳을 떠날 건데.

"……아니야."

목소리를 내는 게 힘들지언정 부정의 말을 내뱉는 것은 별로 어렵지 않았다. 천진한 얼굴에 어린아이답지 않은 실망이 천천히 퍼져나갔다. 리즈가 되물었다.

"아니야?"

"응. 아니야."

끼익— 그 말을 끝으로 이예주는 도망치듯 자리에서 일어났다. 의자 끌리는 소리에 상념에서 깨어난 족장이 의아한 얼굴로 그녀를 쳐다보았다.

"더 드시지 않고요."

"난 순록 안 먹어요."

차갑게 일갈한 이예주는 그대로 식당을 빠져나왔다.

그녀는 긴긴 복도를 가로질러 제단이 있는 중앙 홀까지 걸었다. 분명 아까 낮잠도 잤던 것 같은데, 꼴도 보기 싫은 부녀에게 번갈아 시달리다 보니 진이 다 빠져나간 것처럼 몸이 늘어졌다.

4층까지 빠르게 오르니 저도 모르는 사이 호흡이 거칠어져 씩씩대고 있었다. 망할. 엘리베이터라도 좀 설치해 두지.

이예주는 여신의 오른쪽 어깨선과 이어진 복도, 가장 끝에 위치한 제 방 쪽으로 이동했다. 복도는 텅 비어 있었다. 그녀의 신경을 거슬리게 하는 인간들은 모두 1층에서 밥을 먹고 있을 테니 당연했다.

긴장이 풀리니 아까는 미처 보지 못한 것들이 눈에 들어왔다. 신전은 다리족의 비행선에 비하면 공간 활용이 굉장히 실용적이지 못했다. 비행선의 B구역과 맞먹는 넓이였지만, 방도 몇 개 없었다. 방문 사이의 넓은 벽 사이에는 석고로 만들어진 알 수 없는 조각상들이 존재했다.

자칫 호화롭기까지 한 그 모습에 이예주는 조금 허탈하게 웃었다. 하긴 방이 많을 필요가 없을지도. 매년 사람들을 버리잖아.

많은 인원을 수용하기 위해 화장실과 누울 자리밖에 없었던 다리족의 좁은 객실과는 또 다른 주거지가 참 생소하게만 느껴졌다.

'같은 시간족이라도 이렇게 성향이 다르구나.'

크고 작은 조각상들을 구경하며 걷던 이예주가 마침내 제 방 근처에 도착했다. 그녀의 방문 옆, 복도 끝에는 미술 책에서나 볼 법한 목과 양팔이 없는 전신 조각상이 있었다.

"밤에 나왔다가 잘못 보면 기절하겠네……."

원래 교회같이 종교 관련된 곳에 더 귀신이 들끓는다 했다. 신전 탐색과 탈출로 확보는 웬만하면 훤한 대낮에 해야겠다고 생각하며 문고리를 잡아 돌렸을 때였다.

"악!"

분명 팔이 없던 조각상에서 불쑥 팔이 튀어나와 옷자락을 억세게 부여잡았다. 방금 전까지 귀신 생각을 하던 터라 그녀는 소스라치게 놀랐다.

"미친! 뭐……!"

조각상 옆에 쭈그려 앉아 있던 누군가가 벌떡 일어나 꽥 괴성을 지르려던 이예주의 입을 막았다. 그리고 아차 할 새도 없이 방문을 열어 그녀를 마구 끌고 들어갔다. 자신보다 키가 한참 작은데도 옷자락을 끌어당기는 힘이 어찌나 센지, 이예주는 반항도 못하고 제 방으로 질질 끌려갔다.

탁, 문이 닫히는 소리와 함께 그녀는 간신히 정신을 차렸다.

"뭐, 뭐야. 너 왜 여기 있어?"

그녀는 놀란 가슴을 쓸어내리며 두 눈을 휘둥그레 떴다. 해가 져 어두컴컴한 방 안, 그녀를 마구잡이로 끌고 들어온 인영이 안광을 빛내며 그녀를 바라보았다.

"리즈가 선택받은 아이가 됐어."

앳된 얼굴의 남자애가 속삭이듯 말했다. 온실에서 유일하게 이예주를 살갑게 맞이해 준 여자아이의 오빠였다.

"하, 얘야. 인기척이라도 좀 내지, 조각상에는 왜 숨어 있고 그……."

"당신 때문에 리즈가 남게 됐어!"

제 말을 듣지 못했다고 생각했는지 남자아이, 베니가 좀 더 커다란 목소리로 외쳤다. 이예주는 뜬금없는 소리에 눈살을 찌푸렸다. 왜 하나같이 가만히 있던 내 머리채를 못 잡아 안달인 거지.

짜증이 났지만 그 심경을 고스란히 내보이기에는 아이의 얼굴이 너무나도 절박해 보였다. 에휴, 이예주는 짧은 한숨을 내쉬며 결국 물었다.

"그게 무슨 소린데."

"당신의 과거를 엿본 걸 토마스한테 들켰어. 걔가 대사제님께 리즈가 과거를 본 것을 일러 버렸어. 다른 사람도 아닌, 당신에 관한 과거라서 리즈는 남게 되었는데 그게 괜찮은 건지 물어볼 사람이 없어. 아버지도 안 계시고, 장벽 밖으로 한 번 나가면 다시는 돌아오지 못해! 다시 돌아온 건 브레든밖에 없었으니까!"

"……."

"아버지가 선택받은 아이가 되는 건 결코 좋은 것이 아니라고 했어. 집에 3일 이상 돌아오지 않으면 리즈를 데리고 어떻게든 장벽 밖으로 나가라고 했는데, 그럴 틈도 없이 끌려왔어. 내가 나이가 가장 많았거든. 근데 리즈가 남게 되고 나만 장벽 밖으로……!"

베니는 자신도 무엇을 내뱉는 건지 모른 채 속사포처럼 말을 쏟아냈다. 그러다 제 어깨에 닿는 손길에 입을 다물었다.

"진정해."

"……."

"베니라고 했지? 알았으니까 진정해, 베니. 진정하고 천천히 얘기해. 들어 줄 테니까."

아주 오랜만에 제 이름을 불러 주는 다감한 목소리에 숨넘어가기 직전이었던 베니의 호흡이 거짓말처럼 잦아들었다. 신전 사람들은 아이들의 이름을 외우지도, 부르지도 않았다. 어차피 버려지고 잊힐 아이들이었기 때문이다.

베니는 꽉 쥔 주먹을 풀고 제 얼굴을 마구 문질렀다. 원래 이러려던 것이 아니었다. 원하는 것만 간결하게 주고받은 후 바로 자리로 돌아갈 생각이었다.

하지만 저녁 시간 내내 초조한 마음을 억누른 채 숨어 있다가 여자를 마주하자 불안함이 폭발하듯 터져 나왔다.

자신은 당장 내일 장벽 밖으로 쫓겨나는데, 혹시 여자가 제 말을 들어 주지 않으면 어떡하나. 무표정한 얼굴로 복도를 걸어오는 그녀를 보자 어떻게 해서든 제 상황을 설명해서 동정심을 불러일으켜야겠다는 생각밖에 들지 않았다.

그 수가 먹힌 건지 알 수 없으나, 여자는 방금 전보다 좀 더 진지한 눈으로 베니를 내려 보고 있었다.

"선택받은 아이가 뭐야?"

"……쓸모없는 눈족 아이들이 매년 버려지는 건 알고 있……죠?"

베니가 뒤늦게 존댓말을 쓰며 눈치를 봤다. 다 해 놓고 이제 와서. 이예주는 비죽 웃으며 선심 쓰듯 툭 말했다.

"신경 안 쓰니까 하던 대로 해."

그러자 베니는 크게 안도하며 곧바로 말투를 바꿨다.

"버려지는 아이들 중에서도 뒤늦게 능력이 발현되는 경우가 있어. 그런 애들은 신전에 남을 수 있댔어."

"그러니까…… 네 동생이 이번에 그런 경우가 됐다는 거지?"

이예주의 물음에 베니가 빠르게 고개를 끄덕이며 덧붙였다.

"당신과 거래를 하려고 찾아왔어. 나와 거래해 줘."

"거래? 무슨 거래?"

"검은 파편은 조건을 걸고 거래를 하잖아. 당신, 검은 파편의 가까운 부하라며?"

"부……부하? 어떤 새끼가 그런 망발을 해!"

이예주가 눈을 번뜩 부라렸다. 흉흉한 눈초리에 베니가 몸을 움찔거렸다.

"그, 그냥 소문이요……."

결국 아이의 입에서 다시 존댓말이 튀어나오고 나서야 이예주는 간신히 진정할 수 있었다.

"그리고 그 사람은 거래가 아니라 계약을 하는 거야."

"거, 거래든 계약이든! 뭐, 뭐든, 나랑 원하는 것을 교환해 줘."

베니는 무척이나 절박해 보였다. 얼마나 급한지, 어느 틈에 자신의 로브 자락까지 붙잡고 있었다. 그 모습을 보니 이예주는 문득 알리자린과의 첫 만남이 떠올랐다.

알리자린처럼 모든 것을 체념했을 때 나타난 '구원자'란 존재에 울분을 퍼붓는 상황은 아니었다. 그나마 다행이었다. 하지만 그뿐이었다.

"나 구원자 아니야."

이예주는 제 옷자락을 잡은 베니의 손을 슬며시 떼어 내며 뒤로 물러섰다. 이게 현실이었다. 제게 거래를 원해 봤자 그녀는 아무것도 줄 게 없었다.

그러나 그녀의 거절을 예측했던 걸까. 베니는 말없이 그녀를 노려보다가 무겁게 입을 열었다.

"브레든이 어디 있는지 찾고 있는 거 아니야?"

"걔가 누군데?"

"알리자린 누나의 동생."

베니에게 차갑게 현실을 일깨워 주려던 이예주는 되레 제가 된통 당하는 기분이었다. 일순 머리가 얼얼해졌다. 잠시 잊고 있었다. 자신이 이곳에 굳이 체류하는 이유.

"그 애가…… 그 애가 살아 있어?"

"살아 있어. 얼마 전에 신전에 실려 온 것을 내 눈으로 똑똑히 봤으니까."

베니가 굳은 얼굴로 확언했다. 이예주의 얼굴이 환희인지 절망인지 모를 감정으로 일그러졌다.

"내 부탁을 들어주면 브레든이 어디 있는지 알려 줄게."

"네가 원하는 건 뭔데?"

"나는 내일 장벽 밖으로 가야 해. 리즈는 신전에 혼자 남을 거야. 그러니까 당신이 리즈를 보호해 줘."

이예주는 이해할 수 없었다. 그녀에게는 혐오스러운 인간들이지만, 베니 남매에게는 태어난 고향이자 같은 일족이 아닌가? 염병할 만큼 추운 허허벌판으로 쫓겨나는 것보단 더러워도 악착같이 남아 있는 편이 나았다.

"네 동생이 여기 남는 게 더 좋은 거 아니야? 밖에는 아무것도 없어. 진짜 눈뿐이야. 잔뜩 껴입고 나가도 하루도 못 견디고 얼어 죽을 거야."

이예주의 말에 베니의 얼굴이 어두워졌다. 베니를 포함한 모든 눈족 아이들은 한 번도 장벽 밖으로 나가 본 적이 없었다. 그러나 추위는 장벽 밖이나 안이나 매한가지였다. 굳이 여자의 말이 아니더라도 얼마나 혹한의 환경일지 어림짐작이 됐다. 그렇지만…….

"아버지가 말했어. 선택받은 아이가 되는 것보다 차라리 장벽 밖으로 쫓겨나는 편이 낫다고."

"왜?"

"나도 자세히는 몰라. 그 말을 할 때 아버지의 얼굴이 너무 무서워서 더 물어볼 수 없었어."

궁금했지만 당사자도 모른다니 별수 없었다. 그녀가 아직 거래를 하겠다고 수락한 것도 아니건만 베니는 침울한 얼굴로 순순히 알고 있는 것을 불었다.

"브레든은 족장님의 방에 있을 거야. 혼절한 채 실려 와서 족장님의 방으로 옮겨지는 것을 훔쳐봤거든."

"……."

"리즈를 부탁해. 당신밖에 부탁할 사람이 없어."

나의 뭘 믿고? 불쑥 그 말이 치밀어 올랐지만, 안 그래도 불안함에 떨고 있는 아이를 더 몰아붙일 생각은 없었다.

이예주는 덩달아 기분이 저조해지는 것을 여실히 느끼며 대신 다른 것을 물었다.

"……그럼 너는?"

베니는 피가 날 만큼 입술을 꽉 깨물었다. 아직 여물지 못한 두 주먹이 부들부들 떨렸다. 아버지란 사람에게 아무래도 무슨 일이 생긴 거겠지. 굳이 듣지 않아도 짐작할 수 있었다.

"당장 리즈를 데리고 도망가고 싶지만……."

"……."

"일단은 장벽 밖으로 나간 다음에 어떻게 해서든 다시 되돌아올 거야. 그래서 리즈를 데리고 여기서 나갈 거야. 그러니까 당신이 여기 있는 동안만이라도 리즈를 보호해 줘."

꼭 지켜 줘야 돼. 여러 번 신신당부하는 말에 이예주는 저도 모르게 고개를 끄덕일 수밖에 없었다.

눈앞의 아이 또한 아직 어린 나이였다. 제 몸 하나 간수하기 힘든 상황에서도 어떻게든 동생을 지키려고 고군분투하는 모습이 애처로웠다.

하지만 정말로 슬프게도 이예주는 해 줄 수 있는 것이 없었다. 알리자린의 동생만으로도 너무 벅찼다. 그 애를 만나면 바로 데리고 탈출할 계획이었는데, 그 와중에 리즈를 제대로 보호해 줄 수 있을지 의문이었다. 이곳에서 그녀는 인질 그 이상 이하도 아니었다.

'참 대책 없네.'

암담한 현실에 한숨이 솟아올랐지만 가까스로 그것을 눌러 내렸다. 지금 가장 힘들고 불안한 것은 자신이 아닌, 어린 동생을 떼어 놓고 가야 할 베니였기에.

"……족장의 방은 어디 있어?"

"맞은편 복도의 끝 방이 족장님의 방이야. 하지만 조심해야 돼. 족장님은 모든 과거를 보시기 때문에 문고리를 만지면 누가 방 안을 들어가려 했다는 것을 금방 아실 거야."

"모든 과거?"

"응. 가끔 미래도. 예언도 하시니까."

잊고 있었던 기억 하나가 떠올랐다. 현 눈족 족장이 이례적으로 과거와 미래도 다 볼 수 있는 대현자라 했던가? 그럼 그 딸인 쟈니아의 능력은 뭘까.

"하, 뭐가 어떻게 돌아가는 건지……."

한숨을 내쉬며 이예주가 인상을 찌푸렸다. 그 표정을 곡해한 건지 베니가 고개를 수그렸다.

"미안해. 내가 남았다면 어떻게 해서든 도와줬을 텐데. 몰래 들어가는 방법은 리즈한테 일러두도록 할게."

베니가 사과를 해야 할 상황이 아니었다. 그냥 현실이 참담하고 이 어린애들을 버리려는 눈족들이 문제인데. 그런데도 베니는 이예주보다도 더 의연하게 상황에 대처해 나가고 있었다. 자신이 할 수 있는 한 최선을 다해서.

사과를 끝으로 베니는 조용히 방을 나서려 들었다. 어느새 방 안이 완전히 깜깜해져 있었다. 저보다 작은 인영이 곁을 스쳐지나 문으로 향할 동안 이예주는 그저 입술만 잘근잘근 씹었다. 그러다 마침내 달칵, 문고리가 돌아가는 소리가 들렸을 때였다.

"내일 아침에 족장을 만나서 미래를 봤다고 해."

이예주는 벼락처럼 달려들어 베니의 옷자락을 잡아챘다.

"……뭐?"

"뒤늦게 능력이 발현되는 경우엔 신전에 남을 수 있다며?"

뜬금없는 여자의 기행에 베니의 눈동자가 화등잔만 해졌다.

"하, 하지만…… 미래를 어떻게 보는지도 모르는데? 족장님이 분명 꼬치꼬치 물어볼 거야. 매개도 없이 미래를 어떻게 봤는지, 어떤 미래였는지……."

"날 만난 후에 꿈에서 봤다고 해. 곧 검은 파편이 와서 신전 입구의 기둥을 3개 정도…… 아, 아니다, 4개 부신다고 그래."

이예주는 확신했다. 눈족들은 절대로 미래를 보는 능력을 가진 아이를 버리지 않을 것이다. 과거를 보는 아이도 남겨 두는 마당에 그보다 더 희귀한 인재를 버릴 리 없다.

"난 네가 필요해. 족장의 방까지 들키지 않게 무사히 들어갈 수 있게 도와줘."

그녀는 확신을 담아 말했다. 너무 말도 안 되는 계획이라 그런지 베니는 희게 질린 얼굴로 연신 입을 뻐끔거렸다.

"너무…… 엄청난 거짓말인데? 들통나면 나도 누나도 죽을 거야."

"걱정 마. 뒷일은 내가 어떻게든 알아서 할게."

아무렴, 자신이 사라졌는데 그 남자가 이곳에 한 번도 안 오지는 않을 것이다. 이렇게 답 없이 내지른 것을 알면 베니가 기절할 것 같아 이예주는 여기까진 말해 주지 않기로 했다.

"그래도……."

"네 동생 곁에 남을 수 있는 유일한 방법이야."

"……알았어. 일단 시키는 대로 할게."

영 망설이던 베니는 동생 얘기에 마지못해 고개를 끄덕였다. 베니가 불안에 떠는 것을 이해 못하는 것은 아니었다. 위험한 일이었다.

족장이 과연 속아 줄지도 모르겠고.

그러나 지금 자신이나 베니에게 가장 필요한 것은 시간이었다. 언제 올지 모를 람을 무작정 기다리고만 있을 수는 없었다. 족장에게서 시간을 번 후 그 안에 빵인지 브레든인지도 찾고 탈출로도 확보해야 했다.

어떻게든 되겠지. 이예주는 아까와는 달리 결연한 얼굴로 베니에게 손바닥을 내밀었다.

"자, 내리쳐. 힘껏."

영문 모를 얼굴로 베니가 어색하게 손바닥을 쳤다. 이예주는 씨익 웃었다.

"좋아. 거래 완료."

많은 사람들이 건물 안에 잔뜩 몰려 있었다. 새하얗고 고풍스러운 조각상과 기둥들이 즐비하게 늘어선 곳. 이예주는 이곳을 알고 있었다. 신전이었다.

그 사실을 자각하자 미처 보지 못한 거대한 여신상이 보였다. 한 손에는 창날 끝이 모인 삼지창을, 다른 한 손에는 검은 파편을 들고 있는 여신상. 사람들은 여신상이 있는 제단 앞에 몰려 있었다.

우걱우걱, 무언가를 씹어 먹는 소리가 들렸다. 이예주는 그쪽으로 다가갔다. 문득 머리끝이 쭈뼛 섰다. 온몸을 타고 흐르는 불길함에 발걸음이 절로 빨라졌다.

인간들이 제단 앞에 앉아 알 수 없는 것을 미친 듯이 먹고 있었다. 빽빽하게 들어선 인간들 틈바구니 사이로 구름처럼 시커먼 뭉텅이

들이 보였다. 그 검정색의 희뿌연 것들은 인간들보다 더 위쪽에서 계단을 타고 꾸물꾸물 흘러내렸다.

이예주는 그 흐름을 거슬러 고개를 들었다. 여신상 앞에 놓인 황금색 의자, 그 위에 남자가 권태로운 자세로 앉아 있었다.

미친 사람처럼 검은 안개를 뜯어 먹는 인간들의 모습이 퍽 지루한지 남자가 짐짓 나른한 얼굴로 턱을 괬다. 시뻘건 눈에는 소름이 끼칠 만큼 아무런 감흥도 담겨 있지 않았다.

그의 발밑에서 검은 안개들이 마치 생명수처럼 끝도 없이 쏟아져 내렸다. 멍하니 그녀가 남자의 모습을 바라보고 있을 때 문득 기괴한 소리가 귓가를 스쳤다.

끼긱, 기기기긱— 이예주는 소리를 따라 다시 고개를 들었다. 의자에 앉아 있는 남자의 얼굴보다도 더 한참 위로 고개를 들고서야 소리의 근원지를 볼 수 있었다. 여신이 들고 있는 삼지창이 움직이면서 나는 소리였다.

끼긱, 끼기기긱. 꼭 사막 괴물이 내는 소리와 같은 칠판 긁는 소리가 연이어 들리더니 사선으로 들렸던 창이 기어이 수직이 됐다. 이예주는 날카롭게 벼려진 창 아래 앉아 있는 남자를 바라보았다.

그 순간, 의자 등받이에 상체를 젖힌 남자의 가슴에 창이 수직으로 내리꽂혔다. 퍽— 사방으로 피가 튀었고, 남자는, 아니 람은…….

"흐읍."

이예주는 깊은숨을 들이마시며 눈을 떴다. 물고문이라도 당한 사람처럼 막혔던 호흡이 꺽꺽 하고 터져 나왔다. 쿵쾅쿵쾅 심장이 미친 듯이 고동쳤다. 연신 헐떡이던 그녀는 부릅뜬 눈으로 중얼거렸다.

"예지몽인가?"

아니야. 꿈이 너무 현실감이 없었다. 게다가 예지몽을 꿨을 때처럼 잔상이 생생하게 남지 않았다.

벌써부터 아스라이 사라지기 시작하는 꿈의 잔상을 좇으며 이예주는 시린 손끝을 주물렀다. 열심히 꿈 자락을 붙잡아 보았지만 뜨문뜨문 기억나는 것은 여신상, 삼지창, 그리고 가슴이 뚫린 람뿐이었다.

"하…… 온 지 얼마나 됐다고 이런 개꿈을……."

여전히 온기가 돌지 않는 손으로 마구 마른세수를 한 이예주는 점점 진정되는 몸을 느끼며 주위를 둘러보았다. 베니를 보내고 방 안에 있는 욕실에서 씻은 후 기절하듯 잠든 것이 기억났다.

아직 이른 새벽인 듯 커튼이 쳐진 창에서 희끄무레한 빛이 새어 들어왔다. 몸이 축축 늘어지는 기분에 다시 누울까 하던 이예주는 침대의 유혹을 뿌리치고 자리에서 일어났다.

오늘부터 그녀는 무척 바쁠 예정이었다. 베니가 족장에게 성공적으로 거짓말을 쳤는지 확인한 후 알리자린의 동생을 찾으러 갈 것이다.

그런데 만약 베니가 거짓말을 못하는 성격이라 족장 놈에게 통하지 않았다면 어떡하지…….

"아, 몰라. 그건 그때 가서 생각해 보지, 뭐."

씻기 위해 욕실로 향하면서 이예주는 애써 불안함을 떨쳐 냈다.

아침은 회색 로브를 뒤집어쓴 사제가 방으로 가져다준 수프와 빵으로 간단히 때웠다. 그에게 슬쩍 일정을 물어보니 아이들은 준비되는 대로 이른 아침, 신전을 떠날 예정이라고 했다.

"거 나쁜 새끼들. 아침부터 내쫓다니 너무하네."

좀 더 따뜻한 방 안에서 미적거리고 싶었던 이예주는 그 소리에

서둘러 식사를 해치우고 1층으로 내려갔다.

너무 서두른 탓일까. 막상 내려선 홀은 텅 비어 있었다. 뚜벅뚜벅, 인기척이 느껴지지 않아서 그런지 유독 발걸음이 크게 울려 퍼지는 것 같았다. 연신 주위를 두리번거렸지만 제단에 다다를 때까지 쥐새끼 우는 소리 하나 들리지 않았다.

어제까진 별생각 없이 오고 갔는데, 간밤에 괜한 꿈을 꿔서 그런 건가. 이예주는 계단 위에 있는 황금 의자를 물끄러미 바라보았다.

꿈속에서 람은 왜 여기 앉아 있었던 걸까. 분명 앞에 뭔가가 더 일어났던 것 같은데 잘 기억나지 않았다.

그녀는 황금 의자에서 시선을 천천히 들어 올렸다. 워낙 크기가 거대해서 목표에 도달하기까지 꽤 긴 시간이 들었다. 아니, 사실은 무의식중에도 확인하기가 겁이 났다. 꿈과 같이 여신이 들고 있던 삼지창이 아래를 향해 수직으로 서 있을까 봐. 그래서 간밤에 꾼 기억도 잘 안 나는 개꿈이 예지몽이 될까 봐.

"……하."

하지만 우습게도 용기 내어 확인한 여신의 손은 변한 것이 아무것도 없었다. 창끝은 여전했다. 반대편 손에 들린 검은 파편에게 겨눠진 듯, 아닌 듯 애매한 허공을 겨냥하고 있었다. 허탈한 웃음이 튀어나왔다.

"역시, 아니야."

그럴 리 없지. 예지몽을 잘 기억하지 못할 리 없었다. 더더군다나 람에 관한 것이라면 더욱…….

"롱기누스의 창을 아시나요?"

"헉!"

그때 누군가 소리 없이 다가와 옆에 섰다. 이예주는 어깨를 퍼덕거리며 소스라치게 놀랐다. 휙 몸을 돌리니 이곳에 와서 지긋지긋하게 본 회색 로브가 서 있었다. 아침나절부터 음침하게 뒤집어쓴 후드 안쪽에서 삐죽 튀어나온 금발이 보였다.

"인기척 좀 내고 다녀요! 간 떨어질 뻔했네."

순간 이동이라도 하는 건가. 방금 전까지 아무도 없었던 제단 앞에 홀연히 나타난 인물을 노려보며 이예주는 놀란 가슴을 쓸어내렸다. 울컥 짜증이 치밀어 올랐다.

'또 너냐.'

가뜩이나 꿈에 나온 여신상의 기괴한 모습에 기분도 찜찜한데 그 여신과 같은 얼굴의 여자와 또 신경전을 해야 할지도 모른다는 예감에 벌써 진저리가 났다.

모든 시간족이 그러긴 했지만, 쟈니아와 하는 대화는 특히나 더 이질감이 느껴졌다. 같은 주제로 이야길 나누는 것 같아도 서로 완전 다른 말만 하는 느낌. 이예주는 이미 첫 만남에서부터 여자의 말을 이해 못해 반쯤 흘려들었다. 찝찝한 화법이었다.

"운명의 창이라고도 합니다. 용암 폭발이 일어나던 시기보다 훨씬 이전부터 인간들이 보편적으로 믿어 온 종교의 신을 찌른 창이죠. 혹시 예수를 아십니까?"

그게 무슨 '도를 아십니까.' 같은 질문이야. 과거에서 온 인간인 이예주는 예수가 언제쯤 태어났는지, 그날이 언젠지도 아주 잘 알았지만 내색하지 않았다.

"몰라요."

"예수 그리스도는 수 세기 전부터 전 세계적으로 많은 인간들이 믿어 왔던 종교의 창시자지요."

퉁명스러운 대꾸에도 쟈니아는 나긋나긋하게 설명했다.

"전설에 따르면, 십자가에 매달린 예수를 창으로 찔렀던 병사는 시력이 아주 나빴다고 합니다. 그런데 신을 창으로 찔러서 흐르게 된 피와 체액이 그의 눈에 튀자 시력을 완전히 회복하게 되었지요."

"……."

"하지만 병사가 신을 찌르게 된 경위는 정확히 알려지지 않았습니다. 신의 죽음을 확인하기 위해서란 말도 있는데…… 저는 알아요."

"……뭘요?"

"그 병사가 신을 잡아먹기 위해 창으로 찌른 것을. 피와 살을 씹어 먹고 그 힘을 취하려 그랬던 것입니다. 그를 먹으면 신이 되리라 생각했을 겁니다."

"허."

완전히 제멋대로인 해석에 이예주는 기가 막혀 실소했다. 어디서 들어 본 듯 낯설지 않은 이야기이긴 했다. 성경의 내용이야 워낙 대중적으로 많이 알려졌으니까…….

그러나 그녀가 아는 기독교에 관한 이야기 그 어디에도 예수를 잡아먹으려 들었던 인간은 없었다.

"왜 해석이 그렇게 돼요? 신을 잡아먹느니, 신이 되려 했다느니…… 모든 종교가 다 당신네들 같은 건 아니에요."

이예주는 여신상 쪽으로 고개를 돌리며 비소했다.

시간족의 전설을 담은 동화책에서 인간들은 시간의 여신에게 축복을 내려받아 각각의 힘을 갖게 되었다고 한다.

그런데 영 아귀가 맞지 않는 부분이 있었다. 그렇다면 왜 시간족은 다른 이의 힘을 뺏기 위해 힘이 담긴 부위를 산 채로 식인하는 것인가? 축복으로 시작했으니 힘의 전이도 축복으로 이어져야지.

게다가 눈족 놈들은 검은 파편의 검은 안개까지 게걸스럽게 뜯어

먹었다. 이예주는 잊지 않았다. 과거 영상에서, 지구의 내핵에 들어서자마자 미친 듯이 검은 안개를 씹어 먹으며 검은 파편에게 다가서던 1000년 전의 눈족 여족장을.

고개를 돌리자 그때의 그 여족장과 똑 닮은 외양의 여자가 보였다. 현 족장의 딸. 왜인지는 모르겠지만 신전의 대사제인 데다 여신과 똑같은 얼굴.

갑자기 참을 수 없는 불쾌함이 턱밑을 맴돌았다.

"인간들은 초월적인 존재의 유무를 확신하기 위해 항상 신을 인간의 모습으로 형상화하곤 하지요. 예수는 대표적인 신의 현신입니다."

"정말…… 듣도 보도 못한 논린데요."

예수는 하나님의 아들이 아닌가? 이예주는 쟈니아의 새로운 헛소리에 떨떠름한 얼굴로 대꾸했다. 여자는 개의치 않고 빙그레 웃었다. 그리고 손을 뻗어 위를 가리켰다.

"우리들이 모시는 신에게도 이와 비슷한 성창聖槍이 있어요."

이예주는 여자의 손가락질을 따라 다시 고개를 돌렸다. 그 끝에 여신의 손에 쥐어진 괴상한 모양새의 삼지창이 닿았다. 여태껏 저것에 대해 설명하기 위해 거창하게 늘어놓은 거란 말인가.

"아직 창의 이름이 지어지지 않았어요. 어떤 이름이 어울릴 것 같은가요?"

여자가 답지 않게 산뜻한 목소리로 물었다. 알 게 뭔가. 이예주는 그런 속내는 애써 감춘 채 "난 무교라 그런 거 잘 몰라요." 하고 성의 없이 대꾸했다. 그리고 덧붙였다.

"검은 파편과 싸울 무기치고는 조악해 보인다는 건 알겠네요."

"오, 저것은 그를 공격하기 위한 용도가 전혀 아닙니다."

"그러시겠죠."

놀란 듯 쟈니아의 눈이 조금 커졌다. 이예주는 그러기엔 창의 각도가 애매한 것 아닌가 싶어 냉소했다.

“당신은 믿을 수 없겠지만, 우리는 꽤 오래전부터 검은 파편에 대한 대항을 포기했습니다.”

여자가 진중한 목소리로 속삭였다. 마음이 비비 꼬인 상태라 또다시 비꽈 주고 싶었지만 분하게도 그 말은 이예주도 받아들일 수밖에 없었다.

쟈니아의 말이 맞았다. 검은 파편의 눈속임을 할 약을 개발한 다리족은 그것을 전 세계에 배포하여 그와 정면 승부를 하려는 엄청난 포부를 지니고 있었다. 그에 비하면 눈족은 딱히 다리족처럼 나서는 행동을 한 적은 없었다. 맞는 말이긴 한데…….

이예주는 눈을 가느다랗게 뜬 채 연신 돌아가지 않는 머리를 힘겹게 굴렸다. 이런 이야기를 하는 의중을 파악하고 싶었지만 아무리 생각해도 왜 이런 소리를 자신한테 하는 건지 알 수 없었다.

액면 그대로 받아들이기엔 찜찜하고, 그렇다고 깊게 파고들 만큼 딱히 걸리는 단어가 있는 것은 아닌데.

“우린 인간들을 핍박하는 그조차 우리의 신으로 받아들이기로 했습니다.”

“…….”

“여신의 현신인 그분께 어떻게 대항할 수 있겠어요?”

그런데도 이예주는 여자가 하는 말에 기분이 정말 이상해졌다. 머리가 핑핑 돌았다. 신? 그러니까, 람을?

이예주가 멍하니 여자의 말을 되새길 적이었다. 여자가 불현듯 눈에 띄게 몸을 움찔거렸다.

“이런, 벌써 시간이 이렇게 됐네요. 저는 오늘 떠날 아이들을 위한

기도를 드리러 이만 가 봐야겠습니다. 여신의 축복이 있기를."

"아. 저기……."

람이 왜 너희들이 모시는 여신의 현신이냐 따져 물으려 했지만 쟈니아는 등장했을 때처럼 잡을 새도 없이 여신상 뒤편으로 쌩 사라졌다.

"뭐야. 지 말만 하고……."

이예주는 바닥에 질질 끌릴 만큼 길고 펑퍼짐한 회색 로브가 사라지는 꼴을 멍하니 바라보다 눈살을 있는 대로 찌푸렸다.

쟈니아가 가고 얼마 지나지 않아 후드를 뒤집어쓴 눈족 족장이 우르르 아이들을 끌고 나타났다. 제단 앞에 홀로 덩그러니 서 있던 이예주를 보고 족장이 묘한 표정을 지으며 인사했다.

이예주는 그것을 받는 둥 마는 둥 하며 아이들 쪽을 살폈다. 리즈와 베니가 있는지 확인하기 위함이었다. 그러나 아이들의 얼굴들을 채 헤아리기도 전에 족장이 시야를 가로막으며 옆에 다가와 섰다. 그리고 품에서 작은 유리병을 꺼냈다. 순록의 신선한 피가 담긴 유리병이었다.

"성수를 찍어 아이들의 이마 정중앙에 묻히기만 하면 됩니다. 오래 살라는 덕담도 해 주시면 아이들이 좋아할 것이고요."

의외로 간단한 성수 뿌리기 방법을 알려 주며 족장은 제단 위에 있는 황금색 항아리 안에 유리병에 담긴 피를 부었다. 티끌 하나 없는 깨끗한 물을 오염시키듯 시뻘건 피가 퍼져 나갔다.

유리병을 다시 품 안에 집어넣은 족장은 소매를 걷고 꽤 경건한 몸짓으로 항아리 안을 휘저었다. 로브 속에 감춰져 있던 팔목은 고목처럼 바싹 마르고 피부색도 시체처럼 창백했다. 노인이라 그런 것인가.

지금까지 보아 왔던 건강한 족장들과는 다른 눈족 족장의 행색에 내심 놀라고 있을 무렵, 족장이 물이 뚝뚝 떨어지는 손을 항아리에서 꺼냈다. 그리고 다소 급하게 소매를 내려 손목을 감췄다.

"구원자님의 앞에 차례대로 서거라."

아이들에게 짧게 명령한 족장이 이예주에게도 명했다.

"행하시지요."

"하…… 그냥 물 묻힌 김에 직접 하시죠."

"저는 오늘 새벽 들짐승의 피를 보아 손이 더럽혀졌습니다. 이 손으로 아이들의 무병장수를 기원하면 부정을 탈 겁니다. 당신은 아직 구원자의 신분이니 아이들에게 자비를 베풀어 주시죠."

누가 누구한테 자비를 요구하는가. 애초에 지들이 아이들을 안 버리면 되는 일인데 왜 자신이.

그 말이 목 끝까지 차올랐지만 마음 내키는 대로 내뱉는다면 또다시 원점으로 돌아가 설전을 벌여야 했다. 이미 방금 전 족장 놈의 딸로 인해 반쯤 진이 빠진 이예주는 한숨을 내쉬며 몸을 틀었다.

"이거 다 나한테 빚지는 거예요. 람 오면 이자까지 다 받아 낼 거예요."

엄포를 늘어놓았지만 족장은 간지럽다는 표정조차 짓지 않았다.

이예주는 시키는 대로 손에 물을 묻히기 위해 항아리에 손을 집어넣었다. 물이 얼음장처럼 차가웠다. 다시 들어 올린 손에서 뚝뚝 떨어지는 물방울은 다행히도 여전히 투명했다. 소량의 피를 집어넣었으니 당연한 일이었지만 영 찝찝했다.

그녀는 맨 앞에 선 아이들부터 차례대로 이마에 엄지를 찍어 주었다.

"감사합니다, 구원자님."

그녀의 손에 이마가 닿은 아이들이 고개를 꾸벅 숙이며 기계적으로 인사했다. 엊저녁 식당에서의 리즈처럼 '구원자'라는 존재에 눈을 빛내는 아이는 아무도 없었다. 당연한 일이었다. 구원자가 있으나 마나 자신들이 일족에게 추방당하는 것은 변함없으니.

다시 본 아이들의 얼굴은 하나같이 어둡고 음울했다. 제 앞에 선 줄이 짧아질수록 이예주의 마음도 점점 무겁게 가라앉았다.

열댓 명의 아이들의 얼굴에 성수를 찍어 주는 일은 금방 끝났다. 딱딱하게 경직돼 있던 이예주의 표정은 마지막 아이의 이마에 엄지를 찍어 주고 나서야 조금 풀렸다.

리즈와 베니가 없었다. 혹시 몰라 다시 한번 아이들 무리를 살폈지만 역시 보이지 않았다.

"찾으시는 아이라도 있습니까?"

아이들 무리를 연신 흘끔거리는 이예주를 눈치챈 건지 족장이 의아하다는 듯 물었다. 그녀는 어색하게 답했다.

"어제 저녁 식사 때 제 옆에 앉았던 여자아이는 안 보여서요."

노인의 주름진 눈이 단번에 가느다래졌다.

"그 아이는 간밤에 크게 앓아누워 오늘 합류할 수 없었습니다. 병이 나을 때까지 당분간 신전에서 보살필 예정입니다. 아픈 아이까지 모질게 보낼 수야 없지요."

"그래요? 그…… 남매라고 그랬던 것 같은데."

"하나뿐인 혈육을 차마 떼어 낼 수 없어 같이 남겼습니다."

어쩜 이렇게 입술에 침 하나 바르지 않고 거짓말을 할까. 혹한의 땅에 보호자도 없이 아이들을 모질게도 내쫓으면서 아픈 아이를 그대로 보낼 수 없었다는 족장의 이중성에 이예주는 치가 떨렸다.

하마터면 헛웃음이 튀어나올 뻔했지만 곧바로 그녀를 떠보는 족장 때문에 간신히 참았다.

"얼마 전에 아비를 잃은 딱한 아이들이지요. 그 아이들과 그새 정이 드셨나 봅니다."

"정이요? 처음 본 애들이랑 무슨 정이 있겠어요."

사실인지라 떨지 않고 매끄럽게 말할 수 있었다. 족장의 뒤편에서 있던 아이들 중 몇몇의 어깨가 움찔거렸다. 이예주는 그것을 필사적으로 외면했다.

"여기 와서 그 여자애만 유일하게 말을 걸어 줘서 기억했어요. 없길래 혹시 무슨 일 있나 해서요."

눈을 마주한 채 천연덕스럽게 어깨를 으쓱이자 가느다랬던 노인의 눈이 펴졌다. 의구심을 거둬들인 모양이다.

"그랬군요. 시간이 많이 지체돼서 이만 출발해야겠습니다."

족장이 먼저 몸을 돌리며 주위를 환기했다. 그의 말이 끝나자마자 어딘가에서부터 회색 로브를 입은 인간들이 스르륵 튀어나왔다. 놀랄 새도 없이 빠르게 다가온 그들은 일정 간격을 둔 채 아이들을 둘러쌌다. 그 모양새가 이예주가 처음 신전으로 끌려 올 때와 같았다. 어디로든 도망칠 수 없도록 하는.

아이들의 얼굴에 소리 없이 절망이 내려앉았다.

"가자."

짧게 목례한 족장이 그녀를 스쳐 지나가 무리의 선두에 섰다. 한 무리의 눈족 사람들이 신전을 나섰다.

이예주는 마지막 아이의 뒷모습이 신전 바깥으로 완전히 사라질 때까지 제단 앞에 우두커니 서 있었다. 마음이 착잡했다. 문득 공범이 된 것 같다는 생각이 들었다. 입을 줄이기 위해 아이들을 가차 없이 버리는 눈족 인간들과.

"내가 여기서 뭐 하고 있는 거지……."

이예주는 자조하듯 중얼거렸다. 나는 왜 이곳에서 이런 꼴을 보고 있어야 하는 건가.

얼마만큼의 시간이 지났는지 모르겠다. 입구의 기둥 사이로 숭숭 들어오는 칼바람에 몸이 딱딱하게 얼어붙었을 무렵, 여신상 뒤편에서 누군가 불쑥 튀어나왔다.

"누나."

"어, 너! 베니!"

아는 얼굴이 제게로 다가오자 이예주의 얼굴이 밝아졌다.

사람 마음이 참 간사했다. 제 앞의 아이도 방금 전 족장이 데리고 간 아이들 별다를 바 없는 내쫓길 처지였는데. 통성명을 하고 안면 좀 텄다고 무사한 것을 확인하자 반가움과 안도감이 밀려왔다.

"별일 없었지?"

"응. 누나가 하라는 대로 족장님께 그대로 말했어. 엄청 좋아하시면서 리즈랑 나한테 방까지 내주셨어."

"좋아……했다고?"

베니가 해맑은 얼굴로 고개를 끄덕였다.

"의심 같은 건 안 했어?"

"응. 아직 인재가 남아 있어서 다행이라고 그러시던데?"

이예주는 미간을 좁히며 생각에 잠겼다. 미래를 보는 눈족이 있다는 것이 족장이 좋아할 일인가? 물론 좋아할 만한 일이긴 했다. 미래를 보는 눈족은 아주 드문 빈도로 태어난다고 했으니.

하지만 족장이 의심도 없이, 되레 엄청 좋아하며 베니의 말을 받아들였다는 것이 마음에 걸렸다. 왜지? 왜 능력의 유무지? 군식구를 줄이기 위해 멀쩡히 태어난 애들도 갖다 버리는 마당에, 그게 왜 중요한 거지?

"누나, 빨리 가자. 지금밖에 시간 없어. 족장님이 다시 돌아오시기 전에 얼른 들어갔다 나와야 돼."

"아. 어, 응. 미안."

제 옷자락을 잡고 흔드는 베니의 손짓에 그녀는 퍼뜩 깊은 상념에서 깨어났다. 아이의 말마따나 족장이 돌아오기 전에 빨리 브레든 먼저 확인해야 했다.

그들은 족장과 이예주의 방이 있는 4층까지 다시 올랐다. 베니는 곧바로 족장의 방을 향해 가지 않았다.

"왜 여기로 가?"

자신의 방으로 가는 복도로 들어서는 베니를 보며 그녀가 의아하다는 듯 물었다.

"다른 방은 문이 잠겨 있어서 누나 방으로 가야 돼."

"왜?"

"들키지 않고 들어가려면 그 수밖에 없어."

한순간 의심이 들었지만 이예주는 잠자코 뒤따랐다. 이윽고 그녀의 방에 도착한 베니는 문을 열고 그 안으로 들어갔다.

어리둥절한 표정으로 그녀가 따라 들어오자 베니는 서둘러 방문을 닫은 후 벽난로 쪽으로 거침없이 걸어갔다. 그리고 그 앞에 쭈그려 앉아 온기를 재듯 손을 가져다 대었다.

"뭐 하는 거야?"

밤새 넣어 둔 장작을 모두 태운 벽난로는 차갑게 식은 지 오래였다. 다시 불을 지피려면 사람을 불러야 했다. 하지만 난로에 불을 지피려는 목적은 아닌지 온도를 확인한 베니가 불쑥 몸을 일으켰다.

"누나 로브 안에 뭐 입었어?"

"나? 그냥 옷."

"무슨 색인데? 보여 줘 봐."

뜬금없이 옷 색은 왜 물어보는지 모르겠으나, 이예주는 순순히 단추 두어 개를 풀어서 안에 입은 내의를 보여 줬다.

"바지도 같은 검은색이야."

답을 들은 베니가 별안간 주섬주섬 제가 입고 있는 로브의 단추를 풀며 말했다.

"잘됐다. 누나 로브 벗어서 나 줘."

"왜?"

"내 로브는 회색이잖아. 더러운 게 묻으면 티가 많이 날거야."

"대체 어딜 가는데 더러운 게 묻어? 우리 족장 방에 가는 거 아니었어?"

"맞아."

단추를 다 푼 베니가 제 로브를 벗어서 침대 옆 옷장 안에 쑤셔 넣었다. 로브 안에 입고 있던 것은 눈처럼 새하얀 일체형 옷이었다. 품이 넓은지 옷자락이 치마처럼 펄럭거렸다.

로브를 넣은 대신 베니는 옷장 안에서 아이보리색 담요 하나를 가지고 왔다. 그리고 벽난로 안쪽의 굴뚝을 가리키며 드디어 계획을 알려 줬다.

"우린 이곳으로 올라갈 거야."

"뭐?!"

이예주가 대경실색했다.

"장난치지 마. 거길 어떻게 들어가?"

"천장이 각방 굴뚝이랑 다 연결되어 있어. 족장님의 방 벽난로 굴뚝으로 가면 아무도 모를 거야."

그녀는 잠시 멍청한 표정을 짓고 있다가 허리를 숙여 벽난로 안을 들여다보았다. 시커먼 재가 더덕더덕 붙어 있는 굴뚝은 사람이 오가기에는 매우 비좁고 더러웠다. 이예주는 다시 허리를 펴고 베니의 얼굴을 샅샅이 살폈다.

“진짜로? 진심으로?”

“아, 누나 빨리 벗어서 줘. 시간 없다니까?”

미적지근한 그녀의 반응에 베니가 발을 동동 구르며 재촉했다. 이예주는 진저리를 쳤다. 비행선에서 화장실 환풍구를 기어 다녔던 것도 모자라 이제 굴뚝까지 섭렵해야 한다고? 이런 망할!

“여, 여길 어떻게 들어가! 이렇게 비좁은데…… 헐, 엄청 더러워.”

“들키지 않고 가려면 어쩔 수 없어. 그래도 신전의 지붕은 세모꼴이라 굴뚝만 지나면 천장 위 공간은 넓을 거야.”

방법이 그것뿐이라니 더 이상 할 말이 없었다. 이예주는 얼떨떨한 얼굴로 제 로브 단추를 주섬주섬 풀었다. 그것을 벗어 베니에게 건네주자 그가 교환하듯 담요를 건넸다.

“추우니까 이거 덮어, 누나.”

“하…….”

그녀는 결국 체념하며 현실을 받아들였다. 서늘한 몸 위로 담요를 단단히 두르는 동안 베니도 그녀의 로브를 입었다.

발목까지 오는 옷을 그녀보다 작은 베니가 입자 끝자락이 바닥에 질질 끌렸다. 로브가 더러워질 게 마음에 걸렸지만, 그가 입은 내의는 티 하나 없는 새하얀 색이라 차라리 로브가 끌리는 편이 나았다.

“내가 밟는 거 보고 잘 따라와, 누나.”

채비를 모두 마친 후 베니가 먼저 벽난로 안으로 몸을 구겨 넣었다. 그는 여러 번 해 본 듯 쉽게 굴뚝 속으로 쑥 올라갔다.

“누나, 얼른 와.”

사라지는 베니의 종아리를 한참을 바라보던 이예주는 마지못해 벽난로 속으로 몸을 쑤셔 넣었다. 굴뚝 안은 불에 그슬리고 재가 묻어 시커멓지만, 벽돌로 만들었기 때문인지 다행히도 잡고 밟을 만한 틈이 존재했다.

하지만 당연하게도 일부러 그렇게 설계한 것이 아닌지라 매우 불규칙해 가끔은 양발과 양팔을 쩍 벌려 몸을 지탱해야 했다. 이미 그렇게 버티고 있는 베니가 위에서 친절하게 조언했다.

"거기 오른쪽 팔 위에 있는 거부터 잡고 올라와."

"알았어."

이예주는 음울한 얼굴로 더러운 벽돌 틈에 손을 집어넣었다. 그리고 안쪽에 튀어나와 있는 벽돌을 밟고 위로 올라섰다.

작은 체구 덕에 벽에 많이 닿지 않고 쏙쏙 잘 타고 오르는 베니와는 달리, 그녀는 입구서부터 어깨를 비집어 넣어야 했다. 두른 담요에 시커먼 재가 묻는 것은 순식간이었다.

잔뜩 몸을 웅송그리고 탄내 나는 굴뚝을 오르는 것은 두 번은 하고 싶지 않은 일이었다. 하지만 굴뚝이 좁아 등으로도 몸을 지탱할 수 있어 오르는 것은 생각보다 수월했다. 게다가 천만다행히도 비행선 환풍구보다 훨씬 짧았다.

"아이고, 죽겠다."

먼저 천장에 오른 베니의 도움을 받아 굴뚝을 빠져나온 이예주는 앓는 소리를 내며 철퍽 엎어졌다.

왜일까. 남쪽 대륙에 와서 클라이밍만 미친 듯이 하고 있다는 생각을 떨칠 수 없었다.

"여기서부턴 걸어갈 수 있어, 누나. 가로질러서 가는 거라 복도로 가는 것보다 빠를 거야."

베니가 앞서 말했던 것처럼 지붕이 세모꼴이어서 그 아래 천장과의 거리가 상당했다. 불쌍하기 그지없는 자신의 행보에 눈물짓던 이예주는 숨 돌릴 새 없이 곧바로 자리에서 일어났다.

"너는 어떻게 신전 구조에 대해서 잘 알아? 여기 와 봤어?"

베니를 따라 족장의 방 쪽으로 걸음을 옮기며 그녀는 불쑥 물었다. 아직 나이도 어린데 신전 구조를 잘 알고 있는 것이 신기했다. 게다가 말을 들어 보니 아이들은 신전에서 사는 게 아니라 바깥에 있는 마을에서 살다 쫓겨날 때가 되면 신전에 며칠 머무르는 것 같았다.

"아니. 나도 신전의 굴뚝을 오르는 건 처음이야."

"폼이 여러 번 해 본 사람 같은데."

그녀의 말에 베니는 어색한 표정으로 변명했다.

"아버지 몰래 집 밖으로 나갈 때 굴뚝으로 갔거든……."

"아~ 가출?"

"아니거든!"

베니가 발끈해서 버럭 소리쳤다. 그리고 덧붙였다.

"아버지는 신전의 대장장이셨어."

"대장장이? 그 무기 만드는 사람?"

"응. 대장장이들은 평소에 일이 없을 때 신전 건물 관리를 했거든. 오래돼서 부서진 곳이나 눈이 새는 곳들을 고치고, 뭐…… 여기는 혹시 무슨 일이 생기면 잠잠해질 때까지 숨어 있으라고 아버지가 알려 주신 곳이야."

이예주는 고개를 갸웃거렸다. 신전과 맞지 않았다. 다리족도 아니고. 무기라곤 여신상이 들고 있는 석고로 만든 창뿐인 이곳에 웬 대장간이 있단 말인가? 아, 물론 쟈니아가 준 시커먼 색의 괴상한 칼이 있긴 하지만.

"그래서 아버지는 지금 어디 계셔?"

그나마 베니 남매에게 보호자가 있다니 다행이었다. 튀어나온 지지대를 피해 고개를 숙이며 그녀가 물었다. 베니의 낯빛이 급격히 어두워졌다.

“열흘 전부터 돌아오시지 않으셨어. ……나랑 리즈가 신전으로 끌려온 것을 보면 아마 돌아가셨겠지.”

“뭐?”

이미 모든 것을 체념한 듯 단정적인 대답에 이예주는 가슴이 철렁해졌다.

“왜, 왜 그렇게 생각하는데?”

“대장장이는 목숨이 오갈 만큼 위험한 일이라 다들 하려고 하지 않아. 대신 대장장이의 자식들은 능력이 없어도 내쫓길 처지에서 제외돼. 식량도 배식해 주고…….”

“…….”

“한 번도 그런 적이 없었는데 열흘째 소식이 없으셔. 게다가 신전에서 우릴 내쫓기로 결정했으니까 무슨 일이 생기신 거겠지.”

차마 어떤 말을 건네야 할지 몰라서 이예주는 고개를 숙이고 침묵했다. 베니는 침울한 얼굴일지언정 덤덤한 어투로 되레 그녀를 위로했다.

“괜찮아. 대장장이 일 하시면서 아버지는 이런 일이 있을 것을 항상 당부해 오셨는걸.”

“……부모가 원하지도 않는데 아이들을 쫓아내고 있는 거란 말이야?”

이예주는 도무지 눈족을 알 수 없었다. 혼란스러운 얼굴로 생각을 정리하던 그녀가 다시 물었다.

“그럼 대체 여긴 어떻게 운영되는데? 젊은 사람들 없이 노인네들만 남아서 꾸려 나갈 순 없잖아.”

"리즈처럼 능력이 뚜렷하면 남을 수 있어. 그런 애들 몇 명이 남아서 그나마 이어 가는 거야."

"대체……."

"아버지는 나나 리즈에게 과거를 보더라도 능력을 숨겨야 한다고 하셨어. 그래야 살아남을 수 있다고. 신전에 능력이 있는 것을 들키면 안 된다고 하셨는데……."

그러나 리즈는 물론이고 베니마저 능력이 생겼다고 거짓말을 한 상태였다.

이예주는 불현듯 마음 한편이 서늘해졌다. 그저 눈앞의 상황을 모면하기 위해 제 머리에서 나온 거짓말이 순식간에 눈덩이처럼 불어나 묵직한 불안감으로 탈바꿈했다.

"신전은 좀 이상해, 누나."

드디어 넓은 신전 부지 위를 가로질러 정반대 편에 도달했다. 족장의 방으로 추정되는 굴뚝 옆에 멈춰 선 베니가 걱정이 담긴 눈빛으로 그녀를 돌아보았다.

"누나도 여기 있는 동안 조심하는 게 좋을 거야."

굴뚝을 타고 내려가는 것은 올라가는 것보단 쉬웠다. 잿가루가 날리지 않게 최대한 구석 쪽으로 가볍게 착지한 베니의 도움으로 이예주도 큰 사고 없이 잘 내려왔다.

막상 힘겹게 내려와 보니 난로 안에 타고 남은 장작이 거의 없어 황당했더랬다. 그 양반은 이 엄동설한에 불도 안 때고 사는 건가?

"난로 안에 신발 벗고 나가자, 누나. 내려가서는 아무것도 만지지 마. 족장님이 과거를 읽을 수도 있으니까. 알았지?"

참으로 대단한 노인네가 아닌가 하는 생각을 하고 있을 때쯤 베니가 신신당부했다. 눈족이 어떤 식으로 과거를 읽는지 잘 몰랐지만 이예주는 일단 고개를 끄덕이며 스스로에게도 재차 다짐했다.

과연 베니의 안내를 받길 잘했다. 자신 혼자였다면 족장의 방에 몰래 들어왔다는 것을 대놓고 알려 줬을 것이다.

두 사람은 양말 바람으로 좁아터진 벽난로 속에서 뛰쳐나왔다. 족장의 방은 특별할 것이 없었다. 이예주의 방과 비슷한 구조였으나 벽난로와 마주 보는 공간에 책이 빽빽하게 꽂혀 있는 커다란 책장과 책상이 추가되어 있었다.

그녀는 곧장 방 안을 두리번거렸다.

"뭐야."

그러나 그다지 넓지 않은 공간임에도 찾는 이는 보이지 않았다. 침대 위도 텅 비어 있었다.

"없잖아."

"그, 그럴 리가…… 그럴 리가 없는데."

덩달아 주위를 휘휘 둘러보던 베니가 당황한 표정을 지었다. 테라스 문까지 열어 샅샅이 뒤져 보았지만 사람 머리털 하나 보이지 않았다.

이예주의 얼굴이 심각하게 굳어지자 베니가 황급히 입을 열었다.

"분명 봤어! 들것 위에 실린 브레든을 사제들이 들고 계단을 오르는 것을 똑똑히 봤다고."

"……."

"거짓말 아니야, 누나."

"하……."

이예주는 머리가 지끈거리기 시작해 한 손으로 이마를 짚었다. 필사적으로 항변하는 베니가 거짓을 말하는 게 아니라는 것은 알았다.

하지만 빈말이라도 괜찮다는 말이 나오지 않았다.

재와 기름 때가 머리에 엉겨 붙어 나는 냄새가 역겨웠다. 팔자에도 없는 굴뚝까지 기어오르며 여기까지 왔는데, 찾는 사람은 털끝 하나 보이지 않는다. 그로 인해 이곳에 체류하는 기간이 더 길어지게 생겼다.

이예주는 막막함에 아랫입술을 잘근잘근 씹었다. 람이 보고 싶었다. 그가 여기 와서 당장이라도 자신과 브레든을 찾아 데리고 나가 주었으면 하는 바람이 목젖까지 솟아올랐다.

"……브레든이 온 걸 언제 봤어?"

그녀가 음울한 목소리로 물었다. 베니가 눈치를 보며 더듬더듬 답했다.

"누, 누나 오기 며칠 전이었어. 아버지 실종되고 나서 나랑 리즈가 신전에 끌려온 날이었던 것 같은데……."

"살아는 있었어?"

"응. 그치만 좀 상태가 이상해 보였어. 가슴이 너무 천천히 오르락내리락 거렸고, 피부색도 죽은 사람처럼 창백했거든. 머리도 빡빡 밀려 있고……."

다리족의 실험실에서 보았던 아이를 떠올리며 이예주는 무겁게 고개를 주억거렸다. 그때와 상태가 똑같았다. 적어도 눈족 족장이 죽은 애를 가지고 흥정을 하려던 것은 아닌 모양이었다.

비록 이곳엔 없지만…… 그래도 아직 살아 있다면 기회가 남은 것이 아닌가. 그의 누이처럼 무책임하게 죽게 만들지 않을 것이다. 이예주는 애써 긍정적으로 사고했다.

"어디로 옮겼는지 짐작 가는 곳은 없어?"

그녀의 희망적인 물음에 베니가 고개를 절레절레 내저었다.

"족장님의 방이 아니면 신전에서 달리 잠가 두는 곳도 없는데. 대체 어디로 옮긴 건지 모르겠어."

이예주는 암담한 현실에 욕설을 씹어 삼켰다. 베니가 다시 눈치를 보며 "그, 그사이에 죽은 건 아니겠지?" 하고 말했다가 날카로운 그녀의 눈초리에 곧바로 입을 다물었다.

"하……."

이예주는 깊은 한숨을 내쉬었다. 아무런 성과가 없음에도 족장을 마주칠까 두려워 서둘러 굴뚝을 타야 한다는 사실이 끔찍했다. 굳은 얼굴로 족장의 방을 돌아보던 그녀가 곧 어깨를 축 늘어뜨리고 몸을 돌리던 차였다.

문득 낯설지 않은 물건이 눈에 스쳤다. 그녀는 벽난로 쪽으로 돌리던 몸을 다시 반대편으로 휙 틀어 성큼성큼 책장과 책상이 있는 쪽으로 다가갔다.

"이건……."

책상 위에는 여러 개의 포장된 주사기가 널브러져 있었다. 역시 잘못 본 것이 아니었다. 이예주는 그것이 무엇인지 똑똑히 알고 있었다.

베니가 그녀의 옆쪽으로 다가와 물었다.

"이게 뭐야?"

"……RTBD야."

"그게 뭔데?"

뭐라 정의해야 할까. 람에게서 기척을 숨겨 주는 약? 아니면 검은 안개와 반응해 눈족들의 괴물화를 진행하게 하는 것?

어느 쪽이든 불길하기 짝이 없는 약물이었으나 이 순간만큼은 반갑기 그지없었다. 비행선에서 히카톤 실험체로 쓰이는 눈족 아이들은 정기적으로 이 주사를 맞는다고 하였다.

"브레든에게 주입했을 거야."

이것이 족장의 방에 존재함으로써 브레든이 살아 있을 가능성이 급격히 높아졌다. 사용한 지 얼마 안 된 듯 아직 약물이 남은 주사기가 포장지 밖으로 튀어나와 있었다.

"다행이다."

이예주는 진심으로 안도했다. 아직 기회가 있는 것이다.

"누나, 이제 그만 가야 돼. 아무것도 만지지 마."

크게 궁금한 건 아니었던 듯 제드가 더 캐묻지 않고 채근했다. 이예주는 고개를 끄덕이며 마지막으로 족장의 책상 위를 훑었다. 뭔가 또 다른 단서가 있을까 싶어서였다. 책상 위엔 주사기와 엎어져 있는 액자 외엔 아무것도 없었다.

왜 엎어져 있지? 보통 유족의 사진이나 보기 싫은 사진을 그렇게 해 놓는 것으로 알지만, 족장의 액자이니 괜히 그마저 의심스러웠다. 이예주는 그쪽으로 손을 뻗었다.

"누나, 조심……!"

뒤늦게 그 모습을 본 베니가 황급히 막아서려 들었지만 이미 액자에 손이 닿은 후였다.

"만지지 말라고 했잖아. 들키면 어떡하게!"

베니가 속삭이는 목소리로 벌컥 화를 냈다. 이예주는 지뢰를 밟은 것처럼 액자에서 손도 떼지 못하고 찔끔한 표정을 지었다. 그러나 손에 닿는 거슬거슬한 촉감을 느끼며 애써 합리화했다.

"너, 너무 걱정 마. 먼지가 엄청 많이 쌓였는걸. 족장이 손댄 지 오래됐을 거야."

"그걸 말이라고……."

베니가 기가 막힌다는 듯 웃었다. 하지만 이미 물은 엎질러졌고 별수 없었다. 뽀얗게 먼지가 쌓일 때까지 액자를 방치해 놓은 것처럼 족장이 부디 앞으로도 그렇게 놔두길 빌 수밖에.

이왕 잡은 거, 이예주는 손에 힘을 줘 액자를 세웠다. 드러난 사진은 예상보다 별거 없었다.

“족장님이랑 대사제님이네?”

아닌 척했으면서도 호기심이 일었는지 옆에 붙어 같이 보던 베니가 말했다.

사진 속에서 눈족 족장과 쟈니아가 사이좋게 껴안고 있었다. 그 인간 같지 않던 부녀에게도 이런 시절도 있다니. 새삼스러운 기분이 들었다.

“옛날 사진인가 봐. 족장님 얼굴에 주름이 하나도 없어, 누나.”

“그러고 보니 그러네.”

이예주는 고개를 끄덕이며 그의 말에 수긍했다. 꽤 오래 전에 찍은 것인 듯 사진 속 족장은 지금의 자글자글한 노인네를 떠올릴 수 없을 만큼 무척 젊어 보였다. 40대 중후반 정도.

반면에 쟈니아 쪽은 지금과 다른 점이 하나도 없었다. 냉동 인간인가? 어렸던 시절마저 지금 얼굴과 똑같았다.

“얘는 태어났을 때도 이 얼굴로 태어났을 거야.”

하여간에 징그러운 년. 인상을 북북 쓰며 중얼거리자 베니가 키들거렸다. 꼴 보기 싫은 두 인간의 과거 모습에 기분이 나빠진 이예주는 들었던 액자를 탁 소리 나게 다시 엎었다.

“그만 가자, 베니.”

한 번 해 보았다고, 이예주는 처음 굴뚝을 기어올랐을 때보다 훨씬 수월하게 족장의 방을 빠져나왔다. 다시 방으로 돌아가기 위해 천장을 가로지를 때 베니가 조심스럽게 물었다.

"이제 어떡할 거야, 누나?"

이예주는 속으로 깊은 한숨을 내쉬었다. 그녀 또한 어떻게 해야 할지 막막했다. 족장의 방에서 얻은 것은 브레든이 살아 있다는 추측뿐, 솔직히 앞으로 뭘 해야 하는지 감도 잡히지 않았다.

그러나 저보다 한참이나 어린 베니에게 이런 속내를 털어놓는 것도 우스운 일이었다. 그녀는 결국 표정을 가다듬고 덤덤하게 말했다.

"다시 뒤져 봐야지."

이예주를 올려다보던 베니의 표정이 일순 이상해졌다.

"누나는 왜 그렇게까지…… 필사적으로 브레든을 찾는 거야?"

"……."

"이상해. 누나가 나쁜 사람이 아닌 건 이제 알겠는데, 왜 이렇게까지 하면서 브레든을 데리고 나가려는 건지 모르겠어. 누나에게 여긴 위험하잖아."

베니의 추궁은 타당했다. 예전 같았으면 이예주도 그와 같이 생각했을 것이다. 모두를 돕고 싶지만 제게 힘도 없고 제 코도 석 자이니 어쩔 수 없다고. 브레든 하나로도 벅차 베니 남매까지 어떻게 해 줄 수 없다고 판단했던 것처럼.

하지만 사방이 덫이었던 다리족에서 알리자린은 해냈다. 아무런 관련도 없던 자신을 구해 주고, 결국 탈출에 성공시켰다. 그런데 자신은 돌아오겠다는 약속을 지키기는커녕 그녀의 하나뿐인 동생마저 빼앗겼다.

침묵이 한참 길어져 그들 사이에 어색함이 내려앉았을 무렵, 이예주는 어렵사리 답했다.

"……걔네 누나한테 빚진 게 있어서."

"알리자린 누나? 알리자린 누나도 살아 있는 거야? 브, 브레든은 다리족에 끌려갔다가 다시 돌아온 거라고 들었는데. 그럼 알리자린 누나는……."

"목숨을 빚졌어."

베니는 입을 다물었다. 어리지만 눈치가 빨라서 이예주의 말이 뜻하는 바를 곧바로 알아들은 듯했다.

"그래서 두고 갈 수가 없어."

그 말과 동시에 그들은 다시 이예주의 방 천장 위에 도착했다. 시커먼 굴뚝 구멍을 내려다보자 갑자기 걷잡을 수 없이 피로가 몰려오는 것 같았다. 그래도 이제 마지막이니까.

늘어지는 몸에 억지로 힘을 불어넣으며 그녀는 이번엔 베니보다 먼저 굴뚝 속에 발을 들였다. 그대로 나머지 발을 밀어 넣으려 하는 순간, 베니가 불현듯 그녀의 옷자락을 잡았다.

"나도 도울게."

"……."

"누나가 브레든 찾아서 여기서 나갈 수 있도록 도울게. 같이 탈출해."

누군가를 떠오르게 만드는 올망졸망한 갈색 눈동자가 자신을 말끄러미 올려다보았다. 썩 좋지 않았던 첫인상과는 달리 베니는 그사이 제게 마음을 연 것 같았다. 기특한 것. 암울한 이 상황 속에도 한 줄기 빛처럼 위로와 힘이 되었다.

무척 고마웠다. 하지만 이예주는 단호하게 고개를 저었다.

"나 도울 생각 말고 네 동생이랑 너만 생각해."

그들은 들키지 않고 이예주의 방으로 돌아왔다. 베니가 원래의 로브로 갈아입은 후 리즈와 머무는 방에 도착함과 동시에 신전이 소란스러워졌다. 장벽 밖으로 아이들을 내버리러 갔던 족장 일행이 간발의 차이로 돌아온 것이다.

혹시나 베니가 1층 계단을 내려가는 것을 들킬까 싶어 복도 난간에 달라붙어 보고 있던 이예주는 안도의 한숨을 내쉬었다.

그 뒤 허겁지겁 제 방으로 돌아와 엉망진창이 된 담요를 숨기고 욕실에 들어갔다. 재투성이 몸을 씻으며 이예주는 연신 완전 범죄를 중얼거렸다.

아이들을 버리고 온 날 이후로 번갈아 가며 이예주를 괴롭히던 족장과 쟈니아는 자취를 감춘 것처럼 잠잠했다. 덕분에 베니와 함께 신전 이곳저곳을 몰래 뒤지고 다녔지만, 여전히 브레든의 행방은 찾을 수 없었다.

"언니! 오빠!"

풀밭 위에 앉아 티타임 놀이를 하던 리즈가 이예주와 베니를 보고 벌떡 일어나 살갑게 맞이했다.

온실 안으로 들어서는 이예주의 표정이 좋지 않았다. 거대한 크기의 세 번째 예배당을 막 뒤지고 돌아온 참이었다. 익랑翼廊까지 샅샅이 뒤졌지만 역시나 브레든은 보이지 않았다. 대체 어디 숨겨 놓은 걸까.

"잘 놀고 있었어?"

불안에 신경이 칼같이 날카로워졌음에도 그녀는 애써 입꼬리를 당겨 웃어 보였다. 당장 내일이 어떻게 될지 몰라 불안에 떨고 있는 것은 비단 그녀뿐만이 아니었기 때문이다.

"응. 토마스랑 귀족 놀이하고 있었어. 나는 귀부인이야. 토마스는 하인."
"뭐? 내가 왜 네 하인이야! 방금까진 귀족이라고 했잖아!"
"하지만 고자질쟁이는 귀족이 될 수 없는걸?"
"이게……!"
"싸우지 마."
베니가 벌떡 일어난 까까머리 남자애 앞을 막아섰다. 토마스는 리즈가 과거를 본다고 고자질을 한 장본인으로, 베니 남매 외에 신전에 남은 유일한 아이였다.
고자질한 일로 앙금이 남은 건지 리즈와 토마스는 곧잘 싸웠다. 몇 살 더 먹은 베니가 매번 말리지 않았다면 아마 치고받고 난리가 났을 것이다.
"언니, 언니. 이젠 나랑 놀자. 베니 오빠랑만 숨바꼭질하지 말고 나랑도 놀아 줘. 나 이제 토마스랑 안 놀래."
"어, 어……."
이예주는 제 팔을 마구 끌어당기는 리즈에 못 이겨 부드러운 잔디 위에 앉았다. 옆에서 토마스가 '칫!' 하고 크게 심통 난 소리를 냈다.
"누가 너랑 놀고 싶대? 나도 너랑 놀기 싫어. 네가 매번 놀아 달라고 조르니까 노는 거잖아."
"나도 너랑 놀기 싫거든?"
"이게! 오빠라고 안 불러!"
"야, 야! 그만해!"
베니는 지친 건지 풀밭에 발라당 누운 채 더 관여하지 않고 싸움을 방관했다. 그 대신 둘을 말리며 이예주는 후회했다. 방으로 바로 돌아갔어야 했는데.
"너네는 몇 살 먹었는데 맨날 싸움질이냐."

"9살!"

리즈가 제 나이만큼 손가락을 펼쳐들었다. 타박하는 말이었는데 되레 자랑스러워해서 말문이 막혔다. 이예주가 헛웃음을 짓자 리즈가 "토마스는 11살이야." 하고 속삭였다.

의외였다. 리즈가 나이에 비해 키가 큰 편이라 동갑인 줄 알았는데, 매번 오빠라고 부르라며 윽박지르는 게 사실이었다니. 리즈와 앉은키가 똑같은 앳된 토마스를 측은하게 바라보며 이예주가 되물었다.

"그럼 베니는 몇 살이야?"

"베니 오빠는 15살."

생각보다 나이가 많았네. 의외라는 눈으로 베니와 리즈를 번갈아 보며 그녀는 혼잣말처럼 중얼거렸다.

"오빠 밥을 다 뺏어 먹었나 보구나."

"아, 아니야!"

리즈의 귀여운 얼굴이 발그레 달아올랐다.

"오, 오빠가 더 먹으라고 준 거야……."

조그맣게 덧붙이는 말에 이예주는 불안함을 내려놓고 웃어 버렸다.

리즈는 미워할 수 없는 아이였다. 이런 태평한 대화나 나누고 있으면 안 되는데. 밀어내야 한다고, 선을 그어야 한다고 생각하면서도 자꾸만 마음을 놓았다. 리즈의 사랑스러운 웃음을 보면 전날 밤의 미칠 듯한 불안감이 가라앉으면서 가만있어도 모든 게 다 잘될 거라는 안일한 생각이 들었다.

베니의 확신에 찬 말과 행동도 마찬가지였다. 어쩌면 이 삭막한 신전에서 유일하게 정상적인 대화를 나눌 수 있는 존재들이기 때문인지도 모른다.

"언니는 그럼 몇 살인데?"

"스읍, 어른 나이는 물어보는 게 아니야."

띠 동갑도 넘는 나이였네. 이쯤 되니 언니라고 부르게 하기도 좀 민망했다. 하지만 이예주는 시치미를 떼고 엄포를 놓았다. 그러자 다른 쪽에서 얄밉기 그지없는 소리가 들렸다.

"늙은이. 족장님이랑 같은 나이 대지?"

"이게 미쳤나!"

눈을 부릅뜨고 주먹을 들어 보이자 토마스가 다람쥐처럼 재빠르게 도망쳤다. 순식간에 멀어진 까까머리를 보고 이예주는 눈살을 찌푸렸다.

리즈를 고자질한 토마스가 남겨진 이유에 대해서 곰곰이 생각해 보았다. 딱히 능력이 있는 것도 아닌 군식구를 족장이 왜 남겨 놓았을까. 족장의 방에 들어갔다 온 다음 날 조심스럽게 베니에게 말을 붙여 보자 그는 이미 알고 있었다.

토마스는 리즈와 베니의 감시자 역할이었다. 두 사람이 과거나 미래를 보거나 이예주와 의미심장한 대화를 나누면 족장에게 쪼르르 달려가 고해바치는 것이다.

토마스는 고자질을 하면 살아남을 수 있다는 것을 알 만큼 영악했다. 그래서 이예주는 처음엔 영 껄끄러워 말도 잘 안 붙였다. 그런데 베니 남매와만 인사를 하자 서러웠던지 버럭 화를 내며 엉엉 우는 것이 아닌가.

심보가 못되긴 했지만 결국 어린애였다. 이제는 그저, 고작 11살 난 어린아이를 졸렬한 짓에 이용해 먹기 위해 내쫓지 않은 눈족이 진저리가 났다.

"토마스 숨바꼭질하는 거야? 같이하자!"

"싫어! 내가 왜? 너 저 아줌마랑 논다며!"

"기다려, 오빠! 내가 술래야! 10, 9, 8……."

"자, 잠깐!"

리즈가 숫자를 세자 토마스 놈은 입으론 싫다 하면서도 주변을 획획 돌아보며 부랴부랴 숨을 곳을 찾았다. 새끼, 귀엽긴.

뛰는 놈 위에 나는 놈 있다고 하던가. 신전에 대해 많은 것을 알고 있는 베니는 생각보다 훨씬 더 똑똑했다. 그는 토마스의 어린 나이를 십분 이용했다. 리즈에게 토마스를 꾀어 같이 놀라고 말하는 것만으로 이예주와 베니의 비밀스러운 접선은 해결됐다.

시끄러운 두 아이가 온실 가장자리 쪽으로 멀어지자 베니가 조심스레 말을 붙였다.

"어제 오늘 신전 분위기가 조금 이상해, 누나."

"왜? 어떤데?"

"낯선 사람들이 드나드는 것 같아."

베니의 말에 이예주는 고개를 갸웃거렸다. 며칠간 브레든을 찾아다니느라 정신을 빼놓고 있어 눈치채지 못했지만, 최근 신전은 존재하는 사람이라곤 그녀와 아이들뿐이라 해도 손색없을 만큼 인기척이 느껴지지 않았다.

"그러고 보니 요즘 통 조용하긴 한 것 같네. 족장도 그 딸 쪽도 잠잠해."

"장로님들도 거의 보지 못했어. 아직 제사 지낼 때는 아닌 것 같은데……."

"제사? 그런 것도 지내?"

"응. 족장님이랑 장로님들이 다 모여서 몇 날 며칠 제사만 지낼 때가 있어."

베니는 고개를 갸웃거리며 의아하다는 듯 덧붙였다.

"이상하네. 대장장이 아저씨들도 안 보이는데."

"대장장이는 왜?"

"아버지도 제사 때마다 무지 바쁘셔서 며칠간 집에 안 오셨거든. 그래서 제사 때만 되면 대장장이 아저씨들이 신전 안에서 죽치고 사는 줄 알았어."

생소한 소리였다. 제사랑 대장장이랑 대관절 무슨 관계가 있단 말인가? 의아한 일이었지만 베니도 그것까지는 모르는 것 같았다. 아니, 의문 자체를 가진 눈치가 아니었다.

제사 때마다 대장장이들은 신전에서 일하느라 바쁘다. 그것이 눈족인 베니에겐 당연한 일인 것 같았다.

"아버지가 있으면 브레든을 좀 더 빨리 찾을 수 있을 텐데……."

베니가 한숨을 내쉬며 중얼거렸다. 이예주는 차마 무사하실 것이다 같은 말은 하지 못했다.

"걜 찾는 건 나 혼자서도 충분하니까 너무 신경 쓰지 마. 넌 이미 충분히 도와주고 있어."

오히려 베니는 처음 했던 거래 이상으로 도와주고 있었다. 알리자린보다도 한참 덜 자란 이 어린것들을, 그녀는 대체 어떻게 해야 할지 알 수 없었다.

"아무래도 토마스를 잘 구슬려 봐야겠어. 토마스는 매일 밤 족장님 방에 가서 오늘 하루 우리가 뭘 했는지 고해바치고 오거든. 요즘 신전 안에서 무슨 일이 일어나고 있는지 물어보도록 시킬게."

심란한 이예주를 위로해 주듯 베니는 금세 씩씩함을 되찾고 방법을 찾았다. 온통 저와 관련된 이야기뿐이라 그녀는 되레 더럭 걱정이 들었다.

"탈출 계획은 잘 세우고 있지?"

누운 베니에게로 바싹 다가앉으며 이예주는 낮은 목소리로 속삭였다. 그녀가 한 번도 꺼낸 적 없던 주제였기에 베니가 놀란 표정을 지으며 벌떡 일어나 앉았다.

"브레든 찾는 건 됐으니까 때가 오면 리즈 데리고 바로 나가. 그리고 어떻게 해서든 침엽수 숲으로 가. 거기로 가야 얼어 죽지 않으니까."

"치, 침엽수 숲?"

"응. 가서 최대한 펭귄 신인류나 흰 순록을 찾아. 내가 보냈다고 하면 너희를 도와줄 거야."

장벽 밖으로 나갈 수 있는 탈출로가 어디에 있는지 알고 있지만 막상 리즈를 데리고 나가려니 막막하던 차였다. 베니는 장벽 밖으로 한 번도 나가 본 적 없으나 그곳이 얼마나 척박한지 익히 들어 알고 있었다.

밖은 지평선의 끝까지 눈만 쌓여 있는 허허벌판이었다. 남자인 자신은 몰라도 리즈처럼 어린 여자아이는 하룻밤만 그 추위에 노출되어도 금방 얼어 죽을 것이다. 게다가 살아남기 위해 저들끼리 무리를 지어 새로 내쫓기는 아이들을 노리고 잡아먹는 야만인들도 있었다.

먹을 것 하나 없이 살아남거나 걸어서 남쪽 대륙을 벗어나는 것은 불가능에 가까웠다. 그런 와중 외부에서 온 여자가 해결책을 제시한 것이다.

"……누나는? 누나도 우리랑 같이 나가면 안 돼?"

그녀를 완전히 믿을 수는 없었다. 하지만 이예주가 그렇듯, 베니가 마음을 내려놓고 의지할 사람이 그녀밖에 없는 것은 사실이었다.

베니는 이예주의 옷자락을 답삭 붙잡으며 떨리는 목소리로 물었다. 하지만 그녀는 단호하게 고개를 저었다.

"브레든을 찾기 전엔 안 돼."

우리도 제발 신경 써 줘. 우리도 제발 브레든처럼 도와줘! 목구멍까지 비명이 치솟아 올랐다. 베니는 그녀의 바짓가랑이라도 잡고 애원하고 싶었다.

"난 내가 알아서 할 수 있으니까 신경 쓰지 말고, 네 동생만……."

그런 그의 심경을 모른 채 다시 선을 긋듯이 주절거리던 이예주가 고개를 돌리다 흠칫 몸을 굳혔다.

신전 뒷마당을 비추는 온실 유리창에 눈이 닿았다. 구 신전으로 향하는 길목인 쇠창살 사이에서 사람 두 명이 걸어 나오고 있었다. 그중 한 명을 본 그녀의 눈이 화등잔만 해졌다.

"누나, 왜 그래?"

"저 남자가 왜 여기에……."

낯익은 덩치와 얼굴. 다리족에서 봤던 철수였다. 비행선에서 탈출하려던 이예주를 막기 위해 여준 대신 전두 지휘하던 남자. 히카톤으로 인해 죽었을 줄 알았는데 용케 살아남은 모양이었다.

다리족들이 왜 눈족의 신전에 와 있는가. 이예주는 심각해진 표정으로 남자들을 주의 깊게 살폈다.

무표정한 얼굴로 철문 사이를 빠져나온 그들은 양손 가득 허름한 자루들을 들고 있었다. 안에 무거운 것이 들었는지 자루가 눈 바닥에 거의 질질 끌렸다.

거침없는 손길로 그것을 마구 끌어 대며 뒷마당을 벗어나던 철수의 힘에 못 이겨 기어이 자루 한쪽이 찢어졌다. 그 사이로 검은색의 무언가가 튕겨져 나와 언 땅과 맞부딪히며 두 동강이 났다. 그로 인해 그들은 가던 걸음을 멈췄다.

철수는 찢어진 자루와 두 동강이 난 물건을 바라보며 험악한 표정으로 뭐라 중얼거렸다. 그리고 부서진 물건을 아예 발로 짓밟았다.

검은색의 무언가는 유리처럼 쉽게 산산조각 났다. 이예주는 찢어질 듯 확장된 눈으로 그 과정을 모두 지켜보았다.

하얀 눈과 대비되어 더욱 선명하게 보이는, 깨진 사기 조각처럼 흩어진 그것은 쟈니아가 이예주에게 줬던 것과 같은 검은 칼이었다.

"저걸 왜 저 사람들이……."

남자가 거친 손길로 벌어진 자루 주둥이를 여몄다. 그 틈새로 보인 자루 안은 온통 시커멨다. 튀어나온 칼과 비슷한 종류의 것이 한가득 담겨 있는 것이다.

자루를 갈무리한 그들은 다시 걸음을 옮겼다. 신전 외벽을 돌아 앞마당으로 가려는 모양이었다. 주변을 둘러볼 만큼의 경황이 없는 건지 그들은 온실 안에 있는 이예주를 보지 못하고 빠르게 지나쳤다.

어째서 쇳조각이 인간의 발길질 한 번에 그렇게 산산조각이 났는지 이상하게 여길 틈도 없이, 그녀는 자리에서 벌떡 일어났다.

"누, 누나?"

"자, 잠깐만……!"

"누나, 어디 가! 누나!"

이예주는 온실 문으로 정신없이 뛰어갔다. 기묘한 불안감이 몸을 잠식했다. 람을 찌르라며 줬던 칼이다. 왜 저것을 다리족이 눈족에게서 받아 가는 건지 확인하지 않고는 못 배길 것 같았다.

명성 높은 다리족답게 걸음이 어찌나 빠른지, 그녀가 온실을 박차고 나왔을 때는 남자들의 발자국밖에 남아 있지 않았다. 이예주는 그것을 따라 미친 듯이 뛰었다.

간신히 그들의 뒤꽁무니를 따라잡은 건 신전을 반 바퀴 돌아 앞마당에 이르러서였다.

"잠깐, 저기……! 저기요!"

계단을 막 내려서려던 그들을 본 그녀가 남은 힘을 쥐어짜 내달렸다.

"저기요, 철수 씨! 철수 상병!"

이예주는 커다랗게 철수를 불렀다. 이름은 몰라도 '상병' 소리는 알아들은 건지 남자의 몸이 멈칫했다. 그녀는 한달음에 그들 앞까지 다가갔다. 그리고 또 놓칠세라 덥석 남자의 팔을 붙잡았다.

"헉, 헉…… 저, 저기요. 저 알죠?"

"당신이 왜 여기……."

의외의 만남인 건 피차 마찬가지인 것인지 그들의 얼굴에 일순 당황스러움이 감돌았다. 그러나 그것도 잠시, 낯익은 남자가 거칠게 붙잡힌 팔을 뿌리쳤다. 그리고 무시무시하게 그녀를 노려보며 적대감을 내보였다.

"하, 이번엔 눈족이 목적인 겁니까?"

"……."

"구원해 준답시고 거짓 정보를 흘려 눈족들을 교란시키고 종국에는 붕괴시키려고 남쪽 대륙까지 온 거냔 말입니다!"

남자가 흉흉하게 인상을 찌푸리며 목소리를 높였다. 가파른 숨을 고르느라 무릎을 짚고 있던 이예주가 화들짝 놀라 그를 올려다보았다.

"무, 무슨 소리예요? 뭘 교란을……."

"당신 때문에 일이 얼마나 틀어졌는지 압니까? 당신의 세 치 혀를 믿고 산 중턱으로 간 족장님과 붉은 개 요원들이 전멸했고, 다리족은 지금 붕괴 직전까지……!"

"주, 중사님!"

거의 한 대 칠 기세로 다가서던 철수를 옆에 있던 군인이 막아섰다. 여자를 때리는 것을 막으려는 것보단 감정이 격해져 기밀을 발설하려는 것을 방지하려는 것 같았다.

진정되어 가던 이예주의 가슴이 다시 벌렁거리기 시작했다. 살벌하게 자신을 노려보며 씩씩대는 덩치를 보자 괜히 부른 건가 후회가 들었다.

"됐습니다. 당신한테 이런 이야기를 해 봤자 우리의 정보만 유출될 뿐이죠. 당신 때문에 족장님이 돌아가신 후부터 다리족은, 아니 연합군 전체는 당신을 인류의 적으로 간주하기로 했습니다."

당장이라도 달려들어서 그녀의 목을 조르고 싶다는 듯 철수는 이를 바득바득 갈며 말했다.

"그만 가자."

그러고는 몸을 휙 돌려 계단에 내려섰다.

남자가 뿜어내는 선명한 적의에 이예주는 더럭 겁이 났다. 하지만 이대로 보낼 수는 없었다. 왜 그걸, 왜 그렇게 많이 가져가는 건지 알아야 했다. 알아서…….

그녀는 다시 한번 다급하게 철수의 옷자락을 잡았다.

"자, 잠깐만요! 이것만 대답해 주고 가요. 여기 왜 왔어요? 그거, 왜 가지고 가는 거예요?"

"더 이상 당신에게 설명할 의무는 없습니다."

놈이 또 한 번 손을 거세게 쳐 냈다. 손가락이 부러질 듯 아파 왔지만 이예주는 포기하지 않았다.

"말해 줘요! 그거 칼인 거 다 봤어요. 왜 무기를 가져가는 건지……!"

"전시 중이니 무기 보급은 필수 아니겠습니까? 당신이 검은 파편의 더러운 하수인 노릇을 하며 우리의 정보를 유출하는 동안 우리도 손가락만 빨고 있던 것은 아닙니다."

철수 상병, 아니 이젠 진급한 철수 중사는 비릿하게 웃으며 말했다. 원하는 것에 대한 답은 아니었다. 하지만 되물을 새도 없이 남자가 불쑥 손을 뻗었다.

"그게 무슨…… 윽!"

"궁금해하는 것 같으니 이것만은 똑똑히 알아 두십시오."

이예주는 눈 깜짝할 새에 우악스럽게 멱살이 틀어 잡혔다. 숨이 막혔다. 남자의 손아귀에서 벗어나려고 발버둥 쳤지만 놈은 꿈쩍도 하지 않았다. 철수는 그런 그녀를 향해 살기 어린 목소리로 속사포처럼 내뱉었다.

"우리는 언제나 답을 찾았습니다. RTBD의 개발도 히카톤의 조종도, 불가능할 것이라 여겼지만 결국 해냈지요."

"……이, 이거 놔요! 으윽!"

"지금 당장 당신을 죽여 버리고 싶지만…… 검은 파편의 파멸 이후 인류의 반역자인 당신이 모두가 보는 앞에서 사형당하는 꼴을 볼 때까지 조금만 더 참겠습니다. 당신 때문에 붉은 개들에게 갈가리 찢겨 죽은 우리 족장님과 동료들!"

핏발 선 눈으로 남자가 한자 한자 짓씹듯 내뱉었다.

"그 목숨값 모두 톡톡히 받아 낼 겁니다!"

그는 더러운 걸 만진 것처럼 잡고 있던 멱살을 거칠게 내팽개쳤다. 힘없이 땅바닥에 나동그라진 이예주는 숨넘어갈 듯 기침을 토해 냈다.

목을 추스르기도 전에 다리족 인간들은 엄청난 속도로 신전에서 멀어졌다. 정신을 차린 그녀가 간신히 비척비척 자리에서 일어났을 때는 사람 그림자 하나 보이지 않았다.

"개새끼."

시큰하게 아파 오는 목을 부여잡고 이예주는 욕을 했다. 내가 왜 저 자식한테 이런 폭언을 들어야 하는 거지?

목도 아프고, 억울하고, 무섭고, 두려웠다. 갑작스레 눈두덩이 후끈해졌다. 순식간에 울음이 목젖까지 차올랐다.

"람……."

하지만 이예주는 람을 부르며 마음 놓고 울 수도 없었다. 생각을 해야 했다. 철수의 말에 담긴 위화감과 '무기 보급'의 의미를.

아무리 생각해도 쉽게 유추할 수 없었다. 놈들이 왜 눈족까지 와서 그 검은 칼을 한 아름씩 들고 가는 건지.

쟈니아는 그것이 눈족의 성물이라고 했다. 무기든, 성물이든. 그게 뭐든 어차피 그것으로 람을 어떻게 할 수 없었다. 그것을 눈족도 알고 있었다. 분명 실패물이라고 하면서 칼을 까마득한 구덩이 속으로 집어 던졌으니까…….

"그런데 원래 성물이라는 것이 그렇게 많은 건가?"

그리고 다리족 놈들은 왜 무기 보급이랍시고 그것을 한가득 가지고 간 거지? 검은 파편에겐 소용없지만 신인류와의 싸움에서는 유리한 것인가? 그런데…….

"……무슨 답을 찾았다는 건데?"

그 답이 검은 파편의 파멸과는 무슨 관계가 있단 말인가.

그녀는 다리족 놈들이 떠나간 자리에 혼자 남아 하염없이 생각하고 또 생각했다. 몸이 얼어붙어 감각조차 느껴지지 않을 때까지 계속, 계속.

하지만 턱 밑에서 들끓는 불안감을 해소할 수 있는 방안은 끝내 찾을 수 없었다.

"누나, 아는 사람이었어?"

한참의 시간이 지난 후 와들와들 떨며 뒷마당으로 돌아온 이예주를 베니가 맞이했다. 심각한 얼굴로 산산조각 난 쇳조각들을 내려다보느라 그녀는 그의 물음에 답하지 못했다.

"이게 뭘까……."

유리도 아니고, 뭔데 이렇게 쇠가 쉽게 부서져 버리는 거지. 쇳조각의 단면이 날카로워서 차마 건드리지는 못하고 샅샅이 관찰만 했다. 그런 그녀의 옆으로 베니가 주춤주춤 다가서며 말했다.

"실패한 무기일 거야."

"실패한 무기?"

의외로 베니에게서 쉽게 답이 튀어나왔다.

"응. 아버지가 가끔 중얼거리시는 것을 들었어. 사람들은 계속 죽어 나가는데 자꾸 실패만 해서 큰일이라고."

"대장장이들이 그럼 이런 걸 만드는 거야?"

"무기라고 정확히 들은 적은 없어. 근데 이걸 보면 그렇지 않을까?"

"왜 눈족에서 무기를……."

다리족도 아니고? 이예주는 머릿속에 있는 눈족에 관한 온갖 정보를 긁어모아 봤지만 소용없었다. 무기를 만드는 건 차치하고서라도, 람을 상대하려면 이런 무른 쇠로는 아무것도 못할 것 같은데. 대체 무슨 용도로 쓰이는 걸까.

"누나, 그만 들어가자. 이러다가 열병에 걸리겠어."

다시 본 날붙이의 모습에 괜히 가슴이 수런거렸다. 꼬리에 꼬리를 물고 생각이 이어지자 베니가 이예주를 잡아끌었다. 막대기라고 해도 믿을 만큼 손가락이 꽝꽝 얼어붙어 있었다.

그녀는 고개를 끄덕이며 순순히 온실 문을 향해 걸어갔다. 온풍이 부는 따뜻한 내부에는 어느덧 리즈와 감시꾼 토마스가 돌아와 있었다.

브레든을 찾는 것은 아무런 진전이 없었고, 눈족들은 여전히 쥐죽은 듯 조용했다. 아무 일도 일어나지 않았음에도 폭풍 전야 같은 기묘한 느낌에 이예주는 며칠간 잠에 잘 들지 못했다.

뒤척이다 간신히 수면에 성공해도 꿈자리가 사나웠다. 악몽인지, 그냥 개꿈인지는 알 수 없었다. 가위라도 눌린 사람처럼 내내 허우적거리다 깨면, 놀란 것이 무색하게 꿈 내용이 하나도 기억나지 않았다.

오늘도 느지막이 잠에 들어 까마득한 수렁 속을 하염없이 헤매고 다니던 이예주는 이른 새벽, 방문을 두드리는 소리에 악몽에서 퍼뜩 눈을 떴다.

똑, 똑, 똑. 깊은 잠에 빠졌더라면 듣지 못할 만큼 작은 노크였다.

"……누구세요?"

이예주는 무거운 몸을 이끌고 방문으로 다가갔다. 아직 해가 뜨지 않아 방 안은 어두컴컴했다. 평소라면 경계해 마땅했지만 잠을 못 자 몽롱한 머리는 제대로 된 판단을 하지 못했다. 그녀는 의심 없이 벌컥 문을 열었다.

"누나."

초조함을 한껏 담은 채 하얗게 들뜬 베니가 문 앞에 서 있었다. 이예주는 눈을 동그랗게 떴다.

"무슨 일이야? 이렇게 아침 일찍부터…… 토마스는 어쩌고?"

베니 남매를 감시하는 토마스 때문에 그들의 만남은 암묵적으로 이예주가 먼저 찾아가는 것으로 정해져 있었다.

그녀의 물음에 베니가 얕게 헐떡이다 말했다.

"토마스가 사라졌어."

"뭐?"

반쯤 감겨 있던 이예주의 눈이 번쩍 떠졌다.

"그게 무슨 소리야? 아니, 일단 안으로 들어와."

몽롱했던 정신이 한순간에 맑아졌다. 그녀는 어두운 복도에서 서둘러 베니를 방 안으로 이끌었다. 곧 눈족이 돌아다니며 신전의 불을 밝힐 시간이었기 때문이다.

"어젯밤에도 족장님의 방으로 보고하러 가는 것 같았는데, 그 이후로 돌아오지 않았어."

그녀에게 잡힌 베니의 손이 얼음장처럼 차가웠다. 밤새 돌아오지 않는 토마스를 기다린 것 같았다.

"족장이 자기 방에서 재운 거 아니야?"

"한 번도 이런 적 없었는데……."

베니는 혼란스러운 얼굴로 덧붙였다.

"게다가 어제 낮에 토마스가 리즈한테 곧 제사를 지내는데, 제물이 필요하다는 둥 이상한 소리를 하더래."

"제물?"

그냥 들어도 수상하기 그지없는 말이었다. 그렇지만 그간 토마스란 애랑 딱히 이야기를 많이 나누었던 것도 아니었다. 베니 남매도 지금 어떻게 정을 떼야 하나 골치가 아픈데. 게다가 아직 브레든의 털끝 하나 보지 못했다.

솔직하게 말하자면 이예주는 관심 끄고 싶은 생각이 컸다. 그러나 베니는 그렇게 생각하지 않는 듯했다.

"누나, 그래서 말인데. 나 저번처럼 다시 족장님의 방에 갔다 올 테니까 리즈 좀 봐 주면 안 돼?"

"왜?"

"……응?"

"중요한 애 아니잖아."

이예주는 잠을 제대로 못 자 벌겋게 충혈된 눈을 비비며 피곤하다는 듯 중얼거렸다.

"족장한테 리즈 이야기 팔아먹고 남게 된 앤데…… 게다가 계속 너희 감시했잖아."

매번 리즈도 괴롭히고. 나쁜 애잖아. 이런 생각을 하는 자신이 못된 것을 알았지만…….

베니는 이예주의 말에 충격을 받은 듯 눈을 크게 뜨고 아무 말도 하지 못했다.

"그치만…… 토마스는 족장님께 우리를 고자질하지 않았어, 누나."

"……뭐?"

"족장님께 리즈 얘기를 한 건 맞지만. 그래도 그 이후로는 곧이곧대로 고자질한 적 없어. 고자질을 했다면 우리가 브레든을 찾느라 신전을 뒤지고 다니는 것을 족장님이 벌써 아셨을 거야."

듣고 보니 베니의 말이 맞았다. 토마스가 일찍이 고자질했다면 족장이든 쟈니아든 가만히 보고만 있지는 않았을 것이다. 물론 그래도 못 찾을 것을 확신해서 내버려 두는 것일 수도 있지만…….

하지만 며칠 전 여신상 앞에서 우연히 마주친 눈족 족장은 이예주가 신전을 들쑤시고 다니는 것을 알고 있는 기색이 전혀 아니었다.

"토마스는…… 어릴 때부터 알고 지낸 애야. 장난이 심하긴 해도 심성이 못된 건 아니야. 매번 나 대신 리즈를 챙겨 주기도 했고……."

"……."

"그리고 그렇게라도 같이 살아남았다는 게 얼마나 중요한 건데, 누나."

베니가 이예주의 눈을 똑바로 바라보며 말했다. 남을 팔아먹어서라도 살아남았다는 것이 가장 중요한 것이라고.

그러고 보면 베니는 이예주에게 도움을 요청했을 뿐, 딱히 토마스를 멀리하거나 경시하지 않았다. 오히려 저 대신 리즈를 보살피도록 붙여 두었지.

이예주는 결국 깊은 한숨을 내쉬었다.

"하…… 내려가. 내가 확인하고 올게."

"어? 누, 누나가? 아니야, 내가 할 수……."

"곧 밥 먹어야 하잖아."

애석하게도 베니 남매의 감시인은 토마스뿐만이 아니었다. 신전 내에서 마주치는 모든 눈족들이 이예주와 그들을 예의 주시했다. 그나마 다행인 점은 식사 때나 신전 관리를 하는 때로 마주치는 시간이 한정되어 있다는 것이었다.

"밥 먹고 리즈 잘 챙기고 있어. 어쩌면 곧 여기서 나가야 할지도 몰라."

이예주는 망설이는 베니에게 굳은 얼굴로 신신당부했다. 기분 나쁜 예감이 들었다. 남매를 감시할 쓰임새로 남겨 둔 아이를 폐기한다면 그 이유가 뭐겠는가.

"아, 알았어."

탈출을 암시하는 그녀의 말에 베니가 덩달아 얼굴을 굳히며 고개를 끄덕였다.

"조심해서 다녀와, 누나."

걱정이 한가득 담긴 인사와 함께 베니가 방을 나갔다. 방문을 꼭 닫은 후 이예주는 서둘러 옷장으로 다가섰다.

저번 굴뚝 탐방에서 잔뜩 더러워져 방 밖을 나갈 때를 제외하곤 항상 처박아 두는 제 까만 로브와 여분의 베개를 들추자 그 밑에 숨겨 둔 담요가 드러났다.

“하, 이걸 다시 둘러매리라곤 생각도 안 했는데.”

이예주는 서둘러 때 탄 담요를 둘러매 턱 밑에 묶었다. 옷이 더러워지는 것을 방지하고 조금이라도 추위를 방어하기 위해서였다. 더러운 담요를 쓴 제 모습은 비렁뱅이가 따로 없었다.

밤새 불을 피워 둔 탓에 벽난로 안은 아직 후끈했다. 시커먼 재 사이로 꺼지지 않은 불씨가 여전히 굴뚝 위로 매캐한 연기를 피워 내고 있었다.

많이 뜨거운지 확인하기 위해 굴뚝 안쪽에 손을 집어넣어 더듬던 이예주는 곧 재투성이가 될 제 신세를 떠올리며 상스러운 욕설을 지껄였다.

“이게 무슨 팔자에도 없는 짓거리야, 제기랄.”

잘 알지도 못하는 애가 있나 확인하려고 이런 개고생을 사서 하는 자신이 욕 나올 만큼 한심했다. 하지만 어른인 저보다 훨씬 어린 나이에도 깊은 마음씨를 가진 베니의 두 눈동자를 마주하자니 모른 척하자고 마음먹었던 자신이 그렇게 부끄럽게 느껴질 수 없었다.

어차피 구해 주는 것도 아니고, 그냥 족장의 방에 있는지 없는지 확인하는 것뿐이니까…….

“난 분명 오지랖 때문에 뒤질 거야…….”

아궁이에서 가까운 곳을 제외하면 그럭저럭 손을 짚을 수 있을 만큼의 온도란 것을 확인한 이예주는, 아직 불씨가 남아 있는 장작을 피해 최대한 가장자리를 밟으며 벽난로 안에 몸을 쑤셔 넣었다.

벌써 해가 뜨려는 듯 커튼이 쳐진 테라스 창밖으로 빛이 새어 들어왔다. 서둘러 다녀와야겠다고 다짐하며 그녀는 튀어나온 벽돌 틈에 첫발을 올렸다.

"헉, 허억……."

한번 해 보았다고, 굴뚝을 오르는 속도가 일전에 비해 훨씬 빨랐다. 하지만 먼저 시범을 보이며 잡을 곳을 알려 주던 베니가 없어서일까. 엄한 곳을 잡느라 몸에 훨씬 많은 힘이 들어갔다.

갖은 용을 쓰던 이예주는 마침내 천장 위에 올랐다. 뚫려 있는 지붕 틈새로 서늘한 바람이 숭숭 들어와 식은땀이 맺힌 이마를 차갑게 식혀 주었다.

고지에 올랐다는 생각이 들자 잔뜩 힘이 들어갔던 다리가 풀썩 풀렸다. 당장이라도 나자빠져 쉬고 싶었지만 그녀는 이를 악물고 걸음을 옮겼다. 고지는커녕 족장의 방이 있는 정 반대편에 다다르려면 아직 한참이나 남았기 때문이다.

지붕을 떠받치는 구조물들을 피해 그녀는 빠르게 천장을 가로질렀다. 부식된 시멘트 위에 얼기설기 덧댄 조악한 나무판자들을 피해 걷는 것은 꽤나 번거로운 일이었다. 게다가 그녀가 밟고 있는 천장 바로 아래는 1층까지 뻥 뚫려 있는 허공이었다.

"서, 설마 부서지지는 않겠지?"

바닥에 나 있는 실금들과 굴러다니는 석고 조각들을 보자니 괜한 걱정이 치밀어 올랐다. 이예주는 불안을 애써 밀어내며 마침내 드넓은 천장을 모두 가로질렀다.

족장의 방과 연결된 굴뚝 입구에 다가선 그녀는 제 방 굴뚝을 오를 때와는 비교도 되지 않을 만큼 조심스럽게 행동했다.

족장이 방에 있는지 없는지 확인조차 하지 않고 온 상태였다. 이

대로 내려갔다가 그 늙은이가 시퍼렇게 눈뜨고 있으면 어떻게 될지, 상상만 해도 눈앞이 깜깜해졌다.

"하……."

경황이 없어 미처 생각지 못한 문제에 부딪힌 이예주는 이마를 부여잡으며 한숨을 내쉬었다. 좀 더 신중하게 생각하고 움직였어야 했는데. 기껏 굴뚝을 기어오른 것이 수포로 돌아갈지 모른다는 생각에 부아가 치밀어 올랐다.

"어떡하지."

오르는 것보다야 내려가는 것이 훨씬 빠르겠지만, 아무 소리 없이 쥐새끼처럼 내려갈 자신은 없었다. 족장이 방에 있을 확률은 반반이겠지만 해가 막 뜬 이른 아침이니 방에 있는 쪽에 더 가까울 것이다.

"하……."

다시 한번 깊은 한숨을 내쉬며 울적한 얼굴로 굴뚝 안을 가만히 내려다보고만 있을 때였다.

"그…… 했……."

시커먼 구멍 속에서 작은 소음이 올라왔다.

"어……."

이예주는 어벙한 표정을 짓다가 부리나케 고개를 숙였다. 하지만 벽난로에서 떨어진 곳에서 이야기를 나누는 건지 소리가 선명하지 않고 드문드문 끊겨서 들렸다.

그녀는 굴뚝의 입구를 잡고 아예 고꾸라질 듯 그 안에 상체를 쑤셔 넣었다.

"……족들이 생각보다 주의를 잘 이끌고 있다더군."

거리가 가까워지자 확실히 소리가 뚜렷해졌다. 족장의 목소리였다. 운 좋게도 때마침 족장이 벽난로 쪽으로 다가온 듯했다.

떨어지지 않도록 상체를 지탱하느라 어깨가 금방 뻐근해졌다. 그러나 이예주는 혹시라도 제 기척이 들릴까 싶어 고통을 참고 숨을 죽였다.

“새로운 무기 때문에 동요하고 있는 모양이야.”

“실패물이지만 요긴하게 쓰이는 모양이군요. 하지만 동쪽 대륙이 거의 복구되었습니다. 그가 곧 돌아올 거예요.”

또 다른 인물이 족장과 대화를 나누고 있었다. 날이 선 늙은이와는 달리 나른함과 여유가 감도는 목소리였다. 그녀가 누구인지 바로 유추할 수 있었다. 족장의 딸, 쟈니아였다.

그리고 그다음부터 그들의 입을 통해 나온 언어는 놀랍게도 영어였다.

「재료는 어떻게 되었지요?」

「지하에 재워 두었지. 어느 순간부터 거짓말을 하는 것 같더군.」

족장이 혀를 차며 뭐라 더 지껄였다. 뭉개지는 발음이라 알아들을 수 없었다. 원어민이라고 해도 믿을 만큼 빠른 발음이었다. 아니, 눈족은 대부분 서양인이니 어쩌면 원어민이 맞다고 할 수도 있겠지만.

학창 시절부터 영어라면 지긋지긋하게 배워 왔기에 기본적인 회화는 가능했지만, 워낙에 억양이 세고 말이 빨라 이예주가 알아들은 단어는 몇 개 되지 않았다.

‘재료? 지하에 재워 두었다고?’

도통 이해할 수 없는 말이었다. 그렇지만 그녀는 일단 머릿속에 새겼다. 신전 외의 지하 공간이 따로 있는 것이 틀림없었다.

「……3장로와 7장로의 반발이 큰 편이에요.」

뭉개져서 들리던 두 사람의 대화 소리가 어느 순간 다시 선명해졌다. 이번에는 쟈니아가 벽난로 근처에 선 듯 그녀의 목소리가 더 크게 들렸다.

그냥 서서 대화할 것이지, 왜 자리를 옮겨 다니는 거람. 안 그래도 영어라 알아듣기 힘든 마당에 소리마저 작아지자, 이예주는 속으로 끊임없이 불만을 중얼거렸다. 그러나 곧 한참이나 더 작아진 족장의 목소리가 들려 어쩔 수 없이 청각을 곤두세웠다.

「나도 듣고 있었지. 욕심 많은 것들. 희생 없이는 영생도 없는 법이야. 누구 덕에 그 버러지 같은 목숨들을 여태껏 유지해 왔는데. 죽으라는 것도 아니고…….」

「확실히 시간도, 실험도 많이 부족한 상태지요. 답을 찾기까지 너무 많은 목숨들이 희생되어 왔어요.」

「이제 장로들이 몇 명 남았지?」

「여섯.」

잠시간의 틈을 두고 쟈니아가 물었다.

「인질은 잘 지내나요?」

「잠잠한 것 같더군. 재료에게 들은 것뿐 아니라, 틈틈이 사제들을 통해 확인하고 있네. 검은 파편 없이 제깟 게 뭘 하겠어.」

「그래도 잘 감시하는 편이 좋아요. 다리족에서도 어디로 튈지 모르는 여자였으니.」

그들의 입에서 연달아 나오는 'Hostage'란 단어에 이예주는 흠칫 몸을 굳혔다. 제 이야기였다.

족장은 역시나 그녀가 브레든을 찾느라 신전을 들쑤시고 다니는 것을 잘 모르는 듯했다. 토마스가 모든 것을 고자질하지 않았다는 베니의 말은 사실이었다.

나름 좋은 마음을 먹고 그 애가 있는지 확인하러 온 것이지만, 이예주는 왠지 모르게 가슴이 답답해졌다.

"당신 대신 며칠 내내 눈을 뜨고 있어서 몹시 피로해요. 그만 잠을 자야겠어요."

때마침 들려오는 익숙한 언어에 그녀는 애써 상념을 떨치고 집중했다.

다시 한국어를 구사한 것은 쟈니아였는데, 의식적으로 그런다기보다는 무의식적으로 언어를 섞어 쓰는 것 같았다. 그 방증으로 그녀의 목소리가 나른하게 가라앉아 있었다.

족장이 피곤함을 호소하는 여자를 격려했다.

"고생했군."

"오늘의 재료는 3장로와 7장로에게 주도록 해요."

"7장로가 좋아하겠어. 어린것의 눈알이라면 사족을 못 쓰는 놈이니 말이야."

이제는 굳은 머리를 억지로 굴려 외국어를 해석하지 않아도 되었지만, 그들은 도통 이해할 수 없는 말들만 내뱉었다.

하, 망할 놈들. 재료가 뭔데. 장로가 뭐 어쨌다는 거야.

"밤까지는 당신도 휴식을 취하는 게 좋겠어요. 괴사가 진행됐어요."

"그래…… 먹이가 왔으니 당분간은 안심이야."

"곧 해방될 거예요. 그만 쉬어요."

쟈니아를 마지막으로 그들의 대화는 끝이 났다. 더 이상 소리가 들리지 않았지만, 이예주는 여전히 상체를 굴뚝 속에 쑤셔 박은 불편한 자세를 유지했다.

조금 위화감이 들었다. 분명 잠에 들어야 한다고, 쉬라며 족장에게 인사의 말을 한 쟈니아가 방을 나가는 소리가 들리지 않았다.

'족장의 방에 계속 볼일이 있는 것인가?'

하지만 '쉬어요.'를 끝으로 족장의 방은 소름 끼칠 만큼 고요해졌다. 물론 굴뚝의 길이가 있으니 소리가 잘 안 들릴 수 있겠지만…….

'그래도 이토록 인기척이 없을 수 있나?'

잠시 갸웃거리며 귀를 기울이던 이예주는 굴뚝 입구를 잡고 버티던 팔이 더는 참을 수 없을 만큼 아려 오자 조심스럽게 상체를 들어 올렸다.

직접 눈으로 확인한 것은 아니지만 느낌상 족장의 방에 토마스는 없는 것 같았다. 게다가 '지하'라는 새로운 공간과 그 외의 제가 미처 해석하지 못한 몇몇 단어들을 되새기느라 그녀의 머리는 과부하가 걸리기 직전이었다.

일단 얼른 베니에게 가서 이 소식을 전하는 것이 좋겠다. 왔던 길을 되돌아가는 이예주의 발이 어느 때보다 분주했다.

"누나!"

초조한 얼굴로 온실 입구를 배회하던 베니가 막 문을 열고 들어서는 이예주를 보고 한달음에 달려왔다. 잿가루를 씻어 낸 후 아직 덜 마른 머리끝을 부여잡으며 그녀는 대뜸 물었다.

"혹시 쟈니아 봤어?"

"대사제님? 아니."

베니의 답으로 쟈니아가 아직 족장의 방에서 내려오지 않은 것을 확인할 수 있었다.

마지막에 족장의 방에서 느꼈던 기묘한 적막을 떠올리던 이예주는 안도의 한숨을 내쉬었다. 혹시 천장 위에서 엿듣던 것을 놈들이 눈치챘을까 싶어 가슴이 조마조마했다.

온실 문을 닫은 베니가 서둘러 안쪽으로 그녀를 이끌었다. 토마스의 소식을 한시바삐 듣고 싶은 듯했다.

"언니!"

매번 토마스와 함께 가지고 논 작은 다기들을 홀로 만지작거리던 리즈가 이예주를 환히 반겼다. 마주 인사해 주며 그녀는 제법 익숙하게 그 앞에 앉았다. 베니가 따라 앉으며 다급히 물었다.

"확인해 봤어, 누나?"

이예주는 어두운 얼굴로 고개를 저었다.

"족장이랑 쟈니아가 있어서 직접 확인은 못했어."

"토마스 오빠는, 죽었어?"

이예주와 제 오빠가 대화할 때는 웬만해선 끼어들지 않던 리즈가 불쑥 울먹이는 소리를 내었다.

"아니면, 아니면 이제 쓸모가 없어져서 장벽 밖으로 쫓겨난 거야?"

"아니야. 안 죽었어. 족장이 잠깐 심부름 보냈대."

이예주는 훌쩍훌쩍 울기 시작하는 리즈를 얼른 달랬다. 과연 베니의 말처럼 매일같이 싸우면서도 리즈는 토마스와 정이 많이 든 것 같았다. 하긴, 다 쫓겨나고 남은 세 명인데 정이 들지 않을 리가.

리즈는 가지고 놀던 찻잔을 내버리고 아기처럼 꼼지락거리며 이예주의 품을 파고들었다. 잠시 당황했지만, 이예주는 기꺼이 아이를 안아 주었다. 토마스가 없어 불안해하는 리즈의 등을 다독이며 그녀는 다시 베니에게 물었다.

"근데 여기 혹시 지하로 가는 길이 있어?"

"지하? 아니. 신전은 지상에 지어졌어."

그 말에 이예주는 미간을 찌푸렸다. 베니의 말은 틀림없었다. 계단은 위로 올라가는 것뿐이었고, 브레든을 찾는답시고 신전을 며칠간 구석구석 뒤졌지만 지하로 진입할 수 있는 곳은 없었다.

"왜 그래, 누나?"

"지하가 있는 것 같아. 어쩌면 그곳에 토마스가 있을지도 몰라."

"하지만 지하 같은 건……."

심각한 얼굴로 고민하던 베니가 문득 멈칫했다.

"짐작 가는 곳 있어?"

"지하는 없지만, 지하 깊숙하게 구덩이가 파진 곳은 있어."

"어디?"

"잊힌 신전이라고, 누나도 저번에 순록 따라갔던 곳……."

"아."

다 무너져서 터만 남은 곳. 까맣게 잊고 있었던 장소가 떠올렸다. 그곳에는 1000년 전 인간들이 검은 파편의 실존을 확인하기 위해 내핵까지 파헤친 구덩이가 있었다. 모든 일의 근원지. 멸망의 시작.

"땅이 파져 있는 곳은 거기뿐이니까, 그쪽이랑 관련되어 있지 않을까?"

베니가 조심스럽게 운을 뗐다. 하지만 그곳은 지하의 어딘가와 이어져 있다기보단, 추락하면 뼈도 못 추리고 죽을 만큼 까마득한 절벽이었다.

그 근처에 구덩이 말고 또 뭐가 있었지? 심각한 얼굴로 오래된 기억을 되살리던 중 불쑥 며칠 전의 기억이 그녀의 뇌리를 스쳐 지나갔다.

그러고 보니 철수와 다리족 인간이 눈족이 만든 검은 칼을 한가득 들고 무너진 신전과 이어진 숲길에서 걸어 나왔다.

며칠간 들쑤신 결과, 신전 안에는 무기를 만드는 험한 일을 할 만한 공간이 존재하지 않았다. 그녀는 확신했다. 대장간이든 지하든, 그쪽에 뭔가가 있다고.

"너희 아버지는 대장장이 일을 하실 때 신전 어디에서 일하셨어?"

"그런 건 알려 주지 않으셨어."

베니가 시무룩하게 답했다. 실마리를 찾은 것 같아 희망에 부풀어 있던 이예주의 얼굴도 덩달아 울적해졌다.

온실 안에 침묵이 감돌았다. 하나를 찾으면 하나의 문제가, 또 하나를 찾으면 다시 또 다른 문제가 튀어나와 해답을 방해하는 것 같았다. 결국은 람이 자신을 찾아오기를 손 놓고 기다리는 것뿐인가.

하지만 이예주는 그의 말을 똑똑히 기억했다. 눈족 중에 살아 있는 인간들은 거의 없다고. 무슨 말인지 이해하기 힘들었지만 그로 인해 람이 눈족을 몰살시킬 수 없는 것만은 분명했다.

대체 어떻게 해야 한단 말인가. 그때 베니가 불쑥 말했다.

"신전 뒤의 숲은 원래 다들 얼씬도 하지 않는 곳으로 유명해. 그리고 항상 철문으로 잠겨 있어. 제사가 가까워질 때마다 숲에서 이상한 소리가 들린다는 소문이 돌아서 가는 길을 철문으로 폐쇄했다고 그랬거든, 아버지가."

"귀신이 나온댔어!"

이예주의 품에서 쏙 고개를 뺀 리즈가 두 손을 '어흥!' 하고 치켜들었다. 그녀는 귀여운 리즈의 머리를 쓰다듬어 주며 피식 웃었다.

"귀신?"

"응. 그래서 신전에 온 아이들은 그쪽으로 얼씬도 하지 않았어. 그쪽으로 가는 길목에 있는 이 온실에 있는 것조차 무서워하는 애들도 있었는걸. 정말로 밤마다 숲에서 이상한 소리가 난다고. 그런데 누나는……."

베니는 이예주가 처음 신전에 왔을 때를 떠올렸다.

간밤에 숲에서 이상한 소리가 들려왔다. 베니와 리즈 또한 똑똑히 들었다. 거센 바람결에 실려 왔던 소리를. 그것은 종소리 같기도 하고, 유리를 망치로 깨부수는 소리 같기도 했다.

그리고 아침에 일어났을 때 내내 잠겨 있던 철문이 열려 있었다. 곧 쫓겨날 생각에 암울한 분위기를 유지하던 아이들은 열린 철문을 보고 단숨에 겁에 질렸다. 식사 시간에 밥을 주던 사제를 붙잡고 몇몇 아이들이 온실에 있기 무섭다고 호소했지만 그들의 처지가 달라지는 것은 없었다.

신전으로 끌려온 후 누구 하나 먼저 말을 꺼낸 적 없던 아이들은 모처럼 뭉쳐 앉아 어색하게나마 놀이를 했다. 최대한 그쪽을 바라보지 않고 다른 일에 집중하기 위해서였다.

그런데 뜬금없이 나타난 낯선 여자가 말릴 새도 없이 숲속으로 들어가는 것을 보고 얼마나 황당했던가. 여자가 떠난 후 아이들은 너도나도 그녀가 되돌아오지 않을 것이라 말하며 오들오들 떨었다.

느지막이 이예주가 되돌아왔을 때, 베니는 그 누구보다 안심했다. 잊힌 신전에 가서도 그녀는 죽지 않고 돌아왔고, 귀신을 본 사람 같지도 않았기 때문이다.

"하지만 아버지가 알려 줬던 탈출로가…… 그쪽에 있어."

베니는 결국 마지막까지 숨겨 왔던 남매의 보루를 그녀에게 털어놓았다.

아버지는 일찌감치 과거를 보는 능력이 발현한 리즈를 항상 걱정했다. 언제나 베니에게 리즈의 능력을 숨겨야 한다고 당부했고, 혹시라도 자신이 잘못되어 남매가 신전으로 끌려오면 신전 뒤의 숲을 통해 탈출하라고 일찍이 언질해 두었다.

베니는 아버지를 이해하지 못했다. 능력이 있으면, 그것도 뛰어난 능력이면 좋은 것이 아닌가? 잘하면 리즈는 커서 장로가 되어 굶을 걱정 없이 떵떵거리며 살 수 있을지도 모른다고 생각했다.

하지만 아버지가 우려했던 상황에 직면하고 나서야 조금쯤 이해할 수 있었다. 능력이 있는 남매가 신전에 남게 된 이유. 그리고 제사 때나 일을 하러 신전에 갔던 아버지가 잠겨 있는 뒤의 숲을 어떻게 드나든 건지.

"어쩌면 잊힌 신전에 대장간이 있을지도 몰라."

"다시 확인해 봐야겠네."

이예주는 리즈를 들어 조심스럽게 풀밭 위에 내려놓은 후 자리에서 일어났다. 베니의 말을 들으니 새삼 잊고 있었던 무너진 건물 터의 모습이 떠올랐다. 으스스한 구석, 그녀가 미처 확인하지 못한 건물이 하나 남아 있었다.

"같이 가."

베니가 그녀를 따라 벌떡 일어났다. 이예주는 그의 어깨에 손을 얹고 살짝 눌렀다.

"리즈랑 여기 있어."

"어차피 한 번쯤은 가 봐야 돼, 누나. 나도 아버지에게 말로만 들었던 거라……."

베니는 완강했다. 멀쩡히 돌아온 이예주를 봤음에도 불구하고 실은 그동안 겁이 나서 차마 탈출로를 확인하지 못한 것도 있었다. 그러나 그녀와 함께라면 들어갈 만할 것 같았다.

그의 설득이 먹힌 건지 이예주는 리즈를 돌아보며 말했다.

"방에 들어가서 놀고 있어, 리즈."

"빨리 와야 돼. 토마스도 없어서 리즈 무서워, 언니."

아침에 제 오빠가 예쁘게 땋아 준 양 갈래 머리를 쓰다듬어 주며 이예주는 고개를 주억거렸다. 리즈가 방으로 돌아가기 위해 총총총 온실 입구 쪽으로 뛰어갔다. 남은 베니와 이예주는 출구 쪽으로 걸음을 옮겼다.

온실을 나오자 눈가루가 섞인 칼바람이 얼굴을 덮쳤다. 묵묵히 로브 앞섶을 추스르며 그들은 철문으로 향했다. 열려 있던 첫날과는 달리, 철문은 커다란 자물쇠로 잠겨 있었다.

"어떡하지, 누나? 의자라도 가져올까?"

살벌하게 날이 선 쇠창살 울타리 끝을 흘끗 올려다보며 이예주는 고개를 저었다. 의자를 가져오면 넘을 수 있을지도 몰랐으나, 자칫 발이라도 미끄러진다면 꼬챙이에 꿰인 고기 신세를 면할 수 없었다.

커다랗고 투박한 모양새의 자물쇠를 유심히 살펴보던 그녀는 로브 안주머니 손을 집어넣었다. 낡은 가죽 조각과 차가운 쇳조각이 손끝에 닿았다.

그녀는 아무렇게나 엉겨 있는 끈들을 피해 쇳조각을 주머니 안에서 끄집어냈다. 비행선에서 환풍구를 땄을 때 이후로 오래간만에 보는 만능열쇠였다.

"웬 열쇠?"

시커먼 열쇠를 보며 베니가 물었다. 이예주는 말로 궁금증을 풀어 주는 대신 행동으로 보여 주었다.

철컥, 헤드보다 훨씬 헐렁한 열쇠 구멍에 열쇠를 끼워 넣자마자 거짓말처럼 자물쇠가 풀렸다. 베니의 눈이 휘둥그레졌다.

"우와. 그거 뭐야, 누나?"

"내 보루. 이거 아무한테나 안 보여 주는 거야."

"최고다."

잠금이 풀린 자물쇠를 고리에서 빼내며 이예주는 너스레를 떨었다. 베니가 아이답게 환호하며 엄지를 치켜들었다. 그녀는 저보다 한참 어린 아이 앞에서 뽐내듯 열쇠고리를 잡고 짤깍짤깍 열쇠를 흔들어 보였다.

끼익— 철문이 열리자 짧은 쇼는 끝이 났다.

"가자."

그들은 비장한 표정으로 귀신 나오는 숲길에 첫발을 내디뎠다.

그 시각 눈족 신전 앞, 남자가 신전 앞마당에 올라섰다.

족장이 그토록 기다리던 이가 당도했음에도 신전은 인기척 하나 느껴지지 않았다. 싸늘한 칼바람이 그와 신전 사이를 한바탕 휩쓸고 지나갔다.

"손님을 맞이하는 태도가 형편없군."

피처럼 붉은 눈동자로 텅 빈 신전을 훑으며 람이 중얼거렸다. 그는 눈을 감았다. 이곳에서 생생히 느껴지는 생명의 기척은 몇 안 되었다.

그의 작은 연인과 몇몇 어린 인간들뿐. 이예주가 신전에 있지 않음을 확인한 그는 눈을 뜨고 진득하게 웃었다. 모처럼 다행이었다. 지금이라면 걱정하지 않고 감히 그의 것을 훔쳐 간 것들을 벌줄 수 있기 때문이다.

일순 그의 검붉은 눈동자가 번뜩였다. 그리고 그 순간, 쿠릉, 쿠우우웅— 땅이 진동하기 시작했다.

오래된 신전은 약한 진동에도 돌조각들을 후두둑 떨어뜨렸다. 쿵, 꽤 큼지막한 벽돌이 떨어져 나와 신전 바닥을 부셨다.

그럼에도 기어 나오는 인간들이 없자 람의 눈이 더욱 차갑게 침잠했다. 그에 따라 진동의 강도 또한 더욱 거세졌다. 숫제 거대한 신전 건물이 양옆으로 힘없이 흔들흔들 거리기까지 이르렀다.

쩌적— 벽과 기둥에 쉽게 금이 갔다. 이미 한참 전에 금이 간 낙후된 기둥 몇 개가 기어이 버티지 못하고 굉음을 내며 쓰러졌다.

신전의 입구 기둥 또한 마찬가지였다. 공교롭게도 이예주가 장난처럼 내뱉었던 4개의 기둥이 와르르 넘어졌다.

기둥 여러 개가 한 번에 쓰러지자 입구가 휑해졌다. 신전 내부가 훤히 보였다. 부서진 건물의 잔해들로 인해 홀 안은 짧은 사이 엉망진창이 되었다. 그 지경에 이르러서야 신전 안에 있던 눈족 인간들이 허겁지겁 밖으로 뛰쳐나왔다.

람은 눈족 족장이 인간 무리를 헤치고 나와 선두에 섰을 무렵, 가까스로 몸체를 뒤척이는 것을 멈췄다.

"거, 검은 파편님."

깊은 잠에 빠져 있다 깨어난 듯 족장의 눈이 주름 사이에서도 한눈에 보일 만큼 벌겋게 충혈되어 있었다.

"기다리고 있었습니다."

놈이 고개를 조아렸다. 그 꼴을 보며 람은 차게 조소했다.

"쥐새끼처럼 숲으로 기어들어 와서 잘도 내 걸 훔쳐 갔던데."

"동쪽 대륙이 붕괴된 후 여러 번 대사제를 보내 대면 요청을 했지만 아무런 응답을 해 주시지 않아 어쩔 수 없었습니다. 조금 과격한 방법이었지만 검은 파편님과 대화를 나누기 위해서 임시적으로 모셔 올 수밖에 없었지요."

"……."

"그렇게 하지 않았으면 신전을 찾아 주시지 않으셨을 거 아닙니까."

당연한 소리였다. 대꾸할 가치조차 없어 람은 입을 열지 않았다. 눈족 족장은 개의치 않고 돌아서며 그를 안내했다.

"누추하지만 안으로 드시지요."

신전이 무너지기 일보 직전이 되었다는 것은 늙은 족장의 눈에 들어오지 않았다. 어차피 중요한 것은 검은 파편이 직접 당도한 것이고, 이건 다시 잡지 못할 기회일 수도 있었다.

그 계집, 별 볼 일 없어 보이더니 진짜로 쓸모가 있었잖아.

족장은 몸을 굽실거리며 입가에 맺히는 비린 웃음을 감추었다. 그러나 여전히 검은 파편이 꿈쩍도 하지 않자 서둘러 표정을 지우고 덧붙였다.

"안타깝게도 구원자님께선 신전 안에 계시지 않아 당장 재회하실 수는 없을 듯합니다."

"우습군."

마침내 람이 입을 열었다.

"버러지 같은 너희들을 다 죽이고 내 것만 데리고 떠날 수도 있다."

"하지만 당신의 힘이 미치기 전에 이쪽에서 먼저 손을 쓰는 것이 빠를 수도 있지요. 아직까지 그분은 저희의 근거지 안에 있지 않습니까?"

"재미있는 말이야."

람은 저보다 한참 작은 노인을 전혀 재미있지 않은 표정으로 바라보았다. 신전 뒤편에서 꼬물꼬물 활발히 움직이고 있는 것이 느껴졌다. 같잖은 협박이었다. 네까짓 것이 감히 내게서 어떻게란 말은 꺼낼 필요도 없었다.

그는 규칙적인 생명의 기척에 마음을 놓았다. 또 저를 두고 어딜 갔냐며 잔뜩 토라져 있거나, 이곳으로 끌려와 기가 잔뜩 죽어 있으면 어쩌나 걱정했는데 다행히 씩씩하게 잘 있던 것 같았다.

"그래. 놀고 있는 것을 억지로 데리고 올 수야 없지."

이예주의 개고생을 가볍게 폄하하며 람은 고개를 끄덕였다. 그리고 저보다 작은 족장의 정수리에 시선을 못 박았다. 언제나 그랬듯 족장은 로브의 후드를 덮어쓰고 있었다.

"어디 얼마나 대단한 이야기를 하려는지, 한번 들어나 볼까."

족장의 머리, 어쩌면 그 너머를 꿰뚫어 보는 검붉은 눈이 알 수 없는 감정으로 들끓기 시작했다.

이예주는 베니를 따라 숲길에서 한참 떨어진 곳을 헤맸다. 원래의 길은 잊힌 신전까지 직진으로 나 있었는데 그들은 중간 지점까지만 길을 따라 걷고, 어떤 커다란 나무를 돌아 사선으로 벗어났다.

길이 나 있지 않은 숲은 펭양이 있는 숲처럼 끝도 없는 눈과 빽빽한 나무들뿐이었다. 그러나 영원할 것만 같던 숲은 의외로 빨리 끝이 났다. 점점 나무의 밀도가 줄어들더니 더 나아갈 수 없도록 뜬금없이 벽이 나타났다.

"철조망……이잖아?"

이예주가 눈을 휘둥그레 뜨고 중얼거렸다. 그녀의 키의 두 배가 넘는 철조망은 큼지막한 풀과 나무들로 교묘히 숨겨져 있었다. 눈 때문에 멀리서 보면 그냥 자연적으로 만들어진 절벽 같았다. 그들이 철조망이 있음을 알아차린 이유는 유독 한 부분의 눈이 녹아 날카로운 철사가 드러나 있었기 때문이다.

베니가 덤덤하게 제가 아는 정보를 전했다.

"숲 전체를 감싸고 있다고 했어."

"하."

이예주는 저도 모르게 기찬 숨을 내뱉었다. 이것은 누굴 가두기 위한 철조망일까. 순록? 아니면 베니처럼 탈출하려는 눈족 아이들?

살벌한 철조망의 모습에 눈살을 찌푸린 그녀는 베니에게 물었다.

"탈출구는?"

"여길 따라 걸어가면 곧 나온댔어."

이예주는 묵묵히 고개를 끄덕이며 베니를 따라 다시 걸었다. 한참을 걸었음에도 베니가 말한 탈출구는 쉬이 나오지 않았다. 다리가 묵직하게 아파 왔다.

"우리 맞게 가고 있는 거지?"

점점 길에서 멀어져 알 수 없는 깊은 곳까지 들어가는 기분에 이예주가 자꾸 뒤를 돌아보며 물었다.

"맞아. 아버지가 중간 지점의 가장 커다란 나무를 따라 사선으로 계속 걷기만 하면 된다고 하셨어."

"언제까지?"

"한 30분 정도……."

그 순간이었다. 쿠우우웅— 커다란 굉음과 함께 갑작스레 지진이라도 난 것처럼 땅이 진동하기 시작했다.

"어, 어?"

처음엔 그저 진동하는 핸드폰처럼 몸이 덜덜덜 떨리는 정도였지만 진도는 점차 휘청거릴 만큼 커졌다. 붙잡을 만한 것을 찾았으나 하필 빽빽한 침엽수 지대에서 막 벗어난 허허벌판이었다.

"으아아악!"

이예주와 베니는 비명을 지르며 속절없이 흔들렸다. 눈이 두텁게 쌓여 있는 땅이 들썩거리는 것이 눈으로 보일 정도였다.

다행히 지진은 얼마 안 가 금방 멈췄다.

"뭐, 뭐야! 뭐야!"

어느새 얼싸안은 두 사람은 서로를 마주 보며 외쳤다.

지진은 원래 여진이 뒤따른다고 하지 않나. 이예주는 베니를 꼭 껴안고 또다시 덮쳐올 진동에 대비했지만 더 이상 땅이 뒤흔들리는 일은 일어나지 않았다.

"……누나, 이제 끝났나 봐. 놔, 놔도 돼."

그녀보다 먼저 정신을 차린 베니가 민망한 듯 웅얼거렸다. 이예주는 여전히 혼비백산한 얼굴로 터뜨릴 듯 껴안고 있던 베니를 놓아주었다.

"뭐지? 웬 지진이…… 어디 폭발한 거 아니야?"

"폭발? 신전에는 그럴 만한 곳 없는데."

베니가 고개를 갸웃거리며 마저 걷던 길을 나섰다. 이예주는 홀로 제자리에 남은 채 심각하게 방금 전의 진동을 생각했다. 비행선에서 겪었던 일이 떠올랐다. 화학 물질이 터져 폭발이 일어났다고 했던가.

"리즈 혼자 있을 텐데…… 다시 가 봐야 하는 거 아냐?"

혼잣말처럼 중얼거리던 이예주는 불현듯 깨달았다. 비행선에서의 폭발이 결국 탈출한 히카톤의 짓이었다는 걸. 자신은 처음부터 끝까지 다리족에게 속고 있었던 것이다.

"망할 새끼들……."

주먹을 움켜쥔 채 이제는 이 세상에 존재하지 않는 다리족 족장을 향해 이를 뿌드득 갈던 때였다. 베니가 불쑥 그녀를 불렀다.

"누나! 찾았어!"

베니는 철조망 한쪽의 얼음이 잔뜩 서린 기다란 풀숲을 들추고 있었다. 이예주는 서둘러 그쪽으로 다가갔다.

오랜 시간 동안 눈에 파묻혀 물기에 부식된 철조망 하단의 철사가 끊어져 있었다. 그 사이로 작은 틈이 보였다.

베니는 맨손으로 눈을 파헤쳤다. 아래쪽이 드러나면 드러날수록 작은 틈에 불과했던 탈출로는 점점 범위가 넓어져 마침내 아이들이 기어 나갈 수 있는 개구멍이 되었다.

"다행이다."

이예주는 진심으로 안도했다. 구멍이 좀 작았다. 체구가 작은 리즈는 쉽게 기어나갈 수 있을 것 같지만 베니나 토마스라면 좀 아슬아슬했다. 그래도 힘껏 몸을 구겨 넣으면 어떻게든 빠져나갈 수 있을 것이다.

구멍을 발견한 두 사람의 얼굴이 상반되었다. 아버지의 당부만으로 찾은 탈출구를 바라보는 베니는 기쁨보단 허망한 표정을 지었다.

"뭐가 다행이야?"

"응? 아니, 하늘이 무너져도 솟아날 구멍은 있다고. 너랑 네 동생이 무사히 빠져나갈 개구멍은 있잖아."

"누나는……!"

베니는 울컥한 얼굴로 몸을 휙 돌려 이예주를 돌아보았다.

"누난 같이 못 가잖아."

그의 말이 맞았다. 베니는 남자아이라고 해도 못 먹어서 왜소한 편이었다. 반면에 이예주는 성인이었고, 여러 개고생을 하고 다니긴 했지만 람과 만난 이래 오래간 굶은 적은 없었다. 몸을 아무리 구겨도 그녀는 개구멍을 기어 빠져나갈 수 없었다.

물론 그들과 함께 탈출할 생각도 별로 없었다. 정 여의치 않으면 최후의 보루로 남겨 두기야 하겠지만, 어디까지나 알리자린의 동생을 찾아낸 후의 이야기였다.

"자식."

이예주는 비식 웃으며 베니의 부드러운 갈색 머리카락을 손으로 마구 헝클어뜨렸다. 자신들이 떠나고 신전에 혼자 남을 그녀에 대한 걱정으로 얼굴을 잔뜩 찌푸린 아이를 보니 코끝이 찡해졌다.

그래도 며칠간 붙어 있었다고 정이라도 들어 버린 걸까. 자신은 브레든만 찾아 챙기겠다는 이기적인 생각을 은연중에 보여 왔는데도, 이 아이들은 제 신변을 걱정해 준다. 마치 목숨 아까운 줄 모르고 힘껏 탈출을 도왔던 알리자린처럼.

"바보야."

이예주는 고개를 저었다.

"나 생각할 때야? 아버지 말이랑 리즈만 생각해."

"누난 왜 자꾸 그런 말만 해?"

확실히 이예주는 여러 번 그에게 강조했다. 자신은 신경 쓰지 말라고. 베니는 그 말이 억울한 듯 항의했다.

"내가 어떻게 해서든 브레든 찾아 줄 테니까 같이 나가자, 누나."

이예주는 한 번 더 단호하게 고개를 저었다.

"토마스가 리즈한테 했다는 제물 소리도 그렇고. 내가 오면서 곰곰이 생각해 봤는데 족장이랑 그 딸의 대화가 좀 이상해."

"족장님이랑 대사제님이 뭐라고 했는데?"

"끔찍한 말을 했어."

분명 어떤 장로가 어린것의 눈알이면 사족을 못 쓴다는 소리를 했다. 이예주는 베니에게 그 말을 전하고 싶지는 않았다.

애써 외면하며 덜컥이는 속을 감췄지만, 어쩌면 자신은 토마스에게 어떤 일이 일어났는지 이미 짐작하고 있는 걸지도 모르겠다는 생각이 들었다. 상상만으로도 토악질이 치미는 무서운 일이었다.

"너희 당장 오늘 밤에 나가야 할지도 몰라."

그녀가 어두운 얼굴로 읊조렸다. 베니는 차마 더 묻지 못하고 시무룩하게 고개를 숙였다.

"이제 잊힌 건지 무너졌는지 하는 거기, 확인하러 가자."

이예주는 베니의 머리 위에 놓았던 손을 내려 어깨를 힘 있게 잡았다. 어렴풋이 알 것 같음에도 기어이 그곳을 확인하러 가는 건, 그럼에도 일말의 희망을 놓을 수 없어서였다.

그들은 다시 원래의 궤도에 올랐다. 이미 중반까지 온 상태에서 길을 벗어난 것이라 목적지에 금방 도착할 수 있었다.

다시 찾은 무너진 옛 신전의 터는 처음 왔을 때와 같이 순록 몇 마리가 한가로이 거닐고 있었다. 경계하듯 투레질을 하는 동물에게 최대한 신경을 끈 채 그들은 길을 꺾었다.

건물 잔해들과 쓰레기들이 지저분하게 쌓인 곳을 힘겹게 지나자 첫날 대충 보고 지나친 반쯤 무너진 탑이 드러났다. 그 주변에 죽은 나무들이 마구 널브러져 있어 안 그래도 어두운 분위기의 숲을 더욱 스산하게 만들었다.

"살벌하네……."

금방이라도 귀신이 튀어나올 것 같은 탑의 외양에 이예주와 베니는 침을 꿀꺽 삼켰다.

탑의 입구인 듯해 보이는 불그죽죽하게 녹슨 철문이 다행히 살짝 열려 있었다. 하지만 그 안은 컴컴해서 선뜻 들어가고 싶지 않았다.

"가, 가 보자, 누나."

베니가 먼저 용기를 냈다. 이예주는 망설였다.

"꼬, 꼭 가야 할까?"

"토마스는 찾아야지."

"하……."

무서워서 벌벌 떨면서도 굳센 베니의 모습에 깊은 한숨이 터져 나왔다. 자신 못지않은 똥고집이었다.

"그래, 들어가 보자."

어차피 이예주 또한 브레든이 있는지 확인해야 했다. 그리고 눈족들의 비밀스러운 대장간이 대체 뭐 하는 곳인지 알아 둬서 나쁠 것은 없으니까.

그들은 각자의 각오를 안고 주춤주춤 탑의 입구 앞으로 다가갔다. 끼이이익— 녹슨 철문이 귀곡성을 내며 힘겹게 열렸다. 이예주와 베니는 주춤주춤 탑 안으로 들어갔다.

내부는 좁고 어두컴컴했다. 박살 난 탑의 잔해들이 이곳저곳에 쌓여 있어 발 디딜 틈도 없었다. 그나마 부서진 틈새로 새어 들어오는 빛이 아니었다면 발을 잘못 딛고 넘어져 크게 다칠 수도 있었다.

이예주는 뾰족하고 위험한 돌덩이들을 피해 겅중겅중 뛰어다녔다. 입구에서 얼마 떨어지지 않은 오른쪽에 다 쓰러져 가는 층간이 보였다. 그녀는 그쪽으로 아슬아슬하게 다가갔다.

반쯤은 돌가루가 된 계단 위에 간신히 올라섰지만 발밑에서 계속 돌 더미가 우르르 쓰러졌다. 오를 수 있는 것은 고작 다섯 칸이 끝이었다. 커다란 바윗덩이들로 막혀 있어 그 위로 더 오를 수 없었다.

"누나, 여기!"

그때였다. 이예주와는 달리 작은 체구로 잘도 난장판 구석구석을 기어 다니던 베니가 계단과 정 반대편 쪽에 서서 다급히 그녀를 불렀다.

미끄러지듯 계단 밑으로 내려선 이예주는 다시 겅중겅중 뛰어 힘겹게 베니가 있는 쪽으로 다가갔다. 위태롭게 무너진 돌덩이들을 돌아 몸을 있는 대로 수그려야 하는 공간이었다.

"왜?"

"여기 봐, 누나. 이 주변만 깨끗해."

베니의 말이 맞았다. 성인 두 명 정도 서 있을 만한 폭의 네모난 돌바닥 위는 유독 다른 잔해 없이 깨끗했다. 어두운 시야임에도 불구하고 용케 그것을 알아차린 베니의 눈썰미에 감탄하며 이예주는 쭈그려 앉았다.

자세히 훑어보았지만, 다른 바닥과 별다를 게 없었다. 먼지와 흙이 잔뜩 껴 지저분하고, 오랜 세월에 마모된 돌에는 금이 잔뜩…….

"응?"

문득 대수롭지 않게 스쳐 지나간 것이 눈길을 끌었다. 이예주는 다시 바닥에 시선을 못 박았다.

부서지고 오래되어 금이 간 건 줄로만 알았는데 다시 보니 이상했다. 돌바닥에 난 균열이 한일자로 일정했다.

"균열이……."

"왜? 뭐가 있어, 누나?"

그녀의 중얼거림에 베니가 덩달아 몸을 수그렸다. 이미 이예주가 차지하고 있는 협소한 공간에 낑겨 들려 하자 아무리 체구가 작은 베니여도 벽에 몸이 닿을 수밖에 없었다.

"아!"

베니는 문득 후드에 무언가 걸려 턱 하고 목을 죄자 깜짝 놀라 소리쳤다.

"왜, 왜 그래?"

"뭐에 걸렸나봐. 움직이기가……."

후드가 위로 팍 솟은 어정쩡한 자세로 베니가 몸을 뒤틀었다. 걸린 옷을 빼내기 위해서였지만 요지부동이었다.

위에서부터 부스스, 돌가루가 떨어졌다. 자칫하다간 그들 주위로 쌓여 있는 돌덩이들이 무너져서 그대로 깔려 죽을지 모른다.

"잠깐, 기다려봐. 도와줄게."

이예주는 잔해들에 몸이 닿지 않게 조심조심 일어났다. 베니의 옆에 서자 벽에서 튀어나와 있는 날카로운 철심이 그의 후드에 걸려 있는 것이 보였다.

"움직이지 마. 위험하니까."

그녀는 손을 뻗어 철심에서 옷자락을 빼내려 했다. 하지만 갈고리처럼 휘어져 있는 철심 끝에 단단히 걸렸는지 쉽게 빠지지 않았다.

움직이지 않도록 철심을 꽉 쥐고 후드를 뜯어내려 들던 순간이었다. 불현듯 덜컥 소리와 철심이 위로 휘어졌다.

쿠구우우— 그와 동시에 그녀가 방금 전까지 밟고 서 있던 균열 난 돌바닥이 움직였다. 그리고 그 자리에 뻥 뚫린 네모난 구멍이 나타났다.

"뭐, 뭐야?"

어두운 통로 아래에 나선형 계단이 보였다. 이예주와 베니는 뜬금없이 나타난 비밀 통로에 입을 떡 벌렸다.

잘 빠지지 않던 베니의 옷자락은 철심이 위로 들리면서 허무하리만치 쉽게 빠져 버렸다. 철심이 아니라 상하 수동 개폐 장치였던 것이다.

"허, 진짜 뭐가 있긴 있었네."

이예주는 헛웃음을 지으며 혼잣말했다. 우연히 베니의 옷자락에 걸리지 않았다면 균열이 있음을 이상하게 여겼어도 끝내 여는 방법을 찾아내지 못했을 것이다.

"잘했어."

아직도 얼떨떨해하는 베니의 머리에 툭 손을 한 번 얹은 이예주는 먼저 어두운 통로 속 계단에 발을 내렸다. 경사가 가팔랐다.

"누나."

베니가 그녀를 불렀다. 컴컴한 통로 속으로 망설임 없이 내려가는 이예주가 놀라웠던지 그의 눈이 튀어나올 듯 휩떠졌다.

"벽 잡고 조심히 따라와. 어두워서 발 잘못 놀리면 위험해."

나지막이 말하던 이예주는 왠지 자신이 무슨 비밀 통로 전문가가 되어 가고 있는 것 같다는 생각에 기분이 조금 울적해졌다.

나선형의 계단은 정말이지 끝도 없이 이어졌다. 지하로 내려가기 시작한 지 얼마 되지 않아 통로의 입구에서 새어 나오던 희미한 빛이 끊겼다. 컴컴한 어둠 속을 헤매야 하는 열악한 상황이었지만, 다행히도 계단의 폭이 무척 좁아 울퉁불퉁한 벽을 짚고 내려갈 수 있었다.

"누나."

베니는 일정한 간격을 두고 이유 없이 이예주를 불렀다. 지금껏 나이에 비해 의젓하게 행동해 왔지만, 한 치 앞도 볼 수 없는 어둠 속, 그것도 가파른 계단을 내려가는 것이 무서운 것 같았다.

"응."

제 몸 하나 간수하기도 힘들었지만, 이예주는 귀찮은 내색 없이 부르는 족족 답을 해 주었다.

그녀 또한 제 뒤를 따라 내려오는 베니의 존재가 무척 안심되었다. 혼자서 이 어둠을 헤치려 했다면 분명 얼마 못 가 패닉 상태에 빠져 오도 가도 못했을 것이다. 그녀에게 암경과 같은 어둠은 쥐약이나 마찬가지였기에.

다행히 어둠에 차차 눈이 익었다. 하지만 여전히 끝은 보이지 않았다. 두 사람은 악조건 속에서도 재게 몸을 움직였으나 아무리 내려가도 계단은 끝날 기미가 보이지 않았다.

“대체 얼마나 땅을 판 거야…….”

동쪽 대륙의 지하 탄광굴보다 훨씬 깊게 느껴졌다. 이러다가 1000년 전 인간들처럼 땅을 끝없이 파고들어 내핵까지 도달하는 것이 아닐까 하는 우스운 생각이 들 때쯤, 아래쪽에서 희미한 빛이 새어 나왔다.

“다 온 것 같아.”

이예주는 서둘러 아래로 뛰어 내려갔다. 비좁고 답답한 나선형 통로를 허겁지겁 뛰쳐나오자 보상이라도 하듯 널따란 공간이 나왔다. 끝에 도달한 것이 확실한지 더 이상의 길이나 계단은 존재하지 않았다. 천만다행이었다.

“여기가 어디지?”

그녀를 따라 허겁지겁 어둠 속에서 뛰어 내려온 베니가 고개를 갸웃거렸다. 그 또한 전혀 처음 오는 공간인 듯했다.

주변을 돌아보던 이예주는 벽에 빛이 나는 봉들이 달려 있는 것을 보고 눈을 커다랗게 떴다.

“야광봉?”

동쪽 대륙의 지하 굴과 별다를 바 없는 모양새였다. 불과 맞닿으면 폭발할 가능성이 있는 검은 안개 때문에 뤼미에르 꽃으로 광원을 대체했던 것처럼, 눈족의 비밀 장소의 빛은 꽃 대신 현대 문명으로 대체되어 있었다.

벽 사방에 형광 빛을 발하는 야광봉이 달려 있었다. 덕분에 낯선 공간을 둘러보기 충분했다.

탑의 지하는 생김새 또한 동쪽 대륙의 지하와 별다를 바 없었다. 투박한 굴 같은 모양새였다. 이예주는 널따란 굴 내부를 쭉 둘러보았다. 한쪽 구석에 무언가 거무튀튀한 것들이 잔뜩 쌓여 있었다.

"거, 검은 안개?"

또다시 악몽이 되풀이되는 것 같은 기분에 눈앞이 아연해졌다. 확인을 위해 그녀는 주춤주춤 그쪽으로 다가갔다.

"이건……."

빛이 닿지 않는 어두컴컴한 구석이라 최대한 눈을 크게 뜨고 자세히 관찰해야 했다. 허리까지 산더미처럼 쌓여 있는 것들은 검은 안개가 아니었다. 그녀는 그것이 무엇인지 곧바로 알아차렸다.

"칼 조각들……."

쌓여 있는 검은색 쇳조각들은 제대로 된 형태를 유지하고 있는 것이 단 한 개도 없었다. 쟈니아의 말을 빌리자면 모두 '실패물'들이리라.

제대로 찾아왔구나. 산처럼 쌓여 있는 그것들을 본 순간 이예주는 직감했다. 이곳이 바로 눈족들이 무기를 만드는 대장간이자 모든 비밀이 묻혀 있는 곳이란 걸.

"예주 누나."

그때 같이 동굴 안을 둘러보던 베니가 그녀를 불렀다. 이예주는 쌓여 있는 무기 조각들에서 시선을 돌렸다. 그는 굴의 한가운데에서서 앞쪽을 가리켰다. 그들이 빠져나온 계단의 정 반대편 동굴 벽면이 거대한 돌문으로 이루어져 있었다.

"문?"

이예주가 중얼거렸다. 여기가 끝이 아니란 말인가?

벽에 새겨진 문양이 야광봉의 빛을 받아 형광 색깔로 오묘하게 빛났다. 부분, 부분 빛이 닿지 않는 곳도 존재했기에 곧바로 문이라는 것을 알아차리지 못했다.

벽에 새겨진 것은 신전 1층에 있는 것과 똑같은, 거대한 크기의 시간의 여신이었다. 한 손에 검은 파편을 쥐고, 이번에는 착각이라 할 수 없을 만큼 정확한 각도의 삼지창으로 손에 쥔 검은 파편을 겨누고 있는 여신.

그 여신의 정중앙을 세로로 나누는 희미한 선이 보였다. 굳게 닫힌 채 맞물린 문틈이었다. 이예주는 망설임 없이 그쪽으로 걸어갔다. 이 너머에 무언가가 존재할 것은 너무나도 자명한 일이었다.

문은 그냥 동굴 벽의 일부 같아 보였다. 슬쩍 손으로 밀어 보았지만 당연하게도 꿈쩍도 하지 않았다.

"최종 관문이라 이건가……."

하기야 놈들이 그렇게 쉽게 들어갈 수 있게 됐더라면 애초부터 이렇게 은밀하고 깊숙한 곳에 이런 공간을 숨겨 둘 리 없었다. 무려 다 무너진 탑 아래에 이런 곳이 숨겨져 있을 줄 누가 알았겠는가.

그녀를 뒤따라온 베니가 문양 주변을 기웃거리며 물었다.

"어떻게 들어가지?"

"이것도 뭔가 숨겨진 장치가 있지 않을까?"

"장치?"

"응. 위에서도 그랬잖아."

말을 멈추고 잠시 생각하던 이예주가 모처럼 답이란 것을 내 보았다.

"팔을 크게 벌려서 손으로 벽 한번 쓸어 보자. 넌 왼쪽으로 가. 난 오른쪽으로 갈게."

"알았어."

베니는 얌전히 고개를 끄덕인 후 곧바로 행동으로 옮겼다. 이예주도 서둘러 벽을 샅샅이 짚으며 걸음을 옮기기 시작했다.

하지만 손바닥에는 아무것도 짚이지 않았다. 결국 끝과 끝에 달한 두 사람이 서로를 바라보며 물었다.

"그쪽에 뭐 있어?"

"아니, 누나는?"

이예주는 한숨을 내쉬며 고개를 저었다. 오늘은 여기까지만 해야 하는 건가. 사실 이곳을 발견한 것만으로도 생각지도 못한 수확이었다.

훤한 대낮에 길을 나섰지만 빛 하나 들지 않은 컴컴한 계단을 내려오는 동안 얼마만큼의 시간이 지났는지 알 수 없었다. 베니 남매의 저녁 시간도 있으니 이곳에 계속 머물 수는 없었다.

"오늘은 그만 가고 내일 다시 오자."

이예주는 문에서 등을 돌리고 다시 올라갈 채비를 했다. 내려올 때도 그토록 숨 막히고 길었던 나선형 계단을 다시 거꾸로 오를 생각을 하니 벌써부터 눈앞이 아득해졌다.

하지만 그녀와 달리 베니는 고지를 눈앞에 두고 돌아서기가 영 힘든지 선뜻 가려는 기색을 보이지 않았다.

"한 번만 다시 훑어보면 안 될까, 누나?"

"이러다가 누군가 눈치라도 채면 어떡해. 너무 오래 지체했어."

"그래도 여기에 바로 토마스가 있을지도 모르는데……."

이예주는 시무룩한 그를 묘한 얼굴로 바라보았다. 그렇게 친한 사이도 아니었던 것 같은데. 그를 필사적으로 찾아보려는 베니의 모습이 이해가 가지 않으면서도 이해가 가는, 참으로 모순적인 기분이 들었다.

"내일은 좀 등불이라도 들고 오든지 해서 찾자. 어두워서 못 찾은 걸 수도 있으니까."

그녀는 애써 베니를 달랬다. 그 말에 아이가 힘겹게 고개를 끄덕이며 문에서 몸을 돌렸다.

두 사람은 빠져나왔던 계단이 있는 통로 앞으로 다가섰다. 혹시라도 지상 위에 누군가 있을지 모를 사태를 대비해 이예주는 잠시 제가 먼저 앞설지, 베니를 앞세울지 고민했다.

그 순간이었다. 뚜벅, 뚜벅. 한 치 앞도 보이지 않는 어둠 저변에서 희미한 발걸음 소리가 들렸다.

"헉."

누구라 할 것도 없이 두 사람은 딱딱하게 얼어붙어 서로를 돌아보았다.

문을 여는 장치를 찾는데 너무 집중을 해서 그런 걸까. 누군가 내려오고 있다는 인기척을 전혀 듣지 못했다. 이렇게 들릴 정도면 꽤 가까이 내려왔다는 소리였다.

"이, 일단 숨을 곳을……."

이예주는 핏기가 가신 낯으로 더듬더듬 주변을 훑었다. 하지만 뻥 뚫린 굴 안에는 숨을 수 있는 자그마한 틈조차 존재하지 않았다.

"어, 어떡하지, 누나?"

베니가 새된 비명처럼 속삭였다. 그의 갈색 눈동자가 하염없이 흔들렸다. 그 안에 비친 이예주도 피차일반이었다.

그 순간에도 계단을 내려오는 발걸음 소리는 점점 가까워졌다. 이제는 바로 지척에 있다는 것을 알 수 있을 만큼 선명한 소리였다.

이예주는 숨을 죽이고 어둠에 잠긴 통로를 바라보았다. 뚜벅, 뚜벅. 마침내 그들 앞에 발걸음이 멈췄다.

다행히 그 난리 속에도 신전의 식당은 비교적 멀쩡했다. 그보다 더 안쪽에 있는 다른 예배당들도 멀쩡한 편이었지만 검은 파편을 여신에 대한 예배를 드리는 곳에서 접대하는 것도 우스운 일이었다.

때문에 눈족 족장과 다섯 장로는 식당으로 객을 안내했다. 자리를 채 권하기도 전에 람은 원래 제 자리가 그곳인 양 자연스럽게 상석에 앉았다. 며칠 전 이예주가 '구원자'라는 임시 신분으로 앉았던 자리였다.

"앉지."

외양으로만 본다면 눈족 족장과 장로들은 남자보다 훨씬 늙었다. 그런 그들을 아랫사람처럼 대하는 오만한 말투에도 표정을 찌푸리는 이는 한 명도 없었다.

눈족 족장이 람의 옆자리에 먼저 앉자 다섯 남은 장로들도 잇따라 우르르 제 자리를 찾아 착석했다. 그 틈에 족장의 후계인 쟈니아는 존재하지 않았다.

회장은 개미 새끼 지나가는 소리 하나 들리지 않을 만큼 적막했다. 숙연히 고개를 조아리고 있는 눈족의 주요 인간들 머리 위로 이윽고 시뻘건 눈을 가진 사내의 목소리가 떨어졌다.

"다리족 놈들이 재밌는 것들을 가져왔더군."

"벌써 확인하셨군요."

모두를 대표해 족장이 답했다. 람이 고개를 까딱였다.

"그래. 그간의 쓰레기들에 비하면 이번에는 좀 쓸 만한 것을 만들었던데."

"……."

"부상당하는 신인류들이 속출해서 분위기가 꽤 뒤숭숭해졌어."

그의 말에 머리를 숙이고 있던 장로들이 한차례 시선을 주고받았다. 그들의 눈이 희열로 번뜩였다.

다리족의 실험체로 붙잡힌 9장로를 제외하고, 상대적으로 힘이 약한 장로를 3명이나 희생하여 만들어 낸 것이었다. 그것이 성공했다는 사실을 검은 파편의 입으로 직접 확인받다니, 어찌 희열하지 않을 수 있을까.

하지만 그들과는 달리 족장은 변함없는 표정을 유지했다.

"아직 멀었지요."

"그렇지."

정확하게 말하자면 '영원히'였지만 람은 정정하지 않았다. 대신 그는 등받이에 상체를 편히 젖히며 느른하게 웃었다.

"이미 승기가 어느 쪽으로 넘어왔는지는 네놈들도 알고 있겠지. 복구된 땅에서 새로운 신인류들이 끊임없이 태어나고 있다. 반면에 다리족은 남아 있는 총탄들마저 모두 떨어졌지. 오죽하면 남쪽 대륙에 처박혀 아무것도 할 줄 아는 게 없는 너희에게까지 도움을 구걸할까."

"……."

"얼마 전에는 통제도 못하는 히카톤들을 꺼내 왔다. 예상대로 얼마 남지 않은 아군을 몰살했더군. 멍청한 것들."

"……."

"곧 전쟁이 끝날 것이다."

그의 말이 끝나자마자 숨 막히는 정적이 내려앉았다. 태연함을 유지하던 눈족 족장의 주름진 얼굴이 미미하게 꿈틀거렸다.

인간과 신인류가 공존하던 중간 지대, 동쪽 대륙은 지금 피와 살이 터지는 전쟁터였다.

본래 그것은 일반인들과 신인류들의 알력 다툼이었다. 전쟁보다는 지배의 우위를 선점하려는 종족 간의 개싸움에 가까웠다. 하지만 지금 와서 누가 지배 계층이 되느냐는 무의미해졌다.

하루아침에 동쪽 대륙의 절반 이상이 사라졌다. 정확히는 대륙이 붕괴되어 푹 꺼졌다. 그 자리로 해일을 동반한 바닷물이 범람했다.

마을에서 살던 수많은 인간들과 신인류들이 죽었다. 하지만 붕괴된 대륙은 곧 다시 복구되기 시작했고, 검은 파편은 신인류들을 복구된 땅으로 옮겨 살아남을 수 있도록 도왔다.

반면에 인간들은 뜬금없는 천재지변에 속수무책으로 죽어 갔다. 그 영향이 이 세계에서 가장 높은 산까지 미칠세라 다리족이 서둘러 개입했다. 이윽고 체계적인 군대가 개입한 전쟁이 시작됐다. 신인류들과 인간, 정확히는 검은 파편과 시간족의 전쟁이었다.

"……끝날 때까지 끝이라고 할 수 없는 법입니다."

"……."

"당신도 끝내 알아차리지 못했던 때가 있지 않습니까? 한낱 미물에 불과하던 저희 일족이 어떻게 살아남게 됐는지……."

얼마간의 침묵 끝에 눈족 족장이 희미한 웃음을 띠며 답했다. 어느 때를 뜻하는지 모호했다. 수 세기 전 검은 안개를 빼앗아 살아남았을 때를 말하는 것인지, 아니면 1000년 전 용암 대폭발에서 살아남았을 때를 말하는 것인지. 하지만 어느 때건 상관없었다.

람이 상체를 일으켜 방탕하게 흐트러졌던 자세를 바로 했다. 그리고 깍지를 낀 양손을 식탁 위에 천천히 내려놓으며 눈족 족장에게 물었다.

"내가 왜 다른 시간족 놈들과는 달리 여태껏 너희들을 털끝 하나 건드리지 않고 살려 뒀는지 아나?"

족장에게 못 박힌 핏물 같은 눈이 형형히 빛났다. 장로들이 한차례 술렁였다.

"우리를 죽이면 A급 개체의 끔찍한 히카톤들이 다량으로 나타날 겁니다!"

"맞습니다. 그러면 인간들은 물론이고 신인류들까지 온전치 못할 겁니다……!"

장로들이 덜덜 떨며 자신들이 믿는 유일한 패를 드러냈다.

더럽혀진 검은 안개를 가지고 있는 눈족은 죽으면 히카톤이라는 끔찍한 괴물로 변했다. 히카톤은 비단 인간뿐 아니라 동식물, 살아 있는 것은 모조리 먹어 치웠다. 특히 많은 것을 흡수한 눈족 장로들은 거대 개체로 변하기 십상이었다. 제아무리 전지전능한 검은 파편이라도 시한폭탄을 쉬이 건드릴 수 없을 게 분명했다.

그런데 어째서 남자의 말은, 남자의 시뻘건 눈은 당장 이곳을 쓸어버려도 문제없지만 가까스로 참고 있다는 듯 폭력적인 빛을 띠고 있는가.

"신인류들을 잡아먹는 것이 문제가 된다면 다신 지상으로 기어 나오지 못하도록 네놈들이 파 놓은 구덩이 속에 쓸어 넣으면 되지. 하지만 이미 죽은 것들을 두 번 죽이는 것도 우스운 일이지 않나."

"헉. 그, 그게……."

"여기서 살아 있는 것들이 몇이나 되는 것 같지?"

"무슨……."

"생명의 기척이 느껴지는 인간이 몇이나 되는지 아느냐 이 말이야."

남자의 붉은 동공이 장내의 모든 인간들을 쭉 훑었다. 그와 눈을 마주한 몇몇 장로가 '히익' 숨을 집어먹으며 허겁지겁 눈을 내리깔았다.

다시 첫 시작이었던 족장에게로 시선을 고정하며 그가 통보했다.

"너흰 이미 오래전부터 죽은 몸이었다."

"그, 그게 무슨 말도 안 되는 소립니까!"

족장의 옆 자리에 앉은 장로 한 명이 몸을 크게 들썩였다. 며칠 전 겨드랑이 밑에 새로운 군식구가 생겨 족장에게 신인류의 피를 갈구하던 3장로였다.

족장이 한 손을 들어 눈에 띄게 동요하는 그를 저지했다. 늙은 족장은 예의 그 인자한 웃음을 지었다.

"그럴 리가요. 이렇게 살아서 검은 파편님과 대화도 나누고 있지 않습니까."

"1000년간 네놈들이 썩어 들어가는 몸뚱이를 가지고도 살아남겠다고 버러지처럼 기어 다니는 꼴을 보는 것이 내 유일한 기쁨이었다."

마침내 족장의 입이 다물렸다. 모든 것을 꿰뚫듯 직시하는 붉은 눈에 두려움과 함께 반발심이 일었지만, 차마 썩어 들어가는 몸뚱이마저 부정할 수는 없었다.

"욕심이 눈을 가려 희망이라 믿었던 것들이 터무니없는 허상임을 깨닫지 못하겠지. 그것을 붙들고 바르작대다가 실패하고 좌절하는 꼴이 그렇게 재밌을 수가 없거든."

정말로 재미있다는 듯 람의 입꼬리가 길게 찢어지고 새하얀 이가 드러났다. 피식자를 앞에 두고 한껏 여유를 부리는 포식자의 얼굴이었다. 그에 족장의 얼굴이 딱딱하게 굳었다. 몇몇 장로들은 몸을 부르르 떨었다.

"굳이 손을 댈 필요조차 없었다. 에너지를 보존한답시고 새로 태어나는 것들까지 알아서 머릿수를 줄여 나가니 조금만 기다리면 곧

자멸할 것이 아닌가.”

“…….”

“게다가 하나뿐인 구원자마저 내게 빼앗겼지 않아.”

남자의 마지막 말에 이번에는 장로들이 동요했다. 그들의 시선이 입을 다문 족장에게로 쏠렸다. 구원자라니!

족장이 확언했다. 숲에서 납치해 온 인간 여자는 그가 내린 예언 속의 구원자가 아님을.

지금껏 구원자란 존재는 시간족의 잇속에 따라 이용되어 왔다. 언제 멸종이 될지 모를 숨 막히는 나날 속, 두려움에 들썩이는 인간들을 단합하게 만들려면 마땅한 영웅이 필요했다.

다리족이 구원자 구출 계획으로 미쳐 버린 군인들이 폭동을 일으키는 것을 막은 것처럼. 눈족 또한 모든 힘이 신전에 집중되어 있는 기이한 구조를 유지하면서도 그에 의문을 품는 이가 없도록 구원자란 존재를 요긴하게 써먹었다.

하지만 그것은 단순한 도구로서의 상징이었지, 정말로 예언 속의 구원자를 뜻하는 것은 아니었다.

“대재앙의 마지막 순간, 검은 파편의 곁에 있는 인간 여자. 검은 파편을 소멸하여 모든 인간들을 지옥 불에서 구원하고 신이라 불리리라.”

족장은 아둔한 검은 파편의 모습에 다시 얼굴 만면에 미소를 띠었다. 정말로 예언 속의 구원자가 자신이 데리고 다니던 계집이라고 믿었던 것인가. 하지만 감쪽같이 그 속내를 감추고 공손히 대꾸했다.

“제가 본 미래의 구원자는 최후의 순간에 당신 곁에 있는 이를 칭하는 것입니다. 아직 대재앙의 마지막 순간이 오지 않았으니 당신이 데리고 다니는 인간이 구원자라는 근거는 어디에도 없습니다.”

"필요할 때는 내게서 잘도 훔쳐 가서 써먹더니, 쓸모가 다하니 이젠 하찮은 인간이 된 건가?"

"잘못 풀이된 예언이 퍼져 버린 것은 저 또한 무척 유감이었지요."

"주둥이만 살아 있군."

람이 눈을 번뜩였다. 살이 떨릴 만큼 살벌한 기운이 족장에게 쏟아졌으나 늙은이의 낯빛은 조금도 변하지 않았다. 두 인물의 대화를 지켜보며 숨을 죽이는 것은 나머지 장로들뿐이었다.

한차례 치열한 공방이 지나가고, 람은 내뿜었던 살기를 거둬들이며 조소했다.

"그럼 묻지. 너는 누가 나를 소멸할 구원자가 될 수 있으리라 생각하지?"

"당연히 여신의 환생체가 아니겠습니까?"

"너희들의 신은 죽었다."

인간들이 반박조차 할 수 없을 만큼 남자가 단언했다. 인간들의 시간은 죽었노라고.

"다시 태어날 수조차 없도록 네놈들의 손으로 갈기갈기 찢어서 뜯어 먹지 않았느냐."

소름 끼치는 침묵이 내려앉았다. 장내에 있는 어떤 인간도 섣불리 말을 꺼낼 수 없었다. 족장 또한 마찬가지였다. 그의 눈동자에서 초점이 사라졌다.

서서히 희뿌옇게 변하는 족장의 동공을 보며 람은 비릿하게 웃었다. 부정해 오던 까마득한 과거를 돌아보고 있을 것이다.

"그러니 너희를 그나마 구원할 수 있는 가장 가능성 있는 존재는 이예주뿐이지 않나? 혹시 모르지. 내가 그 어린것을 끔찍이 여겨 인간들에게 자비를 베풀지도."

"……."

"그런 것을 내게서 훔쳐 왔으니, 그동안 극진히 대접했겠지."

람이 일순 날카로운 눈으로 인간들을 돌아보았다. 그 눈이 자신에게 닿을 때마다 장로들이 마른침을 꼴깍꼴깍 넘겨 삼켰다.

족장이 어느 날 숲에서 데리고 온 여자를 그들은 제대로 마주한 적도 없었다. 심상치 않은 전쟁 상황 때문에 눈코 뜰 새 없이 바빴고, 여자의 처우는 대사제가 맡겠다며 나섰다. 구원자도 뭣도 아닌, 아무런 영향도 못 끼치는 여자라 하더니 왜 검은 파편의 모든 이야기가 그녀를 중심으로 돌아가는가.

장로들이 눈치를 보며 족장을 곁눈질했다. 하지만 여자를 데리고 온 당사자는 검은 파편의 물음에도 아무런 대답이 없었다. 아득한 허공을 바라보는 족장의 모습에 남은 다섯 장로들은 탄식했다.

"그, 그분은……!"

이지가 사라진 듯한 족장을 대신하여 그의 맞은편에 앉아 있던 2장로가 마지못해 입을 열었다.

"우, 우리는 아직 그분이 어떤 능력을 가졌는지, 또 어떤 존재인지 알지 못했습니다."

"시, 시간족이 아닌 일반인이기도 하고요."

3장로가 고개를 끄덕이며 헐레벌떡 첨언했다. 맞습니다. 그녀는 시간족과 아무런 관련이 없습니다.

다른 장로들 또한 너도나도 입을 열어 이예주와 시간족의 관계를 부인했다. 람이 삐딱하게 고개를 기울였다.

"왜?"

"……."

"시간의 힘이 담긴 오른쪽 눈은 먹지 못했잖아. 그것이 이예주일 수도 있지."

"그럴 리가!"

그 순간, 마침내 과거를 돌아보고 온 족장이 발작하듯 소리쳤다.

"그렇다면 미래를 보는 눈족이 태어날 수 있을 리 없지 않습니까?"

"글쎄. 내가 마지막으로 본 오른쪽 눈은 네놈들의 손이 닿지 않는 곳으로 굴러갔던 거 같은데."

족장의 눈에 부득 핏발이 섰다. 람은 한 손으로 턱을 쓰다듬으며 아이를 놀리듯 가벼운 어조로 말했다.

"너희들의 신이 죽지 않았다고 치더라도 오른쪽 눈이 없는데 어떻게 완전한 환생체가 태어날 수 있지?"

"그럴 리 없어! 내 눈으로 직접 보았다! 내가 본 과거는! 내가 얻은 과거에서는……!"

장로들이 다시 술렁이자 족장이 미친 듯이 고개를 휘저으며 소리쳤다.

그럴 리가 없지 않은가? 검은 안개를 뜯어 먹느라 정신이 팔린 족장 대신, 그의 탐욕스러운 아내가 굴러가는 오른쪽 눈을 부득불 따라가 주워 먹는 것을 보았는데. 어떻게 그것이 눈족과 관련 없는 계집 따위가 될 수 있단 말인가!

눈족 족장은 평정을 찾기 위해 애써 주름진 입매를 들어 올렸다. 검은 파편의 농간에 속아 날 수는 없었다.

"제가, 모든 과거를 볼 수 있는 제가 모를 리 없지 않습니까. 당신이 데리고 다니는 인간이 눈족이라면, 설사 오른쪽 눈이라면, 그것을 제가……."

"시간의 환생이든 오른쪽 눈이든, 그런 건 더 이상 상관없다."

"……."

"어차피 그것은 내 것이야."

기승이 들끓는 새빨간 동공에서 지독한 소유욕을 엿본 족장이 몸을 크게 들썩거렸다. 그들이 그토록 연연하고 중요히 여겼던 것들이 사실상 검은 파편에겐 영향을 미치지 못한다는 것이 도무지 믿기지 않았다.

"구역질이 나는 냄새군."

문득 람이 미간을 찌푸리며 코를 움켜쥐었다. 인간들을 향한 노골적인 경멸과 혐오가 담겨 있었다.

"인간의 멸종을 막는 데 필요한 건 이예주 하나뿐이다. 그것은 앞으로도 죽을 일이 없을 테니까. 네놈들이 그토록 바라왔던 멸종을 막았으니 기쁘지 않나?"

"……."

"하지만 썩어 들어가는 것들은 내 몸체에서 필요 없지."

족장을 제외한 인간들이 헛숨을 들이켰다. 검은 파편이 당장이라도 자신들을 공격할까 봐 겁에 질린 것이다. 그 꼴에 남자의 입가에 맺힌 서늘한 웃음이 조금 더 짙어졌다.

"또다시 내 것에 손을 댄 것을 알았을 땐 그냥 다 쓸어버리려고 했는데…… 지금 네놈들의 꼴을 보아하니 그럴 필요도 없겠군. 생각이 바뀌었다."

"……."

"지금껏 그래 왔듯 알아서 자멸하도록. 알았나?"

더 이상 남은 이야기는 없다는 듯 상석에 앉아 있던 남자가 미련 없이 자리에서 일어났다.

"이제 그만 일어나지. 곧 어여쁜 것이 돌아오겠군."

그때였다. 눈족 족장이 품에서 번쩍 빛이 나는 것을 꺼내 들었다.

그리고 노인답지 않게 전광석화처럼 몸을 날렸다.

"그럼 이런 건 어떻습니까?"

푸욱— 쇳덩이가 살결을 가르고 쑤셔 박히는 소리가 들렸다. 족장이 음침한 웃음을 지으며 두 손을 들고 물러섰다. 노인의 웃음만큼 비린내 나는 시뻘건 물이 그의 손바닥에서 뚝뚝 떨어졌다. 깨끗했던 족장의 회색 로브가 금세 흉흉한 색으로 물들었다.

헉, 장로들의 입에서 저마다 거칠게 숨을 들이마시는 소리가 새어 나왔다. 족장이 드디어 미친 것이다. 고개를 조아려도 모자랄 마당에 검은 파편을 칼로 찔렀다. 다가올 검은 파편의 분노에 장로들의 낯빛이 새까맣게 죽었다.

"이제 제법 성공이라 할 만하지 않습니까?"

족장의 지껄임에 람이 아래를 내려 보았다. 검은색의 단도가 장포를 뚫고 배 한가운데에 박혀 있었다.

굳이 빈틈을 보이지 않아도 앉은 자리가 가까웠기에 족장이 칼을 쑤셔 넣는 것이 수월했을 것이다. 피하려면 피할 수 있었지만, 람은 그러지 않았다.

그는 대신 족장을 마주 보며 귀신처럼 씨익 웃었다. 비열함이 그득했던 족장의 동공이 흔들리기 시작했다.

"이, 이럴, 수가……."

놈에게 시선을 고정한 채 람은 손을 뻗어 제 배에 박힌 칼을 빼내었다. 모든 이들이 똑똑히 볼 수 있도록 천천히, 느릿하게.

"아, 아아…… 이것마저……."

허옇게 질린 얼굴로 족장은 침음했다. 람은 그 쭈글쭈글한 얼굴 앞에 배에서 뽑아낸 검은 칼을 들어 보였다. 뜨끈한 피가 뚝뚝 떨어지고 있는 칼은 지난밤에 막 완성된 것이었다.

부스스스, 후드를 뒤집어쓴 족장의 머리 위로 검은색의 가루가 모래처럼 쏟아져 내렸다. 7장로를 갈아 넣은 칼은 검은 파편의 손아귀에 허무하게 부스러졌다.

"이번에도 실패군, 쟈니아."

마지막 평정심마저 잃은 족장의 얼굴이 완전히 일그러졌다.

절망한 인간의 얼굴.

"아니, 아직 숨이 붙어 있던 아내를 뜯어 먹고 살아남은 남자 족장이라 불러 줘야 하나?"

그것이 바로 검은 파편의 유일한 재밋거리이자 기쁨이었다.

"거기 누구 있소?"

컴컴한 계단 속에서 튀어나온 인영은 족장이나 쟈니아는 아니었다. 천만다행이었지만 처음 보는 우락부락한 사내가 반가운 것은 전혀 아니었다.

"누구쇼?"

이예주는 주춤 물러서며 경계했다. 낯선 사내는 큰 보폭으로 성큼성큼 다가왔다. 야광 빛이 닿는 자리까지 오자 남자의 모습이 드러났다. 가만히 서 있기만 해도 동상 걸릴 것 같은 이곳에서 얇고 더러운 민소매 상의와 반바지만을 걸친 그는 커다란 쇠망치를 어깨에 짊어 메고 있었다.

남자의 옷차림에 입을 떡 벌리고 있을 즈음, 이예주의 뒤편에 서 있던 베니가 앞으로 튀어 나갔다.

"릭 아저씨!"

"아니, 너는 베니 아니냐!"

아는 사이인 건지 남자가 망치를 쿵, 바닥에 내려놓고 튀어나온 베니를 반갑게 마주했다. 하지만 그는 곧 얼떨떨한 표정을 지으며 베니와 이예주를 번갈아 바라보았다.

"베니, 저분은 누구시냐?"

"이 누나는요. 족장님께서 데려오신 그……."

"아! 이분이 그 구원자……!"

족장이 데리고 왔다는 작은 단서에도 곧바로 이예주를 알아챈 남자가 그녀의 시선에 허겁지겁 입을 다물었다.

"누나, 이쪽은 릭 아저씨야. 우리 아버지랑 같이 대장장이신데 어렸을 때부터 우리 잘 돌봐 주신 분이야."

대장장이라고? 이예주의 눈이 휘둥그레졌다. 그럼 뭔가 얻어 들을 것이 있지 않으려나?

반가움이 잔뜩 서린 베니의 얼굴을 보아 족장이나 쟈니아만큼 경계해야 할 인물은 아닌 듯싶었다. 이예주는 어색하게 인사했다.

"안녕하세요."

"아, 안녕하시오."

그녀를 흘끔 곁눈질하며 릭도 마주 인사했다. 그는 이내 베니에게 몸을 돌려 속사포처럼 물었다.

"그런데 베니, 네가 어떻게 아직도 신전에 남아 있는 거냐? 잠깐 쇠를 캐러 간 사이 네 아버지는 죽고 너희 남매는 신전으로 끌려갔다는 소릴 듣고 얼마나 놀랐는지!"

"리즈랑 저한테 능력이 발현돼서 남게 되었어요."

"느, 능력이 발현됐다니! 그게 참말이냐?"

덩치와 맞지 않게 놀란 가슴을 조심스레 쓸어내리던 남자는 베니의 대꾸에 단번에 사색이 되었다. 이예주는 기민하게 눈을 빛냈다. 확실히 대장장이라 뭔가를 알고 있는 것이 틀림없다.

그런 그녀의 눈초리는 안중에도 없는 것인지 릭은 베니의 양어깨를 잡고 다그치듯 물었다.

“족장님은! 족장님도 이미 알고 계시는 거냐?”

“어. 네, 네! 족장님께서 직접 남으라고 말씀하신걸요?”

베니의 대꾸에 험악했던 릭의 얼굴이 한순간 침울해졌다. 그는 커다란 주먹으로 제 이마를 쾅쾅 내리치며 괴로운 목소리를 흘렸다.

“……미안하다, 베니. 내가 너희를 책임지고 돌봤어야 했는데…….”

“아니에요, 아저씨! 아저씨도 돌봐야 하는 가족이 있잖아요.”

베니가 손사래까지 치며 부정했지만 그의 얼굴은 나아질 기미를 보이지 않았다. 한참을 그렇게 자책하던 릭은 꽤 오랜 시간이 지나서야 제정신을 차렸다.

“그나저나 여긴 어떻게 알고 온 거냐. 여긴 절대 들어오면 안 되는 곳이야. 특히 너와 리즈는 더더욱!”

“그게…… 저희 앞집에 살던 토마스 기억하시죠? 저희랑 같이 신전에 남게 되었는데, 간밤에 토마스가 사라졌어요. 토마스를 찾아다니다가 우연히 통로를 발견해서 내려왔는데 여기였던 거예요.”

“토마스는…….”

베니의 설명에 릭의 낯빛이 급속도로 어두워졌다. 조용히 그 모습을 지켜보던 이예주는 그가 토마스의 행방을 알 것이라 확신했다.

“토마스는…… 베니. 토마스는, 이제 죽었다고 생각해라.”

그러나 들려오는 답은 이예주도 베니도 미처 예상하지 못한 것이었다. 이제껏 둘의 재회에 침묵하고 있던 이예주는 서둘러 개입했다.

“저기, 그게 무슨 말이에요? 죽은 것도 아니고 죽었다고 생각하라니요."

"그, 그게……."

"토마스 어디 있는지 봤죠? 그렇죠, 아저씨?"

이예주가 마구 몰아붙이자 릭은 눈에 띄게 난감해했다. 그의 모습에서 심상치 않음을 느낀 베니가 덥석 그의 두 손을 붙잡고 간절히 말했다.

"아저씨, 토마스 어디 있어요? 알려 주세요, 아저씨."

"나, 나는……."

"아저씨, 제발요!"

베니는 애원조로 소리쳤다.

"여긴 어디예요? 대체 저 문 너머에서 무슨 일이 일어나고 있는 거예요!"

"몰라! 나는 몰라! 난 정말 모르는 일이야!"

하릴없이 동공을 흔들던 릭은 끝내 베니의 손을 뿌리쳤다. 답할 수 없는 무언가를 숨기기 위해 그는 베니와 이예주를 끌어당겨 계단 쪽으로 마구 밀기 시작했다.

"아!"

"그만 저분을 데리고 돌아가라, 베니! 넌 여기 있으면 안 돼!"

"아, 저기요! 자, 잠깐만요. 밀지 마요!"

"어서 베니를 데리고 돌아가시오! 여긴 정말 위험한 곳이오! 만약 족장이 당신과 베니가 여기에 온 것을 알았다간……!"

갑자기 돌변한 남자의 무지막지한 힘에 베니와 함께 이예주는 속절없이 통로의 입구까지 떠밀렸다. 아, 뭔데! 대체 무슨 일이 일어나길래 이렇게까지 사색을 하며 내쫓는 건데!

"아 알았어요! 갈게요! 잠시만! 잠시만!"

이예주는 입구 벽을 잡고 간신히 버티며 다급하게 물었다.

"혹시 브레든도 보았어요? 브레든 아시죠? 누나 이름은 알리자린인데, 머리 막 빡빡 밀고! 왜 얼마 전에 눈족 족장이 데리고 왔다던……!"

릭이 크게 흠칫했다. 알고 있는 거 맞네! 이예주는 확신했다. 닫혀 있는 문 너머에 토마스도, 브레든도 있는 것이다.

"아저씨! 브레든 본 거 맞죠? 걔네 여기 있죠? 그렇죠? 갈 테니까 그것만 말해 줘요!"

"나, 난 잘 모르오! 아무것도 모른다니까!"

이예주가 릭을 집요하게 물고 늘어지는 사이 베니가 쪼르르 그의 다리 사이를 빠져나가려 들었다. 하지만 그가 덩치에 맞지 않게 재빠른 몸놀림으로 다리를 옮겨 막았다. 그리고 버럭 소리쳤다.

"베니! 너도 어서 가지 못해!"

"리, 릭 아저씨! 잠깐만요. 토마스가……!"

"가! 할 수 있다면 리즈 데리고 여길 떠나라. 장벽 밖으로라도 나가야 돼!"

"아, 밀지 마요. 잠깐만요!"

"다신 여기 오지 마시오! 특히 베니나 리즈를 데리고는 절대!"

집어 던지듯 두 사람을 계단 위로 올려놓은 남자가 지옥의 수문장처럼 계단 통로를 커다란 몸으로 떡 막았다. 저래서야 틈을 뚫고 들어갈 엄두조차 못 내겠다.

"그만 가자, 베니."

이예주는 헥헥, 가쁜 숨을 몰아쉬며 베니에게 말했다. 미련이 남는 듯 시무룩한 얼굴로 릭이 버티고 서 있는 뒤를 못내 돌아보며 베니는 이예주를 따라 계단을 오르기 시작했다.

온실 뒤뜰로 되돌아왔을 땐 이미 해가 저물어 어둑어둑해진 상태였다. 이예주와 베니는 나올 때 풀어 뒀던 쇠창살의 자물쇠를 채운 후 서둘러 신전 안으로 들어섰다.

따뜻한 온실을 지나 문을 열었을 때 복도는, 아니 신전 내부는 온통 엉망진창이었다.

"헐. 이, 이게……."

액자와 조각상 같은 것들이 바닥으로 다 떨어져 있는 것은 물론이고 벽과 문 또한 대부분 부서져 있었다. 파죽지세처럼 금이 가 있는 바닥에는 파손된 기물들과 먼지 가루가 뒤엉켜 지저분했다.

"아까 그거 지, 지진 난 건가?"

"리즈!"

신전 안에 두고 온 어린 동생 생각에 베니의 얼굴이 사색이 됐다. 온실 안에 리즈가 없었다.

"얼른 가 보자!"

등불이 대부분 떨어져 깨졌기에 신전 내부는 바깥 못지않게 어두웠다. 그나마 복도 끝, 홀로부터 들어오는 빛이 주변을 구분할 수 있게 했다.

뛰다시피 걸어 폐허 같은 복도를 벗어난 두 사람을 기다리고 있는 것은 한 무리의 눈족 인간들과 방금 지나온 복도보다 더 심각하게 부서져 있는 제단이었다. 기둥과 기물들이 마구 부서져 있는 홀은 한눈에 봐도 무너지기 직전 같았다.

"허, 이게 대체 어떻게……."

이예주는 기함했다. 이렇게 커다란 지진이 신전을 덮치는 동안 자신이 있던 숲은 그저 땅이 진동하는 것 외에 아무런 영향도 받지 않았다는 것이 믿기지 않았다.

부서진 제단 앞에 처참한 얼굴로 서 있던 한 무리의 인간들이 그녀와 베니의 인기척을 듣고 번쩍 고개를 돌렸다. 로브를 뒤집어쓰고 있는 이들은 모두 족장만큼, 어쩌면 그 이상으로 늙은 사람들이었다.

처음 보는 노인 무리의 모습에 이예주는 베니를 제 뒤로 숨기며 주춤 물러섰다. 그 낯선 얼굴들 사이에서 아는 얼굴이 튀어나왔다.

"어딜 갔다 이제 오시는 겁니까?"

눈족 족장이었다. 며칠 못 본 사이 족장의 꼴이 처참했다. 핏기가 사라진 창백한 안색과 시커먼 눈 밑이 임종을 앞둔 사람 같았다. 게다가 대체 무슨 일이 있었는지 그의 로브 앞쪽에 알 수 없는 핏자국이 잔뜩 묻어 있었다.

'또 순록을 죽인 건가?'

섬뜩한 족장의 모습에 이예주는 눈을 부릅떴다.

"그냥 앞에 눈 구경 좀……."

"끌고 가."

"자, 잠깐! 뭐 하는 거예요?"

심상치 않은 인간들의 분위기에 잔뜩 경계하며 어물어물 대답하는 사이 족장이 뒤에 서 있는 다른 노인네들에게 명령했다. 노인들이 득달같이 달려들어 그녀의 옆에 서 있던 베니를 떼어 냈다.

"누, 누나!"

"왜 이래요!"

겁에 질린 베니가 이예주의 옷자락을 덥석 부여잡았다. 이예주 또한 그를 마주 잡았지만 산삼이라도 삶아 먹었는지 노인네들의 힘이 억척스럽기 그지없었다.

"누나! 누나!"

"베니!"

이예주의 곁에서 떼어 낸 베니는 막을 새도 없이 노인들에게 우르르 둘러싸여 빠져나왔던 어두운 복도로 다시 끌려갔다. 이예주는 휙 고개를 돌려 눈족 족장을 노려보았다.

“저기요! 베니는 갑자기 왜 데리고 가요?”

“어서 방으로 올라가 보시죠.”

“어디로 데리고 가는 건데요! 리즈는요? 토마스는 어디 있어요? 브레든은!”

토마스의 행방을 신경 쓰고 있다는 것을 족장에게 티 내선 안 되었다. 지금까지 베니와 몰래 신전을 뒤지고 다녔으니까. 하지만 목 끝까지 불안함이 차올라 저도 모르게 아이들의 이름이 마구 튀어나왔다.

그러나 눈족 족장은 그저 입을 다물고만 있었다. 잠시 후 그는 지독히도 피로한 얼굴로 미간을 문지르며 냉정하게 대꾸했다.

“그 아이들은 우리 눈족의 구성원으로, 당신과는 아무런 관계가 없습니다.”

“관계가 있고 없고는 내가 알아서……!”

“입장 정리를 확실히 하는 건 누구에게나 필요한 일이지요. 당신은 검은 파편에게 이용당했다는 것을 알면서도 그를 선택하지 않았습니까?”

“…….”

“이제라도 검은 파편을 버리고 눈족 아이들을 선택하겠습니까? 그렇다면 당장이라도 브레든을 데려오도록 하지요.”

이예주는 할 말을 잃고 아연한 얼굴을 했다.

신전에 왔을 때, 그녀가 1순위로 경계하던 일은 바로 아무와도 감정적으로 엮이지 않는 것이었다. 알리자린 같은 죽음을 다시는 겪지 않기 위해서였다.

눈족 족장의 말이 맞았다. 이예주는 람에게 이용당하고 속았음을 알았음에도 결국 그를 용서했다. 과거를 버렸다. 그를 품기 위해서는, 그만을 생각하려면 더 이상 인간들의 처지를 이해할 수 없었다. 이해하게 된다면, 그녀는 그동안 힘겹게 외면하고 있던 다리족 몰살의 주범이 될 테니까.

알리자린의 동생은 마지막 남은 양심이었다. 앞으로도 람의 손에 죽을지 모를, 죽어 갈 인간들을 계속 외면하려면 자기 합리화를 할 것이 필요했다.

그러나 버려지고 이용당하는 베니 남매를 도저히, 도저히…….

“하지만 당신도 그에 따른 대가를 지불해야 합니다. 우리의 요구사항을 들어줄 수 있겠습니까?”

“…….”

이예주는 족장의 물음에 답할 수 없었다. 그런 그녀를 비웃듯 족장의 입가에 희미한 미소가 떠올랐다. 놈을 노려보는 것 외에, 그녀가 할 수 있는 일은 아무것도 없었다.

“그만 올라가시지요.”

4층은 아래층들에 비하면 무척이나 양호했다. 조각상들도 대부분 멀쩡했고 등불도 훤했다.

난간을 잡고 마지막 계단을 오르자 종아리와 뒤꿈치가 미친 듯이 당겼다. 오늘은 하루 종일 걷고 계단을 오르내리기만 한 끔찍한 날이었다. 남쪽 대륙은 엄청나게 추워서 가만히 있어도 체력이 동나는데 그렇게 움직여 댔으니 온몸이 쑤시는 것도 당연했다.

그녀는 쓰러질 듯 비척거리며 남은 복도를 간신히 지나 제 방이 있는 끄트머리까지 도달했다. 달칵— 바로 침대로 뛰어들 생각을 하며 문고리를 돌렸을 때였다.

“이제 오는 건가?”

방 안에서 환청 같은 소리가 들렸다. 이예주는 문턱에서 우뚝 멈췄다.

“……람?”

테라스 앞에 누군가 서 있었다. 너무 보고 싶어서 환영을 보고 있다는 생각이 들었다. 그런데 문득, 남자의 환영이 뒤로 돌아 이예주를 똑똑히 바라보았다.

어두운 방 안에서 번뜩이는 검붉은 눈동자. 남자가 이예주에게 양팔을 펼쳤다.

“오랜만에 보는군.”

“람!”

이예주는 비명처럼 남자의 이름을 부르며 마구 돌진해 그의 품에 안겼다.

“윽!”

남자가 그녀를 받아 내며 짧은 신음을 내뱉었지만 너무 정신이 없어 알아채지 못했다. 그저 팔로 남자의 등허리를 와락 끌어안고 그 품을 마구 파고들기 바빴다.

람의 가슴에 얼굴을 묻은 이예주는 미친 듯이 호흡했다. 수면 아래로 가라앉아 내뿜을 수 없었던 숨이 이제야 탁 트이는 것 같았다.

“어떻게 된 거예요? 어, 언제 왔어요? 장벽이 닫혀 있을 텐데, 어떻게 여기까지 왔어요? 왔으면 내가 있는 숲 쪽으로 오지.”

“그까짓 벽 따위, 부숴 버리면 그만이지.”

“그게 뭐예요…….”

지극히 남자다운 대답에 이예주의 입가에 웃음이 새어 나왔다. 그

덕에 이것이 꿈이 아님을 인지했다. 코끝이 찡하게 아려 와 그녀는 다급하게 숨을 들이마셨다.

"당신이 온 걸 알았으면 숲에 안 갔을 텐데. 아! 아래층이 다 부서진 게 혹시 당신 때문에 그런 거……."

그 순간이었다. 아무런 냄새도 나지 말아야 할 남자의 가슴에서 비릿한 향이 코끝으로 훅 끼쳤다. 모르고 싶지만 모를 수 없는 향기였다. 지금껏 지긋지긋하게 맡아 왔던.

"자, 잠깐……."

이예주는 천천히 남자의 품에서 고개를 들었다. 람에게선 언제나 아무런 향이 나지 않았다. 초반에는 그게 참 불만이었는데, 그녀는 이제 그것으로 남자가 허깨빈지 아닌지 구분할 수 있는 지경이 되었다.

그런데 왜, 어째서 남자의 몸에서 피 냄새가…….

남자의 허리를 짚고 있던 손을 떼자, 제 손이 끈적하게 젖은 것이 느껴졌다. 어두운 시야에도 그것이 물이 아니라는 것쯤은 똑똑히 알 수 있었다.

"이, 이게 뭐예요?"

이예주는 덜덜 떨리는 목소리로 물었다. 이런 때가 있었다. 동쪽 대륙에서도 검은 장포에 가려서 피가 줄줄 새어 나오고 있는 것을 바로 눈치채지 못했던 때.

그녀의 얼굴에서 단숨에 핏기가 사라졌다.

"당신…… 다쳤어요?"

"그렇게 됐군."

"그렇게 됐다니. 이, 이게……."

피로 젖은 제 손과 남자의 얼굴을 번갈아 가며 바라보자 불현듯 눈시울이 후끈해지면서 순식간에 눈앞이 뿌예졌다. 멀쩡한 남자의 얼굴에 비해 이예주는 과할 만큼 퍼들퍼들 떨리는 손으로 그의 옷자락을 잡아끌었다.

"이, 이리 와요. 여기 누워요. 여기……."

"……."

남자는 그녀가 이끄는 대로 순순히 침대에 누웠다. 그의 얼굴에 배부른 사자와 같은 포만감이 일순 스쳐 지나갔다. 자신이 다친 일이 트라우마로 남아 제대로 된 사고를 못하고 벌벌 떨기만 하는 그녀가 퍽 마음에 들었다. 이예주는 그 얼굴을 전혀 눈치채지 못했다.

"약을, 약을 가지고 와야 하는데, 약이……."

"괜찮아."

그를 눕혀 둔 채 약을 찾는답시고 다시 몸을 일으키는 그녀를 람이 얼른 잡아챘다. 이예주의 몸이 그 위로 허무하리만치 풀썩 쓰러졌다.

"보고 싶었다."

람이 제 어여쁜 것을 품에 꽉 끌어안고 속삭였다.

"네가 다친 곳이 없는 것을 보니 마음이 좀 놓이는군."

"……누가 이랬어요?"

숨 막힐 듯 몸을 죄는 팔 안에서 벗어나려고 버르적거리던 이예주가 간신히 고개를 들어 남자를 올려다보았다. 말간 눈에 눈물이 그렁그렁 달려 있었다.

"당신을 이렇게 다치게 만들 인간은 없잖아요. 다리족이에요? 누가 그랬어요? 대체 어떤 놈이……!"

"울지 마."

람이 불쑥 한 손을 들어 이예주의 뺨을 쓸었다. 소중한 것을 만지듯 그 손길이 조심스럽고 애틋하기 그지없었다. 뺨을 타고 뚝뚝 떨어지기 시작한 물방울들이 부드럽게 그의 손가락으로 흡수되었다.

"왜 울고 그래. 이런 조잡한 것으론 죽지 않는다. 이미 알고 있지 않아."

"흐으……."

남자의 다독임에 그제야 억눌렸던 울음소리가 터져 나왔다. 람이 다치고 피가 줄줄 내리흐르는데 자신은 할 수 있는 게 아무것도 없다는 사실이 당장 죽어 버리고 싶을 만큼 너무 끔찍했다. 그것은 그가 어떤 일이 있어도 쉽게 죽지 않는 인외의 존재라는 것을 인지하고 있는 것과는 별개의 감정이었다.

아직도 간헐적으로 떨리는 그녀의 몸을 좀 더 강하게 끌어안으며 람이 깊은 한숨을 내쉬었다.

"그만 울어."

"다치지, 다치지 말라고 했잖아요."

"예주야."

"당신이랑 떨어져 있으면 내가 얼마나 불안하고 무서운데. 대체 왜 이렇게 몸을 함부로 해요, 왜! 약속했잖아요, 다시는 다쳐서 오지 말라고. 근데 왜, 누가……."

한참을 흐느껴 우는 이예주를 달래며 람은 속으로 침음을 삼켰다. 계획했던 일이 완전히 틀어졌다. 그녀에게 다친 것을 보여 주기 위해 뚫린 겉가죽을 일부러 재생하지 않고 피가 계속 흐르도록 놔두었다.

인간 놈들이 시도했던 것처럼 그녀의 동정심을 이끌어 내어 또 한 번 제 곁에 남기를 종용하기 위해서였다. 어린것은 신체도 정신도 나약하기 그지없으니까. 제가 다친 것을 보면 마음 여린 인간 여자는 분명 곁에서 떨어질 생각을 못하겠지.

그러면 그는 다시 한번 그 따끈하고 비좁은 아랫배 속에 자신의 에너지를 흩뿌리는 것이다. 다시는 도망갈 수 없도록.

하지만 어린것이 이토록 경기를 일으킬 줄은 미처 예상하지 못했다. 그의 입새를 비집고 또다시 깊은 한숨이 새어 나왔다.

"하…… 보자마자 뼈째 씹어 먹으려 했는데 하나도 자라지 않았군."

"뭐, 뭐요?"

"여전히 울보잖아."

"악! 뭐, 뭐 하는 거예요?"

잡아먹을 기회를 놓친 사내는 심술부리듯 제 연인의 귀여운 코를 꽉 쥐고 잡아당겼다. 미간이 있는 대로 찌푸려진 못난 얼굴에도 어쩐지 가슴 한편이 간질거리는 느낌이 들었다.

"그동안 잘 지내고 있었나?"

"이, 이거나 놔요! 놓으라고요!"

고통과 수치스러움 때문에 이예주의 눈두덩에서는 금세 눈물이 말랐다. 그녀는 한참을 버둥거리고 나서야 그의 손에서 벗어났다. 남자의 품에서 벌떡 일어난 이예주는 서슬 퍼렇게 그를 노려보며 씩씩거렸다.

"잘 지내? 잘 지냈냐고? 지금 그런 태평한 말이 나와요?!"

퍽 하고 주먹으로 그의 가슴을 있는 힘껏 내려쳤다. 아까 달려들어 안길 때는 분명 아픈 티를 냈던 것 같은데, 어째 그녀의 일격에도 남자의 얼굴은 끄떡없었다.

'이 자식, 혹시 일부러……?'

스산한 생각에 이예주는 다시 한번 주먹으로 남자를 때렸다. 방금 전 내리친 곳보다 환부에 가까운 아래쪽을 쳤지만 역시나 놈은 미동조차 안 했다. 이예주의 얼굴이 단숨에 흉악해졌다.

"이, 이 나쁜 놈아! 다치지 않겠다고 나랑 막무가내로 계약하더니 이렇게, 이런 꼴로 오면 어떡해!"

그녀는 본격적으로 미친놈의 가슴을 마구 내리쳤다. 아기가 품에서 꼼지락거리듯 솜방망이 같은 주먹이었지만 람은 슬며시 그녀의 손목을 잡으며 엄살을 부렸다.

"아파."

"아프긴 뭐가 아파요! 진짜 칠 게 없어서 그런 장난을 쳐요? 내가 얼마나 놀랐는데, 정말!"

이예주는 분이 풀릴 때까지 람의 어깨와 등을 두드리다가 제풀에 지쳐 헥헥거렸다. 아기자기한 그 모습에 남자가 나직이 웃었다.

"웃어……?"

그녀가 금방 흰 눈을 치켜뜨고 노려보았다. 그러나 람은 자꾸만 몸 한구석이, 아니 배꼽 밑이, 아니 가슴속이 간지러워서 웃음을 참을 수가 없었다.

계속 웃음을 터뜨리는 남자의 모습에 갑자기 해일처럼 피로가 몰려왔다. 어둠 속에서도 형형히 타오르던 검붉은 눈이 곱게 접힌 눈꺼풀에 가려져 보이지 않았다.

그래. 네가 좋다니 됐다……. 그것을 가만히 바라보던 이예주는 허탈한 얼굴로 중얼거렸다.

"다시는 다치지 마요……. 피 묻혀서 오지도 말고."

"네가 솜 주먹으로 난리를 피울 때 상처는 이미 재생이 끝났다."

보여 주려는 듯 몸을 일으키는 남자를 저지하며 이예주는 인상을 북 썼다.

"그게 문제가 아니에요. 당신한테 피가 묻어 있는 걸 보면 이제 그냥 머리가 하얘진단 말이에요!"

때리느라 남자의 배 위에 올라타 있던 이예주는 침울한 얼굴로 그 위에서 내려와 앉았다. 두 사람의 몫을 받아 내느라 낡은 침대 스프링이 삐그덕, 음산한 소리를 냈다. 람의 시선을 피해 고개를 숙인 그녀는 울적한 목소리로 말했다.

"……당신이 다치면 어떻게 해야 할지 모르겠어요. 아무것도 못하는 내가…… 내가 나를 죽여 버리고 싶어져."

"예주야."

남자가 손을 뻗어 다시 조심스레 이예주를 끌어안았다. 하지만 그녀는 토라진 아이처럼 여전히 고개를 푹 숙인 채 그쪽으로 돌아앉지 않았다.

신전으로 온 후 여러 밤 동안 반복적으로 악몽을 꿔서 그런가. 람을 떠올리면 항상 불안했다. 언제나 눈을 뜨면 거짓말처럼 사라지는 악몽의 끝자락은 온통 시뻘건 잔상뿐이었다. 그 외에는 아무것도 기억나지 않았다.

문득 그녀의 머릿속에 방으로 올라오기 전 족장의 로브에 묻은 핏자국이 떠올랐다. 그것을 보고 일순 가슴이 서늘해졌던 감각도.

"눈족 족장이 이런 거죠? 응? 족장이 이랬어요?"

이예주는 퍼뜩 고개를 들고 람에게 물었다. 맞죠? 그렇죠? 닦달하듯 연달아 물었지만 남자는 희미하게 웃기만 할 뿐 좀체 답을 하지 않았다.

"그 늙은이 새끼! 죽여 버릴 거야!"

확답을 들은 것도 아닌데 이예주는 눈을 희번덕 뒤집으며 족장놈을 죽일 계획을 세웠다. 반드시 세상에서 제일 고통스럽게 죽이리라.

혼자서 부들부들 투지를 불태웠지만, 같이 공감해 주지 않는 남자로 인해 불꽃은 금방 푸시시 식었다.

가만히 저를 바라보기만 할 뿐 자신의 몸이 다친 것에 분노하지 않는 람이, 이예주는 아팠다. 그녀는 남자의 뺨을 조심스럽게 쓰다듬으며 울먹였다.

"왜 피하지도 않았어요. 바보같이……."

"그거 몇 번 찔려 봤자 간지럽지도 않아."

"또, 또, 또! 내가 그딴 소리 하지 말랬……!"

이예주가 다시 괴성을 지르며 발광할 기미가 보이자 람은 얼른 그녀를 꽉 끌어안으며 말을 돌렸다.

"얼굴이 좀 수척해졌지만, 잘 지낸 것 같아 다행이다. 그보다……."

"……."

"이제 그만 숲으로 돌아가지. 데리러 왔다."

람의 말에 이예주는 고개를 들어 그의 얼굴을 물끄러미 올려다보았다. 남자가 자신을 데리러 올 것이라고 이미 굳게 믿고 있었다. 그리고 그가 올 때까지 어떻게 해서든 브레든을 찾아서, 그래서 그가 왔을 때 뒤도 돌아보지 않고 이 음침한 신전을 떠나려고 했다.

하지만, 하지만……. 람에게 당장 당신과 함께 떠나겠다고 대답하고 싶은 마음이 굴뚝같았다. 하지만 자신은 또 병신처럼 그렇게 답하지 못했다.

"알리자린의 동생이……."

이예주는 고개를 푹 숙이고 웅얼거렸다.

"알리자린의 동생이 눈족 족장에게 잡혀 있어요."

"알리자린? 그게 누구지?"

"그 파란 나비 있잖아요. 온천에서 같이 봤던……."

"음."

남자가 기억났다는 듯 짧게 답했다. 이예주는 입술을 잘근잘근 씹으며 죄를 고백하듯 말했다.

"당신이 올 때까지 찾아서, 아니 당신이 오지 않더라도 찾아서 같이 탈출하려 했는데…… 그동안 신전을 싹 다 뒤져 봤지만 아직도 못 찾았어요."

"그 인간이 너에게 중요한가?"

람이 물었다. 알리자린이, 그리고 알리자린의 동생이 자신보다 중요하냐고.

우선순위를 따지자면 그보다 더 중요한 건 없었다. 과거까지 버리고 선택한 남자이지 않은가.

"……알리자린은 제 탈출을 돕다 죽었어요."

하지만 미래를 선택한 지금도 자신 때문에 죽은 사람을 외면해 버리면 '과거로 갈 수 없어서 그랬다.'는 변명조차 할 수 없게 돼 버린다. 이예주는 떼어지지 않는 입을 힘겹게 열었다.

"그리고 마지막에 약속했어요. 동생을 구해 주겠노라고……."

실은 잡힌 눈족 아이들을 모두 도와주겠노라 호언장담했다. 이제는 지키지 못할 허언들이었다. 그녀의 낯빛이 급격히 어두워졌다.

"그 애를 두고 갈 수 없어요."

정확히는 그 애 말고도 두고 갈 수 없었다. 그러나 자신을 빤히 바라보는 검붉은 눈을 마주 보며 차마 그렇게 말할 수 없었다.

브레든뿐만이 아니었다. 그렇게 피하고자, 엮이지 않고자 노력했지만 이예주의 가슴 끝엔 베니와 리즈라는 가시가 박혀 버렸다.

"후……."

람이 나지막한 한숨과 함께 지그시 눈을 감았다. 화난 걸까? 이예주는 조마조마한 마음으로 그의 눈치를 보았다. 잠시 후 그가 다시 눈을 뜨고 그녀를 마주 보았다.

"이 안에서 느껴지는 생명의 기척은 아까 너와 함께 있었던 어린 인간과 그 혈육뿐이다."

"네? 그, 그런…… 그럼 다른 아이들은요?"

"다리족 놈들이 만든 이상한 약물을 주입하지 않았다면, 죽은 것이겠지."

죽은 것과 진배없는 상태가 된 걸지도 모르지만 람은 굳이 그것을 입에 담지 않았다. 괜한 희망을 심어 주고 싶지 않았다. 그보단 사실 인간 여자가 그냥 모든 것들을 내버리고 자신의 곁에만 있어 줬으면 하는 욕심이 컸다.

하지만 그의 말에 인간 여자의 얼굴은 너무 쉽게 울 것처럼 흐려졌다. 람은 불현듯 가슴이 내려앉는 기분을 느꼈다.

"그냥, 다 쓸어버릴까?"

간신히 말려 놓은 눈꼬리가 다시 축축해지는 게 보이자 그는 손을 뻗어 그곳을 어루만졌다.

"널 괴롭히는 것들을 다 죽여 버리고 이곳 남쪽 대륙을 흔적도 없이 없애 버리면, 그러면 네가 내 앞에서 더는 울지 않고 예쁘게 웃기만 할까?"

"그게…… 그게 무슨 소리예요?"

"동쪽 대륙을 복구하느라 에너지를 꽤 많이 소비했지만, 좀 더 무리하면 충분히 할 수 있다."

네 말 한마디면 당장이라도 그렇게 하겠다는 듯 남자의 검붉은 눈이 알 수 없는 격정으로 들끓기 시작했다. 이예주의 얼굴이 희게 질렸다. 그녀는 당황해서 고개를 마구 저었다.

"그러지 마요! 그럼 안 돼요!"

"왜?"

"아, 아무것도 모르고 쫓겨난 어린애들도 많은걸요."

"내게 어린것은 너만으로도 충분해."

람이 단호하게 덧붙였다.

"지금 동쪽 대륙 상황이 어떤지 아나?"

"동쪽 대륙요? 거기는……."

그녀가 남쪽 대륙으로 와서 전해 들은 동쪽 대륙의 소식은 모두 쟈니아가 흘린 단편적인 것들뿐이었다.

하루아침에 붕괴되고 부서져 많은 인간들이 죽었다고, 그것이 모두 그녀 때문이라고 몰아붙였던 쟈니아를 떠올리니 이예주의 입이 자연스럽게 닫혔다. 그녀는 흔들리는 눈동자로 람을 바라보았다.

"동쪽 대륙은 지금 전쟁 중이다. 어린것 늙은것 할 것 없이 인간들이 매일 수백씩 죽어 나가고 있지."

"저, 전쟁이요? 신인류와 마을 사람들의?"

"아니, 신인류와 시간족이지."

이예주의 눈이 휘둥그레졌다. 마을 인간들의 횡포를 견디다 못한 신인류들이 하루아침에 들고 일어났던 것을 똑똑히 기억했다. 그런데 왜 갑자기 뜬금없는 시간족과의 전쟁이지?

람이 곧바로 의문을 해소해 주었다.

"동쪽 대륙이 붕괴되면서 마을에 살고 있던 인간들은 대부분 죽었다."

"뭐, 뭐라고요?"

이예주의 눈이 금방이라도 굴러떨어질 것처럼 더없이 확장되었다.

"나, 나 때문이죠?"

심장이 덜컹거렸다. 굳이 쟈니아의 말이 아니어도 이예주는 그동안 수차례 람의 경고를 들어왔다. 도망가면 대륙을 모두 때려 부수겠다고.

그냥 하는 말이 아니라 충분히 실행으로 옮길 남자라는 것을 내심 알고 있으면서도, 그녀는 깊게 생각하지 않고 그에게서 또다시 도망쳤다. 자신의 안일함이 죽음을 불러온 것이다. 벌어진 그녀의 입술이 파르르 떨리기 시작했다.

"그때. 그때, 내가 동쪽 대륙으로 열린 문을 넘었는데 당신이…… 당신 팔이……."

"그게 아니라도 인간들은 곧 멸종할 거다."

이미 정해진 미래를 읊는 것처럼 람이 여상한 얼굴로 읊조렸다.

"팔족들은 새로 태어나는 것들이 없어 도태됐고 그마저도 얼마 전 터전의 절반가량이 사라졌다. 기억하겠지? 얼음 동굴에서 네가 스스로 손목을 그었을 때."

흡, 이예주는 날카롭게 숨을 들이켰다. 동굴에서 열렸던 '문'이 떠올랐다. 그 안엔 분명 팔족들이 사는 시간이 멈춘 도시가 비쳤다. 그 후에 람의 오른쪽 어깨에서 핏줄기가…….

"다리족은 족장을 잃고 남녀노소 할 것 없이 모조리 군대에 투입되고 있지. 그나마 사정이 나은 눈족 놈들은 족장과 장로들을 중심으로 모든 에너지를 집중하기 위해 태어나는 것들을 족족 내버리고 있다."

"……."

"그에 반해 신인류들은 새로 복구된 동쪽 대륙에서 엄청난 속도로 번식 중이지."

남자는 그녀의 충격이 가실 틈을 주지 않고 이어 몰아붙였다.

"신인류야 얼마든지 다시 만들어 낼 수 있다. 하지만 인간들은 다르지."

"……."

"인간들의 멸종을 조금이라도 늦추고 싶다면, 네가 할 일은 허튼 생각 말고 얌전히 내 곁에 붙어 있는 것뿐이야. 그러니 앞으로 능력을 사용하는 짓은 관두거라."

람이 불쑥 손을 뻗어 이예주의 양어깨를 붙잡았다.

"너만 잡을 수 있다면 그깟 대륙 따위 몇 번이고 부술 거니까."

짓씹듯이 내뱉어진 남자의 말에 이예주는 이제 숨도 못 쉬고 얼어붙었다.

결국 쟈니아의 말이 맞았다. 그녀 때문에, 그녀가 람에게서 도망갔기 때문에 동쪽 대륙이 붕괴되고 많은 사람들이 죽은 것이다.

"……나, 나는."

"……."

"나는 당신을, 선택했어요."

이예주는 곧 기절할 사람처럼 바들바들 떨며 선택했다. 결국 자신 때문에 죽은 사람을 외면하는 것을.

"그래서, 그래서 앞으로 인간들이 멸종한다 하더라도……."

사실 상상도 가지 않았다. 이 세상에, 이 지구에 자신을 제외한 사람이 한 명도 존재하지 않는 상황은. 하지만 이예주는 스스로를 세뇌하듯 재차 다짐했다.

"그래도 당신을 원망하거나 두려워하지 않을 거예요."

"어여쁜 것."

남자가 기특하다는 듯 손을 올려 그녀의 얼굴을 쓰다듬었다. 그녀의 말이 듣기 좋았는지 그의 붉은 입꼬리가 한껏 위로 휘었다.

람이 웃는다. 기뻐야 하는데. 하지만 이예주의 얼어붙은 몸은 좀처럼 풀리지 않았다.

"그치만…… 안 그래도 불쌍하게 버려진 아이들이 죽어 나가는 데에 가담하고 싶지는 않아요. 지금까지 나 때문에 죽은 사람들을 생각만 해도…….”

웃고 있는 남자와 달리 이예주의 눈에서 뜨거운 물방울들이 후두둑 떨어졌다. 제가 울고 있는지도 모르던 그녀는 멀뚱멀뚱 눈을 깜빡이다가 뒤늦게 한 손을 들어 제 눈을 가렸다.

“아…….”

그녀는 제 구역질 나는 이중성에 작게 신음했다.

이전에는 자신 때문에 죽은 이들을 하나하나 가슴에 새겼다. 과거로 돌아가면 모두 되살릴 이들이었으니까 당연히 기억할 수밖에.

그러나 이제 그녀가 할 수 있는 건 최대한 모르는 척 외면하는 것뿐이었다. 붕괴된 동쪽 대륙과 부서진 팔족 도시, 그 사람들을 하나하나 가슴에 새기다 보면 이예주는 단순히 죄책감에 짓눌리는 것을 넘어 숨이 막혀 죽을 것이다.

“이게, 이게 싸구려 같은 동정이고 오지랖이라고 해도…… 당신이 답답해하고 화를 내더라도…….”

“예주야.”

제가 무슨 말을 하는지도 모른 채 횡설수설하며 덜덜 떠는 이예주를 람이 끌어당겨 품에 안았다.

모두 제 뜻이었다. 자신이 무수한 고뇌 끝에 선택한 남자다. 그 남자의 품에 안겨 있는데, 그런데 왜 이렇게 다시 선택하고 묻어 둬야 하는 게 많은 걸까.

“쉬이— 알았다.”

숨넘어갈 듯 헐떡이는 이예주의 등을 천천히 쓸어내리며 남자가 얕은 한숨을 내쉬었다.

“남쪽 대륙을 부수지 않을 테니 울지 마.”

“……흐, 흐으.”

"네가 내 곁에서 도망치려 들지만 않는다면 아무 일도 없을 테니까."

당장이라도 남쪽 대륙을 때려 부술 것 같았던 남자의 흉흉한 기세가 누그러진 게 느껴졌다. 이예주는 그제야 숨넘어갈 듯 헐떡이던 몸을 조금씩 진정시킬 수 있었다.

"어디로 도망가겠어요, 내가. 앞으로 인간들한테는 천하의 쳐 죽일 년일 텐데……."

그녀는 람의 허리를 마주 안으며 힘없이 대꾸했다. 마음이 한없이 착잡했다. 전시 중 국민들에겐 소리 소문 없이 피란을 떠난 왕, 안위를 위해 나라를 팔아먹은 간신, 역적…….

별별 생각들이 계속해서 머릿속에 떠올랐다. 하지만 람의 손이 등을 쓸어내릴 때마다 애써 떠올린 것이 무색하게 그 생각들은 흐물흐물 녹아내렸다.

그의 말처럼 이대로 그냥 모든 것을 잊고 이 남자의 품속에만 있으면 되지 않을까. 한숨 자고 일어나면 모든 것이 끝나 있을 거야. 흐릿한 피비린내가 나는 남자의 가슴에 얼굴을 깊이 묻으며 이예주가 그런 생각으로 눈을 슬며시 감을 즈음이었다.

"어차피 숲으로 되돌아가더라도 놈들은 필요할 때 또다시 네게 손을 뻗으려 들겠지."

남자가 그녀의 앞머리를 다정히 쓸어 넘기며 말했다.

"나는 이제 잠에 들어야 해."

"자, 잠이요?"

"그래. 동쪽 대륙을 복원하느라 많은 힘을 소비했다."

이예주의 눈이 다시 휘둥그레졌다. 검은 파편이 많은 힘을 쓰고 깊은 잠에 빠져들었다는 동화의 구절을 기억해 낸 그녀는 새된 비명처럼 물었다.

"나 때문에요?"

제 탓이었다. 멀쩡했던 동쪽 대륙이 부서진 것도, 람이 그로 인해 많은 힘을 소비하여 잠에 들어야 하는 것도 모두 제 탓 같았다. 그리고 남자는 부정하지 않았다.

"예고 없이 대륙이 붕괴되어 애꿎은 신인류들마저 피해가 막심했다. 그나마 살아남은 것들이라도 건사해 줘야지."

타당한 일이었다. 죽은 것들은 되살릴 수 없더라도, 살아남은 것들마저 죽게 만들 수는 없었다. 그래서 람은 주변에 있는 운석과 별들을 끌어당겨 삼키고 다져 새 땅을 만드느라 아주 오랜만에 많은 에너지를 소비했다.

이전의 터를 잡고 살던 동쪽 대륙에 비하면 터무니없이 척박한 환경이었지만 살아남은 신인류들에겐 인간이 없는 것만으로도 더 없는 낙원이었다.

"원래는 널 데리고 얼음 동굴로 돌아가서 잠에 들 계획이었는데……."

"이렇게 빨리요?"

재회한 지 얼마 되지도 않았는데 이렇게 빨리 헤어져야 한다는 사실에 이예주의 얼굴이 다시 왈칵 흐려졌다. 그와 떨어져 있는 시간은 끊임없는 인내와 고난의 연속이었다.

하지만 그녀는 지난번처럼 가지 말라고 투정조차 부릴 수 없었다. 결국 자신은 브레든을 찾기 전에는 떠나지 못할 테니까. 그런 이예주를 모두 알고 있다는 듯 남자가 그녀의 콧잔등 위로 야트막한 한숨을 내쉬었다.

"이틀."

"……이틀?"

"이틀간 여기서 잠을 잘 테니 죽은 눈족 계집의 혈육을 재주껏 찾아보도록 해. 어디로든 가지 않으마."

"저, 정말요?"

이예주는 남자의 가슴에서 고개를 번쩍 들고 그를 올려다보았다. 허락이었다. 여기에 남아 그가 증오하는 인간을 구하는 것에 대한. 그것은 더 이상 도망가지 않겠다고 한 그녀를 향한 남자의 신뢰이기도 했다.

이예주는 모처럼 자신을 믿어 주는 남자가 기쁘면서도 한편으론 불안감이 마구 치솟았다.

"그, 그런데 당신이 잠든 사이에 눈족들이 당신을 또 해치면 어떡해요?"

"그럼 네가 지켜 줘야지."

"내가 어떻게요……."

이예주는 자신 없다는 듯 눈을 내리깔았다. 무능력한 자신에 대한 혐오로 다시 눈물을 쏟자 남자가 설핏 웃으며 진실을 토로했다.

"인간들이 만든 조잡한 걸로는 죽지 않는다고 했지 않아."

"그래도……."

"그 누구도 나를 해치지 못해. 날카로운 것으로 심장을 난도질당하더라도 아무런 타격조차 없을 것이다."

"그런 말 하지 말랬죠! 알았어요. 내가 꼭 지켜 줄게요!"

그의 말에 한없이 쭈그러들던 이예주가 고개를 번쩍 치켜들었다. 마음을 바꿔 먹은 그녀는 두 주먹을 꽉 움켜쥐었다.

"이틀간 브레든도 반드시 찾아낼게요. 그래서 같이 숲으로 돌아가요. 펭양이 만들어 준 빙어 구이 먹고 싶어……."

어리광을 부리듯 중얼거리며 다시 람의 품을 파고들었다. 허리를 감싸 안자 남자의 몸이 멈칫했다. 이예주는 그를 무시하고 팔에 힘을 꽉 쥐어 좀 더 세게 그를 끌어안았다.

할 수 있어, 이예주. 누구도 손끝 하나 건들지 못하게 지켜 줄 수 있어.

"……좀 아프군."

한참의 틈을 둔 후 남자가 조금 갈라진 목소리를 내었다. 아차! 이 남자, 다쳤지! 이예주는 당황해서 번쩍 허리를 감은 손을 풀었다.

"어, 어디가요? 상처가요? 어디 봐요. 소독 같은 거 안 해도……."

"우리가 새로이 맺은 계약 내용을 똑똑히 기억하고 있던데."

갑자기 웬 계약 얘기야? 그녀는 어리둥절한 얼굴로 되물었다.

"뭔 내용이요?"

"네가 내 곁에서 도망치지 않는 조건으로, 그리고 넌 내가 다치지 않는 조건으로 계약을 새로 맺었지 않아."

"계약이요?"

"그래. 난 온천에서 네게 대가를 치렀으니 이젠 네 차례다."

"대가…… 차례?"

남자의 뜬구름 잡는 소리에 그녀의 머리가 자동으로 온천에서의 일을 회상했다. 그러고 보니 온천에서 계약과 관련된 말을 나눴던 것 같다. 그것이…….

—계약을 성사시키기 위해선 대가가 필요하다. 대가로 널 치료해 줄 테니 넌 그저 가만히 있도록 해. 내가 다 알아서 하지.

문득 남자의 낮은 목소리가 생생히 귓가에 울렸다. 그러고 나서 무슨 일이 벌어졌던가. 그의 위에 앉혀져서 다리가 찢어지도록 벌어진 채 밤새…….

"헉!"

"이제 기억났나?"

순식간에 낯빛이 창백해진 그녀의 코앞에 남자가 얼굴을 가까이 들이대며 음험하게 속삭였다. 이예주는 마구 고개를 휘저었다.

“아니요? 무, 무슨 차례를 말하는 건데요?”

“네가 날 치료해 줄 차례.”

그 말을 끝으로 시야가 반전되었다. 아찔한 감각과 함께 이예주는 풀썩 침대에 눕혀졌다. 남자가 먹이를 사로잡은 포식자처럼 그녀의 위로 올라탔다. 그의 손이 엄청난 빠르기로 단추를 풀어 내리기 시작했다.

“자, 잠깐……!”

이예주가 서둘러 허겁지겁 남자를 막아섰지만 무용지물이었다. 눈 깜짝할 새 단추가 모두 풀리고 로브가 벗겨졌다. 상의마저 남자의 손에 찢기듯이 벗겨지자 맨살이 드러나는 것은 금방이었다.

“저기요! 저기, 이, 이게! 우리 방금까지 심각한 얘기 하고 있었잖아요! 왜 이렇게 흘러가는 건데!”

“환자를 격동하게 하면 쓰나. 얌전히 있도록.”

남자가 당황하여 버둥거리는 그녀의 두 손목을 가뿐히 잡아 위로 올렸다. 이예주의 동공이 지진 나듯 흔들렸다. 환자? 이렇게 무식하게 힘이 센데?

“아니, 아니! 당신이 무슨 환자야! 그리고 대가 그거 내가 정하는 거 아니에요?! 다른 신인류들은 그랬잖아요!”

“스읍— 어린것이 못된 것만 배워 가지고. 나 또한 성심성의껏 몸으로 치료해 주었으니 너도 내게 그리해 줘야지.”

헛소리를 잘도 뇌까리던 람이 고개를 훅 숙였다. 희게 드러난 살을 남자가 게걸스럽게 빨아들였다. 경악으로 잔뜩 굳어진 이예주의 입에서 반사적으로 신음이 터져 나왔다.

"헉! 이 미친……!"
"예주야."
한 손으로 능숙하게 하의마저 벗겨 내던 남자가 불현듯 호소했다.
"아파."
"어, 어디 가요?"
"나 아파, 예주야."
"이, 이게 무슨…… 대체 누가 그런 것을……."
대체 누구한테 그런 교태를 배워 온 것이냐 묻고 싶었지만 기가 막혀서 말도 제대로 나오지 않았다. 이제 남자의 아프다는 말이 거짓인 것을 알았다. 하지만 어둠 속에서 자신을 빤히 올려다보며 허락을 구하는 그 눈동자에, 또 한 번 속아 넘어갈 수밖에 없었다.
"하, 한 번만 해야 돼요."
"알았다."
"정말이에요! 치료에 필요한 한 번만요! 그때처럼 밤새워서 했다가는 죽는…… 으읍!"
거침없는 손으로 아래를 헤집으며 남자가 입술로 이예주의 입을 틀어막았다. 계획한 바는 아니었으나 원래의 목적대로 인간 여자의 따끈하고 좁은 아랫도리를 차지한 람은 지독히도 만족스럽다는 듯 웃었다. 그녀를 바라보는 검붉은 눈에서 정욕이 뚝뚝 떨어졌다.
방 안은 얼마 안 가 끙끙대는 신음 소리로 가득 찼다. 그리고 그녀의 배 속에 새로운 에너지가 왈칵 피어올랐다.

소란스러운 소리에 이예주는 감았던 눈을 떴다. 자신은 기둥이 다

쓰러져 무너지기 직전인 신전의 입구 앞에 서 있었다.

"왜 여기에……."

우두커니 서 있던 이예주는 자신을 툭툭 치며 지나가는 사람들 때문에 가만히 생각에 잠길 수 없었다. 수많은 사람들이 바쁜 걸음으로 무너진 신전 입구로 들어가고 있었다.

사람들에 떠밀려 그녀도 어쩔 수 없이 신전 안으로 걸음을 옮겼다. 살벌하게도 부서진 기둥의 잔해들을 피해 사람들이 향하는 곳으로 걷고 또 걷다 보니 어느새 여신상이 있는 홀 깊은 곳까지 들어온 후였다.

신전이 곧 무너질 것처럼 이렇게 엉망진창이 되었는데 참으로 기이하게도 거대한 여신상은 금 하나 가지 않고 멀쩡했다.

여신상을 올려다보던 이예주는 고개를 갸웃거렸다. 여신이 양손에 들고 있는 검은 파편과 삼지창 조각이 좀 이상했다. 그저 조각된 석고 덩어리에 불과했던 검은 파편이, 여신의 손에서 검붉게 달아올라 살아 있는 것처럼 고동쳤다.

게다가 미묘하게 빗겨 나가 있던 삼지창의 각도가 정확히 검은 파편을 겨냥했다. 만일 조각상이 살아 있다면 금방이라도 검은 파편에 창날을 쑤셔 박을 것 같았다.

문득 제단 앞까지 잔뜩 몰려든 사람들이 몸을 숙여 바닥에 납작 엎드렸다. 이예주 혼자만이 어리둥절한 채 따라 엎드리지도 못하고 엉거주춤 서 있을 때였다.

사람들이 하나같이 제단 위를 가리키며 연거푸 절을 했다. 그것을 따라 시선을 돌리자 제단의 가장 끝에 있는 황금 의자에 누군가 앉아 있는 것이 보였다. 남자는 눈을 꾹 감은 채 죽은 듯이 늘어져 있었다.

"……람?"

멍하니 그를 올려다보고만 있자 황금 의자 뒤편에서 누군가 스르륵 나타났다. 회색 로브를 뒤집어쓰고 있는 눈족 사제였다. 그가 한 손을 들어 얼굴을 가린 후드를 벗어 냈다. 그러자 시간의 여신과 똑 닮은 금빛 머리칼이 굽이치며 드러났다.

"……쟈니아?"

람이 앉아 있는 황금 의자 뒤에 선 상태로 여자가 엎드려 절을 하는 사람들에게 무어라 소리쳤다. 그런데 기이하게도 이예주에겐 그 소리가 들리지 않았다.

목에 핏줄까지 선 채 연설하듯 뭐라 뇌까리던 쟈니아는 돌연 황금 의자에 가려 보이지 않던 다른 한 손을 위로 번쩍 쳐들었다. 그 손에는 여신상이 들고 있는 것과 똑같은, 괴상한 모양새의 삼지창이 들려 있었다.

마치 거대한 여신상과 자그마한 피규어를 보는 듯했다. 여신과 같은 얼굴, 같은 손에 든 삼지창.

이예주는 홀린 듯이 제단의 계단을 걸어 올라갔다. 신전 안에 있는 수많은 사람들은 마치 이예주를 보지 못하는 듯 아무도 그녀를 막아서지 않았다.

그때까지 목이 터져라 소리를 지르던 쟈니아가 불현듯 양손으로 창대를 부여잡고 위로 번쩍 쳐들었다. 그리고 마침내 이예주가 람이 앉아 있는 제단의 꼭대기까지 올라선 순간, 여자는 망설임 없이 삼지창을 람의 가슴에 콱 내리박았다.

푸욱— 날카로운 창끝이 뼈를 부수고 심장에 쑤셔 박히는 섬뜩한 소리가 들렸다.

하지만 그도 잠시, 여자가 람의 가슴에 박았던 창을 힘껏 뽑아냈다. 창끝에 박혀 있던 심장이 뽑혀 딸려 나왔다. 주먹만 한 그것은 살아 있는 시뻘건 피를 흩뿌리며 펄떡펄떡 고동쳤다. 그것을 바라보며 사람들이 무섭게 환호했다.

그러나 이예주는 다른 사람들처럼 뽑힌 심장을 보고 있지 않았다. 그녀의 시선은 뻥 뚫린 람의 가슴에 못 박혔다.

심장이 있던 자리가 훤히 보일 만큼 커다란 구멍이 생긴 가슴 구멍에서 남자의 생명수가 질질 흘러넘쳐 바닥으로 떨어졌다. 뻥 뚫린 구멍을 손으로 틀어막더라도 새어 나오는 피를 멈출 방법은 없었다.

"아. 아아……."

이예주는 미친 듯이 고개를 저었다. 아니야. 이 남자가 죽을 리 없잖아. 눈앞이 온통 시뻘게지더니 뜨거운 물이 볼을 타고 뚝뚝 흘러내리기 시작했다.

"왜?"

그때 남자가 물었다. 이예주는 뻥 뚫린 가슴에 고정했던 시선을 들어 그의 얼굴을 바라보았다. 어느새 그녀의 하나뿐인 연인은 사라지고 어린아이 하나만이 황금 의자에 남아 있었다. 새빨간 눈동자, 앳된 얼굴이 낯익었다.

"왜?"

가슴에 난 구멍에서 피를 와르르 흘리며 어린 람이 물었다. 얼굴을 일그러뜨린 채 눈물을 뚝뚝 흘리고 있는 이예주에게 왜 울고 있느냐며.

"……어차피 넌 날 버릴 거잖아."

그리고 아이는 그녀를 외면하듯 눈을 감았다.

"헉!"

이예주는 번쩍 눈을 떴다. 눈을 떴음에도 망막에 시뻘건 잔상이 남아 있었다. 코끝에 피비린내가 감돌자 그녀는 얕게 숨을 헐떡였다.

"……무슨 꿈이었지?"

분명 람이 나왔던 것 같은데. 신전이었고, 누가 람을……. 거기까지 생각한 이예주는 문득 느껴지는 스산한 한기에 부르르 떨었다.

고개를 내리자 침대 시트가 흘려내려 울긋불긋한 제 맨몸이 드러났다. 붉게 변한 것을 넘어 푸르뎅뎅하게 부어오른 가슴께를 바라본 그녀의 낯빛이 창백해졌다.

"미친……."

간밤에 벗어 던진 옷가지들을 찾으며 그녀는 몸을 일으켜 앉았다.

"으윽."

곧바로 묵지근한 통증이 전신을 덮쳤다. 잠시도 오므릴 틈이 없었던 다리는 물론이고, 팔다리, 허리, 배, 안 아픈 곳이 없었다.

두 손으로 등허리와 아랫배를 감싸 안고 한참을 끙끙대던 이예주는 통증이 좀 가라앉고 나자 눈을 부리부리하게 뜨고 옆을 노려보았다.

"이런 나쁜 놈!"

전신 구타를 당한 것과 마찬가지의 통증을 선사한 나쁜 놈이 그녀의 옆에 태평하게 누워 있었다. 게다가 이 추운 지방에서 그녀는 벌거벗긴 채로 자든 말든 내팽개쳐 두고, 본인은 겉옷까지 차려입은 채 자고 있는 것이 아닌가!

"이런 천벌 받을 놈!"

그녀는 와락 달려들어 남자의 멱살을 쥐었다. 그 순간만큼은 아릿하게 당기는 아랫배의 통증도 느껴지지 않았다.

"내가 그만하자고 그렇게 애원했는데!"

한 번의 거사가 끝난 뒤에도 탈진해서 헥헥거리는 그녀의 몸에서 도통 빠져나갈 생각을 안 하는 남자에게 이예주는 두 손 모아 빌었더랬다. 그러나 흘러내린 머리를 쓸어 올리며 코피 터질 만큼 섹시한 얼굴로 "조금만 더……." 하고 비비적거리는 놈을 도무지 막을 방도가 없었다.

결국 이예주는 밤새 시달리다 커튼 사이로 동이 트는 것을 보고 기절하듯 잠에 들었다.

"이 변강쇠 같은 놈아! 어떻게! 어떻게 그렇게 밤새……!"

움켜쥔 멱살을 짤짤짤 흔들며 이예주는 울먹였다. 그렇게 남자에게 원망과 분노를 쏟아 내다 문득 이상함을 느꼈다.

"……람?"

그녀가 이토록 거칠게 흔들어 깨우는데도 불구하고 남자는 미동조차 하지 않았다. 람을 잠을 잘 자지 않았다. 일어나도 한참 전에 일어났을 남자가 눈을 뜨지 못하자 이예주는 크게 당황했다.

"람, 일어나 봐요. 왜 이러는……."

멱살을 놓고 다급히 남자의 몸을 흔들던 그녀는 순간 떠오른 사실에 몸을 굳혔다.

—나는 이제 잠에 들어야 해. 동쪽 대륙을 복원하느라 많은 힘을 소비했다.

그의 몸 위에 있었던 이예주의 손이 스르륵 떨어졌다.

람은 깊은 잠에 들었다. 브레든을 찾을 수 있는 유예 기간 또한 이틀밖에 남지 않은 것이다.

샤워를 한 후 다시 침대로 돌아왔음에도 불구하고 람은 여전히 미동도 하지 않은 채 잠에 들어 있었다. 벽난로 앞에 있던 의자를 끌어다 침대 옆에 바싹 붙어 앉은 이예주는 멍하니 그 얼굴을 내려다보았다.

눈을 꾹 감고 있는 탓에 평소보다 긴 속눈썹이 훨씬 더 도드라져 보였다. 보통 여자보다 길어서 람의 신체 중 유난히 예쁘다고 생각했었다. 물론 그 외에도 예쁘지 않은 곳이 없었다. 흉흉한 검붉은 눈동자를 감은 채 곱게 잠들어 있는 남자는 꼭 잠자는 숲속의 공주님 같았다.

"남자 주제에 입술은 왜 이렇게 빨간 거야."

손을 뻗어 모양 좋은 남자의 입술을 어루만지던 이예주의 입에서 야트막한 한숨이 새어 나왔다. 이렇게 미동 없이 누워 있는 람은 현실감이 없었다. 사실 아까까지만 해도 그가 깊은 잠에 들었다는 것이 믿기지 않았는데, 이제야 실감이 나는 것 같았다.

미동 없는 람을 보고 있자, 갑자기 왈칵 두려움이 몰려왔다. 이틀은 짧지만 길다고도 말할 수 있는 시간이었다. 자신을 끌고 온 이후 그대로 방치해 뒀던 눈족들을 생각해 보면 이틀 정도 두문불출해도 신경 쓰지 않을지 모른다.

욕실로 들어가기 전에 방문은 단단히 잠가 뒀다. 하지만 놈들이 무언가 이상한 낌새를 느끼고 막무가내로 문을 부수고 들어오려 들면…….

"……눈족 인간들이 당신을 해치려고 들면 어떡하지?"

그럼 난 어떡해야 하지? 깨지기 쉬운 유리를 다루듯 조심스럽게 남자의 뺨을 쓰다듬으면서 이예주는 잘근잘근 입술을 깨물었다.

불안감이 가슴 속을 까맣게 태우는 것 같았다. 그의 말처럼 쉽게 죽지 않을 남자라는 걸 아는데. 그렇지만 그동안 그녀가 정을 주었던 것들은 모조리 죽거나 다치지 않았는가. 람은 그중에서도 엄마 다음으로 가장 소중하고 중요하게 여기는 이다. 꽁꽁 숨겨 놓고 혼자만 봐야 하는 보석 같은.

"걱정 마요."

이예주는 자꾸만 약해지는 마음을 다잡으며 람의 손을 잡고 깍지를 꼈다. 잘 자요. 그동안 많이 고단했잖아.

항상 강하게 마주 잡아 주던 손아귀에 힘이 하나도 들어가 있지 않았다. 그의 손등에 입을 맞추며 이예주는 한 번 더 다짐했다.

"내가 지켜 줄게요."

무슨 일이 있더라도, 제 목숨을 바치는 한이 있더라도 이 남자를 지키겠노라고.

이예주는 제 말을 지키듯 하루 종일 남자의 곁을 떠나지 않고 우두커니 앉아 있었다. 늙은이들에게 끌려간 베니 생각도 났고, 브레든을 찾아 다시 탑의 지하로 내려갈 계획도 세워야 하지만 도저히 람을 두고 갈 마음이 들지 않았다.

다행인지 불행인지 하루 종일 방에 처박힌 그녀를 아무도 찾지 않았다. 이상하게 여길 만도 했지만 이예주는 신경 쓰지 않았다.

밥도 먹지 않고 하염없이 남자의 얼굴만 들여다보고 있는데도 해는 금방 저물었다. 람의 옆에 누울 생각조차 못하고 상념에 잠겨 있던 이예주가 퍼뜩 정신을 차린 것은 깊은 밤이 무르익었을 때였다.

똑똑, 온종일 고요하기만 했던 방문 밖에서 누군가가 노크를 했다. 일부러 힘을 뺀 듯, 작은 소리임에도 불구하고 이예주는 그것을 단번에 알아들었다.

"흐읍."

누구지? 그녀는 숨을 들이켜며 바짝 긴장했다. 눈을 부릅뜨고 방문을 바라보고만 있자 다시 한번 문을 두드리는 소리가 들렸다.

똑똑, 똑.

이예주는 조심스럽게 자리에서 일어났다. 안에 있다는 것을 티 내지 않고 방문으로 다가가 동태를 살필 요량이었다. 그러나 지지리도 운이 따라 주지 않는지 몸에 밀린 의자가 바닥에 끌리며 '끼이익—' 음산한 소리를 내 버렸다.

"망할."

이예주는 나지막이 욕설을 뇌까렸다. 노크 소리가 끊겼다. 안에 자신이 있다는 기척을 아낌없이 보여 줬으니 끊길 만도 했다.

그녀는 처음 의도와는 달리 더 다가서지 않고 그저 방문을 예의 주시하기만 했다. 상식적으로 수상하기 그지없지 않은가. 훤한 대낮 놔두고 이 오밤중에 귀신처럼 문을 두드리는 게…….

동태고 뭐고 그냥 갈 때까지 아무 반응도 안 하기로 결심하고 숨을 죽일 때쯤이었다.

"어, 언니. 언니……."

문밖에서 속삭이듯 그녀를 부르는 소리가 들렸다. 익숙한 목소리였다. 이예주는 눈을 휘둥그레 뜨고 다급히 방문으로 다가갔다. 잠금장치를 풀어낸 그녀는 벌컥 문을 열었다.

"리즈?"

오밤중에 귀신처럼 문을 두드린 것은 다름 아닌 리즈였다. 문 앞에 쭈그려 앉아 있는 리즈의 얼굴이 눈물로 흠뻑 젖어 있었다.

"언니, 언니."

"왜 그래? 무슨 일이야, 리즈."

이예주는 서둘러 리즈를 안아 들고 방문을 닫았다. 대체 언제부터 밖에 있었던 건지 품에 닿는 아이의 몸이 얼음같이 차가웠다. 이예주를 보자 안도한 건지 리즈가 엉엉 울음을 토해 내기 시작했다.

"울지 마. 응? 왜 그래. 베니는 어디 갔어?"

"도와줘, 언니!"

이예주의 옷자락을 와락 부여잡은 리즈가 숨넘어갈 듯 헐떡였다.

"오빠가, 오빠가 끌려갔어, 언니."

"뭐? 언제? 어디로!"

놀라 채근하듯 묻자 아이가 다시 엉엉 울음을 터뜨렸다. 이예주는 리즈를 얼싸안고 다독였다.

"울지 말고 천천히 얘기해 봐, 응? 오빠를 누가 데려갔는데?"

"오빠랑 아까 같이 밥 먹었는데, 족장님이 갑자기 장로님들이랑 와서 오빠를 온실 쪽으로 데려갔어."

"온실?"

"응. 오빠가 끌려가면서 언니한테 가라고 했는데, 흑…… 나는 언니 방이 어딘지 몰라서 계속 언니 찾아다니느라……."

"잘했어. 잘 찾아왔어. 울지 마. 우리 리즈 고생 많이 했어."

경기한 아이를 달래면서도 이예주의 얼굴이 심각해졌다.

족장의 방도 아니고 온실 쪽으로 끌려간 것이라면 탑으로 데리고 간 것이 확실했다. 게다가 어린 리즈가 홀로 자신을 찾아다니느라 지체된 것까지 감안하면 베니가 끌려간 후 꽤 오랜 시간이 흘러 버린 것이다.

한 번이라도 밖에 나가서 베니와 리즈를 확인했어야 했는데. 아랫입술을 꾹 깨물며 이예주는 하루 종일 방 안에 처박혀 있던 것을 후회했다.

그사이 조금 진정이 된 리즈가 훌쩍이며 말했다.

"언니, 나랑 같이 우리 오빠 찾아 주면 안 돼?"

"리즈……."

"리즈가 이렇게 부탁할게, 언니. 우리 오빠 찾아 줘. 응?"

쉽게 그러겠노라는 답이 나오지 않았다. 이예주는 대답 대신 반사적으로 람 쪽을 돌아보았다. 이 소란에도 남자는 변함없이 눈을 감고 있었다.

남자의 말은 한 번도 틀린 적이 없었다. 과거로 갈 수 없다는 것도, 도망치면 대륙을 부수겠다는 것도, 인간들이 만든 조잡한 무기로는 죽지 않는 것 또한…… 그러니 자신이 없어도 남자는 괜찮을 것이다.

하지만, 그래도 혹시 모르는 일이 있을지도 모르는데…….

답이 없는 그녀를 보며 리즈가 다시 애원했다.

"언니, 언니, 제발……."

이런 급박한 순간에도 람과 어린아이들 중 누가 더 중요한지 무게를 달고 저울을 재는 자신에게 환멸이 일었다. 이예주는 눈을 질끈 감았다.

"알았어."

"흐윽, 우리 오빠 찾아 줄 거야?"

"그래, 가자."

안아 들고 있던 바닥에 리즈를 내려놓고 그녀는 서둘러 겉옷을 챙겨 입었다. 리즈가 먼저 도다다 문 쪽으로 달려갔다.

로브 단추를 꼼꼼히 채운 이예주는 마지막으로 람을 내려다보았다. 잠든 남자를 홀로 두고 가려니 마음이 편치 않았다. 그러나 어차피 브레든을 찾으려면 방을 나서야 하는 일이었다.

"금방 다녀올게요."

고개를 숙여 잠든 남자의 입술에 짧게 입을 맞춘 그녀는 결연한 얼굴로 등을 돌렸다.

언제나 그렇듯 계획 따윈 없었다. 하지만 어떻게든 브레든과 베니를 구하고 나면 이틀도 눈 깜짝할 새 지나가 있으리라.

이예주는 람을 남겨 둔 채 떨어지지 않는 발을 힘겹게 떼어 방문 밖으로 나갔다.

어둠이 내려앉은 신전 내부는 소름 끼칠 만큼 고요했다. 전에도 공허했던 곳이긴 했지만, 지금은 신전 안에 살아 움직이는 존재라곤 이예주와 리즈뿐인 것 같았다. 그리고 그것이 추측만은 아닌 듯 기름을 갈지 않아 꺼진 등불이 대다수였다.

엉망진창인 복도는 부서진 틈에서 새어 들어오는 한기 때문에 스산하기 그지없었다.

"넌 네 방으로 돌아가 있어."

온실 앞에 도착하자마자 이예주는 단호하게 말했다. 하지만 리즈는 도리질을 치며 고집을 부렸다.

"싫어. 나도 갈래."

"안 돼. 위험해."

"싫어. 나도 갈 거야."

"리즈."

"아빠가…… 아빠가, 오빠 죽으면 나도 같이 죽으랬어."

"……뭐, 뭐?"

이예주는 순간 제가 잘못 들은 줄 알고 얼빠진 얼굴로 되물었다. 하지만 잘못 들은 게 아니라는 듯 리즈가 어둠 속에서 눈을 빛내며 또박또박 대꾸했다.

"아빠나 오빠 없으면 나 혼자서 절대로 살아갈 수 없다고, 다른 사람들한테 눈알이 뽑히고 잡아먹힐 바에 그냥 가족이 다 같이 죽자고 했어."

"그, 그게 무슨……."

"토마스 오빠도 끌려가서 못 돌아왔으니까 우리 오빠도 죽겠지?"

리즈는 곧 울음을 터뜨릴 것처럼 침울하게 고개를 숙인 채 이어 말했다.

"나는 우리 오빠 죽었는지 찾으러 가는 거야, 언니."

"하…… 세상에."

리즈의 말을 다 들은 이예주는 말문이 막혀 손으로 이마를 짚었다. 고작 9살 난 어린애였다. 그런 어린애의 입에서 대체 이 무슨 끔찍한 소리가…….

그러나 그녀는 차마 그런 일은 절대 없을 것이라고 말해 줄 수 없었다. 그동안 보아 왔던 1000년 후의 인간들은 정말로 그런 미친놈들뿐이었고, 아이들의 아버지가 그런 이야기를 할 정도면 이미 일족 내부에서 그런 일이 팽배하다는 소리였다.

차마 아무 말도 할 수 없어 입을 달싹거리는 그녀의 눈치를 보며 리즈가 눈물이 가득 들어찬 눈으로 물었다.

"같이 찾아 줄 거지?"

"……그래."

이예주는 결국 체념하고 한숨 쉬듯 답했다.

"같이 가. 근데 이건 알아 둬."

"뭐를?"

"토마스가 죽든 네 오빠가 죽든 넌 상관없이 계속 살아가야 돼."

"그, 그건……."

"토마스랑 네 오빠, 그리고 아빠 몫까지 아득바득 살아. 진짜 죽고 싫어도 살아가야 돼. 네 어깨 위에 이제 너희 아빠랑 오빠가 살고 있는 거니까."

이예주는 저보다 한참 작은 리즈 앞에 쭈그려 앉아 그녀의 양어깨를 아득 움켜쥐었다.

"네가 죽으면 너희 아빠랑 오빠, 또 죽는 거야."

그녀의 말에 리즈의 두 동공이 흔들렸다. 어린아이가 이해하기 가혹하고 힘든 말이라는 걸 알았다. 그러나 이예주는 수십, 수백 번씩 죽고 싶어질 때마다 정말로 그 생각으로 아득바득 살아남았다. 내가 죽으면 봉구, 엄마, 수학여행에서 죽은 친구들도 다시 죽는 것이라고.

"그러니까 그런 소리 다신 하지 마. 그게 내가 네 오빠 같이 찾아주는 조건이야. 알았어?"

"으, 응. 알았어. 다신 안 할게, 언니."

리즈가 코를 크게 들이마시며 확답했다. 이예주는 쭈그렸던 몸을 다시 일으키며 손을 내밀었다.

"손 꼭 잡아. 한참 걸어야 하니까 추워도 좀 참아야 해."

그들은 온실을 가로질러 신전의 뒤뜰로 빠져나왔다. 밤이 되니 낮과는 비교도 할 수 없을 만큼의 한파를 동반한 눈보라가 몰아치고 있었다.

"으읏."

성인인 이예주조차 선뜻 나서지 못할 만큼 얼굴이 뜯어져 나갈 듯한 칼바람이었다. 그러나 어린 리즈는 의외로 담담하게 눈보라 속으로 걸어 나갔다.

신전 뒤뜰, 숲속으로 향하는 길목을 가로막았던 쇠창살이 활짝 열려 있었다. 그 사이로 분주한 발자국들이 눈 위에 선명히 찍힌 것이 보였다.

"하."

어제와는 또 다른 모습에 이예주는 기가 막혀 헛웃음을 지었다. 확실히 무슨 일이 일어나고 있는 모양이구나. 그것도 람이 온 직후에.

"언니, 무서워. 여기 귀신 나온다고 했는데……."

어두운 숲 너머를 바라보던 리즈가 흠칫하더니 이예주의 옷자락에 얼굴을 묻으며 칭얼거렸다.

"괜찮아. 귀신이 어디 있어. 그리고 귀신보다 사람이 더 무서운 거야."

무덤덤하게 읊조리며 그녀는 시커멓게 아가리를 벌리고 있는 숲길로 주춤주춤 나아갔다.

원래도 그리 가까운 길은 아니었지만 깊은 밤중이어서 그런지 유난히 더 길게만 느껴졌다. 가는 도중 누군가와 마주칠까 싶어 온 감각에 주의를 기울였지만, 무너진 신전 터에 도달할 때까지 아무도 마주치지 않았다.

베니가 끌려간 것으로 추정되는 탑에 도착하자, 숲길에 들어설 때와 마찬가지로 철문이 활짝 열려 있었다. 불길함으로 마음이 수런거렸지만, 겁을 먹은 리즈 앞에서 내색할 순 없었다.

"언니한테 안겨."

"응? 왜? 나도 걸어갈 수 있어."

"어제 낮에 왔을 때 바닥에 날카로운 것들이 많이 있었어. 깜깜한데 넘어지기라도 하면 큰일 나."

이예주는 가벼운 리즈를 훌쩍 안아 들고 활짝 열린 탑 안으로 걸어 들어갔다.

부서진 탑 안은 달빛에만 의존해 걷기에는 무척 위험했다. 그러나 바로 어제 왔던 기억이 생생하게 남아 있어서 큰 무리 없이 지하로 가는 구석까지 도달할 수 있었다.

벽돌이 위태롭게 무너져 내린 틈을 조심조심 비집고 들어간 이예주는 지하로 연결된 바닥의 비밀 통로조차 이미 열려 있는 것을 보고 한숨을 내쉬었다.

"이제 혼자 갈 수 있어, 언니."

리즈가 내려 달라고 속삭였다. 그러나 이예주는 그대로 아이를 꼭 안은 채 통로로 가는 것을 망설였다.

이 아래에 동굴 같은 커다란 공간이 있다는 것은 알고 있었다. 하지만 고작 어제 한 번 둘러본 것이 다였다.

'막상 내려갔는데 아직도 그 벽의 문이 굳게 닫혀 있으면 어떡하지?'

아니, 문이 열려 있어도 문제다. 밑에 뭐가 더 있을지도 모르는데, 내려갔다가 바로 올라오지 못하게 되면 홀로 잠들어 있는 람은…….

"언니."

영 내려갈 생각을 안 하는 이예주가 이상했던지 리즈가 그녀를 빤히 올려다보았다. 그 눈빛이 마치 오빠를 같이 찾아 주기로 했지 않느냐고 묻는 것 같았다.

이예주의 얼굴이 일그러졌다. 그녀는 조심스럽게 안고 있던 리즈를 바닥에 내려 주었다.

"여기서부턴 정말 소리 내면 안 돼, 리즈. 언니가 먼저 내려갈 테니까 아무것도 안 보여서 무서워도 벽 짚고 잘 따라와야 돼."

"응. 나 안 무서워. 잘 따라갈 수 있어, 언니."

리즈가 씩씩하게 고개를 끄덕였다. 이예주는 시범을 보이듯 먼저 계단 위에 내려섰다. 그리고 양손으로 벽을 짚은 채 한 발 한 발 내려가기 시작했다. 계단의 경사가 가팔라 꼭 허공에 떠서 하체부터 차근차근 가라앉는 것 같았다.

"이제 내려와."

이윽고 바닥에서 머리가 안 보일 만큼 계단을 내려선 이예주가 말했다. 리즈는 그녀가 했던 것처럼 조심스럽게 통로에 발을 내렸다.

두 사람은 곧 한 치 앞도 보이지 않는 어둠 속으로 사라졌다.

타박타박, 불빛 하나 들지 않는 컴컴한 통로에 오로지 두 사람이 계단을 내려가는 소리밖에 나지 않았다.

이예주는 어린 리즈가 잘 따라오고 있는지 중간중간 묻고 싶었지만, 그럴 수 없었다. 혹시라도 누군가 그들이 내려오는 것을 알아챌지도 모르기 때문이다. 다행히 발소리를 듣고 있자면 기특하게도 리즈는 늦는 기색도 없이 잘 따라 내려오는 것 같았다.

대체 언제쯤 도달할까. 끝도 없이 땅속을 파고들고 있다는 기분을 수십 분째 느끼고 있을 때쯤이었다.

멀리서 희미하게 어떤 소리가 들렸다. 이예주는 흠칫 몸을 굳히며 귀를 기울였다. 하지만 거의 진동에 가까운 기척이라 무슨 소린지는 알 수 없었다. 그나마 다행인 점은, 뒤쪽이 아닌 아래쪽에서 난다는 것.

누군가 올라오거나 내려오는 것이라면 몰래 잠입하느라 맨몸으로 어둠을 헤쳐 나가는 자신들과는 달리 등불 하나라도 들고 오리라. 이예주는 빛을 확인하고 리즈를 곧바로 뒤로 물릴 생각을 했다.

하지만 한참을 더 내려가도 불빛은 보이지 않았다. 그녀는 마음을 굳게 먹고 마저 걸음을 옮겼다. 희미한 기척은 아래로 내려갈수록 점점 선명해졌다. 그것은 누군가 올라오는 인기척보다는 공사장에서 나는 소음에 가까웠다. 깡, 깡, 깡……. 쇠를 내려치는 소리가 연달아 울려 퍼졌다.

마침내 이예주는 통로의 끄트머리에 도착했다.

계단 끝에 존재하는 지하 공간이 밝았더라면 그녀는 통로를 나설 생각 같은 건 하지 않았을 것이다. 그러나 벽에 바짝 붙어 조심스레 살핀 통로 밖의 동태는 어제와 별다를 바 없었다. 여전히 어두웠지만 군데군데 벽에 붙어 있는 야광봉이 그나마 주변을 구분할 수 있게 도와주었다.

"리즈, 손잡아."

이예주가 작게 속삭이며 리즈를 통로 밖으로 끌어냈다. 어둠을 헤치며 끝없이 이어진 계단을 내려오느라 아이의 얼굴이 그사이 핼쑥해져 있었다.

깡! 따앙— 깡! 통로에서부터 들려왔던 소리가 이제는 눈살이 찌푸려질 만큼 커다랗게 확대되어 쉼 없이 귀를 찔렀다.

"언니 뒤에 바짝 붙어."

리즈를 숨기듯 제 뒤에 바싹 붙인 채 조심스럽게 움직이던 이예주는 곧바로 멈칫했다.

어제는 분명 통로 맞은편 전체가 거대한 여신상이 새겨진 벽으로 막혀 있었다. 베니와 함께 돌문 근처를 샅샅이 훑었지만 끝내 잠금장치를 찾아낼 수 없었다.

그러나 지금은 잠금장치를 찾아 헤맸던 것이 허무할 만큼, 돌문이 활짝 열린 채 그 너머의 공간을 내보이고 있었다.

깡! 깡! 가장 먼저 보이는 것은 사방으로 튕기는 불똥들이었다. 이예주의 가슴이 한차례 요동쳤다. 검은 칼, 무기, 대장장이 등의 여러 단어들이 머릿속을 빠르게 스쳐 지나갔다.

리즈와 함께 최대한 벽에 붙은 그녀는 조심스레 활짝 열린 돌문으로 다가갔다. 그 안쪽은 이런 공간을 어떻게 지하 속에 숨겨 두었는지 믿기지 않을 만큼 크고 광활했다. 신전의 1층 홀을 고스란히 옮겨 놓은 것 같았다. 아닌 게 아니라 정말로 신전에 있는 것과 똑같은 크기의 거대한 여신상과 제단이 존재했다.

문에 등을 붙인 이예주는 조심스럽게 고개만 빼내어 안의 동태를 살폈다. 안쪽에는 꽤 많은 수의 사람들이 있었다.

캉, 깡! 땀을 뻘뻘 흘리며 노동을 하고 있는 우락부락한 사내들과 여신상이 있는 제단 근처에 몰려 있는, 로브를 입은 한 무리의 사람들. 그리고 벽 한 면을 차지하고 있는 큼지막한 화로 몇 개와 철제 물레방아, 각종 장비들.

사내들이 쉴 새 없이 삽으로 철광석을 퍼서 기염을 토해 내는 용광로 안으로 집어넣었다. 옆 화로에서는 녹은 쇳물을 담은 그릇을 꺼내어 반대편에 있는 커다란 물레방아 위에 부었다. 그러자 물레방아에 매달려 있는 바구니들이 돌아가면서 시뻘건 쇳물을 아래로 콸콸 쏟아 냈다.

깡, 깡, 깡! 보기만 해도 후끈한 물레방아의 바퀴 사이로 또 다른 무리의 사내들이 땀을 뻘뻘 흘리며 망치를 내리치는 모습이 보였다. 어디 대장간에서나 볼 법한 장면이었다.

"준비는 모두 마쳤겠지."

완벽하게 갖춰진 대장간의 모습에 온통 정신이 팔려 있던 이예주는 문득 들려오는 낯설지 않은 목소리에 고개를 휙 돌렸다.

제단 앞에 서 있는 한 무리의 사람들 쪽에서 들려온 대화 소리였다. 그중 우두머리로 추정되는 인간 하나가 제단 쪽으로 가까이 걸어갔다. 멀찍이 떨어져 있음에도 불구하고 눈족 족장이라는 것을 단번에 알아볼 수 있었다.

"예상보다 거사 시기가 부쩍……. 하지만 다행히 ……에 든 것은 예측과 다름없는 것을 확인했지."

무슨 이야기를 하는 건지 자세히 듣고 싶은데, 쇠를 내리치는 시끄러운 소리 때문에 족장의 말이 드문드문 끊겨 들렸다.

'어떡하지.'

이예주는 샅샅이 안을 살펴보며 고민에 빠졌다. 광활한 공간이었지만 딱히 숨을 곳이 없었다. 신전처럼 기둥이나 조각상 같은 구조물들이 있는 것도 아니었다.

그나마 물레방아 옆쪽에 커다란 자루들이 잔뜩 쌓여 있어 몸을 숨길만 했다. 그러나 용광로에 있는 사내들이 규칙적으로 녹인 쇳물을 부으러 움직였기에 들킬 위험이 있었다.

"재료는 잘 가둬 놨겠지?"

"예, 족장님. 재워서 구덩이 속에…… 지금 가져올까요?"

"끝이 나면. 모양을 잡는 데 시간이 꽤 많이 할애되는군."

그때 정신이 확 깰 만한 소리가 들렸다.

재료.

토마스를 찾느라 굴뚝을 기어올라 족장의 방을 몰래 염탐했을 때, 족장은 제 딸과 분명 '재료'에 관한 이야기를 나눴다. 이예주는 그때 어렴풋이 예감했다. 놈들이 말하는 '재료'가 물건이 아니고 토마스와 관련되어 있다는 것을.

그렇지만 그것은 어제 일이었고, 오늘 끌려간 것은 바로 베니였다.

"리즈, 우리 이제 오빠가 어디 있는지 몰래 들으러 갈 거야."

이예주는 등을 돌려 저처럼 벽에 등을 바짝 붙인 채 숨죽이던 리즈에게 속삭였다.

"여기 진짜 위험해. 언니 곁에서 절대 떨어지면 안 돼."

리즈의 커다란 눈동자가 하염없이 흔들렸다. 잔뜩 겁에 질렸으면서도 아이는 물러서려는 생각 없이 고개를 끄덕였다.

어차피 여기까지 와서 어린애를 홀로 돌려보내는 것은 말도 안 되는 일이었다. 이예주는 섣불리 리즈를 데리고 온 것을 후회했다. 너무 안일했다. 무기를 만드는 어떤 장소가 있을 것을 예상했음에도 불구하고, 베니나 토마스가 한쪽에 고이 갇혀 있을 줄 알았다. 하지만 넓고 거대한 지하 공간 그 어디에도 갇혀 있을 만한 구조물은 보이지 않았다.

"언니 따라와."

리즈의 손을 꽉 잡은 채 이예주는 재게 발을 놀렸다. 다행히 철을 제련하는 시끄러운 소리 덕분에 아무도 그들이 눈족들의 비밀스러운 공간에 들어서는 것을 알아차리지 못했다.

앞서 눈여겨보았던 물레방아의 옆까지 무사히 도달한 이예주는 리즈를 자루 사이에 깊숙이 숨겼다.

"언니. 가, 가지 마."

"쉿, 어디 안 가. 바로 앞에 있을 거야."

족장 일행을 자세히 보려면 물레방아의 바퀴 가까이에 있어야 했다. 하지만 불붙은 쇳물이 튀는 그 옆엔 당연하게도 자루들이 많이 쌓여 있지 않았다.

반대편 화로에 있는 남자들이나 물레의 맞은편에서 망치를 뚜드리고 있는 남자들에게 들킬 위험이 무척 컸다. 그러나 별수 없었다. 흘러내리는 벌건 쇳물에 가려져 제 모습이 보이지 않길 기도하는 수밖에.

"언니……."

"금방 다시 올 테니까 여기서 잠깐만 조용히 있어. 착하지?"

불안에 떠는 리즈를 다독인 이예주는 조심스럽게 물레방아로 다가가 몸을 있는 대로 쭈그리고 앉았다. 현대에서 '문'을 넘기 전 용암 파도를 마주했을 때 느꼈던 후끈함이 얼굴 위를 덮쳤다.

물레방아는 오랜 기간을 사용하여 낙후된 건지 속도도 느리고 위태해 보였다. 주변에는 지탱하는 쇠 지지대들이 얼기설기 덧세워져 있었다.

지지대에 머리나 피부가 닿지 않도록 주의하며 이예주는 바퀴 사이를 엿보았다. 족장 놈의 얼굴과 목소리가 훨씬 더 선명해졌다.

"몸은 좀 어떤가."

족장을 제외하고 로브를 뒤집어쓴 인간은 총 다섯 명이었다. 일직선으로 서 있던 다섯 명 중 키가 작고 통통한 한 명이 앞으로 나섰다.

"힘이 있는 재료를 준 것이 맞습니까?"

"당연하지. 내가 설마 자네들을 속였을까."

"하, 하지만 같은 것을 먹었던 7장로가 실패했지 않습니까! 게다가 7장로는 의식 도중 갑자기 괴물로 변하지를 않나……!"

3장로는 초조한 얼굴로 족장에게 따지듯 물었다. 평소에도 신경질적이던 그는 검은 파편을 대면한 이후 두려움에 질려 몇 배는 더 예민해졌다. 족장은 더없이 좋은 기회라고 떠들어 댔지만, 그 기회가 왜 하필 제 차례를 앞두고 터지냔 말이다.

하지만 괜한 걱정을 한다는 듯 족장이 태연한 얼굴로 대꾸했다.

"그래서 내 이번에 특별히 RTBD를 나눠 주지 않았나."

"RTBD로는 부족한걸 알지 않습니까! 신인류를 주십쇼!"

"세상이 말세야. 요즘 먹이 구하기가 하늘의 별따기인 것을 알 만한 사람이 그래, 쯧."

족장이 눈살을 찌푸렸다. 그의 눈치를 보던 나머지 장로들이 쭈뼛쭈뼛 3장로를 막았다.

"족장님의 말이 맞소. 그만하시오, 3장로. 이번에는 3장로의 차례이지 않소."

“자네들도 어제 7장로를 보지 않았소! 굳이 3장로나 되는 내가 먼저 희생될 필요가…… 약한 놈들부터! 그래! 10장로 놈부터 차례대로 진행하면 될 것을, 왜 오늘은 두 명씩이나 의식을 치러야 하는 겁니까!”

“시간이 많지 않다 했지 않은가. 오히려 10장로는 불만이 없는데 자네만 그렇게 예민을 떠는군. 10장로, 자네도 3장로와 같은 생각인가?”

족장이 3장로에게서 몸을 돌려 빼빼 마른 10장로를 바라보았다. 10장로는 희게 질린 얼굴로 고개를 내리 저었다.

“아, 아닙니다, 장로님! 그럴 리가요!”

10장로의 부정에 3장로의 얼굴이 붉으락푸르락 일그러졌다. 족장이 피곤하다는 듯 미간을 주무르며 말했다.

“3장로, 이게 얼마나 오래되고 중요한 우리의 숙명인지 벌써 잊어버렸나. 몇백 년 동안 검은 파편의 핍박 속에서도 자네가 이렇게 멀쩡히 살아 있고 특권을 누릴 수 있는 게 누구 덕이라고 생각하는 건가? 응?”

“…….”

“그동안 조달했던 힘과 먹이들이 없었더라면 자네가 이 각박한 세상에서 어떻게 살아남을 수 있었겠는가. 내 자네 선친과의 인연을 생각하여 자네를 장로로 임명하는 데 망설임이 없었는데 이런 식으로 굴면 곤란하네.”

“족장님, 하지만…….”

“자네들도 알지 않나. 지금 동쪽 대륙이 하루가 멀다 하고 바뀌고 있어.”

3장로가 무어라 반박하려 들었지만 족장은 여지를 주지 않은 채 그에게서 차갑게 등을 돌렸다.

"다리족이 얼마나 더 버틸 수 있을지 알 수 없네. 이렇게 아무것도 안 하다가 검은 파편의 손에 다 같이 개죽음을 당하고 싶나? 어제의 7장로 꼴이 되고 싶으냔 말이야."

장로들의 낯빛이 하나같이 어두워지며 분위기가 숙연해졌다. 바로 어젯밤 의식 도중 괴물로 변해 이곳을 난장판으로 만들었던 7장로가 떠올랐기 때문이다.

각자의 몸에 달려 있는 것들은 누구보다 서로가 잘 알고 있었다. 그러나 자신들이 죽으면 몸에 달린 그것들이 어떻게 될지 이론상으로 알고 있던 것과 적나라한 실제를 보는 것은 차원이 다른 일이었다.

족장이 그들의 심정을 잘 알고 있다는 듯 진중하게 읊조렸다.

"지금은 둘도 없는 기회야. 중요한 시기지. 자네들의 희생으로 머지않아 우리의 세상이 도래할 것이야."

"……."

"고지가 코앞일세. 현명하게들 굴게."

특히 3장로의 어깨를 힘주어 두어 번 두드린 족장은 품에서 무언가를 꺼내 들었다. 이예주는 그것을 알아보기 위해 눈을 가느다랗게 뜨고 최대한 집중했다. 족장의 손에 들린 것이 어둠 속에서 날카롭게 빛이 났다. 그녀의 눈이 커다래졌다.

그것은 단도였다. 하지만 남쪽 대륙에 와서 보았던 검은 칼이 아니었다. 으레 알고 있던 일반적인 쇠로 만든 칼날이 달려 있었다.

'그러면 여기서 검은 칼을 만드는 게 아닌 건가?'

그녀가 혼란스러워할 때였다. 칼을 꺼내 든 족장이 다른 장로들에게 턱짓했다.

"뭣들 하는가. 잡아."

세 명의 장로들이 우르르 3장로와 10장로에게 달려들었다. 그들은 두 장로가 도망갈 수 없도록 둘러싼 채 제단 앞으로 갔다.

제단 위에는 신전에 있는 것보다 폭이 깊은 황금색 항아리가 놓여 있었다. 족장은 거침없이 항아리 뒤편으로 걸어갔다.

"손을 내밀게. 3장로, 10장로."

두 장로는 족장의 말을 따르기 주저하는 것 같았다. 그러나 주변에 있는 다른 장로들이 강제로 그들의 손을 들어 소매를 들추었다. 퉁퉁한 3장로에겐 두 명이, 그보다 말라 힘이 없어 보이는 10장로에겐 장로들 중 덩치가 가장 큰 한 명이 붙었다.

소매가 걷혀 맨살이 드러난 3장로와 10장로의 팔이 항아리 위에 내밀어졌다.

'대체 뭘 하려는 거지?'

이예주는 고개를 갸웃거렸다. 저들이 말하는 의식이 대체 뭐란 말인가.

그때 족장이 들고 있던 평범한 단도로 거침없이 3장로와 10장로의 손목을 그었다.

"크윽!"

날카로운 칼로 베인 손목에서는 당연히 피가 쏟아졌다. 두 가닥의 핏줄기가 황금색 항아리 속으로 고스란히 떨어지기 시작했다.

저게 뭐 하는 짓거리인가. 왜 갑자기 장로들의 팔을 베어 피를 내는 것이지? 그녀 또한 손목을 그어 본 전적이 있어서 알고 있었다. 저렇게 피가 줄줄 아래로 쏟아질 정도면 보통 깊게 벤 것이 아닐 터였다.

"흐읍……."

하지만 그게 끝이 아니었다. 숨죽인 채 눈족의 기행을 지켜보던 이예주는 방금 전보다 더욱 기함할 수밖에 없었다.

'피가…….'

항아리로 떨어지는 두 사람의 피는, 붉은 색이 아니었다. 그것은 검은색 물이었다. 아니, 물도 아니었다. 마치 바람에 흔들리는 연기처럼 항아리 밖으로 새어 나갈 듯 꿈틀거리는 시커먼 그것은…….

"크, 족장님. 이, 이 정도면 충분하지 않습니까?"

손목에서 콸콸 흘러내리는 것이 항아리를 채울수록 점점 몸에서 힘이 빠져나가는 기분에 3장로가 몸을 뒤틀었다. 족장이 단호하게 고개를 저었다.

"엄살 부리지 말게. 아직 멀었어."

"그, 그렇지만 다른 때보다……."

의식을 치렀던 다른 날보다 피를 내주는 시간이 훨씬 길지 않나 싶었으나, 3장로는 움직이지 못하게 몸을 단단히 붙잡은 두 장로를 뿌리칠 수 없었다.

생명과 에너지가 빠져나가는 아슬아슬한 상황이 되면 몸에 힘이 쭉 빠지고 눈앞이 흐릿해진다. 3장로를 포함한 장로들은 이성이 사라지는 그 순간이 언제나 치 떨리게 싫었다.

"아, 아직 멀었습니까?"

얼마나 찼는지 알기 위해 항아리 안을 들여다보았지만, 내용물은 반투명한 검은색의 무형이라 가늠하기 힘들었다.

이젠 슬슬 위험한 시점인 것 같은데. 3장로는 흘끗 눈을 돌려 10장로를 바라보았다. 장로들 중 상대적으로 가장 힘이 약한 편인 그는 벌써 동공이 풀린 상태였다.

"이제 놓아주십시오."

3장로의 얼굴이 다급함으로 물들었다. 제물을 잡아먹고 RTBD로 임시방편만 해 둔 상태였다. 검은 파편의 강대한 힘이 깃들어 있는 신인류도 아니고, 다리족이 만든 그 조잡한 약물 주사는 효과가 좋지 못했다.

시간이 흐를수록 초점이 흔들리고 점점 더 머릿속이 새하얘지기 시작했다. 위험했다.

"이제 그만! 머, 멈춰 주시오! 자네들도 그만 놓게! 놓으란 소리 안 들리는가!"

"3장로."

문득 족장이 희미하게 웃으며 3장로를 바라보았다.

"그러게 왜 몰래 장벽 밖으로 나가는 아이들을 빼돌려 잡아먹고 그랬나."

"조, 족장님!"

3장로가 입을 떡 벌렸다. 그의 눈에 부득 핏줄이 섰다.

"저, 저는…… 저는 힘을 더 키우려고 그런 겁니다! 더 강대해지면! 그러면 계속 실패하는 의식에 도움이 될까 싶어……!"

"내 항상 말하지 않았는가. 힘을 키우기 위해선 아무거나 주워 먹으면 안 된다고."

족장이 절레절레 고개를 저으며 혀를 찼다.

"쯧, 능력이 쥐뿔도 없는 잡것들을 잡아먹는 바람에 자네의 검은 안개는 그다지 효용성이 없어. 그대로 있다간 괴물로 변했을 텐데 그래도 이렇게나마 인류의 미래에 이바지한 것을 자랑스럽게 여기게."

"조, 족장님!"

"그동안 고생 많았네. 자네와 10장로의 고귀한 희생은 내 잊지 않도록 하지. 곧 끝날 테니 꽉 잡고 있게들."

족장이 사형 선고를 내리듯 마지막을 통보했다. 3장로는 자신이 죽어야 한다는 사실에 믿을 수 없다는 듯 멍하니 눈을 끔뻑거렸다.

그러나 얼마 안 가 장로들의 손에서 벗어나기 위해 미친 듯이 발버둥 치기 시작했다.

"이거 놔! 멈춰! 멈추라고! 멈춰—!"

3장로가 비명을 지르며 있는 힘껏 몸을 뒤틀었다. 발악하는 그를 잡고 있기가 버거운 듯 두 명이 힘겨운 신음을 내뱉었다. 그러나 항아리 위에 고정해 둔 3장로의 팔은 조금도 흔들리지 않았다.

"놔! 놔! 이럴 순 없어! 이럴 수는……!"

수고스러움도 잠시뿐이었다. 몸에서 피가, 생명이 빠져나갈수록 어떤 인간이건 기운이 스러질 수밖에 없었다. 그나마 일반인이 아니라 힘이 강한 눈족 장로이기에 명줄이 완전히 끊기기까지 오래 걸릴 뿐이었다.

얼마 후 10장로처럼 3장로의 동공 또한 스르륵 풀렸다. 그의 몸을 붙잡고 있던 장로들은 갈라진 손목을 타고 피가 더 잘 빠져나갈 수 있도록 3장로의 몸뚱이를 쓸고 주물렀다.

이제부터 아슬아슬한 시간 싸움이었다. 죽어 가는 몸에서 얼마나 더 많은 피를 빼내느냐, 또 얼마나 알맞은 시간에 피를 멈추게 만드느냐가 관건이다. 장로들의 손길이 대장장이들만큼 분주해진 그 순간이었다.

"으아악—!"

망치질을 하던 대장장이들도 멈칫할 만큼 섬뜩한 비명 소리가 회장 안에 텅텅 울려 퍼졌다. 3장로보다 먼저 그 과정을 거치고 있던 10장로 쪽에서 난 소리였다.

"5장로!"

끔찍한 장면에 장로들이 비명을 질렀다. 항아리에 피를 쏟아 내던 10장로가 그를 붙잡고 있던 5장로의 얼굴을 물어뜯고 있었다.

"아아악! 우우웁!"

인간이 벌릴 수 있는 한계, 그 이상으로 벌어진 10장로의 입이 악귀 같은 모습으로 5장로의 얼굴 가죽을 찌이익 뜯어냈다. 공중으로 피가 튀었다.

끼기긱, 끼기기긱— 어디서 칠판을 긁는 듯한 기괴한 소리가 들렸다. 제때를 맞추지 못해 괴물로 변한 눈족 인간이 먹이를 찾아 이를 가는 소리였다.

"우우! 으우우!"

코와 입이 뜯겨 얼굴이 온통 피 칠갑 된 5장로가 미친 듯이 우짖으며 꿈틀거렸다. 그러나 이성이 완전히 사라진 10장로가 좀비처럼 다시 달려들었다.

"우으으—!"

끼긱, 기기기긱. 끔찍한 비명 소리가 히카톤의 울음소리와 한데 섞였다. 버둥거리는 먹이의 가슴팍을 물어뜯던 10장로의 등 한가운데에서 옷을 뚫고 팔 두 개가 튀어나왔다. 이미 양팔로 5장로를 잡고 있는 상황에서 또 다른 팔 두 개가.

늘어진 채 힘없이 흐느적거리던 두 팔은 곧 기운을 받아 재탄생한 것처럼 위로 맹렬히 솟았다. 그리고 5장로를 향해 쏜살같이 달려들었다.

찌지직. 괴물이 된 지 얼마 되지 않아 악력이 덜 들어갔는지 팔들이 5장로의 몸을 뚫는 대신, 입고 있던 로브를 찢었다. 안에 아무것도 입고 있지 않았기에 맨살이 쉽게 드러났다.

"흐읍!"

이예주는 비명이 튀어나올 것 같아 서둘러 두 손으로 제 입을 틀어막았다.

"저…… 저게 뭐야?"

그녀는 제 눈을 의심했다. 벗겨진 5장로의 몸에, 바닷가 바위에 박혀 있는 따개비처럼 무언가가 다닥다닥 박혀 있었다. 제 눈이 잘못된 것이 아니라면 그것은 사람의 얼굴 형상들이었다.

벌거벗겨진 5장로를 사정없이 뜯어먹고 있는 10장로를 보며 나머지 장로들이 아연한 얼굴로 물었다.

"조, 족장님, 어떻게 하면 좋을까요?"

"이런 제기랄."

족장이 골치 아프다는 듯 이마를 매만지다가 손짓했다. 장로들이 재게 움직이며 아직 피를 짜던 3장로의 팔을 물렸다.

핏기없이 새하얀 혈색의 그는 짧은 사이 살이 내려 홀쭉해져 있었다. 족장은 괴물이 두렵지도 않은지 바닥에 힘없이 쓰러지는 3장로의 후드 자락을 질질 끌고 가 10장로의 위로 던졌다. 털썩.

"이것이나 먹어라."

끼긱, 기기기긱— 5장로의 몸을 사정없이 물어뜯던 히카톤이 제 몸을 덮친 것에 반응하여 휙 고개를 돌렸다. 아직 숨이 붙어 있는 3장로를 인식한 괴물은 반쯤 먹어 치운 먹이를 내팽개치고 금세 새 먹이로 관심을 돌렸다.

우둑, 뿌드득. 살이 뜯기고 뼈가 부서지는 기괴한 소리가 연달아 퍼져 나갔다. 팔이 비틀려 떨어져 나가고 있는데도 정신을 잃은 3장로는 미동이 없었다.

그사이 먹이와 한데 뭉쳐 있는 10장로에게로 조심스레 다가간 족장이 품에서 무언가를 꺼내 전광석화처럼 달려들었다.내장을 파헤치던 괴물이 고개를 퍼뜩 들고 전기에 감전된 것처럼 부들부들 경련했다. 그러더니 얼마 안 가 고개를 푹 내리깔고 잠잠해졌다.

족장이 그 옆에 들고 있던 껍데기를 대충 던졌다. 바닥을 구르는 그것을 이예주는 예의 주시했다. 빈 주사기였다.

"RTBD는 정말이지 잠깐뿐이군. 눈족에게는 영 쓸모가 없어. 역시 원천만 하지 못해."

토막 살해 현장처럼 피로 난장판이 되어 있는 살풍경한 현장 앞에서 족장이 아쉬운 목소리로 중얼거렸다.

"쓸모없는 것 때문에 두 명이나 손실되었어."

"족장님! 5장로는 어떡하죠? 아직 숨이 붙어 있습니다."

순식간에 둘 남은 장로들이 쓰러져 있는 5장로를 잡고 물었다.

"어떡하긴 뭘 어떡해. 마저 숨이 끊어지기 전에 눈을 파 먹게."

족장이 여상한 얼굴로 답했다. 두 장로가 흠칫하며 눈을 크게 홉떴다.

"5장로를…… 말씀이십니까? 하지만, 저희 셋은 족장님께서 새 시대를 같이 이끌어 갈 세 장로로 선택하지 않으셨습니까."

"그럼 이대로 가만 죽게 놔둬서 10장로처럼 괴물로 변해 난동 부리는 것을 지켜보자는 건가?"

"아, 아닙니다!"

족장이 신경질적으로 소리치자 장로들이 황급히 고개를 저었다. 그러나 영 꺼림칙한지 2장로와 8장로는 선뜻 나서지 못했다. 족장이 그런 그들을 보며 크게 혀를 찼다. 그리고 달래듯 덧붙였다.

"걱정 말게. 5장로도 무시 못할 힘을 가지고 있다는 것을 내 알고 있지 않은가. 그래서 자네들과 같이 선택했고 말이야. 의식이 끝난 후 먹이를 자네들에게 넘길 테니 어서들 들도록 하게."

"가, 감사합니다. 족장님!"

불과 방금 전까지 같은 배를 탔다고 여겼던 동료를 뜯어 먹어야 한다는 것에 대한 양심의 가책 같은 것이 아니었다. 그저 자신들의 안위가 걱정되었을 뿐이다. 강해진 힘을 제어하지 못하면 몸에 달린 것들에게 좀먹힐 수밖에 없기에.

인간이라면 절대 불가능할 만큼 오랜 기간을 살아남았다. 그 긴 시간 동안 목숨을 유지하는 대가로 몸에 빽빽하게 자리 잡은 지긋지긋한 것들을 잠재우기 위해서는 언제나 검은 파편의 힘이 필요했다.

그들은 지체 없이 숨이 끊어져 가는 5장로에게 마수를 뻗었다. 그 다음 이뤄진 일에 이예주는 다시 제 입을 틀어막을 수밖에 없었다.

"징글맞은 괴물 같은 것들……."

족장이 진저리를 쳤다. 괴물로 변한 10장로가 아니라, 죽어 가는 인간의 눈을 끄집어내 게걸스럽게 먹는 장로들을 보며 한 말이었다. 그러나 이예주를 제외한 그 누구도 족장의 태도를 눈치채지 못했다.

눈살을 찌푸린 채 장로들의 행태를 지켜보던 족장이 불현듯 고개를 돌려 용광로가 있는 쪽을 향해 소리쳤다.

"이봐! 한 명 이리로 와 봐!"

화로에서 일을 하던 사내들 중 한 명이 그 소리에 부리나케 제단으로 뛰어갔다. 이예주는 그의 모습에 눈을 크게 떴다. 안면이 있는 남자였다. 어제 베니와 함께 이 지하를 처음 발견했을 때, 그들의 등을 마구 떠밀며 다시는 이곳에 얼씬도 하지 말라고 엄포를 두었던 자였다.

이예주는 리즈가 숨어 있는 쪽을 흘긋 돌아보며 얼굴을 일그러뜨렸다. 이제야 알 것 같았다. 그가 그토록 필사적으로 그녀와 베니를 내보내려 들었던 이유를.

"무슨 일이십니까, 족장님?"

"이것을 끌고 가서 용광로에 집어넣어."

릭의 물음에 족장이 손가락으로 우두커니 앉아 있는 10장로를 가리켰다. 자주 해 왔던 일인지 릭은 곧바로 10장로를 일으켰다. 체격 차가 커서 그런지 괴물의 몸은 쉽게 딸려 올라갔다.

저러다가 정신을 차린 괴물이 공격이라도 하면 어떡하지……. 그나마 베니와 안면이 깊은 사람이라 그런지 이예주는 불쑥 걱정이 일었다. 하지만 릭은 담담히 족장에게 제 할 일을 확인했다.

“3장로님과 5장로님도 말씀이십니까?”

“쯧, 아깝게 됐군. 이놈의 눈은 쓸 수 없게 되었어.”

족장이 3장로를 흘깃 내려 보며 중얼거렸다. 피가 모조리 빨린 것도 모자라 괴물에게 육체를 상당히 잡아먹힌 그는 여전히 고요했다.

하지만 살아 있는 자의 것이라 볼 수 없을 만큼 가슴이 기괴하게 위아래로 들썩였다. RTBD로 임시방편을 해 두었지만 머지않아 변할 것이다.

“이것들도 깨어나서 변하기 전에 모조리 용광로 속에 집어넣어. 피를 모두 빼냈지만 그래도 검은 안개가 소량이나마 남아 있을지 모른다. 그러면 썩어 빠진 몸뚱이나마 도움이 되지 않겠는가.”

“예, 예.”

“그리고 준비가 다 되었으면 가져와.”

“네. 그럼…….”

릭은 10장로를 데리고 화로가 있는 쪽으로 갔다. 그리고 다른 사내들에게 무어라 설명을 하자, 두 명이 다시 제단으로 가서 3장로와 5장로를 끌고 왔다. 사지가 갈기갈기 찢겨 시체나 다름없는 두 장로가 끌려간 자리를 따라 소량의 시커먼 것들이 꿈틀대다 사르륵 흩어졌다.

세 사람은 녹은 철이 부글부글 끓어오르고 있는 용광로 속으로 쓰레기처럼 집어 던져졌다. 방금 전까지 그 난리를 피웠던 인간들이 흔적 하나 남기지 못하고 사라진 것이다.

그 모든 것에 경악하는 건 이예주뿐이었다. 족장도, 장로도, 다른 눈족 인간들도 모두 대수롭지 않은 일이라는 듯 그저 제 할 일을 할 뿐이었다.

깡, 깡, 깡! 널따란 지하 공간 안에 다시 철을 제련하고 쇳덩이를 두드리는 시끄러운 소리가 울려 퍼졌다.

얼마 후 이예주가 있는 물레방아 옆에서 한 남자가 주물에 쇳물을 부어 넣어 대강 모양을 잡은 시뻘건 쇳덩이를 커다란 집게로 잡고 들어 올렸다. 그는 그것을 들고 그대로 족장에게로 향했다.

드디어 눈족이 만든 검은 칼을 보게 되는 것인가. 이예주는 그것을 자세히 보고 싶었지만 남자의 커다란 덩치에 가려 쇠 집게에 들린 쇳덩이가 어떤 모양인지 볼 수 없었다.

"족장님, 준비가 모두 끝났습니다."

"오, 그래."

남자가 들고 있던 집게를 족장에게 넘겼다. 족장 같은 노인이 들기엔 턱없이 버거울 만큼 크고 무거운 집게였다. 그러나 족장은 반색을 하고 기꺼이 그것을 잡아 들었다.

"가서 먹이를 끌고 와."

놈이 집게를 건네준 남자에게 명령했다. 남자가 우렁찬 대답과 함께 제단의 오른쪽으로 한달음에 달려갔다.

'저기야!'

이예주는 눈을 빛냈다. 먹이가 뭔지는 모르겠지만 남자가 달려가는 쪽이 토마스나 베니를 가둬 두었을 곳이 분명했다.

남자는 지하 공간의 가장 외딴 구석에 도달했다. 그리고 벽면에서 쇠사슬을 풀어냈다.

'저기가 감옥이겠지?'

어떻게 생겼는지 자세히 보고 싶었지만, 거리가 멀고 너무 어두워서 잘 보이지 않았다. 그녀가 미간을 찌푸린 채 남자 너머를 보는데 온 집중을 가하던 그 순간이었다.

"이제 모양을 잡는 단계에서 깨져 버리지는 않는군."

족장의 목소리가 들렸다. 이예주는 반사적으로 그쪽을 향해 고개를 돌렸다. 놈은 어느새 제단 위로 올라가 아까처럼 황금 항아리 뒤쪽에 선 상태였다. 그리고 그 위로 집게를 높이 들어 올렸다.

'뭐 하려는 거지?'

이예주는 입술을 깨물며 한쪽에서 감옥으로 추정되는 공간의 문을 여는 남자와 족장의 행태를 번갈아 바라보았다. 그 순간 족장이 들고 있던 쇳덩이를 항아리 속에 집어넣었다.

치이익— 항아리 속에서 뿌연 검은색 연기가 미친 듯이 솟아올랐다. 그 사이로 족장이 집게를 잡아 빼는 모습이 보였다. 놈은 그 이상한 행동을 여러 번 반복했다.

벌건 쇳덩이에 검은 칠이 듬성듬성 달라붙어 있는 것이 보였다. 그리고 그 행위를 반복할수록 시뻘겋게 달아올랐던 쇳덩이는 검은색으로 변해 갔다.

드라이아이스처럼 끊임없이 뭉게뭉게 솟던 연기들은 서서히 잦아들었다. 이예주는 무기를 만드는 일에 대한 지식이 거의 없었지만, 족장이 하는 괴상한 행동이 무엇인지 어렴풋이 깨달았다.

족장은 지금 담금질급랭(急冷)함으로써 금속이나 합금의 내부에서 일어나는 변화를 저지하여 경도를 높이는 열처리을 하고 있었다. 보통 차가운 물이나 기름으로 하는 것을, 장로들의 피로, 눈족들이 가진 검은 안개로…….

"족장님, 끌고 왔습니다."

명령을 받은 남자가 그사이 누군가를 끌고 왔다.

이예주의 눈이 튀어나올 듯 커졌다. 쇠사슬에 묶인 채 남자가 마구 끌고 온 것은 갑옷을 입은 늑대였다. 인간의 갑옷을 입은 것으로 보아 신인류인 듯했다. 주사라도 주입한 건지 늑대는 이전의 조롱이처럼 정신을 통 차리지 못하고 바닥에 늘어졌다.

"가져가."

족장이 제단에서 내려와 남자에게 집게를 건넸다. 시꺼멓게 변한 쇳덩이가 집게 끝에 잡혀 있었다. 남자는 그것을 들고 다시 주물이 있는 곳으로 돌아왔다. 그리고 그것을 모루 위에 올려놓은 채 단조鍛造, 금속을 일정한 온도로 가열하고 타격 또는 압력을 가해서 성형하는 작업처리를 시작했다.

그는 검은 쇳덩이를 옆의 작은 화로에서 달군 후 꺼내어 커다란 망치로 내리쳤다. 그러자 허공으로 빨간 불똥이 아닌, 검은색 철 조각이 튀었다. 그 과정을 몇 번 더 반복했을 즈음이었다.

쾅—! 남자가 다시 망치를 내려치는 순간, 모루 위에서 작은 폭발이 일어났다. 쇠가 검은색으로 바뀐 후에는 아무리 달궈도 불똥이 튀지 않았는데, 폭발 후 사방으로 불덩이가 튕겨져 나갔다. 위험천만한 상황이었다.

"뭐야! 피해!"

주변에 있던 인간들이 일사불란하게 흩어졌다. 다행히도 화력이 작았다. 인간들은 능숙하게 물을 부어 바닥에 떨어진 잔불들을 꺼트리고 하던 일을 이어 했다.

마침내 남자의 손에서 검은색 쇳덩이의 성형이 끝났다. 물을 뿌린 후 반질반질한 돌로 날을 가는 작업까지 마친 그는, 아직 뜨거운 그것을 두꺼운 가죽으로 덧대어 잡았다. 그리고 족장에게 달려갔다.

"웬 폭발이었느냐."

"시, 시간이 좀 지나 버려서 검은 안개에 불꽃이 닿아 그렇습니다."

"물건에는 이상이 없겠지?"

이예주 또한 완성 직전 단계의 무기를 확인하고 싶었으나 이전과 같이 남자의 몸에 가려 잘 보이지 않았다. 조바심이 나 몸이 들썩였다.

"네, 물론입니다. 모양을 잡는 중에 금도 가지 않았고, 이전에 비하면 경도도 훨씬 좋은 편입니다."

"잘됐군."

족장이 남자에게서 기다란 검은색 쇳덩이, 아니 완성된 무기를 받아 들었다. 놈은 장로들과 함께 바닥에 쓰러져 있는 늑대 신인류를 둘러쌌다.

"확실히 이전보다 모양이 잘 잡히기 시작했어. 효과가 있군."

족장이 완성된 무기를 휙휙 돌려 보다가, 불현듯 신인류의 갑옷 위로 높이 치켜들었다. 그리고 그대로 아래를 향해 칼날을 찔러 넣었다.

"흐읍!"

이예주가 날카로운 숨을 들이켰다. 검은색의 기다란 무기는 쉽게 갑옷을 부수고 늑대의 가슴에 쑤셔 박혔다. 바닥으로 검붉은 피가 뿜어져 나왔다.

그녀의 온몸이 뻣뻣하게 굳었다. 비단 무서운 장면을 보고 받은 충격 때문만은 아니었다.

"삼지창이야……."

족장의 손에 들린 것이 뭔지 알고 있었기 때문이다. 그것은 매우 얇은 데다 모양이 제대로 잡히지는 않았지만, 여신상의 손에 들린 것과 같은 생김새의 삼지창이었다.

"아……."

이예주는 탄식했다. 족장은 그들의 몸 안에 있는 피로 칼을 만들고 있었다. 피를 타고 흐르는 검은 안개로.

눈족들이 검은 안개를 가지고 있다는 것을 알았지만 그것을 어떤 형태로 가졌는지는 까맣게 몰랐다. 눈족, 검은 안개, 삼지창, 검은 파편.

그녀의 손끝이 바들바들 떨렸다. 불안함을 넘어 섬뜩한 예감이 전신을 덮치는 것이 느껴졌다.

"늑대의 갑옷과 가죽을 뚫는군! 꽤 쓸 만한걸? 확실히 이전 것들에 비하면 훨씬 완성에 근접했어. 아니 그런가?"

"그렇습니다, 족장님! 이게 다 족장님의 노고 덕분입니다."

미동 없는 늑대의 주변을 빙빙 돌며 관찰하던 족장이 낄낄 웃었다. 뱀파이어처럼 입에 피를 잔뜩 묻힌 두 장로가 족장의 비위를 맞췄다.

"내가 한 게 뭐 있나. 다 자네들과 죽은 장로들의 희생 덕이지. 약속대로 자네들에게 이 먹이를 주지."

"가, 감사합니다! 감사합니다, 족장님!"

5장로의 눈알을 한쪽씩 나눠 먹고 에너지가 들끓던 두 장로는 족장의 허락이 떨어지자마자 득달같이 바닥에 누워 있는 늑대 신인류에게로 달려들었다. 놈들은 가슴의 상처와 바닥에 흘러내린 피를 게걸스럽게 핥았다.

족장처럼 누군가에게 직접 위해를 가하는 것이 아님에도 불구하고 이예주는 어쩐지 그것을 보기가 힘들었다. 아귀가 따로 없는 모습이었다. 헛구역질이 솟았다.

"허허, 이 사람들. 바늘과 관은 어디다 내팽개치고 온 게야. 천천히들 들게."

족장은 기분 좋게 웃으며 늑대의 가슴에 박혀 있는 창대를 와락 잡았다. 창을 뽑으려 하는 것 같았다. 하지만 그것은 좀체 뽑히지 않았다. 노인은 할 수 없이 두 손으로 창대를 잡고 힘껏 흔들었다. 살 속을 쑤석거리는 끔찍한 소리가 들렸다.

"뭐, 뭐……."

그때였다. 족장이 잡고 있는 창대에서 '쩌적—' 소리가 나더니, 방금 전 단단한 경도를 칭찬한 것이 무색하게 삼지창이 조각조각 부서지기 시작했다.

"이런……."

과자 조각처럼 창끝이 뚝 부러졌다. 족장은 들고 있던 창대의 일부분을 바닥에 내팽개치며 바락 소리를 질렀다.

"이런 제기랄!"

기껏 3장로와 10장로의 피를 빼내어 만든 삼지창이 순식간에 산산조각이 났다. 분기탱천한 족장의 얼굴이 붉으락푸르락했다.

"대체 뭐가 문제야! 빌어먹을!"

짐승처럼 늑대의 피를 빨아 먹던 장로들이 눈치를 보며 주춤주춤 일어났다.

"쓸모없는 것들! 그렇게 아무거나 주워 처먹고 다니니까 가지고 있는 검은 안개 하나 제대로 간수를 못하지!"

"족장님, 고, 고정하십시오."

"네놈들도 나 몰래 아무거나 처먹고 다니는 것은 아니겠지? 응? 9장로 년처럼 신인류라면 환장을 하고 아무것이나 씹어 먹은 게 아니냐 이 말이야!"

"그럴 리가요! 그럴 리가 없습니다, 족장님! 그랬다면 그 많은 피를 냈던 저희도 진작 괴물로 변했겠지요!"

길길이 날뛰는 족장의 앞에 하염없이 굽신거리며 장로들이 부정했다. 이예주는 족장이 매번 기분 나쁘게 미소 짓는 얼굴만 보았지, 저토록 대로하는 모습은 처음 보았기에 숨도 쉬지 못하고 놈들을 지켜보았다.

"그래. 남은 것은 나와 자네들뿐이지…… 제기랄."

한참을 씩씩대던 족장이 장로들의 이실직고에 조금 진정했다. 2장로가 조심스럽게 질문했다.

"어, 어떡하죠, 족장님?"

"어떡하긴! 검은 파편이 깨어나기 전까지 어떻게든 완성해야지!"

족장이 있는 대로 짜증을 내며 한쪽을 가리켰다.

"다시 재료를 가지고 오게."

"아, 네! 이, 이봐! 여기로……."

"아니! 자네가 직접 가져와!"

자연스럽게 화로 근처의 대장장이를 부르려던 2장로는 족장의 불 같은 눈초리에 무거운 발걸음을 움직였다. 그는 아까 전 망치질을 하던 사내가 신인류를 데리고 왔던 지하 공간의 오른쪽 구석으로 다가갔다.

이번에는 그 '재료'라는 것을 기다려야 하는지 족장은 다른 일을 하지 않고 초조하게 제자리를 오갔다. 이예주는 마른 침을 꿀꺽 삼켰다. 아까 미처 보지 못한 공간이었다.

그녀는 이번에는 놓치지 않겠다는 듯 눈도 깜짝 않고 2장로를 행로를 좇았다. 이미 앞서 사슬을 풀어 놓았기 때문일까. 깊은 구석으로 들어간 놈은 지체 없이 벽에 붙어 무언가를 열심히 돌렸다.

이예주는 눈살을 찌푸렸다. 어두워서 잘 보이지 않아 답답했다.

한참을 그렇게 무언가를 돌리던 2장로는 돌연 하던 일을 멈추고 문을 열었다.

'뭐지? 수동 개폐 장치처럼 돌려야 열리는 문인가?'

이예주가 의문에 잠겨 있을 즈음, 2장로가 문 안에서 무언가를 꺼내 안았다. 놈은 곧 문을 닫고 그녀의 시야가 닿는 곳까지 걸어 나왔다.

그녀는 눈을 부릅떴다. 2장로의 품 안에 안겨 있는 것은 바로 베니였다. 기절한 건지 아니면 무슨 짓을 한 건지 베니는 신인류처럼 축 늘어져 있었다. 족장이 있는 곳까지 걸어온 2장로가 제단 위 항아리 옆에 베니를 눕혔다.

'뭐 하려는 거야?'

족장과 8장로가 베니에게 다가갔다. 8장로가 아까 족장이 내려 두었던 일반 단도를 집어 들었다. 그들에게 가려 베니가 잘 보이지 않았다. 그녀에게 보이는 것은 베니의 발뿐이었다.

"이번에는 나도 가세해야겠어."

족장의 목소리가 들렸다. 뭘? 불안이 한순간에 턱밑까지 잠식했다.

"족장님께서 직접 말씀이십니까?"

"그래. 이 아이는 미래를 보는 아이야."

"오, 이 아이가 바로……."

"쟈니아가 깨어나면 난리를 치겠지만, 별수 없지."

아니야. 아니야, 베니는……! 족장이 볼 리 없는데도 이예주는 미친 듯이 도리질을 쳤다.

그녀는 이제야 통렬한 깨달음을 얻었다. 족장과 쟈니아의 대화에서 들었던 '재료'가 무엇인지, 리즈 대신 왜 베니가 끌려온 건지. 눈족 족장은 베니가 미래를 보는 것으로 알고 그를 '재료'로 쓰기 위해 끌고 온 것이었다.

어째서 과거의 자신은, 불길하다는 것을 인지하고 있었음에도 대처를 할 생각이 없었던가.

리즈를 섣불리 이곳으로 데리고 왔다고 생각했을 때보다 더 피눈물 나는 후회가 전신을 덮쳤다. 베니에게, 어린애에게 그런 거짓말을 시키지 말았어야 했다. 차라리 그때 베니라도 밖으로 내보냈다면…….

“8장로, 자네가 눈을 뽑게.”

“제, 제가요?”

“내 손을 더럽힐 순 없지 않은가?”

족장의 말에 8장로가 단도를 고쳐 쥐었다.

어떡하지? 어떡하지? 이예주는 아랫입술을 깨물며 번뇌했다. 짧은 사이 수십 가지 생각이 뇌리를 스쳐 지나갔다.

나갈까? 이대로 나가서 베니를 건드리지 말라고 소리칠까? 람이 곧 깨어나서 네놈들을 다 쓸어버릴 거라고 협박할까? 하지만 그러면 리즈는, 아직 리즈가 제 뒤에 숨어 있는데…….

일분일초가 급박한 상황, 당장 해야 할 일을 찾는 이예주의 눈이 분주히 지하 공간을 오갔다. 베니를 구하기 위해 제가 할 수 있는 일이 무엇인지 정신없이 생각을 쥐어짜 내던 그 순간.

이예주는 누군가와 정면으로 눈이 마주쳤다. 녹은 쇳물이 담긴 양동이를 끌고 물레방아 쪽으로 걸어오던 눈족 인간이었다.

물레방아 옆쪽에 쥐새끼처럼 몰래 숨어 있는 이예주를 본 릭의 입이 떡 벌어졌다. 그는 한차례 주변의 눈치를 보더니 양동이를 마저 끌어와 물레방아 근처에 놓고 그녀가 있는 쪽으로 허겁지겁 다가왔다.

“여, 여기서 대체 뭐 하는 것이오!”

릭이 기겁을 한 얼굴로 거칠게 속삭였다. 자신의 존재를 고발할 기세가 아닌 듯해 보이자 이예주는 곧바로 진실을 털어놓았다.

"베니를 구하러 왔어요."

"베, 베니?"

"도와주세요! 베니가 위험해요."

"그게 대체 무슨 말이요. 그리고 베니는 어디에 있다고……."

"베니가 족장한테……."

"오빠!"

그때였다. 자초지종을 설명하려던 이예주는 그대로 얼어붙었다. 분명 자루 사이에 잘 숨겨 둔 리즈가 어느새 물레방아 바깥쪽으로 튀어나와 제단을 바라보고 있었다. 릭이 단숨에 사색이 되었다.

"리, 리즈……!"

시끄럽던 망치질 소리가 뚝 끊겼다. 대장장이들은 물론이고 제단 위 인간들의 모든 이목이 리즈에게 쏠렸다.

어린아이의 말간 두 동공에 경악이 서려 있었다. 멍하니 리즈를 바라보던 이예주가 앞으로 시선을 돌렸다. 8장로의 손 위에 시뻘건 덩어리가 들려 있었다. 그사이 도려내진 베니의 한쪽 눈알이었다.

"이런…… 귀여운 꼬마 손님이 오셨군. 기특하게도 이 족장님이 데리러 가기 전에 혼자서 잘 찾아왔구나."

리즈를 발견한 족장이 지껄였다.

"이리로 오렴. 네 오빠의 나머지 눈알은 네가 꺼내 볼 테냐?"

"오, 오빠…… 오빠……."

리즈가 사시나무처럼 몸을 떨었다. 릭 아저씨가 움직이기 위해 몸을 움칫거렸을 때였다.

"우리 이거 부숴요."

이예주가 낙후된 물레방아를 지탱하기 위해 주변에 얼기설기 덧댄 철근들을 가리키며 빠르게 속삭였다. 자신은 아직 발각되지 않은 상태라 다행이었다.

"……뭐, 뭐요?"

"이거 부수면 물레방아도 쓰러질 거 아니에요."

그녀의 다급한 목소리에 릭의 낯빛이 새파래졌다.

"우린 다들 하나의 폭탄이나 다름없소. 리즈 아비도 그렇게 죽었소. 검은 안개를 가지고 있어서 불에 닿으면 큰일 나! 다 터진단 말이오!"

"이것저것 따질 시간 없어요, 빨리!"

이예주는 벌떡 일어나서 막무가내로 지지대를 발로 찼다.

치이익— 오랜 시간 열에 달궈진 철근에 닿은 신발 밑창이 치즈 녹듯 쉽게 녹아내렸다. 그러나 그녀는 개의치 않았다. 이음새들이 덜컥덜컥 흔들렸다.

그녀가 하는 꼴을 멍청하게 바라보고 있던 릭이 마지못해 일어나 돕기 시작했다. 불똥이 튀는 것을 방지하기 위해 팔다리에 철판을 덧댄 후 옷을 입었기 때문에 이예주의 발길질보다 훨씬 더 도움이 되었다. 릭이 온 힘을 다해 내리칠 때마다 철근의 이음새들이 쉽게 부러졌다.

쿠우우웅, 끼이이익— 마침내 균형을 잃은 물레방아가 쇳물을 흩뿌리며 위태롭게 흔들렸다.

"뭐, 뭐야. 뭐가……!"

그들이 있는 쪽으로 넘어올세라 릭이 재빨리 쇳물이 닿지 않은 부분을 발로 힘껏 걷어찼다. 한쪽 지지대들을 잃은 엄청난 크기의 물레방아는 수월하게 반대쪽으로 넘어갔다.

"물레방아가 쓰러진다! 으아아악! 피해! 피해!"

콰아앙—! 어마어마한 굉음과 함께 물레방아가 옆으로 넘어졌다.

그 안에 담겨 있던 용암 같은 시뻘건 쇳물이 둑이 터진 것처럼 쏟아졌다. 그 위를 타고 화르륵 불길이 일었다.

하지만 불은 차라리 적은 피해에 속했다. 쾅! 쾅—! 그 불길이 닿은 곳에서 크고 작은 폭발이 일어났다.

"폭발이다! 으아아악! 도망쳐!"

인간들은 한순간 일어난 사고에 혼비백산했다. 대장장이들은 들고 있는 장비를 내팽개치고 서둘러 제단의 왼쪽 구석으로 뛰어갔다. 잦은 폭발로 인해 마련된 대피 공간이었다.

"리즈, 이리 와!"

이예주는 물레방아가 쓰러지자마자 가장 먼저 뛰어가 리즈를 안았다. 놀라 얼어붙은 아이가 허겁지겁 품에 파고들었다. 그녀는 다시 헐레벌떡 뛰어가 아이를 릭에게 넘겼다.

"리즈 데리고 안전한 곳에 있어요!"

"다, 당신은 어디……!"

"베니 데리고 올게요!"

"언니!"

붙잡는 리즈의 목소리가 들렸지만 이예주는 정신없이 뒤를 돌아 뛰었다. 벌써 지하 공간의 왼쪽은 온통 쇳물이 범람하여 부글부글 끓고 있었다. 그나마 오른쪽은 아직 양호한 편이었다.

흘끗 제단을 보자 베니가 아직도 제단 위에 죽은 듯이 누워 있었다. 이예주는 넘실거리는 불길을 피해 우회하여 제단을 향해 뛰었다.

콰앙—! 그러나 반도 가지 못하고 엄청난 폭발음에 멈춰 설 수밖에 없었다. 뜨거운 화마가 훅 몰아닥쳤다. 이예주는 몸을 웅크렸다.

"빌어먹을, 멍청한 놈!"

족장이 거칠게 욕설을 뇌까렸다. 불에 닿은 8장로가 폭발했다. 물레방아가 쏟아지자마자 2장로는 얍삽하게 대피 공간으로 내빼 버렸다. 이런 사고를 직접 마주한 것이 처음인 8장로 놈은 뒤늦게 그것을 보고 저도 가겠다고 따라나섰다가 순식간에 불이 붙어 터져 버렸다.

"제기랄, 어디 있는 거야! 눈! 미래를 보는 눈!"

족장이 엎드린 채 바닥을 거칠게 더듬었다. 물레방아가 쏟아지는 꼴을 보고 놀란 8장로가 들고 있던 것을 다 내팽개치는 바람에 미래를 보는 눈이 어디로 굴러갔는지 도무지 알 수 없었다.

"저기요."

그때 무언가가 족장의 어깨를 툭툭 건드렸다. 반사적으로 고개를 돌린 족장이 눈을 홉떴다. 휘익 엄청난 빠르기로 다가오는 쇠망치 때문이었다.

"너, 너는……!"

퍽— 온 힘을 다해 휘두른 망치에 이마를 후려 맞은 족장이 힘없이 쓰러졌다.

"나쁜 새끼."

무감각한 눈으로 그것을 내려다보며 이예주가 읊조렸다. 미친 인간들만 있는 세상으로 와서 저 또한 미쳐 가고 있는 건가. 노인을 망치로 있는 힘껏 후려쳤음에도 아무런 가책을 느끼지 못했다.

챙캉— 쓰러진 족장 옆에 들고 있던 망치를 집어 던진 이예주는 서둘러 몸을 틀었다.

"베니."

베니의 얼굴이 피범벅이었다. 한쪽 눈에서부터 쏟아져 나오는 핏줄기를 본 이예주의 얼굴이 울 것처럼 일그러졌다.

자신이 조금 더 빨리 방을 나섰더라면, 아니 조금 더 빨리 이 어린 애들을 신경 써 주었더라면…….

"가자."

그녀는 덜덜 떨리는 손을 애써 다잡으며 힘없이 늘어진 베니의 몸을 조심스럽게 일으켰다. 그 옆에 베니의 눈을 무참히 도려낸 피 묻은 단도가 놓여 있었다. 이예주는 그것 또한 들어 안주머니에 챙겼다.

이곳에서 처음 보는 일반 칼이었다. 물론 이것만 있는 건 분명 아닐 것이다. 그러나 눈에 보이는 것만이라도 용광로에 던져 없애 버리고 싶었다.

리즈처럼 가뿐히 안고 갈 수는 없어서 그녀는 베니를 힘겹게 등에 들쳐 맸다. 그리고 리즈와 릭이 있는 입구 쪽으로 다급히 뛰어갔다.

"오빠! 언니!"

릭의 다리에 매달려 있던 리즈가 이예주의 등에 업혀 온 베니를 보고 훌쩍였다.

"울지 마."

이예주는 리즈의 머리를 쓰다듬어 주며 다독였다. 그리고 등에 업혀 있는 베니를 릭에게 넘겼다.

"리즈와 베니를 부탁해요."

"다, 당신……."

물레방아가 쓰러진 후 그녀의 행보를 모두 지켜보던 릭의 표정이 묘하게 흔들렸다.

"나가면 가장 먼저 베니 눈을 지혈해 주시고요. 그리고 어디 숨어 있다가 베니가 깨어나면 탈출로가 어딘지 물어봐요. 그래서 같이 여기서 나가서 침엽수 숲속으로 가세요. 숲 깊이 들어가야 안전해요. 그럼."

속사포처럼 빠르게 말을 내뱉은 이예주가 다시 뒤로 돌았다. 릭이 깜짝 놀라 그녀를 붙잡았다.

"같이 나가야지! 대체 뭘 더 하려고 그러오!"

"언니. 리즈랑 같이 나가자, 응? 언니……."

리즈 또한 눈물이 그렁그렁한 얼굴로 옷자락을 부여잡았다. 이예주는 단호한 얼굴로 말했다.

"먼저 가세요. 전 아직 찾아야 할 애가 남아 있어서요."

"그게 무슨……!"

"브레든. 저기에 있죠?"

그녀가 손가락으로 어느 한쪽을 가리켰다. 늑대 신인류와 베니가 끌려 나온 어두운 구석이었다. 릭의 얼굴이 급격히 어두워졌다.

"당신의 힘으로는 안에 갇혀 있는 사람을 절대 빠르게 끌어 올릴 수 없소. 게다가 불길이 곧 잦아들 거요. 그러면 대피소에 있는 사람들이 나올 텐데 그땐 어떡하려고!"

"저기에 있는 걸 이미 아는데 그렇다고 두고 갈 순 없잖아요."

"다음을 도모하면 되지, 왜 굳이 지금……!"

"그사이 베니처럼 눈이 도려내지면요? 토마스처럼 살았는지 죽었는지도 모른 채 소리 소문 없이 사라지면요? 그럼……."

답답하다는 듯 성토하던 릭은 속삭이듯 들려오는 새된 목소리에 입을 다물 수밖에 없었다.

"그럼 그때는 누구한테 못 꺼내 줘서 미안했다고 할까요? 브레든은 하나 남았던 누나도 죽어서 없는데……."

이예주는 조금 자조적으로 웃었다. 변명은 지금까지 충분했다. 어쩔 수 없다는 이유로 많은 것들을 회피하고 외면해 왔지 않은가.

이번에도 그렇게 한다면 자신은 알리자린도 모자라 동생까지 죽게 하는 것이다. 그래서 그저 지금 제가 할 수 있는 일은 무엇이든 하기로 했다.

"걱정해 줘서 고맙지만, 전 괜찮아요. 알아서 잘 피할 수 있어요. 그러니까 리즈와 베니 데리고 잘 숨어 계세요."

옷자락을 잡고 있던 릭과 리즈의 손이 힘없이 떨어져 나갔다. 이예주는 이번에야말로 거침없이 달려갔다. 릭 아저씨의 말처럼 쏟아진 쇳물이 어느새 꺼멓게 굳어 가고 있었다.

쉬지 않고 달려간 그녀는 마침내 오른쪽 구석에 도달했다. 불이 닿지 않아 어둠이 덮쳤다. 예상대로 울퉁불퉁한 벽면에 두터운 철문이 달려 있었다. 다행히도 아까 전 신인류와 베니를 끌어 올릴 때 쇠사슬을 풀어 둔 상태 그대로였다. 이예주는 더 볼 것 없이 철문을 밀어젖혔다.

"헉!"

안으로 무작정 뛰어들려던 그녀는 돌연 문턱을 붙잡고 급정거할 수밖에 없었다. 탁, 타닥, 그녀의 발에 부스러진 돌멩이가 끝도 없이 떨어져 내렸다.

바로 앞은 감옥이 아니라 천길 낭떠러지였다.

"이, 이게……."

깊은 지하에서 느껴질 리 없는 서늘한 바람이 얼굴을 스치고 지나갔다. 다리가 후들거렸다. 뭣도 모르고 한 걸음만 더 내디뎠다면 그대로 끝도 보이지 않는 시커먼 구덩이 속에 떨어졌을 것이다.

그녀는 주춤주춤 뒤로 물러섰다. 낭떠러지와의 경계에서 나오니, 그제야 철문 옆 벽면에 붙어 있는 여러 개의 손잡이가 보였다. 비행선에서 보았던 것과 같은 타륜 모양이었다.

"그럼, 아까……."

이예주가 벌벌 떨리는 눈으로 문 너머를 다시 내려다보았다. 자세히 보니 낭떠러지 끝에 쇠사슬 같은 것들이 매달려 있었다.

그러니까, 아까 전 장로가 베니를 꺼낼 때 벽에 붙어 무언가를 돌리고 있던 것은…….

"이 아래……."

감옥은 바로 낭떠러지 아래에 존재하고 있었다. 어린아이들을 사슬에 묶어 이 아래에 매달아 놓고 필요할 때 도르래를 돌려 꺼내었던 것이다. 릭 아저씨가 왜 그녀 홀로 빠르게 끌어 올릴 수 없다는 말을 했는지 이해가 갔다.

"……미친 새끼들."

벽에 붙어 있는 손잡이의 개수는 총 6개였다. 일일이 돌려 보며 사람이 매달려 있는지 확인하는 수밖에 없었다. 이예주는 이를 악물고 첫 번째 손잡이를 와득 붙잡았다. 그 순간이었다.

"엉망진창이네요."

등 뒤에서 익숙한 목소리가 들렸다. 이예주가 퍼뜩 뒤로 돌았다.

"헐."

그녀는 경악했다. 족장이 제단을 부여잡고 비칠비칠 일어나고 있었다.

"어떻게……?"

분명 망치로 있는 힘껏 후려갈겼다. 못해도 맞은 자리가 함몰되었을 만큼의 중상일 텐데 어떻게…….

놈이 후드를 깊게 눌러쓴 탓에 족장의 얼굴이 잘 보이지 않았다. 하지만 확실한 것 하나는 놈의 로브에 핏자국이 보이지 않는다는 사실이었다.

"그러게 당신 좀 잘 지키라고 했는데. 그사이를 못 버티고 아주 난장판이 되도록 만들어 놨군요."

"……쟈니아?"

이예주의 얼굴이 마치 귀신 소리라도 들은 사람처럼 변했다. 제단에 쓰러진 것은 족장뿐이었는데. 자신이 후려친 것도, 그리고 지금 보고 있는 것도 족장이 맞는데, 들려오는 목소리는 쟈니아의 것이었다.

"이런. 대화는 얼굴을 마주 보며 나눠야 하는데 말입니다."

예의 그 희미한 웃음소리가 들렸다. 족장의 몸이 천천히 뒤로 돌았다. 모순된 행동이었다. 마주 보며 대화를 해야 한다 말하면서 이예주로부터 등을 돌리고 있는 것이다.

반대편을 보고 선 족장이 천천히 후드를 벗었다. 족장과 쟈니아는 지금껏 단 한 번도 깊게 눌러쓴 후드를 벗은 적이 없었다. 그런데.

노인의 뒷머리 대신, 살랑거리는 찬란한 금발이 서서히 드러났다. 이예주의 입이 슬며시 벌어졌다.

"저게…… 저게 뭐야?"

"미안합니다. 옷 좀 벗고 있을게요. 움직이는 것이 좀 답답해서."

족장의 뒤통수에서 쟈니아의 얼굴이, 입이 움직였다. 내가 지금 뭘 보고 있는 거지? 이예주는 제가 보는 것이 정말로 실제임을 확신할 수 없었다.

비행선의 실험실에서 봤던, 뒤통수에 얼굴이 달려 있는 남자아이가 떠올랐다. 자신을 먹이로 인식하고 달려들어 유리벽에 미친 듯이 얼굴을 처박았던. 그런데 제 앞에, 족장의 뒤통수에 쟈니아가, 등에 여자가, 여자의 몸이…….

족장의 몸을 가리고 있던 두터운 로브가 털썩 바닥으로 떨어졌다. 드러난 족장, 아니 쟈니아의 몸뚱이에 사람 얼굴들이 빽빽하게 튀어나와 있었다. 마치 히카톤처럼.

"흐, 흐아악!"

그 끔찍한 광경에 이예주가 미친 듯이 비명을 질렀다.

"조금 보기 힘들지요?"

"아아아악!"

"이런 혐오스럽고 역겨운 모습은 당신에게 보이기 싫었습니다. 진심이에요. 그래서 제가 이 다 쓰러져 가는 낡고 더러운 신전에는 오지 말라고 했잖아요."

이예주는 진저리를 치며 벽에 달라붙었다. 지금 제가 보고 있는 것이, 아니 지금 이 상황이 믿기지 않았다. 너무 현실감이 없었다. 붙어 있는 족장과 쟈니아의 몸뚱이는, 팔다리가 앞뒤로 두 개씩, 총 네 개가 달려 있었다. 인간이라면 말도 안 되지 않는가.

그런 상대의 반응에도 얼굴만은 아름다움을 간직한 여자가 유려하게 웃었다.

"그렇게 놀랄 것 없습니다. 물론 당신을 이해합니다. 저 또한 처음에는 경악스러웠지요."

"흐, 흐으! 다, 당신! 당신 대체……."

"당신도 다리족에서 보지 않았나요? 과거, 검은 파편, 시간족……. 그리고 멍청하지만 가엾은 내 예전 모습을요."

"그게 무슨……."

이예주는 여자의 말이 하나도 귀에 와닿지 않았다. 지금까지 그녀가 맞닥뜨렸던 괴물들은 이지가 없었다. 오로지 먹이를 잡아먹겠다는 본능만 있었을 뿐.

뭐가 뭔지, 말이 통하는 괴물을 마주쳤을 때 어떡해야 하는지 도무지 알 수 없어서 이예주는 그저 벌벌 떨었다.

"음, 어디서부터 설명하는 게 좋을까."

끔찍한 몸뚱이를 가진 벌거벗은 여자가 제단의 계단을 천천히 내려오기 시작했다. 기절한 건지 죽은 건지 모를 족장의 다리가 축 늘어져 그 뒤에 질질 끌려왔다.

이예주는 그 순간 아까 전 챙겼던 단도를 생각해 내고 엄청난 속도로 그것을 꺼냈다. 그리고 발작처럼 소리 질렀다.

"다, 다가오지 마!"

"그래, 당신은 궁금해했었죠."

위협하듯 칼을 휙휙 휘둘렀지만 여자는 그것을 무시한 채 기어이 계단을 모두 내려왔다. 이예주는 벽에 더욱 바싹 붙어 칼을 쥔 양손을 쭉 내민 채 헐떡거렸다.

"왜 우리 눈족들이 검은 파편을 공격하지 않고 소유하길 원하는지, 우리들이 어째서 아이들을 밖으로 내쫓는지."

"흐으, 흐……."

"호기심은 좋은 것이에요. 긍정적인 에너지를 가지고 오지요. 눈족은 호기심이 많은 일족이었습니다. 대부분의 일족이 과거를 보는 능력을 가지고 있으니 어떻게 보면 당연한 일이지 않을까요?"

이예주가 거의 숨이 넘어갈 즈음이 돼서야 여자는 걸음을 멈췄다. 고작 대여섯 걸음만을 남긴 상태였다.

"우리는 비록 다른 일족들에 비해 신체적인 힘은 부족했지만, 그 어떤 일족보다 강대한 힘을 가지고 있었습니다. 내 가족, 친구, 이웃들은 언제나 궁금해했어요."

"……."

"여신의 존재는 언제부터였는지. 인간의 태초는, 눈족의 시조와 능력, 피를 타고 흐르는 검은 안개는 어디서부터 기원된 것인지. 그리고 본능적으로 누구보다 많은 것을 알기를 원했지요. 당신도 궁금하지 않나요? 검은 파편은 어떤 존재인지, 어떻게 탄생했는지 말이에요."

여자가 물었다. 그간 알고 싶었던 것은 맞지만 이예주는 아무런 답도 하지 않았다. 여자는 흉측한 몸을 과장되게 움직이며 말을 이었다.

"눈족은 과거를 통해 인류의 찬란한 문명과 진화를 보았고 그것을 피에 새겨 왔습니다. 우리 선조들은 위험을 유연하게 넘기고 현명하게 살아남았지요. 이미 일어난 일들을 알고 똑같은 과오를 저지르지 않는 것. 그렇게 함으로써 현재를 개선한다는 것은 참으로 훌륭하고 위대한 일이 아닙니까?"

"……."

"어렸을 때부터 여신에 관한 설화와 과거 이야기를 듣는 것을 매우 좋아했던 나는, 더 나아가 알고 싶었어요. 짤막한 미래를 보는 나만이 할 수 있던 단순한 호기심이었죠."

여자가 한숨처럼 숨을 내뱉으며 짙은 미소를 지었다.

"우리의 힘과 기원이 모두 과거에 시간의 여신에게서 내려진 축복, 능력으로 인한 것이라면, 알 수 없는 미래에 일어날 일족에게 닥칠 위험은 그 누가 구원할 수 있는가?"

이예주의 앞을 천천히 오고 가던 쟈니아는 문득 말을 멈췄다. 머나먼 과거를 회상하듯 그 눈이 아득한 허공을 부유했다.

"……그리고 그 미래에 설화인 줄로만 알았던 악신이 정말로 다시 깨어나 우리를 파멸시키려 든다면?"

"악신은 당신들이 모시던 신이야."

흉측한 괴물의 모습에 벌벌 떨면서도 이예주는 악착같이 대꾸했다.

"아무것도 모르던 검은 파편을 제 신격화에 이용해 먹는 게 악신이지, 대체 뭐가 악신이야!"

"보는 이에 따라 그렇게 해석될 수도 있겠군요."

제 말에 버럭 소리를 지르며 부정하는 이예주에게 쟈니아는 화를 내지 않았다.

"……다행히 고고학자였던 남편과는 그런 의미에서 뜻이 잘 맞았지요."

오히려 희미한 미소까지 지으며 고개를 끄덕이는 것이 아닌가.

"강한 힘을 가져 먼 과거를 볼 수 있었던 남편은 언제나 검은 파편의 보복에 대비하자 주장했고, 그것은 고리타분한 장로회에서 번번이 무시당했습니다."

"……."

"우리는 더 많은 힘을 가져야 했어요. 장로들을 좌지우지할 수 있을 만큼의 많은 힘을."

여자가 주먹 쥔 한 손을 들어 올렸다.

"오, 안타깝게도 힘을 가지기 위해선 시간족이 강하게 규제하는 반인륜적인 행위를 해야 했어요. 당신도 영화와 같은 대중매체를 보았으니 알고 있겠죠? 악당들은 원래 힘을 가지기 위해 수단과 방법을 가리지 않잖아요."

"그게…… 그게 무슨 소리야? 당신, 당신이 어떻게……."

이예주의 눈이 커졌다. 저 여자가 1000년 전의 대중매체를 어떻게 아는 건가.

하지만 여자는 그녀의 얼굴에 선명히 떠오른 경악을 해소해 주지 않았다.

"좀 더 먼 과거를 보기 위해, 좀 더 먼 미래를 보기 위해…… 남편과 난 일족을 산 채로 섭취했어요."

"흐, 흐으!"

"그이도 나도, 처음에는 악몽에도 시달리고 환영을 보거나 환청도 많이 들었는데…… 이젠 기억도 안 나네요. 처음 먹었던 일족이 누구였는지. 분명 가까운 지인이었던 것 같은데…….”

“미쳤어…….”

이예주의 낯빛에서 삽시간에 핏기가 빠졌다.

“진짜…… 제정신이 아니네, 당신.”

그녀의 말에 쟈니아는 그저 어깨를 으쓱였다. 그 모습에 이예주는 눈앞이 아연해졌다. 문득 코끝에서 썩은 내가 느껴졌다.

“우욱.”

불쑥 구역질이 치솟았다. 면전에 대고 헛구역질을 했지만, 괴물은 그것을 전혀 개의치 않았다.

“남편이 오랫동안 연구했던 과거 자료들은 훌륭했어요. 우린 점점 강해졌고, 더 먼 미래와 더 먼 과거를 볼 수 있게 되었지요. 미래와 과거를 모두 알고 있다는 건, 정말이지 환상적인 일이에요. 그러다 보니 장로들마저 찍어 누르고 족장의 자리에도 쉽게 오를 수 있었어요.”

“…….”

“비윤리적이고 야만적인 행위였지만…… 우리가 했던 일들은 모두 일족과 인류의 미래를 위해서였습니다.”

말도 안 되는 소리였다. 제 욕심을 채우기 위해 갖다 붙인 변명에 불과했다. 그러나 자신을 향해 돌아서 양팔을 벌리는 여자의 끔찍한 모습에 이예주는 아무 말도 할 수 없었다.

“우린 더 많은 힘이 필요했어요. 하지만 곧 더는 힘을 섭취할 수 없게 되었지요. 어느 날 몸에…… 이런 게 생겨 버렸으니까.”

여자는 벌거벗었지만 수치를 느낄 수 없었다. 당연했다. 다닥다닥 맺힌 얼굴들이 가슴과 주요 부위, 온 몸뚱이를 대신했기 때문이다. 울룩불룩 도드라진 얼굴들은 모두 시체처럼 죽은 듯이 눈을 감고 있었다. 하지만 금방이라도 피부를 뚫고 튀어나와 히카톤처럼 각기 괴성을 지를 것만 같았다.

이예주는 그 엄청난 모습에 그저 벌벌 떨기만 할 뿐, 비명조차 지르지 못했다.

“계획에 차질이 생길 수밖에 없었습니다. 내가 먹어 치운 것들이 자꾸만 몸에 생겨서…….”

“…….”

“이것들을 없앨 방법이 없었습니다. 그 자리를 도려내도 새살이 차오르기 전에 또 생기고, 불로 지져도 끄떡없고…… 오히려 내 살이 아닌 것처럼 몸이 남아나질 않더군요.”

“…….”

“그나마 차선의 방법으로 남편이 찾아낸 게 힘이 담겨 있는 눈만 먹는 것이었어요. 그런데 힘을 탐하면 탐할수록 이것들이 몸을 좀먹는 것이 아니겠습니까?”

여자는 징그럽지도 않은지 제 몸에 달린 얼굴들을 손으로 애틋하게 쓸었다.

“이성이 사라지면서 가끔 호흡과 심장이 멈출 때가 있었죠. 다시 눈을 뜨면 손에 시체들의 토막 난 부위가 잔뜩 쥐어져 있었어요. 좀비처럼요. 좀비가 뭔지 기억하죠?”

이예주는 금방이라도 혼절할 것처럼 거칠게 호흡했다.

“남편과 나는 당연히 겁에 질렸어요. 이건 눈족이 검은 안개를 뜯어 먹었기 때문에 생긴 저주였으니까요.”

여자는 전혀 겁이 나지 않은 얼굴로 국어책을 읊듯 줄줄 말했다.

“그때는 신인류도 없었으니 저주를 풀고 우리의 몸을 지킬 방법이 전무했지요. 시간족들이 여신을 조각조각 뜯어 먹었다는 것은 이미 남편이 보고 온 실제 과거였으니 여신에게 기댈 수는 없었어요. 그나마 우리에게 남은 것은 신과 같은 존재, 검은 파편뿐이었습니다."

"……."

"그러니 우리가 그것에 집착하고 매달린 것은 응당한 수순이 아니겠습니까?"

괴물이 한차례 말을 멈추었다. 이예주는 문득 여준의 말이 떠올랐다. 눈족은 참으로 이상하게도 검은 파편의 파멸이 아닌 소유를 원했다고…….

"다행히 검은 파편을 찾아내는 것은 순조로웠어요. 내핵에서 그를 삼켰을 때만 해도 모든 것이 해결되리라 믿었죠."

"……."

"생각했던 것보다 훨씬, 그 이상으로 검은 파편의 힘은 강대했어요. 내 안에 느껴졌던 그 엄청난 힘, 에너지! 지구를 한 손아귀에 쥘 수 있을 만큼 강대하고 아름답던…… 하아!"

여자가 황홀경에 가득 찬 얼굴로 야트막한 신음을 내뱉었다. 그러다 문득 눈살을 찌푸리고 나지막이 뇌까렸다.

"아, 물론 배가 터진 고통은 정말 끔찍한 경험이었지만요."

이예주의 귀가 번뜩 트였다. 고개를 휙 들자 쟈니아는 한 번 더 상기하듯 고개를 끄덕였다.

"끔찍했죠. 그건 다시 겪고 싶지 않군요."

"다, 당신 무슨 소리를……."

도저히 알 수 없었다. 왜 저 여자가 1000년 전의 눈족 여족장과 본인을 동일시하는 거지?

제 상식으로는 도무지 알아들을 수 없어서 이예주는 더듬더듬 물었다.

"당신 대체 무, 무슨 소리를 하는 거야?"

"그래도 이 인간이 아직 숨이 붙어 있던 저를 뜯어 먹어 주어서 이렇게 눈을 뜨게 되었습니다. 역겨운 방법이었지만……."

"그게……."

"살아 있다는 건 중요한 게 아니겠어요?"

여자가 미소 지었다. 이제는 예의 그 음침해 보이던 웃음이 아니었다. 활짝 웃는 여자의 얼굴은 이예주가 비행선에서 보고 온, 과거 영상 속의 여족장과 한 치의 오차 없이 똑같았다.

"이, 이게……."

등 뒤가 벽이었다. 더 이상 뒷걸음질 칠 곳이 없음에도 불구하고 그녀는 마구 뒤로 몸을 물렸다.

"대체……."

머리는 도무지 이해할 수 없다고 하는데, 몸은 그 누구보다 빨리 괴물의 말을 알아듣고 간헐적으로 떨기 시작했다. 믿을 수 없게도 쟈니아는, 그저 얼굴이 닮아 수상쩍게 여겨졌던 여자는, 바로 1000년 전의 눈족 여족장이었다.

"괜찮아요? 난 어쩌면 당신이 알고 있을지도 모른다고 생각했는데, 많이 놀란 듯하군요."

허옇게 굳은 이예주를 놀리는 듯한 웃음을 띤 채 쟈니아의 형상을 한 괴물이 주춤주춤 다가왔다. 그때였다. 불현듯 괴물의 뒤에서 환한 빛이 터져 나왔다.

'문!'

이예주의 동공이 찢어질 듯 확장됐다. 쟈니아의 뒤에 '문'이 열렸다. 위험 신호였다. 죽을지도 모른다. 당장 벗어나야 했다. 까딱하면 그대로 잡아먹혀서 족장과 쟈니아의 몸뚱이에 달린 수십 개의 대가리 중 하나가 될 수도…….

"흐읍!"

그녀는 사시나무처럼 떨리는 몸을 하고도 지체 없이 몸을 움직였다. 옆으로 우회하여 재빠르게 달려가 문 속으로 몸을 날리기 위함이었다.

휘익— 그러나 무언가가 엄청난 속도로 이예주의 앞을 막아섰다.

"이런, 아직 얘기가 끝나지 않은걸요."

"흐악!"

이예주는 소스라치게 놀라 몸을 멈췄다. 그녀의 앞을 가로막은 것은 괴물의 등 뒤에서 튀어나온 창백한 두 팔이었다.

"모처럼 과거를 아는 사람과의 대화니 난 이것을 좀 더 즐기고 싶어요. 이해해 줘요, 예주양."

"흐, 흐으! 꺼져! 꺼지라고!"

경기하듯 비명을 지르면서 이예주는 휙휙 칼을 휘둘렀다. 하지만 무기가 있음에도 쉬이 괴물 근처로 다가갈 수 없었다.

너무 무섭고 두려웠다. 쟈니아의 뒷면에 달린 족장의 몸은 아직 보지 못했다. 어쩌면 그 역겨운 몸뚱이에 동쪽 대륙에서 보았던 눈족 장로처럼 엄청난 길이의 팔 한 쌍이 달려 있을지 모른다.

"이 꼴이라도 남편의 몸을 다루는 것은 조금 어렵습니다. 이 인간도 저 못지않게 꽤 끈질긴 인간이라서요."

'문'을 바라보며 애타게 발을 동동 구르는 이예주를 향해 쟈니아가 여유롭게 지껄였다. 그 순간, 그들 사이로 또 다른 이의 목소리가 끼어들었다.

"……쟈, 쟈니아?"

"아, 마침 깨어났네요. 인사해요, 여보."

여자가 몸을 조금 틀었다. 그러자 그 뒤에 달려 있는 또 다른 인간이 이예주를 보고 노성을 내질렀다.

"저, 저년이! 저년이!"

족장이 삿대질을 하며 팔을 허우적거렸다. 이예주는 기겁했다. 두개골이 저렇게 주먹만큼 함몰되었는데, 대체 어떻게 저렇게 멀쩡하게 살아 있을 수가…….

놈들은 마치 녹아서 눌어붙은 서로 다른 종류의 치즈처럼 상체가 붙어 있었다. 다만 족장이 키가 좀 더 커서 그가 깨어난 후 바닥에 있던 쟈니아의 발이 가뿐히 들렸다. 저렇게 징그럽게 붙어 있으면서도 왜 걷는 모습에 위화감을 느끼지 못했는지 알 만했다.

족장의 벗은 몸뚱이 또한 쟈니아와 별 다를 바 없었다. 아니, 오히려 쟈니아보다 더 심했다. 온전한 피부가 보이지 않을 만큼 빽빽하게 온몸을 점령한 얼굴들은 더없이 혐오스러웠다.

"저 계집 때문에 일이 모두 틀어졌어! 저 계집년이……!"

"그러게 내가 잘 돌보라고 몇 번을 당부했잖아요. 만만치 않은 상대라고. 오히려 망치로 후려 맞고 기절하다니 유감이네요."

"기절하다니! 과거를 보고 온 것이야!"

족장이 버럭 소리 지르며 부정했다.

"기억났어! 저것은, 저것은, 1000년 전에……!"

"당신은 그만 입 닥쳐요. 나도 기억이 났으니까."

쟈니아가 단호하게 몸을 틀며 족장의 말을 막았다. 족장이 무어라 신경질적으로 대꾸했지만 잘 들리지 않았다. 쟈니아의 미묘한 얼굴에 더 신경이 쏠렸기 때문이다.

"예쁜 숙녀로 자라났군요."

"왜……."

이예주는 기분이 이상해졌다. 저놈들이 왜…… 갑자기 저를 보며 전에 없이 반갑다는 표정을 짓는 건가. 마치 1000년 전에 자신을 알고 있었다는 듯이.

"그때가 2010년도였나, 11년도였나?"

"11년도였네."

가물가물 기억을 되짚는 쟈니아의 모습에 족장이 퉁명스레 대꾸했다.

이예주의 몸이 흠칫 굳었다. 엄마가 돌아가셨을 때였다. 쟈니아는 기억났다는 듯 짝, 하고 박수를 한 번 치고 말했다.

"아, 산 채로 모조리 잡아먹는 것보단 눈알만 빼 먹는 것이 더 효율적이라는 사실을 막 알았을 때였죠. 시험 삼아 섭취해 볼 것이 필요했는데, 남아 있던 미래를 보는 일족은 능력이 소실되어 오래전에 일족에서 나가 살던 아이뿐이었어요."

"무, 무슨 소리 하는 거야, 당신들?"

손끝이 차가워졌다. 문득 눈앞이 새하얘지면서 귓가에 이명이 울려 퍼졌다. 이예주의 몸이 이제는 한눈에 보일 만큼 바들바들 떨렸다. 확실한 건, 그것이 더 이상 말이 통하는 괴물에 대한 두려움 때문만은 아니라는 것이다.

"쥐죽은 듯 살기에 정말로 어렸을 때 이후 능력이 소실된 줄로만 알았는데…… 몇 년을 지켜보니 알겠더군요. 능력이 아직 남아 있음을."

"네 어미는 네가 위험에 처할 때마다 귀신같이 달려가더군. 신통방통했어. 그런 주제에 어떻게 몇 년을 들키지 않고 쥐죽은 듯 살았는지…… 쯧."

모습이 보이지 않는 족장이 쟈니아의 말을 받으며 혀를 찼다. 이예주는 버럭 소리 질렀다.

"당신들 무슨 소리 하는 거냐고!"

"눈알을 빼 먹을 땐 저항이 심해서 꽤 고생했어요. 그래도 우리는 일족으로서 도리를 다했습니다. 넋이 나간 당신 대신 장례도 잘 치러 주었고, 유언대로 당신을 건드리지 않고 예쁜 숙녀로 자라도록 내버려 두었잖아요."

"오히려 이쪽에서 손해를 봤지. 몇 년을 지켜보다 미래를 보는 것을 확신하고 잡아먹었는데 말이야."

족장이 킬킬거렸다.

"아무 효과도 나타나지 않아서 쟈니아가 얼마나 길길이 날뛰었는지 아나? 아무런 힘도 없는 딸년까지 잡아먹는다는 것을 말리느라 꽤 고생……."

"그만 닥치라 했어요."

"너, 너희들이었어?"

이예주는 파르르 떨리는 목소리로 물었다.

모든 게 제 탓이라고 여겨 왔다. 아침까지 아침밥을 챙겨 주던 엄마가 있지도 않은 생활고 비탄으로 반나절 만에 죽을 리 없는데, 자살일 리 없는데.

"네놈들이…… 네놈들이 우리 엄마를……! 우리 엄마를!"

눈앞이 시뻘게졌다. 그간 수없이 느껴 왔던 엄마를 죽게 만들었다는 죄책감, 자괴감, 자기혐오. 짐승처럼 울부짖으며 아득 까득 지샜던 수많은 악몽의 밤들이, 그게 다 이 미친놈들의 병신 같은 짓거리들 때문에…….

"아아아악!"

그녀는 저도 모르게 칼을 휘두르며 괴물에게 달려들었다. 아까 느꼈던 무서움과 두려움이 거짓말 같았다. 분노와 혐오가 머리끝까지 차올라 시뻘겋게 들끓었다.

푸욱— 손끝에 살 속을 파고드는 섬뜩한 감각이 느껴졌다.

"죽어! 죽으라고!"

이예주는 괴성을 지르며 쟈니아의 배에 단도를 마구 쑤셔 넣었다. 하지만 이상했다. 분명 죽어야 하는데, 사람은 칼을 맞으면 피를 흘리며 쓰러져야 하는데…….

아무리 단도를 쑤석거려도 피가 단 한 방울도 나지 않았다.

"왜, 왜……."

이예주는 멍하니 고개를 들었다. 여자가 너그러운 웃음을 지은 채 자신을 내려다보고 있었다.

"진정해요. 이런 것으로 죽었다면 벌써 당신이 내려친 망치로 죽었을 거예요. 아니, 1000년 전 배가 터졌을 때 죽었겠지요."

"흐, 흐으……!"

족장이 배를 잡고 낄낄 웃는 소리가 들렸다. 이예주는 단도를 놓치고 뒷걸음질 쳤다. 분노는 순식간에 잦아들었다. 누구라도 망치에 맞고 칼에 찔렸음에도 멀쩡히 서 있는 괴물을 본다면 그녀처럼 시퍼렇게 질릴 것이다.

"괴물들이야……."

비척비척 뒷걸음질 치며 이예주는 믿을 수 없다는 듯 중얼거렸다.

"너무하군요. 그런 괴물들과 나를 동일시하다니…… 나는, 아니 우리는 이 세계의 예언자이자 대현자예요."

고개를 내저으며 이예주는 여자의 말을 부정했다. 그들은 괴물을 만든 악귀였고, 전범이었다.

"나는 미래를 예언했고, 그 예언대로 일족을 넘어 인류의 존재를 위협하는 종말이 닥쳤어요."

"개소리하지 마! 그건 당신들이 초래한 미래야!"

"원론적으로는 그럴지도 모르죠. 하지만 이미 일은 벌어졌으니 멸종 위기의 인류를 구원할 사람이 필요하지 않겠어요?"

"그게 당신이라고?"

이예주는 허탈하게 웃었다.

"일을 이 지경으로 만들어 놓고, 수없이 많은 사람들을 죽여 놓고 당신이, 구원을 한다고?"

"남편과 나는 한 몸이 되어 끈질기게 살아남았습니다. 합쳐진 우리는 생각보다 훨씬 강했지요. 신인류의 탄생은 우리에게 축복이었어요."

"그렇지. 축복이었어. 모든 에너지를 이 몸에 축적하면서 동시에 이것들에게 좀 먹히지 않도록 검은 파편의 힘을 탐할 수 있다니!"

놈들은 이예주의 차가운 웃음에 끄떡도 하지 않았다.

"우린 그렇게 1000년을 살아남았어요. 그사이 인류는 종말에 가까워졌다가 다시 기원으로 돌아온 겁니다. 시간의 여신이 있던 그 혼돈의 시절로요."

"하."

"하지만 인간을 지켜 주던 여신은 죽었죠. 남은 것은 우리를 죽이려고 드는, 여신의 권속 중 하나였던 검은 파편뿐."

"……."

"그런데 또 궁금해지더라고요. 내겐 검은 파편에게서 뜯어 낸 검은 안개도, 그 누구보다 강대한 힘도 있고, 1000년이 넘게 살아남을 만큼 영생 또한 얻었는데……."

여자가 문득 목소리를 죽여 마치 혼자만 아는 비밀을 속삭이듯 은밀하게 중얼거렸다.

"시간처럼 인류를 구원할 신이 되지 못할 이유는 뭔가?"

그 순간, 이예주의 어깨가 벼락 맞은 것처럼 펄떡였다.

—저는 알아요. 그 병사가 신을 잡아먹기 위해 창으로 찌른 것을. 피와 살을 씹어 먹고 그 힘을 취하려 그랬던 것입니다. 그를 먹으면 신이 되리라 생각했을 겁니다.

—우린 인간들을 핍박하는 그조차 우리의 신으로 받아들이기로 했습니다.

일전에 여신상을 앞에 두고 나누었던 쟈니아와의 대화가 라디오를 튼 것처럼 귓가에 쉴 새 없이 되뇌어졌다.

머릿속이 멍했다. 이예주의 시선 끝에 이를 드러내고 귀신처럼 웃고 있는 여자의 얼굴이 보였다.

"대재앙의 마지막 순간, 검은 파편의 곁에 있는 인간 여자."

시간의 얼굴에 제 얼굴을 새겨 넣은 1000년 전의 여족장.

"검은 파편을 씹어 먹고 모든 인간들을 지옥 불에서 구원하여 신이라 불리리라."

"다, 당신들……!"

"예언은 내가 한 것입니다. 퍼뜨릴 땐 조금 각색을 했지만요."

무언가를 감지한 이예주의 몸이 다시 한번 펄떡였다.

"람에게, 람에게 무슨 짓을 하려고……!"

"글쎄. 저 삼지창이 무얼 할까."

이번엔 족장이 대꾸했다. 놈의 팔이 신전의 것과 똑같이 만들어진 제단 뒤의 여신상을 가리켰다. 정확히는 여신이 들고 있는 삼지창을.

"고마워요, 검은 파편이 에너지를 소비하게 만들어 줘서. 서쪽 대륙까지 부숴 버릴 줄은 미처 몰랐는데, 덕분에 생각보다 일이 훨씬 앞당겨졌어요."

"그, 그게……."

"지금쯤 당신의 방에 죽은 듯이 잠들어 있겠죠?"

가야 돼. 놈들이 람이 잠든 것을 알고 있다. 본능이 경고했다. 당장 람에게 가야 했다. 그를 지켜야 했다.

괴물은 검은 파편을 씹어 먹기 위해 1000년 동안 숨죽인 채 기회를 엿보고 있었다. 빙글거리는 놈들의 입에서 끔찍한 악취가 뿜어져 나왔다.

이예주는 겁도 없이 마구 움직였다. 아직 열려 있는 '문'을 넘기 위해서였다. 그녀가 다시 한번 재빠르게 몸을 틀어 그 자리에서 벗어나려고 도약했을 때였다.

"윽!"

"어허, 도망가게 둘 수는 없지."

눈치 빠른 족장이 재빨리 발을 걸었다. 단발마의 비명과 함께 이예주는 속절없이 넘어졌다.

"꺼져! 이 새끼들아! 놔! 놓으라고!"

네 쌍의 팔과 다리가 그녀를 옥죄었다. 괴물이 몸을 깔아뭉갰다. 벗어날 수 없었다. 이예주는 미친 듯이 발버둥 쳤다.

그때였다. 문득 목덜미에서 따끔한 감각이 느껴졌다.

"악! 뭐, 뭐……!"

괴물이 훌쩍 몸을 일으켰다. 이예주는 단숨에 따라 일어나려 했다. 하지만 어쩐 일인지 몸이 꿈쩍도 하지 않았다. 그도 모자라 발밑으로 모든 힘이 쭈욱 빠지기 시작했다.

"쯧, 망아지처럼 날뛰는군."

족장이 그녀의 얼굴 옆에 빈 주사기 통을 던졌다.

"이, 이게……."

순식간에 눈앞이 가물가물해졌다. 언젠가 느껴 본 적 있는 감각이었다.

'RTBD.'

아찔한 머리 사이로 약물의 이름이 떠오르다 사라졌다.

"성가신 계집. 처음부터 마음에 들지 않았어."

"살살 다뤄요."

둘 중 한 명이 우악스럽게 자신의 머리채를 잡고 질질 끌고 가기 시작했다. 이예주는 머리카락이 몽땅 뜯겨 나가는 고통을 느꼈지만 힘없이 바르작댈 뿐, 그것을 저지하지 못했다.

마침내 어둠 속으로 그녀를 끌고 온 놈들이 잠깐 그녀의 머리채를 놓고 철문을 열었다. 끼익— 음산한 소리가 들렸다.

철그럭, 철그럭. 안쪽에서 낭떠러지에 매달린 기다란 사슬을 끌어올린 족장이 그 끝에 달린 족쇄를 가지고 와 이예주의 오른쪽 발목에 채웠다.

"그런데 1000년 전에 있던 것이 어떻게 아직까지 살아 있는 거지? 이 계집도 방주를 탔던가? 그럴 수는 없었을 텐데."

"그건 좀 궁금하긴 하네요. 방주를 탔다 해도 지금까지 살아 있을 수는 없겠죠. 칼에 묻어 있던 피 속에 검은 안개가 없는 것을 확인했잖아요."

놈들이 이예주를 내버려 둔 채 두런두런 대화했다. 등을 붙인 채 서로 반대 방향을 바라보며 말을 나누는 모습이 소름 끼치도록 기괴했다. 정신을 잃어 가는 이예주의 귀에는 그저 띄엄띄엄 끊겨 들릴 뿐이었지만.

"어떻게 된 일인지 그건 차차 알아 가면 되겠지요. 당신이 기절한 동안 내가 잡았으니 눈은 내 것이에요."

"기절한 것이 아니라 과거를 보고 온 것이래도! ……어쨌든 내 잘못이니 알았네."

신경질적으로 대답한 족장은 아쉽다는 듯 입맛을 다시다 마지못해 수긍했다.

쟈니아가 쓰러진 이예주의 위로 불쑥 고개를 숙였다. 아직도 정신을 잃지 않고 꿈틀거릴 수 있는 강인한 생명력이 가히 탐이 났다.

"당장 죽이지는 않을 테니 너무 걱정하지 마세요."

희미하게 웃고 있는 여자의 얼굴이 어른어른 보였다. 얼굴 위로 여자의 금빛 머리가 쏟아졌다. 찬란하다고 생각했던 그것에서는 시체 썩는 냄새가 났다.

"베니의 눈으로 만든 창이 실패할 경우를 대비해 당신은 최후의 재료로 남겨 둘 테니까요."

"너…… 안……."

"아, 그토록 찾던 브레든에게 뜯어 먹히지 않게 조심하고요. 그럼."

여자가 마지막으로 인사했다. 그리고 괴물들은 가차 없이 그녀의 몸을 낭떠러지로 밀어 처넣었다.

촤르라락— 쇠사슬이 마찰하는 소리와 함께 이예주는 시커먼 구덩이 속으로 끝없이 추락했다.

와악, 아으, 아아— 우아읍! 멀리서 이상한 소리가 들렸다. 짐승이 울부짖는 소리 같기도 하고 사람이 끙끙 앓는 소리 같기도 했다.

그 괴상한 소리가 멀어졌다 가까워지기를 반복하는 가운데 손끝에 서늘한 바람이 느껴졌다. 이예주는 까무룩 잠겨 있던 수렁 속에서 조금씩 의식을 차리기 시작했다.

쩔컥—!

"아우, 웁!"

"으……."

멀미라도 나듯 머리가 어지러웠다. 그뿐만 아니라 두드려 맞은 것처럼 온몸이 아팠다. 아우! 우웁! 쩔그럭! 악! 그 와중에도 알 수 없는 이상한 소리가 쉴 새 없이 울려 퍼졌다.

이예주는 가물가물 눈을 떴다. 그리고 저를 향해 뛰어오르는 괴물의 커다란 아가리와 곧바로 마주했다.

"헉!"

"아우! 먹이! 와악!"

어두컴컴한 아래쪽, 늘어진 그녀의 손끝을 뜯어 먹기 위해 누군가 사력을 다해 뛰어오르고 있었다. 그러나 '쩔컥!' 하는 소리와 함께 커다랗게 벌어진 아가리는 간발의 차로 그녀를 물어뜯지 못하고 텁 다물렸다.

"흐, 으아아악!"

이예주는 비명을 지르며 몸을 뒤흔들었다. 그러자 그녀의 몸이 괴물이 있는 바닥으로 떨어질 듯 아래로 훅 쏠렸다. 중심을 못 잡고 공중에서 마구 팔을 휘저어 대자 시계추처럼 몸이 양옆으로 흔들리기 시작했다.

"흐, 흐으! 이, 이게……!"

이예주는 당황하여 한참 더 몸을 뒤틀다가 불현듯 깨달았다. 자신의 몸이 공중에 매달려 있다는 사실을.

양옆으로 휙휙 흔들리는 몸과 더불어 '쩔그럭, 쩔그럭' 하는 소리가 들렸다. 그녀는 그 소리가 무엇인지 잘 알았다. 사슬 소리였다.

"어……."

문득 아래쪽 괴물에게서 말소리가 들렸다. 이예주는 퍼뜩 고개를 들었다.

"먹이, 움직였다."

이예주가 매달린 허공은 온통 시커멨지만, 아래쪽 바닥에는 무언가 광원이 있는지 희미한 빛이 새어 나왔다. 간신히 시야를 구분한 그녀는 제 눈을 의심했다.

"너는……."

족쇄가 채워진 채 사슬에 묶인 아이가 고개를 번쩍 쳐들고 이예주를 바라보고 있었다. 유나와 똑 닮은, 일전에 비행선에서 본 적 있었던 박박 깎은 머리통. 이곳에 얼마나 갇혀 있었는지 깡마르고 헐벗은 몸이 온통 거무튀튀하고 꼬질꼬질했다.

"브…… 브레든?"

"움직였다."

한 번 더 같은 소리를 반복하며 고개를 갸웃거리던 아이는 이내 질질 사슬을 끌면서 구석으로 가 버렸다.

"하…… 대체."

이예주는 자유로운 손으로 잔뜩 흘러내린 머리를 쓸어 올렸다. 그리고 있는 힘껏 목을 쳐들고 자신이 처한 상황을 돌아보았다.

그녀는 어딘지 알 수 없는 구덩이 속에 거꾸로 매달린 상태였다. 어떻게 된 건지 채 파악하기도 전에 귀신같이 웃던 쟈니아의 허연 얼굴이 떠올랐다.

—당장 죽이지는 않을 테니 너무 걱정하지 마세요.

정신을 잃기 전, 놈들이 주사를 주입하고 자신을 철문 너머의 낭떠러지로 밀어 던졌다.

"시발 새끼들."

이곳이 어딘지, 제가 어떤 상황에 처한 건지 대충 알게 되자 입에서 자동으로 험한 욕이 흘러나왔다.

"하……."

일단 상황이 어떻게 흘렀든, 공중에 매달려 있는 이 빌어먹을 상태에서 벗어나야 했다. 이예주는 조심스럽게 아이를 불렀다.

"브레든. 저기, 이쪽으로 와 볼래?"

"……."

"뛸 수 있지? 아까 뛰어올랐잖아."

그녀를 물어뜯기 위해 있는 힘껏 뛰어올라 아귀처럼 입을 쩍 벌렸던 아이의 모습이 떠올랐다. 그토록 찾던 알리자린의 동생이었지만, 솔직히 반갑기보단 무서웠다. 과연 말이 통할지도 의문이었다.

그러나 별수 없었다. 일단 시도해 볼 수밖에.

"이리로 와서 한번 뛰어 볼 수 있어?"

"……."

"내가 후드 최대한 내릴 테니까 잡아 줄 수……."

조금만 움직여도 양옆으로 흔들리는 몸을 잡아 달라는 목적으로 도움을 구했지만 이예주는 곧 입을 다물었다.

어두컴컴한 구석에 몸을 말고 있는 브레든은 그녀의 부름에 듣는 척도 하지 않았다. 무릎에 고개를 파묻은 채 꿈쩍도 안 하는 모습이 비행선에서 처음 마주했을 때와 별다를 게 없어 보였다.

"……하."

이예주는 다시 한번 깊은 한숨을 내쉬었다. 한참을 힘없이 늘어져 있던 그녀는 최대한 양옆으로 흔들리지 않도록 행동을 제한하며 몸을 꿈틀거렸다.

허리와 고개를 한껏 위로 쳐들고 바라보니 오른쪽 발부터 까마득한 위까지 이어진 두꺼운 사슬이 보였다.

족쇄가 채워진 발목은 아무런 감각이 없었다. 구덩이의 깊이가 얼마나 높은지는 알 수 없었지만, 아래로 떨어지다 갑자기 멈췄을 때의 충격을 생각해 보면 결코 온전치는 않을 것이다.

“흐으…….”

발목이, 아니 오른쪽 다리 전체가 탈골된 거라면 어떡하지.

당장 다리를 못 쓰게 된 걸까 봐 덜컥 겁이 났다. 울컥 울음이 치솟았지만, 이예주는 그것을 꾹 눌러 참고 눈을 더 크게 떠 족쇄를 관찰했다.

그러나 아래쪽에서 희미하게 새어 나오는 빛만으로는 자세히 볼 수 없었다. 별수 없이 그녀는 안간힘을 짜내어 거꾸로 몸을 들어 올렸다.

“으으……!”

족쇄에 살짝 손이 닿았다가 힘이 없어 허리가 펴지는 일이 몇 번 반복되었다. 마침내 그녀는 족쇄의 열쇠 구멍으로 추정되는 곳을 찾아냈다. 복사뼈 옆쪽이었다.

자동 잠금이라든지 그런 최신식이 아니어서 다행이라면 다행인 걸까. 이예주는 제 로브 안주머니를 뒤적였다. 그 난리 속에서도 열쇠는 빠지지 않고 주머니 속에 고이 들어 있었다.

“……다행이다.”

그녀는 만능열쇠를 꺼내 들고 그것에 입을 맞췄다. 한때는 자취방 키를 흉측하게 바꿔 버린 람이 원망스럽기도 했지만 이제는 둘도 없이 감사했다. 이게 아니었더라면 그동안의 탈출에 대부분 실패했을 것이다.

"으흐으!"

이예주는 다시 한번 몸을 있는 대로 구부렸다. 평지에 제대로 선 상태에서 발에 손을 뻗는 것도 힘든 뻣뻣한 몸을 거꾸로 매달린 상태에서 들어 올리려니 딱 죽을 맛이었다.

당연히 실패의 연속이었다. 나중에는 배가 찢어질 듯 당겨 왔다. 그래도 물 밖으로 튀어나온 물고기처럼 펄떡거리며 족쇄에 열쇠를 내리꽂기를 반복했다.

그러기를 몇십 번, 철컥— 드디어 홈이 맞물리는 소리가 들리더니 발목이 헐거워졌다.

"아악!"

퍽— 비명과 함께 이예주는 곧바로 바닥으로 떨어졌다.

"컥!"

다행히 그렇게 높은 위치는 아니었기에 부상을 당할 정도는 아니었다. 다만 바닥에 등이 처박힌 충격으로 숨이 턱 막혀서 한참 동안 꼼짝도 못하고 버르적거려야 했다.

"헉, 허억…… 하아, 하……."

간신히 고통이 가라앉을 즈음이었다.

"……누나?"

그녀가 허공에서 뭔 짓을 하던 미동도 없던 아이가 문득 무릎에 파묻었던 얼굴을 들고 킁킁거렸다. 이예주는 힘없이 고개만 돌려 그 쪽을 바라보았다.

마치 피 냄새를 맡은 동물처럼 허공을 향해 코를 킁킁대던 아이가 바닥에 누워 있는 그녀 쪽으로 스르륵 시선을 돌렸다.

"누나."

어둠 속에서 번뜩이는 안광이 스산했다. 오싹한 기분에 이예주는 몸을 일으키려 했지만 몸뚱이가 좀처럼 말을 듣지 않았다. 쩔그럭, 그러는 와중 브레든이 사슬에 아랑곳하지 않고 자리에서 벌떡 일어났다.

"뭐……."

"누나."

"자, 잠깐……!"

벌거벗은 아이가 득달같이 그녀에게 달려들었다.

"아, 아악! 왜, 왜 이래!"

"누나, 누나, 누나, 누나."

순식간에 이예주의 위를 덮친 브레든은 거친 손으로 그녀의 얼굴과 목을 마구 긁었다. 금방이라도 물어뜯을 듯 이를 딱딱 부딪치는 모습에 소름이 끼쳤다.

"하, 하지 마! 야! 하지 말라고!"

"아아, 누나 냄새. 아아아, 아아. 누나."

이예주는 자신을 긁어 대는 브레든에게서 벗어나기 위해 미친 듯이 발버둥 쳤다.

억센 손아귀와는 달리 비쩍 곯은 아이의 몸은 한없이 가벼웠다. 그 탓에 어렵지 않게 아이의 손을 저지하고 제 위에서 떼어 낼 수 있었다. 그러나 브레든은 그녀를 단단히 먹이로 인식한 건지 옆으로 굴러떨어져도 악착같이 다시 달라붙었다.

"악! 왜 그래! 정신 좀 차려 봐!"

"누나, 누나."

"비켜! 난 네 누나가 아니야!"

한동안 엎치락뒤치락하는 몸싸움이 이어졌다. 그러다 결국 참지 못하고 내뻗은 이예주의 왼발이 아이의 배를 정통으로 걷어찼다.

퍽— 거센 발길질에 브레든은 반대편으로 힘없이 나동그라졌다. 땅바닥에 머리를 세게 부딪힌 아이는 더 이상 달려들지 않았다.

"하아, 하아……."

이예주는 벽을 붙잡고 조심스럽게 자리에서 일어났다.

"흐읏!"

마구 발버둥 칠 땐 몰랐는데 발을 딛고 서기 위해 다리에 힘을 주니 족쇄에 묶여 있었던 오른쪽 발목에서부터 어마어마한 고통이 느껴졌다. 눈앞이 새하얘지는 통증에 다시 주르륵 바닥으로 쓰러진 그녀는 신음도 제대로 못 내고 부들부들 떨었다.

한참이 지난 후 고통이 어느 정도 가라앉았다. 그녀는 일어날 엄두도 못 낸 채 힘없이 상체를 벽에 기댔다. 어쩌다 보니 브레든과 사이좋게 마주 보고 앉은 형상이 되었다.

"……누나."

힘이 소진된 건지 더 달려들진 않았지만 브레든은 여전히 누나 타령을 했다. 놈의 손톱에 긁힌 얼굴과 목덜미가 따끔거렸다.

"……정신 좀 차려 봐."

이예주는 지친 목소리로 말했다.

"네 누나는 알리자린이잖아……."

그리고 허탈하게 웃었다. 그러지 않으면 눈물이 쏟아질 것 같았다.

그토록 찾던 알리자린의 동생이었다. 그러나 자신은 잔뜩 다친 채 알 수 없는 구덩이 속에 처박혔고, 아이는 같이 탈출하는 게 가능할까 싶을 만큼 제정신이 아니었다.

이예주의 말에 답이 없던 아이가 또다시 코를 킁킁댔다.

"누나, 누나 냄새."

"자꾸 무슨 냄새가 난다는 거야. 여긴 온통……."

정체를 알 수 없는 쾌쾌한 냄새뿐이었다. 그런데 왜 자꾸 누나 냄새가 난다고……. 문득 이예주의 머릿속을 번뜩 스치고 지나가는 것이 있었다.

"냄새?"

"누나."

"너 혹시……."

그녀는 로브 안쪽 주머니에 손을 집어넣었다. 딱딱한 열쇠 외의 까슬까슬한 감촉이 느껴졌다. 이예주는 망설임 없이 그것을 밖으로 끄집어냈다.

"이거…… 말하는 거야?"

"누나!"

꺼낸 것을 내밀기가 무섭게 브레든이 벌떡 일어나 달려들었다. 그녀의 손에서 낡은 천 쪼가리를 낚아챈 아이가 미처 말릴 새 없이 그것을 제 입 속에 마구 욱여넣었다.

"우나, 우나……."

"너……."

이예주는 차마 말을 이을 수 없었다. 아이가 짐승처럼 제 누나를 부르짖으며 쭉쭉 빨아 대는 것, 그것은 바로 알리자린의 안대였다.

"미……."

상황이 상황이니만큼 꾹 인내하고 차단하려던 감정들이 단숨에 목 끝까지 차올랐다.

"미안해……."

제정신이 아닌 상태에서도 제 누나의 냄새를 알아차려 안대를 허겁지겁 입에 쑤셔 넣고 우물거리는 아이.

"우나, 우나, 우나."

"흐, 미안해."

눈시울이 후끈해졌다. 이예주는 바닥을 기듯 움직여 아이에게 다가갔다. 그리고 덜덜 떨리는 손을 뻗었다.

"우나?"

아이가 우물거리던 것을 멈추고 이예주를 돌아보았다. 푸른 눈동자가 어둠 속에서 말갛게 빛났다. 때가 잔뜩 낀 볼썽사나운 얼굴임에도 알리자린의 흔적이 뚜렷이 보였다.

"미안, 미안해. 미안해."

이예주는 결국 브레든을 와락 껴안았다. 부지불식간에 그녀의 품에 안긴 아이가 고개를 갸웃거렸다.

"누나?"

누나라는 말밖에 모르는 듯 작게 들려오는 목소리에 가슴이 무너졌다.

"흐, 네게서 누나를 빼앗아서 미안해."

동생을 두고 도저히 비행선을 빠져나갈 수 없다는 알리자린은, 자신을 돕다 죽었다. 그래서 아이는 하나 남은 누나마저 잃었다.

자신을 붙잡을 미끼로 쓰이기 위해 이 시커먼 구덩이 속에 몇 날 며칠을 처박혀 있었을 아이를…… 이 애를 어떻게 해야 할지 몰라서.

"미안해, 정말 미안해……."

이예주는 아이를 껴안고 사죄했다. 시커먼 구덩이 속, 흐느끼는 소리와 더불어 젖은 천을 쭉쭉 빨아 먹는 소리만이 하염없이 울려 퍼졌다.

얼마만큼의 시간이 흘렀는지 알 수 없었다. 이예주는 브레든과 벽에 나란히 기대앉아 멍하니 위를 올려다보았다.

"여기는 대체 어딜까."

이곳이 어딘지, 얼마나 깊은 지하인지 도저히 알 수 없었다. 지상에 있는 탑에서부터 지하 공간에 도달하는 데만 해도 오랜 시간이 걸렸다. 모르긴 몰라도 1시간은 훌쩍 넘게 계단을 내려왔을 것이다.

그런데 이곳은 그보다 훨씬 더 깊고 까마득한 구덩이였다. 게다가 단순한 감옥이 아닌지 바닥에 돌 부스러기라든지 알 수 없는 쓰레기들이 잔뜩 쌓여 있었다. 그 탓에 구덩이의 너비가 무척 넓음에도 불구하고 있을 만한 공간은 협소했다.

그나마 빛이 나는 것들이 있다고 생각했던 것은 쓰레기 사이에 섞여 있는 야광 물질의 잔해였다. 그런 것들이 사방에 널려 있어 주변을 볼 수 있을 정도는 됐다.

"리즈랑 베니는 잘 빠져나갔겠지."

아무리 봐도 시커멓기만 한 허공을 바라보며 혼잣말을 하던 이예주는 이내 공허하게 웃었다. 제 처지에 지상 위에 있는 그들을 걱정하는 것이 참으로 부질없게 느껴졌기 때문이다.

"람……."

리즈와 베니의 생각을 접기 무섭게 애써 잊고 있던 남자가 머릿속을 점령했다.

돌아가야 했다. 당장 돌아가서 그를 지켜야 하는데. 미친 족장 괴물이 그가 잠든 틈을 타서 무슨 짓을 할지 모르는데.

하지만 아무리 생각해도 현실적으로 이곳을 빠져나갈 방법이 전무했다. 그나마 위와 연결되어 있는 것은 자신이 묶여 있던 쇠사슬뿐이었다.

있는 힘껏 뛰어 오르면 족쇄에 손이 닿을지도 모른다. 그러나 족쇄를 움켜쥐어도 그뿐이다. 그 이상 뭘 할 수가 없었다. 두 손으로 쇠사슬을 잡고 끝도 보이지 않는 아득한 절벽을 기어오를 수는 없는 노릇 아닌가.

게다가 부상이 심했다. 계속 욱신거리던 오른쪽 다리는 다시 감각이 없어졌다. 어쩌면 정말로 탈골이 됐거나 부러진 걸지도 모른다.

"하……."

이예주는 두 손으로 피로한 눈을 문질렀다. 지독한 무력감이 찾아왔다. 엄마가 죽었을 때처럼 아무것도 할 수 있는 것이 없었다. 엄마를 죽인 개새끼들에게 복수를 하는 것도, 그리고 그놈들이 제게서 다시 소중한 사람을 앗아 가려는 것을 막는 것도.

"배고파. 먹이, 먹어. 아니야."

구석에 처박힌 브레든은 제 누나의 안대를 쥐고 아까부터 끊임없이 무어라 중얼거렸다. 고개를 돌려 그를 바라보자 어둠 속에서 그녀를 직시하는 안광이 형형했다.

"누나. 먹으면 안 돼. 아니야. 브레든."

아이가 다시 알 수 없는 말을 지껄였다. 이예주는 의미 없음을 알면서도 입을 열었다.

"넌 왜 그렇게 바닥에 묶여 있는 거야?"

"……."

"베니나 늑대도 사슬에 매달려 있던 거 같은데. 왜 너만……."

바닥엔 커다란 말뚝이 박혀 있었고 브레든은 그에 연결된 사슬에 묶여 있었다. 마치 다시는 구덩이 속에서 끌어 올려질 일이 없는 것처럼.

"설마……."

이예주는 불쑥 끔찍한 생각이 들어 고개를 저었다. 이 어린아이를 가지고 그렇게까지 하겠냐 싶었다. 그러나 망설임 없이 베니의 눈알을 도려내었던 악귀들을 떠올리면 그렇지만도 않았다.

"여기 얼마 동안 갇혀 있었던 거야?"

"밥. 배고파."

"하……."

이예주는 좀처럼 말이 통하지 않는 브레든에게 더 말을 걸지 못하고 한숨을 내쉬었다. 아무래도 대화를 나누는 것은 불가능한 것 같았다. 어쩌면 아이는 정상적인 인간의 범주에서 벗어난 상태일지도.

사실 자연히 의문이 들 수밖에 없었다. 기아나 다를 바 없는 브레든의 몰골을 보면 이곳에 갇힌 지 엄청 오래된 것만은 분명했다. 구덩이 속에 가둬 놓은 아이의 식사를 족장 놈이 제대로 챙겼을 리 없다.

하지만 그럼에도 저렇게 멀쩡히 살아 움직이는 걸 보면, 그러니까…… 반쯤은 괴물화가 진행된 걸지도 모른다.

"……어떡하지."

이예주는 움직이지 않는 오른쪽 다리를 손으로 들어 올려 있는 대로 몸을 쭈그렸다. 그리고 무릎 위에 울적한 얼굴을 묻었다.

살아만 있으면 어떻게든 될 것이라 믿었던 과거의 자신이 참으로 한심하기 그지없었다. 저 상태로는 같이 탈출을 도모하는 것조차 힘들었다.

"나가고 싶어."

그녀는 저 혼자만 갇혀 있는 것이 아님에 안도하면서도 이 시커먼 구덩이 속에 혼자 처박혀 있는 것 같은 모순적인 감정을 느꼈다.

"람에게 가고 싶어."

람이 준 기간은 고작 이틀뿐인데. 이곳에 갇혀 있는 사이 이틀이 지나가 버리면 어떡하지. 그가 깨기 전에 족장이 무슨 짓을 하면 어떡하지. 그래서 잠든 그가 다시 깨어나지 못한다면, 그러면…….

있는 대로 몸을 둥글게 만 채 한없는 우울 속으로 빠져들 때였다.

"……나가?"

옆쪽에서 작은 목소리가 들렸다. 이예주는 무시했다. 또 알 수 없는 소리의 일환이겠거니 했다.

"나가?"

그러나 한 번 더 명료한 질문이 들렸다. 그녀는 그제야 천천히 고개를 들어 브레든이 있는 쪽을 바라보았다.

"나보고 한 소리야?"

"나가?"

"너…… 내 말 알아듣겠어?"

이예주의 눈이 휘둥그레졌다. 브레든이 처음으로 자신의 말에 반응한 것이다. 쩔그럭, 사슬 끄는 소리와 함께 그가 어슬렁어슬렁 구석에서 걸어 나왔다.

"위에?"

그리고 손가락으로 위를 가리키며 물었다. 조금의 희망이 샘솟는 것을 느끼며 이예주는 격하게 고개를 끄덕였다.

"어, 응! 위에!"

"위에. 누나, 먹이."

하지만 희망은 채 싹트기도 전에 꺾였다. 대화가 통하는 듯했으나 결국 브레든이 어물어물 내뱉는 단어들의 연장선이었다.

"넌 먹이란 말밖에 모르냐……."

"위에 누나?"

"하……."

이예주는 다시 아이에게서 고개를 돌렸다. 피곤이 몰려오는 것 같았다.

"위에 먹이?"

그러나 브레든은 한 걸음 더 바짝 다가와 똑같은 질문을 했다.

"네가 뭔 소리 하는지 모르겠어."

"위에 누나?"

"위에 누나가 뭔데."

"위에 먹이?"

반복되는 똑같은 말에 그녀는 더 이상 참지 못하고 짜증을 냈다.

"그만해. 나도 몰라."

"위에. 나가."

"먹이고 뭐고! 위에 가면 뭐라도 먹을 게 있겠지! 그렇지만 뭐가 있든 못 나가니까 제발 그만해!"

"아니야. 나, 나가."

"……뭐?"

패턴이 바뀌었다. 새로운 단어가 들리자 이예주는 화를 내던 것도 잊고 멍한 표정을 지었다. 그러자 브레든이 또 한 번 같은 말을 하면서 손으로 자신의 가슴을 두드리기까지 했다.

"나, 나가."

"뭐가?"

"나, 브레든."

"너?"

그녀가 되묻자 브레든이 고개를 끄덕였다.

"나, 위에."

"너 위에……?"

"묶였다."

"그게 대체 뭔 소리야."

토막토막 떨어지는 단어들을 좀체 이해할 수 없었다. 이예주는 인상을 찌푸리며 브레든의 말을 종합했다.

"너 위에 있는데 묶였다고? 누가?"

"나, 나가. 위에. 묶였다."

"그러니까, 네가 나갔어, 위에. 그런데 묶였다고? 그게…… 아!"

그녀는 불현듯 눈을 부릅떴다. 초성 퀴즈처럼 알쏭달쏭하던 것들이 모아 보니 명쾌해졌다. 이예주는 벌떡 몸을 일으켜 한달음에 브레든에게 가까이 다가갔다.

"너, 너 위에 갈 수 있어?"

"나. 나가."

"위에 갈 수 있다는 거지? 응? 그렇지?"

"위에?"

"그래, 위에! 지상에!"

"응, 위에. 브레든 위에."

아이가 처음으로 그녀의 물음에 확실하게 답했다. 이예주는 조금 반신반의했지만 환희에 가득 찬 얼굴로 브레든의 어깨를 부여잡았다.

"그럼 내가 네 사슬 풀어 줄 테니까…… 아까처럼 나 덮치거나 먹으려 들면 안 돼. 알았지?"

"먹어?"

"아니, 아니! 먹으면 안 되고. 이거 풀어 줄 테니까."

그녀는 아이의 깡마른 양발을 옥죈 무거운 족쇄를 한 번 흔들어 보였다.

"이 족쇄 풀어 줄 테니까 위로 올라가야 돼. 알았지?"

"이거, 무거워. 못 가."

"그래, 맞아. 이거 달고는 절대 위로 못 올라가지. 그러니까 누나가 풀어 줄게."

맞장구를 쳐 주며 이예주는 제 품을 뒤적였다. 그리고 안주머니에서 열쇠를 꺼냈다.

"누나?"

브레든이 고개를 갸웃거리며 그녀가 말한 누나를 되뇌었다. 열쇠를 꺼낸 후 부산스럽게 족쇄의 열쇠 구멍을 찾은 이예주는 한 번 더 신신당부했다.

"이제 이거 풀어 줄 거야. 누나 물려고 들면 안 돼. 알았지?"

"누나?"

"그래, 나. 내가 이제 네 누나야."

족쇄에 열쇠를 가져다 대는 손이 부들부들 떨렸다. 솔직히 아직도 무서웠다. 브레든이 아까처럼 자신을 먹이로 인식하고 또 물어뜯으려고 달려들까 봐.

이제 오른쪽 다리가 완전히 움직이지 않았다. 도저히 몸싸움을 할 기력이 없었다. 그나마 사슬에 묶여 있으면 동선에 한계가 있어 어떻게든 피할 수 있겠지만, 족쇄가 풀리면 말이 달라진다. 정신을 잃기 전 쟈니아가 속삭였던 것처럼, 꼼짝없이 배고픈 브레든에게 잡아먹힐지도 모른다.

"제발 정신 잃지 말아 줘, 제발……."

이예주는 덜덜 떨면서 열쇠를 든 손을 족쇄에 가져다 대었다. 브레든은 눈도 깜짝하지 않고 그런 그녀를 빤히 바라보기만 했다.

철컥, 만능열쇠는 오랫동안 아이의 가는 발목을 억압한 족쇄를 너무나도 쉽게 풀어 주었다.

"왁왁!"

두 발이 자유로워지자 브레든은 어색한지 괴상한 소리를 내며 제

자리에서 크게 한 바퀴 돌았다.

"누나, 누나."

그러더니 갑자기 들고 있던 침으로 범벅된 제 누나의 안대를 건넸다.

"이걸 왜……?"

"누나, 누나."

그녀가 뒤로 주춤 물러섰지만 아이는 계속 다가오며 그것을 들이밀었다. 이예주는 어쩔 수 없이 찡그린 이맛살을 내색 않고 손끝으로 안대를 받아 들었다.

그 후 잠시간 이리저리 걸으면서 가벼운 발에 적응하는 듯하던 브레든은 돌연 로켓처럼 앞으로 팍 튀어 나갔다.

"왁! 왁! 위에! 위에!"

"어, 어디 가……!"

그런 아이를 쫓느라 비척비척 자리에서 일어난 이예주는 입을 떡 벌렸다.

"헐."

파바바박, 브레든은 인간이라고 도저히 믿기 힘든 속도로 울퉁불퉁한 벽을 기어오르고 있었다. 돌 틈새에 마구 손가락을 쑤셔 넣는 모습이 곧 떨어질 것처럼 위태로웠다.

"저, 저게……!"

하지만 이예주는 또다시 기함할 수밖에 없었다. 지금껏 그녀는 보지 못했던 브레든의 등판에서 기다란 팔 한 짝이 불쑥 튀어나왔다. 그리고 휘청거리는 몸이 떨어지지 않도록 재빨리 손을 뻗어 벽을 움켜쥐었다.

"대체……."

세 개의 팔로 거미처럼 순식간에 벽을 기어오른 아이는 공중에 매달려 있는 이예주의 족쇄를 향해 훌쩍 뛰었다. 줄타기 곡예처럼 아이가 매달린 사슬이 양옆으로 마구 흔들렸다. 간담이 서늘해졌다.

"조, 조심해!"

그러나 이예주의 외침에도 아이는 "위에, 위에." 하는 괴상한 소리와 함께 세 손으로 잘도 사슬을 타고 올랐다. 눈 깜짝할 새 브레든의 형상이 어둠 위로 사라졌다.

"저러다 떨어지면 어떡하지?"

이예주는 고개를 바짝 쳐든 채 작은 몸을 좇았다. 어둠에 가려진 아이는 더 이상 보이지 않았다. 다만 쩔그럭쩔그럭, 사슬이 흔들리는 소리만이 브레든이 여전히 사슬을 타고 위로 오르고 있다는 것을 알려 주었다.

그녀는 한참 동안이나 걱정스러운 얼굴로 위를 올려다보았다. 계속 쳐들고 있어 목이 뻐근해질 때쯤엔 더 이상 사슬이 절그럭거리는 소리조차 들리지 않았다. 소름이 끼칠 만큼 엄청난 속도로 벽을 기어올랐던 것을 생각하면 벌써 꽤 높은 곳까지 올랐을 것이다.

대장간이 어느 정도 높이에 있는지는 알 수 없지만, 정말로 브레든이 성공할 것 같다는 희망이 조금씩 솟아올랐다.

"……이래서 쟤만 바닥에 고정시켜 둔 건가."

어쩌면 아이는 자주 벽을 기어올랐을지 모른다. 이예주는 도로 바닥에 주저앉으며 착잡한 얼굴로 브레든의 족쇄를 바라보았다.

힘겹게 다시 만난 알리자린의 동생은 간신히 말을 할 수 있을지언정 정상인과는 거리가 멀었다. 오히려 히카톤에 가까웠다. 벽을 타고 기어오르던 괴물 같은 모습이 잊히지 않았다.

그러나 까마득한 구덩이에 처박힌 그녀가 지금 할 수 있는 일은 아무것도 없었다. 그저 브레든을 믿고 희소식을 기다리는 수밖에.

구덩이가 얼마나 깊은지 브레든은 오랜 시간이 지나도 돌아오지 않았다. 같이 있을 때는 미처 몰랐지만, 막상 말을 걸 수 있는 존재가 사라지자 어둠에 대한 두려움이 스멀스멀 기어올랐다.

이예주는 그런 자신을 애써 다독이며 브레든을 기다렸다. 다행히 그리 긴 시간이 지나지 않아 위에서부터 다시 쩔그럭거리는 사슬 소리가 희미하게 들려왔다.

"브레든!"

이예주는 다시 돌아오는 아이가 반가워 저도 모르게 벌떡 일어나 그를 불렀다. 소리가 들리기 무섭게 브레든은 순식간에 사슬을 타고 아래로 내려왔다.

"괜찮아? 잘 갔다 왔어?"

이예주가 절뚝거리며 브레든에게 다가가 다급히 물었다.

"어때? 위에 나갈 수 있겠어?"

그 높은 절벽을 기어올랐다 내려온 것이 믿기지 않을 만큼 아이는 숨소리 하나 거칠어지지 않았다. 어쩌면 숨소리를 아예 내지 않는 걸지도 모른다.

무표정한 얼굴로 이예주를 빤히 바라보던 브레든이 천천히 입을 열었다.

"철컥, 철컥."

"응?"

"철컥, 철컥."

"그게 무슨 소리야."

그녀는 얼굴을 찡그렸다. 아이의 말은 도통 한 번에 알아들을 수 없어 답답했다. 다시 한번 잘 얘기해 보라고 채근하자 브레든이 불쑥 두 손을 들었다.

"철컥, 철컥."

그는 주먹을 꽉 쥔 채 무언가를 잡고 흔들 듯 허공에서 두어 번 팔을 흔들었다.

"그니까…… 문이 잠겨 있더란 소리야?"

"……."

"응?"

"철컥, 철컥."

"하……."

또 한 번 브레든이 그 행위를 반복하자 이예주는 한숨을 내쉬며 앞머리를 쓸어 올렸다. 그래도 간신히 알아듣긴 했다. 브레든의 모습이 꼭 잠긴 문을 잡아당기는 형상 같았다.

"문이 잠겨 있더란 말이지……."

브레든이 정말 문까지 올라갔는지 확인할 방도는 없었다. 그냥 믿는 수밖에.

정말 문이 잠겨 있다면, 이젠 어떻게 해야 할까. 브레든에게 열쇠라도 쥐여 줘야 하는 걸까? 그래서 잠긴 문을 따라고?

이예주는 멍한 눈으로 자신을 바라보고 있는 아이를 마주 보며 깊은 고심에 빠졌다.

"누나."

그때 아이가 제게 다가와 손을 내밀었다.

"응?"

"누나."

브레든의 시선이 그녀의 손에 대충 들려 있는 안대에 못 박혀 있는 것을 알아챈 이예주는 순순히 그것을 넘겨주었다. 아이는 마치 고생한 자신에게 보상이라도 하듯 그것을 다시 쭉쭉 빨기 시작했다.

"그래도 지 누나는 끔찍하게 여기네……."

이예주는 복잡한 눈으로 그것을 바라보다가 번뜩 든 생각에 절뚝이며 움직였다.

"이거 봐, 브레든! 내가 재밌는 거 알려 줄게."

그녀는 아까 풀어 둔 채 바닥에 아무렇게나 널브러뜨려 놨던 브레든의 족쇄를 질질 끌고 왔다.

"우아?"

안대를 가득 입에 문 브레든이 고개를 갸웃거렸다. 이예주는 그 앞에 앉은 채 땅바닥을 치며 앉기를 종용했다.

"이리 앉아 봐."

"……."

"하, 그럼 서서 봐."

하지만 말을 알아먹을 아이가 아니었다. 금방 체념한 그녀는 품에서 만능열쇠를 꺼냈다.

"이거 봐. 아까 누나가 이걸로 족쇄를 풀었지?"

"위에?"

"그래. 이걸로 네 발목을 풀어서 네가 위로 박박 기어오를 수 있었던 거야."

"우나, 우나."

안대를 물고 누나를 발음하는 입에서 침이 질질 흘러내렸다. 과연 대화를 하고 있는 건지 알 수 없었지만 이예주는 그냥 제멋대로 아이의 대답을 해석하고 찬찬히 설명했다. 브레든이 제 쪽을 말똥말똥 보는 것만으로도 다행이었다.

"자, 잘 봐. 이건 닫힌 거야."

이예주는 두 손으로 빈 족쇄의 경첩을 잠갔다. 단순한 구조로 되어 있는 족쇄는 철컥하는 소리와 함께 쉽게 입을 다물었다.

"철컥."

브레든이 족쇄가 잠기는 소리를 따라 되뇌었다. 이예주는 환호했다.

"맞아, 철컥!"

그녀는 한결 밝아진 얼굴로 마저 설명했다.

"철컥 소리가 나면서 안 열리게 됐지? 이건 잠긴 거야."

그러면서 잠긴 족쇄를 풀려는 듯 잡아당겨 보였다. 당연하게도 족쇄는 꿈쩍하지 않았다. 브레든이 무표정한 얼굴로 중얼거렸다.

"철컥, 철컥."

"그래. 네가 올라가서 본 문도 이렇게 잠겨 있는 거야."

"철컥, 철컥."

"그리고 봐, 이게 있지?"

이예주는 그때까지 손에 꾹 쥐고 있던 검은색 열쇠를 브레든의 눈앞에 들이대었다.

"이건 열쇠야. 철컥 잠겨 있는 모든 것을 다 딸 수 있어. 잘 봐 봐. 이 열쇠 구멍에 넣는 거야. 구멍만 찾아서 넣으면 돼."

만능열쇠로 잠긴 것을 푸는 것은 정말로 어렵지 않았다. 열쇠 구멍에 밀어 넣기만 해도 돌리는 과정조차 없이 거짓말처럼 모든 이음새가 풀렸으니까.

이예주는 족쇄의 열쇠 구멍에 천천히 열쇠를 밀어 넣었다.

"자, 이러면 끝."

철컥 소리와 함께 단단히 맞물려 있던 족쇄가 힘없이 입을 벌렸다.

"우아."

처음으로 브레든에게서 아이다운 반응이 나왔다. 비록 로봇이 기계음을 내뱉는 듯한 음성이었지만 이예주는 그조차 기꺼웠다.

"이걸 넣으니까 철컥 열렸어. 신기하지?"

"철컥, 우아."

"너도 한번 해 볼래?"

이예주는 들고 있던 열쇠를 건넸다. 못 알아들은 거면 어쩌나 우려스러웠지만, 다행히 브레든은 선뜻 열쇠를 가져갔다.

그녀는 아이가 열쇠에 정신이 팔린 사이 부지런히 다시 족쇄를 잠갔다.

"자, 여기 넣어 봐."

그녀가 열쇠 구멍을 가리키며 말했다. 브레든이 열쇠와 족쇄를 번갈아 바라보다 고개를 기울였다.

"철컥?"

"응, 철컥. 아까 누나가 했던 것처럼 여기에 열쇠 넣어 봐."

"누나."

브레든이 영 움직일 기세를 보이지 않자 이예주가 조심스럽게 그 손을 잡아끌었다. 다행히 아이는 돌변하지 않고 순순히 잡힌 대로 따라왔다.

다시 한번 열쇠가 족쇄의 구멍에 밀어 넣어졌다. 철컥.

"우아."

힘없이 풀어지는 족쇄를 보고 브레든이 또다시 기계음 같은 반응을 토해 냈다. 이예주는 활짝 웃었다.

"이제 할 수 있겠지? 또 해 봐, 브레든."

족쇄를 잠그고 아이의 손을 잡아끌어 그것을 풀게 하는 행동을 몇 번이나 되풀이했다. 반복 학습이 확실히 효과가 있어 브레든은 얼마 안 가 도움 없이 혼자서도 열쇠 구멍에 열쇠를 넣을 수 있게 되었다.

"우아, 철컥. 우아."

질리지도 않는지 완전한 학습 후에도 아이는 계속 족쇄를 잠그고 풀기를 반복했다. 마치 아기가 막 놀이를 배운 모습 같았다. 아기라 하기엔 덩치가 너무 컸지만.

베니와 비슷한 또래로 보이는 브레든을 씁쓸하게 바라보던 이예주는 또다시 족쇄에 열쇠를 집어넣으려는 손을 천천히 감싸 잡았다.

"이제 이거 들고 다시 위에 올라가."

"위에?"

"응. 브레든 네가 위에 갔는데 철컥 잠겨 있다고 그랬잖아."

"철컥, 철컥."

"그래. 철컥철컥. 이제 이거 가지고 올라가서 그거 따면 돼."

"위에?"

이예주는 같은 말을 계속 반복하게 하는 브레든에게 더 이상 짜증을 내지 않았다. 다만 첫 심부름을 보내는 어린아이를 대하듯 여러 번 당부했다.

"응, 위에. 그래서 족쇄의 열쇠 구멍을 찾은 것처럼 문의 구멍을 찾으면 돼."

"구멍, 구멍."

"문 말고 또 잠겨 있는 게 있어도 구멍만 찾아서 열쇠를 넣으면 돼. 그럼 뭐든 철컥하고 열릴 거야."

"철컥, 철컥."

"잘하네, 우리 브레든."

그녀는 손을 뻗어 기특하다는 듯 브레든의 머리를 쓰다듬었다. 잔뜩 기름진 머리에 먼지가 한가득 엉겨 붙어 딱딱하기까지 했지만 별로 신경 쓰지 않았다. 기분이 좋은 건지 브레든이 기계처럼 고개를 위아래로 빠르게 흔들었다.

"나, 나가. 위에."

"그, 그래……."

그 모습이 조금 섬뜩했다. 그러나 이예주는 내색하지 않고 다시금 주입했다.

"위에 올라가서 네가 철컥하고 문을 따. 잠겨 있는 게 뭐든 일단 다 따. 그러고 나서는……."

그녀의 말끝이 흐려졌다. 그 뒤는 사실 생각해 보지 않았다. 족쇄도 방금 막 딸 줄 알게 된 브레든이 상식적으로 문 옆에 붙어 있는 수동 장치를 돌려 자신을 구덩이 속에서 끌어 올릴 수 있을 리 없었다.

"하……."

이예주는 한숨을 쉬었다. 잠깐 화르륵 타올랐던 희망이 점점이 꺼져 가는 기분이 들었다. 하지만 그녀는 애써 긍정적으로 생각했다.

"그러고 나서는, 그냥 다시 나한테 돌아와."

그래, 일단 브레든이라도 내보내는 게 어딜까. 추측이지만, 처음엔 브레든도 자신과 같이 매달아 두거나 구덩이 속에 대충 처박아 뒀을 것이다. 그러다 아이가 절벽을 기어올라 바닥에 고정시켜 둔 것이 분명했다.

그런 아이가 또다시 절벽을 기어오르는 것도 모자라 문까지 연다면 눈족 놈들도 무슨 조치를 취하겠지. 자신의 탈출은 그때 가서 다시 생각할 수밖에 없었다.

"브레든, 이 열쇠 꼭 가지고 누나한테 다시 돌아와."

"누나?"

"그래, 누나. 이제 내가 네 누나야."

"누나."

이예주의 말에 브레든이 문득 바닥에 떨어진 안대를 가리켰다. 족쇄 놀이를 하느라 입에 문 것이 떨어진 듯했다.

"그것도 네 누나 맞고, 나도 네 누나야. 그러니까 누나 버리지 말고 꼭 돌아와야 돼. 알았지, 응?"

"……."

아직 거기까진 인지할 수 없는 건지 브레든은 고개를 갸웃거리기만 할 뿐, 끝내 답하지 않았다. 그러나 이예주는 포기하지 않고 그 말을 여러 번 반복했다.

"이제 다시 올라가. 위에 올라가서 철컥하고 오면 돼."

마침내 그녀는 다시 한번 희망을 위로 올려 보내기로 결심했다.

"위에?"

"응. 위에."

"나, 가. 위에."

"그래, 네가 가는 거야."

"누나."

브레든이 바닥에 떨어져 있는 제 누나의 안대를 주웠다. 그리고 첫 번째 시도에서처럼 축축하게 젖은 그것을 이예주에게 건넸다.

"으응…… 내가 잘 맡고 있을게."

좋지 않은 표정으로 그것을 받아 든 이예주는 마지막으로 아이를 독려했다.

"조심히 잘 갔다 와."

"누나, 누나."

제 누나를 찾는 말을 끝으로 브레든이 다시 괴물같이 벽을 기어올랐다. 얼마 안 가 절그럭 소리와 함께 사슬이 흔들리는 소리가 들렸다.

"꼭 돌아와야 돼!"

이예주는 고개를 쳐들고 아이를 좇으며 애타게 외쳤다. 작은 몸은 금세 어둠에 잠식되어 보이지 않았다.

그녀는 지친 몸을 바닥에 누였다. 이제 할 일은 모두 끝났다. 브레든이 돌아오길 기다리는 것뿐.

이예주는 다시 쭈그려 앉아 무릎에 얼굴을 묻은 채 섬뜩한 어둠과 정적을 홀로 견뎠다.

육체적인 고난은 물론이고 정신적으로도 너무 커다란 충격을 받아서일까. 잠깐 넋을 놓을 때마다 수명이 다한 전구처럼 의식이 깜빡깜빡 점멸했다.

경계가 불분명한 무의식에서조차 그녀는 시커먼 어둠 속을 헤맸다. 예전에는 암경에 갇히거나 그 관련된 꿈을 꾸는 것을 그토록 무서워했던 것 같은데, 막상 현실에도 어둠이 침범하자 무엇을 두려워했던 건지 정확히 알 수 없었다.

한 치 앞도 보이지 않던 어둠을 두려워했던 건지, 아무도 없는 소름 끼치는 정적 속에 홀로 남겨지는 것이 두려웠던 건지.

시간을 알 수 없는 구덩이 속에서 이예주는 하염없이 브레든이 오기만을 기다렸다. 분명 처음 위로 올라갔을 땐 생각보다 빨리 돌아왔던 것 같은데, 꽤 오랜 시간이 흘렀지만 여전히 사슬 소리는 들리지 않았다.

"괜찮아."

이예주는 일부러 명랑하게 소리 내었다.

"아직 얼마 지나지 않은 거야. 겁먹지 마, 멍청아."

그로부터 또 얼마간의 알 수 없는 침묵이 구덩이를 잠식했다.

이제 돌아올 때가 되지 않았나? 설마 열쇠 구멍을 못 찾고 문 앞에서 계속 헤매고 있는 것은 아니겠지?

슬슬 브레든에 대한 걱정이 치솟을 무렵이었다. 쩔컥—! 문득 위쪽에서 희미하게 사슬 우는 소리가 들렸다.

"브레든?"

이예주는 자리에서 벌떡 일어났다. 헛것을 들은 것이 아닌지 정말로 쩔그럭쩔그럭하는 소리가 가까워졌다.

"돌아왔구나! 브레…… 악!"

이예주는 기쁨에 겨워하며 무심결에 한 발자국 떼려다가 풀썩 주저앉았다. 감각이 없던 오른쪽 다리에서부터 타는 듯한 고통이 엄습했다. 일순 머릿속이 새하얘지는 통증에 숨도 못 쉬고 끙끙대던 순간이었다.

최르라락, 타앙—!

문득 그녀의 앞에 훅 광풍이 일었다. 그와 동시에 육중한 것이 땅과 부딪히는 둔탁한 굉음이 울려 퍼졌다. 그녀는 깜짝 놀라 아픔도 잊고 고개를 들었다.

"……어."

발 앞에 이예주를 매달았던 긴 쇠사슬이 떨어져 똬리 튼 뱀처럼 잔뜩 쌓였다. 그녀는 멍하니 그것을 바라보다가 벽을 짚고 어렵사리 일어났다. 아직도 오른발이 불로 지지듯 아팠지만, 그것을 신경 쓸 새가 없었다.

"이, 이게 왜……."

브레든이 절벽 위를 오르내릴 수 있던 유일한 연결 줄. 그런데 대체 이것이 왜 바닥으로 떨어진 건가.

"……브레든?"

혹시 사슬이 중간에 끊어지기라도 했나? 이예주는 불안한 예감에 한달음에 사슬 더미로 다가갔다.

"브레든!"

포로의 발에 족쇄를 채워 매달아 두는 목적답게 사슬은 두께가 무척 두껍고 무거웠다. 손에 생채기가 나는 것도 개의치 않고 그녀는 미친 듯이 사슬을 파헤쳤다.

"브레든! 브레든!"

그러나 마침내 사슬이 모두 걷히고 바닥이 드러날 때까지 그녀가 찾는 아이는 나타나지 않았다. 그렇다면, 그렇다면…….

"브레든?"

이예주는 무릎을 꿇고 앉은 상태에서 고개만 한껏 위로 쳐들었다. 구덩이 위는 시커먼 어둠뿐이었다.

"브레든, 장난치는 거지?"

안대를 놓고 갔잖아. 브레든이 저만 이 구덩이 속에 처박아 둔 채 홀로 가 버릴 리 없었다.

"열쇠 가지고 내게 다시 돌아오기로 했잖아."

아무것도 보이지 않음에도 그녀는 무언가를 찾듯 연신 어둠 속을 훑었다.

"브레든, 너 위에 있는 거지? 응?!"

왜 사슬이 바닥으로 떨어진 거지?

"너 문 따는 거 성공했잖아. 대답해! 브레든!"

이건 사실이 아니었다. 믿을 수 없었다.

"브레든, 끌어 줘! 다시 안 돌아와도 되니까 나 끌어 줘! 나 끌어 올려 줘!"

이럴 수는 없지 않은가.

"나도 끌어 올려 줘! 브레든! 브레든, 브레든! 브레든!"

이렇게 나만 혼자 이 구덩이 속에 갇혀서…….

"브레든—!"

끝내 돌아오는 대답은 없었다. 그녀의 처절한 비명만이 공허한 굴 속에 텅텅 울려 퍼졌다.

이예주는 벌떡 일어났다. 도저히 가만 앉아 있을 수가 없었다. 넘어질 듯 절뚝이며 마구 걸어 대자 금방 반대편 벽에 도착했다.

"왜!"

그녀는 주먹으로 미친 듯이 굴 벽을 내리치며 절규했다.

왜 내게 이런 일이 닥치는지. 왜 나만, 왜 나에게만.

"왜—!"

내리치는 것도 모자라 손톱으로 벽을 박박 내리긁었다. 그렇게 하면 밖으로 나갈 수 있다고 믿는 사람처럼.

여린 손끝에 돌멩이 파편이 박혀 살이 벌겋게 갈라지고 손톱 몇 개가 쉽게 뒤집혔다. 열 손가락이 모두 피투성이가 된 후에야 이예주는 벽을 긁는 것을 멈추고 쓰러지듯 주저앉았다.

"흐, 흐으윽……."

억지로 잠재웠던 두려움이 순식간에 몸을 점령했다. 그녀는 겁에 잔뜩 질린 채 아이처럼 엉엉 울었다.

이예주는 차가운 돌바닥에 쓰러진 채 끊임없이 악몽을 꿨다. 악몽 속에서 그녀는 수많은 사람들과 함께 여신상이 있는 신전의 제단 앞에 서 있었다. 높은 제단의 끝에는 황금 의자가 있었고, 잠든 람이 그 위에 앉아 있었다.

얼마 안 가 황금 의자 뒤에서 회색 로브를 입은 눈족이 나타났다. 이상하게도 얼굴이 뿌옇게 보이지 않았다. 그래서 쟈니아인지 족장인지 알 수 없었다.

그 인영은 끝내 여신이 들고 있는 것과 똑같은 모양의 검은색 삼지창을 완성했다. 그리고 그것을 높이 쳐들어 잠들어 있는 람의 가슴에 콱 내리꽂았다.

"아아악!"

이예주는 찢어지는 비명을 지르며 악몽에서 깨어났다. 누운 채로 헐떡이다 보면 잠깐 깬 것이 무색하게 기절하듯 다시 잠에 빠졌다.

그러면 또 다른 악몽이 펼쳐졌다. 어딜 둘러봐도 사방이 용암으로 들끓는 곳, 그 한가운데에 어린 람이 우뚝 서 있었다.

바로 옆에 마그마가 흘러 지나가는데도 어린아이의 얼굴은 무감각했다. 그녀는 어떻게 해서든 람에게 다가가 그를 구하려 했다. 그러나 어떤 방법을 쓰든 마지막에 그녀에게 돌아오는 것은 아이의 차가운 외면뿐이었다.

두 악몽이 번갈아 끊임없이 이예주를 짓눌렀다. 안 그래도 피폐해진 정신은 금방 걸레 조각처럼 너덜너덜해졌다. 그녀는 지금 자신이 있는 곳이 악몽 속인지, 구덩이 속인지 구분할 수 없었다.

늪 같은 수렁 속을 헤매다 간신히 눈을 뜨면 악몽보다 더한 현실에 울부짖었다. 분노, 원망, 증오, 혐오. 처음엔 누구에게 향한 건지 몰랐던 수많은 감정들이 대상을 찾아 점점 구체화되어 갔다.

그리고 그 끝에 죽어 가는 람을 바라보기만 할 뿐, 아무것도 할 수 없는 무기력한 자신이 있었다.

이예주는 아주 오랜 시간이 지난 후 힘겹게 정신을 차렸다. 그녀는 여전히 깊은 구덩이의 가장 밑바닥에 처박혀 있는 상태였다.

"……오늘이 며칠이지."

가물가물 날짜를 세어 보았다. 하지만 아무리 세어도 이곳에 갇힌 후 얼마나 지났는지 알 수 없었다. 시간도, 날짜도 알 수 없으니 당연했다.

"이틀이 지났으면 안 되는데……."

다 쉬어 터진 목소리로 중얼거리던 그녀는 문득 허망한 웃음을 터뜨렸다. 그 와중에도 람이 잠든 날을 잊지 않은 자신이 우습기 그지없었다.

람이 보고 싶었다. 당장 그 남자에게 가고 싶었다. 그를 지키고 구해 내서 깨어난 그에게 제가 얼마나 고생했는지 아느냐며 화를 내고 위로받고 싶었다.

그러나 그녀는 여기서 빠져나갈 수 없었다.

"어……?"

누운 채로 멍하니 시커먼 구덩이 위를 바라보던 이예주의 눈이 일순 커다래졌다.

그것은 아주 작은 점이었다. 구덩이 저 멀리 끝에 아주 작은 점이 보였다.

이예주는 눈살을 찌푸렸다 펴며 그것을 자세히 바라보았다. 헛것을 본 것이라 생각했지만 헛것이 아니었다. 분명 구덩이 밑바닥까지 닿지 못한, 빛의 흔적이었다.

"……끝?"

희미한 점으로 보일 만큼 엄청난 깊이, 그것을 지난 구덩이의 출구.

"아……."

이예주는 불현듯 제가 갇힌 곳이 어딘지 깨달았다. 단순히 포로를 가둬 놓기 위해 파 놓은 구덩이 따위가 아니었다. 이곳은.

—다리족에서 과거를 보지 않았던가요? Core1의 진입구예요.

람이 있던 내핵으로 가기 위해 뚫어 놓은 길이었다.

"……당신이 고독하게 숨어 있던 곳에 나도 오게 됐네."

이예주는 죽어 가는 목소리로 속삭였다. 문득 뜨거운 물이 관자놀이를 타고 흘러내렸다.

"하, 하하……."

허망한 웃음이 신음 같은 울음으로 뒤바뀌는 것은 무척 쉬웠다.

—누나.

또다시 지옥 같은 악몽 속을 헤매던 이예주는 희미하게 들려오는 소리에 눈을 떴다.

—누나.

환청 같은 소리였다. 아니, 환청이 맞았다. 자신을 좀먹는 악몽과 수렁이 아니라면 이 구덩이 속에서 저를 부르는 소리가 들릴 리 없지 않은가.

이예주는 다시 힘없이 눈을 감았다. 환청에 희망을 가지고 반응하다 절망하고 우는 단계는 이미 지났다. 그녀는 있는 대로 몸을 말고 귓가에 속삭이는 소리가 잦아들길 기다렸다.

그리고 그 순간.

—누나—!

이전보다 조금 더 선명한 소리가 위에서부터 타고 내려왔다. 누나! 누나! 누나, 누나……. 환청치고는 좀 생생했다. 구덩이 속으로 텅텅 울려 퍼지는 메아리에 반응하지 않을 수 없었다.

"브레든……?"

이예주는 힘겹게 자리에 일어나 앉았다. 그리고 고개를 위로 한껏 쳐들고 어둠 속을 하염없이 바라보았다.

"브레든?"

"누나—! 아직 거기 있지?"

다시 한번 울려 퍼지는 메아리에 이예주의 눈이 커다래졌다. 환청이 아니었다. 낯익은 목소리였다. 그녀는 그 목소리의 주인이 누군지 알고 있었다.

"……베니?"

신음 같은 대답이 터져 나왔다.

"흐, 흐으…… 베니! 나 여기 있어!"

그녀는 비척비척 몸을 일으켰다. 그리고 소리가 들리는 쪽을 향해 달렸다. 시퍼렇게 부어오른 오른발 때문에 거기까지가 천 길처럼 느껴졌다. 절뚝이는 몸이 넘어질 듯 아슬아슬했지만 이예주는 용케 넘어지지 않고 반대편 벽면에 도착했다.

"베니! 흐, 흐윽! 나 여기! 나 여기에 있어! 베니! 베니!"

이예주는 서러운 울음을 토해 내며 마구 벽을 두드렸다. 심각하게 다친 손이 어마어마한 통증을 호소했지만 개의치 않았다.

"나 꺼내 줘! 나 꺼내 줘, 베니!"

"누나—! 위험하니까……!"

"베니! 베니!"

"가장자리에 붙어 있어! 알았지? 누나—!"

거리가 멀어서인지 안타깝게도 베니와 제대로 된 대화를 나눌 수 없었다. 하지만 이예주는 메아리를 타고 들려오는 베니의 말에 미친 듯이 고개를 끄덕였다.

"응! 응!"

그녀는 벽을 짚고 몸을 돌려 벽면에 등을 붙였다. 굴 벽의 차가운 기운마저도 기꺼웠다.

얼마 안 가 위에서부터 희미한 사슬 소리가 들렸다. 그 소리는 점점 가까워지더니 순식간에 이예주의 머리맡에 당도했다.

촤라라락— 곧 구덩이 아래를 향해 사슬이 엄청난 속도로 내려오더니 '쾅—!' 하는 소리와 함께 무언가가 바닥에 떨어졌다.

뽀얀 먼지가 피어올랐다. 그 사이로 보이는 것은 위의 대장간에서 보았던 쇳물을 나를 때 쓰는 커다란 양동이였다.

"누나—! 아직 있는 거 맞지?"

"응! 나 여기 있어!"

"있으면 거기에 올라타, 누나!"

이예주는 그것이 저를 두고 금방이라도 다시 올라갈까 두려워 황급히 양동이 쪽으로 다가갔다.

"아!"

너무 서두른 나머지 절뚝이는 걸음을 주체하지 못하고 철퍽 넘어져 버렸다. 알싸한 통증이 팔과 무릎을 타고 올랐지만 아픔을 느낄 새조차 없었다.

넘어진 그 상태로 바닥을 기었다. 그렇게 버르적거리며 한참을 기어 커다란 양동이에 도달한 그녀는 남은 체력을 모두 쥐어짜 그 안으로 고꾸라졌다.

"나갈 수 있어. 이제 나갈 수 있어. 람에게 갈 수 있어."

양동이 속에 몸을 잔뜩 구겨 넣은 채 이예주는 미친 사람처럼 중얼거렸다.

누군가 올라타기를 기다리듯 한동안 양동이는 움직이지 않았다. 얼마 뒤, 끼릭, 끼리릭— 그녀를 태운 양동이에 연결된 사슬이 조금씩 위로 끌어 올려지기 시작했다.

드디어 이 끔찍한 구덩이 속에 빠져나가고 있음에도 불구하고, 이예주는 두 팔 안에 숨긴 고개를 들지 않았다.

"누나!"

다행히 절벽 위에서 끌어 올려진 이예주를 기다린 것은 눈족이 아니었다. 그제야 그녀는 고개를 들었다.

"베니……."

많이 걱정했었다. 비록 한쪽 눈에 흰 천을 휘감고 있었지만, 베니는 생각보다 건강한 모습이었다. 그는 비틀거리며 양동이를 빠져나오는 그녀를 허겁지겁 부축했다.

"누나, 괜찮아?"

"당신, 괜찮소? 몰골이 엉망이구먼…… 쯧."

미처 보지 못한 릭 아저씨가 불쑥 얼굴을 들이밀었다. 그는 문 옆쪽에서 그녀를 끌어 올리기 위해 수동 장치를 돌린 듯했다.

"두 사람 다 어떻게……."

이예주는 얼떨떨한 얼굴로 입을 열었다. 하지만 베니가 다급히 말을 막았다.

"일단 여기서 빠져나가서 얘기해, 누나."

"맞소. 탑 주변을 지키는 놈들이 점심을 먹으러 간 틈을 타 몰래 들어온 것이라 서둘러 나가야 하오."

릭 또한 초조한 얼굴로 동감했다. 이예주는 고개를 끄덕이며 먼저 걸음을 옮겼다.

"그래요. 그럼 빨리 나가…… 으읏!"

"누나!"

그러나 한걸음 떼기가 무섭게 오른쪽 다리가 꺾였다. 베니와 릭이 깜짝 놀라 그녀를 붙들었다.

"왜, 왜 그래, 누나?"

"그게, 다리를 좀……."

"발목이 크게 부었소. 인대가 뜯어졌거나 금이라도 간 것 같은데…… 이 상태로 계단을 오를 수 있겠소?"

그녀의 발목을 살펴본 릭의 미간에 깊은 주름이 잡혔다. 이예주는 대장간 밖, 지상과 연결된 엄청난 높이의 계단을 떠올렸다. 그것을 오를 생각을 하니 벌써부터 눈앞이 아득해졌다.

그때 릭이 불현듯 그녀의 앞에 쭈그려 앉았다.

"업히시오."

"아, 아니에요. 걸을 수 있……."

"고집부리지 말고 얼른! 시간이 없소."

"맞아, 누나. 우리 어서 나가야 돼. 밖에 리즈가 브레든을 데리고 있단 말이야."

베니가 가세하여 이예주를 설득했다. 잠시 아랫입술을 깨물던 그녀는 이내 염치를 내려 두고 릭의 등에 업혔다.

"그럼 실례 좀 할게요."

이예주를 업은 릭과 베니는 뛰다시피 지하 공간을 빠져나갔다. 그리고 빠른 속도로 지상으로 가는 좁은 계단을 오르기 시작했다.

릭 아저씨의 등은 오랜 노동으로 굳어 딱딱했지만 무척 널따랬다. 계단은 구덩이만큼 어두웠지만, 탈출을 하는 길목이어서 그런지 아까보다 마음이 편했다. 이예주는 더 이상 악몽을 꾸지 않고 까무룩 선잠에 들었다 깨기를 반복했다.

"누나, 괜찮아?"

한참 후 누군가 그녀를 조심스레 흔들었다. 이예주는 부스스 눈꺼풀을 들어 올렸다. 분명 한 치 앞도 안 보이는 어둠 속에 있던 것 같은데, 하얀 햇살이 눈부시게 내리쬐는 바깥이었다.

서늘한 바람이 드러난 얼굴을 스치고 지나갔다. 그녀는 여전히 릭의 등에 업힌 채로 이동 중이었다.

"……이제 괜찮아요. 내려 주세요."

"그냥 좀 더 있으시오. 길이 험하오."

릭이 무뚝뚝하게 내뱉었다. 그의 말처럼 계단을 오를 때보다 몸이 훨씬 들썩거렸다. 이예주는 머쓱한 채로 가만히 그 말을 따랐다.

솔직히 아직 정신을 제대로 차리지 못했다. 아직도 지하에 있는 것 같았다. 눈을 뜨면 모든 것이 다 현실이 아니라 구덩이 속에 처박혀 꾸고 있는 악몽이 되어 버릴까 봐 두려웠다.

그들은 훤환 대낮의 숲 어딘가를 헤치며 계속해 걸어 나갔다. 그렇게 꽤 오랜 시간이 지났다. 빽빽하던 나무의 밀도가 점점 줄어들더니, 어느 순간 숲의 끝을 나타내듯 높은 벽이 그들을 가로막았다. 그때, 벽 근처에 서성이고 있던 인영 몇이 빠르게 다가왔다.

"언니!"

누군가 해맑게 그녀를 불렀다.

"리즈."

어디 다친 데 없이 멀쩡한 아이의 모습에 이예주는 작게 미소 지었다. 그리고 몸을 아래로 숙이는 릭 아저씨의 등에서 주섬주섬 내려왔다.

한달음에 달려온 리즈의 뒤로 몇 명이 더 있었다.

"누나, 누나."

한 명은 이예주도 익히 알고 있는 아이였고, 다른 이들은 강보에 싸인 갓난아기와 아기를 안은 야윈 여성이었다. 릭의 가족이었다.

이예주는 그들과 짤막한 인사를 나누었다. 브레든이 그런 그녀에게 기다렸다는 듯 달라붙었다.

"누나, 누나."

"하, 브레든 너 대체……."

이예주는 믿을 수 없다는 듯 그를 바라보았다.

"어떻게 된 거야? 얘가 어떻게 여기에……."

밝은 데서 본 브레든은 구덩이 속에서 마주했을 때보다 훨씬 더 꼬질꼬질하고 더러웠다. 상황을 바로 이해할 수 없었다. 분명 그녀를 내버려 둔 채 홀로 구덩이를 기어올라 다시 돌아오지 않았던 브레든이 어떻게 베니와 함께 있는가.

그 의문은 베니가 쉽게 해결해 주었다.

"브레든이 나를 찾아왔어. 어떻게 찾아왔는지는 모르겠어."

"누나, 누나."

브레든이 대화를 나누고 있는 그녀와 베니 사이에 끼어들더니 무언가를 불쑥 내밀었다. 때가 타 시커먼 손바닥 위에 그보다 더 시커먼 색의 쇳덩이가 놓여 있었다. 이예주의 열쇠였다.

"너 정말……."

금방이라도 울음이 터질 듯 그녀의 얼굴이 왈칵 흐려졌다. 알아서 베니를 찾아낸 아이를 기특하게 여겨야 할지, 구덩이 속에 그녀만 내버려 두고 가 버린 것을 원망해야 하는 건지 알 수 없었다.

"누나, 누나."

이예주가 열쇠를 도로 회수해 간 이후에도 아이는 손을 거두지 않았다. 그녀는 깊은 한숨과 함께 구덩이 속에서 잊지 않고 챙겨 온 알리자린의 안대를 꺼냈다.

"누나, 누나."

그것을 낚아챈 브레든이 제 입 속에 욱여넣고 쭉쭉 빨기 시작했다. 이예주는 그 모습을 잠시 물끄러미 바라보다 이내 릭 쪽으로 고개를 돌렸다.

"왜 애들을 데리고 떠나지 않았어요?"

좋지 않은 바깥 상황에 그녀의 표정이 딱딱히 굳었다.

"베니가 깨어나면 길을 물어서 곧바로 탈출하라고 했잖아요."

"그게……."

"탈출구가 여기야, 누나."

따져 묻는 그녀 때문에 난감해하던 릭을 대신하여 베니가 나섰다.

"……뭐?"

"우리가 같이 찾은 탈출구, 여기야."

베니의 말에 이예주가 주변을 둘러보았다. 그때 보았던 눈과 얼음이 잔뜩 서린 높은 철조망이 보이긴 했다. 하지만 어디에도 개구멍은 보이지 않았다.

"여기…… 그땐 분명 뚫려 있었잖아?"

샅샅이 벽을 훑은 이예주가 다급히 베니를 돌아보았다. 베니의 낯빛이 어느새 어두워져 있었다.

"여기가 아닐지 몰라. 네가 잘못 찾은 것일 수도……."

"여기 맞아. 내가 그때 돌아오면서 근처에 돌을 쌓아 표시해 뒀거든."

"그럼 대체……."

"누군가 일부러 막아 둔 거요."

릭이 씁쓸한 얼굴로 사실을 토로했다.

"족장이 눈치챘을지 모르오. 이곳에 빠져나갈 구멍이 있다는 것을. 이쪽 철조망이 교체되어 새로 엮인 것은 물론이고, 일부러 물을 뿌려 둔 것 같아. 꽝꽝 얼어 쉽게 잘라 내지 못하도록 말이오."

"그게……."

"망치로 내리쳐 봤지만 뚫을 수 없었소."

그는 성큼성큼 걸어가 개구멍이 교묘히 숨겨져 있던 풀숲을 들췄다. 그의 말처럼 다른 곳보다 유독 반질반질한 철조망에 두꺼운 얼음이 꽝꽝 얼어붙어 있었다. 그 한가운데에 릭이 망치로 내리친 자리만 움푹 파여 있었다.

"하……."

이예주는 암담한 현실에 순간 휘청거렸다.

"누나!"

베니가 재빨리 그녀를 잡아 부축했다. 이예주는 베니를 돌아보았다. 아니, 베니뿐 아니라 제가 필사적으로 구해 내려 했던 모두를 돌아보았다.

"다른, 다른 곳은. 다른 탈출로를 찾아야 돼. 다른 곳으로……."

"장벽이 열렸어, 누나."

"……뭐?"

"장벽 밖에 있는 사람들…… 눈족이든 누구든 모두 신전 안으로 들어오고 있어."

"그게……."

"그리고 신전 근처에 총을 든 다리족 군인들이 깔려 있어. 신전 출입을 통제하고 있는 것 같아."

베니가 무거운 목소리로 심상치 않게 돌아가는 신전 상황을 알렸다. 예전처럼 신전을 마구 돌아다닐 수 없다는 뜻이었지만, 이예주는 과할 만큼 날카롭게 숨을 집어먹었다. 그녀는 덜덜 떨리는 목소리로 물었다.

"……지금 며칠이야?"

"응? 며칠이라니?"

"아니…… 내가 구덩이 속에 얼마나 갇혀 있었어?"

"그게……."

"말해 줘! 내가 얼마나 갇혀 있었어? 지금 며칠이나 지난 거야?"

베니는 다급히 묻는 이예주를 걱정스레 바라보면서 순순히 묻는 말에 대답해 주었다.

"누나, 하루 꼬박 갇혀 있었어."

"하, 하루?"

"응. 하루. 그러니까 누나가 리즈 데리고 탑 밑으로 내려온 밤부터 하루 갇혀 있었고, 지금은 그다음 날 아침……."

"아아……."

이예주는 기어이 비틀거리다 바닥에 주저앉았다.

"언니! 괜찮아?"

"왜, 왜 그래, 누나."

"……이제 어떡하지?"

그녀는 어린아이처럼 울먹였다. 람이 잠들고 이틀이 지났다. 그리고 다리족이 남쪽 대륙에 오고 신전에 기묘한 분위기가 감돈다. 괴물 놈들이 람에게 무슨 짓을 하려는 것이다. 아니, 벌써 그에게 무슨 짓을 했을지도…….

"이제 어떡해."

이예주는 흐느꼈다. 그녀의 울음소리에 주변에 서 있던 이들마저 순식간에 숙연해졌다.

그때였다. 푸르륵— 문득 뒤쪽에서 짐승 소리가 들렸다. 철조망 앞에 있던 사람들의 이목이 순식간에 그쪽에 쏠렸다.

"……순록?"

사박사박, 눈을 밟는 소리와 함께 나무 사이로 하얀 뿔들이 나타났다. 베니가 그것을 보고 멍하니 중얼거렸다.

"대사제님의 순록들이 왜……."

푸르륵! 가장 큰 순록이 선두로 걸어 나왔다. 무리 중 가장 하얀색에 가까운 회갈빛 털이 이예주도 잘 아는 어떤 동물을 연상케 했다.

그 순록은 불현듯 투레질을 하며 바닥에 발을 굴렀다. 빨간 천을 향해 금방이라도 돌진하려는 투우 같은 형상이었다.

"어어! 다들 피해!"

심상치 않은 거대한 동물의 움직임에 릭이 깜짝 놀라 외쳤다. 그들 일행은 나무가 빽빽한 곳으로 우르르 움직였다. 눈밭 위에 주저앉아 있던 이예주 또한 베니와 리즈에게 이끌려 힘없이 딸려 갔다.

공격하려 든 것은 아닌지 우두머리 순록은 인간들의 움직임에도 반응하지 않았다. 푸륵, 푸르르— 하얀 입김을 뿜어내며 힘차게 발을 구르던 짐승은 얼마 안 가 빠르게 내달리기 시작했다.

쿵—! 요란한 소음과 함께 순록의 거대한 뿔이 철조망에 처박혔다. 얼음 조각들과 눈이 아래로 와르르 쏟아졌다.

"뭐 하는……."

뜬금없이 얼음벽에 뿔을 처박은 순록은 제 할 일이 끝났다는 듯 한가로이 옆으로 물러섰다. 이예주의 일행은 하나같이 얼어붙어 그런 순록의 모습을 멍하니 바라보았다.

이윽고 우두머리 순록이 제 무리로 돌아갔다. 그러자 또 다른 순록이 투레질을 하더니 뒤이어 철조망에 뿔을 처박았다. 쿵—!

"저게……."

"순록들이 벽을 뚫고 있어요!"

베니가 다급히 외쳤다. 그 말이 정확했다. 순록들은 이유 없이 날뛰는 것이 아니었다. 한곳을 목표로 하여 정확히 뿔을 들이박고 있던 것이다.

"우, 우릴 도와주나 봐!"

리즈가 손가락질하며 기쁘게 소리쳤다.

쿵, 쿵. 여러 마리의 순록이 번갈아 들이받는 힘에 철조망을 두껍게 감싼 얼음벽이 쩍쩍 갈라졌다. 인간들은 짐승들이 길을 개척하는 모습을 경이로운 눈으로 바라보기만 할 수밖에 없었다.

그리고 마침내 구멍이 뚫리는 것을 넘어 펜스 한 면이 바깥쪽으로 쓰러졌다. 순록들은 그 위를 겅중겅중 뛰어넘어 쉽게 빠져나갔다.

"우리도 얼른 가자꾸나!"

가장 먼저 정신을 차린 릭 아저씨를 필두로 일행은 뜬금없이 생긴 탈출로를 향해 서둘러 다가갔다.

순록들은 모두 숲을 향해 힘껏 달려 사라질 줄 알았는데, 넘어진 철조망 반대편에 한 마리가 도망가지 않고 유유히 서 있었다.

"너…… 순심이 가족이구나."

반질반질한 까만 눈이 이예주와 마주쳤다. 그리운 동물의 흔적에 그녀는 우는 듯 웃었다.

"고마워. 도와줘서 정말 고마워."

푸르르— 그녀의 말에 한차례 거세게 고개를 뒤흔든 순록은 뒤로 돌았다. 그리고 제 무리를 따라 겅중겅중 뛰어갔다.

"어서 넘어오시오."

그사이 일행은 모두 무너진 철조망을 넘어 반대편으로 건너간 상태였다. 넘어지지 않도록 일행의 손을 잡아 주던 릭 아저씨가 이예주에게도 손을 뻗었다.

그녀는 그 손을 물끄러미 바라보았다.

"누나, 뭐 해! 얼른 와! 누가 소리를 듣고 쫓아올지도 몰라."

영 움직일 생각을 하지 않는 이예주를 보며 베니가 발을 동동 굴렀다. 이예주는 그들을 향해 희미하게 웃었다.

"베니, 브레든 잘 챙겨 줘."

"누나!"

"언니!"

모두들 기함하여 그녀를 불렀다. 베니가 릭의 옆으로 달려와 득달같이 소리쳤다.

"우리랑 같이 가, 누나!"

"안 돼. 나 가야 돼."

"왜!"

아이가 씩씩거리며 버럭 소리를 질렀다. 이예주는 처음 보는 베니의 모습에 놀라 눈을 휘둥그레 떴다.

"그 사람이 뭔데! 누나 갇혀 있는 동안 잠만 자고 아무것도 안 하던 사람인데, 왜! 왜 우리 말고 그 사람을 챙기는데!"

"……."

"인간들한텐 나쁜 사람이잖아! 우리 공격하고 다 죽이려는 사람이잖아! 그러니까!"

"……."

"그냥 우리랑 가! 우리랑 가, 누나! 그냥 우리랑……."

"베니……."

얼굴이 벌게진 채 악다구니를 쓰는 베니를 이예주는 안쓰럽다는 듯 바라보았다. 그리고 힘겹게 입을 열었다.

"나는……."

"……."

"나는 그 사람을 구하지 못할까 봐 너무 무서워."

그녀는 드디어 구덩이 속에서 끊임없이 번뇌했던 실체를, 제 두려움을 찾아내었다. 그것은 한 치 앞도 보이지 않는 어둠도, 혼자 남겨져 천천히 죽어 갈지 모른다는 공포도 아니었다.

"네가 족장에게서 리즈를 구하려고 밥도 안 먹고 내 방에서 날 기다렸던 것처럼, 나도 누구 바짓가랑이라도 붙잡고 매달리고 싶어. 도와 달라고, 제발 잠든 그 사람 좀 지켜 달라고."

"……."

"하지만 나한텐, 아니 그 사람한테는 아무도 없잖아? 네 말대로 인간들에겐 참 나쁜 남자라서 잠들었을 때 지켜 줄 만한, 도움을 줄 만한 누군가가……."

"……."

"내게 정말 소중한 사람이야."

베니가 무어라 말을 하기 위해 입을 뻐끔거렸다. 그러나 이예주가 재빨리 말을 이었다.

"그러니까 누나한테 웃으면서 인사해 줘. 그리고 빌어 줘."

"……."

"내가 그 사람을 잘 지켜 낼 수 있을 거라고."

"……씨이."

새빨갛게 충혈된 베니의 눈에서 뚝뚝 눈물이 떨어졌다. 그동안 의젓하기만 했던 베니가 처음으로 아이답게 보여서 이예주는 희미하게 웃었다.

"이거, 바꿔 입고 가시오."

그때까지 침묵하던 릭 아저씨가 그녀에게 불쑥 뭔가를 건넸다. 그가 입고 있던 회색 로브였다.

"신전은 지금 출입을 엄격히 통제하고 있는 것 같소. 그래도 회색 로브는 사제나 대장장이들만 입을 수 있는 것이니 쉽게 들어갈 수 있을 것이오."

로브를 벗은 릭이 헐거운 차림새로 차가운 칼바람에 노출되자, 이예주는 허겁지겁 열쇠를 빼낸 후 제 검은색 로브를 벗어 주었다.

"이제 설원 너머 침엽수 숲으로 가세요. 아마 순록들을 따라가면 될 거예요."

묵묵히 제 로브를 받아 입는 릭에게 이예주는 공손히 고개를 숙여 인사했다.

"구해 주셔서 감사합니다. 그리고 아이들 잘 부탁드려요."

"몸조심하시오. 젊은 아가씨가 너무 무작정 나서지 말고."

릭이 무뚝뚝한 언사로 그녀를 격려했다. 제 오빠의 손을 꼭 잡은 리즈가 울음이 가득한 얼굴로 베니 대신 인사했다.

"다시 볼 수 있지, 언니?"

이예주는 환히 웃으며 아이들에게 손을 흔들어 주었다. 리즈, 베니, 그리고 브레든에게도.

"당연하지."

무너진 신전 터까지 이어진 숲길을 걸은 지 얼마 안 되어 이예주는 신전의 뒤뜰에 있는 쇠창살에 도착했다.

베니의 말이 맞았다. 총을 든 군인 두 명이 쇠문 옆을 지키고 있었다. 그뿐만이 아니었다. 쇠창살 너머 뒤뜰에도 다리족 군인 여럿이 분주하게 돌아다녔다.

"어디서 오는 길입니까? 신원을 말하십시오."

"탑에서 오는 길이오. 대장장이."

이예주는 후드를 깊게 눌러쓴 채 릭 아저씨를 흉내 내었다. 목소리 때문에 들킬까 봐 긴장했지만, 다행히 구덩이 속을 기어 다니며 온갖 비명을 지른 탓에 제가 듣기에도 걸걸한 말투가 나왔다.

철컥, 끼이이익— 문이 열렸다. 이예주는 생각보다 훨씬 수월하게 첫 번째 관문을 통과했다. 하지만 곧바로 온실로 갈 수는 없었다.

"당분간 이쪽 문은 이용할 수 없습니다. 외벽을 돌아 정문으로 들어가십시오."

뒤뜰을 채 가로지르기도 전에 다리족 군인 두 명이 그녀의 앞을 막아섰다.

'망할.'

이예주는 속으로 욕을 삭였다. 다리의 통증 때문에 속도가 느려 신전 홀로 가는 가장 빠른 길이 필요했다. 그러나 무장한 군인들을 밀치고 온실에 들어갈 수는 없었다. 그녀는 별수 없이 신전의 외벽을 도는 길로 걸음을 돌렸다.

절뚝거리며 간신히 신전 정문 쪽에 도달했을 때였다. 이예주는 신전 앞뜰의 상황을 보고 우뚝 멈춰 섰다.

람이 나타나며 부숴 버린 기둥들 때문에 신전 입구는 온통 엉망진창이었다. 하지만 그보다 더 심한 것은 그 잔해들 사이에 개미 떼처럼 몰려 있는 수많은 인간들이었다.

그들은 대부분 멀쩡해 보이지 않았다. 이 추운 남쪽 대륙에서 얇고 다 찢어진 옷차림새인 것으로 보아 유목민이나 버려진 인간들에 가까웠다.

족장 놈이 왜 굳게 걸어 잠갔던 장벽을 열어 내쫓은 사람들을 다시 신전으로 불러 모은 걸까. 이예주는 잔뜩 굳은 얼굴로 군중을 바라보며 곰곰이 생각했지만 놈들의 의중을 헤아릴 수 없었다.

그녀는 사람들이 벌 떼같이 모여 있는 쪽으로 주춤주춤 다가갔다. 다리족들이 넓게 포진하여 무질서한 군중들을 통제했다. 아직 무너지지 않은 기둥마다 군인이 서 있었다. 그중 한 명이 이예주를 발견하고 불쑥 물었다.

"사제인가?"

그녀는 고개를 주억거렸다. 그러자 그가 막고 있던 길을 터 줬다.

"이쪽으로 들어오시오."

이예주는 군인들을 지나쳐 쉽게 신전 안에 들어설 수 있었다. 아무래도 거적때기를 걸치고 있는 사람들과는 다른 차림새 때문 같았다. 주위를 둘러봤지만 그녀와 같이 회색 로브를 입고 있는 인간은 극히 드물었다. 이예주는 릭에게 다시 한번 마음 깊이 감사했다.

신전 내부는 무슨 콘서트장에 온 것처럼 소란스러웠다. 제단 바로 앞까지 우글우글한 인파 때문에 앞이 잘 보이지 않았다. 이예주는 몸을 잔뜩 움츠린 채 사람들 사이를 마구 헤쳐 앞쪽으로 향했다.

"곧 의식이 시작될 테니 대열을 이탈하지 마시오!"

"질서를 지키시오!"

"서로 밀치지 마시오!"

웅성거리는 사람들 사이에서 다리족 놈들이 확성기를 통해 고래고래 소리를 질렀다. 이예주는 그들의 경고를 무시한 채 사람들을 밀치고 끼어들며 계속 앞으로 나아갔다.

"이봐! 밀지 말라고!"

조금의 틈도 없이 빽빽하게 들어찬 사람들을 뚫고 앞쪽으로 가기란 여간 힘든 일이 아니었다. 태산같이 서서 비켜 주지 않는 사람들 사이에서 그녀가 오도 가도 못할 때쯤이었다.

"주목—! 의식을 시작하겠소!"

노인의 찢어지는 음성이 쩌렁쩌렁 울려 퍼졌다. 이예주의 몸이 흠칫 굳었다. 족장의 목소리였다. 의식이 시작된 것이다.

"세기말 용암 대폭발 이후, 인간들은 오랜 시간 힘겨운 싸움을 해 왔소. 과거의 그 어떤 재앙들을 합쳐도 지난 세월에 비할 수 없었지. 초월적인 존재가 깨어나 하루아침에 우리를 사지로 내몰았고, 그 결과!"

족장의 외침에 장내의 소란이 잦아들었다.

"……먹이사슬의 최상위에 있던 인간에게 멸종의 위기가 도래했소."

이예주는 다시 사람들을 밀치고 힘겹게 전진했다. 험악한 얼굴로 그녀를 돌아보는 인간들이 있었지만, 고요한 주변 탓인지 크게 대거리하진 못했다.

"눈족들은 오랫동안 답을 찾아 헤매 왔소. 이 재앙은 어디서 기원되었나, 인간 문명을 한순간에 재로 만든 초월적인 존재는 과연 누구인가, 그리고 그 힘의 근원은!"

제단 위를 왔다 갔다 거리는 족장의 머리가 시야에 비쳤다 사라지길 반복했다. 놈은 후드를 깊게 눌러쓰고 있었다.

"하지만 그동안 우리는 잘못 생각해 왔소! 답은 우리 내부에 있었는데, 괜히 외부의 존재하지 않은 답을 찾아 헤맸던 거요!"

족장은 피를 토하듯 소리쳤다.

"여신은 언제나 우리에게 축복을 내려 주셨지. 하지만 그동안 인간들은 어땠소! 특히 시간족들은! 여신께서 주신 능력을 남발하고 그도 모자라 삿된 이익을 위해 축복을 더럽혔지!"

'미친 새끼…….'

이예주는 듣고 싶지 않아도 들리는 놈의 연설에 헛웃음을 지었다.

그렇게 말하기 전에 제 후드부터 한번 벗어 보시지. 신전 안에 있는 수많은 사람 중 그 누구도 저 괴물만큼 능력을 삿되게 써 몸을 더럽히지는 않았을 것이다.

"용암 폭발 전의 인간들은 타락했소. 재앙의 기원을 찾아 과거를 탐사하던 눈족들은 알아냈지! 타락한 인간들을 벌하기 위해 여신이 제 현신인 검은 파편을 지옥에서 올려 보냈다는 것을!"

"……."

"그러나 검은 파편의 욕심이 끝을 모르고 들끓고 있소. 놈의 핍박으로 인해 피폐해진 인간들은 여신의 존재를 잊었소. 신념의 부재로 여신의 힘이 희미해진 틈을 타 검은 파편은 인간을, 더 나아가 대륙을, 이 지구 전체를 집어삼키려 들고 있지!"

족장이 잠시 입을 다물었다. 한바탕의 헛소리 잔치가 끝이 나자 신전 안에는 소름 끼칠 만큼의 정적이 내려앉았다.

그리고 얼마 후, 족장과 가까운 제단 앞의 사람들이 큰 소리로 동의했다.

"옳소! 옳소!"

"우리는 더 이상 검은 파편의 존재를 두려워해선 아니 되오! 두려움은 놈의 먹이이자 에너지이지! 우리의 슬픔과 절망, 좌절을 먹고 자란 놈이 모든 것을 파멸시키고 있소! 그러니 망각해선 안 되오! 검은 파편은 그저!"

괴물이 음침하게 중얼거렸다.

"……새로운 신의 탄생을 위해 내려진 여신의 현신이라는 것을."

꿀꺽, 어디선가 침 삼키는 소리가 크게 울려 퍼졌다. 마치 전혀 몰랐던 충격적인 사실이 알려진 듯 사람들이 기함했다.

"그럴 수가!"

"세상에!"

"나는 이 모든 것을 알고 있소. 그리고 깨달았지. 오직 나만이 이 재앙을 해결할 수 있다고!"

"와아아! 눈족 족장! 눈족 족장!"

시위 현장에 온 것처럼 사람들이 '눈족 족장'이란 구호를 외쳤다. 앞에서 선동하는 이들에서부터 시작된 흥분이 점점 군중에게로 퍼져 나갔다.

'빨리 앞으로 가야 돼.'

이예주는 조금 더 속도를 내 앞으로 전진했다. 놈의 연설이 끝나간다는 예감에 미친 듯이 초조해졌다.

"그 증거를 보여 주기 위해 내 직접 검은 파편을 잠재우고 장벽을 열었소! 모두 이것을 보라!"

사람들의 머리통 사이로 제단의 끄트머리가 보였다.

거의 다 왔어. 이제 다 왔어.

앞으로 갈수록 선동하는 인간들이 자리를 비키려 하지 않았다. 이예주는 이미 녹초였다. 하지만 가야 했다.

"밀지 마! 야! 밀지 말라고!"

"이런 제길! 누가 새치기를 하는 거야!"

마침내 가장 앞줄에 비집고 선 이예주의 눈에 황금 의자가 보였다. 그리고 그 위에 늘어져 앉아 죽은 듯이 눈을 감고 있는 남자도.

"드디어 재앙을 찍어 누를 여신의 성창이 완성되었느니!"

"와아아아—!"

눈에 핏발이 선 족장이 황금 의자 뒤에 서서 검은색 삼지창을 높이 쳐들었다. 신전이 떠나가라 사람들이 소리를 질렀다.

"아."

그녀는 작게 침음했다. 그 순간, 참 이상하게도 깨달음이 찾아왔다.

아, 예지몽이었구나.

눈족의 신전에 온 이후 지긋지긋하게 꿨던 악몽들은 모두 지금을 알리는 예지몽이었다. 황금 의자에 앉아 잠들어 있는 람의 모습을 본 순간, 기억나지 않던 꿈의 잔재들이 선명하게 되살아났다.

그래서 그토록 불안하고 절망스러웠던 것이다. 무의식중에 항상 남자를 지키고 구해야 한다는 강박에 시달리고 있었기에.

“나는 검은 파편을 삼키고, 우매한 너희들을 재앙에서 구원할지고!”

“와아아아—! 족장! 족장! 여신이시여! 여신이시여!”

앞줄에 있는 사람들이 이제는 제단 위 황금 의자에 앉아 있는 람과 족장을 향해 연거푸 절을 했다. 이예주는 군중을 따라 엎드리지 않고 엉거주춤 선 채 멍하니 람을 올려다보았다.

광기에 휩싸인 모두가 족장의 헛소리에 귀를 기울이고 있었다. 그래서 그 누구도 갑작스럽게 제단을 뛰어오른 그녀를 막을 수 없었다.

그 순간, 아무것도 보이지 않았다. 아무것도 들리지 않았다. 아무것도 느껴지지 않았다. 오른발을 괴롭히던 통증조차 남자에게 못 박힌 시선을 방해하지 못했다.

제단을 뛰어오르는 자신, 악을 쓰듯 소리 지르는 인간들, 삼지창을 번쩍 쳐든 눈족 족장. 그 모든 것이 슬로 모션처럼 천천히 흘러갔다.

“그리하여, 너희들의 새로운 신이 될지어다.”

족장의 손이 아래로 힘껏 하강함과 동시에 이예주는 온몸으로 남자를 껴안았다.

푸욱— 검은 안개가 담긴, 장로들의 피로 만든 날카로운 창날이 뼈를 부수고 얄팍한 살점 깊이 쑤셔 박히는 섬뜩한 소리가 들렸다. 비린 핏방울이 람의 새하얀 얼굴에 점점이 튀었다.

"괜찮아요."

작은 속삭임이 깊게 잠들어 있던 검은 파편의 귓가를 간질였다.

"……내가 구했어."

람이 눈을 떴다.

"내가 지켰……."

이예주의 몸은 태엽이 풀린 인형처럼 빠르게 무너졌다.

잠에서 깬 검은 파편이 제일 먼저 발견한 것은 제 위를 주르륵 덮치는 핏줄기였다.

"이, 이 계집년이 어떻게……!"

구덩이 속에 가둬 놓았던 계집이 지상으로 기어 나온 것도 모자라 의식을 모두 망쳤다. 당황한 족장이 창대를 마구 흔들며 고래고래 소리를 질렀다.

그때였다. 쾅—! 엄청난 굉음과 함께 제단 주변에서 원인을 알 수 없는 폭발이 일어났다.

"아악!"

눈족 족장은 누군가가 목을 틀어잡는 듯한 힘에 의해 제단 아래로 거세게 내던져졌다.

인간들이 우왕좌왕하며 제단 위로 오르려 했다. 그러나 무언가에 가로막힌 듯 경계를 넘을 수 없었다.

그러자 다리족 군인들이 무형의 벽을 향해 총을 쏴 댔다. 두두두두— 그조차 성가신 검은 파편이 소리마저 차단했다. 제단 위가 순식간에 고요해졌다.

"……예주야."

람은 만지면 깨질까, 아주 조심스러운 손길로 창에 가슴이 관통된 이예주를 제 품에 누였다. 인간 여자가 눈을 가물가물 깜빡였다. 곧

의식을 잃을 것 같았다.

"람……."

그녀가 남자를 알아보고 희미하게 웃었다. 그러다 불현듯 몸을 뒤틀며 경련했다. 울컥, 입에서 진득한 핏물이 쏟아져 나왔다.

"예주야."

그는 인간 여자를 치료하기 위해 손을 들었다. 얼굴에는 아무런 표정이 없었다. 왜라는 질문조차 하지 않았다. 그러나 창살이 튀어나온 그녀의 가슴께로 다가간 손이 사시나무처럼 덜덜 떨렸다.

람은 상처 틈새로 제 온 힘을 불어넣었다. 떨리는 손을 타고 꾸물꾸물 힘이 쏟아져 내렸다.

인간 여자를 되돌릴 수 있다. 자신은 그러한 힘을 가지고 있는 존재였다. 그러니 창에 관통당한 환부는 곧 지혈되고 새살이 담뿍 차올라야 하는데…….

"왜지?"

마침내 람의 얼굴이 고통스럽게 일그러졌다.

"왜 치료가 안 되는 거지?"

피는 조금씩 그치는 듯했지만 상처는 치료되지 않았다.

"어째서 죽음이 네 몸을 잠식하는 거지?"

처음 겪어 보는 감정이 해일처럼 검은 파편을 덮쳤다. 그리하여 그는 마치 제 몸이 창에 찔린 것처럼 절규했다.

"예주야, 왜?"

대체 왜 그런 것이냐고. 그는 그녀의 가슴에서 튀어나온 창살을 와락 움켜잡고 말했다.

"이런 것은 내게 아무런 해도 끼칠 수 없어."

"……."

"그런데, 왜!"

이예주는 그의 말이 맞다고 생각했다. 눈족 괴물들이 어떤 짓을 해도, 설사 그들이 검은 안개가 흐르는 피로 만든 불길한 삼지창으로 그의 심장을 찔렀다 해도 어쩌면 람은 괜찮았을지 모른다.

답하자면 수많은 이유들이 있겠지만, 그렇지만 그 순간은 아무런 생각도 들지 않았다. 그냥 그래야 할 것 같았다. 그가 다치는 것을 다시 볼 바엔 그냥 자신이, 제 몸이…….

"……울지 마요."

이예주는 제 얼굴 위로 뚝뚝 떨어지는 따뜻한 물방울 때문에 갖은 힘을 써 손을 들었다. 죽은 사람처럼 온기가 빠져나가고 있는 그녀의 손이 남자의 뺨을 감쌌다.

"……당신이 다치는 거 싫어."

나는 지금 얼마나 기쁜데 왜 울고 그래요. 뒷말은 마저 이을 수 없었다. 문득 눈을 찌르듯 환한 빛이 새어 들어왔기 때문이다. 람이 아닌, 그의 뒤편을 향한 이예주의 동공이 일순 아득해졌다.

'문'이 열려 있었다. 아무것도 보이지 않는, 단 하나뿐인 '문'이.

"가지 마."

그것을 알아차린 것은 더 이상 이예주만이 아니었다. 그녀가 보는 것이 '문'이란 것을 눈치챈 남자가 그녀의 몸을 와락 끌어안았다.

"내 곁에 있겠다고 했잖아."

"안 갈 거……."

"내게 감정을 가르쳐 주기로 했지 않아."

람이 말했다. 애원에 가까웠다.

이예주는 아무 데도 가지 않겠다고 답하려 했다. 가지 않는 것이 아니라, 못 가는 것이었다. 아무리 죽음을 회피해 온 자신이라도 창에 가슴이 뚫린 채로 움직일 수는 없었다.

"어, 어……."

그러나 가지 않겠다는 말을 하기도 전에 람의 뒤에 있던 '문'이 점점 제게로 다가왔다.

"안 돼!"

람이 그녀의 몸을 더 강하게 끌어안았지만 속수무책이었다. 점점 다가온 '문'이 끝내 이예주를 덮쳤다.

"다시 돌……!"

이예주는 다급히 외쳤다. 금방 다시 돌아오겠노라고. 그러나 채 외침이 끝나기도 전에 환한 빛이 눈앞을 잠식했다.

그리고 거짓말처럼 람의 품 안에 있던 인간 여자는 사라졌다. 그는 텅 빈 제 두 손을 바라보았다.

결국 인간 여자는 또 제 능력을 통해 사라졌다. 그의 힘이 미치지 못하는 곳으로.

남은 것은 그의 발밑에서 버르적거리는, 아직 의식조차 없는 작은 에너지 덩어리뿐이었다. 인간 여자를 붙잡아 두기 위해 그토록 안간힘을 쓰며 그녀의 몸에 심었건만, 그녀는 끝내 이것을 두고 가 버렸다.

"쓸모없는 것."

람은 차가운 눈으로 그것을 바라보다 이내 고개를 돌렸다. 바깥은 아수라장이었다. 그가 만든 무형의 벽을 뚫기 위해 날뛰는 인간들의 모습이 참으로 우습기 그지없었다.

남자는 던져진 충격으로 제단 밑에서 바닥을 기고 있는 눈족 족장을 내려다보았다. 그가 손을 까딱였다. 눈족 족장은 보이지 않는 손에 머리채가 잡혀 제단 위로 질질 끌려왔다.

"으, 으으!"

알 수 없는 것들이 들끓고 있는 검붉은 눈을 마주한 눈족 족장이 소스라치게 놀라며 벌벌 떨었다.

저를, 그리고 제 연인을 창으로 쑤시려 들었던 인간. 람은 불현듯 오른손을 제 왼쪽 가슴에 쑤셔 넣었다. 푹—

"흐익!"

노인이 기겁을 했다. 그러나 람은 무감각한 얼굴로 제 가슴 속을 마구 헤집다가 불쑥 무언가를 끄집어냈다.

그의 오른손에 잡혀 딸려 나온 것은 으레 있어야 할 심장이 아니라 주먹만 한 검은 파편이었다. 그는 그것을 엎드려 있는 눈족 족장의 앞에 내던졌다.

"먹어."

"허, 허억! 거, 검은 파편!"

"네가 1000년 전부터 원하던 것이지 않느냐."

검은 파편을 발견한 족장의 눈에 이채가 돌았다.

"그것을 먹고 그토록 원하던 신이 한번 되어 보도록 해."

하이에나처럼 비열하게 눈을 굴리며 람의 눈치를 보던 족장이 허겁지겁 그것을 향해 달려들었다. 놈은 끝이 송곳처럼 뾰족한 파편을 억지로 목구멍에 밀어 처넣었다.

"컥, 컥! 하아……."

이윽고 족장이 주먹만 한 파편을 모두 삼키고는 희열에 가득 차 소리쳤다.

"됐어!"

"……."

"이제 네놈을 꺾고 내가 신이야! 내가 바로 검은 파편이라고!"

괴물이 되어 버린 인간이 낄낄 웃으며 환호했다. 람은 그 모든 것을 무표정한 얼굴로 바라보기만 했다.

“오오! 이게 바로 신의 힘이란 말인가! 에너지가 차오르는 기분이군!”

“…….”

“어떻지? 내게 굴복하게 된 기분이! 1000년간 인간 위에서 군림했지만, 결국 네놈도 인간들의 손에……!”

삿대질을 하며 몸속을 타고 흐르는 에너지를 느끼던 족장이 어느 순간 말을 더 잇지 못하고 눈을 흡떴다.

“이, 이게…….”

삼킨 검은 파편에서부터 시커먼 기운이 끝도 없이 밀려 나왔다. 그와 동시에 엄청난 위압감이 느껴졌다.

“컥, 이, 이것이…….”

어마어마한 무게가 몸을 마구 짓누르는 것 같았다.

뿌드득— 문득 살이 터지는 듯한 기괴한 소리가 울려 퍼졌다. 살, 뼈 할 것 없이 사방에서 압력이 시시각각 몸을 조여 왔다. 동시에 눈이 금방이라도 굴러 떨어질 것처럼 툭 튀어나왔다.

“컥, 컥!”

퍽— 마침내 개구리처럼 부푼 눈알이 끈적한 액체를 흩뿌리며 터졌다. 그것은 시작이었다. 뿌득, 빠즈즉, 퍽— 족장의 몸에서 계속해서 섬뜩한 소리가 터져 나왔다.

“왜. 버티기 힘든가?”

람이 놈에게 물었다. 족장은 숨도 제대로 못 쉬고 껄떡거렸다.

“검은 파편을 먹었으니 신이 되어야지.”

“크…… 사, 살려……!”

“될 수 있으면 한번 돼 봐. 네놈의 썩어 빠진 몸뚱이로 어떤 신이 탄생할지 궁금하군그래.”

그러나 족장은 끝내 답할 수 없었다. 빠즉, 뿌드득— 무언가 부서지는 소리와 함께 그의 얼굴이 쥐포처럼 납작해졌다.

하나 남은 눈마저 터졌다. 눈, 코, 입, 귓구멍에서 검은색 피가 줄줄 흘러내렸다. 놈의 몸이 뒤로 쓰러졌다. 뿌드득, 뿌드득. 그럼에도 소리가 멈추지 않았다. 뼈와 살이 짓눌려 터지고 납작해지다 못해 가루처럼 부서져 사라졌다.

람이 비릿하게 웃었다. 당연한 일이었다.

"네까짓 게 어떻게 그 무게를 견딜 수 있을까."

썩어 빠진 인간의 몸뚱이로는, 아니 그 누구도 제 몸체의 무게를 지탱할 수 없었다. 1000년 전에 한 번 겪어 보았음에도 불구하고, 이 기생충 같은 것은 조금도 학습하지 못했다. 감히 주제도 모르고 기어오르는 것에게 딱 어울리는 말로였다.

그는 놈에게서 시선을 거뒀다. 그것을 걸쳤던 주체가 사라졌지만 여전히 볼록 솟은 옷더미가 불길하게 꿈틀거렸다. 그러나 그딴 것에 신경 쓸 새가 없었다. 이제 하나뿐인 제 연인을 되찾을 때였다.

왼쪽 가슴이 뻥 뚫린 남자가 황금 의자 위에 도로 앉았다. 족장의 몸이 부서지며 튕겨져 나온 검은 파편이 더러운 바닥을 뒹굴었지만 그는 다시 줍지 않았다.

람이 오만한 표정으로 아래를 내려다보았다. 버러지들이 날뛰고 있었다.

"……아무 데도 못 가."

인간 여자가 어디로 갔을지 고민하던 그가 문득 중얼거렸다. 다행히 그는 인간 여자의 능력을 잘 알고 있었다. 그녀를 잡기 위해선 자신이 어떻게 해야 하는지도. 그것은 이미 몇 번 성공한 방법이었다.

비록 이번에는 그 빌어먹을 '문'에 아무것도 떠 있지 않았지만 그런 것은 아무래도 상관없었다.

"네가 도착할 모든 대륙을 소멸시키면 다시 내게로 돌아올 수밖에 없겠지."

람은 이예주가 들었다면 기겁했을 말을 아무렇지도 않게 읊조렸다. 갈 곳이 사라진 그녀는 이전에도 그랬듯 제게로 다시 돌아올 것이다.

과거에 그는 제 권능 아래 있지 않은 시간을 잡지 못했다. 그에 비하면 인간 여자는 제 권능 밖의 능력을 가지고 있지만 잡을 수 있는 방법이 존재했다. 얼마나 다행인 일인가.

고통은 찰나였다. 온 대륙을 소멸시키는 걸로 그녀를 되찾을 수만 있다면, 그래서 다시 제 품 안에 거머쥘 수만 있다면, 그깟 몸체 따위 얼마든지 스스로 때려 부수고 파멸시킬 수 있었다.

"그런 건 내게 너무 쉬워."

검은 파편은 흐릿하게 웃으며 눈을 감았다.

뻥 뚫린 왼쪽 가슴에서 흘러나온 시뻘건 핏줄기가 그의 발밑을 적시고 제단을 따라 아래로 줄줄 흘러내리기 시작했다. 그리고 온 대륙에 피와 같은 검붉은 용암이 솟구쳤다.

Chapter 10

종장

Chapter 10. 종장

이예주는 감았던 눈을 천천히 떴다. 그녀는 까마득한 암경 속에 있었다. 하지만 여태껏 건너왔던 '문' 안의 암경이라고 할 수는 없었다.

"이, 이게……."

까마득한 어둠의 공간이 반쯤 부스러져 내리고 있었다. 람을 등지고 '문'으로 도망쳤을 때, 문 안의 암경이 난데없이 요동치고 다시 원래의 장소로 돌아왔던 순간처럼.

"이게 어떻게 된 거지?"

'문' 안은 엉망진창이었다. 흙 부스러기처럼 무너져 내리고 있는 어둠, 그것은 지금껏 두려워했던 암경이라는 것이 믿기지 않을 만큼 생동감 있고 아름다웠다.

어둠이 부스러진 곳에선 흰 물감을 덧칠하듯 환한 빛이 마구 쏟아져 나왔다. 그래서 공간은 페인트칠이 덜 된 공사장처럼 전체적으로 지저분하고 정신 사나웠다.

"이런 적은 한 번도 없었는데. 문이 왜……."

이예주는 '문'을 넘기 전 상황을 곰곰이 떠올려 보다 눈살을 찌푸렸다. 항상 살기 위해 자의로 넘었지, '문'이 먼저 제 쪽으로 이동하여 자신을 삼킨 적은 한 번도 없었다.

"하, 문이 움직이다니."

그녀는 헛웃음을 터뜨렸다. 기가 막힐 노릇이었다. 암경을 건너면서 좀 더 먼 미래를 넘을 수 있게 된 것처럼, 능력에 새로운 옵션이 추가되기라도 한 걸까?

"람은 잘 있을까? 빨리 돌아가야 하는데."

이예주는 우울한 낯빛으로 중얼거렸다. 눈물을 뚝뚝 흘리며 가지 말라고 자신을 끌어안던 남자의 얼굴이 생생하게 떠올랐다.

설마 화가 나서 다 때려 부수고 있진 않겠지? 돌아가겠다는 말도 제대로 못하고 넘어온 것이 마음에 걸렸다.

"그러고 보니……."

문이 왜 열렸더라? 일순 환영이 스쳐 지나갔다. 족장의 삼지창에 찔리기 일보 직전인 람을 보고 미친 사람처럼 달려들었던 자신.

그리고 뼈가 부서지고 살이 파헤쳐지는 섬뜩한 소리가 귓가에 울려 퍼졌다. 그것은 외부가 아닌 내부에서 들리는 소리였다.

"으허억! 이, 이게 뭐야!"

그 찰나에 느낀 통증을 떠올리며 무심결에 아래를 내려다본 이예주는 비명을 질렀다. 아래가 온통 피범벅이었다. 제 가슴 한복판에 세 개의 창날이 튀어나와 있었다. 게다가 등 뒤로는 기다란 창대가 박혀 있는 게 아닌가.

"미친 거 아니야! 이, 이게 무슨……."

고어 영화에서나 볼 법한 잔인한 모습에 눈앞이 핑핑 돌았다. 그나마 다행인 것은 암경 속에 있을 땐 고통이 느껴지지도, 피가 흐르지도 않는다는 것이었다.

"그래도 죽기 전에 어떻게 문을 넘긴 넘었네……."

긍정적인 부분을 찾아 중얼거리던 이예주는 이내 깊은 한숨을 내쉬었다. 과연 그것을 '문'을 넘었다고 볼 수 있을지 모르겠지만, 어쨌든 살아 있긴 했다.

"하…… 이거 어떡하냐."

그녀는 오만상을 찌푸린 채 제 가슴을 흘끗흘끗 내려다보았다. 과거에 손목의 칼까지는 어떻게 혼자 뽑아 봤지만, 이건 도저히 못 뽑겠다. 아무리 고통을 느끼지 못한다 해도 너무 잔인하지 않은가. 창에 관통을 당했는데……!

'어떡하긴? 뽑아야지!'

그때였다. 바람이 스치듯 작은 속삭임이 귓가를 스쳐 지나갔다.

"헉."

이예주는 휙 고개를 돌렸다.

"뭐, 뭐지?"

하지만 어딜 봐도 파스스 부스러지는 검은 것들과 환한 빛무리뿐이었다. 자신 외에 다른 존재는 느껴지지 않았다. 느껴져서도 안 되었고.

"환청인가?"

그녀는 놀란 가슴을 내려놓으며 대수롭지 않게 혼잣말했다.

왜 이렇게 암경이 무너져 내리고 있는 걸까. 열심히 생각해 봤지만 딱히 이유가 떠오르지 않았다. 설마 그 남자가 또 자신을 다치게 만드는 건 아니겠지? 그럼 안 되는데!

이예주는 제게서 가장 가까운 어둠이 부서지는 곳으로 다가갔다. 그리고 모래처럼 아래로 흩어지는 검은 가루들을 잡아 보려 손을 뻗었을 때였다.

'뽑지 않고 뭐 해?'

"헉!"

그녀는 내밀었던 손을 흠칫 거둬들였다.

"뭐, 뭐야?"

이번에는 환청이 아니었다. 방금 전보다 훨씬 더 선명한 목소리가 들려왔다. 그것도 그녀가 손을 뻗었던 쪽에서.

"누, 누가 여기……."

'안녕?'

그 순간이었다.

'안녕?'

'안녕!'

'오랜만이야!'

'반가워!'

'또 왔구나!'

목소리가 들린다고 인식하기가 무섭게 사방에서 인사가 쏟아졌다. 고요했던 공간이 순식간에 소란스러워졌다. 이예주는 소스라치게 놀라 기겁했다.

"누, 누, 누구세요?!"

'몰라?'

'우릴 몰라?'

'왜 몰라?'

'저번에도 봤잖아!'

"흐, 흐으! 뭐야! 뭐야!"

그녀는 겁에 질려 혼비백산했다. 분명 제 앞에서 마구 떠드는 것들이 있는데, 아무리 눈을 크게 뜨고 주위를 둘러봐도 저 외의 다른 누군가는 존재하지 않았다.

그때 오른쪽에서 불쑥 목소리들이 끼어들었다.

'인간은 우릴 지금 처음 본 거야!'

'아냐! 처음 본 거 아니야!'

'저번에도 봤는걸?'

'항상 함께해 왔어!'

대체 뭔 소리를 하는 거야! 그녀의 희게 질린 눈이 아득한 허공을 헤맸다. 그러자 이번에는 왼쪽에서 무리가 떠들어 댔다.

'그렇지만 이 공간에선 처음이지.'

'헉, 그러네?'

'그러네? 그러네?'

'이 공간에서 우릴 알아본 건 처음이네?'

'처음이야! 처음이야!'

목소리들이 하나같이 시끄럽게 왕왕댔다. 하나가 떠들 땐 실낱같아 잘 들리지 않은 것들이 수십, 어쩌면 수백 개가 합쳐지니 시끌시끌했다. 언제나 제 발자국 소리 하나 들리지 않았던 적막한 암경 속이 한순간에 도떼기시장처럼 변했다. 이예주는 무척 당황했다.

'우릴 봐 줘!'

수런거리던 것들이 일순 한마음 한뜻으로 외쳤다. 다른 생각에 빠진 그녀를 기민하게 눈치챈 듯했다.

"뭐가 있어야 보지!"

그녀가 버럭 소리쳤다. 그러자 목소리들이 우왕좌왕했다.

'헉, 보이지 않아?'

'보이지 않아?'

'어째서? 이미 보고 있잖아.'

"안 보여. 아무것도 안 보인다고! 그리고 정신없으니까 한 명만 말해!"

갑자기 두런거리는 소리가 소름 끼치도록 뚝 끊겼다. 그리고 그녀의 앞쪽에서 부스러지던 검은색 가루들이 불현듯 꾸물꾸물 뭉치기 시작했다.

"헐. 뭐, 뭐야?"

과학 수업의 참고 자료에서나 볼 법한 장면이었다. 아무렇게나 흩뿌려진 작은 입자의 철가루들이 커다란 자석 주변으로 모여 순식간에 덩어리가 되는 것처럼.

부스스 부서지던 어둠이 서로를 끌어당기고 또 끌어당겼다. 야구공만 했던 덩어리가 점점 커지고 커져 마침내 이예주의 허리까지 솟아올랐다.

"뭐야, 뭐야!"

커다란 검은색 덩어리는 누군가가 조각을 하듯 빠르게 모양을 잡아갔다. 눈을 한 번 깜빡이자 머리와 몸의 윤곽이 생겼고, 또다시 눈을 한 번 깜빡이자 머리카락과 얼굴, 손가락이 생겼다.

"어, 어……."

이예주는 그저 멍청한 신음을 흘리며 그 기괴한 모습을 바라보기만 했다. 이윽고 덩어리는 인간의 형상으로 변했다.

변화가 끝나자 그것의 정수리부터 시커먼 것들이 아래로 흘러내리기 시작했다. 검댕을 씻기기 위해 누가 위에서 깨끗한 물을 들이붓는 듯했다. 까만색이 아래로 스르륵 빠지자 뽀얀 살결이 드러났다. 벌거벗은 어린아이였다.

"……람?"

이예주는 제 눈을 의심했다.

"이, 이게……."

"이 모습이면 너도 알아볼 수 있겠지?"

차마 말을 잇지 못하는 그녀에게 어린 람이 한 걸음 다가서며 말했다.

"이제야 우릴 볼 수 있게 됐구나!"

"람? 이게 무슨……."

"람?"

이예주의 허리춤에나 간신히 머리가 닿는 작은 아이가 고개를 갸웃거렸다. 그 모습이 익숙하면서도 낯설었다.

그녀가 아는 어린 람의 모습은 비행선의 영상에서 본 게 다였다. 그게 얼마나 강렬하게 남았는지 그 후 남쪽 대륙에 와서도 종종 어린 람이 나오는 악몽을 꿨다.

"어떻게……."

그런데 어떻게 과거에나 실재하던 모습이…….

"검은 파편을 말하는 거야?"

"뭐?"

검은 덩어리 속에서 태어난 아이가 말했다.

"우린 검은 파편이 아니야."

"그럼?"

"우린 검은 안개야."

이예주의 입이 스르륵 벌어졌다. 검은 안개?

그녀는 팔족 땅에서 보았던 동화책을 떠올렸다. 검은 안개는 신화 속에서 검은 파편을 감싸고 있던 것이다. 그리고 눈족들에게 뜯어먹혀 1000년 후의 미친 세상에 커다란 문제를 일으켰다.

그런데 제 앞의 아이가 그 검은 안개라고?

"너, 너넨 무생물이잖아?"

"아니야! 우리도 살아 있어!"

그녀의 새된 목소리에 어린 람의 탈을 쓴 검은 안개가 주먹을 움켜쥐고 방방 외쳤다.

"네가 도통 우리를 알아보지 못해서 잠깐 이 모습으로 변화한 거야!"

"대체……."

아이의 말을 쉽게 납득할 수 없었다. 그녀는 흔들리는 눈으로 아직도 부서지고 있는 암경을 바라보았다. 넝마처럼 벗겨지고 있는 어둠 때문에 어느덧 빛이 점유하는 부분이 훨씬 더 많아졌다.

"대체 너넨 누구야?"

그녀는 혼란스러운 얼굴로 연달아 물었다.

"여긴 어디고? 암경이 왜 부서지고 있는 거야? 그럼 미래는 어떻게 된 거야. 람은? 람에게 돌아가야 하는데, 얼른 가서……."

"하나씩 물어봐. 아까 정신없다고 했던 게 이런 뜻이었구나?"

심각한 그녀와는 달리 아이가 천진난만한 얼굴로 답했다.

"우린 검은 파편과 같은 모체에서 태어났어. 여길 봐."

어린 람이 제 앞의 허공을 손가락질했다. 이예주는 그것을 따라 천천히 고개를 내렸다. 아무것도 존재하지 않았던 검은 허공에 갑자기 반짝거리는 빛 가루들이 떠올랐다.

"별……?"

이예주의 눈동자가 커졌다. 자신과 아이 사이에 떠오른 것은 작은 우주였다. 수많은 별들, 그 사이에 자리 잡은 은하가 거세게 회오리치며 태동하고 있었다.

그것을 마냥 바라보고만 있자 그 안으로 빨려 들어가듯 우주가 확대되기 시작했다. 수많은 성단, 성운들이 눈가를 마구 스치고 지나갔다. 그리고 마침내 가장 깊숙한 은하 속에 다다랐다.

그곳은 온통 아수라장이었다. 거대한 빛 덩어리들이 서로 부딪혀 엄청난 폭발을 일으켰다. 쾅, 쿠우우웅—! 폭음이 쉴 새 없이 울려 퍼졌다. 무수한 것들이 휩쓸리고 불타올랐다. 그 안에서 또 다른 반짝이는 것들이 새로이 태어나고, 죽고, 먼 곳으로 튕겨져 나가고…….

이예주는 그것을 홀린 듯이 바라봤다. 생생한 장면이 그녀의 동공을 반짝반짝 수놓았다.

"우리는 검은 파편에 비해 저차원적인 에너지를 가지고 태어났기 때문에 하나의 자아를 가졌지만 동시에 수만 가지로 분산되었어."

다시 허공에 떠 있는 우주가 움직였다. 은하, 은하의 안에서 폭발하는 덩어리들. 그 사이를 헤쳐 더 깊숙이, 깊숙이 들어가자 어느 순간 눈앞이 암전되었다. 누군가 스피커 선을 잡아 뺀 듯 귀를 따갑게 하던 폭음도 뚝 멈췄다.

아무것도 존재하지 않는 적막한 무無의 공간, 그곳에 작은 티끌 하나가 둥둥 떠다녔다.

"홀로 동떨어져 있을 때는 티끌처럼 작아서 잘 보이지 않아. 움직일 수도 없고 불편해. 하지만 분산된 것들이 모이면 에너지들끼리 공명하여 하나처럼 움직일 수 있어. 우린 본래 하나였으니까!"

티끌 주변으로 다른 티끌들이 천천히 다가왔다. 하나둘씩 달라붙던 것들이 곧 빠르게 뭉쳐져 커지기 시작했다. 마치 방금 전 아이 모습으로 변하기 위해 뭉쳤던 어둠 가루들처럼.

점 같은 티끌들이 모이고 모여 검은색의 커다란 덩어리가 됐다. 구름처럼 뭉게뭉게 꿈틀거리는 그것은 바로 검은 안개였다.

"그러면 비로소 우리는 드넓은 공간을 헤엄쳐 다닐 수 있게 되는 거야. 약한 에너지를 가지고 태어난 생명체들이 본디 그러하듯 말이야."

눈앞에 떠 있던 검은 안개가 갑자기 수천 마리의 물고기 떼로 바뀌었다. 그것들이 고물고물 움직여 먼 우주 공간을 헤엄쳐 나가기 시작했다. 자신의 이해를 돕기 위해 물고기 떼에 빗대었다는 것을 이예주는 알아차렸다.

"우리와 달리 강한 에너지를 가지고 태어난 검은 파편은 홀로 움직이지 못했어."

한 무리의 물고기들이 우르르 지나가고, 그 자리에 검은색의 파편 하나가 덩그러니 나타났다. 이예주는 그것을 보며 멍하니 중얼거렸다.

"검은 파편……."

"모체 에너지에서 벗어나기 위해서는 주변의 충돌에 휩쓸리거나 폭발해서 튕겨져 나가는 다른 에너지에 매달려야 했는데, 그건 너무 위험한 일이었지. 그런데 어느 날 검은 파편이 헤엄치고 있는 우리에게 제안했어."

홀로 외로이 놓여 있던 검은 파편의 주변을 검은 안개들이 꾸물꾸물 헤엄치듯 맴돌았다.

—나와 같이 여기서 나가자.

검은 파편이 말했다. 그러자 검은 안개들이 왕왕거렸다.

'왜? 왜?'

'왜 나가야 하는데?'

'여기서도 자유롭게 헤엄칠 수 있는걸?'

'그런데 왜?'

—이대로 있다간 다른 에너지에게 흡수되고 말 거야. 나는 거대한 폭발에도 휩쓸리지 않을 만큼 멋진 몸체를 가지고 싶어. 나를 데리고 가 줘.

'널 데리고 가면 뭐가 있는데?'

—폭발에 휩쓸리지도 않고, 다른 에너지에 흡수되도록 두지도 않고, 널 흡수하지도 않을게. 네가 내 몸체에서 마음껏 헤엄치고 다닐 수 있도록.

'그래, 좋아!'

검은 안개들이 우르르 몰려와 검은 파편을 감쌌다. 때마침 들끓던 모체 에너지가 폭발했다. 검은 안개를 지닌 검은 파편은 폭발에서 가까스로 튕겨져 나와 무한한 우주 공간을 헤맸다.

억천만겁이 지난 후 태양 근처에 자리 잡은 검은 파편은 주변의 수많은 것들을 빨아들였다. 거대한 폭발에도 휩쓸리지 않을 커다란 몸체를 형성하기 위해서였다.

"이건……."

검은 파편의 주변으로 거대한 구가 생성되었다.

"검은 파편은 약속을 지켰어. 우린 검은 파편의 몸체 위에서 마음껏 헤엄쳤어. 그건 너무 신나고 재밌는 일이야!"

어린 람이 흥분하여 손가락질했다. 거대한 구체 주변으로 검은색 덩어리들이 꾸물꾸물 움직이며 주변을 빙글빙글 돌았다. 그 움직임을 따라 멈춰 있던 구 또한 천천히 움직이기 시작했다.

"너넨……."

이예주는 제 앞에 펼쳐져 있는 작은 우주를 도저히 이해할 수 없었다. 방금 전까지 제가 본 것이 뭔지. 검은 파편은, 또 그를 움직이는 검은 안개는.

그녀는 떨리는 목소리로 물었다.

"너넨 대체 누구야?"

"우린 검은 안개야."

"아니, 그거 말고."

그녀가 정신없이 고개를 내저었다.

"너넨…… 너네의 존재를 뭐라 이해해야 할지 모르겠어. 람은…… 아니, 검은 파편은 왜, 지구가…… 그리고 너흰 어째서 지구 주변에……."

어린 람이 더듬거리는 이예주를 빤히 올려다보았다. 반질반질한 눈동자를 마주하자 그녀는 그제야 제 앞의 아이가 람이 아니란 것을 받아들였다.

자신을 보는 아이의 눈동자가 새까맸다. 인간을 보면 시뻘겋게 변하는 람의 눈동자가 아니었다.

"음, 인간들의 언어를 빌리자면……."

"……."

"우린 흐름이야. 검은 파편을 움직일 수 있게 해 주는."

"……흐름?"

이예주가 혼잣말처럼 되물었다. 아이가 해맑게 고개를 끄덕였다.

"검은 파편은 우리로 인해 움직였고, 더 강하고 거대하게 변화했어. 이건 인간들의 언어로 뭐라 하지? 음, 음……."

잠시 고민하던 검은 안개는 이내 손뼉을 치며 외쳤다.

"진화! 그래, 진화!"

"진화……?"

"검은 파편은 우리로 하여금 움직여서 진화했어! 그래서 그냥 파편에서 모체 에너지가 된 거야!"

아이의 손가락 아래 구체가 빠르게 돌아가기 시작했다. 태양처럼 시뻘겋게 달아올라 있던 구체의 온도는 점점 내려가고, 군데군데 푸른색, 흰색, 군청색 등 갖갖이 색깔들이 조금씩 나타났다.

돌아가는 팽이처럼 뱅글뱅글 돌던 그것은 꽤 오랜 시간이 지난 후 속도를 서서히 줄였다.

"이, 이건……."

그리고 드러난 구체의 모습에 이예주는 순간 눈앞이 아연해졌다. 그녀 또한 익히 아는 행성의 모습이었다.

검은 안개로 인해 움직이고 진화한 검은 파편. 알 듯 모를 듯 한 검은 안개의 말과 앞에 나타난 작은 지구.

이예주는 검은 안개가 말하는 '흐름'이 무엇인지 이제야 어렴풋이 알 것 같았다. 검은 안개가 물었다.

"이제 우리에 대해 알겠지?"

여전히 혼돈에 물든 표정이었지만 그녀는 천천히 고개를 끄덕였다. 그러자 검은 안개가 그녀의 가슴을 가리켰다.

"그럼 이제 그것을 뽑자!"

"뭘?"

손가락을 따라 무심코 아래를 내려다본 이예주는 아이가 가리킨 것이 무엇인지 깨닫고 경악했다.

"아, 안 돼! 이걸 어떻게 뽑아!"

미치지 않고서야 제 손으로 가슴에 박힌 창을 뽑을 수 있을 리 없었다. 하지만 검은 안개가 힘들면 제가 뽑아 주겠다는 듯 그녀에게로 다가왔다.

"여긴 네 능력 속이라 괜찮지만, 그렇게 뒀다가 문 밖으로 나가면 위험한걸."

"으악! 하, 하지 마! 하지 마!"

아이는 막무가내였다. 피하려고 몸을 튼 순간 벼락같이 달려들어 이예주의 등에 꽂혀 있는 창대를 잡아 비틀었다.

"괜찮아. 아프지 않을 거야."

"으허억!"

뼈를 부수고 가슴에 깊숙이 박혀 있던 창살이 쑤욱 수월하게 빠져 나갔다. 그 말처럼 고통은 없었다. 창이 빠진 자리에서 피가 분수처럼 솟구치지도 않았다. 그저 손톱 밑에 박힌 가시가 뽑혀 나가는 것처럼 소름 끼치는 감각이 들었을 뿐이다.

이예주는 제 가슴을 미친 듯이 더듬으며 진저리쳤다.

"헉! 미친! 뭐 하는 짓이야!"

"자."

검은 안개가 뽑은 창을 건네주었다. 이예주가 희게 질린 얼굴로 그것을 바라보자, 아이는 국어사전을 읽듯 무감하게 말했다.

"우리가 늦췄던 죽음이 네 몸을 많이 잠식했어."

"……뭐? 뭘 늦춰?"

"네 죽음."

기어이 이예주의 손에 창대를 쥐여 준 아이가 돌연 뒤로 돌아 걷기 시작했다.

"어, 어디 가!"

그녀는 당황하여 주춤대다가 다급히 그 뒤를 쫓아갔다. 이제 그들이 있는 공간은 어둠이 거의 다 사라진 상태였다. 그녀에게 익숙했던 '문' 속 암경은 더 이상 존재하지 않았다.

'혹시 여긴 천국이 아닐까?'

드문드문 묻어 있는 검은 칠을 제외하면 온통 희게 빛나는 주변을 살피며 이예주는 엉뚱한 생각을 했다. 자신은 이미 창에 맞아 죽고, 하늘나라에 와 있는 것이라고.

"죽음을 늦췄다는 게 무슨 뜻이야?"

아이의 뒤를 따라 걷던 그녀가 불쑥 물었다.

"우린 너에게 항상 고마웠어."

"나에게? 뭘?"

생뚱맞은 대답이 돌아왔다. 영문 모를 표정을 짓자 검은 안개가 이어 말했다.

"검은 파편으로부터 떨어져 인간들에게 삼켜진 우리는 조금씩 다시 분산됐어. 그래서 인간들이 죽으면 갈 곳이 없었지. 작게 뭉친 상태로는 예전처럼 검은 파편의 몸체 위를 자유롭게 헤엄치고 다닐 수 없거든."

"그럼?"

"그런데 네 능력이 발현될 때마다 열리는 차원에서 머물 수 있었던 거야. 네가 우리를 받아들여 줬어! 우린 정말 기뻤고, 그래서 네가 죽음에 잠식당하는 걸 늦췄어."

"그게……."

무슨 말이냐고 되물으려던 그때, 문득 앞서가던 아이가 걸음을 멈췄다. 그리고 왼쪽으로 돌아섰다.

"저기."

검은 안개가 바라보는 곳을 향해 이예주도 몸을 돌렸다. 일순 그녀의 눈이 휘둥그레졌다. 하얀 공간 위로 영화관의 스크린처럼 자신의 모습이 커다랗게 떠 있었다.

"저건……."

일련의 영상이 무성 영화처럼 재생됐다. 과거로 돌아간답시고 커터 칼로 손목을 긋던 자신이 '문'을 넘었다.

'안녕! 안녕!'

'여기야, 여기!'

'우릴 봐 줘!'

어둠 속에 갇힌 이예주에게 검은 안개들이 끊임없이 말을 걸었다.

하지만 그녀는 그 어떤 소리도 들리지 않는 것처럼 혼란에 빠져 있다가, 커터 칼을 빼내고 암경 속을 달렸다.

"네가…… 네가 암경이야?"

"널 만난 게 너무 반가워서 계속 말을 걸었지만 너는 우릴 알아보지 못했어."

아이가 시무룩하게 대꾸했다.

"하지만 검은 파편의 에너지를 잔뜩 받아서 이젠 우리를 알아보게 되었구나!"

신이 난 목소리가 뭐라 덧붙였지만 이예주의 귀에 와닿지 않았다.

그녀는 처음 암경에 갇혔던 그때를 기억했다. 그저 저주받은 능력에 빌어먹을 옵션이 하나 추가되었나 보다고 여겼었다. 그런데.

"어떻게……."

"완전히 멈추는 건 불가능하지만 우리는 네 죽음을 늦추거나 미룰 수 있어. 하지만 저때의 우리는 일부에 불과해서 바로 해결하긴 힘들었어."

그래서 장기간이 걸릴 수밖에 없었다는 변명이었다.

드디어 과거로 갈 수 있게 됐다고, 암경 속에서 미친년처럼 웃으며 마구 뛰어 대는 자신을 다시 보자니 그저 기가 막혔다. 헛웃음을 짓던 이예주는 미간을 좁히고 제 옆의 아이를 돌아보았다.

"이해가 안 돼."

"뭐가?"

"널 먹은 눈족들은 죽으면 괴물이 된다고 했어."

그녀는 아직도 기억했다. 사막에서 처음 본 거대한 괴물, 역겨운 족장과 쟈니아의 몸뚱이.

"또 보통 인간이라도 검은 안개를 먹으면 마약 같은 효과를 본다고 했는데……."

제드가 뭐랬더라. 의욕과 성취감이 급증한댔나? 하지만 마약과는 달리 그게 실제 효과로 이어진다고 그랬다.

그때 아이가 다시 걸음을 옮겼다. 끊임없이 암경 속을 달리는 자신의 영상을 뒤로한 채 이예주는 서둘러 그 뒤를 따랐다. 얼마 걷지 않아 검은 안개는 다시 걸음을 멈췄다. 그가 바라보는 곳에 사막에서 본 히카톤의 모습이 떠 있었다.

괴물이 먹이를 쫓아 수천 개의 머리, 팔, 다리를 마구 허우적댔다. 다시 봐도 끔찍스러운 그 모습에 이예주는 오만상을 찌푸렸다.

"괴물이 아니야."

문득 아이가 담담히 중얼거렸다.

"저게? 괴물이 아니라고? 그럼 뭔데?"

"눈족 인간들이 소망하던 최종 진화체야."

"뭐……?"

들려오는 말을 도통 알아듣지 못하는 사이 아이가 다시 걸음을 옮겼다.

"너희 인간들은 무척 신기해. 다른 생명체들과 별다를 바 없이 무지렁이에서 시작했지만, 결국 개체 하나하나가 모체 에너지가 되었어."

끝이 없는 공간을 걷고 있는 그들의 주변으로 수많은 영상들이 스쳐 지나갔다. 동물과 다를 바 없는 태초의 인간, 무리를 짓고 마을에서 부족, 국가로 성장하는 인류 문명이 보였다.

그리고 빠르게 진화하는 인간들 틈새를 금빛의 무언가가 정신없이 오갔다.

"저건……."

이예주는 그것이 뭔지 본능적으로 알아차렸다. 쟈니아의 얼굴과는 전혀 다른 형태. 그것은 바로 시간이었다.

"인간들의 강력한 염원으로 태어났어."

그녀와 같은 것을 보고 있던 검은 안개가 속삭였다.

"강력한 염원? 그게 뭔데?"

"인간들은 슬픔을 싫어하고 희망을 좋아해. 지나간 과거를 기억하고 현재에 충실하며 다가올 미래를 기대하는 거야. 모든 인간들이 그것을 강력하게 원했으니까 자연히 생길 수밖에 없지 않았을까?"

"과거, 현재, 미래……."

이예주가 작게 중얼거렸다. 검은 안개가 덧붙였다.

"분류된 적 없었던 그것을 가장 처음 분류함으로써 인간들은 다른 그 어떤 생명체보다 먼저 시간을 거머쥘 수 있었던 거야."

"그럼…… 시간이 정말 인간들의 신인 거야?"

"신? 그게 뭔지 잘 모르겠어."

검은 안개는 고개를 갸웃거렸다.

"어쨌든 저것이 인간들을 티끌에서 모체 에너지로 변화하게 만들었어. 검은 파편을 둘러싼 나와 같은 역할을 한 것 같아."

검은 안개가 말하는 모체 에너지가 정확히 뭘 뜻하는지 알 수 없었다. 그 와중에도 수많은 영상들은 인간들이 여타 천적들을 제치고 어떻게 변화했는지 보여 주었다. 시간이 머무르는 인간 군락은 그 어떤 생물보다 빠르게 번식하고, 진화하고, 성장했다.

그리고 이예주처럼 그것을 제3자의 시선으로 지켜보는 눈이 있었다.

"인간들을 관찰하던 검은 파편은 오랫동안 그들의 감정을 알고 싶어 했어."

시커먼 비구름과 같은 검은 안개에 몸을 숨긴 검은 파편이었다.

"우린 그가 이미 그것을 깨우친 상태라고 생각했어. 검은 파편은 매우 강한 에너지의 집약체였거든."

이예주는 순간 인간들을 지켜보는 검은 파편이 된 것만 같은 기분이 들었다.

"우리는 인간들이 시간을 갖고 진화한 것처럼 검은 파편도 우리에게 몸을 맡긴 채 있다 보면 자연히 알게 될 것이라고 설득했지만, 검은 파편은 인간들에게 사로잡혀서 우리의 말을 듣지 않았어. 시간이 나타난 후로 검은 파편은 인격과 감정을 만드는 데 더욱 집착했어."

아무리 외쳐도 인간들은 그를 알아보지 못했다. 알 수 없는 쓸쓸함과 공허함이 휘몰아쳤다.

"그러면 제가 느끼는 고독과 외로움이 사라질 거라 믿었거든."

걸음을 옮기자 그 다음부턴 동화 속 내용과 똑같은 일들이 스쳐 지나갔다. 소녀의 모습을 한 채 하늘을 보며 외치는 시간, 그 말을 듣고 순순히 인간들에게 풍요로운 대지와 수많은 자원을 내주는 검은 파편.

"대체 왜?"

그것을 지켜보던 이예주는 울 것 같은 얼굴로 의문점을 입에 담았다.

"왜 검은 파편을 자신이 인간을 구제하는 일에 이용해 먹었던 거지?"

팔족 땅에서 책을 통해 시간족의 신화를 알았을 때부터 궁금했다. 시간은 분명 특별한 존재였지만 검은 파편만큼 세상을 다룰 수 있는 힘은 없었다.

그러면 제 한계 내에서 일을 벌여야 하는 게 아닌가. 그런데 대체 왜 달콤한 말로 검은 파편까지 끌어들여 제 신격화에 이용을 해 먹었던 걸까.

"간신히 모여 형체를 갖췄는데, 다시 티끌로 돌아가기는 싫었을 테니까."

"그게……."

"인간들의 염원으로 태어나 형체를 갖췄으니 그것을 잃고 싶지 않았을 거야. 지속적으로 인간들의 환심을 사야 흩어지지 않고 형체를 유지할 수 있을 테니."

빛 덩이는 소녀의 모습에서 아름다운 여성, 늙은 노인까지 다양한 형태로 변화했다. 인간들은 시간을, 정확히는 시간의 뒤에 있는 검은 파편의 힘을 떠받들었다.

"시간이 다시 티끌로 흩어지고 우리도 인간에게 뜯어 먹힌 이후 검은 파편은 분노에 갇혔어."

신화 속의 일들이 빠르게 흘러 지나갔다. 많은 에너지를 소비한 검은 파편은 인간들을 피해 몸체의 가장 깊숙한 곳으로 피신했다.

"인간들의 몸속으로 들어간 우리는 그들이 원하는 대로 같이 움직이고 흐를 뿐이었어. 우리가 움직일 수 있는 범위가 인간의 신체로 한정되어 버렸으니까."

검은 안개가 걸음을 옮겼다. 다시 무수한 영상이 그들을 스치고 지나갔다. 눈족들의 몸속에 들어간 검은 안개의 흐름이.

"인간들은 때론 다른 개체를 파괴하거나 새로운 곳을 정복하고 싶어 했어. 누구보다 많은 지식을 탐하고 싶어 하는 인간, 거대한 부를 축적하고 싶은 인간, 강대한 국가를 형성하고 싶어 하는 인간들도 있었지."

이예주는 방금 전 인류 문명을 보던 것과는 다르게 흥미가 가득 담긴 눈으로 그것을 바라보았다. 왜냐하면 그녀도 익히 알고 있는 사람들이 영상 위로 떠올랐기 때문이다.

역사책에서 볼 법한 시대를 뒤흔든 성군, 폭군, 영웅, 과학자, 탐험가, 작가들이 스쳐 지나갔다. 그중엔 한국인도 몇 있었다. 그들은 날 때부터 검은 안개를 가지고 있는 눈족이거나, 일반인으로 태어났지만 어떤 계기를 통해 마약처럼 검은 안개를 흡입한 인간들이었다.

그로 인해 그들이 가지고 있던 잠재력이 극대화되었다. 어렸을 적 누구나 꿈꾸는 작은 호기심은 떠올리기 무섭게 몸집을 부풀렸고, 미미했던 욕구는 끝 간 데를 모르고 치솟았다. 그리하여 그들은 마침내 원하던 바를 모두 성취하고 범인들과는 다른 비범한 인물이 되었다.

시간이 종의 진화였다면, 검은 안개는 개인의 압도적인 진보였다.

"이 사람들이 다 눈족이라니……."

이예주는 혀를 내두르며 검은 안개를 따라 걸었다. 그러나 검은 안개로 진보된 인간들은 약점이 있었다. 다른 개체보다 가지고 있던 에너지를 더 빠르게 소모한 탓에 대부분 단명했다.

몇 걸음 더 걸었을 때 불현듯 눈족 족장과 쟈니아가 나타났다.

"이건……."

자신들이 먹은 인간들이 몸 위로 우둘투둘 돋아난 것을 발견한 그들은 겁에 질려 서로를 부둥켜안은 채 엉엉 울었다.

"괴물 새끼들."

이예주는 그 모습을 보고 눈살을 찌푸렸다. 잘못된 신념으로 동족을 잡아먹고, 결국 끔찍한 괴물이 되어 버린 인간들이었다.

"이들은 누구보다 강한 에너지와 그것의 영원을 원했어. 인간은 다른 에너지를 파생시킬 수 있는 모체이지만 우리처럼 분산된 상태이기도 해. 그래서 각 개체의 에너지가 한정되어 있어."

"그게 무슨 소리야?"

"그러니까…… 큰 에너지가 하나에 집약되어 있지 않다는 소리야. 검은 파편은 다른 에너지들을 빨아들이고도 그것을 제 힘으로 다져 흡수할 수 있지만, 인간들은 그렇게 할 수 없어."

"아……."

알 듯 모를 듯 했지만 이예주는 묵묵히 고개를 끄덕였다.

"근데 그게 괴물이 되는 거랑 무슨 상관이야?"

"인간들은 다른 에너지를 삼키려 해도 검은 파편처럼 그것을 완전히 제 에너지로 흡수하지 못해. 그러면 에너지들은 그저 한데 묶인 덩어리가 된 채 각자의 자아를 주장하는 거야."

족장과 쟈니아는 끊임없이 힘을 탐했다. 그들의 몸에는 점점 무수한 얼굴들이 나타났다. 최후의 순간, 남편은 배가 터져 죽기 직전인 아내의 몸까지 씹어 삼켰다.

한 걸음을 더 내딛자 달라붙어 한 몸이 된 족장과 쟈니아의 괴기스러운 모습이 떠올랐다.

"그렇게 모든 욕구를 추구한 인간이 최후에 진화한 모습이야."

검은 안개가 걸음을 멈추며 말했다. 그 순간, 깨달음은 벼락처럼 찾아왔다. 이해할 수 없었던 검은 안개의 존재, 힘.

"너네가……."

이예주는 이상한 표정을 짓고 검은 안개를 마주 보았다.

"너네가 진짜 시간이었구나."

"시간?"

"너네가, 너네가 진짜 시간이었어."

이예주는 손을 뻗어 와락 아이의 어깨를 부여잡았다. 그리고 필사적으로 확인했다.

"그치? 너네가 진짜 시간인 거지?"

"아냐, 우린 시간이 아니야."

그러나 검은 안개는 그녀의 말을 쉽게 부정했다.

"우린 그냥 흐름일 뿐이야."

"하지만…… 하지만 맞잖아. 네가 내 죽음을 늦췄다고도 했고…… 네가 바로 암경이라 했잖아. 너네가 날 미래로 갈 수 있게 한 거 아니야?"

"이건 네 능력인걸."

"……내 능력?"

"그래, 네 능력. 너의 생존을 바라는 네 엄마와 살고 싶어 하는 너의 의지에서 태어났어. 인간들의 강한 염원으로 태어난 시간처럼."

검은 안개가 문득 고개를 돌렸다. 그곳에는 강변 다리 위에 위태롭게 서 있는 젊은 엄마가 있었다.

"……엄마."

이예주의 얼굴이 빠르게 허물어졌다. 아주 오래전, 능력이 각성하기 전날 밤 꿨던 꿈이었다. 자신을 가진 줄 모른 채 각박한 삶을 살아 나갈 자신이 없어 자살을 하려던 엄마.

"넌 특별해."

검은 안개가 말했다.

"내가…… 특별하다고?"

특별하다니. 흰 공간 위에 이예주의 과거들이 떠올랐다. 그녀는 어두운 낯빛으로 과거의 자신을 응시했다.

"……나 때문에 엄마가 죽었어."

봉구가 죽었다. 이후 천장에 매달려 하늘하늘 흔들리는 엄마가 보였다.

문득 잊고 있었던 사실이 생각났다. 결국 엄마는 자신 때문에 죽게 된 것이 맞았다. '문'을 넘나든 자신을 찾아오던 엄마는 쟈니아의 표적이 되었고, 놈들에게 눈을 빼앗긴 후 살해당했다.

"이 능력 때문에 많은 사람들이 죽었어. 죽고, 다치고…… 그리고 나는.”

그다음은 끔찍했던 수학여행의 사고였다.

“그리고 나는, 나는.”

‘문’이 생길 때마다 처절하게 망가졌던 안쓰러운 제 인생이.

“나는 정말 지옥 같은 삶을 살았어.”

“…….”

“내일 눈을 뜨면 무슨 일이 일어날까. 학교에서, 사람들이 나보고 뭐라고 할까!”

이예주는 거칠게 헐떡이며 속사포처럼 뇌까렸다.

“내게 왜 이런 능력이 생긴 거지? 남들처럼 평범할 수는 없었나? 왜지? 이건 저주야. 하나도 특별하지 않아. 나는 오히려……!”

“생명체들은 누구나 능력을 가지고 태어나기 마련이야. 하지만 본디 가지고 있는 것을 믿고, 각성해서 끝내 제 것으로 지켜 내는 인간들은 별로 없지.”

울음에 가득 찬 그녀의 절규를 검은 안개가 무미건조하게 끊었다.

“넌 시간족인 모체에서 태어나 남들과는 다른 성장 환경을 겪어 좀 더 수월하게 네 능력을 각성시키고 키워 나갈 수 있었던 거야.”

“성장 환경……?”

이예주는 눈살을 찌푸렸다. 벌어진 입새에서 짧은 한숨이 새어 나왔다.

“네 말이 무슨 소린지 잘 모르겠어. 엄마는 내가 시간족이 아니라고 했는데.”

“맞아, 넌 시간족이 아니지. 하지만 네가 가진 능력은 시간족과 비슷하다고 할 수 있어.”

이해할 수 없었다. 시간족의 능력과 그녀의 능력은 차원이 달랐다. 그런데 어떻게…….

"시간족은 시간을 뜯어 먹고 능력을 빼앗은 인간들이잖아."

"시간은 뜯어 먹히거나 죽은 게 아니야. 그저 강한 염원으로 형체를 가졌다가 다시 티끌로 돌아간 것뿐이지."

검은 안개는 이예주의 과거가 재생되고 있는 공간에서 등을 돌렸다. 그리고 팔을 들어 반대편을 가리켰다. 인간들로 인해 사지가 뜯긴 금빛 덩어리가 온 세상 곳곳으로 튕겨져 나가는 장면이었다. 마치 앞서 본 우주의 폭발 같았다.

"시간족의 능력은 일족의 기원이 된 인간이 염원하던 것을 우연한 계기를 통해 각성해서, 일족 전체가 그것을 믿고 지켜 온 것이야."

영상이 더 오래전의 과거로 바뀌었다.

최초의 팔족은 해안가 근처에 살았다. 풍부한 수산 자원이 있었지만, 시도 때도 없이 덮치는 파도와 해일 때문에 무척 위험했다.

집채만 한 파도가 몰려올 때마다 인간들은 서로를 끌어안고 벌벌 떨었다. 그리고 빌었다. 제발 끔찍한 재난이 부족을 덮치기 전에 그대로 멈추기를.

최초의 다리족은 유목민이었다. 태어난 인간들은 드넓은 초원 위를 자유로이 뛰어다녔다. 그러나 기름진 대지는 인간들만의 것이 아니었다. 초원에는 무시무시한 동물들이 가득했다.

더 아늑한 정착지를 찾아 이동하다 맞닥뜨린 천적을 피해 허겁지겁 도망을 치던 인간들은 간절히 빌었다. 부디 적에게 잡아먹히지 않도록 초원의 그 어떤 것보다 빠르게 달릴 수 있기를.

최초의 눈족은 그 어떤 부족보다 자연을 숭배했다. 그들은 뛰어난 관찰자였다. 부모의 부모, 그 부모의 부모로부터 전수받은 지혜를 기록하고 실천했다. 하늘을 관측하여 내일의 날씨를 알고, 개미의 움직임으로 다가올 재난을 예측했다.

천재지변이 닥칠 때마다 그들은 사냥감의 머리를 바치고 제를 지냈다. 그리고 빌었다. 더 많은 것을 알고, 볼 수 있기를.

"특별한 건 네 능력이 아니라 너야."

검은 안개가 이예주를 향해 돌아섰다.

"분노에 갇혀 멈춰 있던 검은 파편을 움직이도록 만들었잖아."

"그게 무슨……."

"이리 와 봐!"

그 순간, 아이가 갑자기 그녀의 손을 마구 잡아끌었다.

"어, 어!"

이예주는 아이에게 잡혀 저도 모르게 뛰었다. 이전에도 그랬듯 전속력을 다해 달려도 숨이 차거나 힘에 부치진 않았다. 가슴에 관통상이 있음에도 그랬다.

그들은 꽤 오랜 시간 동안 흰 공간을 뛴 후에야 멈췄다.

"봐! 검은 파편이 너를 되찾기 위해 몸체를 모두 파괴하고 있어. 인간들을 멸종시키려 들 때도 파괴하지 않았던 건데!"

새로운 영상을 가리키며 아이가 신이 난 듯 소리쳤다. 이예주는 고개를 들었다.

"……람?"

영상 안에 '문'을 넘기 전의 람이 있었다. 여전히 신전의 황금 의자에 앉아 있는 남자는 왼쪽 가슴이 뻥 뚫려 있었다. 그 휑한 구멍에서 핏줄기가 줄줄 흘러내려 제단을 적셨다.

"왜……."

이예주의 얼굴이 단숨에 희게 질렸다. 분명 저 사람을 위해 온몸을 날려 눈족 족장의 창에 찔렸는데. 대체 왜…….

"스스로를 소멸하는 중이여서 그래. 네가 검은 파편을 구원했어!"

"그게 뭔 개소리야……."

이예주는 우두커니 선 채 남자의 모습을 망연자실 바라보았다.

"내가, 내가 분명 구했는데."

죽을힘을 다해 지켜 냈는데. 왜, 어째서…….

대지가 요동쳤다. 신전 주변으로 시뻘건 용암이 사납게 날뛰고, 뻥 뚫린 가슴에서 쏟아져 내리는 진득한 핏줄기가 더욱 거세졌다. 남자의 얼굴이 온통 새하얬다.

"람!"

이예주는 당장 그 장면 속으로 들어갈 듯 내달렸다. 그러나 람을 담은 영상은 그녀가 움직이는 만큼 멀어졌다. 잡히지 않는 남자의 모습을 쫓아 한참을 달렸지만, 끝내 닿을 수 없었다.

"저러다 죽겠어!"

이예주는 거칠게 뒤돌았다. 그토록 뛰었음에도 아이와 제 거리는 변함없었다. 그녀가 비명처럼 외쳤다.

"나 가야 돼!"

"어째서?"

"저 사람을 구해야 하니까!"

다급하게 쏟아 냈지만 검은 안개는 고개를 갸웃거릴 뿐, 그녀의 말을 들어주지 않았다.

"날 돌려보내 줘. 저 때로! 아니, 과거! 그래, 과거로 돌려보내 줘! 람을 구하기 직전으로!"

그때로 간다 해도 다른 방법으로 그를 다치지 않게 할 수 있을까? 순간 의문이 들었지만, 이예주는 그것을 외면했다.

그녀는 한달음에 검은 안개에게 다가가 양어깨를 와락 부여잡았다. 그리고 애원했다.

"넌 보낼 수 있지? 날 과거로 보낼 수 있잖아. 넌 흐름이라며! 날 당장 과거로 보내 줘. 응?!"

"안 돼."

"왜? 엄마는 내가 과거로 갈 수 있다고 했어! 날 보내 줘!"

"지금은 네 능력이 과거를 가리키고 있지 않아. 과거로 가면 너는 죽는걸. 네 능력은 과거나 미래와 상관없이 네 목숨을 살리는 거야. 미래를 포기할 거야?"

"포기할게! 미래든, 목숨이든, 뭐든!"

이예주는 깊이 생각하지 않고 외쳤다. 이미 그를 껴안은 순간부터 포기한 목숨이었다.

두 번은 잃을 수 없었다. 엄마의 죽음 후 겪었던 지옥 같은 삶. 차라리 죽어 버리지, 그런 걸 두 번이나 겪을 수 없었다. 그래서 그녀는 절박하게 소리 질렀다.

"제발 보내 줘!"

"넌 정말 특별해. 인간들은 검은 파편을 경외할 뿐 사랑하는 감정을 느끼지는 않았는데…… 정말 인간들의 신이란 존재가 있다면, 검은 파편을 구원하기 위해 널 보낸 걸까?"

아이는 조용히 중얼거리더니, 불현듯 뒤로 돌았다. 그리고 손 틈새로 빠져나가는 물처럼 허무할 만큼 쉽게 그녀의 손아귀에서 빠져나갔다. 허깨비를 붙든 듯한 느낌이었다.

"저길 봐, 예주야."

검은 안개가 손을 들어 앞을 가리켰다. 그곳에는 폭발하는 동굴 안에 덩그러니 남겨진 '문'과 조롱이가 떠 있었다.

"……조롱이?"

동쪽 대륙에서 죽을 뻔했던 조롱이의 모습이었다. 이예주는 날카롭게 숨을 들이켰다.

"네가 미래를 포기해서 과거로 돌려놓은 것이야. 사실 이거 말고도 몇 개 더 있는데……."

그녀는 검은 안개의 말을 끊고 무작정 물었다.

"어떻게 하는 건데?"

"과거는 지나간 게 아니야. 다른 차원에 있는 것이지."

"그러니까, 그건 어떻게 해야 하는 거냐고!"

이예주는 절망과 희망, 그 어중간한 사이에 걸친 얼굴로 연이어 검은 안개를 다그쳤다. 평범한 아이라면 그런 그녀의 모습에 겁을 먹을 만도 했지만, 그녀의 앞에 서 있는 아이는 그저 무표정하기 그지없었다.

검은 안개가 불쑥 고개를 숙였다.

"네가 여기에 있으면, 네가 과거로 보낸 것은 다른 방향과 다른 과정을 거쳐 다시 네가 있는 이곳까지 오는 거야."

다시 그들 사이로 작은 세상이 떠올랐다. 검지만 한 이예주와 조롱이가 두 개의 네모난 틀 안에 각각 갇힌 채 마주 보고 서 있었다. 그들 사이에 수많은 선이 이어져 있었다. 단순한 직선, 곡선, 물결 모양, 지그재그…….

그것들이 살아 있듯 생동감 있게 울렁거렸다. 그와 동시에 이예주와 조롱이가 갇혀 있는 네모난 틀들이 점점 서로 가까워지다 마침내 하나로 합쳐졌다. 이제 그녀와 조롱이는 하나의 네모난 틀 안에서 나란히 서 있게 되었다.

"너의 모체 에너지가 죽음을 택하지 않고 널 낳아서 네 능력이 각성했을 때를 마주한 것처럼 말이야."

설명을 더한 검은 안개가 고개를 들고 이예주를 분명히 바라보았다.

"너는 이미 많은 미래를 포기해 왔어."

"……."

"우리는 네 능력으로 생긴 차원에 머무를 수 있어서 너에게 항상 고마웠어. 그래서 이번에도 네 죽음을 늦출 거야."

아이는 슬쩍 눈을 내리깔았다. 그 시선의 끝에 피범벅이 된 이예주의 가슴팍이 닿았다. 아무런 감정도 떠오르지 않았던 동공에 일순 안타까움과 비슷한 것이 스쳤다.

"하지만 더는 할 수 없어. 이곳은 수명이 다해 사라지고 있어. 우린 이제 다른 곳으로 가야 돼. 그리고 너는 네 능력이 가리키는 방향대로 미래로 가서 제때 치료받아야 해. 그래야 기회가 생길 테니까."

"그럼…… 그럼 람은?"

이예주는 그들 뒤편의 죽어 가는 람을 흘긋 돌아보며 울먹였다.

"저 사람은 어떡해야 되는데?"

"너는 검은 파편을 사랑해?"

검은 안개가 뜬금없는 것을 물었다. 람을 사랑하느냐고?

이예주는 그간 한 번도 사랑과 같은 감정을 진지하게 고민한 적이 없었다. 그럴 틈이 없었기도 했고, 그저 좋아한다고 말한 것으로 제 모든 감정을 전했다고 생각했다.

하지만 죽어 가는 람의 영상을 바라보자니 언뜻 후회가 들었다. 한 번쯤은 이야기해 줄걸. 감정을 몰라서 제게 재차 묻던 사람인데. 한 번쯤 용기 내서 우리가 하는 게 사랑이라고 이야기해 줄걸.

"……그래."

그녀는 천천히 고개를 끄덕이며 저 또한 미처 생각지 못했던 제 감정을 인지했다.

"난 저 남자를 사랑해."

"검은 파편이 저것이 아니게 되더라도?"

다음 물음에는 바로 답할 수 없었다. 검은 파편이 람이 아니게 되더라도? 그게 무슨 말이야.

이예주는 알쏭달쏭한 검은 안개의 말에 인상을 찌푸리며 되물었다.

"대체 검은 파편이 뭔데?"

그러자 어린 람의 탈을 쓴 검은 안개가 천천히 미소 지었다.

"답은 이미 알고 있잖아."

"그게 무슨……."

"이제 그만 문을 넘어야 돼."

검은 안개가 그녀에게서 시선을 돌렸다.

"어……."

또 다른 영상을 가리키는 건가 싶어 검은 안개를 따라 고개를 돌린 이예주는 눈을 크게 떴다. 그들의 시선 끝에 '문'이 있었다. 너머에 아무것도 비치지 않는 단 하나뿐인 문이.

"가."

검은 안개가 그녀의 등을 밀었다. 그 손길에 엉거주춤 떠밀리자 이예주는 다급히 물었다.

"잠깐! 람에게는 어떻게 가는데! 그건 알려 줘!"

아직 물을 게 많았다. 해결되지 않은 의문점들도 한가득이었다. 그런데 그녀를 미는 힘은 도저히 어린아이의 몸에서 나오는 것이라고 믿기지 않을 만큼 무지막지했다.

게다가 '문' 또한 다가오기 시작했다. 마치 람을 껴안고 대신 창에 찔렸던 순간처럼. 어둠이 거의 다 사라진 공간이 온통 자신을 몰아내는 것 같았다.

"잠깐! 잠깐만 기다려! 아직 물어볼 게 남았어!"

"우리도 이만 서둘러야 돼! 새로운 공간의 주인을 만나러 가야 하거든!"

문이 코앞까지 당도했다. 그 안으로 들어가지 않기 위해 황급히 등을 돌리던 것이 무색하게, 검은 안개가 있는 힘껏 그녀를 떠밀었다.

"안녕! 그동안 정말 고마웠어! 행운을 빌게. 너에게도, 너의 검은 파편에게도!"

아이가 손을 흔들며 작별 인사 했다. 시릴 만큼 환한 빛이 눈앞을 점유했다. 이예주는 마주 인사할 새도 없이 '문' 속으로 빨려 들어갔다.

"헉."

꾹 감고 있던 눈을 번쩍 떴다. 그녀는 더 이상 어둠이 부서져 내리는 '문' 안의 공간에 있지 않았다. 기어이 검은 안개에 떠밀려 미래로 건너온 것이다.

"이게……."

이예주는 더듬더듬 제 몸부터 살폈다. 입고 있던 회색 로브는 여전히 피투성이였다.

"으으."

한 손으로 옷을 들춰 제 가슴팍을 한 번 내려다본 이예주는 몸서리를 쳤다. 피로 물든 구멍 세 개가 선명히 자리했다.

"완전 아프겠다."

그녀는 오만상을 찌푸린 채 중얼거렸다. 하지만 참으로 이상하게도 '문' 밖으로 나왔음에도 고통이 느껴지지 않았다. 게다가.

"왜 피가 더 안 나지?"

아직 굳지 않은 피만 흥건할 뿐, 더 이상 피가 흐르지 않았다. 옷깃을 놓고 상체를 한 번 움직여 봤지만, 여전했다. 고통이 느껴지지도, 피가 흐르지도 않았다.

그러나 가슴에서 무언가가 덜걱거리는 이질감이 느껴졌다. 치유가 된 것은 아니었다.

"……정말 늦췄나 봐."

이예주는 불현듯 깨달았다. 자신의 죽음을 늦추겠다던 검은 안개들. 그 말은 어서 죽기 전에 치료를 받아야 한다는 것이다.

"여기가 어디지?"

고개를 들어 주변을 살폈다. 하늘은 해가 막 저물었는지 어스름했다. 그녀가 있는 곳은 어두컴컴하고 지저분한 골목이었다. 하얗고 네모난 건물 사이로 지저분한 판자 집들이 빼곡했다. 처음 보는 곳이었다.

그녀는 나갈 길을 찾기 위해 몸을 움직였다. 그 순간 문득 손아귀에 걸리적거리는 것이 느껴졌다. 무심코 아래를 본 그녀의 눈이 커졌다.

"삼지창?"

한 손에 제 가슴을 관통했던 삼지창이 들려 있었다. 암경 속에서 검은 안개가 뽑아 제게 건네주었던 것이 생각났다.

그런데 창이 좀 이상했다.

"……검은색이 빠졌어."

온통 시커멓던 칼은 검은색이 사라져 있었다. 민낯을 드러내듯 원래의 쇳덩어리로 돌아간 창은 전과 달리 투박해 보였다. 검은 안개 속이었던 암경을 넘어서 창에 담겨 있던 검은 안개가 사라진 건가?

"하……."

그녀는 난감한 얼굴로 창을 내려다보다 주섬주섬 로브를 들췄다. 이어서 허리춤의 옷자락에 창을 힘껏 꽂았다. 생각보다 천이 억세 힘이 많이 들었지만, 창대의 중간까지 어찌어찌 끼우니 빽빽하게 고정이 되었다.

일을 마치자 마치 장칼을 찬 형상이 되었다. 그녀는 그 위를 로브로 덮었다. 다행히 눈족놈들이 입는 회색 로브는 창을 가릴 수 있을 만큼 충분히 펑퍼짐했다. 그것이 괴물로 변해 가는 역겨운 몸뚱이를 가리기 위함이란 걸, 이제는 잘 알았다.

"피는 어쩌지."

하지만 창은 어찌어찌 가려도 가슴팍의 피범벅은 가릴 방도가 없었다.

"아, 몰라. 일단 여기서 나가자."

이예주는 그냥 포기했다. 누가 왜 그러느냐 물으면 각혈이라도 했다고 하지 뭐.

얼마만큼의 미래를 건넜든 이제 그녀의 목표는 좋으나 싫으나 하나뿐이었다. 스스로를 파괴해 나가고 있는 미친놈을 다시 구하고, 죽기 전에 어서 그놈에게 치료받는 것.

"아오, 내 팔자야……."

그녀는 제 박복한 신세를 한탄했다. 그리고 이내 길을 살피며 후드부터 푹 뒤집어썼다. 걸음을 옮기기 시작하자 '문'을 넘기 전에 다쳤던 오른발이 찌르르 통증을 호소했다.

"진짜 죽음만 멈췄네……."

여전히 부어올라 있는 발목을 내려 보며 그녀는 혼잣말했다. 다행히 그때만큼 거동에 이상이 있을 정도로 아픈 것은 아니었다. 어쩌면 너무 아파 통증에 익숙해진 걸지도.

골목길은 뻥 뚫려 있었다. 지저분해 보였지만 해안 마을처럼 폭 좁은 골목들이 마구잡이로 나 있지는 않았다. 길치에게는 천만다행이었다. 얼마 안 가 이예주는 사람들이 지나다니는 대로변 앞에 도달했다.

"아, 거 빨리 빨리 좀 갑시다!"

"미, 밀지 마시오! 밀지 말라고!"

대로는 수많은 사람들로 가득 차 있었다. 한 남자가 느릿느릿 걸음을 옮기던 제 앞사람의 등을 거세게 밀었다. 밀린 남자가 행렬에서 튕겨져 나와 그녀가 있는 골목 앞에서 휘청거렸다.

이예주는 본능적으로 어둠이 내려앉은 벽 쪽으로 물러서 숨었다.

"에잇, 제기랄!"

다행히도 남자는 그녀를 발견하지 못하고 다시 빠르게 사람들 틈에 끼어들었다. 잠시 드러난 남자의 모습이 비렁뱅이처럼 꾀죄죄했다. 그뿐만이 아니었다. 대로를 걷는 이들 모두가 거적때기 하나로 간신히 몸을 가린 이들뿐이었다.

꽉 들어찬 행렬은 앞을 향해 느릿느릿 전진했다. 때가 잔뜩 껴서 더러운 사람들의 얼굴이 지독한 피로와 알 수 없는 희망으로 뒤섞여 기이하게 번들거렸다.

"이게 무슨……."

그 모습을 바라보던 이예주는 눈살을 찌푸렸다. 대체 무슨 일로 이토록 많은 사람들이 북적이는 걸까. 그때였다.

"꺼져, 이 새끼야!"

문득 들려오는 소란에 그녀의 고개가 휙 돌아갔다. 곧 입에서 탄성과도 같은 신음이 터져 나왔다.

"흐읍……!"

멀지 않은 곳에 활짝 열린 성벽이 보였다. 정확히는 성벽이 아니라 장벽이었다. 외부로부터 눈족 마을을 보호하기 위해서 세웠다던 장벽.

장벽이 열렸을 때를 이예주는 딱 두 번 보았다. 눈족 족장에 의해 신전으로 끌려올 때와 신전에서 쓸모없는 아이들을 배출하듯 내쫓을 때. 그 외엔 굳게 닫혀 있던 장벽이 활짝 열린 채 수많은 사람들을 안으로 들이고 있었다.

"그럼 이곳은……."

이곳은 눈족 마을이란 말인가? 그녀는 그것을 바로 알아볼 수 없었다. 왜냐하면 남쪽 대륙 어딜 가도 발목이 움푹 들어갈 만큼 잔뜩 쌓여 있던 눈이 하나도 없었기 때문이다.

"눈이 왜 하나도……."

"자, 다음!"

그때 장벽 쪽에서 크게 외치는 소리가 들렸다. 활짝 열린 문의 양옆에 총을 든 한 무리의 인간들이 서 있었다. 그들이 누군지 차림새만으로도 알아봤다. 다리족 군인이었다.

"인간님! 제발……!"

털이 달린 귀가 삐죽 솟은 젊은 남성이 그들 중 한 명의 바짓가랑이를 잡고 매달렸다. 퍽— 군인이 그를 거칠게 걷어차며 소리쳤다.

"천한 짐승 새끼가 더러운 손으로 어딜! 신인류 더 이상 안 받는다고 했잖아! 다음!"

그러나 신인류는 개의치 않고 다시 엉금엉금 기어갔다.

"인간님! 제발 부탁드립니다! 제 아내가, 아내가 화상을 입어 많이 아픕니다! 저 일 잘합니다! 노예든 뭐든 될 테니, 제발 받아 주십시오!"

“제길, 꺼지란 말 안 들려?! 구원자님의 하해와 같은 배려로 지금 사람도 간신히 받고 있는 와중인데, 동물 주제에 어딜 기어 들어오려는 거야!”

“인간님! 부디 저희들에게도 아량을……!”

“이봐, 끌어내!”

다리족 인간이 고갯짓을 하자, 그 옆에 기립해 있던 다른 군인들이 재빠르게 달려들어 남자를 거칠게 끌어냈다.

“인간님! 인간님, 제발!”

아내와 함께 장벽 밖으로 끌려가는 신인류가 처절하게 비명을 질렀다. 하지만 그 아무도 그것을 만류하지 않았다. 모두가 차가운 눈으로 그것을 지켜보며 비웃었다. 천한 동물 주제에, 신인류 주제에, 하고.

“다음!”

“저요, 저! 아까부터 기다리고 있었소!”

순서를 기다리던 사람들이 손을 들고 아우성쳤다. 장벽 밖에는 사람들이 벌 떼같이 몰려 있었다. 모두들 장벽 안으로 들어가기 위해 안달이 난 것 같았다.

“이, 이게…….”

그러니까, 지금 사람들이 하나같이 장벽 안 눈족들이 사는 마을로 들어오려고 난리를 부리고 있는 것이다. 다리족은 입구를 막아선 채 그들이 신인류인지 아닌지 검문 중이었고.

“이게 어떻게 된 일이야. 신인류들이 왜…….”

이예주는 제가 보고 있는 것이 믿기지 않았다. 여긴 남쪽 대륙, 그것도 눈족들의 주거지였다. 다른 대륙에 있어야 할 신인류들이 대체 왜 이곳에 있단 말인가.

"내가 대체 어디로 온 거지?"

그녀는 혼란스러운 얼굴로 주변을 다시 둘러보았다. 좀 더 밀도 있게 변했지만, 눈족들이 사는 마을이 틀림없었다.

"이봐, 잠깐!"

그 순간 장벽 앞의 검문소에서는 또 다른 소란이 일었다. 출입이 허용된 한 무리의 사람들 틈에 껴서 종종걸음을 치던 커다란 로브를 입은 이가 군인들에 의해 멈춰 세워졌다.

"너, 수상한데? 로브를 벗어 봐."

"저, 저 인간이에요. 인간 맞아요!"

"로브를 벗어 보라니까? 뭐 해, 벗겨!"

군인들이 그의 양팔을 잡고 펄럭이는 옷자락을 훌렁 들쳤다.

"아가, 뛰어!"

후드가 벗겨진 여자가 소리쳤다. 다른 신인류에 비해 귀가 없어 인간이나 다름없어 보였다. 그러나 옷 아래에서 호랑무늬 꼬리를 가진 아이가 헐레벌떡 나왔다.

"신인류다! 잡아! 죽여!"

놈들이 총을 겨눴지만 아이는 영리하게도 재빠르게 사람들의 다리 사이로 기어 들어갔다. 군인들이 무서운 기세로 그 뒤를 쫓았다.

행렬 속에 뛰어든 아이가 아슬아슬하게 제가 서 있는 골목 앞을 지나치는 순간, 이예주는 불쑥 손을 뻗어 아이를 끌어당겼다.

"흐……!"

"쉿."

기겁하는 아이를 품에 끌어안은 채 이예주는 대로변으로부터 재빨리 등을 돌렸다.

"빌어먹을! 이 쥐새끼 같은 게 어딜 간 거야!"

타다다닥, 간발의 차이로 분주한 발걸음이 골목 앞을 지나쳤다. 허억, 헉. 아이의 입에서 연신 거친 숨이 터져 나왔다.

이예주는 다리족 놈들이 완전히 지나쳐 버린 듯하자 그제야 조심스럽게 몸을 움직였다. '문'을 넘어 도착한 처음의 골목 깊숙이 들어온 후에야 그녀는 비로소 품에 꽉 안고 있던 아이를 놓아주었다.

"괜찮아?"

아이는 빼짝 마르고 더러웠다. 가무잡잡한 피부에서 유일하게 빛나는 두 동공이 두려움에 가득 잠겨 있었다.

"자, 자, 잡아먹을 거예요?"

"뭐? 누굴?"

"저, 저를……."

"내가 널 왜 잡아먹어. 나는 생식하는 취미 없……."

뜬금없는 아이의 말에 대수롭지 않게 답하던 이예주는 아이의 시선이 제 가슴팍에 닿은 것을 확인하고 낭패스러운 표정을 지었다.

"아. 이건, 그러니까……."

우물쭈물 변명을 떠올리던 이예주는 한숨과 함께 진실을 털어놓았다.

"이건 누굴 잡아먹은 것이 아니라, 내가 크게 다쳐서 그런 거야."

"그럼…… 사제님은 저를 왜 도와주셨어요?"

벌벌 떨며 흔들리는 눈동자로 자신을 올려다보는 아이를 보며 이예주는 이마를 짚었다. 피로가 몰려오는 것 같은 기분이었다.

"일단 나는 사제가 아니야."

"하지만 회색은 눈족 인간들이 입는 옷인데……."

아이가 작게 웅얼거렸다. 눈족 인간이 아니라고 해 봤자 쉽게 믿을 눈치가 아니었다.

"내가 널 도와준 건……."

딱히 큰 이유는 없었다. 그저 잡히지 말았으면 해서 도와주었다. 그러나 그녀는 황급히 말을 바꿨다.

"그래, 내가 널 도와준 건 묻고 싶은 게 있어서야."

"무, 무엇을요?"

"신인류들이, 아니 넌 왜 눈족이 사는 곳에 들어가려는 거야? 여긴 위험해. 눈족 인간들이 신인류를 잡아먹는다는 거 몰라?"

"……."

"동쪽 대륙이 아직도 전쟁 중인 거야? 그래서 여기까지 피난 온 거……."

마구 질문을 퍼붓던 이예주는 천천히 말끝을 흐렸다. 자신을 바라보는 아이의 표정이 이상했다. 꼭 괴이한 소리를 듣고 있는 것처럼.

"……동쪽 대륙요?"

"응. 동쪽 대륙. 바다가 있는 곳 말이야."

"동쪽 대륙은 제가 태어났을 때 사라졌어요."

"……뭐?"

이예주는 미간을 찌푸렸다. 동쪽 대륙은 도망친 저로 인해 반쯤 붕괴되었다가 람이 다시 복구하지 않았나.

"무슨 소리야? 동쪽 대륙이 사라지다니. 네 주인이…… 네 주인이 분명 동쪽 대륙을 다시 복구해 뒀다고 했어."

"주인이요?"

아이가 아리송한 얼굴을 했다. 그녀가 말한 '주인'을 못 알아들은 듯 아이는 더듬거리며 말을 이었다.

"어, 엄마가 말해 줬어요. 제가 태어날 때쯤 동쪽 대륙에 용암이 덮쳐서 우리 가족은 사막을 건너 북쪽 대륙으로 향했다고요. 하지만 북쪽 대륙도 이미 용암이 덮쳐 사라진 상태였대요. 북쪽에서 내려온 신인류들과 마주친 우리는 어쩔 수 없이 인간들이 사는 남쪽 대륙으로 온 거예요."

"그게……."

"이제 남아 있는 땅은 여기밖에 없어요. 그런데 남쪽 대륙도 용암이 덮쳐서 사라지고 있어요. 밖은 온통 불바다에요."

아이가 얕게 헐떡였다.

"다른 곳은 다 불타 없어졌어요. 구원자님이 계신 눈족들이 사는 여기만 멀쩡해요."

"……구원자?"

이예주는 일순 멍해졌다. 구원자는 자신의 칭호였다. 시간족들이 저들 좋을 대로 마구 불러 대던 것인데. 그런데 그게 왜.

"그게 누군데?"

"눈족들의 대사제님이요."

"……대사제?"

"검은 파편을 소멸시킨 구원자님이요!"

아이가 답답하다는 듯 가슴을 치며 소리쳤다. 이예주는 백치처럼 그저 아이의 말을 따라했다.

"소멸……?"

"구원자님께서 곧 남아 있는 검은 파편의 잔해까지 소멸시키겠다고 장벽 문을 열었어요. 용암이 코앞까지 들이닥쳐서 다들 그 소문만 믿고 온 건데. 인간들만 들여보내 준다고……."

그녀는 도저히 아이의 말을 이해할 수 없었다. 구원자가 어째서 눈족의 대사제가 된 건지. 대사제라면 쟈니아 그 아줌마가 아닌가.

"검은 파편이 소멸했다고?"

꼭 백일몽을 꾼 것 같았다. 이예주의 얼굴이 삽시간에 희게 질렸다. 검은 파편이 소멸했다면…… 그럼 람이 죽었다는 건데.

"그럴 리 없는데."

람이 죽을 리 없잖아. 그녀가 정신 나간 사람처럼 중얼거리자 아이가 흠칫거렸다.

문득 아이의 말이 뇌리를 스쳤다. 제가 태어났을 때쯤 동쪽 대륙이 사라졌다고. 이예주는 벼락처럼 달려들어 아이의 양어깨를 잡았다.

"너, 너 몇 살이야?"

"네, 네?"

"너 몇 살이냐고!"

갑작스레 눈을 희번덕거리는 여자의 모습에 아이가 겁을 먹고 움츠러들었다. 그러나 이예주는 개의치 않고 다그쳤다.

"여, 열 살이에요."

"말도 안 돼."

태어날 때쯤 동쪽 대륙이 사라졌다. 아이가 말한 검은 파편의 소멸이 그때부터 시작된 거라면.

"그럼 나는…… 나는 10년을 뛰어넘은 거잖아?"

10년. 이예주는 새된 목소리로 중얼거렸다. 그러다 허탈하게 웃으며 고개를 저었다.

아니야, 그럴 리 없다. 람이 소멸되었을 리도, 그를 두고 '문'에 삼켜진 제가 10년이나 넘었을 리도 없다. 그런 일이 일어날 리가…….

그녀는 현실을 부정하듯 아이에게 물었다.

"검은 파편의 잔해는 뭐야? 그건 어디 있어?"

"저도 잘…… 아, 아마 구원자님이 계신 시, 신전에 있지 않을까요?"

"신전."

음산하게 뇌까리며 이예주는 고개를 끄덕였다.

"자, 잡아먹을 게 아니라면 저 이제 갈래요. 먼저 장벽 안으로 들어간 아버지를 찾아야 해서……."

아이가 그녀의 눈치를 보며 잡힌 어깨를 빼내기 위해 버둥거렸다. 때마침 손에 힘이 빠진 찰나이기에 이예주는 잡고 있던 아이를 금방 놓쳐 버렸다.

아이는 슬금슬금 그녀에게서 멀어지다 이내 등을 돌려 후다닥 골목을 빠져나갔다.

"조심해."

그 뒤에 대고 안녕을 빌었지만, 돌아오는 답은 없었다. 이예주는 아이를 잡느라 숙였던 허리를 폈다.

"신전에 가야 해."

그녀는 아득한 눈으로 아이가 빠져나간 골목을 바라보았다. 어두운 골목 밖은 여전히 사람으로 가득 차 분주하기 그지없었다. 얼마 안 가 그녀 또한 그 틈바구니 사이에 끼어들었다. 후드를 푹 눌러쓴 그녀의 모습은 쉽게 행렬에 묻혀 사라졌다.

이예주는 포화 상태의 사람들에 치여 신전으로 가는 길을 걸었다. 느릿느릿 행진하고 멈추기를 반복하던 행렬은 얼마 후 완전히 멈췄다. 까치발을 들고 앞을 바라보자, 신전으로 올라가는 높다란 계단에 다리족 놈들이 진을 치고 서서 더 이상의 진입을 막고 있었다.

'저길 어떻게 뚫고 올라가지.'

그런 생각을 할 즈음이었다.

"구원자님이다!"

불현듯 누군가 손가락질을 하며 외쳤다.

"구원자님! 아아, 구원자님!"

그 소리에 사람들이 갑작스레 바닥에 엎드리며 울부짖기 시작했다. 이예주는 반사적으로 앞을 바라보았다. 계단 끝에 회색 로브를 입은, 찬란한 금발이 나타났다.

"……아직도 안 죽었다니."

악을 쓰듯 구원자를 부르짖는 사람들 틈에서 이예주가 공허하게 중얼거렸다. 분명 그때 죽었을 줄 알았다. 눈을 뜬 람이 가만두지 않았을 텐데.

하지만 쟈니아는 죽지 않은 것은 물론이고 눌러썼던 후드마저 벗은 채 당당하게 뒤통수를 내보였다. 여자를 올려다보는 이예주의 동공이 점차 확대됐다.

……그럼 족장은?

"아이고, 구원자님! 구원자님, 여기! 여기를 봐 주십쇼!"

하나둘 절을 하는 사람들이 늘어나자 시야 확보가 수월해졌다. 하지만 이예주는 되레 당황했다. 주변 인간들이 모두 엎드린 탓에 이대로 가다간 저만 홀로 우뚝 선 꼴이 될 것 같았기 때문이다. 그녀는 어쩔 수 없이 적당히 상체를 수그렸다.

"여신의 가호가 함께하기를."

사람들의 환호성과 함께 여자는 나지막이 입을 열었다. 수런거리던 거리가 시간을 두고 차근히 잦아들었다. 주위가 쥐 죽은 듯이 조용해지자 쟈니아가 다시 지껄였다.

"10년 전, 족장님의 희생으로 우리는 검은 파편을 소멸시켰습니다."

머리맡으로 내려오는 나지막한 목소리에 이예주의 가슴이 덜컥 내려앉았다. 아까 전 신인류 아이의 말과 일치하는 기간이었다.

"하지만 완전한 소멸은 아니었지요. 질기고 질긴 놈은 죽기 전 끝끝내 악의 씨앗을 인간 세상에 남겨 두었고, 1000년 전 세기말 용암 대폭발에 이어 또다시 대재앙을 초래했습니다."

내가 지금 꿈을 꾸고 있는 건가? 분명 이예주도 잘 아는 목소리였다. 그러나 귓속에 파고드는 여자의 말은 좀체 납득하기 어려웠다.

람이 소멸했다고? 그럴 리 없잖아. 람이 어떻게…….

"그간 악의 씨앗은 알 수 없는 피막에 쌓여 있어 외부의 공격이 전혀 먹혀들지 않았습니다. 하지만 이젠 때가 왔어요."

무미건조했던 여자의 목소리에 힘이 실렸다.

"얼마 전, 드디어 놈이 피막을 찢고 나타났습니다. 모두 고개를 들어 보십시오!"

사람들이 웅성거리며 몸을 일으켰다. 이예주는 제 앞에 켜켜이 있는 인간들이 먼저 몸을 일으키길 기다렸다가 상체를 들었다.

"아, 아니! 저게……!"

사람들이 계단 위를 보며 경악했다. 쩔그럭! 쇠사슬 소리가 들렸다. 계단으로 고개를 돌린 이예주의 눈에 비친 것은, 거칠게 사슬을 끌며 쟈니아 옆으로 다가온 다리족 군인이었다.

놈이 마구잡이로 잡아끄는 사슬 끝에 10살 남짓한 아이가 있었다. 얇은 목에 두꺼운 족쇄가 채워져 있는.

이예주는 멍하니 쟈니아의 옆까지 짐승처럼 질질 끌려온 아이를 바라보았다.

"일어나, 이 새끼야!"

힘없이 널브러진 아이를 군인들이 마구 걷어찼다. 그럼에도 좀체 반응이 없자 한 명이 기다란 장대로 아이를 들쑤셨다. 작은 몸을 일으킨 아이는 쟈니아의 옆에 무릎을 꿇고 앉은 형상이 되었다.

"……검은 안개?"

10살 남짓의 앳된 얼굴, 검은 머리카락, 검은색 동공. 방금 전 이예주가 '문' 안에서 줄기차게 이야기하고 온 이의 모습과 똑같았다.

그러나 같은 검은색임에도 초점을 잃은 채 허공을 응시하는 텅 빈 동공이 어딘가 이질적이었다.

"……람?"

이예주는 다리족들의 비행선에서 보았던 1000년 전의 람을 떠올렸다. 기괴한 살덩어리를 찢고 태어난 어린 람.

쟈니아 옆의 아이와 그 기억을 겹쳐 보니 확신이 들었다. 저것은 검은 안개가 아니었다.

"람."

그때였다.

"저 쳐죽일 새끼!"

이예주보다 앞쪽에 있던 사람들 중 한 명이 아이 쪽을 삿대질하며 욕지거리를 했다. 그것이 필두였다.

"저 새끼 때문에 우리가 이런 꼴을 당했어!"

"망할 놈! 왜 아직도 살아 있어서는!"

"10년 전에 죽지 않고, 왜 또!"

사람들이 너도나도 어린아이를 향해 욕설을 내뱉었다. 이예주는 눈을 휘둥그레 뜬 채 주위를 둘러보았다. 아이를 올려다보는 눈들이 하나같이 살기에 가득 차 있었다.

"어서 저놈을 죽입시다!"

"죽입시다! 죽여요!"

"구원자님! 검은 파편을 죽이고, 우리를 구원하소서!"

"죽이자! 죽이자!"

한두 명의 외침이 곧이어 군중의 구호로 바뀌었다. 장내가 순식간에 흉흉한 기운으로 물들었다. 이예주는 끔찍한 구호를 외치는 사람들을 둘러보며 거칠게 숨을 헐떡였다.

이와 같은 일을 그녀는 바로 전에 겪고 왔다. 잘못된 울분, 광기에 가득 찬 인간들. 그 끝에서 마침내 괴물이 꺼내 든 창.

"와아아아—!"

쟈니아가 높이 쳐든 삼지창을 보고 사람들이 열광했다. 이예주의 허리춤에 꽂혀 있는 것과 똑같은 모양새였다.

"안 돼."

이예주는 입술을 달싹였다. 제발, 제발 그만해. 그만 좀…….

그녀는 무의식적으로 사람들 사이를 마구 헤쳐 나가기 시작했다. 하지만 광분한 사람들을 밀고 나가는 것은 이전보다 훨씬 더 힘들었다.

"그만!"

제발 좀 그만해! 그녀는 비명처럼 외쳤다. 기껏 '문'을 넘었더니 또다시 람의 죽음과 마주해야 한다는 사실이 믿기지 않았다. 울음이 쏟아질 것 같았다.

"대재앙의 마지막 순간, 검은 파편의 곁에 있는 인간 여자."

퍽, 사람들의 어깨를 거칠게 쳐 냈다.

"이봐!"

밀쳐진 인간들이 그녀를 사납게 노려보았지만 신경 쓰지 않았다. 그저 맨 앞으로 가야 한다는 것 말고는 아무 생각도 들지 않았다.

"죽여라! 죽여라!"

"검은 파편을 소멸하여……."

성난 군중 사이로 쟈니아의 목소리가 울려 퍼졌다.

이예주는 이를 악물었다. 그녀가 있는 곳에서부터 제일 앞줄까지 도달하는 길은 아직도 까마득했다. 게다가 앞으로 간다 하더라도, 다리족 놈들이 이중으로 서서 계단을 막아선 상태였다.

"제발, 제발!"

잇새로 울음이 새어 나왔다. 남자는 제 목숨이었다. 검은 안개는 제때 치료받지 못하면 그녀가 죽을 것이라 했다.

나보고 어쩌라고! 대체 어쩌라고!

"모든 인간들을 지옥 불에서 구원하고 신이라 불리리라."

채 가까운 곳에 가지도 못했는데, 삼지창이 어린 람 위로 자비 없이 내리꽂혔다. 푸욱— 섬뜩한 소리가 울려 퍼졌다. 그와 함께 이예주의 발걸음도 우뚝 멈췄다.

"와아아아! 구원자님! 아아, 구원자님!"

우레와 같은 함성 소리가 거리가 떠나가라 터져 나왔다. 이예주 혼자만이 가만히 서서 계단 위를 망연히 바라보고 있었다.

눈족들이 다시 만든 검은색 삼지창이 아이의 가슴팍 한가운데를 정확히 관통했다.

"아……."

그 처참한 모습을 보며 인간들은 서로를 얼싸안고 기뻐했다.

이예주는 어린 람을 놓치지 않겠다는 듯 눈을 부릅뜨고 바라보았다. 아이는 창에 찔린 처참한 모습으로 힘없이 눈을 감았다. 하지만 그녀가 창에 찔렸을 때처럼 가슴팍과 입 주변으로 피가 흘러내리지는 않았다.

누구나 날카로운 것에 가슴이 관통당하면 피를 흘리며 죽는다. 그러나 처음 무릎 꿇린 자세 그대로, 아이는 피를 흘리지도, 쓰러져 마지막 숨을 헐떡이지도 않은 채 꼿꼿이 앉아 있었다.

"……뭐, 뭐지?"

흥분으로 점철되었던 군중이 서서히 이상을 감지했다.

"뭐, 뭐야. 왜 안 죽는 거야."

앞에서부터 시작된 술렁임이 순식간에 뒤쪽까지 전파되었다. 죽지 않는 아이의 모습에 쟈니아는 무척 당황했다.

숙덕거림이 더욱 커졌다. 그 순간이었다. 지그시 눈을 감고 있던 아이가 반짝 눈을 떴다.

수많은 인간들 가운데 하나, 게다가 후드를 깊숙이 눌러쓴 채 앞쪽도 아닌 중간에 어중간히 낀 상황인데.

"어……."

이예주는 그 순간, 아이와 정면으로 눈이 마주쳤다는 생각이 들었다.

"해, 해산! 그만 해산!"

갑작스레 다리족 놈들이 나서서 시야를 가렸다. 그리고 술렁이는 군중을 빠르게 해산시켰다. 놈들의 틈새로 쟈니아가 아이를 끌고 도망치듯 신전 쪽으로 사라지는 것이 보였다.

꺼멓게 죽었던 이예주의 눈에 다시 이채가 돌았다. 람은 죽지 않았다.

검은 안개의 말처럼 기회가 생겼다. 람을 구하고, 자신의 목숨도 구할 수 있는 기회.

사람들은 해산하지 못했다. 당연했다. 장벽 안 눈족들의 주거지는 이미 포화 상태였다.

북한처럼 일정한 간격으로 똑같이 세워진 하얀색의 사각 집들 사이로 판자를 대충 덧대 세운 오두막 안에 사람들이 빼곡하게 들어찼다. 그도 모자라 오늘 어린 람을 죽이려는 쇼를 보여 주기 위해 장벽을 열고 수용한 인간들이 거리에 넘쳐 났다. 대로변은 여전히 도떼기시장처럼 북적였다.

신전으로 가는 계단은 군인들이 삼엄하게 지키고 서서 오를 수 없었다. 이예주는 계단 근처 골목에 선 채 때를 기다렸다.

하루는 족히 거리에 죽치고 있어야 하나 걱정하던 것이 무색하게 '때'는 금방 찾아왔다.

"비키시오! 길을 비키시오!"

장벽이 있는 먼 곳에서부터 소란이 일었다.

"비키시오! 비키란 말 안 들려? 깔려 죽기 싫으면 어서 일어나라고!"

사람들이 이목이 그쪽으로 쏠렸다. 이예주 또한 마찬가지였다. 멀리서 한 무리의 인간들이 커다란 수레를 끌고 계단이 있는 곳까지 가까워지고 있었다.

이예주의 눈이 커다래졌다. 쟈니아를 제외하고 온통 다리족들만 점령하고 있는 줄 알았던 눈족 땅에서 처음 보는 회색 로브 차림새들이었다.

제 앞을 지나치는 수레에 비켜서던 그녀의 얼굴이 문득 딱딱하게 굳었다. 수레를 끄는 이들은 모두, 인간이 아니라 귀와 꼬리가 달린 신인류들이었기 때문이다.

"신원."

"철을 구하러 장벽 밖에 나갔다 온 대장장이 1분대요."

가장 선두에 서 있던 회색 로브의 신원을 확인하자 다리족 군인이 무전기를 꺼내 무전을 쳤다. 그러자 얼마 후 위에서 자루를 든 한 무리가 달려 나왔다.

다른 곳들에 비해 한산하던 계단 앞이 순식간에 번잡스러워졌다. 계단 위로 수레를 끌고 올라갈 수 없으니, 구해 온 철을 자루에 담아 옮기려는 것 같았다. 하지만 그런 이들조차 모두 신인류였다. 그를 지켜보던 이예주의 표정이 흐려졌다.

회색 로브를 입고 있는 인간들이 내려오는 신인류들에게 자리를 내주며 한쪽으로 비켜섰다. 공교롭게도 이예주가 숨죽이고 있는 방향이었다.

그들은 신인류들에게 지시를 내리는 듯하더니 이내 계단을 오를 채비를 했다. 그녀는 그 틈을 놓치지 않고 조용히 무리의 뒤에 바짝 붙어 섰다.

과연 대장장이들이란 확인이 끝나서인지 다리족이 쉽게 길을 터주었다. 회색 로브 일행은 일렬로 서서 간단한 검문을 받았다.

제 차례가 다가오자 이예주는 고개를 더 깊게 숙였다. 같은 로브 차림임에도 들킬까 봐 입이 바짝바짝 말랐다. 그리고 마침내 그녀가 다리족 군인들 사이를 막 통과하려던 순간이었다.

"잠깐."

군인 중 한 명이 이예주의 앞을 막아섰다. 흐읍, 로브 속에 감춰져 있는 그녀의 어깨가 들썩였다.

"당신."

남자가 총구로 이예주의 가슴팍을 가리켰다. 이예주는 마른침을 꿀꺽 삼켰다.

아뿔싸, 눈족에게 붙어 들어가는 것만 신경 쓰느라 미처 생각 못 했다. 제 가슴팍이 온통 피범벅이란 사실을.

'어떡하지?'

그녀는 질끈 눈을 감았다. 수만 가지 생각이 감긴 눈앞을 스쳐 지나가던 그 순간.

"일하는 중 먹이를 먹고 온 건가?"

군인 놈이 낄낄 웃으며 지껄였다. 눈을 뜨자 놈들이 모두 웃음기 가득한 얼굴로 그녀를 바라보고 있었다.

"장벽 밖에 신인류들이 득실거릴 텐데 사람 참…… 맛은 좋았소?"

놈이 음흉하게 물었다. 이예주는 무슨 말인지 몰라 그저 고개를 주억거리기만 했다.

"다음엔 나도 한번 쫓아가야겠어! 놈들 앞에서 산 채로 뜯어 먹는 맛이 어떤지 궁금하구먼!"

놈이 껄껄 웃으며 총구를 치웠다. 주변에 왁자지껄한 웃음이 전염됐다. 이예주는 얼떨떨한 상태로 다리족들의 경계선을 지났다.

다른 대장장이들의 뒤를 따라 신전으로 향하는 계단을 오르는 동안 새하얗게 변했던 머릿속이 차차 맑아졌다. 너무 긴장한 탓에 군인이 무슨 말을 지껄였는지도 알아듣지 못했는데, 이제야 놈들이 제 가슴팍을 보며 웃었던 이유를 알 것 같았다.

놈들은 그녀의 로브가 피투성이인 것이 신인류를 뜯어 먹었기 때문이라고 착각한 것이다. 눈족들은 괴물로 변하지 않기 위해 '먹이'를 주기적으로 먹어야 하니까…….

"우욱."

헛구역질이 일어나 이예주는 황급히 손으로 입가를 가렸다.

얼마 후, 계단을 모두 오르자 거대한 신전의 모습이 보였다.

"아……."

이예주는 신전 입구를 보고 작게 침음했다. 분명 '문'을 넘기 전에는 다 부서지고 쓰러져 엉망진창이던 기둥과 기단이 감쪽같이 복원되어 있었다.

람은 하루 이틀로는 절대 고칠 수 없을 만큼 신전을 파괴했다. 그녀는 또다시 제가 꽤 긴 시간을 넘어 미래로 왔다는 것을 체감했다.

신전의 앞뜰은 계단 아래와는 달리 한산했다. 다리족 놈들도 보이지 않았다. 포화 상태인 인간들을 통제하는 데 전력 대부분이 투입되어 그런 것 같았다.

"2팀은 보고 후 해산!"

이예주가 뒤따른 무리는 선두에 섰던 대장장이의 지시하에 다시 두 갈래로 나누어졌다. 한 무리의 인간들은 신전 입구 쪽으로, 또 다른 무리는 오른편으로 방향을 틀었다.

이예주는 흩어지는 인간들의 뒤편에서 우왕좌왕했다. 당장 신전 안으로 들어가 람이 아직도 그 황금 의자에 있는지 확인하고 싶었다. 그러나 아까 전 쟈니아가 어린 람에게 창을 내리꽂는 것을 똑똑히 보았지 않은가. 그녀가 기억하는 람은 더 이상 거기에 있을 것 같지 않았다.

입구의 기둥 사이로 보이는 신전 안은 무척 밝았다. 해가 저물어 시야가 어둑했기에 지금 이렇게 눈족들 사이에 껴 있는 것이 가능했지, 밝은 곳에 있다간 금방 정체를 들킬지 모른다.

짧은 사이 수없이 갈등하던 이예주는 가까스로 늦지 않게 신전의 오른편으로 가는 일행 뒤에 붙어 섰다. 그들이 향하는 방향이 신전 뒤뜰로 가는 방향과 일치했다. 대장간이 있던 탑의 지하, 그쪽으로 가는 것일지 모른다.

다행히 그녀의 예상은 적중했다. 그녀가 뒤따른 무리는 신전의 외벽을 돌아 뒤뜰로 곧장 향했다.

'문'을 넘어 오기 전에도 그러했지만 무너진 옛 신전 터로 가는 쇠창살 앞을 다리족 몇 명이 지키고 서 있었다. 그러나 이미 계단 밑에서부터 검문을 철저히 하여 그런지 깊게 눌러쓴 후드가 걷히는 일 없이 수월하게 철문을 지나칠 수 있었다.

아니, 어쩌면 탑에 오가는 길을 철저하게 검문할 필요가 없어졌을지도 모른다.

신인류는 이제 철저한 약자였다. 그들의 주인인 검은 파편은 어린 모습으로 변해 이미 놈들의 수중에 있는 상태고, 자신은 10년 전에 창에 맞아 죽은 사람일 테니.

"서두르게들."

선두에 선 인간이 뒤를 흘깃 돌아보며 한마디 했다. 이예주는 적당히 걸음을 늦추다가 이내 소리 소문 없이 옆으로 빠졌다. 아까보다 일행이 줄었기에 누군가가 이물질이 끼어 있다는 것을 눈치챌지도 몰랐기 때문이다.

그녀는 길에서 벗어나 나무와 풀숲 사이에 몸을 숨기고 걸었다. 해가 완전히 저문 숲은 온통 어둠에 휩싸여 있었다. 하지만 눈족 놈들을 일정한 간격을 두고 따르는 데는 별 어려움이 없었다.

'눈이…….'

지금의 숲은 그녀가 기억하는 숲과는 많이 달랐다. 나무를 많이 베어 낸 건지 빽빽하던 정경은 한눈에 보아도 듬성듬성 비어 있었다. 그리고 결정적으로, 소복하게 쌓여 있던 눈이 없었다. 다 녹아내린 듯 진흙이 진 땅바닥만 있을 뿐.

대체 그사이 무슨 일이 일어난 걸까.

지나온 신전과는 달리 옛 신전 터는 분주했다. 그녀가 따라온 눈족 무리는 도달하자마자 서둘러 탑 쪽으로 사라졌다.

이예주는 그들 틈에 다시 합류하지 못했다. 숲을 나오려던 찰나 무거운 수레를 끄는 신인류들이 느릿느릿 지나갔기 때문이다.

"하……."

별수 없이 좀 더 기다렸다 때를 봐서 몰래 진입해야 했다. 이예주는 깊은 한숨을 쉬며 풀숲 뒤에 몸을 숨겼다.

신인류들은 끊임없이 짐들을 탑으로 옮겼다. 다리족 인간들 몇이 그 사이를 익숙하다는 듯 걸어 다녔다.

무너진 옛 신전 터는 부서진 채 오랫동안 방치되었던 건물의 잔해들이 거의 없어지고 처음 보는 건물 몇 채가 들어서 있었다. 다리족 놈들이 쓰는 초소 같아 보였다.

"……어?"

초조하게 밖을 살피던 이예주는 불현듯 눈에 띄는 차이점을 한 가지를 발견했다.

1000년 전, 검은 파편이 잠들어 있는 내핵으로 가기 위해 인간들이 뚫어 놓은 구멍. 그녀가 갇혀 있었던 까마득한 그 구덩이를 야광봉을 든 다리족 인간들이 기어오르고 있었다. 그녀의 눈이 휘둥그레졌다.

"신병, 어땠나? 1000년 전 인류의 위대한 업적을 직접 보고 온 느낌이?"

"어, 엄청 깊었습니다! 과연, 병장님의 말씀처럼 깊고 대단했습니다!"

"하하! 새끼, 안 믿더니. 내가 10년 전에 비행선에서 영상으로 똑똑히 보았다니까 그러네!"

위에 있던 군인 한 명인 올라온 두 명의 어깨를 격려하듯 툭툭 치며 말했다.

"이 세계에서 가장 높은 산 정상까지 용암이 덮치지만 않았어도, 네놈들도 Core1이 얼마나 대단했는지 볼 수 있었을 텐데…… 안타깝군."

"저도 안타깝습니다!"

상관이 흡족하다는 듯 웃다가 불쑥 물었다.

"그래. 일은 잘 마치고 왔나? 단단히 고정해 두고 왔겠지?"

"네, 물론입니다! 놈이 전혀 반항하지 않아서 수, 수월했습니다!"

"그래도 방심은 절대 금물이다! 놈이 1000년 전에 인간을 어떻게 멸종시키려 들었는지 내가 수차례 말했지? 우리의 손에 인류의 사명이 달렸다. 둘 다 목숨을 걸고 이곳을 지키도록! 알겠나?"

"네! 목숨 걸고 지키겠습니다!"

두 병사가 기합이 바짝 든 채 답했다. 그런 둘을 뒤로하고 더 높은 계급의 군인은 계단을 내려왔다. 그리고 무너진 신전 터의 외곽에 지어진 초소 안으로 들어갔다. 남은 두 명은 서로 멀어져 각각 자리를 잡고 거대한 터널 주변을 지켰다.

"저기에……."

바보가 아닌 이상 모를 수 없었다. 저곳에 아까 보았던 어린 람이 갇혀 있다는 것을.

브레든과 함께 갇혀 있었을 때는 구덩이 중간에 탑의 지하 공간과 이어진 문이 있었다. 그래서 사슬에 매달아 던지는 무식한 방법으로 인질을 가둬 두었었는데, 지금은 까마득한 아래까지 내려갈 수 있는 수단을 새로 만든 것 같았다.

"하, 그래도 다행이야."

분명 얼마 전 피막을 뚫고 태어났다 그랬다. 이예주는 여려 보이던 어린 람의 발목이 저와 같이 크게 다치지 않았다는 사실에 바보처럼 웃었다. 울 것처럼 일그러진 얼굴은 다행히 어둠에 가려졌다.

"내가 다시 구해 줄게요."

다리족 인간 두 명이 지키고 선 구덩이 입구를 예의 주시하며 그녀가 속삭였다. 어떤 형태로든 살아 있으면 그걸로 됐다. 어떻게 해서든 다시 구하면 되니까.

기다려요, 람. 차갑게 식은 손끝을 애써 다잡으며 이예주는 다짐했다.

그녀는 숲속에 숨죽인 채 몇 시간을 기다렸다. 그러는 사이 밤이 깊어졌다. 부산스럽게 돌아다니던 인간과 신인류들의 그림자도 점점 자취를 감췄다. 이제 신전 터에 들리는 인기척이라고는 보초를 서는 다리족 군인들과 드물게 탑에서 나와 신전으로 가는 회색 로브 한두 명뿐이었다.

이예주는 보초를 서는 다리족의 자세가 시시각각 느슨해지는 것을 계속 지켜보았다. 기회를 엿보기 위해서였다.

"하—암."

때마침 대충 짝다리를 짚고 서 있던 다리족 한 명이 찢어지게 하품을 했다.

"야, 나 못 참겠다. 1시간만 눈 좀 붙이고 올 테니까 보초 똑바로 서고 있어라."

"예! 다녀오십쇼!"

선임인 듯한 놈이 다른 한 명을 툭 치며 계단을 내려왔다. 그리고 꽤 떨어진 초소 쪽으로 사라졌다.

혼자 남은 다리족 군인을 바라보고 있던 이예주의 눈에 빛이 돌았다. 비록 총을 들고 있지만, 저놈만 어떻게 처리하면 기회가 생길지 모른다. 그러나 놈은 선임이 하고 간 말 탓인지 느슨해졌던 자세를 바로잡고 처음처럼 경계했다.

이예주는 도로 숨죽였다. 놈이 다시 경계를 늦추고 흐트러졌을 때, 그때를 노려야 한다.

지루한 침묵이 찾아왔다. 눈을 붙이러 간 놈이 말한 1시간보다 더 오랜 시간이 지났다는 생각이 들 때였다. 하나 남은 놈이 선 채로 꾸벅꾸벅 졸기 시작했다.

이예주는 하늘을 올려다보았다. 희미하게 빛나는 달 주변으로 어스름한 구름이 지나갔다. 자정이 넘은 것 같았다. 더 이상 탑에서 기어 나오는 눈족 인간도 존재하지 않았다.

그녀는 조심스럽게 수풀 뒤에서 몸을 일으켰다. 눈이 없는 것은 오히려 다행이었다. 발을 옮길 때마다 눈 밟는 소리가 울려 퍼지지 않았기 때문이다. 발에 치이는 건물 잔해조차 없어서 그녀는 빠르게 구덩이 입구로 올라가는 계단까지 도달했다. 그리고 누군가에게 들킬세라 허겁지겁 계단을 올랐다.

"으음……."

층계 끄트머리에 올라섰을 무렵, 하나 남은 다리족 인간은 반쯤 무너진 기둥에 몸을 기댄 채 잠꼬대를 하고 있었다. 흔들리는 상체가 구덩이 속으로 떨어질 듯 말듯 아슬아슬했다.

'다른 놈이 오기 전에 빨리.'

이예주는 곧장 아까 전 놈들이 빠져나온 지점으로 이동했다. 졸고 있는 보초병의 앞을 지날 때는 너무 떨려서 오금이 다 저릴 정도였다. 숨까지 참으며 걸음을 옮긴 결과, 다행히 놈을 깨우지 않고 목표한 곳에 도착할 수 있었다.

슬쩍 아래를 내려다보았다. 다시 마주한 구덩이 속이 까마득했다. 훤한 대낮에 보았을 때도 그 끝이 보이지 않을 만큼 깊었는데, 밤에 보니 꼭 괴물의 식도를 내려다보는 것 같았다.

그녀는 한숨을 삼키며 내려가는 방법을 확보했다. 발치 앞 벽에 사다리가 붙어 있었다. 다리족의 비행선을 탈출할 때 환풍구에 달려 있던 것과 비슷한 모양의 쇠사다리였다.

"음냐, 음……."

이예주는 입을 쩝쩝대는 보초병의 눈치를 보며 살며시 아래로 발을 내렸다. 죽을 둥 살 둥 빠져 나온 곳을 다시 제 발로 기어 들어가야 한다니, 정말이지 끔찍하게만 느껴졌다. 게다가 자신은 이 구덩이 밑바닥이 얼마나 깊은지 이미 알고 있지 않은가.

고소공포증으로 눈앞이 아득해지고 종아리에 경련이 일었다. 하지만 서둘러야 했다. 어린 람을 다시 데리고 올 때까지 보초병이 졸고 있을 거란 보장이 없었다.

이예주는 이를 악물고 사다리를 타기 시작했다. 얼마 안 가 구덩이 위에는 꾸벅꾸벅 졸고 있는 다리족 한 명만이 남겨졌다.

"허억, 허억."

그녀는 컴컴한 어둠 속에서 정신없이 몸을 내렸다. 빛이 없어서 차라리 다행이었다. 자신이 얼마나 높은 곳에 매달려 있는지, 안전장치 하나 없이 얼마나 무모한 짓거리를 하고 있는지 제 눈으로 확인하지 않아도 되니까.

"하아. 이제 곧이야, 곧."

사다리를 타고 끝없이 아래로 내려가며 이예주는 계속해서 자신을 세뇌했다. 확실히 시야가 컴컴하니 없던 용기가 생겼다.

그렇게 얼마나 내려왔을까. 흘깃 아래를 내려다보자 희미한 빛이 보였다.

"빛!"

한 번 구덩이 밑바닥에 처박힌 적 있는 그녀는 그것이 뭔지 잘 알았다. 더러운 쓰레기들 사이에 섞여 있는 야광 물질에서 나오는 빛이었다. 드디어 구덩이의 바닥에 거의 다 도달한 것이다.

이예주의 움직임이 다급해졌다. 희미하기만 하던 빛은 아래로 내려갈수록 점점 밝아졌다. 이윽고 그녀는 사다리의 마지막 발판을 밟고 폴짝 아래로 뛰어내렸다.

"람!"

애써 찾을 것도 없었다. 밑바닥에 처박힌 수많은 더러운 것들, 그 중 가장 깊숙한 곳에 힘없이 늘어져 있는 작은 몸이 보였다. 이예주는 미친 듯이 그곳으로 달려갔다.

"람! 람, 괜찮아요?"

혼절한 듯 눈을 감은 아이의 상태는 생각보다 심각했다. 벌거벗은 몸은 무척 가냘프고 지저분했다. 그나마 다행인 점은 아까 쟈니아에게 창으로 꿰뚫렸던 상처가 자국 하나 남지 않은 채 사라져 있다는 것뿐.

"흐……."

얼마나, 얼마나 에너지를 많이 소비했으면 다시 1000년 전과 같은 모습으로 돌아간 걸까.

연약한 어린아이의 외형으로 변한 남자의 모습에 가슴이 찢어지는 것 같았다. 이제야 좀 실감이 났다. '문'을 넘기 전, 자신은 결국 람을 구해 내지 못한 것이다.

"내가 왔어요, 람."

이예주는 정신없이 입고 있는 로브를 벗어 아이의 몸을 감쌌다.

"흐, 흐윽. 눈 좀 떠 봐요, 응?"

버려진 구성물 중 하나처럼 늘어져 있는 그의 모습을 보자니 울음이 복받쳐 올랐다. 그녀는 벌벌 떨리는 손으로 람을 조심스럽게 들어 안았다.

쩔꺽, 지겹게도 들어 온 사슬 소리가 울려 퍼졌다. 얇은 목에 채워진 무거운 족쇄, 그리고 굵직한 사슬. 사슬의 끝은 커다란 말뚝에 둘둘 매어진 채 자물쇠가 채워져 있었다.

"내가, 내가 구해 줄게요."

이예주는 통 정신을 차리지 못하는 아이의 고개를 들어 족쇄를 이리저리 살폈다. 하지만 아무리 찾아도 족쇄에는 열쇠 구멍이 없었다.

"……망할 새끼들."

뿌득 이를 간 이예주는 아이에게 덮어 준 로브 안주머니를 뒤적여 검은색 열쇠를 꺼냈다. 창과 함께 그녀가 과거에서 가져온 유일한 물건이었다.

그녀는 별수 없이 람을 놓고 자리에서 일어나 자물쇠가 달린 말뚝으로 다가갔다. 그리고 열쇠를 망설임 없이 자물쇠의 구멍 속에 쑤셔 넣었다. 철컥—

"됐다."

천만다행히도 남자가 만들어 준 만능열쇠는 오랜 시간이 지났음에도 제 역할을 다했다. 이예주는 재빨리 족쇄에 매달린 두터운 사슬을 풀었다. 쩔그럭, 쩔그럭. 쇠사슬이 부딪히는 소리가 시끄럽게 울려 퍼졌다.

사슬 끝을 잡고 다시 아이가 널브러진 곳으로 돌아온 그녀는 낭패어린 표정을 지었다. 람을 데려가려면 이 길고 두터운 사슬까지 가지고 갈 수밖에 없었다.

"하……."

깊은 한숨을 내쉰 그녀는 잠시 고민하다 이내 제 로브로 아이를 꽁꽁 싸맸다. 안주머니에 다시 열쇠를 집어넣는 것 또한 잊지 않았다.

아이를 싸맨 로브 위로 사슬을 헐겁게 둘둘 말았다. 그 방법밖엔 다른 수가 없었다. 모든 준비를 끝낸 후 강보에 싸인 것 같은 어린 람을 제 등 위에 업었다.

"으으!"

그녀는 벽을 부여잡고 힘겹게 몸을 일으켰다. 아이는 여전히 미동도 없었다.

"이제 가요, 우리."

이예주는 사다리 쪽으로 한 걸음, 한 걸음 걸어갔다. 멀쩡하지 않은 몸에 무게가 더해져 다리가 휘청거렸다. 하지만 그녀는 온 힘을 쥐어 짜냈다.

"이런 건 아무것도 아니야."

한 손을 뻗어 사다리를 움켜쥔 그녀가 주문처럼 외웠다.

"더 컸던 토끼도 업고 탈출했잖아, 이예주. 이런 건 정말 별거 아니야."

한 칸, 한 칸 사다리를 거꾸로 오를 때마다 눈앞이 하얗고 노래졌다. 당연했지만 올라가는 길은 내려올 때보다 훨씬 더 힘들었다. 금방이라도 넘어갈 것처럼 숨이 가쁘게 차올랐다.

"허억, 헉. 허억."

발판을 잡은 손에 땀이 차서 미끄러웠다. 어깨가 빠질 것 같아 아이를 놓칠 뻔하기도 하고, 발을 잘못 디뎌 그대로 추락할 뻔하기도 했다. 구덩이를 기어오르는 동안 고비가 몇 번이나 이예주의 목을 졸랐다. 람이 정신을 차리고 제 힘으로 그녀에게 매달려 있었다면 조금 덜 힘들었을지 모른다.

얼마나 높이 올랐는지조차 알 수 없는, 컴컴한 구덩이 한가운데에 매달려 자꾸만 흘러 내려가는 아이의 몸을 추켜올릴 때마다 땀인지 눈물인지 모를 것들이 줄줄 쏟아졌다.

"흐, 흐으으, 흐흑……."

더 이상 버틸 수 없어 눈앞이 아찔해지면 그녀는 짐승처럼 흐느껴 울었다. 너무 무서웠다. 그러나 같이 구덩이 밑바닥으로 떨어져 죽을지언정 끝끝내 람을 놓을 수 없었다.

마침내 구덩이의 끝까지 올랐을 때는, 온몸이 축축하게 젖어 있었다.

"허, 허윽. 헉!"

입구 턱에 상체만 놓은 채 이예주는 거칠게 헐떡였다. 죽을 것 같았다. 누군가 지켜보고 있을 거란 생각조차 할 수 없었다.

한참 동안 숨을 껄떡껄떡하고 있자니 바깥바람에 잔뜩 열이 올랐던 몸이 식었다. 까무룩 잠겨 있던 시야도 조금씩 회복되는 것 같았다.

"으……!"

이예주는 몸을 일으켜 나머지 하체도 위로 끌어 올렸다. 그제야 퍼뜩 정신이 들어 깨달았다. 구덩이를 지키고 선 보초가 있다는 사실을.

"헉!"

그녀는 날카롭게 숨을 집어먹으며 황급히 주변을 돌아보았다.

"드르릉! 커어…… 드르렁!"

아까 전 꾸벅꾸벅 졸고 있던 보초 한 명이 아예 자리에 주저앉아 자고 있는 것이 보였다.

"하."

긴장이 풀려 이예주는 허탈하게 웃었다. 다리족 놈들의 경계가 예전보다 엄청나게 풀어져 있었다. 족장이 죽어서인지 아니면 10년간 그들을 제외한 그 누구도 이 구덩이 속을 내려갈 생각을 하지 않아서인지는 알 수 없었다.

람을 죽이려는 인간들에게는 참으로 애석하게도, 이예주에겐 더없이 좋은 일이었다.

그녀는 제 등 위에 늘어져 있는 람을 추켜올리며 다시 걸음을 옮겼다. 이제 그를 데리고 빨리 이 빌어먹을 신전에서 벗어날 차례였다.

"드르렁…… 커, 컥!"

완전히 곯아떨어진 보초의 앞을 지나가는 것은 어렵지 않았다. 이예주는 잰걸음으로 계단을 내려왔다.

지나다니는 이 하나 없는 무너진 신전 터는 아까의 부산스러움이 거짓이었던 것처럼 적막했다. 간간히 불이 켜져 있던 초소마저 모두 암흑에 잠긴 상태였다. 이예주는 조금 안심하고 터를 가로질러 허겁지겁 숲길 쪽으로 달렸다.

그녀가 탑을 지나쳐 신전으로 가는 길목에 막 들어섰을 때였다.

"거기, 누구야!"

뒤쪽에서 날카로운 외침이 울려 퍼졌다. 이예주의 몸이 우뚝 멈췄다. 소스라치게 놀라 얼어붙은 그녀는 천천히 뒤를 돌아보았다.

"너는……!"

어둠 속에서 굽이치는 밝은 금발이 보였다. 이예주를 발견한 인간의 눈이 부릅떠졌다. 그리고 믿을 수 없다는 듯 소리쳤다.

"네가 어떻게!"

탑에서 튀어나온 쟈니아를 보고 경악에 가득 찬 것은 이예주 또한 마찬가지였다. 두 사람 사이를 싸늘한 정적이 스치고 지나갔다. 정말로 10년 전의 그 계집이 맞는지 가늠하던 쟈니아의 얼굴이 돌연 험상궂게 찡그려졌다.

"그거……."

여자의 시선이 제 등 뒤로 향해 있다는 것을 알아차린 이예주의 입에서 나지막한 욕지거리가 튀어나왔다.

"시발."

하필 걸려도 저 괴물한테. 쟈니아가 제 품을 뒤적였다. 불길한 기분이 들었다. 이예주는 그대로 몸을 돌려 숲속으로 마구 달음박질치기 시작했다.

"감히 어딜! 거기 서!"

여자가 득달같이 외쳤다. 탕—! 그와 동시에 고요했던 숲속에 굉음이 울려 퍼졌다. 막 지나친 나무에서 파편이 팍 튀었다.

"저, 저 미친년!"

이예주는 희게 질린 얼굴로 뒤를 돌아보았다. 쟈니아가 권총을 든 채 악마같이 흉흉한 얼굴로 쫓아오고 있었다.

이예주는 평평한 길은 포기하고 나무가 빽빽한 거친 숲을 내달렸다. 미친 괴물이 총을 쏘는 이상 별수 없었다. 등에 업힌 람을 앞으로 돌리고 싶었지만, 그럴 틈조차 생기지 않았다. 탕, 타앙—! 연달아 총알이 날아와 근처에 박혔기 때문이다.

"허억, 헉!"

구덩이 속을 기어 나온 지 채 얼마 되지도 않아 숨이 다시 거칠어졌다.

"거기 서!"

"망할, 너 같으면 서겠냐!"

여자의 외침에 빽 대꾸하던 그녀는 재빠르게 앞에 있는 나무 뒤로 방향을 꺾었다. 탕—! 곧바로 나무에 총알이 박혔다.

위이이잉, 위이이잉— 그때 숲 저편에서 커다란 소리가 울려 퍼졌다. 어디서 많이 들어 본 소리였다. 바로 다리족의 비행선에서 들었던 비상 사이렌 소리였다.

"람!"

이예주는 어깨를 들썩여 미동 없는 아이를 깨웠다. 쟈니아도 모자라 다리족까지 쫓아오기 시작하면 잡히는 것은 십상이었다.

"람, 일어나 봐요! 그만 일어나요!"

체력은 이미 고갈된 지 오래였다. 그녀는 지금 악으로 움직이고 있는 것이다. 오로지 살겠다는 일념 하나로.

탕! 탕—! 총성이 연달아 울려 퍼지고, 간발의 차이로 그것을 피할 때마다 심장이 덜컥덜컥 내려앉았다. 다리에 힘이 풀려 주저앉을 것 같았다.

"흐으! 람!"

순간적으로 휘청이던 몸이 넘어지지 않고 균형을 잡자 걸음이 지체됐다.

"검은 파편을 내놔!"

지척에서 여자의 목소리가 들렸다. 이예주는 식은땀을 흘리며 다시 방향을 틀어 달렸다. 이제 한계였다. 이대로는 안 된다.

"어디 있지? 분명 이쯤이었는데."

분명 이쪽 어딘가에 베니가 찾아냈던 탈출구가 있을 텐데. 그녀는 정신없이 뛰면서도 주변을 열심히 살폈다. 아무런 생각 없이 숲속으로 도망을 온 것은 아니었다. 처음부터 베니와 아이들이 빠져나간 개구멍으로 나갈 계획이었다.

지형이 많이 바뀌어서인지 방향이 영 헷갈렸다. 쟈니아에게 들키지 않도록 상체를 바싹 숙인 채 이리저리 움직이던 이예주는 불쑥 나무 틈에서 새어 나오는 빛을 발견했다.

"저, 저기!"

그쪽을 향해 달리자 얼마 안 가 시야가 확 트였다. 숲이 끝났다. 그러나 예전과는 달리 철조망으로 가로막혀 있지 않았다. 그것을 이상하게 여길 새도 없이 그녀는 서둘러 그쪽으로 달려갔다.

"하아!"

드디어 탈출의 길목에 들어선 줄로만 알았다. 그런데 서늘한 밤공기 대신, 그녀의 안면 위로 뜨거운 바람이 훅 불어닥쳤다. 이예주는 걸음을 급격히 멈췄다. 타다닥, 발치에 있던 작은 돌멩이들이 아래로 떨어졌다.

"이, 이게……."

그녀가 거칠게 호흡을 들이켰다. 숲의 끝은 더 이상 설원이 아닌 천길 낭떠러지였다. 그리고 그 밑으론 넘실대는 용암 바다가 있었다.

"어, 어떻게……."

들끓는 용암이 모든 것을 불사르고 있었다. 골목에서 보았던 신인류 아이의 말이 맞았다. 용암이 모든 세상을 집어 덮친 것이다.

"어디 있어! 어디로 간 거야! 죽여 버릴 거야! 죽여 버릴 거라고!"

그때 그녀를 놓친 쟈니아의 괴성이 뒤편에서 고래고래 터져 나왔다. 타앙—! 또 한 번의 총성이 숲을 뒤흔들었다.

이예주는 퍼뜩 고개를 돌렸다. 당장 몸을 숨겨야 했다. 그 순간, 그녀의 눈에 낭떠러지 아래쪽의 움푹 들어간 협곡 사이에 있는 평평한 바위가 보였다.

그녀는 더 따질 새도 없이 절벽 밑으로 몸을 내렸다. 한 손으로 벽 틈새를 꽉 움켜쥐고 또 다른 한쪽으론 필사적으로 람을 부여잡은 채, 그녀는 아슬아슬한 암벽 타기를 했다.

"하아, 하."

검붉은 용암이 멀지 않은 절벽 아래까지 튀어 올랐다. 코를 찌르는 매캐한 유황 냄새와 살이 벗겨질 만큼 뜨거운 기운 때문에 땀방울이 턱을 타고 뚝뚝 흘러내렸다.

이예주는 부들부들 떠는 발을 있는 힘껏 뻗어 간신히 봐 둔 장소에 올라섰다. 그리고 서둘러 등에 업고 있던 람을 내려놓았다. 다급한 손길로 사슬을 풀고 로브를 들추자 까만 눈동자가 드러났다.

"람!"

어느새 깬 건지 아이가 자신을 빤히 바라고 있었다.

"정신이 좀 들어요? 어디 다친 데는 없어요?"

그녀는 깨어난 아이의 몸을 이리저리 살폈다. 샅샅이 훑었지만 총에 맞거나 피가 흐르는 상흔은 없었다.

"다행이야."

진짜 다행이야. 이예주는 울먹였다. 뛰는 동안 람이 혹시라도 총에 맞을까 봐 얼마나 간담이 서늘했는지 모른다.

안도의 한숨을 내쉬는 그녀를 검은색 눈동자가 무미건조하게 응시했다. 그와 마주하는 순간 그녀는 왠지 모를 위화감이 들었다. 그러나 워낙 급박한 상황인지라 뭐가 이상한지 알아차릴 수 없었다.

"람, 정신 차리고 있어요. 나 잠깐 저 망할 년 좀 유인하고 올게요."

이예주가 빠르게 속삭였다. 아직도 위에서 쟈니아가 그들을 찾으며 괴성을 지르고 있었다. 이대론 언제 들킬지 모른다.

"여기 벽에 딱 붙어서 꼼짝 말고 있어요. 알았죠? 응?"

이예주는 흘러내린 제 로브를 다시 어깨 위로 꼼꼼히 여며 주었다. 아이는 끝까지 아무 말도 하지 않았지만 개의치 않고 몸을 일으켰다. 쟈니아가 찾을 수 없게 람을 꽁꽁 숨겨 놨으니 그걸로 안심이었다.

그녀는 다시 절벽을 기어올랐다. 이제 더 이상 도망갈 곳도 없었다. 유인을 하든, 죽이든, 여기까지 쫓아온 방해물을 제거해야 했다.

단신이라 내려올 때보다 훨씬 가볍고 빠르게 지상 위에 올랐다. 멀지 않은 곳에서 쟈니아가 자신을 찾으며 서성거리는 것이 보였다. 이예주는 최대한 람을 숨긴 곳에서 멀어지기 위해 오른편으로 빙 돌아 다시 숲속으로 달렸다.

"야!"

커다란 목소리로 부르자 여자가 휙 몸을 돌렸다.

"이리 와서 한판 붙던가!"

다행히 쟈니아는 제 목소리를 듣자마자 득달같이 뒤를 쫓아왔다. 이예주는 여자를 유인하기 위해 숲속 깊숙이 내달렸다.

탕—!

"아윽!"

그러나 멀리 가지 못하고 거칠게 나동그라질 수밖에 없었다. 어깨에서 타는 듯한 고통이 느껴졌다. 고개를 내리자 뜨뜻한 핏줄기가 팔을 타고 바닥으로 뚝, 뚝 흘러내렸다.

"하아, 하아…… 미친, 내가 총을 다 맞네……."

애써 몸을 일으켰지만 더 걷지 못하고 비척비척 걸음을 멈춰선 이예주는 욕설을 읊조렸다. 정말로 욕이 튀어나올 만큼 아팠다. 관통된 건지 스친 건지 알 수 없었다. 팔을 돌아볼 엄두도 나지 않았기 때문이다.

이러다 나 정말 죽는 거 아닐까? 아직 가슴에 난 구멍 세 개도 메워지지 않았는데…….

타박, 그때 그녀의 등 뒤로 타인의 발걸음 소리가 멈춰 섰다. 이예주는 천천히 뒤로 돌았다. 얼마 떨어지지 않은 곳에 진절머리 나는 면상이 있었다.

"하…… 또 당신이네. 정말 지긋지긋하다."

이예주는 숲 쪽에 있었고 여자의 등 뒤는 절벽이었다. 위치가 반전되었다. 그렇지만 아직 람을 숨긴 절벽 쪽에서 멀리 떨어진 것이 아니었다. 이예주는 초조한 낯을 숨기며 도발했다.

"뭐 해, 가까이 안 오고?"

"……."

"죽인다며?"

"검은 파편은 어디 있죠?"

여자는 더 가까워지지 않고 대뜸 람에 대해 물었다. 이예주는 입술을 비틀어 웃으며 답했다.

"없어."

"……."

"내가 방금 삼켰어."

"……."

"이제 내가 신이야."

어린아이를 놀리듯 해맑게 조롱하자 여자의 얼굴이 험악하게 일그러졌다. 그 모습이 퍽 유쾌했다.

"……당신."

"……."

"대체 어떻게 살아 있는 거죠? 그때 분명 창에 찔려 죽었을 텐데."

쟈니아가 물었다. 그사이에도 팔에서 피가 멈추지 않고 주르륵 흘러내렸다. 눈앞이 아찔해지는 것 같아 이예주는 고개를 세차게 내저었다.

"그건, 그건 내가 할 말이야. 당신이야말로 어떻게 살아 있어? 그리고 당신 뒤에 달려 있던 족장은?"

"준비되지 않은 상태에서 섣불리 검은 파편을 삼킨 탓에 남편은 죽었어요. 그 덕에 나는 자유의 몸이 됐습니다."

무슨 소린지는 모르겠지만, 어쨌든 족장이 죽은 후로 괴물처럼 합체되어 있던 놈의 몸도 사라졌다는 뜻 같았다.

족장이라도 뒈졌으니 그나마 인류에게 손톱만큼의 희망이 생겼네. 우스운 생각이 들어 이예주가 픽 실소를 터뜨렸다.

"그때 당신을 그냥 놔두는 게 아니었는데."

여자가 웃는 그녀의 모습에 철컥, 권총을 겨눴다.

"마지막 보루로 남겨 둘 게 아니라, 어떻게 해서든 잡아먹었어야 했어."

그들의 대화에서 언제나 웃는 것은 이예주가 아니라 쟈니아였다. 이예주는 이제야 쟈니아가 왜 자신을 보며 희미하게 미소 지었는지 알 것 같았다. 상대가 아무리 발버둥 쳐도 그저 벌레가 버르작거리는 것으로밖에 보이지 않았기 때문이다. 지금 쟈니아를 마주 보고 있는 자신이 그러한 것처럼.

"쏴."

이예주는 순순히 양팔을 벌렸다. 람도 구해서 숨겼고, 이제 더 이상 잃을 것도 없다.

자포자기가 아니었다. 쟈니아가 자신을 못 죽일 것이란 이상한 예감이 들었다. 어쩌면 이 일촉즉발의 상황에서 '문'이 열리지 않아서일 수도 있다.

"쏴 봐. 지금 죽어도 난 또 네 앞에 나타날 수 있어. 그게 내 능력이거든."

"당신에게 아무런 능력이 없다는 건 이미 1000년 전에도, 10년 전에도 확인했습니다."

"글쎄, 그럴까?"

이예주는 고개를 갸웃거렸다.

"그럼 1000년 전에 용암에 타 죽었을 내가, 10년 전에 창에 찔려 죽었을 내가 어떻게 멀쩡하게 다시 나타났을 것 같은데?"

"그건……."

"너네들이 나보고 구원자라며. 내가 진짜 구원자일지 당신이 어떻게 알아?"

선뜻 답하지 못하던 쟈니아가 이예주의 마지막 말에 고개를 번쩍 쳐들었다.

"예언 속의 구원자는 네년이 아니라 바로 나야!"

여자가 목에 핏대가 설 만큼 바락 소리 질렀다.

"대재앙의 마지막 순간 검은 파편의 곁에 있는 인간 여자, 검은 파편을 씹어 먹고 신이라 불리리라!"

"하, 이제 그 역겨운 존댓말은 집어치우시기로 했나?"

"내가 본 미래 속의 구원자는 바로 나였어!"

이예주를 살벌하게 노려보는 쟈니아 눈에 부득 핏줄이 일었다. 미래를 보는 눈들을 셀 수 없이 씹어 삼켜서 누구보다 더 먼 미래를 볼 수 있게 되었다. 용암 대폭발 후 1000년이 지난 지금, 눈족 족장이 과거와 미래를 둘 다 보는 현자라는 칭호를 얻을 수 있었던 것은, 팔할이 다 제 예언 덕분이었다.

"가장 마지막 순간에 검은 파편의 곁에 있던 인간 여자!"

육신까지 포기하며 얻은 강한 에너지와 능력. 그리고 먼 미래의 종말 끝에서 쟈니아는 분명 최후의 순간 자신의 모습을 보았다.

"그건 바로 나!"

"……."

"네까짓 게 아니라 바로 나였다고!"

"검은 파편이 뭔 줄이나 알고!"

어깨에서 느껴지는 지독한 통증을 감내하던 이예주가 불쑥 맞받아쳤다.

"너도, 네 남편도 검은 파편을 이미 삼키고 죽었는데 어떻게 신이 될 수 있어!"

"준비가 덜 돼서 그랬었지."

"헛소리하지 마. 인간이 어떻게 신이 돼? 네놈들이 원하는 건 신이 되는 것이 아니라 누구보다 강한 에너지였어!"

이예주는 검은 안개였던 암경을 건너며 보았던 과거를 똑똑히 기억했다. 놈들의 과한 욕심이 결국 람과 세상을 어떻게 망쳤는지.

"그걸 얻으려고 남의 멀쩡한 엄마를 죽이고, 1000년 전 인간들을 멸종까지 몰았으면서! 그래 놓고 이제 와서 또 지구를 없애겠다고?"

"없애려는 것이 아니야. 다시 재건하려는 것이지."

"하. 시발, 진짜 무모한 건지 멍청한 건지……."

도통 말이 통하지 않자 이예주는 설레설레 고개를 저으며 헛웃음을 터뜨렸다. 그런 그녀와는 달리 쟈니아는 소름 끼칠 만큼 무표정한 얼굴로 말했다.

"난 이제 신이 될 자질을 모두 갖췄다. 다시 도래한 대재앙의 마지막 순간에 이렇게 살아 있는 것을 보면 모르겠니?"

"검은 파편은 신이 아니야. 다시 삼키려 들어 봤자 당신은 또 끔찍하게 죽을 거야."

"그거야 씹어 먹어 보면 알겠지."

여자가 예의 그 희미한 웃음을 지었다. 그리고 이예주의 발치에 총을 던졌다. 탁, 타닥. 땅바닥과 맞닿은 쇳덩어리가 둔탁한 소음을 내었다. 빈총이었다.

"너는 매번 내 일을 방해했지. 10년 전에도, 지금도. 내 창을 훔쳐 달아나기까지 했어."

한 손으로 제 품을 뒤적이며 쟈니아가 이예주의 허리춤을 턱짓했다. 가슴을 꿰뚫었던 삼지창이 꽂혀 있는.

"하지만 다시 태어난 검은 파편은 약해진 상태야. 그깟 거창한 의미를 부여한 창이 아니어도 내 피로 만든 검으로 충분히 심장을 가를 수 있겠지."

여자가 품속에서 불쑥 칼을 꺼내 들었다. 과거 이예주에게 한 번 건넨 적이 있는 검은색 단도였다.

"뭐, 뭘 하려는……!"

"검은 파편을 씹어 먹으면 네년의 눈깔도 네 어미처럼 산 채로 뽑아 먹어 주마."

소름 끼치는 엄포를 두며 히죽 웃던 여자가 불현듯 뒤로 돌아 달리기 시작했다. 낭떠러지 쪽이었다.

"아, 안 돼!"

그곳에 람이 숨겨져 있는 것을 괴물이 눈치챘다. 이예주는 쟈니아를 뒤쫓아 허겁지겁 달렸다. 그러나 총이 스친 한쪽 어깨가 여의치 않아 빠르게 따라잡을 수 없었다.

"여기 숨겨 놓으면 못 찾을 줄 알고?"

그사이 절벽 앞까지 도착한 여자가 아래를 내려다보며 이를 드러내고 귀신같이 웃었다. 그리고 곧바로 절벽 아래를 기어 내려가기 시작했다.

"멈춰!"

뒤늦게 이예주가 도착했을 때 여자는 벌써 암벽에 매달려 람이 있는 쪽으로 다가가고 있었다. 그녀는 덩달아 허겁지겁 몸을 내렸다.

"그만두라고!"

이예주는 애타게 소리치며 발을 놀렸다. 그간 수차례 해 온 암벽 등반이 모두 헛짓거리는 아니었는지, 확실히 암벽을 타는 것은 쟈니아보다 능숙했다. 한쪽 팔을 사용하는 데 어마어마한 고통이 따랐지만, 이예주는 비교적 빠르게 여자를 따라잡았다.

"어딜 가려고, 이 미친년아!"

가까스로 여자의 후드를 움켜쥔 이예주가 그것을 제 쪽으로 마구 잡아당겼다. 잠시 절벽 아래로 떨어질 듯 휘청거리던 쟈니아가 휙 몸을 돌려 칼을 휘둘렀다.

"방해하지 마!"

"흐읏!"

간발의 차로 몸을 물린 덕에 이예주는 그 칼부림에 베이지 않을 수 있었다. 주춤하는 사이 쟈니아는 부지런히 몸을 옆으로 옮겼다.

"람! 피해요! 반대쪽으로 올라가요!"

이예주는 다급히 그 뒤를 쫓아 바위틈을 디디며 소리쳤다. 그러나 아이는 아까 앉혀 둔 그대로 인형처럼 앉아 있을 뿐, 제게로 다가오는 쟈니아를 보고도 움직이지 않았다.

"람! 반대쪽으로 가요! 도망가라고요!"

이예주는 다시 한번 목이 터져라 외쳤다. 여자가 부쩍 람과 가까워졌다. 속이 바짝바짝 타들어 갔다.

"빨리 가요! 빨리……!"

마침내 쟈니아의 한 손이 람이 있는 곳의 암벽을 턱, 부여잡았다.

"하악! 됐어!"

한쪽 발마저 바위 위로 올린 여자가 낄낄거렸다.

"착하지? 얌전히 있으렴."

"람! 건드리지 마! 건드리지 말라고!"

쟈니아의 두 발이 람이 있는 공간 위에 안착했다. 그 뒤를 쫓기 위해 이예주는 최대한 발을 뻗었다. 하지만 고작 한 마디 차이로 닿지 않았다.

완전히 위로 올라선 여자가 칼을 든 채 람에게 다가가려 들었다.

더 이상 앞뒤 가릴 새가 없었다. 이예주는 절벽에 매달린 상태로 이를 악물고 도약했다.

"건드리지, 말라고, 했지!"

바위 위로 펄쩍 뛰어오른 그녀는 그대로 쟈니아의 허리춤을 붙잡았다. 두 사람은 뒤엉킨 채 비좁은 공간에 엎어졌다. 그리고 한 바퀴를 뒹군 뒤 절벽 끝에 아슬아슬하게 걸쳐 멈췄다.

"씹어 먹을 계집! 방해하지 말라고!"

쟈니아가 벌떡 일어나며 들고 있던 칼을 휘둘렀다. 고작 몇 초 앞서 고개를 숙여 그것을 피한 이예주가 다치지 않은 손을 뻗어 여자의 뒷머리를 와락 움켜쥐었다.

"너야말로 우리 그만 괴롭히고 제발 좀 꺼져!"

"아악!"

쟈니아가 비명을 지르며 허우적댔다.

"이런 미친 계집이……!"

"지는 또라이 괴물 같은 게!"

이예주는 여자의 머리채를 잡고 있는 손을 힘껏 흔들었다. 쟈니아가 무아지경으로 칼을 휘둘렀다.

몇 번을 베일 뻔한 것을 아슬아슬하게 피한 이예주는 빈틈을 노렸다. 여자가 또 한 번 제게 칼을 휘두르기 위해 손을 든 순간, 그녀는 득달같이 달려들어 칼을 쥔 손목을 왁 물었다.

"아악!"

챙캉—! 쟈니아가 반사적으로 비명을 지르며 들고 있던 칼을 놓쳤다.

"꺼져! 꺼지라고!"

여자가 비명을 지르며 한 팔로 이예주의 머리를 마구 때리고 밀쳐냈다. 그럼에도 이예주는 개처럼 여자를 물고 늘어졌다. 한 손으로 떼어 내는 게 여의치 않자 쟈니아가 발을 들어 이예주의 명치를 세게 걷어찼다. 퍽.

"헉!"

숨이 턱 막히는 기분에 입이 절로 벌어졌다. 이예주는 고통스러운 신음을 내지르며 좁은 가장자리로 나가떨어졌다.

"하아, 하! 하찮은 년! 나는 신이 될 자질을 모두 갖췄다고 했지!"

쟈니아는 배를 움켜쥐고 괴로워하는 이예주를 보며 그녀가 물었던 팔을 들어 보았다. 어찌나 세게 물어뜯은 건지 팔목의 살점이 한 움큼이나 파여 떨어질 듯 덜렁거렸다. 그러나 이미 썩어 문드러진 피부는 통증이 느껴지지도, 피가 흐르지도 않았다.

"이런 것쯤은 내게 아무런 영향을 끼칠 수 없어. 너같이 미천한 인간의 신체를 가진 것들은 죽었다 깨어나도 알 수 없겠지."

여자가 덜렁거리는 살점을 제 손으로 잡고 뜯어냈다. 그리고 그것을 이예주의 머리 앞에 던지며 허연 얼굴로 미소 지었다.

"자, 이제 진짜 신이 될 순간이야."

몸싸움으로 인해 떨어졌던 칼을 주워 든 쟈니아가 다시 아이가 있는 쪽으로 걸어갔다.

"으, 으으……."

이예주는 배를 부여잡고 비척비척 일어났다. 하지만 일어나기가 무섭게 다리가 풀썩 꺾였다.

"안 돼……."

여자가 멱살을 잡듯 족쇄에 연결된 사슬을 부여잡고 아이를 우악스럽게 들어 올렸다. 로브가 흘러내려 헐벗은 작은 몸이 드러났다.

"하…… 드디어 내 차지가 되었어. 1000년 전에 내핵으로 내가 먼저 내려갈 게 아니라 남편을 보냈으면 좋았을 것을! 그랬다면 이렇게 오랜 시간을 허비하진 않았을 텐데."

여자가 칼로 아이의 보드라운 뺨을 그어 내리며 지껄였다. 여린 살은 힘을 주지도 않아도 쉽게 갈라져 붉은 물을 흘렸다. 그것을 본 이예주는 눈이 회까닥 뒤집히는 것 같았다.

"하지 마."

그녀는 절벽을 긁어내리듯 잡고 힘겹게 일어섰다.

"너도 그간 에너지를 소비하여 용암 폭발을 일으키느라 힘들었겠지. 그것도 이제 끝이야. 너는 어차피 여신의 권능 중 하나였으니……."

여자가 단도를 쥔 손을 높이 쳐들었다. 날카로운 칼끝이 정확히 아이의 왼쪽 가슴을 향했다.

"이제 다시 여신에게로 흡수될 때지."

나지막이 마지막 말을 중얼거린 쟈니아가 그대로 아이의 가슴에 칼을 내리꽂으려던 그 순간.

"이야아악!"

이예주는 온몸을 내던져 여자의 몸통을 들이박았다. 퍼억—

"어억!"

거센 충돌이 여자를 벼랑 끝으로 밀쳐 냈다. 균형을 잃은 몸은 절벽 아래 시뻘건 용암 위로 속절없이 떨어지기 시작했다. 들이박았던 이예주의 몸 또한 떨어질 듯 휘청거렸다.

차르락— 충격으로 놓친 사슬이 아스라하게 쟈니아의 손끝을 스쳤다. 그 순간, 추락하는 인간은 생명줄을 붙잡듯 그것을 아득 붙잡았다. 눈 깜짝할 새 아이의 몸이 아래로 같이 딸려 들어갔다.

"안 돼!"

모든 것이 눈 깜짝할 새 일어났다. 소용돌이 속으로 빨려 들어가듯 두 사람은 순식간에 절벽 밖으로 밀려났다. 이예주는 상황을 인식할 새 없이 아이에게 다친 손을 뻗었다.

"으흑!"

그녀의 입에서 처절한 비명이 튀어나왔다. 끔찍한 고통이 뇌리를 강타했다. 하얗게 점멸했던 눈앞은 한참이 지나서야 서서히 시각을 되찾았다.

"자, 잡았어."

그녀는 당장이라도 거꾸러질 듯 절벽 끄트머리에 엎어진 채 다친 팔로 아이의 손목을 붙잡은 상태였다. 아랫배가 아슬아슬하게 벼랑 턱에 걸쳐졌다. 하체마저 끌려 내려가지 않도록 이예주는 나머지 팔로 암벽을 잡고 힘겹게 버텼다.

아래를 내려 보니 제게 손목이 잡힌 아이가 멍하니 자신을 올려다보고 있었다.

"다행이다."

이예주는 웃었다. 그와 동시에 어깨가 찢어질 것 같은 통증이 해일처럼 몰아닥쳤다.

"절대, 으윽…… 절대 놓지 마요, 람."

그녀는 신음을 참으며 악착같이 아이의 손목을 부여잡았다.

"내가, 내가 곧 구해 줄 테니까. 그러니까 내 손 꼭 잡고 있어요, 람. 응?"

"……람?"

아이가 마주한 이래 처음으로 입을 열었다.

"그게 내 이름이야?"

황당한 말이었다. 일분일초가 급박한 상황에서도 이예주는 눈을 휘둥그레 뜨고 되물었다.

"그럼 그게 당신 이름이지, 뭐예요?"

"그건 내 이름이 아니야."

"……네?"

"난 이름이 없어. 네가 지어 주지 않았잖아."

"그게 무슨 소리…… 으윽!"

그 순간 그녀의 다친 팔에서 흘러나온 핏물 때문에 손이 미끄러져 아이를 놓칠 뻔했다. 이예주는 비명을 지르며 허겁지겁 손에 힘을 줬다.

"람! 제발 꽉 잡아요!"

"차라리 이렇게 같이 소멸하는 것도 나쁘지 않겠네요."

그때 아래쪽에서 아직 죽지 않은 인간이 입을 놀렸다. 사슬을 잡아채 떨어지지 않은 쟈니아였다. 두 사람의 무게를 지탱하는 이예주의 몸이 아래로 끌려갈 듯 한차례 덜컥였다.

"검은 파편을 놔요. 그건 더 이상 당신이 아는 존재가 아닙니다. 진짜 검은 파편은 이미 죽어 없어졌지요."

"그건 뭔 또 개소리야! 사슬 놔!"

"당신이 붙들고 있는 것은 어느 날 갑자기 황금 의자 아래에서 태어난 가짜입니다. 그러니 놓아요. 이렇게 두면 당신도 같이 추락할 거예요."

"닥쳐! 놓을 거면 네가 놔, 이 거머리 같은 년아!"

"난 절대 검은 파편을 두고 안 죽어."

여자가 붙잡은 사슬을 제 손에 단단히 휘어 감으며 지껄였다. 그러더니 사슬을 타고 거꾸로 오르려는 듯 안간힘을 쓰기 시작하는 게 아닌가.

"으윽!"

이예주의 팔이 위태롭게 흔들렸다. 황급히 바라본 어린 람의 얇은 목은 부러질 듯 아래로 꺾여 있었다. 목뿐만이 아니었다. 이러다가 자신이 세게 부여잡고 있는 가느다란 팔도 빠질 것 같았다.

"놔!"

이예주는 자꾸만 사슬을 타고 오르기를 시도하는 괴물을 향해 윽박질렀다. 용암에서부터 몰아치는 뜨거운 바람 때문에 벌건 쟈니아의 표정은 악귀나 다름없었다.

"이렇게 죽을 순 없지!"

"놓으라고!"

"지금껏 내가 어떻게 살아남았는데! 약해진 검은 파편을 삼킬 수 있는 기회를 코앞에 두고 내가 어떻게! 어떻게 죽어!"

기어이 람을 타고 올라오려는 듯 살점이 한 움큼 떨어진 여자의 손이 아이의 발을 와득 움켜쥐었다.

하체마저 조금씩 끌려가던 이예주는 문득 무언가가 벼랑 끝에 걸려 덜그럭거리는 것을 느꼈다. 돌아본 허리춤에는 제 가슴을 꿰뚫은 삼지창이 꽂혀 있었다.

"망할 년."

잠시 고민하던 이예주는 여자의 팔이 아이의 허벅지까지 움켜쥐자 암벽을 짚고 있던 한 손을 놓았다. 기다란 창을 뽑기 위해서였다.

그와 동시에 그녀의 골반 부분까지 아래로 주르륵 내려갔다. 허벅지로 간신히 버텨야 하는 위태로운 상황에 치달은 것이다.

"난 처음부터 네가 마음에 안 들었어."

쟈니아에게 속내를 내뱉으며 이예주는 기어이 창을 뽑아 들었다. 마구 흔들리는 사슬 때문에 주르륵 내려갔던 괴물이 다시 위로 기어오르기 시작했다.

"여신의 얼굴과 똑같은 것도, 팔족 족장 저택에서 날 농락했던 것도, 모든 걸 알고 있다는 듯한 그 역겨운 표정도!"

이예주가 창을 든 손을 아래로 뻗었다. 머리를 스치는 창날에 쟈니아가 기겁을 하고 위를 올려다보며 소리쳤다.

"자, 잠깐!"

"인자한 얼굴로 람을 입에 올릴 때마다, 검은 파편을 지 편할 대로 이용해 먹은 여신이 생각나서 기분이 아주! 엿 같았다고!"

"잠깐! 하, 하지 마! 하지…… 악!"

이예주는 사슬을 휘어 감고 있는 여자의 손을 겨냥한 후 작살을 내리꽂듯 창을 내렸다. 여자의 몸이 퍼덕였다.

"죽어!"

그녀는 망설임 없이 여자의 위로 창을 마구 내리꽂았다. 제 안에 다른 사람을 죽이려 들 만큼 이렇게 무서운 살심이 숨겨져 있을 줄 몰랐다. 그 순간은 그저, 빨리 람으로부터 거머리를 떼어 내야 한다는 생각밖에 들지 않았다.

"그만 좀 죽어!"

푹, 푹. 창끝이 사정없이 살점을 내리찍었지만 쟈니아는 고통을 느끼지 못했다. 다만 창에 찍힌 구멍이 늘어날수록 썩어 빠진 손목이 점점 찢어지기 시작했다.

투둑, 투둑— 섬뜩한 소리가 울려 퍼졌다. 아까 이예주가 물어뜯어 낸 살점 주변으로 균열이 생기기 시작했다.

"아, 안 돼! 안 돼엑—!"

여자는 미친 듯이 고개를 저었다. 하지만 그게 우습다는 듯 다시 한번 날카로운 창이 내리꽂혔다.

툭— 마침내 손목이 끊어졌다.

"아아아악—!"

쟈니아는 사슬을 부여잡은 손 하나만을 남겨 둔 채 팔팔 끓어오르는 천불 속으로 '풍덩!' 빠졌다. 그녀는 비명을 지를 순간도 없이 그대로 온몸이 불타올라 소멸됐다. 악마나 다름없던 괴물치고 허무한 말로였다.

이예주는 무표정한 얼굴로 여자가 떨어진 곳을 향해 창을 던졌다. 저런 흉기는 이제 더 이상 필요 없었다.

"람, 괜찮아요?"

그녀는 드디어 홀로 남은 어린 람을 돌아보았다. 쟈니아를 떨쳐내는 동안 손이 많이 미끄러졌다. 어느덧 아이의 가느다란 팔목이 아니라 작은 손을 움켜쥐고 있었다.

람이 힘을 줘 제 손에 매달렸으면 팔이 떨어질 각오를 하고 끌어올릴 수 있었다. 하지만 그를 붙잡고 있는 것은 오로지 저뿐이었다. 다친 팔로는 그를 간신히 놓치지 않고 붙잡고 있는 것이 전부였다.

쟈니아를 죽이는 동안 그저 무표정하기만 했던 이예주의 얼굴이 고통스럽게 일그러졌다.

"제발…… 제발 놓지 말아요."

"왜?"

"내가 드디어 구했는걸요."

상처에서 피가 뚝뚝 흘러내려 아이의 얼굴을 적셨다. 핏물이 눈가에 들어갔는지 아이가 눈을 깜빡거렸다.

"나는 너무 지쳤어."

"네? 그게……."

"네가 더 이상 에너지를 공급해 주지 않아서 난 약하게 태어날 수밖에 없었어. 그대로 소멸될 뻔했지만, 검은 파편이 바닥에 내던진 에너지 결정을 빨아들여 간신히 살아남은 거야."

"검은 파편은 당신이잖아요? 대체 무슨 소리를 하는 거예요!"

알 수 없는 람의 말에 이예주가 결국 버럭 소리쳤다. 지쳤다는 말에 가슴이 덜컹 내려앉는 느낌이 들었다.

이제는 그녀도 더 이상 버틸 수 없었다. 어깨가 찢어져 나갈 것 같았다. 아이를 붙잡은 손이 부들부들 떨렸다.

"그만 말하고, 제발 꽉 잡아요. 응? 나 이제 힘들어요."

"검은 파편은 거의 대부분 소멸했어. 남은 건 이제 나뿐이야."

"무슨……."

"인간들은 무서워."

이예주는 일순 무언가에 머리를 얻어맞은 기분이 들었다.

"인간들이…… 무섭다고?"

람은 단 한 번도 인간들이 무섭다는 말을 한 적이 없다. 버러지 같은 것들이라 여기며 경멸하고 혐오하기만 했지.

이예주는 멍한 얼굴로 아이를 다시 마주 보았다.

"눈이……."

어린 람, 아니 어린 람의 모습과 똑 닮은 아이의 까만 눈이 자신을 올려다봤다.

"나는 더 이상 소멸하지 않아야 하는 이유를 찾지 못했어."

아이가 작게 중얼거리며 몸에서 아예 힘을 뺐다. 금방이라도 아래로 떨어질 것만 같았다. 이예주의 입에서 새된 비명이 터져 나왔다.

"놓지 말라고요, 이 자식아!"

"왜?"

격렬한 반응에 아이가 눈을 휘둥그레 뜨고 고개를 갸웃거렸다.

"너는 어차피 날 버릴 거잖아?"

"어……."

어디서 많이 들어 본 소리였다. 그동안 꿨던 아이에 관한 꿈들이 부지불식간 머릿속으로 떠오르면서, 이예주의 눈이 부릅떠졌다.

"내가, 내가 널 왜 버려!"

인식하지 못한 새에 꿈속에서 미처 하지 못했던 말들이 버럭 튀어 나왔다.

"이름을 지어 주지 않았어."

아이는 지친 얼굴로 답했다.

"내가 분명 네 배 속에 있었는데, 조금의 망설임도 없이 나를 내팽개치고 그대고 가 버렸어."

"그, 그게……."

"오랫동안 네가 다시 돌아오길 기다렸어. 아주 오랫동안. 네가 다시 와서 날……."

"그게 무슨 소린데! 그게 대체……!"

"이제 그만 나를 놔줘. 난 너에게 짐만 돼."

이예주는 아무런 말도 할 수 없었다. 혼란이 찾아왔다. 제가 잡고 있는 이가 람이 아니라면 대체 누구란 말인가.

그녀가 에너지를 공급하지 않아 약하게 태어났다는 아이. 인간이 무섭다는 아이. 오랫동안 그녀가 다시 돌아오길 기다렸다는 아이. 짐만 되니 놓아 달라는 아이.

하지만 이예주가 미처 아이의 존재를 알아차리기 전에 아이는 작별 인사를 했다.

"마지막으로 널 볼 수 있어서 기뻤어."

"잠깐! 람, 람! 아니, 뭐든! 이러지 마!"

아이는 손을 붙잡는 것이 아니라 아래로 떨어지기 위해 버둥댔다. 이예주가 안간힘을 쓰며 다잡았지만 순식간에 손가락이 주르륵 미끄러졌다. 그녀는 경기를 일으키듯 소리쳤다.

"람, 제발 놓지 마요! 람! 아니, 아니……!"

람이 아니라 했어. 자신이 이름을 지어 주지 않았다고 했으니까…….

그 순간, 통렬한 깨달음이 뒤통수를 강타했다. 능력의 각성 전날 꾼 꿈이 번뜩 머리를 스치고 지나갔다.

죽으려던 엄마, 그녀를 되돌려 보낸 자신.

"예, 예람아!"

자신은 10년이 지난 미래로 왔다. 그리고 이 아이는. 이 아이는, 바로…….

"……예람?"

터져 나온 그녀의 부름에 아이가 아래로 숙였던 고개를 들었다. 이예주는 미친 사람처럼 고개를 끄덕였다.

"넌 예람이야!"

"그게 내 이름이야?"

"그래! 내가 지금 지었어! 네 이름은 예람이야!"

"……."

"그러니까 손잡아! 이제 네게도 이름이 있으니까, 죽으면 안 돼!"

그 순간이었다. 내내 무미건조하기만 했던 아이의 얼굴이 왈칵 일그러졌다. 곧 울음을 터뜨릴 것처럼. 아이가 망설임이 가득 담긴 목소리로 물었다.

"……날 버리지 않을 거야?"

"버리긴 왜 버려! 내가 널 구하려고 얼마나 개고생을 했는데!"

"……정말이지?"

"꽉 잡아! 절대 놓지 마!"

아이가 고개를 끄덕이며 다시 이예주의 손을 힘 있게 붙잡았다.

손끝에서 느껴지는 미약한 힘에, 그녀는 남은 힘을 모조리 팔에 쏟아부었다. 거의 초인적인 힘이나 마찬가지였다.

"으흐으!"

입술 사이로 짐승 같은 울부짖음이 쏟아졌다. 진저리를 치며 갖은 용을 쓰자 조금씩 아이가 위로 끌어 올려졌다.

얼마 뒤, 마침내 작은 몸이 추락의 위험에서 벗어나 벼랑 위로 완전히 올라섰다.

"이놈의 자식! 대체 누굴 닮아서 이렇게 제멋대로야!"

이예주는 꼬질꼬질하고 더러운 아이의 몸을 와락 끌어안으며 엉엉 울었다.

"버리긴 누가 버려! 절대 안 버려! 절대로!"

아이가 그녀의 품 안에서 고개를 들었다. 그리고 피가 줄줄 내리흐르는 그녀의 어깨를 바라보다 불쑥 손을 뻗어 짚었다.

작은 손아귀에서 꾸물꾸물 검은 빛이 새어 나왔다. 람의 것과 닮은 그것은 어깨를 한참 맴돌다가 다시 꾸물꾸물 움직여 이예주의 가슴팍까지 옮겨 갔다.

"내가 해 줄 수 있는 건 이런 거밖에 없어."

아이가 말했다. 순식간에 어깨에 난 총상이 사라지고 가슴팍에 자리 잡은 세 개의 뻥 뚫린 구멍에 새살이 차올랐다. 창에 찔린 상처가 흔적도 없이 사라지자 검은 빛들은 이번엔 이예주의 오른발로 내려갔다.

"이것뿐인데도?"

아이가 절박한 표정을 하고 재차 물었다.

"이런데도 안 버릴 거야?"

"……이 바보야."

이예주의 입가에 허탈한 웃음이 터져 나왔다. 능력을 각성한 그녀를 보며 탄식하듯 중얼거렸던 엄마의 목소리가 떠올랐다. 이렇게 예쁜 아이를 어떻게 몰라볼 수 있었을까, 하던.

"너는 내 미래야."

그녀는 아이의 까맣고 예쁜 눈동자가 담긴 눈가를 조심스럽게 어루만졌다. 바보는 바로 자신이었다. 그동안 수차례 꿈에 나와 자신의 존재를 알렸던, 이토록이나 예쁜 아이를 어떻게 몰라볼 수 있었을까.

"너를 구할 수만 있다면 나는 몇 번이고, 몇 번이고, 몇 번이고……."

"……."

"몇 번이고 다시 미래로 올 거야."

이예주가 울음이 가득 찬 목소리로 다짐하듯 여러 번 읊었다. 아이가 그런 그녀를 한동안 말없이 바라보았다. 그러더니 꼬물꼬물 손을 뻗어 어딘가를 가리켰다.

"저기."

이예주는 아이가 가리키는 뒤쪽을 향해 고개를 돌렸다. 눈이 부실 만큼 환한 '문'이 열려 있었다.

"……저게 보여?"

그녀가 물었다. 그 순간이었다. 손 틈새로 모래가 빠져나가듯, 무언가가 몸 안에서 스르륵 빠져나가는 기묘한 감각이 느껴졌다.

이예주의 눈이 커다래졌다. 무형의 힘이 제 몸에서 슬며시 빠져나가는 동시에 환히 빛나고 있던 '문'의 형체가 서서히 희미해지기 시작했다.

람이 제 문을 강제로 없앨 때처럼 마구 일렁거리며 없어지는 것이 아니었다. 그저 본디 그런 것처럼, 지극히 자연스러운 현상같이 점차 빛을 잃어 가면서…… 끝내는 존재한 적이 없다는 듯이 이예주의 눈에서 완전히 사라졌다.

"흐, 흐으……."

왠지 모르게 뜨거운 덩어리가 왈칵 목구멍으로 치솟는 것 같아 그녀는 흐느꼈다.

검은 안개는 '문'을 넘는 제 능력이 과거나 미래와 상관없이 그저 목숨을 살리는 것이라 말했다. 그 능력 안에 예지몽은 포함되지 않았다.

제가 본능적으로 흡수했다고 느꼈던 엄마의 능력. 그리고 지금 이 순간, 이예주는 망설임 없이 제게서 빠져나오는 모든 것을 아이의 손에 쥐여 주었다.

과거, 엄마도 분명 그러했을 것이다. 손 틈새로 빠져나가는 능력들을, 망설임 없이 모두 이예주의 손에 쥐여 주었을 것이다.

그토록 없어졌으면 했던 능력인데, 막상 없어지는 찰나를 마주치자 쉴 새 없이 눈물이 흘러나왔다. 회한인지 환희인지 알 수 없었다.

문득 작은 손이 뺨에 닿았다. 아이가 손을 뻗어 그녀의 눈물을 닦아 준 것이다. 이예주는 더 이상 보이지 않는 '문'에서 고개를 돌려 아이를 바라보았다.

"아직도 문이 보여?"

"응. 환히 빛나고 있어."

아이는 순순히 고개를 끄덕였다. 이예주는 울면서도 환하게 웃었다. 절벽 바로 아래까지 팔열지옥 같은 용암이 차올랐다. 이제 헤어질 시간이었다.

"이젠 가야 돼, 아가."

"어디로?"

"문 너머로."

그러자 아이가 고개를 뒤흔들며 그녀를 와락 껴안았다. 그리고 어리광을 부리듯 말했다.

"가기 싫어. 드디어 만났잖아."

"하지만 가야 다시 만날 수 있는걸."

"나랑 다시 만나 줄 거야?"

아이가 눈을 동그랗게 뜨고 그녀를 올려다보며 물었다.

"당연하지."

이예주는 확신에 가득 찬 목소리로 답했다. 한때는 람이 죽으면 자신도 죽을 것이라는 극단적인 생각도 들었다.

하지만 결과적으로 그녀는 죽지 않았다. 검은 안개가 말한 기회가 지금을 의미한 것임을, 이제 그녀도 알 것 같았다. 모든 것을 안 이상, 람이 없어도 제 품 안의 아이를 두고 죽을 수 없었다.

"그만 가야 돼."

이예주는 제 품을 파고들어 칭얼거리는 아이의 몸을 부드럽게 떼어 냈다.

"약속할 거지?"

"그래. 우리 꼭 다시 만나자."

그러자 아이가 이예주를 바라보며 활짝 웃었다.

불현듯 거대한 그림자가 두 사람을 덮쳤다. 참을 수 없을 만큼 뜨거운 기운이 훅 몰아쳤다. 고개를 돌린 이예주의 눈이 커다래졌다. 서울 한복판에서 보았던 것처럼, 거대한 용암 파도가 마지막 남은 남쪽 대륙을 삼키기 위해 천천히 다가오고 있었다.

"아가야! 어서 문으로……!"

그녀가 다급히 아이를 '문'이 있던 쪽으로 밀어내는 그 순간이었다. 갑자기 눈앞에서 빛이 확 터져 나왔다.

이예주가 10살이 되던 해에 엄마를 과거로 돌려보내고 능력을 각성했던 것처럼, 모체의 능력을 흡수한 아이는 살기 위해 본능적으로 '문'을 보았다.

같이 있을 방법을 찾았다. 아이가 해맑게 웃으며 그녀의 품으로 와락 뛰어들었다.

"미래에서 기다리고 있을게."

엄마.

작은 속삭임이 얼핏 들렸을 무렵, 이예주의 시야가 환한 빛으로 점멸했다.

기어이 온 세상을 불사르는 천불 같은 용암이 절벽을 덮쳤을 무렵, 두 사람은 온데간데없이 사라진 후였다.

쿵, 쿠우웅— 소란스러움에 이예주는 찬찬히 눈을 떴다.

"여긴……."

그녀는 멍하니 주변을 돌아보았다. 자신은 어느새 신전 입구에 우뚝 서 있었다. 람이 돌아오며 쓰러뜨린 신전 앞의 기둥, 무너진 건물의 잔해들이 보였다.

"이, 이게 어떻게……."

이예주는 고개를 내려 제 몸을 마구 훑었다. 분명 아이를 품에 안고 있던 기억이 선명했다. 그런데 어째서.

"……꿈?"

꿈을 꾼 건가? 하지만 그렇다고 보기엔 온몸에 났던 상처들이 모조리 사라져 있었다. 자니아가 쏜 총에 맞은 어깨도, 삼지창에 꿰뚫렸던 가슴도, 땡땡 부어올랐던 발목도.

"과거로……."

아이가 치료해 준 그대로였다. 이예주는 믿을 수 없다는 듯 중얼거렸다.

"과거로 돌아왔어."

쿠구구궁— 그 순간 땅이 한차례 크게 요동쳤다.

"어, 어!"

몸이 휘청일 만큼 강한 진동에 신전 외벽이 쩍, 쩍 갈라졌다. 비틀거리다가 간신히 균형을 잡고 선 이예주는 고개를 들었다. 눈족들의 신전 안은 텅 비어 있었다. 그 한가운데 홀로 남아 지그시 눈을 감고 있는 남자가 보였다.

"……람?"

이예주는 무너져 내리는 신전 안으로 주춤주춤 걸어 들어갔다. 천장에서 기물이 우르르 떨어졌다. 거대한 샹들리에가 그녀의 머리를 아슬아슬하게 스치며 바닥에 처박혔다.

그러나 그 위험천만한 곳으로 향하는 발걸음을 멈출 수 없었다. 홀로 남은 이가 제가 아는 그 남자가 맞는지 확인을 해야 했기에. 정말로 제가 과거로 돌아온 건지 알아야 해서.

제단으로 가는 그녀의 걸음이 점점 경보에 가까워졌다. 얼마 안가 빠른 걸음은 내달림으로 바뀌었다.

"……람!"

황금 의자에 느른하게 앉아 있는 남자의 왼쪽 가슴이 뻥 뚫려 있었다. 그리고 그 틈새로 시뻘건 핏물이 제단을 타고 줄줄 흘러내려 강을 이루었다.

이예주는 직감했다. 미래에서 보고 온 것처럼 남자가 소멸 중이라는 것을.

"람!"

그녀는 두세 칸씩 계단을 밟아 제단 위로 미친 듯이 뛰어올랐다. 마침내 그의 앞까지 도달한 그녀는 아래로 숙여진 남자의 얼굴을 두 손으로 잡고 조심스럽게 들어 올렸다.

"람! 람, 눈 좀 떠 봐요."

가까이서 본 남자의 얼굴은 백지장처럼 창백했다. 힘겹게 다시 만났으나 처참하기 그지없는 그의 모습에 눈물이 왈칵 솟아올랐다.

"이제 그만해요. 나 다시 돌아왔어요!"

남자에게 대답이 없었다. 이예주는 고개를 내렸다. 그녀의 애원해도 불구하고 그의 왼쪽 가슴에서 뿜어져 나오는 피는 멈출 기세를 보이지 않았다.

"당신을 구하려고 내가 왔어요!"

그녀는 벌벌 떨리는 손으로 자꾸만 피가 흘러나오는 그의 뻥 뚫린 가슴 구멍을 막으려고 노력했다.

그 순간 '쿠구구궁—' 신전이 흔들렸다. 아니, 온 세상이 뒤집혔다. 이예주의 입새로 울음이 새어 나왔다.

"람! 내가! 내가 왔어요!"

그의 발치에서 뒹굴던 형제 없는 검은색 덩어리가 꾸물거리며 그녀에게 다가왔다. 아직 자아가 없지만 본능적으로 모체를 찾는 것이다.

"내가 드디어 미래에서 과거로 돌아왔다고요!"

이예주는 그것을, 람을, 검은 파편을, 그 모든 것을 끌어안으며 울부짖었다.

"그러니까 제발, 람!"

마침내 소멸로 향하는 행성의 움직임이 멈췄다.

"으으……!"

지익, 스으윽— 지익, 스으윽—

이예주는 안간힘을 쓰며 제 로브 후드 자락을 잡아끌었다. 로브 위에는 그녀보다 훨씬 크고 무거운 남자가 고이 눕혀져 있었다.

처음에는 어떻게든 람을 제 등에 업고 눈족 놈들의 주거지에서 나갈 생각을 했다. 하지만 그를 업고 제단을 엉금엉금 기어 내려온 이후 그 생각은 갈기갈기 찢어 버렸다.

"허억, 허억."

이예주의 입에서 숨넘어갈 듯 가쁜 호흡이 터져 나왔다. 결국 그녀가 고안해 낸 것은 제 로브를 희생하여 람의 깔개로 만들고, 자신은 인간 수레가 되는 것이었다.

"미친…… 이게 대체 무슨 개고생이야."

활짝 열려 있는 장벽을 막 빠져나온 그녀는 잠시 멈춰 서서 손으로 이마의 땀을 훔쳤다. 서늘한 바람이 내의만 입고 있는 그녀의 몸을 스쳐 지나갔다. 그러나 눈이 수북이 쌓인 남쪽 대륙치고 그다지 춥지 않았다. 오히려 장벽 밖의 공기가 따뜻하게 느껴졌다. 피가 멎은 남자와 관련 있는 것 같았다.

"아오, 힘들어."

잠시간의 휴식도 금방 끝이 났다. 이예주는 다시 남자를 담은 로브 자락을 움켜쥐었다.

분명 '문'을 넘기 전에는 장벽이 열려 눈족 마을이 시간족은 물론이고 별의별 인간들로 바글바글했었다. 하지만 막상 장벽을 지날 때까지 그녀는 아무도 마주치지 않았다. 마치 한순간에 사람만 증발해 버린 것처럼 텅 비어 있는 마을은 을씨년스럽기 그지없었다.

"으흐으!"

이예주는 모든 힘을 쥐어짜 필사적으로 람을 끌고 설원을 지났다. 한참을 끙끙대며 장벽에서 멀어지던 그때였다.

"헤이, 인간! 내가 도와줄까?"

불현듯 뒤에서 누군가 그녀를 불렀다. 이예주는 화들짝 놀라 뒤를 돌아보았다.

"……누, 누구세요?"

"나야, 나!"

얼마 떨어지지 않은 곳에 고동색 머리칼을 가진 장신의 남자가 반갑다는 듯 손을 흔들고 있었다. 누구나 호감이 갈 만큼 잘생긴 미남이었다. 그러나 이예주는 그저 어리둥절했다. 미남인 것을 떠나 처음 보는 사람이었기 때문이다.

"나 알아요?"

"벌써 나를 잊었어?"

"난 당신 처음 보는데요?"

"내가 매번 주인에게 그쪽 잘 돌보라고 그 뭐냐. 그 인간들의 말로 그, 그……."

남자가 갑자기 생각이 안 난다는 듯 이마를 감싸 쥐고 고뇌했다. 그러더니 번뜩 손가락을 딱 튕겼다.

"그래! 코치! 내가 매번 코치도 해 줬구만. 이러면 섭섭해!"

"……미친놈."

이예주는 다시 몸을 돌렸다. 별 미친 인간을 다 보겠네. 갈 길이 바빴다. 어서 얼음 동굴이 있는 숲까지 람을 끌고 가야…….

"에헤이! 신인류 말은 다 듣고 가야지!"

그러나 남자가 후다닥 달려와 무시하고 제 갈 길 가려는 그녀의 앞길을 막아섰다. 이예주의 눈이 휘둥그레졌다.

"당신 신인류야?"

"그러엄! 주인에게 쓸모를 인정받은 늠름하고 자랑스러운 신인류지!"

남자가 의기양양하게 가슴을 쭉 내밀었다. 그러면서 그녀의 앞에 제 머리를 숙였다. 그의 정수리 위에는 고동색 머리칼 때문에 미처 보지 못했던 가느다란 관 두 개가 하늘하늘 움직이고 있었다.

'곤충인가?'

이예주는 잔뜩 곤두세웠던 경계를 조금 풀었다. 람을 해치려는 불순한 인간이 아닌 것만으로도 다행이었다.

"남쪽 대륙에 신인류는 펭양밖에 없다고 했는데…… 당신 무슨 신인류인데요?"

"그렇게 날 무시하더니! 그러게 내 인간 모습을 보면 후회할 거라 했지?"

"아니, 내가 언제 무시했다고 그래요?"

이예주는 흰 눈을 떴다. 오늘 처음 보는, 그것도 무슨 동물인지도 모르는 신인류를 언제 봤다고 무시한단 말인가.

"그래서 당신이 누군데요. 나 힘들어 죽겠으니까, 도와줄 거면 도와주고 아니면 길 막지 말고 빨리 비켜요!"

"칫! 기다려 봐!"

남자가 뒷걸음질 쳐 그녀에게서 조금 떨어졌다. 왜 떨어지는 거지? 이예주는 그저 멀뚱멀뚱 그 모습을 바라보았다.

"이제 기억나겠지?"

'펑!' 하고 검은 연기가 피어올랐다. 그 사이로 거대한 그림자가 어른거렸다.

"자! 도와줄 테니 주인을 내 등 위에 올리라고, 인간!"

어마어마한 크기의 더듬이가 이예주의 눈앞에서 산들산들 흔들렸다. 놈은 바로, 거대 대왕 바퀴…….

"아아아악—!"

이예주는 끌고 가던 람도 내팽개친 채 찢어지는 괴성을 지르며 도망갔다.

"어, 어디 가는 거야! 인간! 인간!"

얼음 동굴로 돌아온 이예주는 하루의 시작부터 끝을 온종일 동굴 뒤편에 있는 온천에서 보냈다. 얼마 전 눈족 놈들의 신전에서 데리고 나온 남자를 그 안에 담가 두었기 때문이다.

"람, 좋은 점심이에요!"

온천에 도달한 이예주가 활기차게 외쳤다. 그녀는 부끄러운 줄도 모르고 옷을 훌렁훌렁 벗고 온천 안에 입수했다. 그리고 익숙하게 물살을 가르며 남자가 바위에 기대어 있는 곳에 도달했다.

"좀 늦었죠? 오늘 아침에는 대왕 바퀴벌레…… 아니, 아니!"

이예주는 급히 말을 멈추며 진저리를 쳤다. 신전에서 나와 람을 끌고 가던 것을 도와준 이후 그녀는 대왕 바퀴벌레와 제법 친해졌다. 비록 그녀의 몸통만 한 더듬이 사이에 타는 것은 여전히 소름 돋았지만, 그래도 본인의 말처럼 바퀴벌레의 인간형은 무척 훈남이었다.

"바 군이 같이 갈 곳이 있다고 해서요……. 강제로 끌려갔다 왔지 뭐예요."

뿌연 수증기 사이로 드러난 남자는 여전히 눈을 꾹 감은 채 잠들어 있었다.

"이거 봐요! 꽃이에요. 숲속에 꽃밭이 생긴 거 있죠?"

이예주는 물에 젖지 않도록 열심히 받쳐 온 들꽃을 그의 얼굴에 들이밀었다.

"날이 점점 포근해지고 있어요. 남쪽 대륙이 녹고 있나 봐요……."

한숨처럼 중얼거린 그녀는 꽃을 조심스레 남자의 귀 옆에 꽂아 주었다. 그리고 그 모습을 보며 살포시 웃었다. 꽃을 꽂은 채 곱게 잠든 그의 모습이 꼭 동화 속의 잠자는 공주님 같았다. 아니, 잠자는 왕자님인가?

"얼마 전에 제드가 찾아왔었다고 내가 얘기해 줬나요? 당신이 복구한 동쪽 대륙에 사는 신인류들이 받아 줬대요."

"……."

"제드 키가 엄청 자랐어요. 예전에는 저랑 비슷했는데 지금은 그래도 좀 남자다워진 것 같아요. 들어 보니까 호랑이 신인류한테 싸움 기술을 배우고 있대요. 호되게 배우고 있는지 눈두덩이 밤탱이가 돼서 왔는데……."

대답 없는 남자에게 도란도란 말을 걸던 목소리가 조금씩 잦아들었다.

그녀가 미래에서 과거로 돌아온 그날 이후 꽤 오랜 시간이 흘렀다. 그간 많은 일들이 있었다.

얼어붙은 남쪽 대륙이 녹기 시작했고, 눈족의 주거지를 둘러싼 장벽은 활짝 개방된 상태를 유지했다. 팔족이 살던 서쪽 대륙은 시간이 멈춘 용암 위에 새로운 용암이 덮쳐져 완전히 붕괴됐다. 반면 전쟁터였던 동쪽 대륙은 살아남은 신인류와 인간의 새로운 터전이 되었다.

이예주가 미래에서 용암에 빠뜨려 죽인 쟈니아는 세상에서 흔적도 없이 사라졌다. 쟈니아뿐 아니라 대부분의 시간족이 지구에서 사라졌다.

수많은 인간들과 신인류들이 죽었다. 마치 깨끗하게 청소가 된 듯 세상 곳곳이 텅 비었다. 온 대륙을 소멸하려던 람에 의해서이기도 하고, 제가 잠시 다녀왔던 10년 후 미래의 여파 때문인 것 같기도 했다.

많은 수의 인간들과 신인류들이 하루아침에 죽고 사라졌다는 이야기를 바퀴벌레에게 전해 듣던 이예주는 문득 사막에서 히카톤을 만났을 때 람이 했던 말을 떠올렸다. 죽은 것들은 어떻게 해도 되살아날 수 없다고.

또 '문' 안의 공간 속에서 만났던 검은 안개가 말했다. 과거와 미래는 이어지는 것이 아니라 다른 차원에 존재하는 것이라고.

'능력'을 통해 차원을 넘나들던 이예주와는 달리, 미래에서 죽어버린 이들은 다시 과거로 돌아오지 못했다. 항상 다른 사람들의 시간 틈바구니에 끼어드는 것이 불편했던 이예주는 그것이 참으로 기묘하게 느껴졌다.

어찌 됐건 인간들을 몸체 위에서 몰아내고 싶어 했던 람은 그토록 바라던 목표를 거의 이루게 되었다.

하지만 그럼에도 불구하고 1000년 전처럼 어떻게든 살아남는 생명체들은 존재했다. 그중 하나인 릭 아저씨의 가족과 브레든, 베니 남매는 얼마 전 새 터전을 찾아 동쪽 대륙으로 떠났다.

그녀는 제 곁을 떠나기 싫어하는 아이들을 곧 다시 만날 거라는 말로 간신히 달래 보냈다. 춥고 척박한 남쪽 대륙보단 따듯하고 온화한 동쪽 대륙이 아이들이 살기에 훨씬 나으리라.

자신이 과거로 돌아왔기 때문에 쟈니아 또한 다시 살아나는 게 아닐까 싶어, 이예주는 한동안 눈족 마을에 촉각을 곤두세웠다.

그러나 꽤 오랜 나날이 지났음에도 그 괴물이 다시 나타났다는 소식은 들려오지 않았다. 그녀는 여전히 쟈니아가 악마 같은 얼굴로 자신을 쫓아오는 악몽을 꾸지만, 그래도 애써 믿기로 했다. 자신이 바꾸고 온 미래를.

"……있잖아요."

그 모든 일이 지나간 후에도 남자는 여전히 눈을 뜨지 않았다. 이예주의 얼굴이 천천히 흐려졌다.

"이거 당신 질투하라고 말하는 거예요."

잠든 람을 온천에 담가 놓은 것은 그녀의 아이디어였다. 상처를 치유하고 원기를 돋우는 데 효능이 탁월해 람 또한 종종 이용한다고 했던 말을 기억해 낸 것이다.

확실히 온천의 효능이 좋은 건지 아니면 남자의 괴물 같은 치유력이 발동한 건지, 피만 멎은 상태로 뻥 뚫려 있던 남자의 왼쪽 가슴이 차차 아물었다. 지금은 붉은 흉 자국만 남고 완전히 재생된 상태다.

그런데 왤까. 왜 람은 눈을 뜨지 않는 걸까.

"나 이제 문으로도 못 도망치게 돼서 그냥 이곳에 적응하고 살려고 작정했어요."

이예주는 능력을 완전히 상실했다. 10년 후 멸망 직전의 미래에서 과거로 돌아온 것은 제 능력이 아니었다. 다리 위에서 뛰어내린 엄마를 과거로 보낸 것처럼, 미래에서 본 아이가 자신을 과거로 보낸 것을 이제는 잘 알았다.

그녀는 더 이상 '문'을 넘어 과거로도, 미래로도 갈 수 없게 되었다.

"……그런데 이렇게 계속 눈 안 떠서 내가 다른 남자한테 홀랑 가버리면 어떡하려고 그래요? 원래 살던 곳에서 내가 얼마나 인기가 많았는지 알아요?"

"……."

"다들 나한테 밥 한번만 같이 먹자고 안달 냈어요. 영화 한번 보자고, 놀이공원도 같이 가자고 막 그러고. 데이트 신청이 엄청 들어왔다고요."

"……."

"봐요, 제드도 날 못 잊어서 여기까지 찾아온 거. 원래 이렇게 인기 많은 여친을 두면 불안해야 하는 건데……."

이예주는 남자의 단단한 가슴팍에 살며시 머리를 기댔다. 곧 울음이 터질 것 같은 얼굴을 숨기기 위해서였다.

"아니, 사실 거짓말이에요."

"……."

"이거 다 당신이 깨어나면 같이하고 싶은 것들이야. 그니까 나랑 데이트하고 싶으면 빨리 눈 떠요."

"……."

"아직 멀었어요?"

이예주는 남자의 품에서 고개를 들었다. 곱상한 얼굴은 여전히 미동이 없었다.

"씨, 잘생겨서 봐줬다."

그녀는 벌겋게 달아오른 눈을 흘기며 애써 밝은 목소리로 말했다.

"조금만 더 기다려 줄게요."

"레, 레이디. 뭐, 뭘 하고 계시는 거예요?"

이예주는 익숙한 목소리에 고개를 돌렸다. 키가 꽤 커진 남자가 멀뚱멀뚱 그녀를 바라보고 있었다.

"야, 너 또 왔냐?"

이예주가 제드의 모습을 보고 부득 인상을 썼다. 하여간, 펭양이 잠깐 자리를 비우면 바퀴벌레부터 인간까지 온갖 것들이 꼬인다.

"너 요즘 싸움 배운다며, 안 바빠?"

"바, 바 군이 동쪽 대륙으로 꼬, 꽃을 옮겨 심는 것을 도와 달라고 해서요. 겨, 겸사겸사……."

"이 바퀴벌레 새끼!"

세상이 뒤집혔는데도 죽지 않고 용케 목숨을 보전한 제드는 바퀴벌레와 절친한 친구가 됐다. 바퀴벌레 자식은 귀찮은 일을 제드에게 떠맡기는 대신, 종종 그를 남쪽 대륙에 떨궈 주었다. 절친의 이룰 수 없는 사랑이 눈물겹다는 이유에서였다.

"뭐, 뭘 만드시는 건데요?"

이예주의 박대에도 불구하고 제드가 슬금슬금 꽃을 헤치며 다가왔다. 그녀는 황급히 제가 만든 쓰레기를 감추려다 이내 그에게 부끄러워할 이유가 없다는 것을 깨닫고 당당히 보여 줬다.

"화관 만들고 있었어."

"화, 화관이요? 이, 이, 이 뭉치가요?"

"죽고 싶어?"

"아, 아뇨! 아, 아주 잘 만드셨어요!"

제드가 황급히 고개를 저으며 부정했다. 놈에게 눈을 부라리던 이예주는 이내 시무룩해졌다. 제가 만들었지만 좋게 봐줘도 화관이라 할 수 없었다. 꽃은 다 뭉그러졌고, 억지로 매듭을 묶은 줄기들은 너덜너덜해져 시큼한 즙이 배어났다.

"제, 제가 좀 도와드릴까요?"

"네가?"

"네, 네. 요, 요즘 동쪽 대륙에서 제, 제가 식물을 가꾸잖아요."

"그래?"

제드에게 그런 재주가 있는 줄은 몰랐다. 이예주의 눈을 반짝이며 말했다.

"그럼 알려 줘."

"이, 일단 이, 이렇게 중간 부분을 잡아서 매, 매듭을 지으면 안 돼요. 그, 그럼 꽃이 쉬, 쉽게 망가질 수 있으니까, 이, 이 끝을 잡고 이렇게 살살……."

"오오, 잘하는데?"

이예주의 칭찬에 제드의 볼이 발그레해졌다. 그는 조금 더 의욕적으로 화관을 만들며 은근슬쩍 물었다.

"라, 람 님에게 드리려는 거예요?"

"응. 원래 반지 만들어 주려고 했는데, 너무 작아서 도저히 못 만들겠어. 그래서 화관으로 바꾼 거야."

이예주는 그를 따라 다시 매듭을 지으며 심드렁하게 답했다. 제드가 그 말에 기절초풍했다.

"바, 바, 반지요?!"

"그렇다니까."

"바, 반지는 사, 사랑하는 여, 연인들끼리나 주고받는…… 으허억!"

그 순간이었다. 마구 더듬거리며 말을 쏟아내던 제드의 뒷덜미가 위로 불쑥 솟았다.

"이건 내 거라고 했을 텐데."

"으, 으허어!"

장신의 남자가 들고 있는 것을 옆으로 휙 내던졌다. 제드는 종잇장처럼 쉽게 꽃밭 밖으로 나가떨어졌다.

"꺼져."

오만한 명령이 떨어졌다. 약한 수컷은 곧 '으에엥!' 우는 소리와 함께 숲 저편으로 사라졌다.

"어……."

이예주는 한동안 멍한 얼굴로 위를 올려다보았다. 쏴아아— 한차례 그들 사이로 꽃향기를 담은 바람이 지나갔다.

검은색 장포를 입은 남자가 한 손으로 흐트러진 머리칼을 쓸어 올리며 뇌까렸다.

"그새를 못 참고 다른 남자와 노닥거리다니."

"……."

"이래서야 마음 놓고 잠에 들 수가……."

"……람!"

이예주는 비명을 지르며 벌떡 일어났다. 그리고 남자에게 코뿔소처럼 돌진했다. 와락 허리를 껴안자 남자가 나지막이 신음했다.

"어, 언제 일어났어요? 여기로 오기 전에 분명 온천에 들렀는데, 그런데 대체 어느 틈에……."

"어떻게 된 거지?"

람이 불쑥 한 손을 들어 이예주의 볼을 조심스럽게 쓰다듬었다. 깨어난 지 얼마 안 된 그는 조금 혼란스러워 보였다. 어쩌면 이예주처럼 지금 꿈을 꾸고 있는 것이 아닌가 가늠하고 있는 걸지도 모른다.

"분명 널 되찾기 위해 온 대륙을 소멸시키는 중이었는데. 너를……."

남자가 문득 말을 멈췄다. 정신없이 저를 올려다보던 인간 여자의 얼굴이 불현듯 왈칵 흐려졌기 때문이다.

"왜……."

남자의 질문을 듣는 동시에 수많은 장면들이 이예주의 눈앞을 스쳐 지나갔다. 람을 구하기 위해 대신 창에 찔리고, 10년 후인 미래로 넘어가 아이를 구한 후 자니아를 죽였던.

"왜 그렇게 바보 같은 짓을 했어요?"

두려움에 벌벌 떨면서도 악착같이 움직여야 했던 그 모든 순간들이.

이예주의 얼굴이 참을 수 없을 만큼 고통스럽게 일그러졌다.

"내가, 내가 무슨 개고생을 했는데!"

"……."

"당신을 구하느라 대신 창까지 맞아 가면서 굴렀는데! 왜 그런 바보 같은 짓을 또 했냐고요!"

순식간에 눈앞이 뿌예졌다. 드디어 눈을 뜬 남자를 마주 보게 되었지만 기쁨보단 슬픔이 앞섰다. 정말로 죽은 줄 알았다. 죽기 살기로 구해 냈다고 생각했는데, 손쓸 틈도 없이 죽어 버렸을까 봐 얼마나 무서웠는지 모른다.

"……예주야."

람이 두 손으로 이예주의 얼굴을 잡고 조심스럽게 들어 올렸다. 드러난 얼굴이 흥건하게 젖어 있었다.

"내가…… 내가 당신 안 일어날까 봐 얼마나 마음 졸였는지 알아요?"

"……."

"나는 죽을 둥 살 둥 개고생 하는 동안 태평하게 잠이나 자고! 가슴에 이따만 한 구멍이 나서 피를 한가득 흘리고! 다시는 눈 안 뜰까 봐 내가 얼마나! 얼마나!"

얼마나 무서웠는지 아냐고. 이예주는 이제야 그간 꾹꾹 눌러 참았던 서러움을 토해 냈다.

엉엉 우는 그녀를 가만히 바라보던 남자가 얼굴을 조금 일그러뜨렸다. 그 모습이 마치 그녀를 따라 같이 울고 싶은데 우는 법을 배우지 못한 어린아이 같았다.

그는 소중한 것을 쓰다듬듯 하염없이 어린것의 얼굴을 쓰다듬다 이내 제 품에 강하게 끌어안았다.

"울지 마."

"……."

"울면 못생긴 홍당무 같다고 했지 않아."

"지금 그런 농담이 나와요?!"

이예주는 주먹으로 퍽퍽 남자의 등을 내리치고 엉엉 울다, 또 뜨거운 것이 복받쳐 올라 남자의 등을 내리치길 반복했다.

남자는 그럼에도 그녀를 놓아주지 않았다. 그렇게 람의 품에서 온갖 감정을 토해 내던 이예주는 한참 후에야 진정했다.

"……있잖아요."

그녀는 결국 두 손을 들어 남자를 마주 끌어안으며 속삭였다.

"당신이 잠들어 있는 사이에 우리 첫 계약 조건을 한번 생각해 봤어요."

람은 답 없이 그녀의 머리칼을 부드럽게 쓸어 넘겼다. 계속하라는 것 같았다.

"왜 날 살리는 쪽으로 마음을 바꿨는지, 당신의 감정을 알려 달라 그랬잖아요."

"그래서, 좀 알아냈나?"

이예주는 꿈지럭거리며 남자의 품에서 고개를 들어 그를 올려다보았다. 자신을 바라보는 남자의 눈은 더 이상 시뻘겋게 번뜩이지 않았다. 그래서 확신했다.

"그건 당신이, 당신이 사랑에 빠져서."

"……."

"당신이 내게 반해서, 그래서 이렇게……."

"……."

"이렇게 눈동자 색이 바뀔 만큼 날 사랑하게 되어서……."

그녀는 불쑥 한 손을 들어 남자의 눈가를 어루만졌다.

검붉은 색으로 변해 활활 타오르던 남자의 동공, 어느 순간부터 그 안에 살기와 혐오 대신 다른 감정이 가득 찼다는 것을 이제는 알았다.

"그래서…… 그래서 그런 거예요."

예전에 상상했을 때가 있다. 감정을 모르는 남자이니 미친 척하고 이런 말을 해 볼까. 그러면 남자는 '헛소리를 하는군. 계약 위반이다.' 같은 소리를 지껄이며 그녀에게 벼락을 내리치는 것이다.

하지만 현실은 상상과 달랐다.

"그렇군."

남자는 진지하게 고개를 끄덕였다. 정말로 그간 아무것도 몰랐던 것처럼. 그리고 덧붙였다.

"그럼 넌 내가 최초로 사랑한 인간이 되는 건가."

언젠가 제가 처음 고백했을 때 그의 대답이 떠올라 이예주는 작게 실소했다.

"예주야."

남자가 그녀의 귓가에 다정한 목소리로 무언가를 속삭였다.

그 말에 이예주는 람의 목을 와락 껴안으며 활짝 웃었다. 그리고 저 또한 작게 속삭이며 답했다.

시뻘겋고 미친…… 아, 아니, 시뻘겋고 멋진……

"저도요."

사랑하는 나의 레드 앤 매드.

-Red and Mad 完-

외전

외전 1

람은 깨어나자마자 무척 바빠졌다.

이예주를 되찾기 위해 모든 대륙을 소멸시키는 무식한 짓은 다행히 당사자가 직접 돌아오면서 종결되었다. 그러나 남은 대륙 곳곳에 미처 다 사라지지 않은 멸망의 잔재가 도사렸다.

아예 사라져 버린 서쪽 대륙은 그렇다 쳐도, 살아남은 인간과 신인류가 가장 많은 동쪽 대륙은 정말 심각한 상태였다.

여러 번의 반복된 붕괴로 인해 지반이 대폭 축소된 동쪽 대륙은 틈만 나면 밀려오는 해일에 침수되었다. 그도 모자라 이 세계에서 가장 높은 산의 꼭대기에서 흘러 내려온 용암이 아직 굳지 않은 채 들끓었다.

람은 대부분이 텅 비어 버린 몸체를 무척이나 만족스러워했다. 이왕 이렇게 된 것 아예 남은 것들마저 멸살하고자 했지만, 베니 남매와 브레든, 그 밖의 아는 인간들로 인해 사색이 된 이예주 때문에 별 수 없이 그만뒀다.

살아남은 것들이 마저 죽어 나가지 않도록 그는 제가 저지른 일을 수습하기로 했다.

그러나 다시 재회한 지 얼마 안 된 인간 여자가 그에게 달라붙어 떨어질 줄을 몰랐고, 람 또한 더 이상 어린것을 혼자 두는 것이 편치 않았다.

그리하여 그들은 결국 함께 남쪽 대륙을 떠나게 되었다.

"예주양…… 펭양이 보러 자주 올 거지양?"

난리 통에 순심이와 함께 얼음 동굴에 처박혀 있던 펭양은 다행히도 무사했다.

"그럼!"

이예주는 두 날개를 마주 잡고 훌쩍이는 펭양을 달래 주었다. 펭귄 옆에 서 있던 커다란 흰 순록이 '푸르릉!' 하고 덩달아 투레질을 했다.

"왜 울고 그래. 자주 놀러 올 테니까 순심이랑 잘 있…… 악!"

"이제 당분간 올 일 없다."

하지만 채 말을 끝맺기도 뒤에서 훽 잡아당기는 힘에 의해 속절없이 끌려갔다. 휘청거리는 것도 잠시, 단단한 팔이 그녀를 옥죄었다.

"깜짝이야. 갑자기 왜 그래요!"

얼떨결에 펭양의 날개를 놓친 이예주가 흘긋 뒤를 돌아보며 외쳤다. 제 후드를 잡아당겨 끌어안은 남자가 무표정한 얼굴로 잘도 지껄였다.

"여기서 완전히 작별 인사 하지, 펭귄."

"히, 히잉……."

단호한 주인의 말에 펭양의 까만 눈동자가 그렁그렁해졌다. 이예주는 멋대로 제 행보를 단정 짓는 남자의 모습에 기가 막혔다.

"왜요?"

"인간들은 성혼 후에 여행을 가야 한다더군. 일이 정리되면 여행을 다니느라 한동안 남쪽 대륙으로 돌아오지 않을 예정이다."

"히힝…… 그럼 어쩔 수 없지양……. 그럼 여행 끝나고 다시 올 거지양? 펭양이 기다릴 거양!"

"착하군."

펭양은 놀랍게도 남자의 어이없는 말에 눈물을 그치고 쉽게 납득했다.

"서, 성혼? 허."

저들끼리 북 치고 장구 치는 주인과 그 부하의 모습에 이예주는 어벙한 얼굴로 버벅거리다가 물었다.

"우리가 어, 언제 성혼했는데요?"

람은 그녀의 물음에 불쾌한 듯 눈살을 찌푸렸다.

"그럼 안 했나?"

"그니까 언제요?"

"인간들은 남녀가 여러 번 교미를 나누면 으레 혼인을 하고 새끼를 가지던데. 게다가 넌 이미 배 속에 내 에너지를……"

"닥쳐!"

이예주는 기겁해서 번쩍 손을 들어 망발을 지껄이는 입을 틀어막았다. 허겁지겁 펭양을 돌아보자 까만 눈동자가 호기심을 가득 담은 채 반짝이고 있었다.

"아냐! 그, 그런 거 아냐!"

이예주는 순식간에 터질 것처럼 벌게진 얼굴로 마구 도리질을 쳤다. 그리고 미친놈이 더 헛소리를 지껄이지 못하도록 마구 끌어당겼다.

"그만하고 어서 가요! 어서!"

남자는 순순히 그녀를 따라 얼음 동굴에서 아래로 이어지는 언덕길을 내려왔다.

'아직도 부끄럼을 타는군.'

그의 머릿속에 직접 들었다면 환장할 생각이 둥둥 떠다니고 있다는 사실은 물론 전혀 몰랐다.

언덕 아래에서 그들을 동쪽으로 실어 나르기 위해 기다리고 있던 바퀴벌레 옆에 선 이예주가 그제야 람의 손을 놓고 뒤를 돌아보았다.

작은 펭귄은 여전히 얼음 동굴 앞에 서서 눈물이 그렁그렁한 얼굴로 그들을 배웅하고 있었다. 펭양이 짧고 귀여운 한쪽 날개를 들어 손을 흔들었다.

그 모습에 이예주는 불현듯 코끝이 시큰해졌다. 남쪽 대륙에 온 이후 자주 보았던 모습이었다. 숲을 떠나면서 따라오지 말라고 매몰차게 떼 놓던 자신, 동굴 앞에 우두커니 서서 그런 자신을 배웅하던 작은 펭귄.

생각해 보면, 단 한 번도 걱정하는 펭양의 불안감을 덜어 준 적이 없었다.

"펭양아! 순심아!"

이예주는 버럭 외쳤다. 가장 힘든 시기에 곁을 지켜 준 소중한 인연들이었다.

"금방 다시 돌아올게!"

만세 하듯 두 팔을 위로 번쩍 쳐들고 크게 흔들었다. 그 모습에 울먹울먹하던 펭귄의 노란 부리가 활짝 벌어졌다. 커다란 순록도 투레질을 반복했다.

이예주는 그 이후로도 한참을 더 손을 흔들며 펭귄과 인사했다. 요즘은 그런 나날들이었다. 미래를 바꾸고 돌아오지 못했더라면 보지 못했을 인연들, 풍경들이라 모든 것에 미련이 남았다.

"그만하고 가자고 했지 않아."

꼭 다시 못 볼 것처럼 열렬히 인사하는 펭귄과 인간 여자의 애틋한 꼴을 보다 못한 람이 이예주의 어깨를 끌어안았다.

그녀는 그제야 떨어지지 않던 발걸음을 떼어 본체로 변한 바 군위에 올라탈 수 있었다.

그들은 용이 유희를 위해 세상을 한 바퀴 도는 것처럼 천천히 중앙 대륙을 가로질렀다. 물론 타고 가는 것은 용이 아니라 시커먼 대왕 바퀴벌레였지만, 어쨌든 하늘을 나는 모습은 비슷했다.

사막은 여전했다. 깊은 지하에서 용암이 막 솟아오르려 한 것처럼 군데군데 치즈의 구멍 같은 구덩이들이 푹푹 파여 있긴 했지만, 다른 대륙에 비하면 멀쩡한 편이었다.

가도 가도 텁텁한 모래 능선만 나오는 아래를 구경하는 것도 금방 물렸다. 따가운 뙤약볕을 피해 람의 품에 안겨 방탕하게 늘어져 있던 이예주는 문득 잊고 있던 것이 떠올랐다.

"그러고 보니 괴물은 어떻게 됐어요?"

사막에는 히카톤이 살았다. 검은 안개는 괴물이 아니라 눈족 인간들이 원하던 최종 진화체라 했지만, 이예주는 아직도 그 끔찍한 외형을 떠올리면 절로 몸서리가 쳐졌다.

"망할 것들. 쟈니아도 죽었는데, 설마 아직도 살아 있는 건 아니겠죠?"

불길한 생각에 창백해지는 그녀를 람이 흘긋 내려다보았다.

"알고 싶나?"

그가 무심한 얼굴로 물었다. 이예주는 별생각 없이 고개를 주억거렸다.

“대부분이 소멸했다. 그러면서 뭉쳐 있던 에너지들도 다시 순환되기 시작했지.”

“……잘된 일이죠?”

람은 딱히 대답하지 않았다. 그녀는 그냥 제멋대로 잘된 일이라고 받아들였다.

눈족 인간이 변화한 괴물은 눈족 인간뿐 아니라 살아 있는 생명체는 모조리 잡아먹었다. 특히 잡아먹힌 인간들은 괴물의 위장에서 소화되는 것이 아니라 괴물의 일부로 재탄생되었다. 에너지가 뭉쳐 있었다는 것은 그것을 의미하는 것이리라.

다시 순환되기 시작했다니 이예주는 대강 알아먹고 긍정적으로 생각했다. 이어서 남자가 궁금증을 마저 풀어 주었다.

“중앙 대륙의 모래 속에 숨어 있던 것들도 용암 구덩이에 빠져서 계속 녹아 들어가고 있지. 최초의 눈족 놈이 소멸할 때까지.”

“으으!”

이예주는 왠지 그 모습이 상상이 가서 또 몸서리쳤다.

한참 후, 그녀는 람의 품에서 고개를 빼꼼 빼내어 아래를 내려다보았다. 다시 본 사막은 그야말로 텅 비어 있었다.

예전에도 죽은 땅과 진배없다고 생각했지만, 괴물마저 사라진 사막은 정말이지 살아 숨 쉬는 생명체가 단 하나도 존재하지 않는 것처럼 황량했다.

문득 일전에 잠깐 상상했던, 람에 의한 인간 멸종 이후가 떠올랐다. 모두가 죽고 남은 사람이 자신 혼자뿐일 때, 그때 보는 세상이 바로 이런 모습이 아닐까.

그러고 보니 결과적으로 인간의 멸종이 부쩍 가까워졌다. 그러나 그것은 온전히 람에 의해서만 이루어진 것이 아니었다.

미래를 바꾸고 돌아온 자신으로 인해서도 많은 사람들이…….

"기분이……."

무의식중에 애써 잊고 있었던 현실을 직시하게 되자 갑자기 가슴이 덜컥 내려앉는 느낌이 들었다. 눈앞이 아찔해지고 호흡이 가빠졌다.

"……기분이 좀, 이상해요."

이예주가 얕게 할딱이며 중얼거렸다.

"너무 텅 비어서…… 사, 살아 있는 게 아무것도 없으니까, 그게 나 때문인가 싶고……."

"이제 그 지긋지긋한 것들도 없으니 사막을 다시 채워도 되겠지."

고개를 빼서 아래를 내려다보던 이예주의 얼굴이 불현듯 돌아갔다. 람이 억지로 그녀의 얼굴을 끌어당겼기 때문이다.

거칠어진 숨소리를 곧바로 눈치챈 듯 그는 그녀의 머리 위에 턱을 올리고 제 품에 더욱 깊숙이 숨겼다.

"죄 없는 인간들이 죽어 나가는 데 가담하고 싶지 않다고 했었나."

"……."

람의 숨결이 앞머리를 간질였다. 조금 답답했지만 이예주는 그 품에 얌전히 안겨 남자가 속삭이듯 내뱉는 말이 무얼 뜻하는지 생각했다.

얼마 되지 않은 일이라 그런지 어렵지 않게 떠올릴 수 있었다. 눈족의 신전에서였다. 인간들의 멸종을 조금이라도 늦추고 싶다면 허튼짓 하지 말고 가만히 있으라는 람의 말에 제가 답한 말이었다.

사시나무처럼 떨며 독을 토해 내듯 당신을 선택했노라고 고백했던 제게 람이 뭐라 경고했던가.

—네가 내 곁에서 도망치려 들지만 않는다면 아무 일도 없을 테니까.

그랬던 남자가.

"인간들의 생존을 저지하던 제약을 풀었다."

"……."

"지금까지 끈질기게 살아 남아온 종족이니 금방 다시 번식해서 대륙을 차지하겠지."

이예주는 남자의 품에 처박았던 고개를 천천히 들었다. 검붉은 눈동자가 오롯이 자신을 내려다보고 있었다.

인간을 보면 시뻘겋게 변하면서 온갖 살기와 혐오를 내뿜던 눈동자는 이제 온데간데없었다. 더없이 기쁜 변화였다. 하지만 이예주는 마냥 기뻐할 수 없었다.

그간 남자가 인간들에게 당했던 모든 일을 제 눈으로 똑똑히 보았다. 그 참혹하고 비참한 과거를 보았는데 그에게서 인간에 대한 증오가 사라진 것을, 대체 어떻게 기쁘게만 받아들일 수 있겠는가.

멍하니 람을 올려다보던 이예주의 얼굴이 조금씩 흐려졌다.

"그래도…… 그래도 괜찮겠어요?"

"……."

"다시, 다시 생존하고, 다시 많아져서, 그래서 당신을 해치려고 들지도 모르잖아요. 그러면, 그러면……."

"괜찮아."

람이 희미하게 웃었다. 그리고 손을 들어 창백해진 그녀의 뺨을 어루만졌다.

"이제 내게는 네가 있으니까."

그가 느리게 고개를 내렸다. 차갑게 질린 이예주의 입술에 따뜻한 온기가 맞닿았다.

살아남은 인간들은 다시 농사를 지을 수 있게 되었다.

바퀴벌레는 그들을 이 세계에서 가장 높은 산의 중턱에 내려 준 후 거하게 똥을 지리고 곧바로 산 아래로 내려갔다.

이예주는 체력이 회복될 때까지 같이 산장에 머무르자 했지만, 어쩐 일인지 사색이 되어 고개를 내젓더니 도망치듯 사라졌다.

"크흠! 주, 주인님의 신혼을 방해할 수는 없지!"

부우우웅— 불길한 소음을 내며 날아가는 놈이 외친 말 때문에 이예주는 시뻘게진 얼굴에 연신 손 부채질을 해야 했다.

그녀와 함께 다시 뤼미에르 꽃의 경계 안에 돌아온 람은 분주해졌다. 화산이 터진 산꼭대기를 수습하고 다시 용암을 가둬야 했기 때문이다.

이제 이 세계에서 가장 높은 산의 꼭대기에는 다리족이 없었다. 놈들의 비행선 또한 완전히 부서져 잔해들만 남았다는 것을 전해 들었지만, 이예주는 그 치 떨리는 곳에 다시 가기 싫어서 그냥 산 중턱에 남아 있기로 했다.

다행히 숨어 살던 붉은 개들 또한 산 아래로 이주했기에 텅 빈 산장은 예전과 달라진 점이 조금도 없었다.

"다녀오세요……."

이예주는 반쯤 감긴 눈으로 람을 배웅했다.

모포가 스르륵 흘러내려 맨 어깨가 드러났다. 흰 살결 위에 새겨진 벌건 잇자국들을 본 남자의 눈이 일순 음탕하게 번들거렸다. 그것을 눈치채지 못한 그녀는 그의 허리를 껴안으며 아이처럼 칭얼댔다.

"꼭 이렇게 깜깜한 새벽에 가야 돼요?"

"헛소리를 하는군. 벌써 정오가 넘었다."

"아, 맞다. 여기 맨날 밤이지……."

람의 가슴팍에 얼굴을 한껏 묻은 채 그녀가 졸음이 가득한 목소리로 웅얼거렸다. 그 멍청한 모습에 남자는 타박 대신 한숨을 내쉬며 뒷머리를 토닥였다.

"안쪽에 먹을 것을 가져다 놨으니 굶지 말고 챙겨 먹도록."

이예주는 그의 말에 짧게 웃었다. 이제는 까마득하게 느껴지는 기억이 떠올랐기 때문이다.

"참나, 미끼로 쓸 땐 언제고요?"

"애석하게도 이제 미끼로 써서 잡을 것이 없군."

"그럼 있으면! 있으면 또 미끼로 쓰게요?!"

잠이 확 깨는 소리에 그녀가 고개를 번쩍 쳐들었다. 한 소리 하려고 마음먹었는데 막상 씨익 웃고 있는 남자의 얼굴을 보니 화가 푸시시 식어 버렸다. 잘생긴 놈이 웃기까지 하니 신수가 훤했다.

'얼굴이 완전 사기야.'

이예주는 입술을 삐쭉 내밀며 불평했다.

최근 들어 웃음이 부쩍 많아진 남자였다. 그 때문에 화를 내려다가도 말문이 막힌 적이 한두 번이 아니라, 그녀는 가끔 이놈이 일부러 이러나 하는 생각까지 다 들 정도였다.

"이제 그만 가 봐야겠군."

문을 열어 둔 채 자꾸만 가는 것이 지체되자 람이 조심스럽게 이예주를 떼어 냈다.

"칫, 빨리 올 거죠?"

"그래."

"남쪽 대륙에서처럼 막 며칠씩 걸리면 그냥 확 나가 버릴 거예요."

불퉁거림에 남자가 검붉은 눈을 번뜩였다.

"가기 전에 지랄발광 꽃들과 맺은 계약 조건을 바꿔야겠군. 내 허락 없이 네가 아무 데도 가지 못하게 가둬 두도록."

가, 가둬 둔다니! 이예주는 현실성 있는 남자의 말에 등골이 서늘해져서 재빨리 외쳤다.

"빠, 빨리 오란 소리예요! 이 융통성 없는 남자야!"

쪽, 그녀는 깡총 까치발을 들어 못된 입이 더 이상 소름 끼치는 말을 하지 못하도록 뽀뽀했다. 그러고서 배시시 웃자 람이 두 손으로 그녀의 양 볼을 와락 움켜잡았다.

"읍!"

붕어처럼 강제로 툭 튀어나온 입술 위에 다시 진하게 입을 맞춘 남자는 그제야 산장 밖으로 나섰다.

"얌전히 있어. 금방 다녀오지."

예전처럼 며칠씩 떨어지는 것도 아닌데, 이예주는 람이 완전히 사라질 때까지 문 앞에 한참을 우두커니 서 있었다. 마찬가지로 람 또한 지지부진하게 걸으며 여러 번 뒤를 돌아보았다.

애틋한 연인의 모습이었다.

이예주는 람 없이 혼자서도 잘 놀았다. 대부분 산장 안에서 뒹굴거릴 뿐이었지만, 남자가 오길 기다리는 것은 가만 누워만 있어도 왠지 간지럽고 설레는 일이었다.

붉은 개와 인간을 포함해 여타 다른 움직이는 생물이 살지 않는 산 중턱은 고요하고 적막했다.

하지만 텅 빈 것은 비단 산 중턱뿐만이 아니란 것을 잘 알기에 예전처럼 누가 있을까 무섭게 느껴지진 않았다.

"아이고, 허리야."

한참을 더 침상 위에 퍼질러 있던 이예주는 등허리가 배기다 못해 아플 지경이 돼서야 자리를 털고 일어났다.

산장 밖으로 나가 어둑어둑한 오솔길을 따라 걷자, 얼마 안 가 눈부시게 빛나는 들판이 나왔다.

"별로 바뀐 건 없네……."

뤼미에르 들판 앞에 선 그녀는 작게 중얼거렸다. 다시 돌아온 첫날엔 남자의 손에 붙들려 정신없이 산장으로 끌려 들어가느라 미처 자세히 돌아볼 겨를이 없었다.

아니, 솔직히 일부러 외면한 것도 사실이다. 람에게 티를 내진 않았지만, 딱 사람 하나 들어갈 수 있을 만큼 열린 가시넝쿨 사이를 지나치는 순간, 새삼 겁이 났다. 뤼미에르 꽃밭이 온통 시뻘건 피 칠갑일까 봐.

붉은 개에게 잡혀 물어뜯기던 다리족들, 자신을 잡기 위해 팔에서 분수처럼 피를 뿜어 대던 남자의 모습…….

잊으려고 애썼지만, 아직도 가슴이 벌렁거리는 것을 보니 그때의 일이 일종의 트라우마로 남은 것 같았다.

"……그래도 다시 보니 괜찮네."

다행히 재회한 뤼미에르 꽃들은 여전히 아름답고 은은한 태양 빛을 내뿜고 있었다. 그래서 생각보다 예전 일이 많이 상기되지는 않았다.

이예주는 꽃밭이 시작되는 경계에 쭈그려 앉았다. 그러자 가까운 곳의 꽃봉오리들이 산들산들 흔들렸다. 기이한 일이었다. 이 근방은 거대한 가시넝쿨로 온통 뒤덮여 있어 바람 한 점 불 리 없었기 때문이다.

"안녕."

이예주는 작게 웃으며 꽃들에게 마주 인사해 주었다. 그러자 '쏴아아—' 하고 꽃봉오리의 흔들림이 물결치듯 퍼져 나갔다. 그녀는 그 장관을 물끄러미 구경하며 두 팔로 무릎을 끌어안았다.

꽃들의 파도타기가 까마득하게 멀어져서 거의 보이지 않을 때쯤이 됐을 때, 그녀는 아예 두 무릎에 얼굴을 묻었다.

"하……."

불현듯 깊은 피로감이 느껴졌다. 전에는 느끼지 못한 감각들이었다.

실은 남쪽 대륙에 있는 동안 람이 곁에 있음에도 단 한 번도 긴장을 놓은 적이 없었다.

깊게 잠들었다가도 벌떡벌떡 일어나 옆에 람이 있는지 확인했다. 쟈니아와 눈족 족장이 합쳐진 끔찍한 괴물이 나타나는 악몽 때문에 찢어지는 비명을 지르며 울기도 일쑤였다.

미래에서 다시 과거로 돌아오고 람이 눈을 뜬 후 몇 주가 지났지만 놈들은 되살아나지 않았다. 그러나 열심히 돌봐 준 펭양에게 미안하게도, 그녀는 남쪽 대륙을 온전히 벗어난 지금에야 온전한 평온을 맞이할 수 있었다.

이예주는 문득 이상한 기분에 휩싸여 눈을 떴다. 눈앞은 온통 어둠뿐이었다. 한 치 앞도 보이지 않았다.

"하…… 또야?"

지긋지긋하게 보아 왔던 암경이었다. 그녀는 침착하게 왼쪽 소매를 걷어 손목을 들어 보였다.

"꿈이네."

흉터가 없는 것을 확인한 이예주의 입꼬리가 비틀렸다. 더 이상 꾸고 싶지 않았던, 아주 오랜만에 꾸는 자각몽이었다. 벗어나기 위해서는 꿈에서 깰 때까지 무한정 걸어야 했다.

"걷기 싫은데……."

체력이 소모되는 건 아니었다. 그냥 기분 문제였다. 끝도 보이지 않는 어둠뿐인 길을 계속 나아가는 것은 정말 머리꼭지가 돌 만큼 끔찍했다.

그때였다. 등 뒤에서 이상한 기척이 느껴졌다. 인기척 같지는 않은, 알 수 없는 거대한 아우라였다.

이예주는 원래 '문'을 넘을 때나 꿈을 꿀 때 뒤를 돌아본 적이 거의 없었다. 그러나 알 수 없는 끌림에 의해 이번에는 망설이다 뒤로 돌았다.

"헉!"

그리고 눈앞에 나타난 것을 보고 기함했다.

"이, 이게……."

이예주는 엄청난 크기의 구체와 마주 보고 서 있었다. 그것이 무엇인지 그녀도 잘 알고 있었다.

마치 팔레트에 섞인 물감처럼 파란색, 갈색, 흰색이 뒤섞여 있는 거대한 크기의 행성.

"미친…… 아무리 꿈이라고 해도 무슨 이런 모습으로 나타나요."

그녀는 너무 기가 막혀서 한숨처럼 중얼거렸다. 그것은 바로 람의 본모습이었다.

"저, 저 아직 마음의 준비가 덜 됐단 말이에요. 벌써 이렇게 정체가 뭔지 다 보여 주는 건 좀……."

인간의 형상과 천지 차이인 람의 본체에 이예주는 너무나도 당황스러웠다. 하지만 거대한 행성에 비해 그녀는 먼지라 할 수 있을 만큼 작았다.

"저기, 람! 제 말 들리긴 해요?"

조심스레 물었지만 들려오는 답은 없었다. 하긴, 행성이 대답할 수 있을 리 없지. 제가 생각해도 어이없어서 헛웃음을 지은 그녀는 거대한 구체를 향해 애원했다.

"이제 그만 인간 같은 모습으로 돌아와요, 네?"

그 순간이었다. 마치 그녀의 말에 대답이라도 하듯 행성이 가까워지기 시작했다. 우우우우웅— 커다란 굉음이 울려 퍼졌다. 아니, 굉음이 아닌 진동 같기도 했다.

마치 행성이 아니라 자신이 움직이는 것 같은 착각이 들었다. 행성의 대기권으로 빨려 들어가듯 흰색 구름 뭉치들이 훅 다가왔다.

"자, 잠깐! 왜 안 변하고 다가오는 거예요?"

눈앞이 아찔했다. 행성에 비하면 먼지만 한 그녀가 양손을 들어 다가오지 말라는 표시를 했지만 잠시뿐이었다. 역시 너무 작아 보이지 않는 건지 행성이 그대로 그녀에게 돌진하는 것이 아닌가.

우우우우웅— 다시 주변의 기류가 정신없이 휘몰아치기 시작했다. 이예주는 거대한 행성과 숫제 충돌하기 직전에 이르렀다.

"자, 잠깐! 그런 모습으로 다가오지 마요! 아직 마음의 준비가 안 됐다니까요!"

두 손을 마구 휘저어 대며 소리쳤지만 요지부동이었다. 제가 운석이라도 된 양 땅과 충돌하는 건지, 아니면 낙하산을 잃고 떨어지는 건지 모를 기묘한 감각이 연속됐다.

바다의 시릴 듯한 푸른색이 코앞에 당도했다. 그 순간, 거대한 구체가 돌연 이예주의 배 속으로 쑤욱 밀려 들어왔다.

아랫배가 부풀기 시작했다. 금방이라도 터질 것 같은 엄청난 압박감이 뇌리를 강타했다.

"으아아아악—!"

이예주는 제 배를 감싸 안고 괴성을 지르다 번쩍 눈을 떴다.

"미친!"

그녀는 자리에서 벌떡 일어나 제 몸을 미친 듯이 더듬었다.

"배 속으로 들어왔어! 헉, 그 큰 게! 미친!"

내 배 터진 거 아냐? 그 커다란 게 들어왔는데 온전할 리 없지! 내 배 터졌으면 어떡해!

아직도 그 감각이 섬뜩하게 느껴졌다. 이예주는 헐떡이며 제 몸을 연신 확인했다. 그때였다.

"예주야."

자신을 부르는 목소리에 퍼뜩 고개를 들었다. 검붉은 동공 두 쌍이 오롯이 제게 박혀 있었다.

"……람?"

이예주는 남자의 얼굴을 멍하니 바라보았다.

"당신이 여기 왜……."

작게 중얼거리던 그녀는 불현듯 남자의 얼굴에서 방금 전 목도한 거대한 행성의 모습이 겹쳐져 소름이 돋았다.

말로만 듣는 것과 실체를 직접 마주 본 것은 천지 차이였다. 역시 아직 마음의 준비가 안 되었던 거야.

"풀밭에 자빠져 누워 있기에 데려왔다."

람은 이예주의 생각과는 전혀 다른 답을 했다. 그제야 그녀의 눈에도 주변의 모습이 들어왔다. 망할 놈의 암경 속이 아니라 산장 안에 있는 침상 위였다.

"……꿈?"

"악몽을 꿨나?"

남자가 얼빠진 표정으로 고개를 이리저리 돌리는 그녀의 얼굴을 부드럽게 잡아 제게 고정시켰다. 검붉은 눈에 이제 그녀도 곧잘 읽어 낼 수 있는 감정들이 한가득 담겨 있었다.

"이상한…… 이상한 꿈을 꿨어요."

"놈들이 또 뒤를 쫓아왔나? 곧 내가 나타나서 갈기갈기 찢어 죽여 줄 것이라고 했지 않아."

"그게 아니라요."

이예주는 설핏 웃으며 고개를 저었다.

남자는 매번 제가 죽여 주겠다는 말로 그녀를 안심시켰다. 악몽의 내용을 정확히 모르기에 하는 말이었지만, 이예주는 그 말에 항상 마음이 놓였다.

"그게 아니라 당신이 꿈에서 글쎄, 이따만 한 행성이 돼 가지고 저한테 막 다가오는데……."

아직도 생생했다. 그 거대함, 위압감. 이예주는 그 크기를 설명하려고 두 손을 최대한 번쩍 쳐들었다.

"이따만! 이따만해 가지고! 내가 아직 마음에 준비가 안 됐다고 했는데! 당신이 막무가내로 막!"

남자는 손을 펼쳐 들고 꼬물거리는 어여쁜 것의 모습에 나지막이 웃었다.

"막무가내로 막, 그다음엔 어떻게 했는데? 네 안을 파고 들어가

에너지를 주입했나?"

"미쳤어요?!"

이예주는 행성의 크기를 설명하기 위해 쳐들었던 두 손을 와락 뻗어 남자의 입을 틀어막았다. 손바닥으로 작은 진동이 울려 퍼졌다. 이 망할 놈이 제 놀림으로 인해 시뻘게진 그녀의 얼굴을 보고 웃는 것이다.

그 얄미운 꼴 덕분에 잠깐 잊고 있던 꿈 내용이 도로 떠올랐다. 남자가 놀리듯이 한 말이 틀린 말은 아니었다.

정말로 놈이 환장할 모습으로 마구 다가와 제 배 속으로 들어왔던 것이다. 순식간에 배가 부풀었던 그 섬뜩한 느낌!

"당신이! 당신이 그 모습으로 진짜 내 배 속으로 들어왔단 말이……."

버럭 분통을 터뜨리던 이예주는 순간 말을 멈췄다. 제 입으로 꿈을 되새기다 보니, 이상함이 느껴졌기 때문이다.

이거 꼭…… 태몽 같지 않은가?

"헉."

이예주는 거칠게 숨을 들이켰다. 그리고 람의 입을 틀어막았던 손을 천천히 내리며 숨이 막힌 사람처럼 속삭였다.

"우리……."

"……."

"우리 예람이가 드디어 찾아왔나 봐요."

그건 정말로 이상한 기분이었다. 개꿈 같기도 하고, 얼떨떨하기도 했다. 너무 갑작스러워서 당황스럽기도 한데, 한편으론 설레는 것처럼 가슴이 두근거렸다. 그래서 이예주의 얼굴은 우는 듯 웃는 듯 요상하게 일그러졌다.

"예람이?"

눈을 커다랗게 뜬 채 속삭이는 그녀를 따라 람도 목소리를 죽였다. 갸웃거리는 남자의 모습에 그녀는 눈살을 와락 찌푸렸다.

"네, 예람이! 왜, 그때 얘기해 줬잖아요!"

"내가 심어 놓은 에너지 덩어리를 말하는 것이라면 네가 내게 다시 돌아온 순간, 네 아랫배 속으로 다시 기어들어 갔다. 그때부터 계속 존재했던 건데."

람의 말에 이예주는 눈을 휘둥그레 떴다. 전혀 몰랐던 사실이었다. 미래에서 과거로 돌아왔을 때부터 계속 같이 있었다고?

"왜 그런 얘기 안 했어요?"

"하도 예람이, 예람이 노래를 부르기에 이미 알고 있는 줄 알았다."

그건 사실이었다. 람이 깨어난 이후, 그가 잠들었던 사이의 일들을 말할 때 이예주의 서두는 무조건 '예람이'였다.

제 배를 흘끗 내려다보며 그녀는 심각하게 고뇌했다.

"그럼 우리 예람이가 드디어 세포에서 벗어나서 태아가 된 건가? 그래서 나한테 텔레파시를 보낸 거예요. 그렇지, 아가야?"

벌써부터 아이가 존재하는 것처럼 이예주는 다정하게 물었다. 태몽인지 개꿈인지는 이제 중요하지 않았다. 어쨌든 아기도 무사히 돌아왔다는 게 가장 중요한 거니까.

람은 아기가 이예주를 과거로 보냈다는 것을 좀체 믿지 않았다. 아마도 그녀가 능력을 완전히 소실했다는 것을 믿지 않는 것과 상통하는 것 같았다.

내색하지 않았지만, 그는 아직도 그녀가 능력을 이용해 제 손이 닿지 않는 곳으로 가 버릴 것을 계속 염두에 두는 것 같았다. 그래서 세상을 복구하는 일로 눈코 뜰 새 없이 바쁜 와중에도 강박적으로 돌아와 그녀를 살폈다.

마치 쟈니아와 눈족 족장이 합쳐진 괴물이 잠든 람을 창으로 찔러 죽이는 악몽을 꾸고 일어나, 그가 살아 있는지 매번 확인하는 이예주처럼.

"어떡해. 내가 벌써 임산부가 된다니……."

이예주는 좀처럼 실감하지 못하는 얼굴로 중얼거렸다.

사실 진짜 임신을 했다고 해도 믿기지 않을 것 같았다. 2017년엔 평생 연애도 못해 보고 죽을 팔자라 생각했었는데, 임신이라니. 좋은 것 같으면서도 마음이 심란했다.

"……현대였으면 진짜 상상도 못할 일이에요. 내가 임산부라니……."

연신 제 아랫배를 쓰다듬으며 사색에 잠긴 그녀에게 남자가 초를 쳤다.

"그건 일반적인 인간들의 새끼와는 다른 존재다."

"……."

"내게서 파생된 에너지를 네 몸에 일부 옮겨 심었고, 그것이 자아를 가진 후 네 신체를 빌려……."

"입, 입, 입!"

이 자식이 뭐라는 거야? 이예주는 공포의 주둥아리 때문에 귀를 틀어막으며 버럭 소리쳤다.

"그딴 소리 할 거면 나한테 손도 까딱 마요! 도둑놈 주제에!"

"뭐? 도둑놈? 허."

"그럼 도둑놈이죠! 당신이랑 나랑 나이 차가 얼만데!"

생각해 보니 이거 완전 나쁜 놈이었다. 무슨 선녀와 나무꾼도 아니고 애를 심어서 도망 못 가게 할 생각이었다니.

물론 매번 휩쓸려 피임할 생각도 못한 자신의 잘못도 있었다. 가만, 일반적인 피임이 통하긴 했으려나?

빌어먹을, 이예주야……. 연애 한 번 제대로 못하고 미친놈에게 코 꿰였단 생각이 눈물이 앞을 가렸다.

"와…… 그러고 보니 정말 얼마 차이야. 까마득하잖아? 나보고 맨날 '어린것'이라고 말할 때부터 알아봤어."

"……."

"이렇게 어린 나를 홀랑 잡아먹었으면서! 당신이 말하는 일반적인 인간들이랑 같았으면 당신은 진짜 천벌받을 놈이라고요!"

"……."

남자는 대답이 없었다. 본인도 인정하는 것 같았다.

이예주는 사납게 그를 노려보다가 홱 돌아누웠다. 꾸물꾸물 모포 속으로 파고들자 뒤통수가 따끔거렸다. 할 말을 잃은 남자의 시선이었다.

람은 한참이 지난 후 이예주의 곁에 덩달아 누웠다.

'뭐야? 참나, 왜 따라 누워?'

내심 그가 산장 밖으로 휙 나가 버리지 않을까 생각하던 이예주는 뜬금없는 그의 행동에 어안이 벙벙해졌다.

그때였다. 허리께에 뱀처럼 기다란 것이 스르륵 파고들었다. 이내 아랫배를 감싼 그것이 이예주가 벗어날 수 없도록 꽉 힘을 줬다.

"그래서."

"……."

"내 새끼까지 밴 채로 날 떠날 건가?"

뒤에서 허리를 끌어안은 남자가 그녀의 머릿결에 얼굴을 묻고 중얼거렸다. 의외로 애처롭게 느껴지는 음성에 이예주는 되레 우왕좌왕했다.

"다, 당신 하는 거 봐서요! 나도 나보다 어린 남자랑 사귀고 싶은 로망이 있다고요."

당황해서 마구 내뱉고 그녀는 곧바로 아차 싶었다. 화난 포인트는 이게 아닌데! 어린 저를 홀랑 잡아먹고 애까지 덜컥 가지게 해 놓은 이 파렴치한이 미친 소리를 작작하게 만들어야 하는데!

그러나 정정하기도 전에 남자에게서 어마어마한 대답이 돌아왔다.

"그럼 그놈은 벼락을 맞고 죽겠군."

"예, 예? 뭐, 뭐라고요?"

"아니, 그건 너무 간단한가? 죽지 못하게 대가리만 남겨 둔 후 그 밑은 오체분시를 할 거야. 그래서 제 사지가 하나하나 조각나는 것을 제 눈으로 보게……."

"아악! 그런 끔찍한 소리 하지 마요! 아기가 듣는다고요!"

람은 진저리를 치는 인간 여자를 놓치지 않겠다는 듯 제 품에 꼭 끌어안았다. 넝쿨처럼 옥죄는 두 팔에서 벗어나기 위해 그녀가 버둥거렸지만 변하는 것은 없었다.

그 순간, 인간 여자의 아랫배 속에서 작은 고동이 울려 퍼졌다. 한 번, 두 번, 세 번……. 두근두근 박동하던 그것은 이내 힘차게 생명의 기척을 내뿜기 시작했다.

이젠 아무 데도 못 가.

만족스럽다는 듯 남자의 붉은 입꼬리가 위로 길게 찢어져 올라갔다. 검은 파편은 영원히 이예주를 가졌다.

외전 2

황조롱이는 아주 긴 꿈을 꿨다. 끝없는 어둠 속을 걷고 또 걷는 꿈이었다. 하지만 마냥 어둡기만 한 길은 아니었다. 그가 걷는 길의 양옆으로 이따금 환영 같은 영상들이 환한 빛을 내며 스쳐 지나갔기 때문이다.

시작은 새로 변한 자신이 하늘을 자유로이 비행하고 있는 모습이었다.

자세히 들여다보기 위해 조롱이는 빛나는 영상에 가까이 다가갔다. 그러자 영상 속의 시점이 전환됐다. 하늘을 나는 자신이 바라보는 세상의 모습으로.

잡힐 듯 잡히지 않는 서늘한 구름 사이로 따가운 주황색 뙤약볕이 내리쬐었다. 그리고 제 옆쪽에는 바퀴벌레 위에 앉아 그 뙤약볕에 헥헥거리고 있는 인간 여자가 있었다.

어지간히도 더웠는지 그녀는 그토록 끔찍해 마다 않는 바퀴벌레 위라는 것도 잊고 붉어진 얼굴로 주인님께 투정을 부렸다.

"예주 누나."

영상을 들여다보던 조롱이는 그 모습에 작게 미소를 지었다. 이렇게 마주 보고 있는데, 참 이상하게도 아주 오랜만에 보는 것처럼 그립고 반가웠다.

영상이 다시 비행하는 제 모습으로 전환됐다. 창공을 향해 힘차게 날갯짓을 하는 자신을 뒤로하고 조롱이는 다시 걸음을 옮겼다. 많은 영상들이 그를 스쳐 지나갔다.

사막에서 도망간 그녀를 뒤쫓기 위해 주인님을 따라 부랴부랴 동쪽 대륙에 도착한 모습이 비쳤다. 다음은 붉은 개 때문에 뿔이 난 그녀를 열심히 달래는 모습, 주인님의 명령을 어기고 그레이의 주점을 나서는 모습, 길을 잃고 마을을 헤매는 모습…….

"아."

수많은 제 모습 사이를 헤치고 지나가던 조롱이는, 문득 통렬한 깨우침에 탄식했다.

이 영상들은 모두 지나친 과거를 보여 주고 있었다. 그는 어두운 공간 속에서 늘어져 있는 과거를 천천히 거슬러 올라가는 중이었다.

그것이 신기해 가까이 다가가면 시점이 전환되어 바로 앞에 상대를 두고 대화하는 듯한 기분을 느낄 수 있었다.

조롱이는 드문드문 과거의 것들이 반갑고, 그립고, 답답하고, 화가 날 때마다 영상으로 달려갔다. 그러면 영상 속의 시점이 변하면서 꼭 그때의 상황으로 돌아간 것처럼 생생하게 재연되었다.

과거의 단편이 담긴 영상에서 조롱이는 대부분을 인간 여자와 함께했다. 그는 과거 그때 미처 하지 못해서 후회스럽거나 마음에 남았던 말들을 모두 꺼내 놓았다.

으르렁거리는 붉은 개에게 이예주를 좀 더 적극적으로 옹호했고, 속상해하는 그녀에게 위로의 말을 건넸다. 제 편을 들어 주었던 그녀에게, 그러면서 아무것도 묻지 않았던 그녀에게 차마 꺼내지 못했던 고맙단 말도 잊지 않았다. 주인님께 그녀를 조금 더 다정하게 대해 달라는 부탁을 하기도 했다.

그가 눈치채지 못하는 사이 과거들이 아주 조끔씩 바뀌었다. 과거를 거슬러 올라갈수록 조롱이의 기억은 되살아났다. 바로 앞에 일어날 일들을 알고 있는 그는 점점 초조해져 필사적으로 변했다.

그레이의 숙소 밖으로 나가지 않도록 최대한 이예주를 설득하고, 제드와 엮이지 않도록 날을 세우고, 길을 잃어버리지 않도록 악착같이 노력했다. 그럼에도 불구하고 이미 겪었던 과거가 다음 걸음에 계속됐다.

조롱이는 상처투성이가 되어 자신을 구해 주러 온 이예주를 타박하기보단 감싸 안았다. 다른 신인류를 구해 주러 정신없이 뛰어다니는 그녀의 영상이 물 흐르듯 이어졌다.

예전처럼 그녀를 원망하고 상황을 착잡하게만 여길 새는 없었다. 이번에는 그녀를 바라보고만 있지 않고, 약물로 굳은 몸을 최선을 다해 움직여서 도왔다.

하지만 그가 아무리 애써도 과거는 바뀌지 않았다. 사소한 몇 가지가 완화되고 나아졌지만, 큰 줄기는 변하지 않고 똑같이 흘러갔다.

"과거로 가는 문이야……."

조롱이는 결국 다시 한번 죽음의 목전에 이르렀다.

"과거로 가는 문이야! 과거로 가는 문이라고—!"

이예주는 미친 사람처럼 팔을 허우적대며 절규했다.

누나는 이토록이나 절박한 얼굴을 하고 있었구나.

이전에는 탄차가 점점 멀어지는 데다 화마로 인한 시커먼 연기 때문에 미처 보지 못했다. 그 순간을 방해 없이 생생하게 보자 조롱이는 무척 생소한 기분이 들었다.

힘들게 자신을 구하러 와 준 그녀를 탄차에 태워 보내고 남는 것에는 아무런 망설임도 없었다. 황조롱이는 예전부터 죽는 것 따윈 두렵지 않았다. 오히려 인간들을 모두 박멸한 후 주인님이 자신을 고통스럽지 않게 소멸시켜 주기를 바랄 때도 있었다.

하지만 아직 자신을 위해 울어 주는 누나가, 자신을 위해 희생을 감수하려는 누이가 아직 남아 있었다.

"레, 레이디! 레이디, 이, 이러지 마세요! 위, 위험해요! 이, 이러면 안 돼요!"

"놔! 이거 놔! 과거로 갈 수 있어! 과거로! 과거로 가서 바꿀 수 있어!"

이예주가 미친 사람처럼 발버둥 치며 발악했다. 그녀의 몸이 곧 떨어질 것처럼 아슬아슬했다.

영상과 검은 공간의 경계에 서 있던 조롱이는 그녀의 모습에 저도 모르게 영상 안으로 한 걸음 다가갔다.

콰앙—! 그 순간 고요했던 그의 귓가에 엄청난 폭음이 울려 퍼졌다. 등 뒤에서 천불 같은 뜨거움이 느껴졌다.

그는 주위를 둘러보았다. 어느새 검은 공간은 사라지고 그는 과거 속의 자신의 되어 있었다.

"과거로, 과거로 가는 문이야! 조롱아! 조롱아악!"

이예주가 울부짖었다. 조롱이는 문득 찬란한 빛에 눈이 부셔 고개를 돌렸다. 그것은 분명 '문'이었다. 네모난 '문'이 제 오른편에서 일렁이는 빛을 쏟아 내고 있었다.

그는 본능적으로 알아차렸다.

"예주 누나의 과거로 가는 문."

그녀의 시선은 분명 제 뒤에 못 박혀 있었는데, '문'은 동굴의 오른편에 있는 자그마한 틈 앞에 열려 있었다.

이제 더 걸어갈 검은 공간도 사라졌다. 꿈에서 깨어날 시간이다.

"살고 싶어."

조롱이는 중얼거렸다.

"다시 주인님과 예주 누나랑 함께 있고 싶어."

이예주를 태우고 멀어지는 탄차를 잠시 물끄러미 바라보던 조롱이는, 천지가 개벽하는 굉음이 한 번 더 울려 퍼지는 찰나 열린 '문' 안으로 뛰어들었다.

환한 빛이 황조롱이를 덮쳤다. 눈이 멀 것 같은 시린 빛무리가 그를 스쳐 지나가고—

마침내 그는 눈을 떴다.

톡, 토톡. 톡톡톡.

머리맡에서 들리는 나직한 소음에 이예주의 눈살이 꿈틀거렸다. 람이 분명 아무도 얼씬 못하게 해 뒀다고 한 것 같은데, 단잠을 방해하는 장애물이 기어이 등장했다.

그녀는 짜증스럽게 이불을 끌어 올려 뒤집어썼다. 요즘은 가만히 서 있기만 해도 기력이 달리고 잠이 쏟아졌다.

애써 소리를 들은 적 없는 것처럼 베개를 고쳐 베며 다시 수마에 빠져들던 순간이었다.

톡, 토도독. 톡톡.

"아오 씨!"

다시 한번 들리는 거슬리는 소리에 이예주는 결국 이불을 확 걷어냈다. 축축 늘어지는 몸과는 달리, 한 번 잠에서 깨고 나니 머릿속이 맑아지기 시작했다.

그녀는 침대 위에서 벌떡 일어났다. 벌떡이라고 생각했지만 곧 터질 듯이 부풀어 오른 배 때문에 무척 느릿한 움직임이었다.

"아이고, 허리야……."

이예주는 뒤뚱뒤뚱 문으로 걸어갔다. 쾅, 문을 열어젖히자 오두막 주변을 얼기설기 감싸고 있는 넝쿨 위에 쪼로록 앉아 깍깍대고 있는 새 몇 마리가 보였다.

"망할 까마귀 새끼들! 다 죽여 버……!"

무려 양손을 모두 사용하여 그쪽을 향해 가운데 손가락을 쳐들던 이예주는 멈칫 고개를 저었다.

"아니야, 이예주. 이런 말 하면 안 돼! 예쁜 말, 고운 말."

그녀는 중지들을 고이 접고 둥실둥실한 제 배를 쓰다듬었다. 배가 부풀어 오르고 태동이 느껴지면서 아기가 들을세라 얼마나 입조심, 행동 조심을 해 왔는지 모른다.

그러나 그것도 자신과 람뿐인 뤼미에르 들판 지역에서나 가능하던 일이었다.

북쪽 대륙으로 오니 빌어먹을, 아니 나쁜 까마귀 놈들이 어찌나 성가시게 구는지 갱생됐던 성격이 하루가 멀다 하고 도로 더러워졌다.

"왜 또 온 건데! 이제 보석 필요 없으니까 좋은 말 할 때 가라. 응?!"

이예주는 고개를 바짝 쳐들고 위를 향해 소리쳤다. 오두막 지붕을 덮은 가시 위에 앉아 있는 붉은 눈의 까마귀들이 저들의 얼굴만 한 틈을 통해 그녀를 지켜보며 갸웃거렸다. 그리고 태평하게 답했다.

"까아악."

"까악, 인까악—"

인간. 자신을 부르는 까마귀 언어를 그녀는 이제 곧잘 알아들었다.

"하……."

지끈거리는 머리에 이예주는 한숨을 내쉬며 고개를 내렸다. 그러던 중 무언가가 그녀의 눈에 띄었다. 자그마한 돌멩이들이었다.

가시 장벽 때문에 오두막에 접근하지 못하자 까마귀 놈들이 돌멩이를 주워 와 넝쿨 틈을 통해 창문으로 던진 것이다.

"소름 끼치는 놈들."

이예주는 제 양팔을 문지르며 놈들의 지능과 집념에 몸서리쳤다.

톡, 토독— 그때 무언가 그녀의 정수리 위로 떨어졌다.

"아!"

그녀는 화들짝 놀라 제 머리를 맞추고 떨어진 것을 바라보았다.

풀 위에 반짝반짝 빛나는 돌멩이가 굴러다녔다. 500원짜리 동전만 한 크기의 다이아몬드였다.

그녀가 부푼 배를 붙잡고 힘겹게 쭈그려 앉아 그것을 유심히 바라보고 있자, 걸려들었다고 생각한 건지 놈들이 신나게 넝쿨 틈 사이로 둥지에서 가지고 온 것들을 떨어뜨리기 시작했다.

톡, 토독. 투두두둑—

"아!"

사방에 반짝이는 보석 비가 내렸다. 대부분이 이예주의 정수리를 치고 떨어졌다. 그녀의 얼굴이 흉악해지는 것은 삽시간이었다.

"이 망할 놈의 새 새끼들! 내가 이제 필요 없댔지!"

이예주는 오두막에서 얼마 떨어지지 않은 가시 장벽까지 한달음에 다가갔다. 주인과의 계약 조건을 착실히 지키듯 그녀가 도착하자 가시넝쿨들이 스르륵 얽힌 줄기를 풀어 길을 터 주었다.

그녀는 까마귀들을 잡아 죽이기 위해 그 사이를 뒤뚱뒤뚱 뛰쳐나갔다. 어느덧 뛰지 말라는 람의 당부는 까맣게 잊어버린 후였다.

"에휴……."

호기롭게 넝쿨 밖으로 나온 것이 무색하게 이예주는 금방 지쳤다. 뛰는 것에 가깝던 빠른 걸음은 곧바로 너덜너덜한 느린 걸음으로 변모했다.

원래도 체력이 좋지 않았지만 몸이 부쩍 무거워지고 나서부터는 숨 쉬는 것조차 벅차게 느껴졌다.

"……날씨는 좋네."

그녀는 천천히 걸음을 옮기며 중얼거렸다. 얼마 전부터 람과 함께 지내는 오두막을 얼기설기 감싼 가시넝쿨 때문에 햇빛이 잘 들지 않아 시간 개념이 없어졌다.

바로 오늘, 까마귀 놈들이 자신을 부를 방법을 고안해 내기 전까지 이예주는 종일 누워서 잠만 잤다.

그녀는 아직도 드문드문 꾸는 악몽 때문에 깊은 잠에 들지 못했다. 잘 자다가도 소스라치게 놀라 깨는 바람에 터질 듯 부푼 배와는 달리 얼굴과 팔다리는 하루가 다르게 살이 내렸다.

갈수록 메말라 가는 이예주를 걱정한 람은 북쪽 대륙을 둘러보는 것조차 때려치우고 오늘 아침까지 곁에 있었다. 둥실둥실한 배를 살기등등하게 노려보며 당장 꺼내겠다고 달려드는 남자를 간신히 말려서 일하라고 보낸 참이었다.

"나온 김에 산책이나 할까?"

요즘 너무 심하게 누워 있기만 했지. 이예주는 고개를 끄덕이며 생각했다.

오두막 주변에 가시덩굴을 친 후 람은 그녀를 침대 위에서 꿈쩍도 못하게 했다. 어두컴컴한 오두막 안에 계속 박혀 있는 것보다 햇빛을 좀 쐬면서 운동도 하는 게 아기한테 좋을 것이다.

"그치, 예람아?"

"까아악—"

그러나 아기를 향한 물음에 대신 답하듯 들려오는 까마귀 울음소리에, 애써 자신을 다독이던 이예주는 다시 기분이 저조해졌다.

이 세계에서 가장 높은 산의 중턱에서 북쪽 대륙 동물의 숲으로 온 지 벌써 한 달이 다 되었다.

람이 몇 개월간 부지런히 동쪽 대륙을 복구하는 사이 이예주의 태몽은 현실이 되었다. 오목했던 아랫배가 어느 순간부터 부풀어 오르더니 이제는 당장 아기를 낳아도 이상 없을 만큼 만삭에 이르렀다.

포니와 같은 신인류들이 무사한지 둘러볼 요량으로 돌아온 북쪽 대륙에서 가장 먼저 그녀에게 접근한 것은 빌어먹을 까마귀들이었다.

람과 함께 있기 때문인지 까마귀들은 예전처럼 공격적으로 접근하지는 않았다.

그러나 어느 날부터 놈들은 번갈아 가며 람과 그녀가 머무는 오두막 앞에 번쩍번쩍 빛나는 보석들을 떨어뜨려 놓고 갔다. 그러고선 '까악' 울며 잠을 깨우기 일쑤였다.

또다시 제 눈을 노리는 걸까 두려워하자 람이 말했다. 까마귀들이 그녀와 화해하고 동료로 받아들이기 위해 그러는 것이라고.

그럼에도 그녀가 떨어뜨린 보석을 집 안으로 가지고 들어가지 않자, 이번엔 죽은 쥐 새끼들을 물어와 문 앞에 떨어뜨리기 시작했다. 이예주는 기겁을 하며 보석을 받아들일 수밖에 없었다. 얼마 안 가

오두막 한편에 다이아몬드, 진주, 사파이어 같은 번쩍번쩍한 보석들이 한가득 쌓였다.

보석들을 받아들이자 동료가 됐다고 인식한 건지 까마귀 놈들이 자꾸만 아침마다 울어 젖히며 몸이 무거운 그녀를 불렀다.

보석이나 돈벼락을 맞으면 행복해 죽을 것 같았는데 실제로 맞아 보니까 생각보다 썩 좋진 않았다.

산책이라도 나서려 치면 뭔가가 머리를 툭 때리고 땅에 떨어졌다. 까마귀들이 물어와 던진 다이아몬드나 수정 따위의 알 굵은 보석들이었다. 그때마다 근처에서 까마귀 몇 마리가 깍깍거렸다. 시뻘건 눈으로 그녀를 주시하며 말이다.

처음 몇 번은 기쁨에 겨워 줍기도 했는데, 점점 기분이 이상해졌다. 놈들의 깍깍거림이 자꾸만 비웃음으로 느껴졌기 때문이다.

게다가 이예주는 얼마 안 가 인간들이 살지 않는 곳에서 보석을 한가득 가지고 있어 봤자 굴러다니는 돌멩이들을 껴안고 있는 것과 다름없다는 사실을 깨달았다. 그녀에게 약초를 빼앗기지 않기 위해 안간힘을 쓰던 황조롱이가 알면 통곡할 만큼 뒤늦은 깨우침이었다.

오두막을 나설 때마다 까마귀가 던진 보석에 정수리를 얻어맞는 경우가 계속 반복되자, 이예주는 더 이상 참을 수 없었다.

그녀는 람에게 득달같이 달려가 저놈들을 당장 다 벼락에 튀겨 죽이라고 외쳤다. 그래서 그가 뤼미에르 몇 송이를 가져와 오두막 근처에 심은 것이 바로 며칠 전의 일이었다.

하지만 결국 오늘, 이예주는 놈들이 원하는 대로 숲길을 걷게 되었다.

"지긋지긋한 놈들……."

이예주는 제 위에서 낮은 비행을 하는 까마귀 몇 마리를 흐린 눈으로 바라보며 읊조렸다. 그 순간이었다.

"까아악! 인까아악—"

놈들 중 제일 통통한 한 마리가 불현듯 속도를 줄이더니 무언가를 그녀의 머리 위로 떨어뜨렸다.

"아, 또 왜!"

반사적으로 머리를 감싸 안은 그녀의 손끝을 가벼운 무언가가 살랑 스치고 떨어졌다. 보석들처럼 무게가 있는 것은 아니었다. 이예주는 민망해져서 바로 손을 내렸다.

"이게 뭐야?"

그녀는 고개를 숙였다. 이제껏 까마귀들은 보석 아니면 쥐 새끼만 떨어뜨려 왔다. 그러나 이번에는 전혀 다른 것이 발치에 떨어져 있었다.

"……깃털?"

"까아악!"

이예주는 힘겹게 허리를 굽혀 까마귀가 떨어뜨린 것을 땅에서 주워들었다. 그것은 엄지손가락만 한 길이의 갈색 깃털이었다.

"까마귀 깃털은 아닌 것 같은데."

그녀는 깃 끝을 잡고 팔랑팔랑 돌리며 자세히 관찰했다. 아무리 봐도 까마귀 깃털은 아니었다. 색부터 전혀 달랐고, 까마귀 깃털에 비해 크기도 훨씬 작고 감촉도 부드러웠다.

"지나가던 참새 깃털인가?"

가만히 고민하던 이예주는 이내 무슨 종류의 깃털인지 알아내는 것을 관두고 그것을 주머니에 집어넣었다. 오두막으로 돌아가서 람에게 물어보면 해결될 일이었다.

그녀는 다시 느릿느릿 걸음을 옮겼다. 숲 깊숙이 들어가지 않고 가시넝쿨 주위만 대충 돌다 돌아갈 생각이었다.

"까아악!"

그런데 얼마 걷지 않아 또다시 까마귀 한 마리가 무언가를 떨어뜨렸다. 이번에는 허공을 날 듯 나붓나붓 떨어지는 것을 똑똑히 마주했다.

"뭐야?"

방금 전 주머니에 넣은 것과 같은 색의 깃털이었다. 모양도 크기도 똑같았다.

"……너네 뭐, 새 잡아먹고 그러는 거 아니지?"

다시 깃털을 주워 든 이예주는 노파심 어린 마음에 물었다. 람에게서 까마귀들이 다른 새를 잡아먹는다는 소리는 못 들은 것 같은데.

"까아악!"

당연하게도 놈들은 제대로 된 답을 내놓지 않고 그저 의미심장하게 울 뿐이었다.

이예주는 다시 걸음을 옮겼다. 그리고 까마귀에게서 세 번째 같은 깃털을 받았을 때 알아차렸다. 놈들이 깃털로 자신을 유인하고 있다는 것을.

"진짜 뭐야……."

그녀는 까마귀를 믿지 않았다. 놈들이 보석을 아무리 줘도 좋아지기는커녕 오히려 더더욱 진절머리가 나던 와중이었다.

하지만 오랜만에 밖에 나온 탓일까, 아니면 잠자고 있던 호기심이 발동하기라도 한 걸까. 문득 까마귀들을 쫓아가 볼까 하는 마음이 들었다. 어쩌면 혼자 있는 게 심심하고 좀이 쑤셔서 그런 걸지도 모른다.

자신을 유인하고 있다는 것을 알면서도 이예주는 홀린 듯이 까마귀들을 따라갔다.

"헉, 헉……."

잔뜩 부푼 배 때문에 숨이 차 속도가 느려질 때마다 까마귀들이 팔랑팔랑 갈색 깃털을 떨어뜨렸다. 마치 헨젤과 그레텔의 빵 조각 같았다.

그것들을 하나하나 주우며 뒤를 쫓던 그녀는 어느덧 숲 깊숙이 들어서게 됐다.

평평한 길이 사라지고 점점 무성한 풀숲과 귀신같이 늘어진 나무들이 나타났다. 빽빽한 나뭇가지에 막혀 햇빛이 잘 들지 않는 숲속은 음침하기 그지없었다.

하지만 이예주는 까마귀들을 따라가는 것을 멈추지 못했다. 멈출 만하면 팔랑팔랑 떨어지는 갈색 깃털 때문이었다.

끝없이 이어질 것 같은 나무와 풀숲이 사라지고 마침내 그녀는 거대한 공터에 이르렀다.

"까악, 까아악!"

"까아악!"

"깍깍, 까악!"

그곳은 어마어마한 규모의 까마귀 둥지였다. 사방이 시커먼 까마귀 털로 뒤덮여 있고, 눈이 닿는 나뭇가지마다 수십 마리의 까마귀들이 빽빽하게 앉아 있었다.

금방이라도 어디선가 머리를 풀어헤친 마녀가 튀어나올 것 같은 으스스한 분위기에 이예주는 멍하니 입을 벌렸다. 울창한 숲이 끝없이 펼쳐져 있는 북쪽 대륙에 이런 곳이 있을 줄은 꿈에도 몰랐다.

그때였다.

"까아악! 인까아악!"

제일 처음 갈색 깃털을 떨어트린 통통한 까마귀가 주변을 한 바퀴 돌아 주의를 끌었다. 그녀가 고개를 돌리자 놈이 어느 한쪽으로 휙 날아갔다. 이예주는 얼떨결에 그것을 따라 걸음을 옮겼다.

그녀를 이끈 까마귀는 둥지 안에서도 가장 깊은 구석으로 유유히 날아갔다. 이윽고 놈은 검은색의 까마귀 깃털이 한 움큼씩 달라붙어 있는 커튼과도 같은 덩굴이 축 늘어져 있는 곳 앞에 멈춰 섰다.

"까악!"

까마귀가 들어가라는 듯 날개를 퍼덕였다. 이예주는 조심스럽게 손을 뻗어 덩굴을 들췄다.

환한 빛이 그 틈새로 새어 나왔다. 어두컴컴한 까마귀 둥지와는 달리, 덩굴 안쪽은 위가 뻥 뚫려 있어 따스한 햇볕이 내리쬐었다.

눈이 부셔 잠시 눈을 감은 그녀가 다시 눈꺼풀을 들어 올렸다. 나뭇가지를 엮은 둥지 위에 누군가가 멍하니 하늘을 올려다보고 있었다.

까마귀는 아니었다.

흐, 이예주는 숨을 멈췄다. 그녀의 기척을 느낀 듯 둥지 위에 우두커니 앉아 있던 인영이 고개를 돌렸다.

갈색 머리칼, 황금색 눈동자가 햇빛에 반사되어 찬란하게 빛났다. 막 부활한 천사처럼.

이예주를 마주한 갈색 머리 소년은 그녀와 똑같은 표정을 지었다. 새파랗게 얼어붙은 채로 그저 물끄러미 그녀를 보고만 있던 그는, 한참이 지난 후에야 입술을 달싹였다.

"예주 누나."

속삭이는 듯한 작은 목소리에 이예주의 얼굴이 울 것처럼 천천히 일그러졌다. 그것은 갈색 머리 소년도 마찬가지였다.

그녀는 주춤주춤 걸음을 옮겼다. 한 걸음, 두 걸음. 느릿하기 그지없던 걸음이 점점 빨라졌다.

"조롱아!"

"누, 누나! 배, 배 조심해여!"

이예주는 아직 놓지 못했던 제 미래를 향해 달려갔다. 간밤까지 그녀를 좀먹었던 악몽이 완전히 사라지는 순간이었다.

-외전 完-

작가 후기

안녕하세요, 권겨을입니다.

근 4년간의 대장정 끝에 드디어 『레드 앤 매드』의 막이 내리게 되었습니다.

『레드 앤 매드』는 제가 여태껏 한 번도 도전해 본 적 없던 장르와 장편 소설이었습니다. 때문에 쓰는 동안 기쁘고 설레는 일도 많았지만, 그에 비례할 만큼 우여곡절도 많지 않았나 싶습니다.

『레드 앤 매드』를 연재하는 동안, 많은 독자님들이 작중에서 예주를 왜 '이예주'라고 서술하는지에 대해 여쭤보셨습니다. 혹시 제가 예주를 싫어하는지에 대한 질문도 종종 함께하곤 했지요.

후기에서야 답변을 드리게 됐지만, 여주인공 예주는 제게 참 아픈 손가락입니다.

트라우마와 아픔이 많은 여주인공은 특별한 능력을 가졌음에도 끝없이 진흙탕을 구릅니다. 성장을 위한 필수적인 과정이라고 생각했던 것들이 어느 순간 성장을 빌미로 희생을 들이미는 것 같아 집

필을 하면서 많이 방황하기도 했습니다.

제가 예주를 '이예주'라고 서술한 이유는, 남들과 다를 것 없는 평범한 여자지만 결국 누구의 도움도 없이 스스로의 힘으로 운명을 개척하는 '이예주'란 인물을 쓰고 싶었고, 앞으로 다시는 이러한 여주인공을 쓸 수 없을 것 같아 그렇게 됐습니다.

처음에는 '이예주'라는 이름 안에 여주인공의 고통, 절규, 처절함, 악착 같은 것을 담고 싶었는데, 어느 순간 그 모든 것이 '이예주'라는 단어로밖에 명명할 수 없게 되었습니다.

그리하여 완결에 이른 지금에는, 저뿐만 아니라『레드 앤 매드』를 읽은 모든 독자님들이 '이예주'라는 이름을 들었을 때, 예주가 겪었던 그 순간의 치열한 선택, 벌벌 떨면서도 이를 악물고 움직이는 모습, 그 모든 것들을 떠올리실 수 있기를 바랍니다.

4년이란 오랜 시간 동안 꾸준히 기다리고 응원해 주신 독자님들이 계셔서『레드 앤 매드』가 마침내 완결을 짓고 책으로 탄생할 수 있었다고 생각합니다.

여러분이 주신 애정과 관심은 제게 너무 값진 선물이었습니다. 더 완성된 글로 보답 드리는 작가 되겠습니다.

감사합니다.

2018. 06. 권겨을 올림.

BLACK LABEL CLUB 033
레드 앤 매드 6

1판 1쇄 발행 2018년 6월 22일
1판 2쇄 발행 2019년 5월 27일

지은이 권겨을
펴낸이 신현호
편집부장 예숙영
편집 박상희 최은지
편집디자인 한방울
영업 · 관리 김민원 조인희
물류 이순우 최준혁 박찬수

펴낸곳 ㈜디앤씨미디어
출판등록 2002년 5월 1일 제117-90-51792호
주소 서울시 구로구 디지털로 26길 111 JnK디지털타워 503호
대표전화 (02)333-2513 팩스 (02)333-2514
전자우편 dncbooks@dncmedia.co.kr
디앤씨북스 블로그 http://blog.naver.com/dncbooks

ISBN 979-11-264-4344-4 (04810)
979-11-264-4273-7 (SET)